KB106305

이상李箱의 시 해설

이상李箱의 시 해설

발행일 2016년 4월 18일

지은이 이 화 우
펴낸이 손 형 국
펴낸곳 (주)북랩
편집인 선일영 편집 김향인, 서대종, 권유선, 김예지
디자인 이현수, 신혜림, 윤미리내, 임혜수 제작 박기성, 황동현, 구성우
마케팅 김회란, 박진관, 김아름
출판등록 2004. 12. 1(제2012-000051호)
주소 서울시 금천구 가산디지털 1로 168, 우림라이온스밸리 B동 B113, 114호
홈페이지 www.book.co.kr
전화번호 (02)2026-5777 팩스 (02)2026-5747

ISBN 979-11-5585-746-5 03810(종이책) 979-11-5585-999-5 05810(전자책)

잘못된 책은 구입한 곳에서 교환해드립니다.
이 책은 저작권법에 따라 보호받는 저작물이므로 무단 전재와 복제를 금합니다.

성공한 사람들은 예외없이 기개가 남다르다고 합니다.
어려움에도 꺾이지 않았던 당신의 의기를 책에 담아보지 않으시렵니까?
책으로 펴내고 싶은 원고를 메일(book@book.co.kr)로 보내주세요.
성공출판의 파트너 북랩이 함께하겠습니다.

이상의 시는 예언이었다!

북랩book Lab

머리말

[비밀의 열쇠를 드립니다. 인봉을 떼고 같이 살펴봅시다.]

이상(李箱) 시(詩) 전편에 해석을 하지 않으면 알 수 있는 것이 하나도 없다. 일반적인 서정성의 시로 보이는 것도 깊이 읽어보면 전혀 아니다. 그가 의도한 비밀의 열쇠를 알기 전에는.

저도 여러 해를 거쳐 그 비밀을 풀어보자고 고심하다가 그의 소설 〈날개〉에서 그 실마리를 얻었고 난해함의 대표로 생각할 [오감도]를 풀고 나서 자신을 얻게 되었다, 처음은 개인 사생활과 내면적 심리 문제로만 풀었지만.

그래서 얻은 결론은

1. 하느님의 구원을 기다렸다.

2. 그 길을 탐구(성경과 우리나라 역사, 철학, 정신 포함)하였다.

3. 그래서 미래를 보게 되어 예언하였다.

4. 그래서 〈일제와 공산주의와 자유민주주의〉에서 우리가 어떻게 하여야 밝은 미래를 찾을 수 있나 하는 것을 제시하였다.

필자는 이를 바탕으로 발표된 모든 시를 풀어보았다.

이렇게 푼 것을 믿기 어렵거나 싫은 사람은 이 책을 열어보지 말기를 바란다. 그러나 참고 본다면 큰 것을 얻을 것이다.

이상 전집이 출간된 것은 〈이상선집(백양당. 1949)〉, 〈이상전집(고대문학회. 1956)〉, 〈이상전집(가람출판. 2004)〉, 〈이상문학전집(소명출판. 2005)〉, 〈이상

전집(태학사. 2013)〉 등이며 수많은 사람들의 논문으로 그 해설과 분석을 시도한 듯하나, 개인 신변의 문제이거나 그의 내면적 심리 문제라고 억측의 추리로 일관하여 이상의 심중에 조금도 근접하지 못한 듯하다. 그래서 필자는 그가 작품에 남기려 한 본질에 매달렸다. 그래서 그의 의도가 앞으로 올 공산주의에 대처할 것에 있다는 것을 발견하였지만, 그로써 풀면 모든 시가 예언적 미래 얘기를 쓰고 있다는 것에 놀라고 그것을 인정할 수가 없었다. 그러다가 그의 시 〈오감도 10호〉에서 [유계(幽界)에 낙역(絡繹)]하고 있다는 것을 스스로 고백한 것에서 미래 예언의 계시를 받았음을 알게 되어 모든 시를 그런 측면에서 살펴보니 놀랍게도 우리나라 남북 분단의 얘기와 우리나라가 이 세계를 구할 사명을 받고 있음을 나타내고 우리 국민 모두가 그것을 위하여야 한다는 것을 역설하고 있었음을 알게 되었다. 몇 편이 일제 당시의 얘기를 쓴 듯 보이는 것이 있지만, 그것도 우리나라의 남북분단 원인을 살피는 원인적 문제를 다루었을 뿐이었다.

이 시의 텍스트로 삼은 것은 〈이상전집 (고대문학회. 1956)〉이었지만, 뒤의 책 〈이상전집(태학사. 2013)〉에서 원문이라고 주장하는 것의 단어들은 그것으로 수정하여 실었다.

이상 시에서는 나와 아내와 어머니, 아버지, 남동생, 여동생 등으로 자기의 얘기만을 쓴 듯하지만, 잘 살펴보면 전혀 그렇지 않다. 심지어 자기의 폐병까지도, 기침 소리까지도, 비유의 대목으로 쓴 것임을 알아야만 그가 쓴 시의 해석을 가능하게 한다. 그렇게 하지 못한 분의 해석을 보면 너무나 억지스러워 그냥 웃었다.

넘겨짚지 말고 필자의 해석을 심중 깊이 같이 삭여보았으면 한다.

책의 구성은, 원문을 싣고 난 뒤에, '붙여쓰기' 등에서 기인한 어려운 것은 풀어서 다시 쓰고 그 뒤에 **해설** 표시를 하고 그 아래로 해설하였다.

[ ] 안의 글은 본문의 인용이고 〈 〉 안의 글은 다른 글의 인용이거나 중요한 구절을 묶은 것이다.

***이 시를 해설함에 절대로 저의 선입감을 개입하지 않았습니다.**

目次

오감도
烏瞰圖

(조선중앙일보에 1934. 7. 24.~8. 8. 발표)

시(詩)를 해설한다는 말은 들은 바도 없고 어리석음임을 안다.

그러나 이 이상(李箱)의 [오감도(烏瞰圖)]는 작자가 〈모더니즘〉을 자처하여 쓴 작품으로서 독자가 이를 접하여 보편적 시상(詩想)을 얻기는 고사하고 비밀 암호 같은 난삽(難澁)한 작법에 해독이 불가하여 오늘날까지 그 시작의도(詩作意圖)를 추측 운운함에 이 글을 쓰는 필자도 신비한 비밀 암호를 푸는 호기심으로 이 시집이 다 닳도록 들고 읽어왔던바, 필자의 나름으로 얻은 바 있어 이에 관심 있는 자와 같이 생각하여보자 하는 뜻으로 해설(?)이란 명제(名題)를 붙이고 일자(一字) 적어보는 것이다.

이 오감도(烏瞰圖) 하면 난해시(難解詩)를 생각하게 되고 기실 이 시가 우리나라 난해시(難解詩)의 시조(始祖)가 되었음이 사실이다.

이 시가 당시의 신문에 발표되었을 때 모든 비평가들이 "무슨 미친놈의 잠꼬대냐." 하고 공박이 대단했다 하며 이에 이상(李箱) 자신은 "왜 미쳤다고 그러는지 대체 우리는 남보다 수십 년씩 떠러져도 마음놓고 지낼 작정(作定)이냐. 모르는 것은 내 제주도 모자랐겠지만 게을러빠지게 놀고만 지내던 일도 좀 뉘어쳐 보아야 아니하느냐. 열아문 개쯤 써보고서 시를 만들 줄 안다고 잔뜩 밀고 굴러다니는 패들과는 물건이 다르다. 이천점(二千點)에서 삼십점(三十點)을 고르는 데 땀을 흘렸다." 하고 항변하고서는 그 30점의 고른 작품도 발표를 끝내지 못하고 〈시제십오호(詩題十五號)〉에서 중단되고 만다.

이에서 당시 작자 자신의 시작의도(詩作意圖)가 잠깐 얼비치니 "우리는 남보다 수십 년씩 떨어져도……" 하는 구절을 살펴볼 필요가 있다.

그 당시 국제(國際－西歐) 문학 경향을 말하자면 고전적(古典的) 사상에서 모두 일탈하여 새로운 과학세계의 발견(아인슈타인의 상대성이론 등)으로 새롭게 눈을 뜨는 정신세계와 이천여 년을 지배하던 기독사상(基督思想)에 대한 저항의식과 〈프로이드〉의 정신분석(精神分析), 공산주의(共產主義) 같은 실천사상(實踐思想) 등이 뒤섞여 혼미한 속에서, 또 세계일차대전(世界一次大戰) 등으로 극도의 혼돈을 거듭하는 속에서 새로운 경향의 작품들이 제 나름대로의 일가견을 세우고 파(派)를 이루어 활동하고 있었으니 이에서 우리의 바탕 위에 무엇인가를 찾아 세워야 하겠다는 의지를 읽을 수 있겠다.

이에서 그 새롭게 한다는 것이 그 형식을 새롭게 한다는, 즉 〈모더니즘의 초극(超克)〉, 다시 말해 누가 보아도 알아볼 수 없는 난해시(難解詩)를 만드는 것이 그 목적이었나 하면 필자는 단호히 그것이 아니었다고 단정한다.

그러나 그에게는 어떤 형식을 취하든 어떤 방법을 동원하든 간에 자기가 뜻하는 바는 모두 나타내어보겠다는 의지를 쉽게 찾을 수 있다.

즉 그림 같은, 기호 같은, 숫자의 나열 같은, 글자를 크게 작게, 또 띄어씀 없이 붙이는 등의 방법을 취하고 있음은 그를 증명한다.

그렇다면 그는 무엇 때문에 그렇게 하지 않으면 안 되었을까?

단순히 〈모더니즘의 초극(超克)〉을 위하여 그렇게 작란(作亂)쳐본 것인가?

그러나 그는 〈모르는 것은 내 재주도 모자랐겠지만 게을러빠지게 놀고만 지내는 일도 좀 뉘우쳐보아야 아니하겠나〉 하였음에서 그의 작품은 각고(刻苦)의 아픔에서 생산(生產)되었음을 틀림없이 하였고 그 난해성(難解性)이 단순한 작란(作亂)이 아니었음을 알 수 있게 한다.

그래서 우리가 이 작품을 대하고 읽을 때는 그의 각고와 맞먹는 각고의 정신작용을 동원해야 된다. 즉 그의 시대배경과 사상배경, 그래서 그의 속에 뿌리박은 비밀의 열쇠를 찾아 들고 얄팍한 종잇장의 인봉(印封)을 떼고 비밀의 창고로 들어가 보아야 하는 것이다.

그의 시대는 일제압박(日帝壓迫)의 시대. 전쟁(戰爭)의 혼란시대(混亂時代).

그의 사상은 초극(超克)의 모더니즘.

이와 같은 것이 그가 처했던 보편적 상황이다.

그 다음은 그 짤막한 인생의 단편적 작품들에서 편편을 주워 맞춤으로 상상함에 불과하다.

그의 작품 도처에 〈나와 나의 아내〉가 나오고 〈나와 거울〉이 나온다.

이것이 일차적인 비밀의 열쇠다.

〈나〉는 항상 무력하고 주관이 없고 〈나의 아내와 나〉로 나타내고 〈거울〉앞에서의 피상적 존재에 불과하다. 〈나의 아내〉는 창녀가 되기도 하고 짝이 맞지 않는 〈나〉의 지팡이가 되기도 하며 〈거울〉은 〈나〉의 앞에서 〈외출〉을 하기도 하고 〈시험〉을 당하기도 하고 〈나〉에게 사살되기도 한다.

이런 등등으로 살펴보면 〈아내〉나 〈거울〉은 단순한 이름 그대로의 피상체가 아니라 〈나〉와 상대하는 깊은 인연의 존재(存在)임을 알 수 있게 한다.

그렇다.

이들은 〈나〉의 또 다른 〈나〉인 것이다.

〈나〉는 무기력하지만 또 다른 〈나〉인 〈아내〉와 〈거울〉이 있어서 시험을 당하고 비판을 가하고 또 새로운 시도가 가능한 것이다.

〈나〉는 나라를 잃고 구속된 존재이지만 〈아내〉는 나의 반려로서 이 〈나〉를 있게 한 역사의 정신일 수도 있고 〈나〉를 지키는 정신일 수도 있으며 〈거울〉은 또 〈아내〉가 무비판적으로 나를 끌고 가는, 즉 역사의 흐름에 맡기는 피상적 〈나〉에 반(反)하여 〈나〉의 현실존재를 바로 비춰주는 비판적 정신이고 〈나〉를 새로운 자세로 이끌 수 있는 시험적 존재일 수도 있으니 그 뜻이 분명하여진다.

이를 정리하면 이렇다.

〈나〉는 그 시대 상황 속의 이상(李箱) 자신 또는 우리 민족의 존재이고 〈아내〉는 그 당시 우리나라 또는 역사적 정신 속의 민족정신 또는 민족주체이며 〈거울〉은 자아(自我) 또는 비판적 정신이 되겠으며 다시말해, 〈나〉는 현실적 존재이며 〈아내〉와 〈거울〉은 이상적 존재 또는 절대자아를 말한다고 할 수 있다. 아니면 그 반대로도 볼 수 있겠다.

이러한 관점에서 이 작품을 살펴보면 그 당시에서는 그렇게 비밀스런 문자로 알아보기 어려운 글이 되지 않을 수 없음을 알 수 있게 된다.

만약 민족자아(民族自我) 등을 자기의 소신과 사상(思想)대로 작품화(作品化)하였다면 일본의 검열에서 작품 발표가 불가능하겠음은 물론 발표가 된다 하여도 민족주의자(民族主義者)로 낙인이 찍혀 활동이 중단될 것은 물론 감옥생활을 면치 못했을 것이다.

그러나 비밀스럽게 썼다 해도 우리나라 사람이라면 모두 알아볼 수 있는 은유(隱喩)를 사용하여 대부분의 작품이 쓰였지만, 그때는 물론 지금까지 그것을 깨닫는 자는 없었고 그런 각도에서 해석되어 우리의 이해를 높여준 어떤 글도 보지 못했다.

이에서 필자가 감히 〈해설〉이란 소견을 늘어놓고자 하는 것이다.

〈오감도(烏瞰圖)〉 해설에 들어가기 전에 〈나〉와 〈아내〉에 대한 존재를 틀림없이 하기 위해 이상(李箱)의 대표작인 그의 소설 〈날개〉를 살펴보자.

〈나의 아내〉는 〈十八가구〉의 창녀촌에 산다. 이 〈十八〉은 〈木子 또는 十八子〉라 하여 우리나라 사람이면 이씨왕조(李氏王朝)를 말하고 있음을 누구라도 안다. 또 소리대로 읽으면 성매매(性賣買)가 된다. 그래서 그때 당시의 이씨왕조(李氏王朝), 즉 조선(朝鮮), 〈나〉의 존재맥락의 바탕은 창녀촌이라는 것으로부터 출발한다. 이는 물론 민족사상을 버리고 서구사상(西歐思想) 또는 그를 받아들인 일본의 속국(屬國)으로서의 우리나라 현실이 그러하였으니 무엇보다 정신적 간음(精神的姦淫)을 말하는 것이다. 우리나라 사상이 자기 안해의 간음을 자기 목숨보다 중히 여기고 또 그것을 최고의 치욕으로 알고 있음에도 〈나〉는 그 간음의 현장과 같은 집의 같은 방이나 다름없는 미닫이문이 있는 옆방에 거처하며 모든 것을 모른 체한다. 그러면서 한 가닥 빛을 사랑한다. 구원의 갈망. 〈나는 많은 연구를 하였다. …… 돋보기로, 창문에 비쳐드는 그 빛을 이용하여 지루가미를 태우고 ……〉.

그러나 그 빛이 나에게 하여줄 수 있는 일을 그 지루가미(휴지)를 태우는 일뿐이며 〈나〉의 작업의 무용성(無用性)을 절감한다.

그렇다면 〈나〉가 바라는 바가 있었다면 무엇이었겠는가? 아무것도 없었다. 그래서 나간다. 새로운 세계의 접촉, 또는 발견을 위한 시도. 그러나 그 결과로 감기(感氣)(시대적 현 상황에 대한 오염)를 얻어온다. 발견의 좌절. 절망의 병. 〈아내〉는 이를 구실로 하여 수면제를 먹인다.

그러나 그것을 깨닫는 것은 깊고 깊은 잠을 끝없이 계속한 다음에야 발견할 수 있는 현상이다. 절망의 다음에 얻어오는 약, 즉 진리는 혼미의 늪을 헤어나지 못하게 하였고 그것을 체험한 후에야 그것, 즉 시대의 병을 낫게 하는 진리는 무용한, 즉 도리어 병보다도 나쁜 것임을 자각하게 된다.

감기약은 〈아스피린〉이다.

그러나 〈나〉에게 준 것은 수면제 〈아달린〉이다.

〈아스피린, 아달린, 아스피린, 아달린 …… 맑스, 맑사스, ……〉

〈아달린〉을 발견한 〈나〉는 번개같이 맑스가 머리를 스친다. 즉 절망시대에 쓰인 약(사상 및 진리)은 약이 아니었으며 나를 깊은 혼미의 세계로 빠뜨린다는 결론에서 출발하는 작품의 소재임을 이 짤막한 한 마디로 모든 것을 갈파할 수 있다.

이상(李箱)은 천재였다. 그 당시에 생겨났던 공산주의(共產主義)의 미래를 점쳤던 것이고 그를 뛰어넘는 진리의 도전에 몸부림쳤던 역사(歷史)의 천재(天才)였다.

그래서 〈나〉는 〈집〉(갇힌 세계. 시대의 상황에 제약된 우리나라의 현실 등)을 뛰쳐나온다. 그래서 가는 곳은 〈옥상〉이다. 그때 〈뚜ㅡ〉하고 싸이렌이 분다. 자아발견의 신호, 인류구원세계가 열림을 선포. 자각의 순간. 〈닭이 홰를 치고……〉. 활기찬 진리의 소생. 세계구원의 징조 등등.

이러한 현상들은 〈나〉에게 그때 일어난 현상은 물론 아니었다. 희망하였을 뿐이다.

그러나 작품 〈날개〉는 단순한 희망상황을 꿈꾸는 작품이 아니다. 이러한 희망세계를 위해서는 〈아내〉(현실적 자아-공산주의)에서 탈출하여야 하고 〈아달린(맑스)〉(시대성에 꿰맞춘 진리)에서 벗어나야 한다는 전제를 역설하는 데 주안점이 있다.

〈날자, 날자, 날자꾸나ㅡ(중략)ㅡ

내 겨드랑이가 건질 건질 하여진다.ㅡ(중략)ㅡ

옛날 내 겨드랑이에는 날개가 있었다.ㅡ(중략)ㅡ

자 돋아라. 날자 날자 한번만 더 날자꾸나〉.

이와 같이 또 탈출에 모든 것을 맡기지는 않는다.

〈옥상(진리 구원세계. 하늘로 향하는 지향적 의지세계)〉에 올라가서 또 〈날자〉고 한다. 그 날개는 물론 이상(李箱)에게만이 아닌 이상(理想)의 〈날개〉다.

그런데 중요한 점은, 〈내 겨드랑이에는 옛적에 날개가 있었다〉고 말했다. 그리고 그 〈날개〉가 다시 돋으려고 〈내 겨드랑이가 건질건질하여진다〉는 점이다.

그렇다. 이상(李箱)의 이상(理想)은 밖으로부터 구하고자 함(서구문명의 절망)이 아니며 〈나〉의 안, 동양정신 내지는 우리나라 민족정신에서 구하고자 하였으며 그 〈나〉는 날개가 있었다. 민족정신으로만이 세계 내지는 스스로를 구할 수 있고 우리 또는 〈나〉는 그 〈날개〉로 무한 비상(飛翔)할 수 있음을 확신하고 또 그러한 〈날개〉가 다시 돋아나기를ㅡ 민족부활, 민족정신고취 ㅡ무한 희망한다는 내용이 되는 것이다.

그러나 그 까다롭기 이름난 일본의 검열을 벗어나서 문단에 발표될 수 있었음은 그 깊은 내용을 해독은 못 했겠다 해도 무엇인가 잡힐 듯한 자아추구(自我追究) 맥락을 짚은 듯도 함과 모방을 좋아하는 그들로서는 그 때 구미에서 일고 있던 〈푸로이드의 심리분석〉 영향으로 온 시험소설(試驗小說) 등과 상통한다고 평가하였던 것으로 보았던 것이리라.

어떻든 이상(李箱)의 놀라운 천재성과 비밀기호 문자의 소득임이 분명하지만 그 속에 감춰진 칼을 보았다면 그들의 심장이 식었으리라.

이로써 본 바와 같이 모든 작품(몇 편의 수필을 제외한)은 이렇게 쓰일 수밖에 없었고— 알아보는 놈은 알아보아라. 나는 내 하고 싶은 말을 마음껏 토해내며 쓰겠다. —는 심정으로 썼음을 알 수 있다.

그래서 앞으로 오감도(烏瞰圖)는 이러한 기초인 〈나〉, 〈나의 아내〉, 〈거울〉을 두고 분석하여보고자 하는 것이다.

이 제목부터가 논란의 대상이었다.

"조감도(鳥瞰圖)란 말을 들어보아도 오감도(烏瞰圖)란 말은 무슨 미친놈의 잠꼬대 같은 소리냐."

제 모르면 알려고 하여야 할 것이지 자기가 모르는 것은 미친 소리라고 하는 것은 요즈음에도 병폐다. 그러나 제 속에 든 것 없이 미친 잠꼬대를 하는 기성인도 없잖아 있으니 이런 소리를 들을 만하다 하겠으나, 최소한 이상(李箱)은 그렇지 않았다.

제목의 첫 자가 〈烏〉 자이니 〈鳥〉 자와도 구별이 어렵고 그 뜻도 〈조감도〉라고 하면 새가 높이 날아올라서 밑을 내려다 본 풍경이니 〈일견(一見) 세상을 돌아본다〉는 뜻이 되겠지만, 〈오감도(烏瞰圖)〉라고 하면 무슨 별난 뜻이 있느냐 하는 것이다.

있다.

그 첫 호에서 [십삼인(十三人)의 아해(兒孩)]가 나온다. 이는 누구라도 기독교의 〈예수〉님과 12제자를 말한다고 알아본다. 그래서 이 제목도 그에서 찾아보면 구약성서 창세기(創世記)에 〈노아〉가 홍수를 피해 방주(方舟)를 타고 〈아라랏〉산에 닿아 비가 그치자 땅이 마른 것을 알려고 먼저 까마귀를 내보낸다. 그러나 그 까마귀는 마른 땅을 찾지 못하고 방주를 들락거린다. 그 후에 다시 비둘기를 보냈으나 마른 땅을 찾지 못하고 돌아오자 일주일 뒤에 다시 보냈더니 감람잎을 물고 돌아와 창가에 앉았다가 다시 날아가서 돌아오지 않자 땅이 굳었음을 알고 방주 문을 열고 갇힌 동물들을 풀어놓았다.(창세기 8:6~8:19)

이에서, 비둘기는 새 땅이 열렸음을 선포하는 반면에 까마귀는 그 방주에서 처음 나오기는 하였지만 새 소식을 알려주는 역할을 하지 못한다.

이와 같이 이상(李箱)은 스스로 까마귀의 역할을 담당할 수밖에 없다 하여 시제(詩題)를 〈오감도(烏瞰圖)〉라고 하였음이 분명하다.

또 덧붙여 말한다면 비둘기는 서양에서 평화의 상징으로 높이는 새로 말하고 있다면 까마귀는 동양(동이족-우리나라)에서 높이 받드는, 광명과 희망과 성스러움의 새인 것이다.

詩題一號

十三人의兒孩가道路로疾走하오.
(길은막다른골목이適當하오.)

第一의兒孩가무섭다고그리오.
第二의兒孩도무섭다고그리오.
第三의兒孩도무섭다고그리오.
第四의兒孩도무섭다고그리오.
第五의兒孩도무섭다고그리오.
第六의兒孩도무섭다고그리오.
第七의兒孩도무섭다고그리오.
第八의兒孩도무섭다고그리오.
第九의兒孩도무섭다고그리오.
第十의兒孩도무섭다고그리오.

第十一의兒孩가무섭다고그리오.
第十二의兒孩도무섭다고그리오.
第十三의兒孩도무섭다고그리오.
十三人의兒孩는무서운兒孩와무서워하는兒孩와그렇게뿐이모였소.
(다른事情은없는것이차라리나았소)

그중에一人의兒孩가무서운兒孩라도좋소.
그중에二人의兒孩가무서운兒孩라도좋소.
그중에二人의兒孩가무서워하는兒孩라도좋소.
그중에一人의兒孩가무서워하는兒孩라도좋소.

(길은뚫린골목이라도適當하오.)
十三人의兒孩가道路로疾走하지아니하여도좋소.

아해 도로 질주
十三人의 兒孩가 徒勞로 疾走하오.
적당
(길은 막다른 골목이 的當하오.)

第一의 兒孩가 무섭다고 그리오.

第二의 兒孩도 무섭다고 그리오.

第三의 兒孩도 무섭다고 그리오.

第四의 兒孩도 무섭다고 그리오.

第五의 兒孩도 무섭다고 그리오.

第六의 兒孩도 무섭다고 그리오.

第七의 兒孩도 무섭다고 그리오.

第八의 兒孩도 무섭다고 그리오.

第九의 兒孩도 무섭다고 그리오.

第十의 兒孩도 무섭다고 그리오.

第十一의 兒孩가 무섭다고 그리오.

第十二의 兒孩도 무섭다고 그리오.

第十三의 兒孩도 무섭다고 그리오.

十三人의 兒孩는 무서운 兒孩와 무서워하는 兒孩와 그렇게뿐이 모였소.
사정
(다른 事情은 없는 것이 차라리 나았소)

그중에 一人의 兒孩가 무서운 兒孩라도 좋소.

그중에 二人의 兒孩가 무서운 兒孩라도 좋소.

그중에 二人의 兒孩가 무서워하는 兒孩라도 좋소.

그중에 一人의 兒孩가 무서워하는 兒孩라도 좋소.

(길은 뚫린 골목이라도 的當(적당)하오.)
十三人의 兒孩가 道路(도로)로 疾走(질주)하지 아니하여도 좋소.

해설

[도(道)]는 길이요 또 진리(眞理)다. 그 진리의 길 위에 [십삼인(十三人)의 아해(兒孩)가] 질주(疾走)한다. 어른이 아닌 아해(兒孩)가 질주(疾走)한다.

13인이 예수를 포함한 12제자라면 왜 이들을 아해(兒孩)라고 말하였는가? 이것은 가톨릭에서 갈려져 나온 지 얼마 되지 않은 개신교(改新敎)를 말하는 것으로 보아야겠다.

[질주(疾走)]는 또 기독사상전파(傳道)의 열렬한 신앙으로 생각할 수 있으며 그 결과로 오늘날 이 세계가 어떠한가? 그 사상의 막힌 출구를 뚫고자 〈헤겔의 변증법(辨證法)〉 사상이 나왔고 그에서 〈포이에르바하〉를 거쳐 〈칼 맑스〉의 〈유물사관적(唯物史觀的) 사회주의(社會主義)〉 사상이 나와서 〈공산주의(共產主義)〉 운운하는 등의 사상의 홍수가 쏟아졌지만 그것 또한 사상의 출구가 아닌 [막다른 골목]이 아니던가?

이에서 13인의 아해가 모두 달려가도, 기독사상을 모두 설파하고 펼치고 탐구하여도 모두들 [무섭다](절망한다)고 그런다.

또 10째의 아해에서 행간(行間)을 띄운 것을 보면 역사적 흐름으로도 해석된다.(시제사호 참조)

어떻든 이 모두를 말한다고 하면 적합하리라.

또 이 13인의 아해는 예수를 제외한 열두제자가 아닌 다른 아해, 적(敵) 크리스트가 끼어있는지 모른다. 그래서 [무서운 아해와 무서워하는 아해], 〈무신론자와 기독인 또는 공산주의자와 자유민주주의, 또는 크리스트 말살론자와 크리스트 고수론자〉 그렇게 뿐인지 모른다.

그러나 [모두 무섭다고] 그런다. 그렇다면 끼어든 아해이건 당초에 예수를 팔아먹은 유다와 그 후에 끼어든 바울이 합한 숫자의 제자이건 그들의 속성은 오늘의 세계로 이르게 할 요소가 있었다고 판단, [다른 사정은 없는 것이 차라리 나았소]가 된 것이다. 모두 크리스트의 사상에서 출발하였기 때문이다.

그러나 그들 모두가 그렇지 않고 한두 제자의 오류로 그런 절망의 세계로 유도되었다 해도 마찬가지임을 강조한다.

[길은 뚫린 골목이라도 적당하오]. 진리가 미래지향적으로 뚫렸다고 해도 결과는 마찬가지다.

또 [도로로 질주하지 아니하여도 좋소]. 〈진리선포에 열을 올리지 않는다 해도 어차피 예정된 절망이다〉고 말한다.

이 시의 주제는 "이 세상이 이처럼 혼란하고 미래의 출구를 발견할 수 없도록 된 것은 기독사상의 결말이 결국 이렇게 되도록 되었다"고 말하는 것이지만 더 깊이 삭여보면 "기독사상을 새롭게 이해하여 다른 출구를 찾아라" 하고 말하는 것임을 알 수 있다.

[그중에 一人의 兒孩가 무서운 兒孩라도 좋소.
그중에 二人의 兒孩가 무서운 兒孩라도 좋소.]

이에서 〈적크리스트〉를 말하는 듯하며 그것은 하나가 아니라 둘이 될 수도 있다는 것이다.

[그중에 二人의 兒孩가 무서워하는 兒孩라도 좋소.
그중에 一人의 兒孩가 무서워하는 兒孩라도 좋소.]

또 그 〈적크리스트〉는 크리스트를 두려워하는 나머지, 깊은 관심 속에서 생겨난 것이라고 말한다고 보인다. 이상(李箱)은 그렇다면 여기에서 절망하고 마느냐? 뒤에 나오는 [선에 관한 각서·2]에서 [절망하라, 사람은 탄생하라, 사람은 절망하라]고 하였다. 철저한 절망의 다음에 거듭나는 탄생이 된다는 말이다. 또한 "기독사상이 전부가 아니오, 서양사상이 전부가 아니니 나를 냉철히 찾아보자!" 하는 듯. 아니면, 기독사상의 본질을 흩트리면 절망이 올 뿐이라고 하는 듯. 아니면, 무작정 선포에만 열중하다 보면 적그리스트를 불러올 수도 있다고 하는 듯.

詩題二號

나의아버지가나의곁에서조을적에나는나의아버지가되고또나는나의아버지의아버지가되고그런데도나의아버지는나의아버지대로나의아버지인데어찌자고나는자꾸나의아버지의아버지의아버지의……아버지가되니나는왜나의아버지를껑충뛰어넘어야하는지나는왜드디어나와나의아버지와나의아버지의아버지와나의아버지의아버지의아버지노릇을한꺼번에하면서살아야하는것이냐

나의 아버지가 나의 곁에서 조을 적에 나는 나의 아버지가 되고 또 나는 나의 아버지의 아버지가 되고 그런데도 나의 아버지는 나의 아버지대로 나의 아버지인데 어찌자고 나는 자꾸 나의 아버지의 아버지의 아버지의…… 아버지가 되니 나는 왜 나의 아버지를 껑충 뛰어넘어야 하는지 나는 왜 드디어 나와 나의 아버지와 나의 아버지의 아버지와 나의 아버지의 아버지의 아버지 노릇을 한꺼번에 하면서 살아야 하는 것이냐

해설

여기의 [나]는 역사 속으로 깊이깊이 소급하여본다. 이 시체(詩體)에서 보이는 바와 같이 숨 쉴 틈 없이 한 치의 간격도 없는 사고(思考)의 연속으로 [나]를 추구하여 밑뿌리까지 소급하여든다.

그리고선 [나의 아버지의 아버지의 아버지의 …— (중략) —노릇을 한꺼번에 하면서 살아야 하느냐]하며 막중한 부담을 통감한다.

이는 민족주체(民族主體)를 잃어버린 슬픔이기도 하고 그를 되살려야 하는 의무감의 피맺힌 절규이기도 한 것이다. 그리고 이것은 단순한 조상 얼을 추구하고 등등의 한계를 넘는 아득한 단군과 환웅과 환인의 역사세계를 추구하고 있음을 내비친 말로 보인다.

이런 혼란한 사념이 자동기술(自動記述), 무의식의 상태에서 아무 뜻없이 글을 쓰는 것이거나 미친 놈 잠꼬대 같은 이어쓰기 시체가 나오는 것이지만 이는 좀 다르다. 이는 시작(詩作) 당시의 이상(李箱) 자신의 심리상태라기보다 갈등과 혼란의 소용돌이 속에서의 세계적 사상현항보다는 우리나라 현실상황에 대한 분석으로서 충분히 의도적 작법(作法)으로 느껴질

수 있기 때문이다.

이러한 사념(思念)은 삼호(三號)까지 이어진다.

이것은 또한 시대적 상황의 일맥락(一脈絡)이다.

詩題三號

싸움하는사람은즉싸움하지아니하던사람이고또싸움하는사람은싸움하지아니하는사람이었기도하니까싸움하는사람이싸움하는구경을하고싶거든싸움하지아니하던사람이싸움하는것을구경하든지싸움하지아니하는사람이싸움하는구경을하든지싸움하지아니하던사람이싸움이나싸움하지아니하는사람이싸움하지아니하는것을구경하든지하였으면그만이다.

싸움하는 사람은 즉 싸움하지 아니하던 사람이고 또 싸움하는 사람은 싸움하지 아니하는 사람이었기도 하니까 싸움하는 사람이 싸움하는 구경을 하고 싶거든 싸움하지 아니하던 사람이 싸움하는 것을 구경하든지 싸움하지 아니하는 사람이 싸움하는 구경을 하든지 싸움하지 아니하던 사람이 싸움이나 싸움하지 아니하는 사람이 싸움하지 아니하는 것을 구경하든지 하였으면 그만이다.

해설

전쟁(戰爭)과 논쟁(論爭)의 와중의 세월.

그러한 것에서 탈피하는 초연(超然)한 도학자적(道學者的) 자세.

이에서 탈피한 진실한 자아발견.

詩題四號

患者의容態에關한問題

· 0 9 8 7 6 5 4 3 2 1
0 · 9 8 7 6 5 4 3 2 1
0 9 · 8 7 6 5 4 3 2 1
0 9 8 · 7 6 5 4 3 2 1
0 9 8 7 · 6 5 4 3 2 1
0 9 8 7 6 · 5 4 3 2 1
0 9 8 7 6 5 · 4 3 2 1
0 9 8 7 6 5 4 · 3 2 1
0 9 8 7 6 5 4 3 · 2 1
0 9 8 7 6 5 4 3 2 · 1
0 9 8 7 6 5 4 3 2 1 ·

診斷 0·1

26.10.1931

以上責任醫師李箱

환자 용태 문제
患者의 容態에 관한 問題

진단
診斷 0·1

26. 10. 1931

이상 책임 의사 이상
以上 責任醫師 李箱

해설

이것은 [환자의 용태에 관한 문제]로 다루었다.

즉 현실 자체가 환자와 같은 용태를 하고 있음을 지적했다고 할 수 있다.

이것을 거울에 비춰보면 [1 2 3 4 5 6 7 8 8 9 0 ·]의 숫자적 배열을 틀림없이 볼 수 있다. 첫 연은 1에서 0까지 이어져 마침표가 찍히며 다음은 1에서 9까지, 다음은 1에서 8까지 이렇게 나열된 다음에 마침표가 찍힌다.

어째서 그 마침표가 하나씩 안으로 당기며 찍히는가 하는 점이다.

의당 모든 숫자의 마지막인 0에서 그 마침, 진리의 순차적 추구가 와야만 혼돈이 없겠으나 차츰 차츰 시대의 흐름에 따라 섣부른 중도의 마침에서 그 나머지는 어떻게 하며 그로써 이 세상의 완성된 천국을 꿈꾸겠는가, 오늘날의 공산주의가 그렇듯이? 진리의 역행은 다른 것이 아니다. 마련된 순서를 지키지 못하는 인간의 조급증 때문이다, 인간창조의 때에 아담이 그랬듯이.

그래도 그 섣부른 마침의 다음으로 이어져 있게 됨이 아니냐.

그 마지막에는 시작이 마침이 되니 마침 다음에 시작되는 숫자는 유계(幽界)의 생활(生活)이란 말인가?

숫자가 뒤집혔다 함은 본래의 세계가 아닌 비춰진 세계, 즉 자아에서 투영된 것이 이 세계임을 말함으로 보아야 할 것이다.

또, 객설이 되겠지만 이를 크게 보면 태극형상(太極形象)의 음양이 대치하고 있는 듯함을 보게 된다. 다시 말해 이 역사적 상황이 오늘날 현실에 투영되어 극한으로 양분됨을 예견한 듯도 함을 말할 수 있다.

즉 민주와 공산, 유신론(有神論)과 무신론(無神論), 유심론(唯心論)과 유물론(唯物論), 남한과 북한 등으로 나누어진다는 것이다. 이는 전자(前者)의 역사적 얘기와도 상합(相合)된다.

어느 진리가 모자라면서 완성을 자처하게 될 때 나머지 남은 것이 그에 대응하는 진리로 나타나서 대립을 불가피하게 하기 때문이다. 이러한 역사의 흐름이 마침에 0에서부터, 완성된 진리의 출발로 대립이 없는 궁극의 추구, 1에서 9까지로 그 마침을 하리라 하는 것이 상식이다.

여기에 진단 [0·1]로 기재한다. [책임의사 이상(李箱)]이 이렇게 [진단] 결과를 말했음은 [0]과 같이 없는 존재가 나의 실존인 [1]과 동등히 거울 속의 나처럼 대립하여 있음을 말한다. 이것은 뒤에 나오는 시로써 살피면 나의 또 다른 분신, 거울에 비춰진 또 다른 나, 즉 공산주의 북한을 가리킨 진단으로 보인다.

[·]은 〈:〉과 같이 좌우 대동의 기호다.

어떤 전집에서는 〈:〉로 되어 있고 어떤 전집에서는 〈·〉로 되어 있다. 둘 다 같은 뜻이기 때문에 아무것이나 선택하여 썼다.

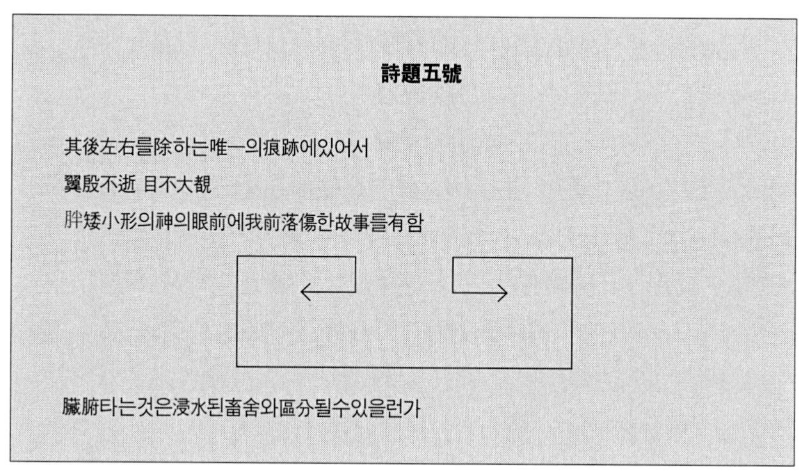

詩題五號

其後左右를除하는唯一의痕跡에있어서

翼殷不逝 目不大覩

胖矮小形의神의眼前에我前落傷한故事를有함

臟腑타는것은浸水된畜舍와區分될수있을런가

기후 좌우 제 유일 흔적
其後 左右를 除하는 唯一의 痕迹에 있어서
익은 부서 목부 대도
翼殷 不逝 目不 大覩
반 왜소형 신 안전 아전낙상 고사 유
胖矮小形의 神의 眼前에 我前落傷한 故事를 有함

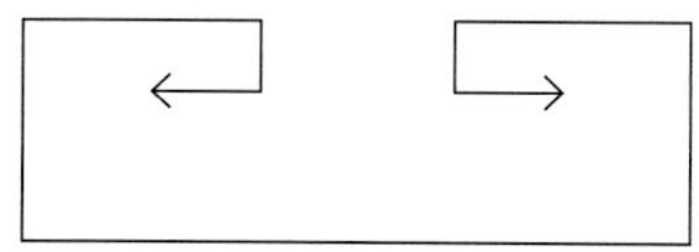

장부 침수 축사 구분
臟腑타는 것은 浸水된 畜舍와 區分될 수 있을런가

해설

이 오호(五號)에서 놀라움을 발견하게 된다.

어쩌면 예언적인 것을 읊었기 때문이다.

해방 이후를 [기후(其後)]로, 그 후에 남북분단으로 자유민주주의와 공산주의를 [左右]로 말하고 이 모두 초월한, [제(除)하는] 이상적 세계구축 작업을 [유일(唯一)의 흔적(痕迹)에 있어서]로 말하고 있기 때문이다.

둘째 연에 제목보다 큰 글자로 썼음은, 큰 소리, 전 우주가 뒤흔들릴 듯한 장쾌하고 큰 소리를 토하고 있음을 보여준다.

[익은(翼殷) 부서(不逝) 목불(目不) 대도(大觀)]는 <은의 날개는 죽지 않는다. 육안으로는 크게 볼 수 없다>는 뜻이다.

그렇다. 우리나라, [익은(翼殷)]의 은(殷)은 동이족(東夷族)이 세운 나라이니, 즉 우리나라 민족이 세운 나라요 익은(翼殷)은 곧 한반도다. 또 우리나라를 은(殷)의 날개로 보았음은 대륙의 진리를 일깨워 비상(飛翔)하게 할 수 있는 것은 우리나라 한반도로 믿어 의심치 않았기 때문이리라.

크게 도래하는 것, [대도(大觀)]는 썩어진 육안(肉眼)으로는 크게 볼 수 없다. [목불(目不)]이다.

[반왜소형(胖矮小形)의 신]

<자그마한 것이 부풀려진 신, 대일본제국(大日本帝國)의 가미가와 신(神)>의 안전(眼前)에, 또 내 앞에서 떨어져 꼬꾸라지는, [아전낙상(我前落傷)]하는 일이 생기고 난 후에, [고사(故事)를 유(有)함]에서 일어날 것, 일본 패망 후의 우리나라 상황은 무엇일까>?

한 뿌리에서 돋아나와 둘러막아 아물어들 듯하다가 서로 갈라져 등을 돌림은 무엇을 말하는가? 일본이 패망하고 우리나라는 어떠하였는가? 이와 같지 않았는가?

이 예언적 도표는 이상(李箱) 당시부터 설치기 시작한 공산 프락치들의 작란(作亂)을 보면서 필시 우리나라 미래가 이렇게 될 수밖에 없음을 보았음에서 비롯한 말일까? 아니다. 뒤로 이어지는 여러 예언적 글에서 알 수 있듯이 그는 미래를 밝히 보며 예언을 하고 있는 것이다.

이렇게 되면 결국은 어떻게 될 것이겠는가? 서로가 뒤엉켜, 마구간의 물이 괴어 질퍽거림과 같게 됨, [침수(浸水)된 축사(畜舍)와 구별(區別)될 수 있을런가] 하는 상상이 어렵지 않았으리라.

이상(李箱)의 예언은, 일본에서 해방되는 문제만이 아니었겠으니 더 큰 문제는 공산주의와 민주주의의 대립에 큰 우려를 하였음이 분명하다.

[장부(臟腑)]는 〈진리(眞理)등〉을 소화하여 우리 몸에 양분을 공급하고 힘을 줌에 그 뜻이 있으련만 썩은 마구간과 같아서야….

모두를 소화시키기 위해서는 [침수(浸水)된 축사(畜舍)와 구별될 수] 없겠지만 잘 살피면 그래서는 안 된다.

[장부(臟腑)타는]이라고 한 것에 주의를 하여야겠다. 침수(사상적 침략-공산주의 북한)로 모든 진리 소화기관을 태워 없앴다는 말이다.

이것은 또한 [침수된 축사], 물에 질퍽거리는 짐승들의 우리와 다를 것 없이 뒤범벅이 되었던 해방 이후의 우리나라 실정이었다.

이처럼 이상(李箱)은 부정적인 것에서도 미래지향적이며 초월적이다,

"눈이 있거든 바로 보아라!" 하는 듯. 일제의 압박도 미래에 올 공산주의의 침략도 불행에 짓눌리는 슬픈 사건이 될 것이지만, 그에 주저앉지 말고 미리 알아 대처하라고 소리치는 것이다.

그 당시로서는 누구도 짐작할 수 없었던 예언이다.

詩題六號

鸚鵡 ※ 二匹

　　二匹

　※ 鸚鵡는哺乳類에屬하느니라.

내가二匹을아아는것은내가二匹을아알지못하는것이니라. 勿論나는希望할것이니라.

鸚鵡　二匹

"이小姐는이상의夫人이냐" "그렇다"

나는거기서鸚鵡가怒하는것을보았느니라. 나는부끄러워서얼굴이붉어졌었겠느니라.

鸚鵡　二匹

　　二匹

勿論나는追放당하였느니라. 追放당할것까지도없이自退하였느니라. 나의體軀는中軸을喪尖하고또相當히蹌踉하여그랬던지나는微微하게涕泣하였느니라

"저기가저기지" "나" "나의－아－너와나"

"나"

sCANDAL이라는것은 무엇이냐. "너""너구나"
"너지""너다""아니다너로구나"
나는함뿍젖어서그래서獸類처럼逃亡하였느니라. 勿論그것을아아는사람或은보는사람은없었지만그러나果然그럴는지그것조차그럴는지

鸚鵡(앵무) ※ 二匹(이필)

二匹

※ 鸚鵡는 哺乳類(포유류)에 屬(속)하느니라.

내가 二匹을 아아는 것은 내가 二匹을 아알지 못하는 것이니라. 勿論(물론) 나는 希望(희망)할 것이니라.

鸚鵡 二匹

"小姐는 이상의 夫人(부인)이냐" "그렇다"

나는 거기서 鸚鵡가 怒(노)하는 것을 보았느니라. 나는 부끄러워서 얼굴이 붉어졌었겠느니라.

鸚鵡 二匹

二匹

勿論(물론) 나는 追放(추방)당하였느니라. 追放(추방)당할 것까지도 없이 自退(자퇴)하였느니라. 나의 體軀(체구)는 中軸(중축)을 喪尖(상첨)하고도 相當(상당)히 蹌踉(창량)하여 그랬던지 나는 微微(미미)하게 涕泣(체읍)하였느니라

"저기가 저기지" "나" "나의— 아— 너와 나"

"나"

sCANDAL이라는 것은 무엇이냐. "너""너구나"

"너지" "너다" "아니다 너로구나"

나는 함뿍 젖어서 그래서 獸類(수류)처럼 逃亡(도망)하였느니라. 勿論(물론) 그것을 아아는 사람 或(혹)은 보는 사람은 없었지만 그러나 果然(과연) 그럴는지 그것조차 그럴는지

해설

여기에서는 오호(五號)에 대한 분석으로 풀이된다.

앵무(鸚鵡)는 원래 남의 말에 대한 뜻은 모르고 그대로 읊조리는 조류

다. 그런데 포유류(哺乳類)의 앵무(鸚鵡), [※앵무]가 등장한다. 그 앵무는 남의 말을 그대로 읊조리긴 하여도 그 뜻은 알고 있으리라. 그런데 그냥 [이필(二匹)]도 등장한다. 이 [二匹]은 무엇일까? 두 필이라 하였으니 조류가 아님은 분명하다. 그래서 오호(五號)와 연계하여 생각하면 민주주의와 공산주의를 말하고 있음이 분명하다. 그러나 우리나라에 들어온 이 둘은 앵무로 변신하여 그냥 남의 말을 읊조림에 불과하니 [앵무※두 필]이 아닌 [앵무(鸚鵡)이필(二匹)]일 수밖에.

그러나 이것은 [신사이상(紳士李箱)] 자신은 아니다. [부인(夫人)]일 뿐이다. 그래도 현실적인 존재인간들은 [앵무※두 필]을 자처한다. 그래서 서로를 헐뜯어 서로에 자만한다. [부인]은 북한을 말한다.

[나는 거기에서 앵무(鸚鵡)가 노(怒)한 것을 보았느니라]. 이 얼마나 가증스럽고 치사한 장난이냐. [나는 부끄러워 얼굴이 붉어졌느니라]이다.

꼴사납게도 이들은 진리 또는 순수자아(純粹自我)를 상실한다. 나는 여기에서 도저히 만족할 수 없다. [물론(勿論) 나는 추방(追放)당할 것까지도 없이 자퇴(自退)하였느니라].

[나의 체구(體軀)는 중축(中軸)을 상첨(喪尖)하고 상당히 창량(蹌踉)하여 그랬던지 나는 미미(微微)히 체읍(涕泣)하였느니라].

여기서 [상첨(喪尖)]은 〈나라의 우두머리(박정희 대통령)를 잃었음〉을 말한다. 이것은 자유민주주의 남한을 흔들리게 하는 중요한 사건이었다. 그래서 흐느껴 울었다. 즉 [미미(微微)히 체읍(涕泣)하였느니라]고 말한다.

이렇게 되도록 한 원인이 어디에 있었던가?

["저기가 저기지" "나" "나의— 아— 너와 나"]

이렇게 허둥대며 그 원인을 찾은 결과는 [sCANDAL]에 있었다. 그런데 이 [sCANDAL]을 모두 대문자로 하고 앞의 [s] 자만을 소문자로 한 것에 주목하여야 한다. 이상(李箱)의 시에서는 이러한 것을 놓쳐서는 안 된다. 그래서 파자하면 〈s CAN DAL〉이 되어 대소문자를 바꾸면 〈S can dal〉이 되고 〈[S(소비에트)]는 [DAL]을 지킨다〉가 된다. 〈소비에트는 일본에게 [DAL]을 지킨다〉는 말이 된다.

*[DAL]은 〈Dal'nevostochnayaRespublika〉, 극동공화국(極東共和國)으로 보면 1920~1922년, 일본군의 시베리아 출병(出兵) 중에 일본군과 소비에트 사이의 완충국(緩衝國)으로서 존재한 국가. 이로써 극동의 판세는 예측불허가 된다. 소련으로 처들어가려던 일본이 만주를 탈취하였으니.

이로써 북한 공산주의가 생겨났다고 말하고 있다.

["너" "너구나"]. 바로 그 원인이 소련이었음을 발견한 대목이다.

결국 그들(공산주의)은 진리의 상실(喪失)을 초래하고 인간 이전의 [수류(獸類)]처럼 인간이 할 수 없는 짓을 한다. 이래서는 참으로 안 된다. 그의 생각은, 그것이 아니기를 헛소리처럼 한다. [물론 그것을 아아는 사람 혹은 보는 사람은 없었지만 그러나 과연 그럴는지, 그것조차 그럴는지] 하고. [그것을 아아는 사람 혹은 보는 사람은 없었지만]이라고 한 말은 앞으로 올 것을 예언한 말임을 증명하는 것이다.

이상의 시를 읽다가 보면 그가 처하였던 일제의 압박에 대한 고통과 서러움보다는 앞으로 올, 우리나라에 닥칠, 공산주의에 대한 불행을 말하고 있음을 발견하게 된다. 따라서 위의 구절을 살펴보면 [DAL]로 하여 세계대전이 오지 않은 것은 다행이지만, 그로 하여 〈소비에트〉는 공산주의를 우리나라에 들여왔으니 ["너" "너구나"] 하고 외치는 것이다.

詩題七號

久遠謫居의地의一枝·一枝에피는顯花·特異한四月의花草·三十輪·三十輪에前後되는兩側의明鏡·萌芽와같이戲戲하는地平을向하여금시금시落魄하는滿月·淸澗의氣가운데滿身瘡痍의滿月이劓刑當하여渾淪하는·謫居의地를貫流하는一封家信·나는僅僅히遮戴하였더라·濛濛한月芽·靜謐의蓋掩하는大氣圈의遼遠·巨大한困憊가운데의一年四月의空洞·槃散顚倒하는星座와星座의千裂된死胡同을跑逃하는巨大한風雪·降霾·血紅으로染色된岩鹽의粉碎·나의腦를避雷針삼아沈下搬過되는光彩淋漓한亡骸·나는塔配하는毒蛇와같이地平에植樹되어다시는起動할수없었더라.天亮이올때까지.

久遠謫居(구원적거)의 地(지)의 一支(일지)· 一枝에 피는 顯花(현화)· 特異(특이)한 四月의 花草(화초)· 三十輪(삼십륜)· 三十輪에 前後(전후)되는 兩側(양측)의 明鏡(명경)· 萌芽(맹아)와같이 戲戲(희희)하는 地平(지평)을 向(향)하여 금시 금시 落魄(낙백)하는 滿月(만월)· 淸澗(청간)의 氣 가운데 滿身瘡痍(만신창이)의 滿月(만월)이 劓刑當(의형당)하여 渾淪(혼륜)하는· 謫居(적거)의 地(지)를 貫流(관류)하는 一封家信(일봉가신)· 나는 僅僅(근근)히 遮戴(차대)하였라· 濛濛(몽몽)한 月芽(월아)· 靜謐(정밀)의 蓋掩(개엄)하는 大氣圈(대기권)의 遼遠(요원)· 巨大(거대)한 困憊(곤비) 가운데의 一年(일년) 四月(사월)의 空洞(공동)· 槃散顚倒(반산전도)하는 星座(성좌)와 星座의 千裂(천열)된 死胡同(사호동)을 跑逃(포도)하는 巨大(거대)한 風雪(풍설)· 降霾(강매)· 血紅(혈홍)으로 染色(염색)된 岩鹽(암염)의 粉碎(분쇄)· 나의 腦(뇌)를 避雷針(피뢰침)삼아 沈下搬過(침하반과)되는 光彩(광채) 淋漓(임리)한 亡骸(망해)· 나는 塔配(탑배)하는 毒蛇(독사)와같이 地平(지평)에 植樹(식수)되어 다시는 起動(기동)할 수 없었더라. 天亮(천량)이 올 때까지.

해설

[구원(久遠)]은 〈구원(救援)〉으로 말하고 싶었으리라.

그러나 그 구원(救援)은 자유의지 스스로 구하도록 신이 인간에게 부여한 창조원리(創造原理)이니 인간의 자아의지(自我意志) 여하 나름이지 않겠는가?

그래서, 아무리 확신한다 해도 그 구원(救援)을 까마득히 먼 미래의 [구원(久遠)]으로 말한 것이 아니었을가 생각되지만 그것이 아니었다. 다시 삭여보면 〈아득한 과거로부터 이어져 온 것〉이란 뜻이 됨을 알 수 있다.

어떻든 그 [구원적거(久遠謫居)의 지(地)]는 어디이며 그 [일지(一枝)]는 어디라는 말인가?

그것은 오호(五號)에서 틀림없이 말했다.

그래서 [謫居의 地]는 [은(殷)]이요 동이족(東夷族)이 세운 나라이니, 즉 우리나라 민족이 세운 나라요 익은(翼殷)은 곧 한반도다. 또 우리나라를 은(殷)의 날개로 보았음은 대륙의 진리를 일깨워 비상(飛翔)하게 할 수 있는 것은 우리나라 한반도로 믿어 의심치 않았기 때문이리라.

즉 [익은(翼殷)]이 우리나라 한반도이니 [구원적거(久遠謫居)의 지(地)]도 따라서 우리나라가 되는 것이다.

그렇다면 우리나라에서 [현화(顯花)], 꽃이 피어서 씨를 맺는 고등식물의 꽃을 피운다 함은 …….

또 그것이 [특이(特異)한 사월(四月)의 화초(花草)]라고 했음은…… 알 수 없는 일이다.

그 당시에는 어느 [사월(四月)]에도 특이한 사건이 있었던 것도 없고 이상(李箱)이 이 시를 발표한 당시가 사월(四月)이 아니었음이 확실한데…… 또 이어서 [삼십륜(三十輪)]을 말하고 있음이 그 당시를 말하고 있다고 할 수 있겠으나 그렇지 않다.

첫째, 사월(四月)이 그러하고 시제오호(詩題五號), 육호(六號)에서, 일본에 해방되어 혼미한 남북한 분쟁(分爭)을 말하고 있는 바에야 그 이후 사건으로 짐작하여야 함이 생각의 순서일 것이다.

그렇다면 그 당시의 [30륜]을 깃점으로 그 뒤의 30년을 말한다고 삭여야 하리라. 그렇다면 자연 1960년대를 [전후(前後)되는 양측(兩側)의 명경(明鏡)]으로 들여다보아야 하는 것이다.

*이곳에서의 [명경(明鏡)]은 뒤에 다시 이것을 제목으로 하여 언급된다.

놀라운 일이다. 1960년에 발생한 <4.19 학생의거>야말로 [특이(特異)한 사월(四月)의 화초(花草)] 아니랴.

그러나 그것은 애석한 조짐이다.

겨우 [맹아(萌芽)와 같이 희희(戲戲)하는 지평(地平)을 향하여 금시 금시 낙백(落魄)하는 만월(滿月)]이 아니더냐. [맹아(萌芽)와 같이 희희(戲戲)]의 뜻은, 그들(학생)은 갓 돋아난 새싹과 같아서 누군가에게 농락([희희(戲戲)])당하였다는 말을 하고 있다.

[낙백(落魄)]은 낙혼(落魂)과 다르다. 백(魄)은 죽어서 땅으로 돌아가고 혼(魂)은 죽어서 하늘로 올라간다. 같은 만월(滿月)이라도 [四月의 花草]가 혼(魂)을 지녔더라면 하늘로 올라가서 떨어짐이 없었겠지만 육체에 깃든 백(魄)은 [만월(滿月)]이 되었을지언정 떨어지고 말 것은 뻔한 일이 아니었겠는가. 그런데 그들이 떨어지는 곳이 [희희(戲戲)하는 지평(地平)]이다. 공산주의 중국(지평)이 농락하는, 아득한 대륙의 땅의 사상 속으로 떨어져 사라졌던 것이다.

또 그 [魄]은 육체에서 나온 것이니 [청간(淸澗)의 기(氣) 가운데]에서는

[만신창이(滿身瘡痍)]가 됨이 당연하여 간음한 죄의 형벌인 [의형(劓刑)], 코베는 형벌(서구사상의 진리-공산주의에 민족정신이 간음되어 얻어진 형벌)을 당하여 [혼륜(渾淪)]하는 것이겠으며 이에서 [적거(謫居)의 지(地)를 관류(貫流)하는 일봉가신(一封家信)]을 접하니 그 [일봉가신(一封家信)]은 적거(우리나라)를 구제할 소식이 감추어져 있다는 말이다.

여기에서 [청간(淸澗)의 기(氣)]라고 하는 것은 <푸른 계곡의 맑은 물과 같은 순수한 기운의 학생들>이라는 뜻이다.

어떻든 [魄의 滿月]로 인하여 하늘은 무너지는 듯, 공산주의에 자유민주주의가 멸망당할 듯한 위기였으나 [나는 근근(僅僅)히 차대(遮戴)], 하늘을 떠받쳐 머리에 이게 되었으니 얼마나 다행한 일이었더냐. 이러한 위기의 원인은 남의 진리(西歐思想)와 상합한 죄(罪)로 받아진 형벌(간음으로 인한 코베는 형벌=자존심의 喪失)이니 오늘날까지 이어지고 있지 않느냐.

그러나 그 이후 [몽몽(濛濛)한 월아(月芽)], 뚜렷한 대안이 없이 매달 새롭게 움돋는 혼미한 주의주장들, [정밀(靜謐)을 개엄(蓋掩)하는 대기권(大氣圈)의 요원(遙遠)], 안온함을 싸 덮어야 할 대기권이 아득히 먼, 즉 혼란과 혼란을 거듭하는 시국, 이와 같이 [거대(巨大)한 곤비(困憊) 가운데의 일년사월(一年四月)의 공동(空洞)]이 있게 된다.

그런데 여기에서 하나 짚고 넘어가야 할 것은, 이렇게 극한의 위기를 가져온 4·19가 어째서 앞에서는 [현화(顯花)]라고 하였는가? 그것은 뒤로 이어지는 5·16으로 하여 우리나라는 물론 세계로 이어지는 [현화(顯花)]의 꽃을 피우게 한 역할을 하였으니 그것을 두고 한 말이 되겠다.

그렇다. [사월(四月)의 화초(花草)]가 피어난 후(4·19 이후)부터 정확히 1년이 지나 또 그 사월(四月)까지는 나라에 주인이 없는 [공동(空洞)]의 시간이었다. 그래서 곧 적화통일이 눈앞에 있었던 것이다.

그때, 예측불허하는, 즉 [반산전도(槃散顚倒)]하는 사건과 [성좌(星座)], 즉 정치질서 또는 군부계급(軍部階級)이 [성좌(星座)의 천열(千烈)된] 사건으로 5·16혁명이 터지고, [사호동(死胡同)] 즉 죽은 오랑캐(소련과 하나가 된 시체)와 같은, 북한공산당, 아니면 그와 같은 남한의 무리들을 쫓아내는 [거대(巨

大)한 풍설(風雪). 강매(降霾)]가 몰아쳤으며 [혈홍(血紅)으로 염색(染色)된 암염(岩鹽)의 분쇄(粉碎)], 즉 붉은 공산사상으로 염색된 소금을 깨부숨이 있게 되었다. 공산주의자들은 자유민주주의를 자본주의(資本主義) 비호집단(庇護集團)이라고 공박하며 타락과 멸망으로 인류를 몰고 갈 것이라 하여 자기들을 소금으로 자처하고 있었다.

5·16 이후 투철한 반공정신 무장?

그러나 이로 하여 [나의 뇌(腦) 피뢰침(避雷針)삼아], 영혼과 교감하는 진리추구의 사고력이 [침하반과(沈下搬過)되는 광채임리(光彩淋漓)한 망해(亡骸)], 〈가라앉고 옮겨가서 빛을 떨군 해골〉로 되고 만다.

그래서 [나는 탑배(塔配)하는 독사(毒蛇)와 같이 지평(地平)에 식수(植樹)되어 다시는 기동(起動)할 수] 없게 된다. (남한을 독사로 비유한 것은 뒤에 자세히 밝히겠다.)

[탑배(塔配)]는 도자기를 만드는 기술에 쓰인 글자에 보이니 〈탑(재래사상)의 안에 몸을 두다〉는 뜻으로 삭여 〈웅크려 새로 태어날 날만을 기다린다〉는 뜻으로 볼 수 있고 [지평(地平)]을 공산주의 중국대륙이라고 앞에서 말했으니 중공으로 하여 어떻게 할 수 없다는 말이며 그로 하여 남한의 자유민주사상을 더 확고히 바르게 다져나가야 한다는 말이 된다.

그러나 이에서 절망하지 않는다.

다만 그 이후 [천량(天亮)이 올] 것이기 때문이다.

이상(李箱)은 이처럼 그때 상황에 비추어 미래를 예견할 만큼 그의 깊은 사념(思念)은 〈유계(幽界)에 낙역(絡繹)〉(詩題十號)하였던 것이다. 〈낙역(絡繹)(시제10호 참조)〉은 왕래가 끊이지 않는다는 말이니 각고(刻苦)의 심혈이 무아(無我)의 상태로 그를 유도하게 하여 일상을 보듯 유계의 세계로 드나들며 미래를 훤히 보았던 것이리라. 외부적 독립운동을 뛰어넘는 정신적 투쟁이 이러한 경지를 구했다고 생각된다.

이렇게 풀어놓게 되면 모두를 허망한 추측이라고 논박할 것이지만 그렇지 않다. 뒤로 갈수록 모든 시가 예언을 하고 있다 하는 것을 보게 되면 놀랄 것이다.

아무튼 이 [시제7호]에서, 그처럼 염려되던 한반도의 공산세력이 5.16군사혁명으로 몰아낼 수 있어서 앞으로 올 세상인 [천량(天亮)]을 기다리게 되었다고 말하고 있다. [천량(天亮)]은 〈정도령, 구세주〉와 같은 것이 아니라 〈하늘이 밝아짐〉이란 뜻이다. 우리들 모두 사회주의의 어둠을 헤쳐나가, 자유민주주의 세계에서 밝음을 찾으라는 말이다.

더 이상의 구세주(정도령, 미륵불 등)를 기다릴 필요가 없다는 말이다.

詩題八號 解剖

第一部試驗 手術臺　　　一
　　水銀塗抹平面鏡　　一
　　氣壓　　　二培의平均氣壓
　　溫度　　　皆無

爲先痲醉된正面으로부터立體와立體를爲한立體가具備된全部를平面鏡에映像시킴. 平面鏡에水銀을現在와反對側面에塗抹移轉함.(光線侵入防止에注意하여).徐徐히痲醉를解毒함. 一軸鐵筆과一張白紙를支給함.(試驗擔任人은被試驗人과抱擁함을絶對忌避할것). 順次手術臺로부터被試驗人을解放함. 翌日. 平面鏡의縱軸을通過하여平面鏡을二片에切斷함. 水銀塗抹二回.

ETC아직도滿足한答을收得치못하였음.

第二部試驗 直立한平面鏡　　一
　　助手　　　數名

野外의眞實을選擇함. 爲先痲醉된上肢의尖端을鏡面에附着시킴. 平面鏡의水銀을剝落함. 平面鏡을後退시킴.(이때映像된上肢는반드시硝子를無事通過하겠다는것으로假設함).上肢의終端까지. 다음水銀塗抹.(在來面에). 이瞬間空轉과自轉으로부터그眞空을降車시킴.完全히두個의上肢를接受하기까지. 翌日. 硝子를前進시킴. 連하여水銀柱를在來面에塗抹함(上肢의處分)(或은滅形)其他.

水銀塗抹面의變更과前進後退의重複等.

ETC 二下不詳

第一部試驗 手術臺　　　　一
　　　　水銀塗抹 平面鏡 一
　　　　氣壓　　　　二培의 平均氣壓
　　　　溫度　　　　皆無

爲先痲醉된 正面으로부터 立體와 立體를 爲한 立體가 具備된 全部를 平面鏡에 映像시킴. 平面鏡에 水銀을 現在와 反對側面에 塗抹移轉함. (光線侵入防止에 注意하여) 徐徐히 痲醉를 解毒함. 一蹴鐵筆과 一張白紙를 支給함. (試驗擔任人은 被試驗人과 抱擁함을 絶對 忌避할것.) 順次 手術臺로부터 被試驗人을 解放함. 翌日. 平面鏡의 縱軸을 通過하여 平面鏡을 一片에 切斷함. 水銀塗抹二回.

ETC 아직도 滿足한 答을 收得치 못하였음.

第二部試驗 直立한 平面鏡　　　一
　　　　助手　　　　數名

野外의 眞實을 選擇함. 爲先 痲醉된 上肢의 尖端을 鏡面에 附着시킴. 平面鏡의 水銀을 剝落함. 平面鏡을 後退시킴. (이때 映像된 上肢는 반드시 硝子를 無事通過하겠다는 것으로 假說함) 上肢의 終端까지. 다음 水銀塗抹. (在來面에). 이 瞬間 空轉과 自轉으로부터 그 眞空을 降車시킴. 完全히 두 個의 上肢를 接受하기 까지. 翌日. 硝子를 前進시킴. 連하여 水銀柱를 在來面에 塗抹함. (上肢의 處分) (或은 滅形)其他. 水銀 塗抹面의 變更과 前進後退의 重複 等.

ETC 以下不詳

해설

이제까지는 역사적 진전과정을 칠호(七號)로써 마감하고 [解剖]라는 부제(副題)를 달고 그렇게 될 원인을 분석한다.

[제일부(第一部) 시험(試驗)]에서 [실내(室內)](國內) 또는 내부 심리적 상황에 [수술대(手術臺)]로 현실상황을 설정한다.

그리고 [수은도말평면경(水銀塗抹平面鏡)]으로 하여 왜곡상황이 없도록 하며, 비판적 자아와 [기압(氣壓)]으로 심리집중의 강도를 [이배(二培)의 평균기압(平均氣壓)]으로 하여 평상의 심리작용으로서는 해부 불가능함을 인식한 강도 높은 집중력과 [온도(溫度)]는 없는 것으로 하여, 열정 또는 흥분 도는 [개무(皆無)]하여 냉철한 판단력으로 [시험(試驗)]한다. 자아비판을 시도한다.

[위선 마취(爲先 痲醉)된], 일체의 감각작용이 배제(排除)된 순수한 [정면(正面)], 한 치의 빈틈이 없는 올바른, 있는 그대로 [입체(立體)와 입체(立體)를 위한 입체(立體)가 구비(具備)된 전부(全部)], 현실조건에 가장 적합하고 또 그 현실이 있게 된 모든 원인과 조건을 구비한 일체의 상황을 [평면경(平面鏡)에 영상(映像)], 왜곡되지 않게 있는 그대로를 반성하여 본다.

그래서 [평면경(平面鏡)에 수은(水銀)을 현재(現在)와 반대측면(反對側面)에 도말이전(塗抹移轉)]한다. 이 말을 잘 삭이면, 현재는 남한을 말하고 반대측면은 북한을 말하는 것이 된다. 남북한이 나눠진 원인을 각자의 편에서서 살펴본다는 말이다, 새날의 밝음, 천량(天亮)을 위하여.

수은은 반사체를 뜻하고 반사체는 순수자아각성 주체를 뜻한다.

그러나 그 조건으로 [광선침입방지(光線侵入防止)에 주의(注意)하여], 외부적 간섭이 없는 순수자아로 [서서(徐徐)히 마취(痲醉)를 해독(解毒)], 순수감정에서 우러나온 감정을 개입시킴으로 행동의지를 발동시키고자 한다.

이렇게 한 후 이 시(詩) [烏瞰圖]를 다시 시작하려고 한다. [일축철필(一軸鐵筆)과 일장백지(一張白紙)를 지급(支給)함]. 자아각성 후 새나라를 이룩하자는 말이다. 그리고, 비판된 자아와는 무관하게 독립된 자신으로서 실행에 옮기고자 한다. [시험담임인(試驗擔任人)은 피시험인(被試驗人)과 포옹(抱擁)함을 절대 기피(絶對 忌避)할 것].

그리고 비판적 자아를 자연스럽게, 어떤 의지(意志)의 도움 없이 발현(發現)되도록 한다. [순차 수술실(順次手術室)로부터 피시험인(被試驗人)을 해방(解放)함].

[익일(翌日)], 시험대상인 우리나라 종축(남북)을 통과하여 가로로 자른다. [평면경(平面鏡)의 종축(縱軸)을 통과(通過)하여 평면경(平面鏡)을 이편(二片)

에 절단(切斷)함].

이 말은 누가 보아도 3.8선으로 남북분단된 것을 말함을 알게 한다.

이에서 남북 분단의 문제와 그 원인을 분석하는 시험임을 알게 하며 남북한으로 나누어 살피자는 시험임을 알게 한다.

그리고 각자에 비판을 가한다. [수은도말 이회(水銀塗抹 二回)].

남북한의 문제로 아무리 살펴보아도 알 수 없다 한다.

이에서 위의 구절을 잘 음미하면 이상 자신이 우리나라의 실상을 분석하는 것으로 보이지만 사실은 우리나라가 앞으로 그렇게 분단되어 남북한 각자가 그에 처한 상황을 분석하여 앞으로 올 미래의 초석을 다지게 된다는 것을 말하고 있음을 깨닫게 된다.

그래서 외부적(外部的), [野外의 진실(眞實)], 세계적 상황 분석(分析) [제이부(第二部) 시험(試驗)]을 시도한다. 아마도 이 [제이부(第二部) 시험(試驗)]은 6.25사변 이후 다시금 우리나라가 처한 상황을 분석하여 새로운 계기를 마련하고자 함으로 보아야 하겠다.

역시 올바른 비평, [직립(直立)한 평면경(平面鏡)]을 그 기본조건으로 하나 이때는 이에 필요한 철학 등 다른 사람들이 이루어놓은 결과를 바탕하여, [조수 수 명(助手 數名)]으로 시험을 실시한다.

여기서 중요한 것은 [마취(痲醉)된 첨단(尖端)을 경면(鏡面)에 부착(附着)]시킨다는 것이다.

[첨단(尖端)]은 물론 〈머리〉를 말하는 것이다.

모든 사상과 정신의 발생처(發生處)인 것이다.

그러나 이곳에서는, 자유민주주의를 고수하는 남한의 〈이승만〉과 공산주의를 신봉하는 〈김일성〉을 말하고 있다.

[평면경(平面鏡)의 수은(水銀)을 박락(剝落)함]

남북한의 수뇌급을 있는 그대로 살펴본다는 말이 되겠다.

그리고 또 그를 비판, [수은도말(水銀塗抹)]하고 보편적 비판, [재래면(在來面)]이 이 세계를 지배함에서 온 것인가, 세계운세의 [공전(空轉)]함이든 우리나라에만 국한된 [自轉]하는 등의 조건을 무시한 비판을 위해서 [진공

(眞空)을 강차(降車)시킴], 진공 없이 밀착시킴으로 시험을 시도한다. 이를 쉽게 말하면, 있는 그대로를 비춰보며 밀착하여 살펴본다는 말이다.

그래서 남북한의 수뇌급들이 만나, [이개(二個)의 상지(上肢)를 접수(接受)하기까지] 노력하고자 한다, 이렇게 되려면, [익일(翌日)]은 더욱 [전진(前進)시킴]으로 가능할 것이지만. [익일(翌日)]은 남북분단 이후를 말한다.

또 이어서 모든 사람들(民衆)의 열기로 상승과 하강을 하게 될 그 온도의 바로미터인 온도계의 [수은주(水銀柱)]의 [수은(水銀)], 반사체(反射體), 즉 비판적 주체를 기정 비판자아, 즉 [재래면(在來面)에 도말(塗抹)]하는 것에 맡기게 된다는 것이다. 그 [재래면]이란 것은 남북통일이라는 기본개념을 두고 하는 말이다, 사상적 모든 이념들을 제쳐두고.

그러나 그렇지 않다면, 이상적사상(理想的思想)의 말소, 즉 먹을 것에만 바탕한 유물사관(唯物史觀)이 우세하게 되어 [上肢의 處分] 또는 [滅形]이 될 것이거나 또 다른 것으로 하거나 이러한 분석과 비판 등의 반복을 되풀이 하는, 즉 [수은도말면(水銀塗抹面)의 변경(變更)과 전진후퇴(前進後退)의 중복등(重複等)]을 하게 되리라는 것이다. 이 말은 사상적 암투나 소규모적 분쟁을 말한다고 보아야 한다.

그리고 자아비판적 또는 군중열광 등이거나 또는 그 어느 것도 아닌, 영어(英語)를 사용하는, [etc]로 보아서는 세계적인 영향으로부터 올 것일지는 모르는 일이다. [이하불상(以下不詳)]이라고 말한다.

이 모든 것은 자유민주주의와 하느님의 구원을 바라고 있는 남한에 대한 분석의 답이다. 예측불허, 뿌리 깊은 좌경사상의 침투로 인한 위기를 점친 예언의 시가 된다.

詩題九號—銃口

每日같이列風이불더니드디어내허리에큼직한손이와닿는다. 恍惚한指紋골짜기로내땀내가스며드자마자쏘아라. 쏘으리로다. 나는내消化氣管에묵직한銃身을느끼고내다물은입에매끈매끈한銃口를느낀다. 그러더니나는銃쏘으드키눈을감으며한방銃彈대신에참나의입으로무엇을내어배앝었드냐.

每日(매일)같이 列風(열풍)이 불더니 드디어 내 허리에 큼직한 손이 와 닿는다. 恍惚(황홀)한 指紋(지문) 골짜기로 내 땀내가 스며드자마자 쏘아라. 쏘으리로다. 나는 내 消火器管(소화기 관)에 묵직한 銃身(총신)을 느끼고 내 다물은 입에 매끈매끈한 銃口(총구)를 느낀다. 그러더니 나는 銃(총)쏘으드키 눈을 감으며 한 방 銃彈(총탄) 대신에 나는 참 나의 입으로 무엇을 내어배앝었드냐.

해설

이와 같이 [시험(試驗)] 작업을 통한 열기와 시대적 사회상황의 [열풍(列風)(이어지는 바람=계속하여 세계를 휩쓰는 전쟁 상황)]이 [매일(每日)같이] 불어왔으며 끝내는 [내 허리에 큼직한 손이 와 닿는다].

지금까지의 내외(內外)에 대한 시험은 [상지(上肢)]로만 하였고 그 [상지(上肢)], 순수정신적사고(純粹精神的思考)로써만 구원을 시도하였는데 어쩐 일로 [상지(上肢)]와 하지(下肢)의 경계지점인 [내 허리에 큼직한 손이 와 닿은] 것일까? 하지(下肢)의 동물적(動物的) 욕구를 [나]는 희망하는 것인가? 그러나 이는, [육호(六號)]에서 예견된 바와 같이 [나]의 희망과는 무관하게 오고야 말 것이 아니겠는가. 어떻든 이 [큼직한 손], 먹는 것을 지상과제로 하는 사회주의자들의 손이다. 그들을 무력으로 몰아내어야 한다. [쏘아라. 쏘으리로다]. 5·16 이후 좌경세력을 몰아내려는 노력을 말하는 것으로 보아야 하리라.

그러나 한편으로 경제발전을 위하여 북한이 이루지 못한 경제성장을 하여 <통화구(通話口)>를 열어야 할 것이다. 그래서 [나는 내 소화기관(消

化氣管)에 묵직한 총신(銃身)을 느끼고 내 다물은 입에 매끈매끈한 총구(銃口)를 느낀다]고 하는 말은 경제구조(소화기관)를 개편하여 새마을 사업과 수출사업으로 무력을 대신하는 [묵직한 총신](국력)을 키웠다는 말이다. 그러나 아직 그들(북한)과 [통화] 하나 제대로 하지 못하였다. [참 나의 입으로 무엇을 내어 배알었드냐]. 귀를 막고 벽을 쌓은 그들과는 아무런 대화도 할 수 없다는 말이다. 오늘의 현실을 예언한 시이다.

> **詩題十號—나비**
>
> 찢어진壁紙에죽어가는나비를본다. 그것은幽界에絡繹되는秘密한通話口다. 어느날거울가운데의鬚髯에죽어가는나비를본다. 날개축처어진나비는입김에어리는가난한이슬을먹는다. 通話口를손바닥으로꼭막으면서내가죽으면앉았다일어서드키나비도날라가리라. 이런말이결코밖으로새어나가지는않게한다.

찢어진 壁紙(벽지)에 죽어가는 나비를 본다. 그것은 幽界(유계)에 絡繹(낙역)되는 秘密(비밀)한 通話口(통화구)다. 어느 날 거울 가운데의 鬚髯(수염)에 죽어가는 나비를 본다. 날개 축 처어진 나비는 입김에 어리는 가난한 이슬을 먹는다. 通話口(통화구)를 손바닥으로 꼭 막으면서 내가 죽으면 앉았다 일어서드키 나비도 날라가리라. 이런 말이 결코 밖으로 새어나가지는 않게 한다.

해설

그래서 [나]는 다시 [나]를 검토하여본다.

[나]는 마음속에 깊이 도사리고 있던 [나비], 자유로운 정신, 불교일 수도 있고 도교일 수도 있다. 시제칠호(詩題七號)의 [탑배(搭配)]를 상기하면 불교의 영혼사상임을 발견한다.

그 [나비]는 [찢어진 벽지(壁紙)](폐망한 우리나라), 퇴색한 사상으로, 그냥 우리의 일반 종교로 남아서 우리를 감싸고 있을 뿐임에 [죽어가는 나비]로 보일 뿐이다.

그러나 그것은 위기에 가득 찬 세계를 벗어날, [유계(幽界)]에 [낙역(絡繹)되는 비밀(秘密)한 통화구(通話口)]가 되는 것이다.

아무튼 이상은 이곳에서 [유계(幽界)와 낙역(絡繹)]하고 있음을, 〈유혼의 세계로 드나들고 있음〉을 실토하고 있다.

그러나 [나]는 반성과 비판을 위한 대상인 [거울]을 보면서 놀란다. 그 거울 속에서 [수염에 죽어가는 나비]를 보았기 때문이다. 그럼 그 거울 속의 [수염(鬚髥)]은 무엇인가? 수염은 여러 곳에서 기독사상으로 말하고 있다. 그리고 거울을 여러 곳에서 북한으로 말하고 있으니 북한의 실상, 공산주의를 앞세운 김일성의 만행에서 살펴야 하겠다. [수염에 죽어]간다는 말은 〈수염이 죽인다〉는 말이 아니라 〈수염으로 하여 죽게 된다〉로 풀어야 할 것이다. 북한의 공산당은 그들의 주장에 방해가 되는 수염(기독사상)을 뽑아 없애기 위해 〈종교는 아편이다〉는 슬로건을 내걸고 불교(나비)까지 뿌리뽑았던 것이다. 그러나 기독교는 지하로 숨어 그 믿음을 더욱 굳게 한 반면에 연약한 나비(불교)는 자취를 감추게 된 것이다.

[손바닥으로 꼭 막으면], 이처럼 영혼세계를 차단하면, 〈유계에 낙역하는-영혼 세계에서 보이는 예언들〉이 사라질 것이니 죽은 것과 같이 될 것이고, 그 죽음은 앉았다가 일어서는 것과 같겠지만 그 영혼(나비)도 [날라가리라]. 영혼이 없는 북한은 미래도 없는 죽음과 같다는 말이다. [이런 말이 결코 밖으로 새어나가지 않게 한다], 너무나 엄청나고 처참한 미래이니.

이 시를 종합하여 말하면, 앞으로 북한의 참상으로 종교계는 말할 수 없이 비참하게 되지만 어려움을 구원의 바탕으로 삼는 기독은 더욱 강하게 일어나고 불교만이 사라지게 될 것이라는 말을 하고 있다고 보여진다.

詩題十一號

그사기컵은내骸骨과흡사하다. 내가그컵을손으로꼭쥐었을때내팔에서는난데없는팔하나가接木처럼돋히더니그팔에달린손은그사기컵을번쩍들어마룻바닥에메어부딪는다. 내팔은그사기컵을사수하고있으니산산이깨어진것은그럼그사기컵과흡사한내骸骨이다. 가지났던팔은배암과같이내팔로기어들기전에내팔이혹움직였던들洪水를막은白紙는찢어졌으리라. 그러나내팔은여전히그사기컵을死守한다.

그 사기컵은 내 骸骨(해골)과 흡사하다. 내가 그 컵을 손으로 꼭 쥐었을 때 내 팔에서는 난데없는 팔 하나가 接木(접목)처럼 돋히더니 그 팔에 달린 손은 그 사기컵을 번쩍 들어 마룻바닥에 메어부딪는다. 내 팔은 그 사기컵을 사수하고 있으니 산산이 깨어진 것은 그럼 그 사기컵과 흡사한 내 骸骨(해골)이다. 가지 났던 팔은 배암과 같이 내 팔로 기어들기 전에 내 팔이 혹 움직였던들 洪水(홍수)를 막은 白紙(백지)는 찢어졌으리라. 그러나 내 팔은 여전히 그 사기컵을 死守(사수)한다.

해설

이래서, [나]의 내부적(內部的) 정신분석(精神分析)은 뒤로 미루고 역사적 관찰로 돌려본다.

[그 사기컵]은 여기에서 이조백자(李朝白磁)로 봄이 자연스럽다. 뒤에 〈백지(白紙)=백계씨(白系氏)〉가 나오기 때문이다. 백자(白磁)를 [나]의 정신적 지주, 즉 나를 있게 한 〈국토(國土)=조선(朝鮮)〉과 백의민족정신(白衣民族精神)으로 보고 있다.

또 [그 사기컵은 내 해골(骸骨)과 흡사하다]고 전재하여 국가존재(國家存在)를 최우선으로 설정한다.

그러나 그 민족정신을 고취코져 몸부림칠 때, [내가 그 사기컵을 꼭 쥐었을 때] 외세의 서구문명 또는 그를 받아들인 일본에 [접목(接木)]하고자

하는 세력이 생기니, [내 팔에서는 난 데 없는 팔 하나가 접목(接木)처럼 돋히더니], 그로하여 우리나라 고유의 민족정신이 내동댕이쳐지지 않았더냐. 그것은 차라리 나를 팔아먹는 꼴이지 않았더냐.

그러나 나라는 잃었을망정 민족정신은 잃지 않았다. [내 팔은 사기컵을 사수하고 있으니 산산(散散)히 깨어진 것은 그럼 그 사기컵과 흡사한 내 해골(骸骨)이다].

그런데도 그 외세수용(外勢受容)의 정신은 도리어 우리에게 흡수되었으니, [사기컵과 흡사한 내 해골(骸骨)]이니 이는 어쩐 연고며 우리들이 너무나 미약한 때문인가?

그러나 그렇게 하지 않고, 쇄국정책을 하지 않고 일본처럼 외세를 끌어들여 서구문명을 받아들였다면, [가지났던 팔은 배암과 같이 내 팔로 기어들기 전에 내 팔이 혹 움직였던들] [홍수(洪水)]를 막는 [백지(白紙)]는 [찢어졌으리라]. 이러하니 지난 일은 한탄하지 말자.

〈홍수(洪水)는 수공수(水共水)로 파자(破字)되어 공산주의(共產主義)를 뜻하고, 백지(白紙)는 백계씨(白系氏)로 파자되어 배달민족(倍達民族)을 뜻한다〉. 외세를 받아들여 진작에 서구화되었다면 우리나라는 공산주의국가가 되고 말았을 것을 말하고 있다.

어쩔 수 없는, 하느님의 역사(役事)로 돌리자, 그렇게 될 수밖에 없는 순서이니.

그래도 민족정신과 국가는 그대로 존속하고 있지 않는가. 그래서 말한다. [그러나 내 팔은 여전히 그 사기컵을 사수(死守)한다]고.

우리나라가 쇄국정책으로 일본에 패망하는 길을 걷게 되었지만 그것으로 하여 도리어 공산주의국가가 되지 않을 수 있었다는 것은 다행한 일이라고 하는 예언의 시다. 처음은 남북 분단으로 북한이 공산주의로 되지만 결국은 그들이 패망하고 자유민주주의 국가로 통일된다는 결과를 두고 하는 말이다. 예언이다.

詩題十二號

> 때묻은빨래조각이한뭉덩이공중으로날라떨어진다. 그것은흰비둘기의떼다. 이손바닥만한한조각하늘저편에戰爭이끝나고平和가왔다는宣傳이다. 한무더기비둘기의떼가깃에묻은때를씻는다. 이손바닥만한하늘이편에방망이로흰비둘기의떼를때려죽이는不潔한戰爭이시작된다. 空氣에숯검정이가지저분하게묻으면흰비둘기의떼는또한번손바닥만한하늘저편으로날아간다.

때묻은 빨래 조각이 한 뭉덩이 공중으로 날라 떨어진다. 그것은 흰 비둘기의 떼다. 이 손바닥만한 한 조각 하늘 저편에 戰爭(전쟁)이 끝나고 平和(평화)가 왔다는 宣傳(선전)이다. 한 무더기 비둘기의 떼가 깃에 묻은 때를 씻는다. 이 손바닥만한 하늘 이편에 방망이로 흰 비둘기의 떼를 때려 죽이는 不潔(불결)한 戰爭(전쟁)이 시작된다. 空氣(공기)에 숯검정이가 지저분하게 묻으면 흰 비둘기의 떼는 또 한 번 손바닥만 한 하늘 저편으로 날아간다.

해설

세계적 상황에서 우리나라를 살펴본다.

세계는 전쟁으로 어지러워진다. 이는 어쩐 연고냐.

더러워진 인간(정신적)을 깨끗하게 하고자 함에서 비롯함인가?

[빨래], 그러나 그 [빨래], [흰 비둘기 떼]는 도리어 때가 묻어 [한 뭉덩이 공중으로 날라 떨어진다].

그 전쟁은, 유럽이란 지구의 한 조각 귀퉁이 하늘, [이 손바닥만한 한 조각 하늘 저편]에서 일어났고 또 그곳에서 [평화(平和)가 왔다는 선전(宣傳)], 그것은 단순한 선전에 불과한 평화이며 인류구제(人類救濟)의, 하느님이 목적한 평화는 아닌 것이다.

그래서, 다시 [이 손바닥만한 하늘 이편], 동양 또는 우리나라에 [방망이로 흰 비둘기를 때려죽이는 불결(不潔)한 전쟁(戰爭)이 시작(始作)된다]. 공산과 자유민주의 대결로 오는 우리나라 6·25사변과 월남과 캄보디아, 미얀마 등등의 전쟁— 시제오호(詩題五號)참조 —이 시작되는 것이다.

[공기(空氣)], 아무런 사상적(思想的) 무기가 구비되지 못한 상태의 현실(現實)에 [숯검정], 사상적 오염이 [지저분하게 묻으면 흰 비둘기 떼는 또 한 번 이 손바닥만 한 하늘 저편으로 날아간다]. 전쟁 속의 하늘을 [손바닥만] 하다고 하잖게 보는 시각(視覺)은, 이상(李箱)이 보는 이 세계, 하늘은 인간이 제 잘난 듯 큰 듯하지만 너무 하찮은 짓거리로 보인다는 뜻이 내포되어 있다. 결국은 진리와 하느님의 뜻에 따르는 역사의 흐름은 크게 보아 변함이 없다는 뜻을 지녔다고 보아야 하리라.

시제십삼호(詩題十三號)

내팔이면도칼을든채로끊어져떨어졌다. 자세히보면무엇에몹시威脅당하는것처럼새파랗다. 이렇게하여잃어버린내두개팔을나는燭臺세움으로내방안에장식하여놓았다. 팔은죽어서도오히려나에게겁을내이는것만같다. 나는이런얇다란禮儀를花草盆보다도사랑스레여긴다.

내 팔이 면도칼을 든 채로 끊어져 떨어졌다. 자세히 보면 무엇에 몹시 威脅(위협)당하는 것처럼 새파랗다. 이렇게 하여 잃어버린 내 두 개 팔을 나는 燭臺(촉대) 세움으로 내 방안에 장식하여 놓았다. 팔은 죽어서도 오히려 나에게 겁을 내이는 것만 같다. 나는 이런 얇다란 禮儀(예의)를 花草盆(화초분)보다도 사랑스레 여긴다.

해설

이러한 상황에서, [내 팔], 민족정신수호의지(守護意志)가 [면도칼], 외세절단의지(外勢切斷意志)를 [든 채 끊어 떨어졌다]. 의지상실(意志喪失). (詩題十一號 참조)

이것은 순전한 세계열강들 또는 경제적 문제들에 기인한 것이지 순수한 자아상실에 그 원인이 있지 않은 것이다. [자세히 보면 무엇에 몹시 위협(威脅)당하는 것처럼 새파랗다]. 이 [새파랗다]는 말은 〈자유민주주의〉 국가로 되었다는 말이다, [무엇](공산주의)에 [몹시 위협당하는 것처럼]. 그래서 당분간은 상실하여가는 민족주체사상(民族主體思想), [이렇게 하여 잃어버린 내 두 개의 팔(남북한)]을 [나는 촉대(燭臺)세움으로 내 방에 장식하여놓았다]. 이 말의 뜻은, 남북한으로 갈라진 우리나라는 잘린 팔과 같은 것이지 진정한 우리나라는 아니라는 말이다.

[팔은 죽어서도 오히려 나에게 겁을 내이는 것만 같다]는 말은 잘린 팔(남북한)은 통일되지 않는 한 죽은 것으로 생각한다는 말이다.

[나는 이런 얇다란 예의(禮義)를 화초분(花草盆)보다 사랑스레 여긴] 한에야 남북통일로 그 팔의 소생을 믿어도 좋으리라. 예언이다.

詩題十四號

古城앞풀밭이있고풀밭위에나는내帽子를벗어놓았다.

城위에서나는내記憶에꽤무거운돌을매어달아서는내힘과距離껏팔매질쳤다. 抛物線을逆行하는歷史의슬픈울음소리. 문득城밑내帽子곁에한사람의乞人이장승과같이서있는것을내려다보았다. 乞人은城밑에서오히려내위에있다. 或은綜合된歷史의亡靈인가. 空中을향하여놓인내帽子의깊이는절박한하늘을부른다. 별안간乞人은慓慓한風彩를허리굽혀한개의돌을내帽子속에치뜨려넣는다. 나는벌써氣絶하였다. 心臟이頭蓋骨속으로옮겨가는地圖가보인다. 싸늘한손이내이마에닿는다. 내이마에는싸늘한손자국이烙印되어언제까지지워지지않았다.

古城(고성) 앞 풀밭이 있고 풀밭 위에 나는 내 帽子(모자)를 벗어 놓았다.

城 위에서 나는 내 記憶(기억)에 꽤 무거운 돌을 매어달아서는 내 힘과 距離(거리)껏 팔매질쳤다. 抛物線(포물선)을 逆行하는 歷史(역사)의 슬픈 울음소리. 문득 城 밑 내 帽子 곁에 한 사람의 乞人(걸인)이 장승과 같이 서 있는 것을 내려다보았다. 乞人은 城 밑에서 오히려 내 위에 있다. 或은 綜合(종합)된 歷史의 亡靈(망령)인가. 空中(공중)을 향하여 놓인 내 帽子의 깊이는 절박한 하늘을 부른다. 별안간 乞人은 慓慓(율률)한 風采(풍채)를 허리 굽혀 한 개의 돌을 내 帽子 속에 치뜨려 넣는다. 나는 벌써 氣絶하였다. 心臟(심장)이 頭蓋骨(두개골) 속으로 옮겨가는 地圖(지도)가 보인다. 싸늘한 손이 내 이마에 닿는다. 내 이마에는 싸늘한 손자국이 烙印(낙인)되어 언제까지 지워지지 않았다.

해설

[십삼호(十三號)]와 같이 우리의 현실이 처해진 이유는 무엇인가, 또 나는 어떻게 하여야 하는가 하는 냉철한 분석을 시작한다.

우리나라는 오랜 역사를 갖고 있다. [고성(古城)].

그러나 [나]의 권위는 팽개쳐진다. [고성(古城) 앞 풀밭이 있고 풀밭 위에 나는 내 모자(帽子)를 벗어놓았다].

그러나 나는 역사의 바탕 [성(城)] 위에서 깊은 역사의 추적, [기억(記憶)에 꽤 무거운 돌을 매어달아서], 기록에 남아 있는 모든 자료와 입으로 전해오는 전설들을 총망라 시행한다. [내 힘과 거리껏 팔매질 쳤다].

그것이 현실, [풀밭]에 대비될 때 그 역사는 더욱 서글퍼진다. [포물선(抛物線)을 역행(逆行)하는 역사의 슬픈 울음소리].

우리의 찬란했던 역사, 세계를 지배했다는 기록이 있는 <환단고기(桓檀古記)>를 읽은 듯함.

그 역사문화를 구걸하는 [걸인(乞人)], 일본 및 서구문명세계가 도리어 내가 팽개친 [모자(帽子)], 역사적 권위에 도전하는 것을 역사적 관점에서 [내려다]본다.

그것은, 역사적 관점에서는 틀림없이 내 밑이었지만 도리어 내 위에 존재한 양 자처한다. [걸인(乞人)은 성(城) 밑에서 오히려 내 위에 있다].

그것은, 우리의 역사를 저희들의 원조상(原祖上)으로 하여 새로이 꾸민 역사, [혹(惑)은 종합(綜合)된 역사의 망령(亡靈)인가] 한다. 그 걸인(乞人)을 장성으로 표현하였기 때문에 유럽을 가리키는 말로 보아야겠다.

그러나 내팽개친 권위(權威), [공중(空中)을 향(向)하여 놓인 내 모자(帽子)의 깊이]는 [절박(切迫)한 하늘을 기다린다]. 권위를 상실하고 하늘의 구원을 기다린다.

그런데 그 [걸인(乞人)], 역사 및 진리에 목마른 자는 [율률(慄慄)한 풍채(風彩)], 두려워 떨고 있는 모양을 [허리 굽혀] 절을 하듯, 무엇을 줍듯 한다. 보잘 것 없다고 생각했던 동양(東洋) 및 우리나라 역사 및 진리에 관심을 가져 살핌, 또는 경의를 표함이다. [율(慄)]은 <심(心)+서(西)+목(木)>으로 풀어 〈두려워 떠는 서양인들의 마음〉으로 된다.

[한 개의 돌], 확실한 근거로 지적함을 [치뜨려 넣는다]. 우리 자신에게는 도외시된 역사 및 진리의 권위인 [모자(帽子)]를 그들은 우러러보고 하는 행위이다.

얼마나 놀라운 일이며 부끄러운 일이냐! 그래서 [나는 벌써 기절하였다].

이제, 감정, [심장]은 이지(理智)및 주체(主體), [두개골]로 [옮겨져 가는 지도가 보인다].

그것은 단순한 심리적 상황이 아니라 꼭 이 세계현실로 나타날, [지도(地圖)], 역사적 전개법칙일 것이다.

냉철한 지성(知性), [싸늘한 손]이 뇌리에 스친다. [내 이마에 닿는다].

이제부터 이 냉철한 지성은 영구히 변치 않으리라. [내 이마에는 싸늘한 손자욱이 낙인되어 언제까지나 지워지지 않았다].

시제십오호(詩題十五號)

1

나는거울없는室內에있다. 거울속의나는역시外出中이다. 나는至今거울속의나를무서워하며떨고있다. 거울속의나는어디가서나를어떻게하려는陰謀를하는中일까.

2

罪를품고식은寢牀에서잤다. 確實한내꿈에나는缺席하였고義足을담은軍用長靴가내꿈의白紙를더렵혀놓았다.

3

나는거울있는室內로몰래들어간다. 나를거울에서解放하려고. 그러나거울속의나는沈鬱한얼굴로同時에꼭들어온다. 거울속의나는내게未安한뜻을傳한다. 내가그때문에囹圄되어있드키그도나때문에囹圄되어떨고있다.

4

내가缺席한나의꿈. 내僞造가登場하지않는내거울. 無能이라도좋은나의孤獨의渴望者다. 나는드디어거울속의나에게自殺을勸誘하기로決心하였다. 나는그에게視野도없는들窓을가리키었다. 그들窓은自殺만을위한들窓이다. 그러나내가自殺하지아니하면그가自殺할수없음을그는내게가르친다. 거울속의나는不死鳥에가깝다.

5

내왼편가슴心臟의位置를防彈金屬으로掩蔽하고나는거울속의내왼편가슴을겨누어拳銃을發射하였다. 彈丸은그의왼편가슴을貫通하였으나그의心腸은바른편에있다.

6

模型心臟에서붉은잉크가엎질러졌다. 내가遲刻한내꿈에서나는極刑을받았다. 내꿈을支配하는자는내가아니다. 握手할수조차없는두사람을封鎖한巨大한罪가있다

1

나는 거울 없는 室內(실내)에 있다. 거울 속의 나는 역시 外出中(외출 중)이다. 나는 至今 거울 속의 나를 무서워하며 떨고 있다. 거울 속의 나는 어디 가서 나를 어떻게 하려는 陰謀(음모)를 하는 中일까.

2

罪(죄)를 품고 식은 寢牀(침상)에서 잤다. 確實(확실)한 내 꿈에 나는 缺席(결석)하였고 義足(의족)을 담은 軍用長靴(군용 장화)가 내 꿈의 白紙(백지)를 더럽혀 놓았다.

3

나는 거울 있는 室內(실내)로 몰래 들어간다. 나를 거울에서 解放(해방)하려고. 그러나 거울 속의 나는 沈鬱(침울)한 얼굴로 同時(동시)에 꼭 들어온다. 거울 속의 나는 내게 未安한 뜻을 傳(전)한다. 내가 그 때문에 囹圄(영어)되어 있드키 그도 나 때문에 囹圄되어 떨고 있다.

4

내가 缺席(결석)한 나의 꿈. 내 僞造(위조)가 登場(등장)하지 않는 내 거울. 無能(무능)이라도 좋은 나의 孤獨(고독)의 渴望者(갈망 자)다. 나는 드디어 거울 속의 나에게 自殺(자살)을 勸誘(권유)하기로 決心(결심)하였다. 나는 그에게 視野(시야)도 없는 들窓(창)을 가리키었다. 그 들窓은 自殺만을 위한 들窓이다. 그러나 내가 自殺하지 아니하면 그가 自殺할 수 없음을 그는 내게 가르친다. 거울 속의 나는 不死鳥(불사조)에 가깝다.

5

내 왼편 가슴 心臟(심장)의 位置(위치)를 防彈金屬(방탄 금속)으로 掩蔽(엄폐)하고 나는 거울 속의 내 왼편 가슴을 겨누어 拳銃(권총)을 發射(발사)하였다. 彈丸(탄환)은 그의 왼편 가슴을 貫通(관통)하였으나 그의 心臟(심장)은 바른편에 있다.

6

模型(모형)心臟(심장)에서 붉은 잉크가 엎질러졌다. 내가 遲刻(지각)한 내 꿈에서 나는 極刑(극형)을 받았다. 내 꿈을 支配(지배)하는 자는 내가 아니다. 握手(악수)할 수조차 없는 두 사람을 封鎖(봉쇄)한 巨大(거대)한 罪(죄)가 있다.

해설

이제, 다시금, 이렇게 된 우리의 현실 역사를 종합적으로 고찰하여본다.

1. 나는 현실무비(現實無備)한 쇄국정책(鎖國政策)으로 나라를 잃었다. [나는 거울 없는 실내에 있다].

비판정신이 있었다 해도 올바른 판단이 없었다. [거울 속의 나는 역시 외출중(外出中)이다]. 뒤에서 밝혀지지만 [거울 속의 나는] 공산주의를 받아들인 북한을 말한다.

그래서 일어난 현실에 대하여 생각할 때 그 무비판 내지 몰비판의 상황에서 였음을 실감한다. [나는 지금 거울 속의 나를 무서워하며 떨고 있다]. 남한의 나는 북한의 나(거울 속의 나)에 대하여 무서워 떤다.

이제 다시 비판정신을 갖는다 한들 어떻게 무엇을 하여야 된다는 말인가. [거울 속의 나는 어디 가서 나를 어떻게 하려는 음모를 하는 중일까].

2. [죄(罪)를 품고 식은 침상에서 잤다]는 말은 이북 공산당이 인정사정이란 팽게치고 남침의 꿈을 꾸었다는 말이며 [의족을 담은 군용장화]라고 함은 남(소련)의 힘을 빌린 북한공산당들의 6·25사변 남침을 뜻한다.

그래서 <백계씨(白系氏)=백의민족(白衣民族), 배달민족(倍達民族)>의 강토를 더럽혔다는 말이다. 이것은 우리나라가 세계를 구할 것이라는 [확실한 내 꿈에 지각]한 죄이다.

3. 나는 다시 자아비판(自我批判)의 세계로 외세(外勢)의 눈을 피해 들어간다. [나는 거울 있는 실내로 몰래 들어간다].

공산주의로 자유를 잃은 세계에서 자유적 자기존재(自由的自己存在)를 찾기 위해 [나를 거울에서 해방(解放)하려고] 한다. 그러나 이 현실에서는 나를 자유롭게 할 비판결과가 나오지 않는다. [그러나 거울 속의 나는 침울한 얼굴로 동시(同時)에 꼭 들어온다]. 이 말은 남한의 좌경세력을 뜻하는 말로 보인다.

이러한 것들이 나에게 참다운 자유(自由)를 주지 않는 원인들이다.

4. 이러한 상황 속에서 [나]는 순수자아를 접어두고 미래의 국가장래를 나름대로 구상한다, [내가 결석한 나의 꿈]으로.

그러나 북한은, [내 위조가 등장하지 않는 내 거울]로 공산주의만을 위하여 어떠한 사상도 침투시키지 않는다는 말이다. [거울]은 북한을 말한다.

그래서 모든 현실을 부정하고 자아몰입의 주체(主體), 자아(自我)만으로 자유롭고자 한다. [무능이라도 좋은 나의 고독의 갈망자다].

그래서 [나]는 모든 비판정신을 없애기로 한다. [나는 드디어 거울 속의 나에게 자살을 권유하기로 결심하였다].

그래서 그 결과에 대한 상황을 전연 알 수 없는 대로 그렇게 하여보고자 한다. [나는 그에게 시야도 없는 들창을 가르키었다].

[그 들창은 자살만을 위한 들창이다]. 우리나라가 살 길은 그것뿐이다, 북한의 공산주의가 스스로 멸망할 것으로.

결국은, 비판적 자아는 나를 현실에 존재하게 하는 나 자신임을 깨닫게 한다. [그러나 내가 자살(自殺)하지 아니하면 그가 자살(自殺)할 수 없음을 내가 가르친다. 거울 속의 나는 불사조(不死鳥)에 가깝다]. 즉 이 불사조(不死鳥)가 까마귀는 아닐는지? 까마귀가 노아의 방주에서 물이 마를 때를 기다려 들락날락거렸듯이 인간 스스로 구원을 찾는 작업은 그 반복작용을 영원히 계속하듯 하는 현실을 말하는 것임. 남북한 모두 〈자유민주주의를 포기하고 공산주의를 포기하는 일〉만이 이 나라를 구할 길이라고 깨닫는다.

5. [나]는 〈자유(自由) 민주주의(民主主義)〉이고 [나의 거울]은 〈공산주의(共產主義)〉가 된다. 아니 거울 속의 내가 공산주의일 것이다.

그래서 [나]는 [나](민주주의)를 구제하고 자유스럽게 하고자 하여 [거울]

(공산주의)을 사살하여야 한다.

[내 왼편 가슴 심장의 위치를 방탄 금속으로 엄폐하고 나는 거울 속의 내 왼편 가슴을 겨누어 총탄을 발사하였다.]

그러나 어찌 알았으랴. 그 [거울 속의 나](공산주의)는 [나](자유민주주의)의 투영된 한 세계임을 몰랐음인가? [탄환(彈丸)은 그의 왼편 가슴을 관통(貫通)하였으나 그의 심장은 바른편에 있다]. 좌익(左翼)〈공산주의〉은 곧 우익(右翼)〈자유민주주의〉였다.

6. 그렇다. [거울 속의 나], 공산주의는 [모형(模型)심장]을 가지고 있음에 불과하다. 피를 상징하는 붉음과 붉은 깃발은 붉은 잉크에 불과하다. [모형심장에서 붉은 잉크가 엎질러졌다].

이것은 분명 〈공산주의〉의 자멸을 말하고 있다.

이러한 간단한 진실(眞實)을 알지 못했고 또 그를 능가할 진리세계구축을 하지 못한 [나]야말로 극형에 처하여 마땅하다. [내가 지각한 내 꿈에서 나는 극형을 받았다]. 6·25사변을 예견한 말이다.

내가 왜 그토록 몰랐단 말인가! 그렇다면 [내 꿈을 지배하는 자는 내가] 아니라는 말인가? 그는 누구일까?

그것은 〈하느님〉이었다.

내가 지금까지 그를 만나지 못했음은 내 안으로부터의 [거대한 죄(罪)]이다.

*〈罪=罒+非〉의 한문 원 뜻은 잠자리 같은 곤충이 허물을 쓰고 있는 모습을 그렸으며 날개를 펴지 못한 상태의 곤충을 말함. 따라서 허물로 하여 올바른 비판을 하지 못하게 하여 망념(妄念)된 판단 속에서 허망(虛妄)을 낳고, 즉 공산주의(共産主義)를 투영(透映)시켰고 또 그를 비판할 수도 없었던 것으로 하여 두 사람(하느님과 나)을 [봉쇄(封鎖)]하였던 것이다.

이로써 이상(李箱)이 발표한 [오감도(烏瞰圖)]는 여기에서 마쳐진다. 무엇인가 미진한, 칠호(七號)에서 구원세계(救援世界)를 말하였음에도 모든 것을 종합(綜合)하는 십오호(十五號)에서 〈6〉으로 마친다. 이는 논리에 맞지 않다. 그러나 이상(李箱)은 기독인(基督人)으로서, 성경에서 말하는 수자(數字)의 상징성을 이해한다면 그의 의도를 짐작하리라고 생각한다. 〈6〉은 인간의 수이며 구원불가의 수라는 것이다. 〈요한 계시록〉에 보면 〈구원세계의 말일〉에 천사가 일곱 가지 재앙을 내리는데 여섯까지 내리고 일곱에서는 다시 一에서 六으로 반복한다. 이렇게 다져져서 최종적인 七의 재앙으로 천국을 맞는다는 시나리오다.

그래서 이상(李箱)의 이 [오감도(烏瞰圖)]도 그렇게 구성되어 십오호(十五號) 이후로 그 반복의 시도가 보이겠으나 무지한 비평가들과 독자들의 반발로 그 시도가 중단된 듯하여 애석함을 어쩔 수 없게 한다.

이처럼 이 시(詩)를 자구해설(字句解說)로 대충 훑어보았다.

여러 여건상 이렇게 해석되어야 하는, 납득하기 충분한 인용(引用)을 끌어와 보이지 못한 점 양해 바라며, 이 해석은 저의 임의의 독단에 흐르지 않고 작가가 여러 곳에서 보인 충분한 근거를 바탕으로 하였음을 틀림없이 한다.

이를 요약하여 이 시(詩)의 전개방법과 줄거리를 말하면 다음과 같다.

첫째, 순수자아(우리나라, 나아가서 세계를 포함) 발견을 위한 작업에서 출발하였다.

둘째, 그것은 불교적 내세적(來世的) 자기성찰에만 두지 않고 현실 및 미래 지상천국을 건설하는 데 한 존재로서의 분석 작업, 즉 기독교적 자기분석이란 것이다.

셋째, 어느 곳 또 어느 것(진리, 기타)에도 구애받지 않는 순수하고 냉철한 판단을 시도했다는 점이다.

그래서 어떤 감정적 상황에서도 초월하여 종래의 시적감흥(詩的感興) 등을 배제한 기법을 사용하였고 엄격한 자구(字句) 선정과 빈틈없는 구상으로 치밀하게 짜여 있다는 것이다.

그것은 모순된 듯한 자구에서도 그 의도를 올바로 잡아야만 해석이 가능하며 그 자구가 모순이라고 버리면 전체를 조금도 해석할 수 없다는 것이다.

예;

[시제일호(詩題一號)]에서 13인의 아해가 모두 무섭다고 그러고선 그 중에 1, 2인의 아해가 무섭다고 해도 좋다고 한다.

[시제팔호(詩題八號)]에서 [수은주(水銀柱)]를 [도말(塗抹)]한다는 이치에 맞지 않는 말을 했고

[시제십사호(詩題十四號)]에서 풀밭에 놓인 모자는 틀림없이 아래에 있는데 [돌맹이를 치뜨려 넣는다]고 하는 등

그 예는 무수히 많다.

이렇게 보면 모든 말 하나 하나가 모순투성이다.

그렇기 때문에 일견(一見) 보아서 〈모더니즘의 초극(超克)〉을 위해 일부러 그렇게 어렵도록 꾸민 듯하지만, 서두에서 밝힌 바의 이유와 이상(李箱)이 도처에 늘어놓아 그 뜻을 일관하고 있는 상용어를 묶어 이해하여 보면 그 의도하는 바가 얼마나 치밀한가 하는 것을 알 수 있다.

이제 다시 그 줄거리를 대강 살펴보자.

[일호(一號)]에서 기독(基督)의 절망을 말한다.

그러나 그것은 이상(李箱) 자신의 절망이 아니라 서구의 시대상황과 그로 인한 세계상황을 보아야 하겠고 그래서 진전되는 현대역사의 발단을 설명한다고 보아야 한다.

[이호(二號)]에서 [사호(四號)]까지는 세계 공통현실(共通現實) 상황이다.

[오호(五號)]에서 [칠호(七號)]는 우리나라 미래예견이 되겠고 기독교 정신이 서양에서 좌절되었지만 우리나라([구원적거(久遠謫居)의 지(地)의 일지(一枝)])가 구원의 열매를 맺으리란 것이다.

[팔호(八號)]에서 [십사호(十四號)]까지는 [나](우리나라 포함)에 대한 분석과 그렇게 진전되어갈 미래역사를 예견한 것이라고 볼 수 있다.

[십오호(十五號)]에서 모든 것을 묶어 전개함과 그 결과는 공산주의의 자

멸, 올바른 이해와 새로운 진리탄생과 미래설계는 죄(罪)(미급한 진리로 자기를 가두는 것)에서 벗어나는 것에 있다 함을 틀림없이 하고 있다.

이렇게 말하면 혹자는 말하리라, 30도 훨씬 못되어 죽은 그에게 무슨 그런 엄청난 판단력과 예지력이 있었겠는가 하고.

그러나 그렇지 않다.

그는 자기 말마따나 〈다 늙어버린 애 어른〉이었다.

일설에 친구와 술을 먹으며 기생을 다룰 때 애 맛 좀 보자 하면 기생이 평소에 그답지 않은 행동을 보고 언감생심(言感生心)하여 젖통을 쑥 내놓으면 이상(李箱)은 손가락 끝으로 그 젖꼭지를 꼭 찍어 입으로 빨며 그 막걸리 술안주로는 일품이군 하였다 하니 이는 애 늙은이가 아니라 숫째 도사(道士)의 품격이다.

이러한 비유로 품격을 손상하는 듯하지만 새겨볼 일이며 요절한 그로서는 남겨진 것이 너무나 적기에 말하는 것이다.

어떻든 그의 시(詩) 모두가 이처럼 초연하고 신비로우며, 남설(濫說)로 코끝을 건드리는 그러한 나부랭이와는 질이 다르다. 다시 새겨보고 또 새겨볼 일이다.

끝으로 이 오감도(烏瞰圖)에서 비유와 암호문 격으로 쓰인 말을 정리하여 둔다.

그가 이렇게 암호문을 즐겨 쓰고 있는 것은 그때 시대상황에서는 드러내어 밝힐 수 없는 내용들이어서 그렇기도 했겠지만, 성경의 〈계시록〉이나 우리나라 〈정감록(鄭鑑錄)〉 등에 영향을 받았음이 도처에 깔려있다.

그래서, 이 작품은 예언서적 성격을 띠고 있다고 보아진다.

烏 …… 비둘기에 상대되는 새. 진리선포 이전에 세계구원을 알리는 역할이지만 알리지 못하고 방황함.

兒孩 …… 개신교(改新敎)의 기독교인들.

道路 …… 진리. 역사의 진로(進路). 기독인의 교세.

疾走 …… 열성적 진리선포.

아버지 …… 진리의 스승, 우리나라 역사의 주체.

싸움 …… 논쟁(論爭) 또는 전쟁(戰爭).

구경 …… 방관, 또는 무관심.

患者 …… 병든 세상.

胖矮小形 …… 일본 제국주의. 왜소(矮小)한 것이 비대(肥大)해진 것.

臟腑 …… 혼란한 진리와 역사적 현실을 소화(消化)하는 국가.

沈水 …… 잡다한, 공산주의 같은 진리에 침범당해 혼잡스런 현실.

畜舍 …… 물욕주의세계(物慾主義世界)

鸚鵡※二匹 …… 민주주의, 공산주의를 겉핥기식으로 알고 떠드는 사람.

鸚鵡二匹 …… 민주, 공산 등의 사상을 이해하지도 못하고 설파하고 휩싸이는 무리들.

明鏡 …… 올바른 사회적 판단.

洛魄 …… 물질주의로 기울어진 영.

劓刑 …… 간음죄(姦淫罪)로 코베는 형벌(이조시대 우리나라 전래의 관습이었슴). 즉 진리적 간음(물질만능주의적 진리에 흡수된 진리, 즉 유물사관적 공산주의 등)으로 받는 형벌.(6·25사변을 예견한 것임.)

星座 …… 군부세력(5·16혁명을 예견한 것임).

槃散顚倒 …… 예측불허(豫測不許)의 상태(5·16혁명 이후의 사회 상태)

死胡同 …… 죽은 듯 생각되었던 오랑캐(李箱 당시 중국이 일본에 점령당하여 있었음을 상기할 것) 같은, 즉 中共 또는 소련. 이북 공산당 등. 또는 남한의 좌경.

血紅 …… 공산주의.

腦 …… 사고력.

塔 …… 불교 또는 재래종교.

毒蛇 …… 이북 공산주의자들.

植樹 …… 활동은 정지되었지만 생명을 잃지 않는 것.

天亮 …… 하늘이 밝아짐.(단순한 〈구세주〉란 뜻이 아님)

解剖 …… 심리분석.

手術臺 …… 현실 상황.

水銀塗抹 …… 비판적 상황 설정.

平面鏡 …… 왜곡되지 않는 비판력.

氣壓 …… 심혈을 기울이는 감도.

麻醉 …… 일체의 감각적 상황을 배제(排除)함.

上肢 …… 물욕을 버린 정신적 문제.

水銀柱 …… 비판적 상황으로 민중이 열광하거나 외면하는 상황.

ETC …… 유럽의 일반적 상황, 영어권문화(英語圈文化), 진리 등등.

銃口 …… 세상이 깜짝 놀랄만한 진리의 포문(砲門).

허리 …… 상지(上肢)(정신적 상황)와 하지(下肢)(육체적 및 물질적 상황)를 가름하는 부분.

손 …… 영향력.

恍惚 …… 육체적 쾌락.

땀 …… 진리탐구의 노력.

消火器管 …… 진리를 분석, 이해하는 능력.

나비 …… 유혼(幽魂) 또는 영혼(靈魂). 불교로 대변.

壁紙 …… 영혼을 감싸는 종교적 배경. 나를 보호하는 국가, 사회.

鬚髥 …… 권위로 상징되는 종교(기독교).

사기컵 …… 우리나라(李朝) 및 그 정신.

骸骨 …… 민족정신. 우리나라 국가(國家).

接木 …… 외세동조(外勢同調).

洪水 …… 홍수(洪水)=수(水)+공수(共水)=공산주의.

白紙 …… 백계씨(白系氏)(배달민족, 백의민족).

빨래 …… 청결하게 되어야 할 진리.

숯검정 …… 오염된 진리.

손바닥 …… 신의 안목에서 본 이 세계.

팔 …… 자아고수(自我固守)의 실체.

칼 …… 제거하고자 하는 주체.

燭臺 …… 진리를 밝히는 표본.

禮儀 …… 의무적 실행력(實行力).

花草盆 …… 자연스러운 삶의 세계가 구속받자 스스로와 마음속에서라도 그리는 마음.

古城 …… 유구한 역사의 문화유산.

풀밭 …… 역사문화를 배경으로 하는 현실문화.

帽子 …… 하늘을 받듦을 표상하는 것. 역사문화로 얻어진 상징물.

乞人 …… 진리추구에 목마른 자. 즉 유구한 역사문화에 그 뿌리를 캐며 새 진리를 찾는 자. 즉 서구문명인으로서 절대 진리를 추구하는 자.

空中 …… 정신문화.

心臟 …… 감정(感情)의 발생처.

地圖 …… 진리의 전개도(展開圖). 서양에서 동양으로 옮겨오는 역사의 흐름.

거울 …… 비판적 지성.

室內 …… 자아(自我) 또는 국내(國內).

外出 …… 자아를 버림. 또는 눈을 타국(他國)으로 돌림.

罪 …… 진리 단계가 유치한 수준에서 비판적 자아가 미숙하여 저질러진 일 또는 사건 또는 심리상황. 무비판적으로 공산주의 수용(收容), 또는 졸렬한 이론(理論)의 공산주의, 사회주의 발생.

罪를 품고 식은 침상 …… 죄가 무엇인지 모르고 막연한 도덕감에서 생의 열정이 식어 참다운 진리의 생산(生産)(침상의 작업, 즉 성행위, 즉 새로운 진리탄생을 위한 시도 등)을 하지 못한 우리나라의 현실.

缺席 …… 참여하지 않음.

꿈 …… 이상(理想) 또는 미래 계획.

붉은 잉크 …… 공산주의(위조의 진리, 생명력이 없는 열정 등).

내 꿈을 支配하는 者 …… 신(神)(하느님).

정식
正式

(가톨릭 청년지에 발표 1935년 4월)

[정식(正式)]이라는 제목의 이 시는 가톨릭 청년지에 실린 작품이다. 이로 미루어 이상(李箱)이 크리스트 사상에 깊이 심취되어있었음을 짐작하게 한다. 따라서 뒤의 여러 문제작들을 살피기 위해서는 이 작품을 짚고 넘어가지 않을 수 없다고 생각하여 먼저 접하여보고자 하는 것이다.

그렇다면 이상(李箱)은 무슨 이유로 이 제목을 달고 가톨릭의 면전에 자기의 생각을 펼쳐두었던 것인가? 진정한 정식(正式)은 이런 것이다 하고 외친 것인가? 당신들은 왜 정식(正式)으로 행동하지 못하는가 하고 호소하는 것인가?

正式 I

해저에가라앉은한개의닻처럼小刀가그軀幹속에滅形하여버리더라완전히닳아없어졌을때완전히사망한한개의소도가위치에遺棄되어있더라.

해저에 가라앉은 한 개의 닻처럼 小刀가 그 軀幹(구간) 속에 滅形(멸형)하여버리더라 완전히 닳아 없어졌을 때 완전히 사망한 한 개의 소도가 위치에 遺棄(유기)되어 있더라.

해설

이것을 [식(式)]으로 말하는 것은 하느님을 믿는 그로서는 하느님의 역사(役事)하심의 〈바른 행동 양식(樣式)〉을 말하고 있다고 보아야 하리라. 나아가서 하느님이 인류를 구원하시는 방식(方式)이라고 풀어 무방하리라.

[해저에 가라앉은 한 개의 닻처럼 小刀] 〈바다 밑에 [가라앉은 한 개의 닻]과 같이 된 [소도(小刀)]〉는 도대체 무엇인가? 여기의 [小刀]는 성서(聖書) 안에서는 찾아볼 수 없는 무서운 단어이다. 우리나라 사람들은 가슴에 한을 품는다는 다른 말로 가슴에 칼을 품는다는 표현을 쓴다. 또한 이상(李箱) 당시로 소급하여 생각하면 독립선언문에 〈인(人)마다 방촌(方寸)의 인(刃)을 회(懷)하고〉 하는 구절을 떠올릴 것이다. 그것은 억울하게 나라를 빼앗긴 것에 대하여 밖으로 드러내어 대항하거나 미워하지 말고 〈가슴에 깊은 독립 애국의 감정을 버리지 말고 품고 살아라〉는 뜻이다. 이상(李箱)이 이 시를 쓴 당시는 독립선언문을 발표한 이후로 십 수 년이 흘러갔다. 그래서 모두 잊혀지려는 찰나에 광주학생 사건이 생겨 또다시 독립운동이 불붙는 상황이었다. 이로써 우리 민족의 무저항주의인 해방운동과 크리스트 사상의 자유해방운동이 허물어지는 것을 피해야 한다는 마음에서 이 시를 썼다고 생각된다.

*〈忍=刃+心〉이니 참는다는 말은 가슴에 칼을 품듯이 한다는 뜻이다.

〈바다 밑에 가라앉은 닻이 없어진 것이 아니라 물속에 감추어 있듯이 몸속에 그 방촌의 인이 형체를 없애고 있더라. 그 칼은 자꾸 써서 닳아 없어진다면 몰라도 몸속에 그냥 있어야 할 것인데, 사실은 그곳에서 없어졌으니 그 위치(몸속, 아니 마음 속)에서 내어버린 것인가? (가슴에 품지 않고 밖으로 드러내어 광주학생사건과 같은 짓으로 가슴의 칼을 밖으로 끌어내려고 하는 것인가?)〉 하는 한탄의 말이 되는 것이다. 아니 〈자꾸 써서 결국은 닳아 없어지고 말 것이구나!〉하는 애탐인 것이다. 즉 독립운동과 같은 것은 결국 무용한, 스스로의 다짐을 닳아 없애게 하는 결과를 만든다는 예견인 것이다. 이 말들을 다시 정리하면 하느님이 예정한 날이 있으니, 섣불리 자기를 드러내어 그 3.1정신(무저항주의)과 같은 것을 닳아 없어지게 하면 그 날, 그 예정된 날에 빛나게 쓰일 그 칼이 쓸 수 없게 된다는 말이 된다. 예언이다.

正式 II

나와그알지못할험상궂은사람과나란히앉아뒤를보고있으면기상(氣象)은다몰수되어없고선조가느끼던시사(時事)의증거가최후의철의성질로두사람의교제를금하고있고가졌던농담의마지막순서를내어버리는이정돈(停頓)한암흑가운데의분발(奮發)은참비밀이다그러나오직그알지못할험상궂은사람은나의이런노력의기색을어떻게살펴알았는지그때문에그사람이아무것도모른다하여도나는또그때문에억지로근심하여야하고지상맨끝정리(整理)인데도깨끗이마음놓기참어렵다

나와 그 알지 못할 험상궂은 사람과 나란히 앉아 뒤를 보고 있으면 기상(氣象)은 다 몰수되어 없고 선조가 느끼던 시사(時事)의 증거가 최후의 철의 성질로 두 사람의 교제를 금하고 있고 가졌던 농담의 마지막 순서를 내어버리는 이 정돈(停頓)한 암흑 가운데의 분발(奮發)은 참 비밀이다 그러나 오직 그 알지 못할 험상궂은 사람은 나의 이런 노력의 기색을 어떻게 살펴 알았는지 그 때문에 그 사람이 아무것도 모른다 하여도 나는 또 그 때문에 억지로 근심하여야 하고 지상 맨 끝 정리(整理)인데도 깨끗이 마음놓기 참 어렵다

해설

여기의 [험상궂은 사람]은 누구를 말하는가? 처음에는 그 사람이 <일본인>라고 생각했으나 뒷구절을 잘 읽어보니 그것이 아니었다. 그는 [나]와 나란히 앉은 사람, [이북의 공산당 패거리]였다. 그와 나는 나름대로 사상을 받아들여 삭여 배설하고 있었다. [I]은 일제 당시의 우리나라를 말한다면 [II]는 해방 후의 남분 분단을 말하고 있다. 나는 <자유민주주의>를, 그 험상궂은 사람은 <공산주의>를 배설하고 있었다. 그런데 왜 그를 알지 못한다고 하는가? 그것은 그들이 하는 행동으로 봐서는 왜 그렇게 하는지 이해할 수 없다는 말로 해석하여야 할 것이다. 그 험상궂은 사람이란 남북한으로 갈려져 나란히 한 것을 비유하지 않는다면 [나란히 앉아 뒤를 보고 있]을 수 없기 때문이다. 뒤를 본다는 것은 배설, 즉 대

변(大便)을 보는 것을 말한다. [나란히 앉아 뒤를] 볼려면 여간 가깝고 친한 사이가 아니면 불가능하다. 그리고 천진한 아이들이 하는 짓이다. 그리고 그나 나나 그 허접스런 사상철학으로 험상궂은 얼굴을 하는 것은 천진한 어린아이 짓과 다를 수 없다고 보아야 하리라.

이북 공산당은 처음부터 참으로 험상궂게 놀았다. 자기들에게 동조하지 않는 사람들을 무자비하게 처 죽였다. 그래서 그들은 우리들이 알지 못할 이상한 인종으로 변모하여 험상궂은 몰골로 변모된 것이며 이러한 인간이 설치는 상황에서 하늘의 기상(氣象)마저 제대로 나타날 수 있겠는가? 비행기가 날고 쉴 새 없이 폭탄을 터트려 연기를 피워 올려 해를 가리는 그 하늘이 아무리 맑은 해를 보내어도 맑겠으며 구름을 가린들 불꽃이 쉴 새 없는 그 하늘이 비를 내릴 수 있겠는가? [기상이 몰수]되었다는 말이 알맞다 하지 않을 수 있는가?

[선조가 느끼던 시사(時事)의 증거가 최후의 철의 성질로 두 사람의 교제를 금하고 있고]에서 [선조가 느끼던 시사(時事)의 증거]라는 아주 중요한 대목을 발견하게 된다. 이 대목을 앞뒤 잘 새겨보면 <선조들이 느끼고 있었던 미래, 즉 현실로 된 증거>라고 풀어지고 이것을 다시 말하면 <선조의 예언이 적중하여>로 풀어진다. [최후의 철의 성질]에서 [철의 성질]이라는 것은 총칼을 말하는 것이니 전쟁을 말하는 것이며 [최후]라고 한 것은 그 전쟁의 예언 중에 가장 마지막 전쟁을 말하는 것이 될 것이다. 그래서 그 전쟁으로 남북한은 [교제를 금]하고 원수지간이 되어 있다는 말이다. 그 당시 누구도 짐작하지 못한 예언이다.

[가졌던 농담의 마지막 순서를 내어버리는 이 정돈(停頓)한 암흑 가운데의 분발(奮發)은 참 비밀이다]

[농담]이라는 것은 서로 친밀한 사이에서 흉허물 없이 주고받는 말이다. 그러나 남북한은 그런 절차가 있을 수 없게 아주 가라앉고 무거운, [정돈(停頓)한] 암흑과 같은 상황이 된다. 이러한 예언을 누가 믿을 수 있었겠는가? [참 비밀]로 하지 않을 수 없었으리라.

그러나 아무리 [참 비밀]로 한다고 하여도 일어날 것은 일어나고야 만다. 이것을 막으려는 사람을, [이런 노력의 기색을] 살펴 알고 일제 당시부터 공산주의자들은 동족끼리 대결하게 되었던 것이다. 이러한 이유로 사실 그 일을 [모른다고 하여도] 더욱 조심스럽게 되는, [억지로 근심하여야 하고] 마는 것이다.

그러나 이렇게 된 것은 인류구원의 맨 마지막에 있어질 절차로 예언된 것들이지만 그게 꼭 그렇게 좋은 결과로 마감될 것인지는 안심하지 못할 것이다. [지상 맨 끝 정리(整理)인데도 깨끗이 마음 놓기 참 어렵다] 한다. [지상 맨 끝]이라고 하면 우리나라를 말한다.

그런데 이 구절을 심각하게 받아들여야 할 것 같다.

성경에서 예수님이 예언하시기를 "하느님의 말씀이 이 세상 끝까지 전파되고 나면 이 세상에 천국이 올 것이라"고 하셨기 때문이다.

지금에서 살피면 최종의 문제가 〈공산주의 이북〉과 〈중동의 무슬림〉이다. 그렇다면 자유민주주의 남한이 이북을 흡수통일하고 중동으로 하느님의 말씀을 전파하여 이스라엘을 기독사상으로 개종하여야 할 것이다. 이렇게만 된다면 이 세상의 가장 마지막에 올 최종의 평화세계 시나리오가 아니겠는가? 아니, 하느님은 이것을 위해서 우리나라를 최악의 곤경에 처하게 한 것은 아닌가? 이상은 이렇게 생각하고 있었고 이것을 위해서 우리들을 깨우치는 예언을 하고 있다고 보인다.

正式Ⅲ

웃을수있는시간을가진표본頭蓋骨에筋肉이없다.

웃을 수 있는 시간을 가진 표본 頭蓋骨(두개골)에 筋肉(근육)이 없다.

해설

[웃을 수 있는 시간]이라는 것은 과거 우리나라 근본 사상속의 세월을

말한다. 그것은 〈환단고기〉에 나오는 〈환국〉을 두고 이르는 말이다. 그러나 그것은 오늘날 모든 사람이 이해할 수 있을만한, 아니 그것으로 정사(正史)로 삼을 만한, [두개골(頭蓋骨)]의 근거, 즉 [근육(筋肉)]이 모자라는 것이라고 말한다. 간단히 말해 사료(史料)가 모자란다는 말이다.

이 시에서 어떻게 [웃을 수 있는 시간]을 〈환국의 시절〉이라고 할 수 있느냐 하고 반박할 사람이 있겠지만 [두개골(頭蓋骨)]이 무엇을 뜻하는가를 깊이 삭여보면 알 수 있을 것이다. [두개골(頭蓋骨)]은 우리의 조상이고 아득히 소급되는 〈우리나라의 역사〉가 될 것이며 그 역사 속에 웃을 수 있었던 것은 〈환국〉 말고 있었던가? 〈단군〉이 세운 〈조선〉 이후로는 계속 싸움으로 이어오면서 이 나라를 지켜왔다.

그래서 이 시에서 "이제 우리는 뼈만 남은 〈환국 역사〉의 [근육(筋肉)]을 찾아야 할 때이다" 하고 외치고 있는 것이다.

이렇게 하여 앞으로는 [두개골]은 곧 〈환국의 역사〉로 생각하여도 좋게 된다. 이상(李箱)의 시는 모든 것이 같은 맥락으로 통하고 있다.

正式Ⅳ

너는누구냐그러나문밖에와서문을뚜드리며문을열라고외치니나를찾는一心이아니고또내가너를도무지모른다고한들나는차마그대로내버려둘수는없어서문을열어주려하나문은안으로만고리가걸린것이아니라밖으로도너는모르게잠겨있으니안에서만열어주면무엇을하느냐너는누구기에구태여닫힌문앞에탄생하였느냐.

너는 누구냐 그러나 문밖에 와서 문을 뚜드리며 문을 열라고 외치니 나를 찾는 一心(일심)이 아니고 또 내가 너를 도무지 모른다고 한들 나는 차마 그대로 내 버려둘 수는 없어서 문을 열어주려하나 문은 안으로만 고리가 걸린 것이 아니라 밖으로도 너는 모르게 잠겨있으니 안에서만 열어주면 무엇을 하느냐 너는 누구기에 구태여 닫힌 문앞에 탄생하였느냐.

해설

[너는 누구냐]

여기의 [너]는 또 다른 나인 것이다. 자아를 상실한 〈나〉. 근본진리의 사람의 길 속에서 무한한 광명의 나라를 향해 나아가던 우리나라의 〈나〉. 그러나 외세(서구)의 문명이 내 눈을 가리고 끌고 가더니 어딘가 모르는 광야에 버린 〈나〉인 것이다.

내 마음속 깊은 곳의 진정한 내가 그를 발견하였을 적에 그는 나를 만나기 위해 몸부림치는 또 다른 존재로 내가 있는 문밖에 선 것을 발견하게 된다. 그는 왜 나와 하나가 되지 못하는 것인가?

[문은 안으로만 고리가 걸린 것이 아니라 밖으로도 너는 모르게 잠겨있으니 안에서만 열어주면 무엇을 하느냐.]

헤매는 내가 '참나'를 찾으려고 하지만 만나지 못하는 것은 '참나'가 그를 받아주지 않아서 그런 것이 아니라 헤매는 또 다른 내가 '참나'를 찾을 줄을 몰라서 그렇다. 아니 참으로는 찾을 마음이 없어서 밖(외세)으로 잠긴 그 문을 열지 않고 있기 때문이다.

[너는 누구기에 구태여 닫힌 문 앞에 탄생하였느냐]

〈너는 진정 본의 아니게 역사의 장난으로 서구문명이 삭막하게 펼쳐진, 본질적 내가 살 수 없는 그곳, 즉 문밖에 탄생하듯 놓여있게 되었구나〉 하고 이상(李箱)은 외치는 것이다. 절망의 세대에 탄생한 또 다른 나를 한탄하는 말이다. 문밖의 나는 두말할 것 없이 외세에 의해 탄생한 공산당의 북한을 말한다. 예언이다.

正式V

키가크고유쾌한수목이키작은자식을낳았다軌條가평편한곳에風媒植物의종자가떨어지지만냉담한배척이한결같이관목은草葉으로쇠약하고초엽은하향하고그밑에서청사는점점수척하여가고땀이흐르고머지않은곳에서수은이흔들리고숨어흐르는수맥에말뚝박는소리가들렸다.

키가 크고 유쾌한 수목이 키 작은 자식을 낳았다 軌條(궤조)가 평편한 곳에 風媒植物(풍매 식물)의 종자가 떨어지지만 냉담한 배척이 한결같이 관목은 草葉(초엽)으로 쇠약하고 초엽은 하향하고 그 밑에서 청사는 점점 수척하여가고 땀이 흐르고 머지않은 곳에서 수은이 흔들리고 숨어 흐르는 수맥에 말뚝 박는 소리가 들렸다.

해설

[키가 크고 유쾌한 수목이 키 작은 자식을 낳았다]

[키가 크고 유쾌한 수목]은 분명 <환국의 백성>, 즉 우리 조상을 일컫는다. 그렇다면 [키 작은 자식]은 누구를 말하는가? 이는 환국 그 이후 우리 동양의 종족을 말한다고 하여야 할 것이다. 특히 일본을 일컫는 말인 듯 생각된다. 환국의 그 거대한 사상과 철학 종교를 잃어버린, 이어받아 알고 있다고 하여도 진정한 정신을 이어받지 못한 [키작은 자식]이 된 것이다.

[궤조([軌條)가 평편한 곳에 풍매식물(風媒植物)의 종자가 떨어지지만]

[궤조(軌條)가 평편한 곳]은 몽고와 만주에 걸친 초원지대를 말한다. 그곳은 서구문명을 받아들이는 철로, [궤조(軌條)]와 같고 서구문명이 바람에 날리듯 묻어오는, [풍매식물(風媒植物)의 종자가 떨어지는 곳]이기도 하다.

그러나 우리 환국의 사상 속에 탄생한 동양인은 그 사상의 깊이를 잃고 키 작은 종자로 변모하고서도 그 서양문명을 한결같이 받아들이지 못하여 교목(喬木)은 관목(觀木)같이 되다가 결국 초엽(草葉)같이 쇠약하여 아래로 떨이지고 말았다.

이와 같은 상황은 말세의 구원에 주최가 될 우리나라에 시련과 시험의 고통을 안겨주게 된 원인이라는 말이다.

[그 밑에서 청사는 점점 수척하여가고 땀이 흐르고]

그 밑에 있는 [청사(靑蛇)]는 무엇인가? 현실(이상 당시)에 붉은 공산당이 용과 같이 설치는 밑에 푸른 자유민주주의의 배암, 그것을 말하는 것이다.

왜 자유민주주의를 뱀으로 비유하였는가? 그것에는 이유가 있다. 성경 창세기에 이스라엘이 죽기 전에 열두 아들을 불러놓고 축복을 할 적에 〈단〉지파에게 〈단은 이스라엘의 한 지파같이 그 백성을 심판하리로다. 단은 길의 뱀이요 첩경의 독사리로다. 말굽을 물어서 그 탄 자로 뒤로 떨어지게 하리로다. 여호와여 나는 주의 구원을 기다리나이다〉고 하였다.

여기에서 단 지파를 지름길의 독사라고 한 말은 제 길을 가지 않고 지름길로 가는 자를 징계하는 백성이 될 것이라는 뜻을 갖는다. 창세기에서 아담과 이브가 동산 중앙의 과일(선악과)을 따먹고 하느님의 벌을 받게 되는 구절을 잘 검토하면, 하느님이 중앙의 과일을 따먹기 전에 동산 주위의 모든 과일의 맛을 보고 난 후 중앙에 있는 과일을 따먹으라는 지시로 받아들여야 할 것이다. 그렇지 않고 그냥 시험하기 위하여 먹지 못할 과일 나무를 동산의 중앙에 심어두었다면 하느님의 창조원리를 매우 의심스런 눈으로 보게 한다. 따라서 그 선악과를 따먹기 위해서는 나선형으로 감아돌며 동산의 모든 과일을 맛본 후에 먹도록 하는 절차를 취하였다면 우리 인간에게 주어진 인내와 순종의 시험을 통과한 것이 되었을 것이다. 모든 짐승이 본능에 대한 충동으로 살아간다면 최소한 창조주의 존재를 믿고 따르려는 존재, 즉 사람은 그만한 인내와 순종은 필수불가결이 될 것이다. 이에서 살핀다면 제 길을 가지 않고 좀 더 지름길로 가려는 자에게, 그것도 자기의 두 다리가 아닌 말을 타고, 다른 무엇에 의존하여 지름길로 가려는 자의 말 뒤꿈치를 물어 넘어지게 하는 것은 곧 하느님의 뜻을 대신하는 것이 될 것이다.

이 〈단〉이 우리나라 〈단군〉이 된 것이라고 하는 학설을 펴는 자가 있지만 그것을 믿을 수는 아직 없고 이상(李箱)도 아마 그런 각도로 보지 않았다고 하여도 우리나라가 그러한 임무를 띤 위치에 있다고 본 것은 분명하다. 즉 우리나라는 청사(靑蛇)로서 공산주의가 천국세상을 인위적으로, 무력으로 이룩하려는 것을 징계하는 역할을 하리라는 예언이 된다고 볼 수 있다. 즉 그 우리나라는 자유민주주의를 수호하는 남한을 뜻한다고 보는 것이다.

참으로 그러하였다. 6·25를 통하여 4·19를 통하여 5·16으로. 또 전 세계의 공산주의는 우리나라를 표본으로 하여 서서히 무너져 내렸던 것이다. 이상(李箱)의 기막힌 예언에 나는 수없이 소름 돋으며 하늘을 우르르는 것이다.

그러나 그 이전까지는 [청사는 점점 수척하여 가고]있었다. 그리고 수없는 노력으로 [땀이 흐르고] 있었다. 아니, 아직도 흐르고 있다.

[머지않은 곳에서 수은이 흔들리고 숨어 흐르는 수맥에 말뚝 박는 소리가 들렸다]. [수은]은 이상(李箱)의 시 도처에 나오는 말이다. 거울 뒷면에 도말(塗抹)하여 현실을 직시하도록 비추는 역할을 하는 존재이다.

[말뚝 박는 소리]는 일제 당시에 우리나라 지맥을 짚어 쇠말뚝을 박았다는 얘기를 떠올리게 한다.

이로써 위의 구절을 풀면 〈멀지 않는 곳(이웃나라 일본)에서 현실을 직시할 수 없는 사상적 혼돈([수은이 흔들리고])이 일어나서 우리나라 사상적 주류(수맥)를 끊는 작업인 [말뚝 박는 소리가 들]리게 했다〉는 것으로 된다. 물론 그 자체의 중요성보다는 〈민족정신말살〉을 목표로 하는 그들의 짓거리를 말하는 것이다, 그런 짓거리로 하느님의 뜻이 어그러질 리도 없겠지만.

아무리 그런 방해공작이 있어도 우리의 임무를 망치게 할 수는 없으리라는 예언이다. 이렇게 되면 위의 얘기들이 해방 전의 이야기로 볼 수 있지만 그렇게 민족정기를 말살하려는 음모에도 굽히지 않았던 우리들의 민족정신을 되돌아보자는 덧보탬 말로 보면 앞의 얘기들이 해방 후의 남북 문제로 그린 것임을 알 수 있겠다.

正式Ⅵ

시계가뻐꾸기처럼뻐꾹거리길래쳐다보니木造뻐꾸기하나가와서모로앉는다그럼저게울었을리도없고제법울까싶지도못하고그럼아까운뻐꾸기는날아갔나.

시계가 뻐꾸기처럼 뻐꾹거리길래 쳐다보니 木造(목조)뻐꾸기 하나가 와서 모로 앉는다 그럼 저게 울었을 리도 없고 제법 울까 싶지도 못하고 그럼 아까 운 뻐꾸기는 날아갔나.

해설

[시계가 뻐꾸기처럼 뻐꾹거리길래 쳐다보니 목조(木造) 뻐꾸기 하나가 와서 모로 앉 는다]

뻐꾸기는 봄이 되어 꽃과 잎이 피면 먼 나라에서 날아와서 운다. 이것은 아마도 이상(李箱) 당시에 곧 천국세상이 온다고 외치는 기독인의 말을 비유한 것일 것이다. 그러나 그들이 부르짖는 것은 한갓 모조에 불과하다고 역설하는 말인 것이다.

이 시 모두를 요약하여 살펴보자

정식1 …… 우리나라가 마지막 하느님의 계획이 성립되는 중요한 역할을 할 것이니 나설치지 말고 물속의 닻처럼 깊이 숨기고 있으라고 한다.

정식2 …… 남북한으로 갈린 이북은 어울릴 수 없는 것이니 마음의 각오를 깊이 하여 [분발], 즉 민족의식고취는 아주 비밀로 하여야 한다고 말한다. 우리나라는 인류역사 [지상의 맨 끝 정리]가 될 것이다.

정식3 …… 세상을 구할 역사는 〈환국〉뿐인데, 그 밝혀진 역사기록([두개골])에는 그를 증거하고 실증할 자료([근육])가 없다고 말한다.

정식4 …… 국가를 상실하고 자아를 상실한 스스로를 비판하며, 〈쇄국(鎖國)정책〉으로만 그러한 것이 아니라 주어진 사명이다. 그리고 그 쇄국으로 공산주의가 이 나라에 뿌리내리는 것을 막을 수 있었다는 예언이다.

정식5 …… 우리 역사의 환국사상은 아주 우수하고 장대하였지만, 인접국들의 [냉담한 배척]으로 하여 관목과 같이 되고 초목과 같이 되어 사라지려 하는 일본은 우리의 민족정신을 말살하려고 〈지맥〉에 말뚝을 박는 짓을 한다고 한탄한다. 그러나 하느님의 계획하심은 변함없다는 예언.

정식6 …… 바라는 바는, 우리들의 환국사상과 흡사한 서양의 기독사상이 세계를 구하고 우리나라도 구한다고 하는데, 그것에만 의지하여서는 안 된다고 말한다.

이 세계 마지막 구원의 작업은 우리나라 스스로 이룩하여야 한다는 예언이다.

건축무한 육면각체
建築無限 六面角體

([조선과 건축]에 일문으로 12편을 발표 1932. 7)

이 시 또한 난해하기로 유명하여 해석은 고사하고 억측이 난무하였다.

웃지 못 할 얘기는, 이상(李箱)이 일본의 설계기사 보조로 일할 때 일본인들이 엄청난 금괴를 숨길 곳을 설계하는 것을 보면서 그것을 비밀암호문자로 시를 지어 간접적으로 뒤에 어느 사람이 그 암호를 풀어 그 금괴를 찾게 하려 하였다고 하는 소재로 영화까지 만들었다니, 이건 희극을 뛰어넘는 괴기 망상의 억측이라고 하지 않을 수 없다.

그러나 이제 필자가 감히 졸해(卒解)로 선보인 〈오감도 해설〉을 본 분은 무언가 잡힐 듯한 맥을 잡고 구절구절 다시 읽어보았으리라 생각하는 것이다.

이상(李箱)은 자기의 작품에서도 틀림없이 말했거니와 〈어느 것 하나 독립된 것은 없고 어느 것 하나 옛 것을 울구어 먹는 짓은 하지 않았다〉고 하였다. 이것을 다시 말하면 일관된 맥으로 새롭게 새롭게 추구하였다는 것이다.

그러한 측면에서 이 [건축무한육면각체(建築無限六面角體)]를 살펴보고자 한다. 하나의 일관된 맥을 갖는 것이 이상(李箱)의 시라면 이것 또한 [烏瞰圖]에서 보았듯이 기독사상과 구원사상의 틀을 벗어나지 않았다는 가정하에서 살펴보아야 할 것이다. 그런데 어느 학자는 [六面角體]라는 말은 있을 수 없다고 한다, 그냥 [六面體]라면 모르지만. 그런데 [角]을 넣은 것은 방주의 [方]자와 [角體]의 [角]자는 모두 〈모서리〉란 뜻이니 다르게 볼 것이 아니라고 생각한다.

사실 이상(李箱)의 모든 작품은 [오감도]에 함축되었다고 하여도 과언은 아닐 것이다. 오감도 이전의 대부분 작품은 일어(日語)로 편편이 발표되었고 [오감도]에 와서 한글로 집약한 시를 발표하였다고 보이기 때문이다. 그는 일관되게 하나의 맥을 추슬러 <구원의 선포>로 하나의 깃발을 세우려 했던 것으로 보인다.

이런 각도에서 살핀다면 [육면각체(六面角體)]는 방주(方舟)라는 연상이 오게 된다. 즉 이 지구를 구원할 상자의 배라는 것이다. 이런 가정에서 살펴 그 이미지가 끝까지 통한다면 이 가정은 바로 이상(李箱)이 우리들에게 상상 가능하게 구상한 천재적 기법이 아닐 수 없는 것이다. 필자는 감히 이러한 가정을 놓고 몇 번이고 이 시를 읽어보고서 너무나 놀랍게 일치함에 감탄을 금치 못하였다.

그렇다면 [건축무한(建築無限)]은 무엇을 뜻하는 것인가? <구원의 방주를 짓고 짓고 또 무한히 짓는다>는 뜻이 된다. 다시 말해 이 땅을 위한 구원 작업이 끝없이 계속되고 있다는 말이다.

이제 이 시를 하나 하나 풀어보자.

AU MAGASIN DE NOUVEAUTES

四角形의內部의四角形의內部의四角形의內部의四角形의內部의四角形.
四角이난圓運動의四角이난圓運動의四角이난圓.
비누가通過하는血管의비눗내를透視하는사람.
地球를模型으로만들어진地球儀를模型으로만들어진地球.
去勢된洋襪(그여인의이름은워어즈였다).
貧血면포,당신의얼굴빛깔도참새다리같습네다.
平行四邊形對四角方向을推進하는莫大한重量.
마르세이유의봄을解纜한코티의香水의마지한東洋의가을.
快晴의空中에鵬遊하는Z伯號. 蛔蟲良藥이라고씌어져있다.
屋上庭園(옥상정원). 猿猴를흉내내이고있는마드무아젤.
彎曲(만곡)된直線을直線으로疾走하는落體公式.

時計文字盤에XII에내리워진二個의浸水된黃昏.

도아-의內部의도아-의內部의鳥籠의內部의카나리야의內部의嵌殺門戶의內部의인사.

식당문간에방금도착한雌雄과같은朋友가헤어진다.

파랑잉크가엎질러진角雪糖이三輪車에積荷된다.

名銜을짓밟는軍用長靴.街衢를疾驅하는造花金蓮.

위에서내려오고밑에서올라가고위에서내려오고밑에서올라간사람은밑에서올라가지아니한위에서내려오지아니한밑에서올라가지아니한위에서내려오지아니한사람.

저여자의下半은저남자의上半에恰似(흡사)하다(나는哀憐한邂逅에哀憐하는나).

四角이난케-스가걷기始作이다(소름끼치는일이다).

라지에-타의近傍에서昇天하는굳빠이.

바깥은雨中.發光魚類의群集移動.

四角形(사각형)의 內部(내부)의 四角形의 內部의 四角形의 內部의 四角形의 內部의 四角形.

四角이 난 圓運動(원 운동)의 四角이 난 圓運動의 四角이 난 圓.

비누가 通過(통과)하는 血管(혈관)의 비눗내를 透視(투시)하는 사람.

地球(지구)를 模型(모형)으로 만들어진 地球儀(지구의)를 模型으로 만들어진 地球.

去勢(거세)된 洋襪(양말)(그 여인의 이름은 워어즈였다).

貧血(빈혈)면포, 당신의 얼굴 빛깔도 참새 다리 같습네다.

平行四邊形 對四角方向(대 사각 방향)을 推進(추진)하는 莫大(막대)한 重量(중량).

마르세이유의 봄을 解纜(해람)한 코티의 香水(향수)의 마지한 東洋(동양)의 가을.

快晴(쾌청)의 空中(공중)에 鵬遊(붕유)하는 Z伯號(백호). 蛔蟲良藥(회충 양약)이라고 씌어져 있다.

屋上庭園(옥상정원). 원후를 흉내내이고있는 마드무아젤.

彎曲(만곡)된 直線(직선)을 直線으로 疾走하는 落體公式(낙체 공식).

時計文字盤(시계 문자반)에 XII에 내리워진 二個의 浸水(침수)된 黃昏(황혼)

도아-의 內部(내부)의 도아-의 內部의 鳥籠(조롱)의 內部의 카나리아의 內部의 嵌殺(감살) 門戶(문호)의 內部의 인사.

식당 문간에 방금 도착한 雌雄(자웅)과 같은 朋友(붕우)가 헤어진다.

파랑잉크가 엎질러진 角雪糖(각설당)이 三輪車(삼륜차)에 積荷(적하)된다.

名銜(명함)을 짓밟는 軍用長靴(군용 장화). 街衢(가구)를 疾驅(질구)하는 造花金蓮(조화 금련).

위에서 내려오고 밑에서 올라가고 위에서 내려오고 밑에서 올라간 사람은 밑에서 올라가지 아니한 위에서 내려오지 아니한 밑에서 올라가지 아니한 위에서 내려오지 아니한 사람.

저 여자의 下半(하반)은 저 남자의 上半(상반)에 恰似(흡사)하다(나는 哀憐(애련)한 邂逅(해후)에 哀憐(애련)하는 나).
四角(사각)이 난 케-스가 걷기 始作(시작)이다 (소름끼치는 일이다).
라지에-타의 近方(근방)에서 昇天(승천)하는 굳빠이.
바깥은 雨中(우중). 發光魚類(발광 어류)의 群集移動(군집 이동).

해설

이 제목은 프랑스어로 <새롭고 신기한 백화점(百貨店)에서>라는 뜻이다. 그렇다면 왜 프랑스어로 했을까? 그것은 프랑스가 서구문명을 대표하는 것이라고 생각해서일까? 다시 말해 이 작품은 서구문명의 구원에 관한 내용이 된다는 말이다. 즉 당시 이 세계를 지배하는 것이 서구적인 것이었으니 당시의 세계를 구원하는 문제로 프랑스의 [신기성(新奇性) 백화점(百貨店)]을 구원의 방주로 대비시킨 것이리라.

[四角形의 內部의 四角形의 內部의 四角形의 內部의 四角形의 內部의 四角形]

사각형을 구원의 방주로 생각한다면 그 해답은 너무나 간단하다.

1. 처음 사각형 — 바다 안의 육지
2. 첫 번째 사각형의 내부 — 육지 안의 에덴동산
3. 두 번째 사각형의 내부 — 에덴동산 안의 노아의 방주
4. 세 번째 사각형의 내부 — 노아의 방주 안의 모세 구약
5. 마지막 사각형 — 예수님의 신약의 성취를 위한 교회

이렇게 다섯 번을 반복한 내부에 존재하는 교회. 그 교회가 이 지구, 즉 인류를 구할 방주가 될 수 있는가 하는 것이 이 시의 주제가 될 것이다. 이상(李箱)이 천주교 청년지에 <정식>이라는 작품을 기고한 사실로 보아도 그가 천주교인이었음을 증명한다고 할 수 있다. 성당에 다니지 않

았다고 하여도 그의 마음깊이 하느님의 구원을 기다린 것만은 틀림이 없을 것이다.

[사각(四角)이 난 원운동(圓運動)의 四角이 난 圓運動의 四角이 난 圓]

이 구절은 너무 어려워, 이상(李箱)이 고의적으로 독자에게 모더니즘을 표방하기 위해 장난친 것으로 말하는 사람도 있다. [四角이 난 圓運動]이란 존재할 수 없다는 것이다. 그러나 이러한 생각으로 이상(李箱) 시를 대한다면 그 속에 숨은 뜻을 전혀 이해하지 못하고 만다. 그러면 그 말 자체를 놓고 무엇을 뜻하는가를 살펴보자.

처음에는 [사각이 난 원]이란 끝구절로 보아서 그 사각이 난 원이 [운동]을 하는 것을 말하는 것인가 생각하였다. 그렇다면 [사각이 난 원]이란 무엇을 말하는 것인가 생각하게 된다. 문득 떠오르는 것은, 옛날에는 지구를 사각이 났다고 믿었다. 지금도 이 땅에 살며 사방을 돌아보면 그렇다고 생각하게 된다. 그러나 사실은 원이다. 우주도 지구도 만곡의 곡선이며 직선, 즉 사각형이란 존재할 수 없는 것이다. 그래서 지구의 운동, 즉 미래를 향하는 시간적 지향성을 말한다고 해석할 수 있다. 그러나 제목에서 말하듯이 사각형은 구원의 방주를 암시한다면 지구를 구원할 교회의 운동으로 봄이 타당하다 할 것이다. 그러나 원운동이 아닌 그냥 운동으로만 본다면 〈사각 이 난 원의 운동〉이라고 하여야 할 것이다. 그렇다면 이상(李箱)이 실수를 한 것인가? 그러나 이상(李箱)의 작품 모두를 들추어도 그런 실수를 한 흔적이 없다. 자기의 말마따나 각고의 노력으로 작품을 썼기 때문이다. 그래서 생각하여 아래의 그림과 같이 사각이 난 운동을 하면 그 사각형이 원운동을 하게 될 것이며 이것을 [사각이 난 원운동]이라고 할 수 있는 것이다.

그렇다면 〈→〉 방향의 운동은 무엇을 말하는가? 이것은 하느님이 하늘에서 역사(役事)하시는 미래적 역사(歷史) 표시이다. 〈↓〉은 이 땅을 위해 베푸시는 구원의 역사(役事) 표시다. 〈←〉은 하느님의 역사(役事)를 인지한 사람이 창조적 근원을 상고(詳考)하여 지난날의 역사(歷史)로 돌아가는 온고(溫故)의 정신을 표시한 것이다. 〈↑〉은 그 온고의 정신 속에서 하느님의 은혜에 감사하며 영광을 돌리는 작업이다.

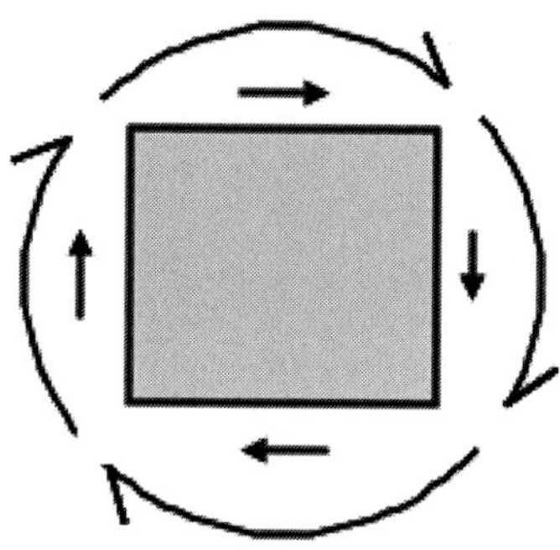

이렇게 짜여진 상태가 곧 구원의 도식(圖式)인 사각형이 되는 것이며 이러한 상호 작용의 원리는 곧 원운동이 된다는 설명이 될 것이다.

이렇게 보면 이 구절이 분명하게 된다.

[사각이 난 원운동]을 두 번 한다. 이것은 처음 하늘에 이루심이 되면 다음은 이 땅에 이루심의 운동이 될 것이다. 이 모든 것은 [사각이 난 원], 즉 우주와 지구를 뜻하는 것이 될 것이다. 또한 영원세계와 현실세계를 말한다고 할 수 있겠고 구약과 신약의 구원작업일 수도 있다. 그러나 이것을 분명하게 말하는 구절이 성서에 있다. 예수님이 제자들에게 기도하는 법을 일러주시고 모든 가식의 기도를 버리고 자기가 가르쳐 주는 기도를 하라는 말씀이다. 그 첫 구절에 <하늘에 계신 우리 아버지. 아버지의 이름이 거룩하게 빛나시며 뜻이 하늘에 이루심 같이 이 땅에도 이루어지게 하소서 ……>라는 구절이 있다. 이러하니 하늘의 일과 땅의 일로 봄이 타당하겠다.

이렇게 해석하면 혹자는 말하리라, 모든 것을 근거도 없이 근사하게 꿰맞춘다고. 그러나 서두에서 말했듯이 이상(李箱)의 모든 시를 성서와 구원에 두고 해석하면 신기하게도 잘 들어맞는 것이다. 그래서 이상(李箱)의 시를 해석하려고 할 적에 필자의 확신이 틀림없다는 가정으로 시작하는 것이다. 그래서 그런 각도로 바라보면 이상(李箱)이 왜 그런 어려운 암호같은 글로 독자를 혼돈에 빠뜨리느냐 하는 것을 깨닫게 된다. 하느님의 역사(役事)하심을 믿고 그 믿음에 관심 있는 자는 같이 생각하자 하는 것이다. 다시 말해 내가 아무리 어렵게 쓰더라도 믿음을 같이 하는 자는 그 뜻을 쉽게 알리라 하는 가정을 세우고 쓴 것이다. 그러나 그렇지 않은 사람이라면 물론 귀신 씨나락 까먹는 소리보다 더 난해한 잡소리로 들릴 수밖에 없다 할 것이다. 그러나 이 해석과 같이 바로 이러한 내용을 누구나 알도록 말하였다면 일반적으로 그 당시 구원을 외치는 종교인들을 벌레 보듯 하는 상황에서 잡소리 치워라는 호통에, 난해하다고 욕하는 소리 몇 배로 질타를 받을 것은 물론, 발표 자체도 못할 것이었겠다.

[비누가 통과(通過)하는 혈관(血管)의 비눗내를 투시(透視)하는 사람]

[비누]는 세척을 상징하는 것이라고 보는 것에는 모두 일치하는 해석이다. 따라서 [비누가 통과하는 혈관]이라고 하면 두말 할 것 없이 피를 정화하는 사람, 죄악의 피를 유전받아 죄(罪) 속에 태어난 인간에게 하느님이 만든 처음의 인간, 죄를 짓지 않은 아담과 같은 인간으로 돌아가게 하고자 하는 사람인 예수님으로부터 죄(罪) 사(赦)함을 받은 기독인을 말하는 것이 된다. 따라서 [비눗내를 투시하는 사람]은 예수님이 된다. 성서에서도 예수님을 〈사람의 아들〉 즉 〈인자(人子)〉라고 말하고 있다.

이로써 이 구절을 살피면, 〈예수님은, 기독인의 인간들이 참으로 죄속(罪贖)하는 마음으로 되고 있는가 꿰뚫어 보시고 있다〉는 말이 된다.

[지구(地球)를 모형(模型)으로 만들어진 지구의(地球儀)를 모형(模型)으로 만들어진 지구(地球)]. 이 구절은 어려워 보이지만 뜻밖에 간단한 뜻을 내포한다. [지구를 모형으로 만든]것은 현대 과학에서 지구를 구형(球形)이라고 확실히 안 이후부터이다. 그러나 그로 하여 지난날의 모든 믿음은 산산이 부서진다. 그래서 이 지구를 과학의 틀 속에 완전히 가두고 과학 이상(以上)의 현실은 생각하지도 않고 과학의 범주 속에서의 지구만을 만들어놓고 있는 것이다, 즉 [지구의를 모형으로 만들어진 지구]로 만든 것이다, 사실은 그 이전 사람들이 진실된 것을 알지 못한 이유였지만. 과학으로 인한 정신세계 파괴와 모든 믿음의 상실, 구원세계의 좌절이 되는 것

이다. 종교도 믿음도 없는 과학만의 세계가 되었음을 말하는 것이다. 이 말을 잘 삭여보면, “지난날의 믿음은 무지에서 신에 의지하는 것이었다면 앞으로는 밝히 봄으로 하는 믿음을 구하라”는 뜻이 된다.

[거세(去勢)된 양말(洋襪). (그 여인의 이름은 워어즈였다)]

[양말(洋襪)]은 서양의 버선이다. 그것이 거세되었다는 것은 무엇을 말하는 것일까? 이 시(詩)는 신기한 백화점 내의 풍경을 그리는 것으로 무대를 설정하였다. 그래서 생각하면 백화점에서 양말을 선전하기 위해 발 모양의 틀을 거꾸로 세워놓고 양말을 입혀 놓은 것을 볼 수 있다. 그것에서 발모양 마네킹을 제거한다면 그것이 곧 거세된 것으로 볼 수 있지 않을까? 그러면 양말은 보잘것없이 구겨져 처져 내린다. 이렇게 상상하면 무엇인가 잡히는 것이 있을 것이다. 서양의 버선, 발이 제거된 버선. 발은 사람을 활동하게 하는 원인이며 원동력이다. 그 발의 주인공은 [그 여인]이다. 그 여인은 [워어즈(word)]다. [word]는 〈말씀〉이다.

이상(李箱)은 천주교인이었다. 설사 성당에 드나들지 않았다고 하여도.

그럼 [그 여인]은 이 땅에 예수님의 〈말씀〉이 있게 한 원인자, 즉 예수님의 어머니, 즉 〈마리아〉가 분명한 것이다.

이렇게 보면 [거세된 양말]은 서양에서 모든 활동이 죽어진 천주교의 상태, 즉 개신교의 활발한 전파로 마리아의 권위가 추락한 상태를 말하고 있는 것이다.

[빈혈(貧血)면포, 당신의 얼굴 빛깔도 참새 다리 같습네다]. 이 구절에서 구원의 종교, 천주교를 주제로 쓴 시라는 것을 알게 한다. [빈혈면포]는 하얀 면포, 즉 성당에서 여인들이 머리에 쓰는 면포를 일컫는 말이다. 그 면포가 빈혈이라는 것은 희다는 뜻만을 나타낸 것이 아니라 핏기를 잃은, 즉 죽어가고 있는 천주교의 상태를 표시한다고 보아야 한다. 그리고 의식적(儀式的) 면포에만 그런 것이 아니라 [얼굴 빛깔도 참새 다리]같이 빈약하다고 하였다.

[평행사변형(平行四邊形) 대사각방향(對四角方向)을 추진(推進)하는 막대(莫大)한 중량(重量)]

[평행사변형(平行四邊形)]이 [대사각방향(對四角方向)]으로 추진(推進)한다고 하는 말은 평면적 사각형을 말하는 것이 아니라는 것을 알 수 있다. 어느 꼭지점에서 내린 대각선이 하나인 평면사변형이 아니라 4개인, 즉 [육면각체(六面角體)], 즉 구원의 상자, 방주(方舟)를 말하는 것이다. 아래의 그림을 보면 한 꼭지점에서 4개의 방향으로 화살표가 나가진 것을 볼 수 있을 것이다.

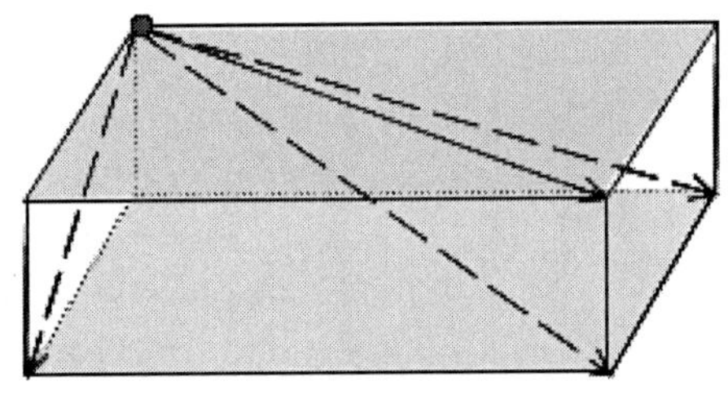

이것은 하느님의 역사(役事)를 설명한 것이다. 오늘날은 이 땅이 큰 위기이며 새로운 태동(胎動)을 위한 전조(前兆)이기도 하였다. 그러하니 하느님의 힘이 막대한 중량으로 작용하지 않을 수 없는 것이다. [중량]이라고 말한 것은 땅이 받아들이는 무게를 말한다. 그러니 자연 그 힘은 위에서 내려진, 땅이 희망하여 내려진 하느님의 힘이 된다는 것이다.

윗면으로 작용한 대각선 1개의 힘은 하늘의 일이 될 것이며 바닥면, 즉 땅에 미치는 대각선 3개의 힘은 〈3〉의 힘이다. 〈성부(聖父), 성자(聖子), 성령(聖靈)〉의 세 힘으로 해석해도 될는지?

[마르세이유의 봄을 해람(解纜)한 코티의 향수(香水)의 마지한 동양(東洋)의 가을]

[마르세이유]는 프랑스의 파리와 가까운 항구도시이다. 그곳은 동서양의 모든 문물이 프랑스로 들어가고 나오는 길목이 된다. 그곳에서 봄을 싣고 떠나는, [해람(解纜)]하는 [코티의 향수]. 코티는 그 당시 유럽을 대표한다고 할 만한 화장품의 황홀한 냄새의 상징물이었다. 그런데 그것이 항구를 떠나서 맞아들인 것은 [동양의 가을]이었다. 모든 사상과 철학과

종교는 서양에서는 봄이었지만 동양에서는 가을이었다. 동서양은 그렇게 만났다.

우리나라는 천주교를 통하여 가장 먼저 서양에 접한다. 그러나 가을을 맞은 우리의 사상은 그 젊디젊은 서양의 종교를 무시하고 강력히 저항하였다. 강화도에 황홀한 향수(?)를 실은 프랑스 함대, 천주교를 지원하기 위해 들어온 그 배를 물리쳐버린다(병인양요–1866년). 이를 비롯하여 서양 문명이 직접적으로 우리나라에 들어오지 못하게 하는 대원군의 쇄국정책이 강화된 것이며 일본을 통해 간접적 서양문물을 받아들이게 한 것이다. 이래서 이상(李箱)이 프랑스를 무대로 한 〈신기성의 백화점에서〉는 서양 천주교를 겨냥한 말세구원의 시나리오를 들추어본 것이리라.

[쾌청(快晴)의 공중(空中)에 붕유(鵬遊)하는 Z백호(伯號). 회충양약(蛔蟲良藥)이라고 씌어져 있다]

이 구절은 소름이 오싹 끼치는 대목이다. 이상(李箱) 당시에는 없었던 제트기를 말한다는 것도 그렇고 그것에 회충양약(蛔蟲良藥)이라고 쓰여 있다는 내용이 그렇다. 제트비행기는 처음 독일에서 1939년에 만들었으나 2차대전 말기에 전투에 투입한 〈ME262〉 외 여러 기종이 연합군의 공격으로 제대로 쓰지 못하였고 패망한 후에 미국이 개발하여 〈F86〉이란 이름으로 6·25사변 때 위력을 발휘하였다. 물론 이상은 1937년에 사망하였기 때문에 〈JET비행기〉에 대해서 알 턱이 없었다. JET와 Z는 물론 다르다. 그러나 모든 예언서가 그렇듯이 이런 차이점은 남겨두는 것이다. 이상(李箱)은 오감도에서 보였듯이 미래를 예언한 구절이 많았다. 노스트라다무스만 예언하고 남사고만 예언하고 이지함만 예언하는가? 이제 이상(李箱)도 그 반열에 올리면 미친 잡소리인가? 어느 누구라도 미래를 걱정하고 구원을 절실히 바란다면 요한계시록처럼은 못되어도 구절구절 떠오르는 것이 있다고 확신한다. 저 자신 꿈으로 이 나라 중대사를 여러 번 꿈꾸었으니 …믿거나 말거나 진실은 진실이다.

이 구절이 미래에 올 예언이라는 것은 [쾌청(快晴)의 공중]이라는 말로 미래를 표시하였다는 것이다. 이상(李箱) 당시의 하늘을 이상(李箱)은 검정투성이로 표현하고 있었기 때문이다. 흐리고 더러운 하늘, 그것이 [쾌청(快晴)의 공중]으로 변한 것이다. 그 위에 날아다니는 제트기. 이것은 분명 미래를 예언하고 이상(李箱) 당시의 전쟁은 물론이고 뒤에 올 2차세계대전도 끝날 것을 예언한 것이다.

그렇다면 [회충양약]은 무엇을 뜻하는 말인가? 우리말에 사촌이 논사면 배가 아프다는 말이 있다. 배가 아픈 것을 우리들은 회앓이라고 했다. 위생상태가 불결하였던 지난날에 주로 걸리는 배 아픈 병은 회충병이었다는 말이다.

2차대전이 끝나고 하늘은 맑아졌다. 그러나 해방된 국가, 분단된 국가, 우리나라는 형제가 서로 갈려 원수처럼 바라보게 되는 국가가 되었다. 그리고 서로 잘 살게 되면 배 아파하는, 회충병 환자가 되었던 것이다. 그래서 북한은 우리 남한이 더 잘살게 되기 전에 까부셔야 한다며 쳐내려왔다. 이것이 6·25사변이다. 그때 나타난 제트비행기, 그것은 서로를 미워하여 배앓이 하는 우리 민족에게 선사한 멋진 회충양약이라고 하지 않을 수 있을까?

[옥상정원(屋上庭園). 원후를 흉내내이고 있는 마드무아젤.]

[옥상정원]이라면 사람이 사는 집, 즉 하늘과 가까운 세상의 가장 위, 구원의 징조가 보이고 구원이 시작될 위치를 말하는 것이다. 이것은 이상(李箱)의 <날개>에서 잘 표현되고 있다.

그 구원이 시작될 곳에 마드무아젤이 있다. 그 마드무아젤은 시집 안간 처녀를 말한다. 그렇다면 동정녀(童貞女) 마리아를 말하는 것이 아닐까? 그렇다고 보아야 할 것이다. 그녀는 이 땅의 구원을 가져온 예수님을 탄생시켰다. 아니라면 그를 크게 모시는 천주교를 말한다고 하여야 할 것이다. 이상(李箱)은 정통성을 이어받아 오고 있는 천주교야 말로 말세(末世)의 구원을 출산할 모체(母體)로 보아야 하리라고 생각했다고 보아야 하지 않을까? 앞 구절에서도 면사포의 얘기와 그 여인을 말씀([word])이라고 표현한 것 등이 그렇다는 것을 보여준다. 그런데 그 마드무아젤은 [원후를 흉내 내이고]만 있다. 원후는 사람의 짓을 흉내 내지만 사람은 아니다. 그런데 그 원후를 마드무아젤이 흉내 내고 있으니 마드무아젤, 즉 천주교도 믿을 것이 없지 않는가? 아니, 그 행태가 안타까울 뿐이다, 그 천주교가 공산주의와 야합하였으니.

[만곡(彎曲)된 직선(直線)을 직선(直線)으로 질주(疾走)하는 낙체공식(落體公式)]. 단순한 중력장(重力場)에서의 직진 운동에 대한 상대적 운동공식을 말하는 것은 아니다. [만곡된 직선]은 원의 한 호(弧)에 불과하다. 그곳에서의 질주는 제자리로 돌아오고 만다. 그 중력의 범위에서의 직진 운동은 호를 그리며 떨어지는 낙체의 운동일 뿐이다. 천주교가 원숭이처럼 웅크려 사람의 흉내를 내는 원숭이를 흉내 내듯이 개신교는 낙체공식의 범주를 벗어나지 못하는 중력장 내에서 질주만을 일삼고 있지는 않는지? 이곳에서 질주(疾走)는 오감도 시제(詩題)일호(一號)에서의 아해들 질주(疾走)(진리선포)와 같은 것으로 보아야 하리라.

[시계문자반(時計文字盤)에 XII에 내리워진 이개(二個)의 침수(浸水)된 황혼(黃昏)]. [시계문자반(時計文字盤)에 XII]이면 사람이 활동하여야 하는 한 낮이다. 그런데도 두 개의 [침수된 황혼]이 내리워진다. [XII에 내리워진 이개(二個)]라면 시침과 분침이 겹친 것을 표현한다고 보겠지만 깊이 색이면 [이개(二個)]라는 말은 〈남북분단의 우리나라〉를 뜻하며 [황혼]이라는 것은 〈끝 무렵〉을 말하니 〈남북한이 이제 사라져야 할 공산주의와 민주주의 사상에 젖어들어 있다〉는 말을 하고 있는 것이다.

[도아—의 내부(內部)의 도아—의 內部의 조롱(鳥籠)의 內部의 카나리야의 內部의 감살 문호(門戶)의 內部의 인사]

옥상에서 아무것도 발견하지 못한다. 그래서 다시 안으로 들어간다. 그래서 안으로 안으로 들어가서 [인사]하며 아는 체하여본다.

1. 첫 번째 도아의 내부—교회(성당)
2. 두 번째 도아의 내부—예수님의 탈민족주의
3. 조롱의 내부—모세의 이스라엘 민족해방
4. 카나리아의 내부—노아의 방주
5. 감살문호의 내부—에덴동산

첫 번째와 두 번째는 탈출을 위한 문이 있다. 이것은 예수님이 인류를 구하기 위하여 마련한 자유의 문이다. 그러나 더 들어가면 조롱 안에 갇힌 새처럼 이스라엘 민족들이 하느님의 지시에 따라 움직이는 한 무리 집단을 발견한다. 그 시작은 인간이 죄악을 범하고 물의 심판을 받아 모두 물에 잠길 위기에 처한 인간들을 구하기 위한 노아의 방주에 극소수의 인간들이 조롱속의 새처럼, 아니 새가 되어 있다. 그러나 그 인간들을 더 깊이 거슬러 올라가면 에덴동산이라는, 하느님의 명령에만 따라야 하는 절대복종의 인간이 하느님의 보호 하에 존재하여 있는 것이다. 그것은 더 넓은 세상을 가시밭길로 만들어두고 나가지 못하게 하는 감옥의 창살, 밖을 내다볼 수만 있고 나오지 못하는 창살 속에 갇힌, 노아의 방주와 같은 그런 곳이었다. 결국 인간은 그렇게 지난날로 들어가서 그렇게 사는 것, 자유를 상실한, 신에 의존하여 절대복종하는 그런 구원만이 존재하는 것인가? 그렇게 하고자 그곳에서 [인사]를 하고자 하는가? 이것은 절망적 울부짖음이 되고 있다.

[식당 문간에 방금 도착한 자웅(雌雄)과 같은 붕우(朋友)가 헤어진다.]

이 [식당]은 일제에서 초근목피하던 우리나라 사람들이 마음대로 먹을 수 있는 곳, 즉 우리나라를 말하는 것이고 그 식당으로 들어가는 입구에서 자웅과 같이 살아야 할 민족이 〈남 · 북〉으로 갈리게 됨을 말한다.

[파랑잉크가 엎질러진 각설당(角雪糖)이 삼륜차(三輪車)에 적하(積荷)된다].

[파랑잉크], 그것은 기록을 위한 도구이다. 인류가 창조이래 흘러온 역사를 기록하고 앞으로의 미래역사기록을 위한 물감이다. [파랑]은 하늘과 바다의 무한한 아득함으로 상징되는 자유를 상징한다. 또한 공산주의(共產主義)에 대적하는 자유민주주의의 상징적 색깔이기도 하다. 그것이 [엎질러]진다. 그것은 달콤하면서 구원의 상징인 방주처럼 육면체여서 그곳에 엎질러진다는 말은 구원의 방주처럼 가장하던 공산주의가 진리의 기록인 말씀(성경)으로 녹아서 사라지게 된다는 말이다. 이 [각설탕]은 〈선에 관한 각서4〉에도 언급되어 모두 구원의 방주처럼 생겼지만 그 임무를 다하지 못하고 곧 녹아 없어지는 것으로 그리고 있다. 그것이 삼륜차에

실려진다. 삼륜차? 하필이면 바퀴가 셋인 차인 것인가? 그렇다. 그 삼륜차는 삼위일체의 신, 창조원인자인 것이다. 따라서 [각설탕]은 구원의 방주가 아니긴 하여도 하느님의 뜻에 의하여 생겨진 것임을 말하고 있다.

그것에 파랑잉크, 자유만을 위한 인류역사기록의 소도구인 그 잉크를 엎질렀지만 도로 그 가식의 구원 방주인 각설탕이 녹아버린 것이다. 이것은 서구문명이 지향한 극한의 종점이었는지 모른다. 공산주의가 생기기 전만 하여도, 아니 공산주의도 삼위일체의 기독사상에 뿌리를 두고 인류를 구제할 달콤한 설탕 같은 말로 꼬였다. 그 꼬임에 든 모든 사람들은 진리의 말씀으로 덮어씌운 각설탕처럼 녹아버리게 될 것이다.

그러나 그 전에 ……

[명함(名銜)을 짓밟는 군용장화(軍用長靴). 가구(街衢)를 질구(疾驅)하는 조화금련(造花金蓮)]. [명함(名銜)]은 개인 신상명세서이다. 그것을 짓밟는다는 것은 개인의 사생활을 말살하는 것을 뜻한다. 그것도 [군용장화]로.

물(일반진리)에 젖은 각설탕을 삼륜차에 실은 결과로 생기는 부작용이다. 군국주의의 탄생을 뜻하며 개인사상 말살의 징조가 되는 것이다. 이상(李箱) 당시의 상황과 2차대전 전후의 처참한 상황을 설명한다.

[가구(街衢)를 질구(疾驅)]한다는 말은 거리를 질주(疾走)하는 것과는 다르다. 질주는 진리선포 등을 위해 앞으로 내닫는 것(오감도 해설을 참조)을 말한다면 질구(疾驅)는 미친개나 채찍을 맞는 말이 달리는 모습을 말하는 것이다. [조화금련]. 이것은 무엇을 말하는가? 연꽃은 오감도 해설에서도 말했지만 불교를 상징하는 꽃이다. 그러나 조화(造化)인 금련(金蓮)은 조작된 불교의 한 조각으로 보아야 한다. 이것은 무엇을 말하는가? 독일의 히틀러가 불교의 상징인 만(卍) 자를 뒤집어 비틀어 그들의 나치 문장(紋章), 〈卐〉으로 만들어 사용하였기 때문에 이렇게 표현한 것으로 볼 수밖에 없다. 그들은 미친개처럼, 채찍을 맞은 말처럼 달리며 세계를 점령하려고 군용장화로 짓밟았다, 개인사상을 말살하며.

[위에서 내려오고 밑에서 올라가고 위에서 내려오고 밑에서 올라간 사

람은 밑에서 올라가지 아니한 위에서 내려오지 아니한 밑에서 올라가지 아니한 위에서 내려오지 아니한 사람].

이것을 해석하는 사람들은 말장난에 불과하다고 일축한다. 그러나 지금까지 살펴본 바로는 이상(李箱)의 시에서 말장난을 한 적이 한 번도 없었다. 치밀하게 계획된, 천재적 발상 그 자체였던 것이다.

우리들, 필자의 말을 믿고 필자의 해석을 따라온 사람, 하나님의 역사하심과 구원의 때를 기다리신 분들은 공감을 갖고 벌써 해석하여놓고 웃을 것이다.

위에서 내려와서 올라간 사람은 결코 밑에서 자의로 올라가서 내려온 사람일 수 없다는 말이다. 이것을 다시 말하면 하늘에서 내려온 사람만이 올라갈 수 있지 밑에서 올라가고자 하여 올라갈 수도 없고 올라간다고 하여도 다시 내려올 수는 없다는 말이다.

예수님이 하늘에서 독생자로 계시다가 내려오셨다는 것은, 조작으로, 땅에서 태어난 자를 하늘에 올려 땅으로 내려온 자로 말할 수 없다는, 절대적 믿음을 고수하는 말인 것이다.

1. 첫 번째, 위에서 내려오고 밑에서 올라간 사람— 창세기의 아담은 하느님의 입김으로 이 땅에 만들어진 첫 사람이었다. 그것은 그 몸이 흙으로 빚어졌을망정 그 생명은 하느님의 것이고 그 하느님의 것은 창조 이전의 생명인 것이니 죽어 다시 하늘로 올라갔던 것이다. 그래서 이것은 아담으로 봄이 타당할 것이다.

2. 두 번째, 위에서 내려오고 밑에서 올라간 사람— 예수님은 마리아의 몸으로 태어났지만 하나님의 독생자로서 잉태되어 나셨다. 그리고 그는 자기 자신을 둘째 아담이라고 하였다.

그렇다면 예수님은 하느님의 독생자로서 아담으로 이 땅에 왔다가 다시 그리스도로 오셔서 죄 많은 인간을 구속(救贖)하셨으니 하늘을 오리락 내리락 하신 분이다.

3. 첫 번째, 밑에서 올라가지 아니한 사람은 위에서 내려오지 아니한 사람— 구약에서 회오리바람에 실려 하늘에 올라간 사람이 있다. 이는

다시 이 땅으로 내려오지 않았다. 이를 <들림을 받은 자>라고 한다. 그러나 그것도 이상(李箱)은 아니라고 한다. 밑에서는 올라가지도 못하고 올라간다고 하여도 내려오지 못한다고 말하고 있다.

4. 두 번째, 밑에서 올라가지 아니한 사람은 위에서 내려오지 아니한 사람— 예수 이후에서 지금까지도 밑에서 올라가거나 올라가더라도 내려올 수 없다고 말한다. 지금도 휴거니 어쩌니 하여, 구원의 날에 들림을 받아 믿음이 지극한 자를 하늘로 죽지 않은 몸을 가지고 가게 한다고 유혹하는 일이 비일 비제하다. 이상(李箱)은 이것을 예견하여 미리 그것을 믿지 말도록 말한 것인가?

[저 여자의 하반(下半)은 저 남자의 상반(上半)에 恰似(흡사)하다 (나는 애련(哀憐)한 해후(邂逅)에 애련(哀憐)하는 나).]

[여자]는 북한이고 [남자]은 남한이다. 둘은 한 몸과 다르지 않으니 둘이 만나는 것(남북통일 되는 것)을 가슴 아리게 기다린다는 말이다.

[사각(四角)이난 케―스가 걷기 시작(始作)이다.(소름끼치는 일이다)]

[사각이 난 케―스]는 물론 <구원의 방주(方舟)>다. 그것이 걷기 시작한다는 것은 구원의 선포를 시작한다는 말이고 구원이 필요한 말세가 시작되었다는 것을 말하기도 한다. 구약의 방주는 구원을 바라는 자가 그 안으로 들어오기를 기다렸다. 그러나 지금은 걷기 시작하여 구원 희망자를 찾는 것이다. 다시 말해 기독인들이 말세를 외치며 방주(교회)로 들어오기를 설교하는 것을 말하는 것이다. 그런데 왜 그것이 [소름끼치는 일이다]고 말하는 것인가? 그 선교활동은 곧 이 지구의 멸망을 말하고 있기 때문이다.

[라지에―타의 근방(近傍)에서 승천(昇天)하는 굳빠이.]

[라지에―타]는 자동차 같은 것의 엔진이 과열하지 않도록 냉수를 넣어 식히는 장치를 말한다. 그것은 자동차 엔진의 시동을 걸자마자 곧 끓어올라 김을 뿜어 올린다.

자동차의 엔진은 물론 선교활동을 할 수 있게 하는 힘이다. 아해들이

거리로 질주하는 것보다 월등히 빠르고 힘찬 자동차(교회)가 거리로 질주하는 것이다. 그 열기를 식히려고 하는 것은 물론 철학과 비평의식일 것이다. 그러나 그것마저 이성을 잃고 달아올라 하늘로 올라가며 [굳빠이] 한다. 위의 구절에서 올라가는 자는 없다고 했다. 그러나 이 승천(昇天)은 자기 파멸을 뜻하는 것이다. 그것을 표현하는 말로 [굳빠이]라고 했다.

[바깥은 우중(雨中). 발광어류(發光魚類)의 군집이동(群集移動).]

[바깥은 우중(雨中)]. 이것은 방주(方舟)를 필요로 하는 구원의 때임을 말한다. 그러나 인간들은 그 방주를 필요로 하지 않는 어류(魚類)가 되어있는 것이다.

자동차가 헤드라이트를 켜고 달리는 것을 보면 특히 그런 생각이 안 들겠는가?

[발광(發光) 어류(魚類)의 군집(群集) 이동(移動)], 이것은 구원(救援) 불가(不可)의 세계로 들어가서 변종(變種)한 인류가 아니던가? 사각형(노아의 방주=구원의 상징)은 육지가 아닌 곳에서 사는 동물에게는 필요가 없다. 육지를 벗어난 인류. 이들은 어류가 되었다.

이상으로 [건축무한육면각체(建築無限六面角體)]의 [Au magasin de nouveautes]해석을 마친다. 구절 구절로 풀어본 것을 한번 묶어보자. 그 전체 느낌과 왜 그렇게 난해하게 쓸 수밖에 없는가 하는 것을 깨닫게 될 것이다.

〈신기성의 프랑스 백화점 풍경–

바다 안의 육지, 육지 안의 에덴동산, 에덴동산 안의 노아의 방주, 노아의 방주 안의 모세 구약, 예수님의 신약의 성취를 위한 교회. 하늘과 땅에 대한 하느님의 구원운동. 그를 위한 교회. 스스로 죄 사함을 바라는 자를 굽어보는 예수님. 종교도 믿음도 없는 과학만의 세계. 힘을 잃은, 천주교와 말씀인 당신 마리아여. 삼위일체이신 하느님이 이 땅에 역사하시는 힘. 서양에서 봄기운으로 동양의 가을을 맞은 철학을 맞아들이도다.

쾌청의 하늘에 날아가는 제트비행기. 시기(猜忌)하는 자의 약이 된다.

구원의 정점에서 천주교는 인간을 흉내 내는 원숭이를 흉내 내고 있을 뿐이구나. 진리와 구원을 선포하기만 하며 질주하는 개신교. 한창 일해야 할 낮, 남북한이 하나로 합쳐야 할 12시이지만 밤을 맞는 황혼을 맞아들이고 있구나. 교회(성당)를 통해 예수님의 탈 민족주의를 통해 모세의 이스라엘 민족해방을 통해 노아의 방주를 통해 에덴동산의 원죄를 위한 사죄. 인사.

삼위일체의 기독사상에 뿌리를 두고 인류를 구제할 달콤한 설탕 같은 말로 꼬였지만 사람들 모두는 물을 덮어쓴 각설탕처럼 녹아버리게 될 것이다.

독일의 히틀러가 불교의 상징인 만(卍) 자처럼 나치 문장(紋章)(卐)으로 만들어 세계를 점령하려고 군용장화로 짓밟았다.

하늘에서 내려온 사람, 예수만이 올라갈 수 있지, 밑에서 다른 어느 누가 올라가고자 하여 올라갈 수도 없고 올라간다고 하여도 다시 내려올 수는 없다. 말세가 왔다는 소름끼치는 설교와 전파. 그 열의를 식히려는 노력을 하는 자는 그 열기에 휩쓸려 증발한다. 말세의 징조인 비가 오지만 구원의 방주가 필요 없는 변종인 인류는 어류가 되어 떼로 몰려다닌다.〉

이렇게 풀어본다고 하여 원문의 뜻을 반의 반이라도 전달 할 수 있겠는가? 그리고 그것이나마 보는 독자를 역겹게 하는 종교설파 이상 무엇을 주겠는가?

熱河略圖 No.2 (未定稿)

1931년의風雲을寂寂하게말하고있는탱크가旱晨의大霧에赤褐色으로녹슬어있다.
客席의기둥의內部(實驗用알콜램프가燈불노릇을하고있다).
벨이울린다.
兒孩가三十年前에死亡한溫泉의再噴出을報導한다.

1931년의 風雲(풍운)을 寂寂(적적)하게 말하고 있는 탱크가 旱晨(한신)의 大霧(대무)에 赤葛色(적갈색)으로 녹슬어 있다.

客席(객석)의 기둥의 內部(내부)(實驗用(실험용) 알콜램프가 燈(등)불 노릇을 하고 있다).

벨이 울린다.

兒孩(아해)가 三十年前(삼십 년 전)에 死亡(사망)한 溫泉(온천)의 再噴出(재분출)을 報導(보도)한다.

해설

이 시는 중국의 얘기를 쓰고 있고 또 제목에 [미정고(未定稿)]라고 하였으니 앞으로 중국이 어떻게 될지 모르는 상황이라는 얘기이다.

[열하(熱河)]라고 하면 연암의 <열하일기>에 나오는, 북경에서 300여리 떨어진 온천지대를 말한다. 중국 청조 건륭 황제가 온천지인 그곳에 피서산장이라 이름 붙인 별궁을 완성한 뒤 청나라 황제들이 매년 그곳에서 여름을 보내면서 정사를 보았기 때문에 북경 다음으로 정치적 중심지가 됐다. 그리하여 한때는 우리나라는 물론이고 몽고, 티베트, 위구르, 베트남, 라오스, 미얀마 등지에서 온 외교사절들로 성시를 이룬 곳이었다. 이렇듯 연암이 여행했을 당시 청나라는 세계 최대의 문화국가로서 전성기를 누리고 있었다.

그런데 제목을 [열하약도(熱河略圖) NO.2]라고 한 것은, NO.1의 시(詩)가 따로 있지 않은 한에는 그 자체에 의미를 부여하여야 한다. 다시 말하여 처음의 약도인 NO.1 약도가 아닌 제2의 약도, 즉 전성기의 그 상황이 아닌 별개의 열하, 즉 중국을 그린 시라는 말이 된다.

1931년의 열하, 즉 중국은 열강의 발톱 밑에 웅크린 돼지와 같은 존재였다. 세계 약소국들을 모조리 삼킨 유럽과 소련은 바야흐로 거대한 돼지를 놓고 잔치를 벌이려고 하는 것이다. 그에 가까운 일본이 끼어들어 돼지의 목을 찌른 것이다. 그것이 이른바 1931년에 일어난 만주사변이니 만주에 있던 일본군인들이 자기들이 몰래 철도를 파괴하고 중국인이 그랬다고 덮어씌우며 그것을 구실로 전쟁을 일으킨 것을 말한다. 그것을 국제연맹에서 조사한바 일본의 날조라는 것이 들통나니 일본은 그 국제연맹을 탈퇴하고 중국을 무차별 공격하여 들어갔던 것이다. 그때까지만 하여도 중국을 잠자는 사자라고 하여 열강들도 두려워하였던 것인데, 일본이라는 조그마한 나라에 당하는 꼴을 보고 중국을 잠자는 돼지라고 하며 찢어 뜯어 차지하였던 것이다, 99년간 일부를 임대한다는 구실이긴 하였지만.

[1931년의 풍운(風雲)]은 이것을 말한다고 하여야 할 것이다.

그런데 이 풍운을 [적적(寂寂)]하게 말한다고 하는 것은 무엇을 말하는가? 그 풍운의 때가 지나가고 옛날얘기처럼 말한다는 뜻이니 1931년을 한참 지난 때에서 바라보는 것을 뜻한다. 그런데 이상(李箱)이 이 시를 쓴 것은 1931년이었으니 이것을 바라보는 시점은 한참 후 미래의 어느 때, 즉 뒤에 나오는 30년, [아해(兒孩)가 삼십년전(三十年前)에]라고 말하는 시점을 놓고 보면, 그 아해가 말하는 그 시점은 1961년이 되어야만 그에서 30년 전이 1931년 이 되고 그 해에 만주사변이 일어나고 그 전의 때에 번성하던 열하를 말하는 것이 되는 것이다. 1961년에는 무엇이 있기에 아해(兒孩)가 [사망(死亡)한 온천(溫泉)의 재분출(再噴出)을 보도(報導)]하는 것인가? 그때는 중국에서는 별다른 일이 없었다. 다만 우리나라에서만이 4·19의거 이후 5·16혁명이 일어난 해였다. 4·19가 부패한 정권을 무너뜨린 의거임에는 틀림없지만, 공산위협의 극점에 이르게 한 것은 인정하여야 한다. 5·16이 아니었으면 우리나라는 공산화되지 않았다고 하는 보장이 없었으니 5·16이 일어난 1961년은 바로 우리나라를 공산 위협에서 벗어나게 한 기적과 같은 사건이라고 인정하여야 한다. 그런데 그것으로 하여 중국, 즉 열하에 미치는 영향이 막대하였으니, 5·16의 주체인 박정희가 1973년 6월 23일에 〈평화통일 선언〉을 하여, "남북한이 평화적인 경쟁을 하여 10년 후에 잘 살게 되는 쪽이 우수한 체제임을 인정하도록 하여 그 체제에 동조하도록 하자"고 하여 전 세계가 주목하게 하였고 특히 중국과 소련이 이를 살피게 하였으니, 그 10년 후인 1983년은 북한보다 남한이 수십 배의 우위로 경제격차를 만들어 소비에트에서 비밀리에 우리

경제를 살피고 자유경제 체제로 돌아오는 계기를 만들었고 중국도 그 전에 천안문 사태를 만드는 등 자유민주체제 자본주의 경제를 용인하도록 하였다는 것은 어느 학자도 부인할 수 없는 사건일 것이다. 이상(李箱)은 그것을 예견한 것이 분명하여 보인다. 그렇다면 이상(李箱)은 만주사변 이후 일본의 침략으로 인한 것을 번성하던 문화의 폐쇄, 즉 [사망(死亡)한 온천(溫泉)]으로 보았다면 그 이후 일본이 폐망하고 장개석의 국민정부와 그 후 공산당의 정부인 중국을 여전히 살아나지 않는 온천과 같이 보았다는 말인가? 그렇다. 이상(李箱)은 철두철미하게 공산주의를 배격하였다. 〈날개〉와 〈오감도〉의 해설을 참조하면 그것을 익히 알리라 본다.

그런데 [아해(兒孩)]는 누구인가?

중국에 비하여 보잘 것 없는 우리나라나 일본을 두고 하는 말인가? 아니다. 이상(李箱)의 시는 하나로 관철한다. 오감도 시제1호에서 말한 아해(兒孩), 즉 기독교인을 말하고 있는 것이다. 사실 소련의 후로시초프를, 중공의 등소평을 줄기차게 설득하여 자유체제로 돌아오도록 한 것이 기독인의 줄기찬 설파에 의한 것이라고 한다. 믿거나 말거나이지만 후에 드러날 일이며 은밀한 통로로 필자가 알게 된 것이다.

이러한 것에서 우리나라 남한이 1961년 이후 확실한 반공체제로 경제성장을 하게 되니 기독인들이 중국도 자유민주체제로 돌아와서 화려하던 열하의 문화국가로 돌아오게 되는 것, 즉 사망한 온천의 재분출을 예언하지 않을 수 없다는 것으로 보는 것이다. 그래서 지금을 보라.

[한신(旱晨)의 대무(大霧)]에서 [한신(旱晨)]을 〈가물은 새벽〉이라고 푸는 것은 억지라고 생각한다. [신(晨)]자가 새벽이라는 뜻이 있기는 하지만 이상(李箱)은 잘 쓰지 않는 한자를 빌어 쓸 때는 〈정감록〉에서 그렇듯이 파자(破字)로 풀도록 비밀스럽게 썼다. 그 이유는 물론 일제 강점기의 상황에서 검열에 걸리지 않기 위함이다. 그래서 파자하여 풀면 〈일(日)간(干)일(日)신(辰)〉이 된다. 일(日)은 물론 일본을 말하는 것이겠으며 간(干)과 신(辰)은 십간(十干) 십이지(十二支)를 말하는 것이다. 다시 말해 〈일본에 의한 운

세〉로 푸는 것이 앞뒤의 문맥과 가장 일치하는 것이 됨을 알 수 있다. 그 때 바로 그 열하, 중국의 운명은 만주사변 이후로 한 치의 앞을 내다볼 수 없는 안개로 덮여있는 것과 같았음을 생각할 수 있다. 그래서 [한신(旱晨)의 대무(大霧)]를 풀면 〈일본으로 인한 운세에 따라 열하의 앞날은 큰 안개가 앞을 가려 미래예측이 불가능하게 되었다〉고 풀어진다.

[탱크가 한신(旱晨)의 대무(大霧)에 적갈색(赤褐色)으로 녹슬어 있다.]

[탱크]는 침략하는 중무장의 군대를 말하는 것이며

[한신]은 일본으로 인한 운세이며

[대무]는 앞을 미리 알 수 없는 상황이며

[적갈색]은 공산주의를 상징하는 것이며

[녹슬어 있다]는 것은 제 기능을 발휘할 수 없도록 침체되어 있다는 뜻이니 이제 이것을 묶어 풀어보자.

〈열하, 즉 중국은 일본의 대세에 의해 앞을 분간할 수 없도록 되어 공산주의를 택해 침체되어 있다〉는 뜻이 된다.

[객석(客席)의 기둥의 내부(內部). 실험용(實驗用) 알콜램프가 등(燈)불 노릇을 하고 있다]. [객석(客席)의 기둥]은 무엇을 말하는가?

이제까지 풀어온 것을 보면 그 기둥이 무엇인가를 짐작하는 사람이 많을 것으로 본다. 그것은 바로 중공에 대하여 한반도가 된다는 말이다. 지도를 보아도 한반도는 중국의 머리를 떠받치고 있는 기둥처럼 보인다. 중국은 자기 나라를 닭과 같은 모양을 하고 있다고 생각하고 그 머리를 만주, 즉 우리나라 위에 자리잡은 땅으로 생각하고 있다. 그리고 사실 우리나라는 미국과 일본에 대해 중국을 지탱하게 하는 기둥과 같은 역할을 하고 있다. 아니면 닭의 부리이다. 그리고 우리 한국은 중국이 돌아가는 것에 대하여 객석의 구경꾼과 같은 것이다. 그런데 그 기둥, 즉 우리나라의 내부는 무엇을 하고 있는가? 우리나라는 [실험용 알콜램프]인가? [실험용 알콜램프]는 밑에서 열을 가하여 화학반응을 일으키게 하는 것이다. 그렇다면 우리나라는 무슨 실험을 위한 어떤 열을 내고 있었던 것인가? 공산주의를 이 나라에 뿌리내리기 위한 운동은 급진 지식인 사이에서 사실 독립운동 못지않게 해방 전부터 활발했었다. 그러나 더 깊은 사상추구를 한 종교인 및 수구파들은 그것을 배격하고 그들을 무시했다. 그러나 소련과 한 짝이 되었던 김일성(실명은 김성주)은 공산주의를 업고 해방과 동시에 북한을 차지하였다. 남한은 이승만이 자유민주주의를 고수하며 그에 대적하여 남한을 차지하였다. 그들이 소련과 미국의 등에 업혀 자리 잡긴 했지만 그 전부터 이 나라에 민주냐 공산이냐 하여 그 우수성을 증명하게 하는 역사의 시나리오였다고 하여야 하리라. 그런데 그 램프는 결국 앞길을 밝히는 [등(燈)불 노릇을 하고 있]었던 것이다. [벨이 울린다]. 결국 우리나라로 하여 공산주의 공부를 마치는 벨이 울리고 새로운 체제의 중국이 될 것을 알리는 벨이 울린 것이다. [아해(兒孩)가 삼십년전(三十年前)에 사망(死亡)한 온천(溫泉)의 재분출(再噴出)을 보도(報導)한다]. 기독인들이 30년전(1931년)에 번성하였다가 지금(1961년)은 죽은 것과 같이 된 중국의 재 부흥을 널리 알리게 된 것이다.

出版法

I

虛僞告發이라는罪名이나에게死刑을言渡하였다.자취를隱匿한蒸氣속에몸을記入하고서나는아스팔트가마를睥睨하였다.

一直에關한 典古一則一

其父攘羊 其子直之

나는아아는것을아알며있었던典故로하여아알지못하고그만둔나에게의執行의中間에서더욱새로운것을아알지아니하면아니되었다.

나는雪白으로曝露된骨片을주워모으기始作하였다.

「筋肉은이따가라도附着할것이니라」

剝落된膏血에對해서나는斷念하지아니하면아니된다.

II 어느警察探偵의秘密訊問室에있어서

嫌疑者로서檢擧된사나이는地圖의印刷된糞尿를排泄하고다시그것을嚥下한것에對하여警察探偵은아아는바의하나를아니가진다.發覺當하는일은없는級數性消化作用.사람들은이것이야말로바로妖術이라말할것이다.

「勿論너는鑛夫이니라」

参考男子의筋肉의斷面은黑曜石과같이光彩나고있었다한다.

III 號外

磁石收縮을開始

原因極히불명하지만對內經濟破綻에因한脫獄事件에關聯되는바濃厚하다고보임.斯界의要人鳩首를모아秘密裡에研究調査中.

開放된試驗管의열쇠는나의손바닥에全等形의運河를掘鑿하고있다.未久에濾過된膏血과같은河水가汪洋하게흘러들어왔다.

IV

落葉이窓戶를滲透하여나의禮服의자개단추를掩護한다.

暗 殺

地形明細作業의至今도完了가되지아니한이窮僻의地에不可思議한郵遞交通은벌써施行되어있다. 나는不安을絶望하였다.

日曆의反逆的으로나는方向을紛失하였다. 나의眼睛은冷却된液體를散散으로切斷하고落葉의奔忙을熱心으로幇助하고있지아니하면아니되었다.

(나의猿猴類에의進化)

I

虛僞告發(허위 고발)**이라는 罪名**(죄명)**이 나에게 死刑**(사형)**을 言渡**(언도)**하였다. 자취를 隱匿**(은닉)**한 蒸氣**(증기)**속에 몸을 記入**(기입)**하고서 나는 아스팔트 가마를 ??**(비예)**하였다.**

一直(일직)**에 關**(관)**한 典古**(전고) **一則一**(일칙 일)

其父攘羊 其子直之(기부 양양 기자 직지)

나는 아아는 것을 아알며 있었던 典故(전고)로 하여 아알지 못하고 그만둔 나에게의 執行(집행)의 中間(중간)에서 더욱 새로운 것을 아알지 아니하면 아니 되었다.

나는 雪白(설백)으로 曝露(폭로)된 骨片(골편)을 주워 모으기 始作(시작)하였다.

"筋肉(근육)은 이따가라도 附着(부착)할 것이니라"

剝落(박락)된 膏血(고혈)에 對(대)해서 나는 斷念(단념)하지 아니하면 아니 된다.

II 어느 警察探偵(경찰탐정)의 秘密 訊問室에 있어서

嫌疑者로서 檢擧된 사나이는 地圖의 印刷(인쇄)된 糞尿를 排泄(배설)하고 다시 그것을 嚥下(연하)한 것에 對(대)하여 警察探偵(경찰탐정)은 아아는 바의 하나를 아니 가진다. 發覺當(발각당)하는 일은 없는 級數性(급수성) 消化作用(소화작용). 사람들은 이것이야 말로 바로 妖術(요술)이라 말할 것이다.

"勿論(물론) 너는 鑛夫(광부)이니라"

參考(참고) 男子(남자)의 筋肉(근육)의 斷面은 黑曜石(흑요석)과 같이 光彩(광채)나고 있었다 한다.

III 號外

磁石(자석) 收縮(수축)을 開始(개시)

原因(원인) 極(극)히 불명하지만 對內經濟破綻(대내경제파탄)에 因(인)한 脫獄事件(탈옥사건)에 關聯(관련)되는 바 濃厚(농후)하다고 보임. 斯界(사계)의 要人(요인) 鳩首(구수)를 모아 秘密裡(비밀리)에 研究調査中(연구조사중).

開放(개방)된 試驗管(시험관)의 열쇠는 나의 손바닥에 全等形(전등형)의 運河(운하)를 掘鑿(굴착)하고 있다. 未久(미구)에 濾過(여과)된 膏血(고혈)과 같은 河水(하수)가 汪洋(왕양)하게 흘러 들어왔다.

IV

落葉(낙엽)이 窓戶(창호)를 透透(삼투)하여 나의 禮服(예복)의 자개단추를 掩護(엄호)한다.

暗殺

地形(지형) 明細(명세) 作業(작업)의 至今(지금)도 完了(완료)가 되지 아니한 이 窮僻(궁벽)의 地(지)에 不可思義(불가사의)한 郵遞交通(우체교통)은 벌써 施行(시행)되어 있다. 나는 不安(불안)을 絶望(절망)하였다.

日曆(일력)의 反逆的(반역적)으로 나는 方向(방향)을 紛失(분실)하였다. 나의 眼睛(안정)은 冷却(냉각)된 液體(액체)를 散散(산산)으로 切斷(절단)하고 落葉(낙엽)의 奔忙(분망)을 熱心(열심)으로 幇助(방조)하고 있지 아니하면 아니 되었다.

원후휴 진화
(나의 猿猴類에의 進化)

해설

제목에서 [출판법(出版法)]이라고 한 것부터 살펴보자. 이것은 역사적으로 기술된 [전고(典古)], 성경까지도 그 쓰여진 연고와 확실한 근거로 법(法)에 따라야 한다는 것을 암시하는 말이라고 보아야 한다. 다시 말하여 자기가 쓰고 있는 시와 자기가 근거로 하는 성경까지 그 역사적 뿌리를 캐보자 하는 얘기가 된다는 말이다. 이것은 전고(典古)라는 말에 비밀이 있다.

이 전고(典古)라는 말은, 신라 박제상(朴堤上)이 지었다는 부도지(符都誌)에 보면 환국(桓國)의 뒤를 이은 단국(檀國)의 몇 대 단군(檀君) 임금이, 남쪽 요순이 황하의 늪지대를 개척하여 나라를 세워 대항하자 〈유호씨(有戶氏)〉와 그의 아들 순으로 하여금 그들을 타이르게 하여 요가 순종하는 듯하여 〈유호〉씨는 아들 순에게 요를 바로 깨치도록 하고, 이 세상 모든 백성이 하늘의 이치를 몰라 그러하다고 하여 서쪽에도 직접 찾아가서 하늘의 이치를 깨우치게 하자고 천산을 넘어 중동지역까지 가서 가르치고 그 이상 가는 것이 불가하자 그곳의 〈전고자(典古者)〉를 만나 진리를 전하고 더 서쪽 지방으로 전파할 것을 부탁하였다는 구절이 있다. 이것은 놀랍게도 성경의 아브라함이 하느님(여호아)을 만나 서쪽으로 가라는 지시를 받은 것과 흡사한 시나리오인 것이다. 그리고 창세기에 보면 아브라함이 여러 번 하나님을 만나는 것으로 되어있다. 이스라엘 백성은 하느님을 〈여호아〉라고 부른다. 그 〈여호아〉가 〈유호〉에서 간 말로 보아야 하리라. 그것도 하늘에서 초인간적으로 보이는 것이 아니라 같이 음식을 먹는 평범한 인간으로서 만난다. 그런데 성경에서 예수님은, 하느님은 그 권능이 너무 커서 사람으로서는 감당을 못해 아무도 이 땅에서 본 사람은 없다고 하였다. 그러니 아브라함이 만난 것은 우주를 창조한 하느님이 아니라 하느님의 뜻을 받들고 이 땅에서 군림하는 단군의 신하인 〈유호〉씨로 보아야 할 것이다. 그리고 이 전고(典古)라는 말이 곧 역사를 기록

하는 것을 말하는 것이니 이 부도지(符都誌)에 처음 보이는 자(字)인 것이다. 그리고 성경에 보면 아브라함의 아버지는 우상을 만드는 자였다고 하였으니 그 당시로 보아서는 우상을 만드는 자가 곧 전고자(典古者)일 가능성이 높은 것으로 보인다. 이런 것을 부도지(符都誌)에서 본 이상(李箱)은 그때까지 맹목으로 믿고 그에 따른 시를 지은 자기 자신을 반성하여 이 시를 남겼거나 어떤 계시를 받은 것인지는 모를 일이다.

*〈여호아〉는 독일식 발음이고 유대인들의 기록대로 말하면 〈유호〉가 된다고 한다. 또 유호씨는 부도지의 기록에 의하면 키가 10자라고 하니 1자를 30cm로 하여도 3m가 넘으니 하느님으로 우르르 볼 만하였다 하겠다.

[허위고발(虛僞告發)이라는 죄명(罪名)이 나에게 사형(死刑)을 언도(言渡)하였다. 자취를 은닉(隱匿)한 증기(蒸氣) 속에 몸을 기입(記入)하고서 나는 아스팔트 가마를 비예(睥睨)하였다.]

[허위고발(虛僞告發)]이란 무엇을 말하는 것인가? 이것은 두말 할 것 없이 지금까지 살펴본 바에 의하여 <하느님의 역사(役事)>하심과 <구원(救援)의 방주(方舟)>에 대한 얘기일 것이다. [고발(告發)], 즉 구원의 얘기 등을 한 것은 허위일 수도 있다는 깨달음이 생겨나서 [고발]한다는 뜻으로 풀 수 있겠다.

그래서 [자취를 은닉(隱匿)한 증기(蒸氣) 속에 몸을 기입(記入)]이라는 말은 아브라함의 자취, 환국의 임금님을 하느님으로 감추어 표현한 것에서 맹신(盲信)의 열정으로 생긴 기운, 즉 증기(蒸氣) 속에 자기의 시를 쓴 것, 즉 기입(記入)하였다는 말이 된다.

[나는 아스팔트 가마를 비예(睥睨)하였다]. 이 구절에서 의미심장한 뜻을 내포하고 있다.

[아스팔트 가마]는 무엇을 말하는 것인가? 아스팔트는 이상(李箱) 당시에도 도로포장용 콜타르를 말한다. 그것을 도로에 깔기 위해서는 시커먼 용액으로 가마에서 녹여야 한다. 도로를 아주 편하고 신속하게 다니기 위해서는 아스팔트 도로 이상이 없다. 다시 말해 이 [아스팔트 가마]는 용이한 질주(疾走=진리선포)를 위한 예비(豫備)작업인 것이다. 그런데 왜 이

것을 [비예(睥睨)]하는가? [비예(睥睨)]란 흘겨본다는 뜻이다.

그런데 이것을 이렇게 푼다는 것은 무언가 석연찮다. 전에도 말했지만 이상(李箱)이 흔히 쓰지 않는 어려운 말, 특히 한자를 쓸 적에는 뒤에 더 깊은 뜻을 품고 있었다. 그래서 다시 눈여겨보니 파자로서만 가능한 뜻이 있다는 것을 발견하였다. 즉 <목(目)비(卑)목(目)아(兒)>로 파자(破字)하여 보자. <비천(卑賤)한 눈으로 아해(兒孩)를 본다>고 풀 수 있다.

그래서 위의 것을 풀면 <나는 아해가 아스팔트 도로를 달리려는 준비에 대하여 비천한 눈으로 본다>로 된다. 물론 아해(兒孩)는 기독인을 말한다. 즉 <나는 기독인이 진리선포를 위해 진리의 길을 평탄하게 하려는 것을 비꼬아본다>가 된다. 왜? 부도지에서 [전고(典古)]자에 대한 얘기를 읽게 되었고 그 <전고자>가 <아브라함>으로 생각되었기 때문이다.

[일직(一直)에 관(關)한 전고(典古) 일칙일(一則一)]

여기에 모든 비밀이 있다.

[일직(一直)]은 뒤의 구절로 보아서 하나의 계보(系譜)로 곧게 이어 나온 갈래를 말하는 것이며 [전고(典古)]는 위에서 언급한 역사기록을 말한다. 그리고 [일칙(一則)]은 역사의 기록에 대한 하나의 법칙이라는 말이니 허위가 용납될 수 없는 것이 역사기록이라는 뜻이 된다. 그래서 종합하면 <역사적으로 하나의 계보로 내려온 엄연한 하나의 사실>이라는 명제를 제시한 것이다.

*〈전고(典古)〉에 대하여 살펴보면 〈부도지(符都誌)〉에 다음과 같이 쓰여있다. (박제상 원저로 전수되던 것을 김은수 씨가 옮긴 것의 제 25장에서)–

…전략… 어느듯 유호씨가 그 무리를 이끌고 월식상생의 땅에 들어가니, 즉 백소씨와 흑소씨가 살던 곳이었다. …중략… 유호씨가 제족의 전 지역을 돌고 마고와 천부의 이(理)를 설하였으나 모두가 의아하게 생각하고 받아들이지 않았다. 그러나 오직 그 전고자(典古者)가 송구스럽게 일어나서 맞이하였으므로 이에 유호씨가 본리(本理)를 술회하여 그것을 전하였다. …하략…

이것으로 이 시의 주제를 삼은 것이니 사실 [출판법]으로 [허위고발]이라고 자기 시를 평하여 매장한다고 하여도 이 사실은 숨길 수 없다는 외침인 것이다.

그 [일직(一直)]에 관하여 뒤로 이어진다.

[기부양양(其父攘羊) 기자직지(其子直之)]

이것을 그대로 풀면 <그 아버지가 양으로 양보하여 그 아들이 곧게 되니>가 된다.

이것을 읽는 기독인들은 단번에 연상되는 것이 있으리라.

성경의 창세기를 보면 아브라함이 늦도록 자식이 없어 종의 몸에서 이스마엘을 낳고 아브라함이 그 후 100세가 되는 해에 본처에게서 아들을 낳으니 이삭이다. 본처 사라는 자기 아들 이삭에게 해(害)가 될까 하여 이스마엘을 쫓아내니 오직 이삭이 아브라함의 상속자가 되었다. 그런데 하느님이 나타나셔서 아브라함에게, 모리아 산에 올라 그 이삭을 양 대신에 제물로 바치라고 한다. 그러나 아브라함은 아무 저항 없이 그 이삭을 제물로 바치려고 그를 데리고 그 모리아 산으로 오른다. 그래서 이삭을 번제의 장작더미에 올려놓고 칼로 찌르려고 하는 순간에 하느님의 천사가 하늘에서 소리쳐 만류하고 대신 덤불에 걸린 양을 제물로 바치도록 한다.

그래서 살아난 이삭은 에서와 야곱을 낳고 야곱이 열두 아들을 낳으니 이스라엘 열두지파가 된 것이며 그 지파 중 유다지파 중에서 예수님이 태어난 것이다.

이로서 풀면 [기자직지(其子直之)]는 <그 아들로 대가 이어지다>로 풀 수 있다.

위의 얘기들을 종합하면 <아브라함이 여호아(유호)의 뜻에 따라 대를 이어서 하느님의 뜻을 이 땅에 펴지게 하였다>이다.

[나는 아아는 것을 아알며 있었던 전고(典故)로 하여 아알지 못하고 그 만둔 나에게의 집행(執行)의 중간(中間)에서 더욱 새로운 것을 아알지 아니하면 아니 되었다.]

[아아는 것을 아알며]라고 말 사이에 [아]자를 넣는 것은 길게 끌고 내려온 역사를 의심없이 믿어왔다는 뜻이다. [전고(典故)]는 [전고(典古)]와는 다르다. [전고(典故)]는 단순히 전례를 따른 옛것이라고 할 것이지만 [전고

(典古)]는 부도지에 나온 그 〈역사적 기록〉을 말하는 것으로 구분하여 쓰고 있음을 알게 한다.

그래서 이것을 쉽게 풀면 〈나는 남들이 알고 있었던 만큼 알고 살아온 것으로 더 알지 못하고 역사기술([전고(典故)])을 하려고 하였던 중에 [전고(典古)]로 하여 더욱 새로운 것을 알 수 있게 되었다〉가 된다.

[나는 설백(雪白)으로 폭로(曝露)된 골편(骨片)을 주워 모으기 시작(始作)하였다]. 여기에서 [폭로(曝露)]라고 하는 것은 드러내어 나타낸다는 뜻의 폭로(暴露)와는 다른, 햇볕에 쬐어 말린다는 뜻의 글자인 것이다. 그런 뜻이라면 앞의 내용과 연결하여 〈나는 눈처럼 희게 햇볕에 내어 말린 뼈조각을……〉이라고 되지만 문맥상 앞뒤가 맞지 않는 말이 되므로 또 파자하여 〈일폭로(日暴露)〉로 풀면 〈나는 눈같이 희게, 일본으로 하여 폭로된 뼈조각을 주워 모으기 시작하였다〉로 된다.

〈환단고기(桓檀古記)와 부도지(符都誌)〉같은 것을 얻어 보았음을 말하는 것이리라. [골편]이란 말은 너무 오래되고 방치되어 있어서 순수한 골자만이 남아있는 조각들을 말하는 것이다.

[근육(筋肉)은 이따가라도 부착(附着)할 것이니라.]

〈환단고기(桓檀古記)〉 같은 기록은 너무 자료가 빈약하여 현세에 활동할 수 있는 힘, [근육(筋肉)]이 될 수 없다. 그러나 그 기록이 사실이라고만 하면 그러한 힘은 붙여질 수도 있다는 절실한 희망인 것이다.

[박락(剝落)된 고혈(膏血)에 대(對)해서 나는 단념(斷念)하지 아니하면 아니된다.]

〈떨어져 나간 피땀에 대하여는 단념할 수밖에 없다〉.

환단고기(桓檀古記)에서 말한 단군, 즉 하느님의 고혈은 이제 모두 떨어져 나갔다. 어느 누구도 믿는 자가 없다는 뜻이다.

[어느 경찰탐정(警察探偵)의 비밀신문실(秘密訊問室)에 있어서]

[I]에서 주워 모은 자료들을 허위가 없도록 하여 출판(발표)하려고 하면 그것의 진위를 명백히 가리려고 하는 자기 자신의 양심이 [경찰탐정(警察探偵)]과 같이 되어 [비밀신문(秘密訊問)]을 하게 된다는 말이다. 아니면 예

리한 독자들의 판단에 놓이게 됨을 말한다. 따라서 [혐의자(嫌疑者)로서 검거(檢擧)된 사나이]는 자기 자신일 수도 있고 역사학자일 수도 있겠다. 아니, 일본의 국수주의적 사이비 역사학자를 말하는 것이겠다.

[지도(地圖)의 인쇄(印刷)된 분뇨(糞尿)를 배설(排泄)]한다는 말은 역사기록으로 전하는 국토 강역(疆域)이 제대로 밝혀지지 않은, 왕권중심의 아전인수식 기록이어서 결국 똥, 오줌과 같은 것을 배설하는 것과 같다는 설명이다.

[다시 그것을 연하(嚥下)한 것에 대(對)하여]

[연하(嚥下)]라는 말은 꿀꺽 삼킨다는 말이지만, 흔히 쓰지 않는 말이어서 숨은 뜻을 살피지 않을 수 없다. [연(嚥)]은 〈구(口)+연(燕)〉으로 파자(破字)된다. 그렇다면 〈연(燕)〉은 단군조선을 멸망시켰다고 전해지는 중국의 연나라임이 분명하다. 따라서 [연(嚥)]은 삼킨다는 뜻이 아니라 〈말(口)로 전해져 오는 연(燕)나라〉로 풀어지며 그 연이 멸망시켰다는 조선은 단군조선이 아니라 〈기자조선〉이라고 하지만 환단고기에 따르면 아무 근거도 없는 허황된 것이라고 하니 [연하(嚥下)한 것에 대(對)하여]라고 하는 말은 〈말로 전해지던 연의 역사(연이 단군조선을 멸망하였다고 하는 역사) 그 이후에 대하여〉라고 풀어진다.

[경찰탐정(警察探偵)은 아아는 바의 하나를 아니 가진다.]

엄밀한 역사분석가도 진실을 모르고 있는 것이다. 다시 말하면, 역사적으로 살펴 연나라가 단군을 멸망하였다는 말은 거짓말이라는 것이다.

[발각당(發覺當)하는 일은 없는 급수성소화작용(級數性消化作用)]

[발각당(發覺當)하는 일은 없]다는 말은 역사를 기록하여 수백 년이 흘러가면 자연 잊혀져 그것이 사실이 아닐지라도 그렇게 믿고 넘어간다는 말이다. 즉 [급수성소화작용(級數性消化作用)]과 같이 소화되고 만다는 말, 즉 기하급수적으로 빠르게 삭아 없어진다는 말이다.

[사람들은 이것이야 말로 바로 요술(妖術)이라 말할 것이다.]

역사의 흔적은 요술처럼 사라지고 만다는 뜻이다.

[「물론(勿論) 너는 광부(鑛夫)이니라」]

이상(李箱)은 독자에게 외친다. 아무리 모든 역사가 요술처럼 묻히고 만다고 하여도 광부처럼 파헤쳐 진실을 밝혀야 한다고 외치는 것이다.

[참고남자(參考男子)의 근육(筋肉)의 단면(斷面)은 흑요석(黑曜石)과 같이 광채(光彩)나고 있었다 한다.]

[참고남자(參考男子)]는 누구일까? 그것은 두말할 것 없이 우리나라 민족일 것이다. 왜냐하면 환국(桓國)과 단군(檀君)에 대하여 직계로 내려오고 있었기 때문에 우리나라 사람들은 끈질지게 그 추구를 하여 오고 있다. 더욱이 국란(國亂)의 시기에는 더하였다. 그래서 우리 민족은 그에 관하여는 [근육(筋肉)의 단면(斷面)은 흑요석(黑曜石)과 같이 광채(光彩)나고 있었다]고 하지 않을 수 없다. 이것은 자타가 공인하는 사실인 것이다.

[자석(磁石) 수축(收縮)을 개시(開始)]

이 말은 이상(李箱) 당시의 세계 각국이 전혀 연고가 없는 나라들과의 협정(자석이 서로 다른 극을 당기듯) 등을 하는 것을 말하는 것으로 보고싶다. 아니면 그 이후 1936년에 맺은 독일, 이탈리아, 일본의 삼국협정을 미리 예견한 것인지 모른다. 이것은 일차대전 후 맺어진 국제연맹과 대립하여 2차대전을 불러들이는 계기가 되었기 때문에 [호외]라고 하지 않을 수 없다.

[원인(原因) 극(極)히 불명하지만 대내경제파탄(對內經濟破綻)에 인(因)한 탈옥사건(脫獄事件)에 관련(關聯)되는 바 농후(濃厚)하다고 보임.]

위의 것, 국가 간 연합하여 열강을 자처하여 자기 자신을 키우는 일로 [탈옥사건(脫獄事件)]이 생긴다. [탈옥사건(脫獄事件)]이라는 말은 서두에서 말한 역사적 허위진술로 사형을 언도받아 수감(收監)된 자가 감옥을 탈출한다는 말이다. 그 탈출의 뜻은 혐의자(국수주의 사이비 역사학자)가 주장하는 학설이 공박을 받다가 도리어 살아난다는 말이다. 이와 같은 해석을 전제로 위의 것을 풀면 <원인은 알 수 없지만 대내 경제파탄 등의 이유로 허위 날조의 역사사실을 유포하여 자기 나라가 아득한 지난날부터 열강의 뿌리를 갖는 나라라고 말한 것으로 보인다>가 된다. 사실 1929년 세계의 경제공황이 일어났다. 그래서 경제 확보를 위해 세계열강들이 고개를 들고 약소국가에게 침략구실을 만들어 세계 2차대전의 불씨를 지폈던 것이다. 그래서 이상(李箱)이 [원인 극(原因極)히 불명하지만 대내경제파탄(對內經濟破綻)에 인(因)한 탈옥사건(脫獄事件)]이라고 하였던 것이다.

[사계(斯界)의 요인구수(要人鳩首)를 모아 비밀리(秘密裡)에 연구조사중(研究調査中).]

[구수(鳩首)]는 비둘기 머리라는 뜻이다. 구수회담이라고 하면 여럿이 모여 의논하는 것을 말하지만 [鳩首] 자체를 놓고 말하는 것은 드문 일이다. 따라서 이것 자체에도 숨겨진 뜻이 있을 것으로 보고 <구조수(九鳥首)>라고 파자하여 풀어본다. <구(九)>라고 하면 일본 열도를 아득한 옛날부터 우리나라에서는 구주(九州)라고 하였으니 일본을 말하는 것이며 조수(鳥首)라고 하면 우리말로 <새대가리>라고 하여 기억력 없고 임시방편적으로만 머리를 쓰는 아둔한 자를 말한다. 따라서 [구수(鳩首)]는 <일본의 아둔한 자들>이라는 뜻으로 풀어진다. 이렇게 풀고 위의 구절을 풀면 <역사에 종사하는 아둔한 일본 수뇌급 들을 모아 비밀리에 역사조작을 시도하고 있다>로 풀어진다. 사실 그 당시 우리나라 모든 역사서를 수합하여 불태우고 역사조작을 하였다는 것은 사실로 드러난 사건이다.

[개방(開放)된 시험관(試驗管)의 열쇠는 나의 손바닥에 전등형(全等形)의 운하(運河)를 굴착(掘鑿)하고 있다]. [개방(開放)된 시험관(試驗管)의 열쇠]라는 말은 그 당시부터, 우리나라 전국 각지에 흩어져 있던 고대사(환단고기 등)를 복사하여 누구라도 구하여 볼 수 있게 되었음을 말한다.

[나의 손바닥에]라고 한 것은 손바닥에 손금이 그려져 있고 그것이 운명의 앞날을 살필 수 있는 것이라고 일반적으로 믿는 바여서 <나의 운명에>라고 풀어야 한다. [전등형(全等形)]은 두 개의 모양이 완전 대칭되는 것을 말하는 것이니 <지난날의 역사와 같이하는 나의 운명>이라고 풀어야 할 것이다. (*이것은 또 뒤의 [선에 관한 각서·5]에서 자세히 밝힌다.)

[운하(運河)를 굴착(掘鑿)]한다는 말은 <운명(運命)의 강물을 판다>고 풀어진다. 따라서 위의 문단을 풀면 <누구나 볼 수 있는 고대역사서를 보며 그 진위를 파헤쳐보니 나의 운명에 지난날과 일치하는 운명의 길이 열리도록 하는 길을 열어놓고 있다>가 된다.

[미구(未久)에 려과(濾過)된 고혈(膏血)과 같은 하수(河水)가 왕양(汪洋)하게 흘러들어 왔다]. 위의 구절을 풀어보면 이 구절은 쉽게 풀리리라.

〈오래지 않아 잘 걸러낸 피땀과 같은 물줄기가 그득하게 흘러들어왔다〉. 즉 우리나라 고대사를 보고 믿으면 우리 모두의 앞길이 훤하게 뚫린다는 뜻이다. 현재의 어려움은 그것을 위하여 길을 닦는 것에 불과하다는 말이다.

[낙엽(落葉)이 창호(窓戶)를 삼투(滲透)하여 나의 예복(禮服)의 자개단추를 엄호(掩護)한다]. [낙엽(落葉)]은 무엇을 말하는가? 위와 같이 풀어온 것을 믿는다면 이 구절을 쉽게 인식되리라, 〈사대주의(事大主義) 사관(史觀)에 밀려 낙엽과 같이 떨어져 나간 우리의 진실한 고대역사〉를 말하고 있음을. [창호(窓戶)]는 우리나라 고유의 한지로 발린 창문이다. 그것은 빛을 투과하면서도 바람을 막는 우리의 문이다. 그러니 우리의 고유 고대역사가 아무리 낙엽같이 되었다고 하더라도 그 창문에 스며들어 안으로 들어오게 되는 것이다. [단추]라고 하면 옷을 여미게 하기도 하고 바람을 막아주는 구실을 한다. 이로써 위의 구절을 풀면 〈우리의 고대역사가 우리의 마음속으로 스며들어 외세(공산주의)의 바람을 막아준다〉가 된다. [단추]는 뒤의 [파첩]에서 〈공산주의 바람을 막는 것〉으로 언급된다.

暗 殺

위의 그림([暗殺])은 아무래도 심상찮은 암시를 주고 있다. 박정희 대통령을 김재규가 사살한 사건으로 보는 것은 무리일까? 문맥의 흐름으로 보고 뒤의 내용으로 보아서는 박정희의 문제로 보는 것이 맞을 듯하다.

[지형명세작업(地形明細作業)의 지금(至今)도 완료(完了)가 되지 아니한 이 궁벽(窮僻)의 지(地)에 불가사의(不可思議)한 우체교통(郵遞交通)은 벌써 시행(施行)되어 있다.]

필자는 한동안 위의 뜻을 삭이지 못하고 적당히 얼버무렸다. 그러다가 최근(2015년)에서야 위의 뜻에 짐작이 왔다, 남북통일이 되지 않아 남북으로 길이 뚫리지 않은 현실의 우리나라, [지형명세작업(地形明細作業)의 지금(至今)도 완료(完了)가 되지 아니한 이 궁벽(窮僻)의 지(地)]에, 북한을 경유하여 소비에트의 대륙을 거쳐 유럽으로 통하게 하는 [불가사의(不可思議)한 우체교통(郵遞交通)은 벌써 시행(施行)되어 있다]고 한 말이라는 것을. 이로써 [나는 불안(不安)을 절망(絶望)하였다], 즉 이 나라의 장래에 대하여 불안할 필요가 없게 되었다고 말하고 있는 것이다. 이것은 또한 [암살]의 뒤에 박정희의 딸인 박근혜가 대통령이 되어 이룩한 사건들이니 …, 깊이 새길 일이다.

한반도를 통하여 유럽으로 연결되는 이 길이 환국의 이념을 밝힐 중대한 결과를 낳는다는 예언인 것이다.

[일력(日曆)의 반역적(反逆的)으로 나는 방향(方向)을 분실(紛失)하였다]. 이제는 [일력](日曆])을 〈일본의 책력〉으로 푸는 것을 상식으로 생각할 것이다. 즉 일본의 정해진 운명으로 풀어야 한다. 물론 뒷 구절로 보아서 그렇게 푸는 것이 타당하다. 따라서 〈일본에 반대하여 나아갈 길을 설정하려 하니 어디로 가야 할지 모르겠다〉로 풀어진다.

[나의 안정(眼睛)은 냉각(冷却)된 액체(液體)를 산산(散散)으로 절단(切斷)하고 낙엽(落葉)의 분망(奔忙)을 열심(熱心)으로 방조(幇助)하고 있지 아니하면 아니 되었다]. 이에서 또 [안정(眼睛)]을 비밀의 문자로 보지 않으면 풀지 못한다. 그래서 〈목간목청(目艮目靑)〉으로 파자하여 풀어보자. 〈청(靑)〉나라는 원래 우리나라 고토(古土)인 만주에서 일어난 우리나라의 한 갈래이니 중국 대륙을 점령하여 세운 〈청(靑)〉은 곧 고대 환국(桓國)의 부흥으로 보아도 좋으리라. 〈목간목청(目艮目靑)〉을 〈청의 어려움을 본다(1931년의 만주사변을 두고 하는 말인 듯함)〉고 풀어 [냉각(冷却)된 액체(液體)를 산산(散散)으로 절단(切斷)]한다 함은 자연 〈내 일이 아니라는 듯 싸늘하게 보았던 것을 모두 씻어 없애고〉로 풀어서 모두를 풀면 〈나는 이제 청을 남의 나라라고 외면하였던 것을 냉철하게 우리 고대의 역사, 낙엽과 같이 떨어져 나간 역사를 열심히 찾아내는 것을 받들어 도와주지 않으면 안 된다〉로 된다. 최근에 발굴되는 요녕발굴을 말하는 듯.

[나의 원후류(猿猴類)에의 진화(進化)]한 것에 불과한 것이지만 내 역사를 알 수 있는 것은 알아야 하지 않느냐 하는 절규이며 그 역사의 창황함을 탄식하는 말이기도 하다. 또한, 환국 또는 단군의 역사는 원숭이 수준의 인간들이 크게 환골탈퇴(換骨脫退)하여 사람으로 변신한 것이다. 즉 그러한 역사 속의 [나]는 일본인이나 중국인이나 유럽인과는 다른 진정한 〈사람〉이라는 자부심을 피력하고 있다.

且8氏의出發

龜裂이생긴莊稼泌濘의地에한대의棍棒을꽂음.
한대는한대대로커짐.
樹木이盛함
以上꽂는것과盛하는것과의圓滿한融合을가르침.
砂漠에盛한한대의산호나무곁에서돛과같은사람이산葬을當하는일을當하는일은없고심심하게산葬하는것에依하여自殺한다.
滿月은飛行機보다新鮮하게空氣속을推進하는것의新鮮이란珊瑚나무의陰鬱한性質을더以上으로增大하는것의以前의것이다.

輪不輾地 — 展開된地球儀를앞에두고서의設問一題.

棍棒은사람에게地面을떠나는아크로바티를가리키는데사람은解得하는것은不可能인가.

地球를屈鑿하라

同時에

生理作用이가져오는常識을抛棄하라

熱心으로疾走하고또熱心으로疾走하고또熱心으로疾走하고또熱心으로疾走하는사람은熱心으로疾走하는일들을 停止한다.
砂漠보다는靜謐한絶望은사람을불러세우는無表情한表情의無智한한대의산호나무의사람의脖頸의背方인前方에相對하는自發的인恐懼로부터이지만사람의絶望은靜謐한것을維持하는性格이다.

지구를굴착하라

同時에

사람의宿命的發狂은棍棒을내어미는것이어라

* 事實且8氏는自發的으로發狂하였다 그리하여어느덧且8氏의溫室에는隱花植物이꽃을피워가지고있었다. 눈물에 젖은感光紙가太陽에마주쳐서는희스무레하게光을내었다

龜裂(균열)이 생긴 莊稼泌(장가비녕)?의 地(지)에 한 대의 棍棒(곤봉)을 꽂음.

한 대는 한 대대로 커짐.

樹木(수목)이 盛(성)함

以上(이상) 꽂는 것과 盛(성)하는 것과의 圓滿(원만)한 融合(융합)을 가리킴.

砂漠(사막)에 盛(성)한 한 대의 산호나무 곁에서 돛과 같은 사람이 산 葬(장)을 當(당)하는 일을 當하는 일은 없고 심심하게 산 葬 하는 것에 依(의)하여 自殺(자살)한다.

滿月(만월)은 飛行機(비행기)보다 新鮮(신선)하게 空氣(공기) 속을 推進(추진)하는 것의 新鮮이란 珊瑚(산호)나무의 陰鬱(음울)한 性質(성질)을 더 以上(이상)으로 增大(증대)하는 것의 以前(이전)의 것이다.

輪不輾地(윤부전지) — 展開(전개)된 地球儀(지구의)를 앞에 두고서의 說問一題(설문 일제).

棍棒(곤봉)은 사람에게 地面(지면)을 떠나는 아크로바티를 가리키는데 사람은 解得(해득)하는 것은 不可能(불가능)인가.

地球(지구)를 掘鑿(굴착)하라

同時(동시)에

生理作用(생리작용)이 가져오는 常識(상식)을 抛棄(포기)하라

熱心(열심)으로 疾走(질주)하고 또 熱心(열심)으로 疾走(질주)하고 또 熱心으로 疾走하고 또 熱心으로 疾走하는 사람은 熱心으로 疾走하는 일들을 停止(정지)한다.

砂漠(사막)보다는 靜謐(정밀)한 絶望(절망)은 사람을 불러 세우는 無表情(무표정)한 表情의 無智(무지)한 한 대의 산호나무의 사람의 ?頸(발경)의 背方(배방)인 前方(전방)에 相對(상대)하는 自發的(자발적)인 恐懼(공구)로부터 이지만 사람의 絶望(절망)은 靜謐(정밀)한 것을 維持(유지)하는 性格(성격)이다.

지구를 굴착하라

同時(동시)에

사람의 宿命的(숙명적) 發狂(발광)은 棍棒(곤봉)을 내어미는 것이어라*

* 事實(사실) 且8氏(차 씨)는 自發的(자발적)으로 發狂(발광)하였다 그리하여 어느덧 且8氏(차 씨)의 溫室(온실)에는 隱花植物(은화식물)이 꽃을 피워가지고 있었다. 눈물에 젖은 減光紙(감광지)가 太陽(태양)에 마주쳐서는 희스무레하게 光(광)을 내었다.

해설

[차8씨(且8氏)]라는 이 제목부터 해석에 적잖은 곤욕을 치르게 했다. 그러나 첫 구절에 [장가비녕(莊稼泌濘)의 지(地)]라고 한 것을 보고 중국의 얘기를 하고 있다는 것을 깨달았다. 중국의 고대 역사에 보면 중국 일대는 옛날 늪과 숲으로 우거져 파충류와 짐승이 우글거리는 곳이었다고 하고 있다. 그러던 것을 요, 순이 동북방의 신선을 찾아가서 치수(治水)법을 배워 강을 내고 숲을 쳐서 농경지로 만들었다는 구절이 있다.

그렇게 보고 [且8氏]라고하면 〈저팔계(豬八戒)〉와 발음이 비슷하고 그 뜻도 그렇게 취하였으리란 추측이 온다. 앞에서도 얘기하였지만 그 당시의 중국은 잠자는 돼지로 취급되어 서구열강과 일본에게 갈가리 찢긴 형

태로 되어있었기 때문이다. 그리고 둘 다 팔자(八字)를 택하였다는 것은 태극의 팔괘(八卦)와 운세의 팔자(八字)를 중요시하는 중국의 기본철학을 내세워 중국을 상징한 것으로 볼 수 있다. 그러나 〈차(且)〉의 뜻을 아무리 새겨도 알 수 없어 왜 그 자를 저(猪)와 대응하였나 하는 것을 생각하게 하였다. 그러나 그 뜻으로는 서로 비견되는 것이 없다. 그렇게 보다가 문득 차(且)자는 중국발음으로 〈JU〉이며 비석을 세워둔 모습과 흡사하다는 것에 생각이 미쳤다. 이렇게 말하면 터무니없이 끌어 붙인다는 평을 면하기 어렵지만 이상(李箱) 시가 원래 상식을 초월하는 것이어서 그런 추측도 동원하여보는 것이다. 그래놓고 제목을 풀면 〈중국사상이 죽어 비석같이 기념으로 만 남는 돼지같은 존재가 된 중국의 새출발〉이 된다.

*어떤 학자는 이상의 친구였던 구본웅 씨의 성 〈具〉자를 파자하여 〈且八〉로 한 것이라고 하나 전혀 문맥이 통하지 않아 참조할 수 없었음.

[균열(龜裂)이 생긴 장가비녕(莊稼泌濘)의 지(地)]

이 글은 중국을 표현한 것이 확실하여 보인다. 즉 〈거북등처럼 갈라진, 늪을 개간한 농경지의 땅〉이라고 풀면 그만이다. 이것은 현재의 상황이 아니라 진(秦)나라가 중국 대륙을 통일하기 이전이거나 춘추전국시대를 거쳐 한(漢)나라가 통일하기 전을 이르는 말로 보아야 할 것이다. 즉 수많은 나라로 쪼개진 중국을 말하는 것이다, 그리고 중국은 원래 시궁창의 늪지대였으니까.

[한 대의 곤봉(棍棒)을 꽂음]. 그 이후 한 대의 곤봉을 꽂는다는 말이니 곧 무력으로 하나의 통일국가를 만든다는 것으로 해석된다. 그것은 최근 청나라가 중국의 전 대륙을 통일한 형태를 말하고 있다고도 보인다.

[한 대는 한 대대로 커짐]. 중국은 무력으로 통일 국가를 만들고 나서는 진이든 한이든 원이든 명이든 청이든 크게 번성하였다.

[수목(樹木)이 성(盛)함]. 국력이든 문화든 경제든 모두 성하게 된 것을 말한다. [이상(以上) 꽂는 것과 성(盛)하는 것과의 원만(圓滿)한 융합(融合)을 가리킴]. 사실 중국은 무력으로 통일하여(꽂은 것) 융성하게 된 대표적인 예라고 할 수 있다. [원만한 융합].

[사막(砂漠)에 성(盛)한 한 대의 산호나무 곁에서 돛과 같은 사람이 산 장(葬)을 당(當)하는 일을 당(當)하는 일은 없고 심심하게 산 장(葬)하는 것에 의(依)하여 자살(自殺)한다.]

이로써 문득 무대는 서쪽으로 옮겨져 중동의 사막지대로 간다.

[산호나무]는 바다 속에 산다. 따라서 기독사상의 구원(방주의 구원)이 필요 없는 세계에 살고 있다. [돛과 같은 사람]은 두말 할 것 없이 기독사상의 최후 구원자이신 출중한 인물을 말한다. 즉 <예수크리스트>를 말하고 있다. 그 구원자이신 <예수크리스트>를 중동의 그들은 [산 장(葬)]을 하듯 산채로 십자가에 못박았다. 그러나 그것은 예수님이 스스로 택하신 길이었다. 인류를 구하는 방법으로 스스로를 희생한 일종의 자살이라고 할 수 있다. 그러나 그들 유대인은 예수님이 하느님의 아들이라고 하니 그 권능을 시험하기 위해, 하나의 장난으로 그렇게 [산 장(葬)]을 한 것으로도 볼 수 있다.

[만월(滿月)은 비행기(飛行機)보다 신선(新鮮)하게 공기(空氣)속을 추진(推進)하는 것의 신선(新鮮)이란 산호(珊瑚)나무의 음울(陰鬱)한 성질(性質)을 더 이상(以上)으로 증대(增大)하는 것의 이전(以前)의 것이다.]

여기에서 또 문득 중국의 동쪽인 우리나라로 돌아온다. 우리나라는 고래로부터 달과 함께 생활하여왔고 달의 정서 속에서 문화를 꽃피웠다, 사실 우리나라는 태양의 나라이지만 고구려가 그 태양을 숭상한 반면에 신라는 달의 정서 속에 있었음을 역사를 통하여 알 수 있다. 그것은 푸름으로 상징되었고 청구(青丘)의 나라로 불리게 한 원인인 것이다. 특히 최동방인 신라야 말로 문학 전반이 달로 치례한 것이니 그로 통일한 우리나라는 달의 문화권이라고 하여도 과언은 아닐 것이다.

[비행기(飛行機)보다 신선(新鮮)하게]라고 하는 말은 비행기는 과학문명으로 조립한 금속성의 비행물체이지만 달은 자연적이고 근원적이고 정서적인 우리들 꿈의 대상으로서, 허공에 비행기가 날아간다면 무척 빠른 속도로 요란하게 스쳐가지만 달은 우리들이 바라는 모든 것을 주고 생각하게 하고 젖어들게 하며 흐르듯 소리 없이 공중을 비상(飛翔)하는 것을 말

한다. 그것을 신선(新鮮)하다고 하는 것은 아무리 비행기 즉 과학문명이 새롭다 하지만 달은 항상 새롭게 떠올라 우리에게 산뜻한 맛을 준다는 말이겠다. 그러나 그 [신선(新鮮)]의 의미는 그 이상일 것 같다. 〈새롭게 일어나는 조선(朝鮮)〉으로 푸는 것은 과장일까? 뒤 구절로 보아서는 아마도 우리나라를 지칭하는 것으로 푸는 것이 타당할 같다.

[산호(珊瑚)나무의 음울(陰鬱)한 성질(性質)을 더 이상(以上)으로 증대(增大)하는 것 이전(以前)의 것이다.]

[산호(珊瑚)나무]는 물론 비기독교적인 사상을 말한다. 여기에서는 마호메트 사상을 말하는 것으로 보여진다. 마호메트교는 무력으로 사막을 점령 통일하고 유럽까지 쳐들어가서 세계를 마호메트교로 통일하려고 하였다. 이것은 중국이 곤봉을 꽂아 통일하는 것과 또 다른 뜻을 가졌다고 할 수 있다. 그리고 우리나라, 또는 만월이 공중을 비상하는 것, 원초적 정서의 순수 감정은 그러한 증대(무력적 종교 전파)를 받아들이기 이전의 사상세계에 있다는 말이다. 고려시대에는 마호메트교가 우리나라에 들어오려 하였지만 그 뜻이 이룩되지 못한 것을 이르는 말로 보아야 하리라.

또 중동과 우리나라를 대비한 것은 우리는 만월을 이상적인 것으로 보았다면 중동은 초생달을 이상적인 것으로 보아서 말한 것이며 기독사상도 아랍사상도 우리로부터 갔다는 것으로 말한 것으로 보인다.

[윤부전지(輪不輾地)－전개(展開)된 지구의(地球儀)를 앞에 두고서의 설문일제(設問一題).]

[윤부전지(輪不輾地)]는 무엇을 말하는 것인가? 이것을 글자대로 푼다면 〈구르지 않는 바퀴의 땅〉이란 뜻이다. 여기에서 얼른 스치는 것은, 윤회(輪回)사상을 말하는 불교와 그 종교의 발상지인 인도를 생각하게 한다. 이렇게 보면 중국이라는 〈차팔씨(且八氏)〉의 주변, 동, 서, 남을 살피는 내용이라는 것을 알 수 있겠다.

[전개(展開)된 지구의(地球儀)]라는 것은 글자 그대로 세계지도를 말한다. 그러니 그것을 [앞에 두고서의 설문일제(設問一題)]라는 말은 세계열강들 속의 인도의 위치를 말한다고 할 수 있다. 그러니 인도는 그 〈윤회사상〉

도 멈추어버린 땅임을 통감하는 것이다. [설문일제(設問一題)]라고 함은 누구에게 물어보아도 사실 그렇지 않은가 하는 반문이 되겠다.

[곤봉(棍棒)은 사람에게 지면(地面)을 떠나는 아크로바티를 가리키는데 사람은 해득(解得)하는 것은 불가능(不可能)인가.]

이 구절은 어렵지 않다. 〈폭력적인 것은 사람에게 지면을 떠나는 곡예를 하는 것과 같다고 할 수 있는데, 사람은 그것을 모르고 있다는 말인가!〉 하는 애통함을 말하고 있다. 그렇다면 그 지면을 떠난다는 말은 무엇을 말하는 것인가? 이것은 또한 두 가지로 해석할 수 있다. 하나는 멸망하여 사라진다는 말이고 하나는 천국으로 승천한다는 말이겠다. 아무래도 이 시 전체를 검토하고 삭이면 전자로 보아야 문맥도 통하고 의미도 통한다고 할 수 있다. 그렇게 보면 한마디로 〈폭력은 이 지구를 멸망하게 하는 것인데 그것을 모른다는 말인가!〉 하고 통탄하는 말이다.

[지구(地球)를 굴착(屈鑿)하라]. 이것은 곤봉을 꽂는 것과는 다른 차원의 행위이다. 지구를 위한 지구의 탐구를 말한다. 아니, 역사적 탐구로 세계평화의 출발점을 찾으라는 말로 삭여야 하리라 본다.

[생리작용(生理作用)이 가져오는 상식(常識)을 포기(抛棄)하라]

이 구절에서 두 가지 뜻을 내포하고 있다. 하나는 위에서 곤봉이니 꽂느니 커지느니 하는 표현으로 남근과 성교장면을 말하는 듯이 보이는 것에−사실 그렇게 푸는 해설자가 다수다− 대하여 그것을 완강히 부정하는 뜻이기도 하고 둘째는 그것, 무력적 세계정복 등등이 성적충동과 맞먹는 폭력적 행위로 성적행위와 비견하여 설명될 수 있지만 그것으로 하여 결론적으로 얻어지는 것은 아무것도 없다는 강한 확신을 말하고 있다.

[열심(熱心)으로 질주(疾走)하고 또 열심(熱心)으로 질주(疾走)하고 또 열심(熱心)으로 질주(疾走)하고 또 열심(熱心)으로 질주(疾走)하는 사람은 열심(熱心)으로 질주(疾走)하는 일들을 정지(停止)한다.]

이것은 위에서 설명된 것과 같이 질주한다는 말은 기독교적 종교선포의 행위, 즉 선교활동을 말하는 것이다.

그 행위를 다섯 번 반복하는 것은 또한 위에서 말했듯이 <①에덴동산의 아담⇒ ②노아홍수의 방주⇒ ③아브라함의 열두지파⇒ ④예수님의 말씀⇒ ⑤교회와 선교활동>의 5단계의 질주, 구원(救援)섭리(攝理)와 선교활동을 말한다. 그런데 그것을 [정지한다]. 그 원인은 중동에 마호메트교가 세워져 기독사상을 배격하여 마주섰기 때문이다.

[사막(砂漠)보다는 정밀(靜謐)한 절망(絶望)은 사람을 불러 세우는 무표정(無表情)한 표정(表情)의 무지(無智)한 한 대의 산호나무의 사람의 발경(脖頸)의 배방(背方)인 전방(前方)에 상대(相對)하는 자발적(自發的)인 공구(恐懼)로부터이지만 사람의 절망(絶望)은 정밀(靜謐)한 것을 유지(維持)하는 성격(性格)이다.]

여기에서 해석하기 곤란한 것은 [발경(脖頸)]이다. 글자 뜻은 <배꼽과 목>이라는 뜻인데 아무리 새겨보아도 그 뜻이 통하지 않는다. 그래서 또 파자하면 <月十冖子 巠頁>가 되어 <달로 십자가 사람의 아들을 덮고, 지하수를 덮어쓴 헌데머리>가 된다. 얼른 보면 이해하기 어렵지만 잘 삭이면 마호메트가 회교를 만든 내력과 흡사하다. 그들은 초승달로 믿음의 상징이 되도록 하였고 십자가에 달리신 예수님의 희생정신을 묻어버렸으며 하늘로부터 내려온 예수님의 사랑의 진리와는 거리가 먼, 지하에 흐르는 진리를 사막의 모든 사람에게 머리에 헌데처럼 덮씌웠던 것이다.

[자발적(自發的)인 공구(恐懼)]에 대해서 최근까지 그 뜻을 짐작하지 못했다. 그러나 <IS>라는 것들이 프랑스를 무차별적으로 자행한 <자살폭탄테러>를 보고서 떠올랐다. 그것의 결국은, [사막보다] 더 [절망]이다. 이것은 마호메트가 [脖頸의背方](크리스트 타도의 뒤)에서, [열심으로 질주] -중동에서도 처음에는 급속도로 크리스트 사상이 전파되고 있었던 것을 마호메트가 그 길을 막았다- 하는 [사람(크리스트인)을 불러 세우는] 결과로 뭉쳤으며 [무지(無智)한 한 대의 산호나무](자기들에게는 구원의 방주가 필요 없다고 하는 어리석음)처럼 육욕의 화려함으로 대 제국을 건설하였지만 그 결국은, [사람의 절망(絶望)]만을 안겨주었다. <IS>는 그 마호메트에 [상대]하여 - <IS>가 마호메트교를 믿는 시리아에 대적하여 일부를 빼앗아 자기들 영토를 만든 듯이 독립국가로 자처하는 행위로- 전 세계 사람들을 공

포에 몰아넣었지만 사람은 [정밀(靜謐-조용하고 평화로운 것)한 것을 유지(維持)하는 성격(性格)]이니, 그들의 무력적 행위를 절망한다는, 절대로 그에 동조할 수 없다는 말이다.

[사람의 숙명적 발광은 곤봉(棍棒)을 내어미는 것이어라.]

위에서 살펴본 바대로 중국 주변국가들 모두가 폭력으로 모든 것을 해결하였다. 사실 그것은 모든 사람들이 평화를 추구하는 것에는 너무 이율배반적이다. 아니, 하나의 미친 짓으로밖에는 설명할 수 없다. 그런데도 그것은 계속적 반복적으로 일어나는 현상이니 [숙명적 발광]이라고 하지 않을 수 없다.

[* 사실(事實) 차8씨(且8氏)는 자발적(自發的)으로 발광(發狂)하였다]

[*]으로 시작하는 사건은 현재의 사건이라기보다는 지난날 있었던 일 또는 이 모든 일의 선례가 차팔씨에게서부터 시작하였다고 설명하는 암호다. <중국은 사실 스스로 폭력을 행사하여 그 선례를 남겼으며 그로서 자기도 당하는 꼴이 되었다>로 풀어야 하며, 위의 모든 사건이 중국으로부터 파급된 역사적 뿌리를 가진다는 것을 설명할 수 있겠다.

[그리하여 어느덧 차8씨(且8氏)의 온실(溫室)에는 은화식물(隱花植物)이 꽃을 피워가지고 있었다]. [은화식물(隱花植物)]이라는 것은 꽃이 피지 않고 홀씨 등으로 바로 번식하는 식물을 말한다. 따라서 중국은 폭력으로 통일하여 자유적인 교류가 없는, 암수의 구별로 서로 꽃을 피워 교잡하여 씨를 맺는 식물이 아닌 제 혼자만의 발전을 하여왔던 것인데, 외세의 침입으로 그들을 받아들이는 새로운 문화를 꽃피워, 유럽의 기독사상과 과학문명 등을 받아들여 꽃을 피우게 되었다는 말이다.

[눈물에 젖은 감광지(感光紙)가 태양(太陽)에 마주쳐서는 희스무레하게 광(光)을 내었다.]

이것은 새 문명을 받아들여 새로운 세계로 밝아지는 현상(現像)을 말하는 것이다. 다시 말해 유교와 음양오행설에만 매달려 있던 어두운 세계가 서양의 기독사상을, 우리나라의 환국사상을 태양빛처럼 받아들여 점차로 그 본연의 밝음을 되찾았다는 표현으로 볼 수 있다. 아니면, [눈물에

짖는다는 말은 침략으로 인한 서글픈 역사의 한 단면으로 표현하여도 같은 뜻이 될 것이다.

> **대낮—어느 ESQUISSE**
>
> ELEVATER FOR AMERICA
>
> 세마리의닭은蛇紋石의층계이다. 룸펜과모포
> 빌딩이토해내는신문배달부의무리. 도시계획의암시.
> 둘쨋번의정오싸이렌.
> 비누거품에씻기어있는닭. 개미집에모여서콘크리트를먹고있다.
>
> 남자를挪搬하는石頭.
> 남자는석두를백정을싫어하듯이싫어한다.
>
> 얼룩고양이와같은꼴을하고서太陽群의틈바구니를쏘다니는시인.
> 꼭끼요—
> 순간磁器와같은태양이다시또한개솟아올랐다.

ELEVATER FOR AMERICA

세 마리의 닭은 蛇紋石(사문석)의 층계이다. 룸펜과 모포

빌딩이 토해내는 신문 배달부의 무리. 도시계획의 암시.

둘쨋번의 정오 싸이렌.

비누거품에 씻기어 있는 닭. 개미집에 모여서 콘크리트를 먹고 있다.

남자를 挪搬(나반)하는 石頭(석두).

남자는 석두를 백정을 싫어하듯이 싫어한다.

얼룩고양이와 같은 꼴을 하고서 太陽群(태양군)의 틈바구니를 쏘다니는 시인.

꼭끼요—

순간 磁器(자기)와 같은 태양이 다시 또 한 개 솟아올랐다.

해설

[ESQUISSE]란 그림을 그리기 위해 밑바탕 그림으로 그리는 초안이라고 할 수 있다. 그렇다면 이 [대낮— 어느 ESQUISSE]란 제목은 〈구원세계를 이루기 위한 절정기에 어느 밑바탕 작업〉이라는 뜻을 갖는다.

[ELEVATER FOR AMERICA]를 직역하면 〈미국을 위한 승강기〉다. 제목이 뜻하는 바의 부제목처럼 서두에 제시된 글이다. 다시 말하면 구원세계의 길목에 미국이라는 나라가 위로 상승하게 된다는 암시의 글로 이 글은 시작하고 있다.

[세 마리의 닭은 사문석(蛇紋石)의 층계이다. 룸펜과 모포]

[세 마리의 닭]은 무엇을 말하는가? 이상(李箱)의 시에서 〈싸이렌과 닭〉은 구원과 밝음을 알리는 신호로 상징된다. 그리고 〈셋〉은 삼위일체와 절대 존재의 상징으로 표현된다. 따라서 [세 마리의 닭]이라고 하면 〈삼신 또는 삼위일체의 신이 우리 인류에게 선포하는 밝음의 신호를 위한 존재〉로 해석할 수 있다.

[사문석(蛇紋石)]은 단순히 광물의 이름이긴 하지만 여기에서는 특별한 의미를 갖는다. 즉 〈뱀의 문양이 새겨진 돌〉이란 뜻이니 〈뱀〉에 대하여 살펴보지 않을 수 없다. 아시아와 유럽, 아프리카를 합한 대륙, 즉 구대륙에는 크게 두 가지 문화권이 형성되어있음을 살펴야 한다. 즉 북쪽의 문화는 나르는 짐승을 숭상한 새(봉황, 닭 등)의 문화권이고 남쪽은 늪지로 기어다니는 뱀을 숭상하는 문화권으로 나누어 볼 수 있다. 새의 문화는 하늘을 숭상하고 도덕을 중시하였고 아버지를 존경하며 뱀의 문화

는 물을 숭상하고 성의 충동을 아주 보람된 것으로 하여 자연스럽게 보았으며 어머니를 존경하였다. 그러다가 그 둘을 절충한, 아니면 뱀이 물에서 하늘을 비상하는, 이상적 추구에서 용이 등장한다.

그 용은 중국을 탄생시킨 원동력이 되었다.

그러나 그 둘을 모두 초월한 종교가 탄생하였다.

그것은 나무를 숭상하고 그에서 얻은, 하늘로 향하는 아버지, 즉 새의 종교의 궁극적 귀결로 탄생한 문화권이다.

이를테면, 기독사상이 선악과라는 나무로부터 시작하고 우리나라 단군은 신단수로부터 시작하며 인도의 석가는 보리수로부터 시작되는 것이다. 이것이 시사(試寫)하는 바는 매우 크다. 그 나무가 곧 새(봉황새 등)문화의 보금자리로 생명의 근원처가 되기 때문이다.

물론 그 나무에 뱀도 기어오른다. 그러나 그 뱀은 나무에서 살지 못한다, 다만 맛있는 과일을 먹으러 오는 새를 잡아먹기 위해서 잠시 감고 기어오를 수는 있을지라도. 그 뱀은 에덴동산으로 기어 들어와서 인간을 타락하게 만들었다. 아니, 그 뱀은 원래부터 그 동산의 주인이었는지 모른다, 물가 늪지대가 훗날 동산이 되었을 터이니. 인간은 뱀을 초월하지 못하고 스스로 구원의 방주를 버렸다고 보아야 하리라. 이러한 배경으로 [사문석(蛇紋石)]을 보면 미국의 진리구원 선포의 존재는 뱀의 속성을 버리지 못한 구원을 추구하고 있다고 보는 것이다. 사실 미국은 당초 청교도인들이 자유와 하느님의 나라를 이룩하기 위해 대서양을 건너 새 하늘과 새 땅을 찾아가서 세운 나라이지만 지금은 성개방의 나라로 도덕은 땅에 떨어져 늪으로 빠져들어 뱀을 껴안고 그 뱀을 숭상하기 직전의 나라로 보인다. 그러나 그 [층계]를 밟아 위로 오를 수 있을 것인지.

[룸펜과 모포]

그러나 그 계단은 [룸펜(실직자)]과 그들을 보호하는 [모포(잠자리)]가 있을 뿐이다, [세 마리의 닭]이 되어 하느님 나라로 올라야 할 계단이 되어야 함에도.

[빌딩이 토해내는 신문배달부의 무리. 도시계획의 암시.]

위의 내용은, 자유롭게 모든 상황을 각자 살피고 비판할 수 있는 자유민주주의의 세계의 상태를 설명하고 있다. 그것은 곧 미국의 상황을 설명하는 것이기도 하다. 그것은 곧 [도시계획의 암시]를 말하는 것이기도 하다. 즉 자유민주주의란 그들 모두를 위한 거주지를 이상적으로 설계하여 모두가 즐거운 세계를 구축하는 것이다. 다시 말해 스스로 이룩하는 이상세계, 즉 지상의 천국세상을 스스로 건축하는 것이기도 하다.

[둘쨋번의 정오 싸이렌.]

첫 번의 싸이렌은 두말 할 것 없이 <예수님>의 탄생을 말한다. 그리고 그 예수님이 재림하여 새 하늘과 새 땅의 천국 세상이 오리라고 한 그 때가 오늘날이라고 기독인들은 설파한다. 청교도들이 큰 희망을 안고 험난한 바다를 넘어간 그곳, 아메리카가 구원의 선포를 할 곳이란 말인가? 사문석의 층계에 널부러진 룸펜과 그들을 덮은 모포의 풍경이 그것을 말한다는 말인가? 결코 아닐 것이다.

[비누거품에 씻기어 있는 닭. 개미집에 모여서 콘크리트를 먹고 있다.]

[비누거품에 씻기어 있는 닭]은 기독사상으로 철두철미하게 무장하여 도덕적이 된 선교인을 말하리라. 이들이야말로 진정한 청교도인인지 모른다. 그런데 그들이 [개미집에 모여서 콘크리트를 먹고 있다]. [개미집]이라고 하면 누구의 명령을 받지 않아도 스스로 전체를 위해 조직적으로 자기의 분업을 지켜 모든 것을 성취시키는 것을 말한다. 이것은 명령에 의하여 움직이는 전체주의에 반대되는, 자유민주주의 생태라고 할 수 있다. 즉 기독인들은 그러한 세계 속에서 [콘크리트를 먹고 있다]. 다시 말해 콘크리트로만 형성된 현대 과학문명의 세계 속에서 그것에 의존한 삶을 살고 있다는 표현이다. 미국은 [비누거품에 씻기어 있는 닭]으로 구원의 선포를 할 임무를 띠었지만 [개미집에 모여서 콘크리트를 먹고 있]는 한에서는, 자유민주주의 사상만으로서는 구원이 불가능하다는 말이 된다.

[남자를 나반(挪搬)하는 석두(石頭).]

이 시(詩)에서 가장 해석하기 어렵고 중심이 되는 구절이다.

[나반(挪搬)]이란 글을 풀면 그냥 운반한다는 말이지만 그렇게 풀어 문

맥이 통하지도 않는다. 앞에서도 말했지만 이상(李箱)은 일부러 어려운 한자를 끌어 쓰지는 않는다. 다만 그 속에 비밀암호를 넣기 위해서만 사용하는 것이다. 그래서 또 파자하여보자. 그러면 〈手那手般〉이 된다. 여기에서 〈삼일신고(三一神誥)〉의 〈신사기(神事紀)〉를 본 사람이면 〈나반(那般)〉을 떠올릴 것이다. 그곳에서의 나반은, 태초에 사람이 처음 생겨날 적에 백두산에서 북쪽으로 흘러내린 강, 천하(天河) 동서에 사람이 생겨나니 나반(那般)과 아만(阿曼)이었는데 그들은 서로 만나려고 하기를 여러 날 하다가 서로 만나 오색인종을 낳아 이 세상 사람이 번성하게 하였으니 그들이 인류의 조상이 된 것이며 나반은 남자이고 아만은 여자이다. 이것은 성경의 창세기와 흡사하여 어느 것이 사실인가를 증명할 길은 없다. 그리고 삼일신고는 처음 남자를 나반이라 하고 여자를 아만이라고 하였으나 창세기는 남자를 아담이라고 하고 여자를 이브라고 하였다. 그 둘의 얘기가 한 뿌리에서 나왔다고 하여도 남녀의 이름이 서로 바뀐 듯이 느껴진다. 비슷하게 전하여 왔다고 하면 나반과 이브와 비슷하고 아만과 아담의 발음이 비슷하게 느껴지기 때문이다.

아무튼 위의 파자(破字)를 더 분석하여보면 〈手那手般〉은 〈手手+那般〉으로 놓고 풀어야 할 것이다. 그렇게 놓고 뜻을 새기면 〈두 손으로 만든 나반〉이라고 풀어진다. 그래서 위의 구절을 풀면 〈남자를 두 손으로 만들어 나반이라고 한 석두(石頭)〉가 된다. 그럼 [석두(石頭)]는 무엇인가? 단순히 뜻으로 풀면 돌처럼 우둔한 사람을 말할 수 있으나 그렇게 놓고 풀어서 아무 것도 잡히는 것이 없다. 그러나 좀 더 살펴보면 자연스럽게 그 뜻이 잡힌다. 〈삼일신고〉를 알고 나반(那般)을 안다면 [석두(石頭)]가 〈백두산〉에서 온 말이 아닐까 하는 것이다. 〈백두산(白頭山)〉은 〈백석두산(白石頭山)〉이 줄여진 말이란 것은 누구나 알고 있는 사실이고 〈석두(石頭)〉라고 하면, 우리나라 사람은 다 알게 되어 일본 사람에 대하여 그 비밀을 공유하게 될 것이라고 이상(李箱)은 상상하였으리라. 그렇다면 윗 구절은 〈남자는 백두산에서 만들어진 나반이 처음이다〉로 된다.

*어떤 전집판에는 [나반(挪搬)]을 〈나반(挪⿰車般) 또는 반나(⿰車般挪)〉로 쓰고 있으나 그 출처나 이유를 밝히지 않아 믿을 수 없어 무시하였음. 혹 〈나반(挪⿰車般)〉이 맞다고 해도 〈手車+那般〉으로 풀어 〈손으로 굴려 만든 나반(那般)〉이 되어 뜻은 같다.

[남자는 석두를 백정을 싫어하듯이 싫어한다.]

그런데 왜 이런 해괴한 일이 생기는가? 왜 남자가 자기를 낳은 백두산을 싫어하는가? 그 비밀은 [백정(白丁)]이라는 단어에서 찾아야 할 것이다. [백정(白丁)]은 무엇을 말하는 것인가? 단순히 소를 잡는 사람으로 푼다면 그 뜻을 찾아낼 수 없다. 〈백의민족(白衣民族)의 장정(壯丁)〉으로 풀어야 그 뜻이 잡힐 것이다. 사실 백정(白丁)이라는 말은 고려 때만 하여도 일반 농사를 짓는 백성을 말하였던 것이다. 이렇게 풀면 위의 뜻이 잡히리라. 지금도 그렇지만 우리나라 사람은 우리나라를 비하(卑下)한다. 그래서 삼일신고에 엄연히 기록된 것임에도 성경에서 말하는 에덴동산이 백두산이라고 하면 펄쩍 뛴다. 아니, 우리나라 사람 자체의 존재를 무시하고 있다. 우리나라에서는 그런 위대한 것이 생겨날 수 없다는 것이 일반적인 생각이다, 기록에 엄연히 있는데도.

[얼룩고양이와 같은 꼴을 하고서 태양군(太陽群)의 틈바구니를 쏘다니는 시인]. [얼룩고양이]이라고 하면 줄무늬가 호랑이 같은 고양이를 말한다. 덩치가 크다면 영락없는 호랑이 모양이다.

세계를 지배하던 단군의 역사, 그것은 호랑이로 비유한다면 한반도로 움츠린 우리나라는 영락없는 고양이 꼴이 아니겠는가? 그러면서도 우리나라는 태양(太陽)앙명(昂明)의 단군이념을 숭상하며 그들(강대국) 틈바귀에서 자위(自慰)하고 있지 않는가. 시(詩)는 심중 깊은 것을 운율에 실어 토로하는 문학의 정수(精髓)라고 할 수 있지 않는가? 그러나 우리나라의 시인은 보잘 것 없는 우리나라를 읊조리는 초라한 존재에 불과하다. 그러나 우리의 존재를 알리기 위해 분주히 활동한다. [쏘다닌다]. 그 시인은 우리나라 민족 모두일 수도 있고 그를 연구하는 역사학자들을 말하는 것일 수 있다. 아니, 이상(李箱) 자신일 수도 있다.

[꼭끼요—]

새벽이 오는가? 아메리카는 정오(正午)일지 모르지만 우리는 새벽이다. 언제나 날이 밝아지려나. 그래도 닭은 운다. 언젠가는 밝아지리라. 희망한다. 아니 이상(李箱)은 그 당시부터 우리나라가 세계에 밝히 보일 주인공 인물로 이 세계에 구원의 방주를 띄울 것을 확신하고 있었을 것이다.

[순간 자기(磁器)와 같은 태양이 다시 또 한 개 솟아올랐다.]

그래. 우리도 고려청자의 문화를 밝힌 적이 있는 찬란한 문화의 나라이다. 아니, 그 이전에는 이 세계를 지배하였다. 이제 그 태양이 다시 뜬다.

이처럼 이상(李箱)은 희망하였다, 우리나라가 세계의 태양이 될 것을.

이상한 가역반응
異常한可逆反應

([조선과 건축]에 일문으로 발표. 이것을 제목으로 6편을 발표. 1931년 7월)

異常한可逆反應

임의의반경의圓(과거분사의時勢)

원내의일점과원외의일점을결부한직선

2종류의존재의시간적경향성
(우리들은이것에관하여무관심하다)

直線은圓을殺害하였는가

顯微鏡
그밑에있어서는인공도자연과다름없이현상되었다.

*

같은날의오후
물론태양이존재하여있지아니하면아니될處所에존재하여있었을뿐만아니라그렇게하지아니하면아니될步調를미화하는일까지도하지아니하고있었다.

發達하지도아니하고發展하지도아니하고
이것은憤怒이다.

鐵柵밖의白大理石建築物이雄壯하게서있던
眞眞5"의角바아의羅列에서
肉體에對한處分法을센티멘탈리즘하였다.

目的이있지아니하였더니만큼冷靜하였다.

太陽이땀에젖은잔등을내려쬐었을 때
그림자는잔등前方에있었다.

사람은말하였다.
"저便秘症患者는富者집으로食鹽을얻으려들어가고자希望하고있는것이다"라고

....

임의의 반경의 圓[원](과거분사의 時勢[시세])

원내의 일점과 원외의 일점을 결부한 직선

2종류의 존재의 시간적 경향성
(우리들은 이것에 관하여 무관심하다)

直線[직선]은 圓을 殺害[살해]하였는가

현미경
그 밑에 있어서는 인공도 자연과 다름없이 현상되었다.

*

같은 날의 오후
물론 태양이 존재하여있지 아니하면 아니될 處所[처소]에 존재하여 있었을 뿐만 아니라 그렇게 하지 아니하면 아니 될 步調[보조]를 미화하는 일까지도 하지 아니하고 있었다.

발달하지도 아니하고 발전하지도 아니하고
이것은 憤怒[분노]이다.

鐵柵[철책] 밖의 백대리석 건축물이 웅장하게 서 있던
眞眞[진 진]5"의 角바아의 나열에서 육체에 대한 처분을 센티멘탈리즘하였다.

목적이 있지 아니하였더니 만큼 冷靜[냉정]하였다.

태양이 땀에 젖은 잔등을 내려쬐었을 때
그림자는 잔등 前方[전방]에 있었다.

사람은 말하였다.

"저 변비증환자는 부자집으로 식염을 얻으려 들어가고자 희망하고 있는 것이다"라고

…………

해설

[가역반응(可逆反應)]이라고 하는 것은 화학적(化學的) 술어로서 어떤 두 물체를 한자리에 놓고 열이나 전기 등의 힘을 가할 적에 두 물질이 합하여 성질이 다른 물질로 변하였다가 다시 그 열이나 전기나 촉매체를 통하여 원래의 두 물질로 되돌리는 반응을 보이는 것을 말한다. 이것은 잃어버린 우리나라를 원래대로 되돌린다는 뜻이다. 이상(李箱)이 이 시에서 이러한 제목을 붙였다는 것은 그 당시의 상황이 역사적 사실의 지난날로 환원하는 무엇을 발견하였기 때문이라고 보아야 할 것이다.

이 시는 이상(李箱)의 처녀작(處女作)이다. 이것을 계기로 집요하게 파고들어 수많은 시를 썼다가 한글<오감도(烏瞰圖)>로 그 뜻을 집약하였다고 하여야 할 것이다.

필자가 이상(李箱)의 난해한 시를 읽다가 오감도에서 해석의 실마리를 잡았듯이 독자도 오감도를 해석할 수 있었다면 이 초기의 작품도 어렵지 않게 풀렸으리라고 생각한다. 필자가 이상(李箱)의 시를 처음부터 [이상한 가역반응]⇒[건축무한육면각체]⇒[오감도]순으로 풀지 않고 거꾸로 풀어 들어가는 이유를 독자는 이해하여주시기 바란다.

이제 처음의 작품 [이상한 가역반응]을 풀어보자.

이상(李箱) 당시는 2차대전을 준비하는 일촉즉발의 위기상황이었다. 1차대전이 유럽의 국지적 전쟁이라면 2차대전은 참으로 지구를 발칵 뒤집는 중대한 사건이었다, 이상 당시에는 2차대전이 일어나지 않았지만.

이 차제에 민감한 천재시인 이상(李箱)의 주변에 무슨 일이 일어났던가? 이 시를 쓴 시점인 1931년에 만주사변이 일어났다. 그것은 열강들이 이리처럼 덤비고 있는 중국이라는 나라를 놓고 세계전쟁을 예견할 수 있는 중요한 사건이었다. 극동의 일본이 참여하였기 때문이다. 그 시점에 우리

나라는 어떠하였나? 1929년 광주학생운동이 일어나서 전국으로 퍼져 1919년에 터졌던 삼일운동의 기운이 되살아나는 상황이었던 것이다. 그 사이를 비집고 문학활동과 역사 찾기 운동이 활발하였으니 감추어있던 고서들이 쏟아져 나와 우리의 눈을 밝히고 민족 자긍심을 높이고 있었던 것이다. 그 중에 〈환단고기(桓檀古記)와 부도지(符都誌)〉같은 것은, 우리들이 그처럼 우러러보고 불같이 일어났던 서양 기독교의 뿌리가 우리나라라는 사실까지 제공하는 큰 것이었다.

*《부도지(符都誌)》는 6.25 이후, 이 책의 저자였던 박제상의 후손이 이북에 살다가 이남으로 피난 와서, 기억하고 있던 것의 일부를 손으로 쓴 것을 김은수 씨가 책으로 출간한 것이지만, 이상(李箱)은 다른 것에서 보았다고 보여진다. 그곳에 나온 〈전고자(典古者)〉란 말은 다른 곳에서는 찾아볼 수 없기 때문이다. 지금 그 책의 원본은 평양 문화원에 보관되고 있다고 한다.

그래서 이상(李箱)이 시를 쓴 계기가 아니었나 생각된다. 그러나 이상(李箱)의 시는 그것을 소개하거나 그것을 맹신하여 그것을 믿도록 하는 그런 것이 아니라 그로 하여 얻어진 영감을 우리에게 전하며, 기독사상이나 우리의 역사의식을 깊이 하는 자들이 좀 더 미래적으로 같이 바라보자는 뜻이 담겨있다 할 것이다. 깊이, 깊이 아주 깊이 들어가서… 그는 도처에 발견되는 미래 예언적 글을 남기고 있다. 이것을 버린다면 이상(李箱)의 시는 당초 풀리지 않는 수수께끼로 그냥 두어야 할 것이다. 그 예언적 얘기는 이제 모두 말하여도 된다. 그 예언이 적중하였는지 아닌지는 우리들이 지금은 바로 볼 수 있다.

이러한 각도에서 이 시제(詩題)를 살피면 〈이상하게도 세상이 어지러우면 지난날의 진실한 상태의 역사의식으로 되돌려진다〉고 풀 수 있다.

[임의의 반경의 원(圓) (과거분사의 時勢)]

임의의 반경은 이 세상에 무한대로 존재하며 또한 그것으로 그릴 수 있는 원은 무한하다 할 것이다. 그것을 [과거분사의 시세(時勢)]라고 했으니 우리들 의식 도처에 존재하는 무의식을 말한다고 하여야 할 것이다. 그 무의식은 역사다. 우리들이 잃어버렸던 역사다.

[원내의 일점과 원외의 일점을 결부한 직선]

원내의 일점은 물론 역사속의 한 부문이 된다면 원외의 일점은 현실세계의 의식 일부분을 말한다. 그런데 그 두 점을 결부한다는 말은 지난날의 의식, 즉 역사를 현실화한다는 표현이다. 다시 말하면 역사를 되찾자는 운동이 되겠다. 그런데 그 두 점을 결부하는 데 직선으로 한다는 말은? 다른 어떤 의도가 없는 순수한 역사의식을 말하는 것의 표현이다.

[2종류의 존재의 시간적 경향성(우리들은 이것에 관하여 무관심하다)]

그 [2종류], 현실에서 보아서 지난날은 시간이 지나면 잊혀지거나 왜곡될 우려가 많다. 우리들은 그 사실을 모르고 현재에 전해진 역사만을 진실된 것인 양 생각한다. [우리들은 이것에 관하여 무관심하다].

[직선(直線)은 원(圓)을 살해(殺害)하였는가]

이렇게 크게 외친다, <순수한 역사관, [直線]은 지난날 무의식에 갇힌 역사([圓])를 모두 현실화([殺害])하였는가>하고.

[현미경 그 밑에 있어서는 인공도 자연과 다름없이 현상되었다.]

[현미경]은 물론 우리들이 일견 보아서 느끼지 못하는 것을 보이게 한다.

인공이라는 것도 사실은 자연에서 취한 것을 조립하거나 위치를 바꾸는 것에 불과하므로 그 진실을 파고들면 모두 자연이다. 특히 현미경으로 보듯이 깊이 살피면 모두 그렇다는 말이다.

그러나 이곳에서는 그런 사실적 얘기를 하는 것이 아니다. <역사적 사실이 아무리 인공을 가하여도 변함없이 진실이 드러난다>고 말하는 것이다.

[같은 날의 오후 물론 태양이 존재하여있지 아니하면 아니 될 처소(處所)에 존재하여있었을 뿐만 아니라 그렇게 하지 아니하면 아니 될 보조(步調)를 미화하는 일까지도 하지 아니하고 있었다.]

[같은 날의 오후]라고 하는 것은 [(과거분사의 時勢)]와 현세를 [결부한 직선]의 때를 말한다. 즉 의식과 무의식의 세계가 아니라 과거분사로부터 현재로 흘러오는 역사를 말한다. 그 역사의 흐름이 마지막 결론, 구원성취의 이상세계로 향하는 오후, 즉 성취의 마무리 단계의 때를 말하고 있다.

[물론 태양이 존재하여있지 아니하면 아니 될 처소(處所)]를 살펴보면 우리나라를 지칭하는 말이라는 것을 직감할 것이다. 우리나라는 해 뜨는 나라, 광명리세(光明理世)의 나라이다. 그러니 우리나라는 곧 해가 있는 나라인 것이다. 〈물론 해가 있어야만 하는 곳〉인 것이다.

[보조(步調)를 미화하는 일]이라고 하면 동행하는 사람끼리 〈같이 갈 수 있도록 빠르고 늦는 것을 조절할 줄 아는 것이 좋은 것이라고 말하고 행동하는 일〉이다. 그러나 환국(桓國)은 이 땅에서 처음 사람다운 사람으로 깨쳐진 사람들이 세운 나라이므로 사람답지 않은 모든 사람 또는 나라에 대하여 그것을 고치도록 강력히 촉구하거나 그들을 쳐 물리쳤다. 다시 말하여 그들과 동행할 수 없었다. 그것이 그들에게 반발을 사거나 미움을 사서 멸망을 초래하는 계기를 만들었다.

[발달하지도 아니하고 발전하지도 아니하고 이것은 분노(憤怒)이다.]

주위와 보조를 맞추지 않았으니 〈발달하지도 발전하지도 않〉을 수밖에 없었을 것이다. 그렇게밖에 할 수 없었던 것은 그 주위, 사람으로 거듭나지 못한 동물 수준 인간들의 나라에 대한 [분노(憤怒)]였으리라. 앞의 [발달]은 고대국가 형성 시 유럽을 흡수 통일하지 못한 것. 즉 그것으로 이제 다시 전파된 사상, 기독사상, 확실한 이해도 살리지 못한 기독사상, 거듭나지 못한 어설픈 기독사상이 동양을 점령하여 세계전쟁까지 일으키려 하고 있다. 다음의 [발전]은 그 사상을 모든 현재의 사람에게 이해하기 좋도록 개선 처리하지 못한 안타까움. 그래서 결국 서양사상에 매료되어 스스로의 우수한 철학을 버리게 하고 있는 현실을 안타까워하는 것이다.

[철책(鐵柵) 밖의 백대리석 건축물이 웅장하게 서있던 진진5(眞眞5)"의 각(角)바아의 나열에서 육체에 대한 처분을 센티멘탈리즘하였다.]

환국(桓國)의 권역은 중동지역에서부터 최동방 일본까지를 말한다. 그러니 자연 [철책(鐵柵) 밖]은 유럽지역, 그리스와 로마 지역을 말하는 것이 된다. 그 문화권은 [백대리석 건축물이 웅장]하게 서 있는 것으로 대표된다. 그리고 그곳에 [진진5"(眞眞5")의 각(角)], 아주 예리한 뾰죽탑의 [바(bar=

기둥)]는 두말 할 것 없이 예수님이 십자가에 못박혀 돌아가신 후의 크리스트 문화권의 건축양식으로 바뀐 풍경을 말한다. 그들 문화권은 예수님의 십자가의 희생을 [센티멘탈리즘하였다]. 기독사상은 예수님이 십자가에 돌아가신 것을 아주 슬픈 사실로 강조하여 모든 사람이 그 슬픔 속에서 모여들게 하였다. 그리고 그 상징인 십자가를 누구나 볼 수 있도록 높게 높게, 뾰족하게 지붕을 만들어 꽂아두었다.

[목적이 있지 아니하였더니 만큼 냉정(冷靜)하였다.]

그들 로마인은 예수님을 어떤 목적으로 돌아가시게 하지는 않았다. 유대인의 한 선생(랍비) 정도로 생각하고, 유대인이 바라는 것이니 한다는 듯이 냉정하게 처분하였던 것이다.

[태양이 땀에 젖은 잔등을 내려쬐었을 때 그림자는 잔등 전방(前方)에 있었다.]

[태양]은 우리 환국(桓國) 사상의 근본이다. 그들의 사상이 현실 생존에 급급하여 땅에 충실할 적에 밝은 태양의 사상은 그의 앞에 놓일 수 없고 그들의 앞에는 그림자만 놓여질 것이다. 이 말은 환국의 정신을 이어받은 우리 민족이나 기독사상을 받은 사람 외에는 밝음의 사상, 태양의 사상을 알지 못한다고 한다. 이것은 곧 유럽사상을 꼬집은 말이기도 하리라. 아니, 우리 민족이 삶에 급급하여 환국사상을 의식화하지 못하고 있다는 말이다.

[사람은 말하였다.]

이 [사람]은 기독사상으로 거듭난 인간이거나 환국의 단군정신을 이어받은 [사람]을 말한다. [사람]이라는 것은 〈삶의 어뜸〉, 모든 〈생명의 어뜸〉을 일컫는 말이다.

["저 변비증환자는 부자집으로 식염을 얻으려 들어가고자 희망하고 있는 것이다"라고]

[변비증환자]란 무엇을 말하는가? 먹을 줄만 알고 배설할 줄 모르는 환자다. 다시 말해 흡수하기만 하고 배출하지 않는 것을 말하는 것이니 물질적인 것으로 말하면 구두쇠이기도 하고 문화적인 것으로 말하면 타국

의 사상 철학을 받아들이긴 하지만 그것을 소화하여 걸러낼 줄은 모른다는 의미이기도 하다. 그리고 [부자집]이라고 하는 것은 모든 철학과 문화를 모두 간직하고 있는 나라. 즉 환국의 뿌리를 가진 우리나라로 말한다고 보아야 할 것이다. 또 [식염]이라고 하는 것은 맛의 근원이고 양분을 소화흡수하게 하는 기본의 요소이기도 하다. 그리고 부패를 방지하며 물을 필요로 한다. 그 식염을 먹게 되면 자연 물을 마시게 되고 자연 변비의 근원인 물 부족을 해결하여 변비를 고치게 하는 것도 되리라. 물은 진리와 사상으로 표현되고 있으니 변비증 환자에게는 그 사상철학이 모자란다는 표현도 되리라. 그 당시, 아니 오늘날까지 유럽, 아니 전 세계는 사상적 변비 증세에 걸려있다. 그것을 다시 말하면 참다운 진리, 즉 물 부족 현상이라고 할 수 있겠다. 그래서 자연 그 진실한 사상 추구자는 부잣집(환국)의 철학 또는 기독사상에 들어가서 그것을 해결하려고 하지 않을 수 없겠다는 말이다.

이것은 [사람](환국사상의 사람 또는 거듭난 기독인)만이 할 수 있는 말이다. 보편적 인간은 전혀 그 사실조차도 모르리라, 스스로 변비증 환자라는 사실도 모른 체.

[……]

그러나 그 후에 어떻게 될는지?

아무도 그것을 예측하지 못한다. 물론 스스로의 일이니까. 스스로 희망하여야 하는 것이니까.

이 시의 주제는 [가역반응(可逆反應)]이며 내용으로 되짚어보면 〈원시반본(原始反本)〉의 역사를 말하고 있고 그것이 너무나 이상하게 돌아가고 있다고 말하고 있는 것이다.

다시 말하면 〈환국정신의 역사〉가 되돌아올 것이며 그것이 아무리 이상하게 되더라도 참고 기다리라는 말이다.

破片의 景致

△은 나의 AMOURESUE이다.

나는하는수없이울었다.

電燈이담배를피웠다.
▽은1/W이다.

*

▽이여!나는괴롭다.

나는유희한다.
▽의슬리프는菓子와같지아니하다.
어떻게나는울어야할것인가

*

쓸쓸한들판을생각하고
쓸쓸한눈내리는날을생각하고
나의皮膚를생각하지아니한다.

記憶에대하여나는剛體이다.

정말로
"같이노래부르세요"
하면서나의무릎을때렸을터인일에대하여
▽은나의꿈이다.

스틱!자네는쓸쓸하며有名하다.

어찌할것인가

마침내▽을매장한雪景이었다.

나는 하는 수 없이 울었다.

전등이 담배를 피웠다.
▽은 1/W이다.

*

▽이여! 나는 괴롭다.

나는 유희한다.
▽의 슬리프는 과자와 같지 아니하다.
어떻게 나는 울어야 할 것인가

*

쓸쓸한 들판을 생각하고
쓸쓸한 눈 내리는 날을 생각하고
나의 皮膚(피부)를 생각하지 아니한다.

기억에 대하여 나는 剛體(강체)이다.

정말로
"같이 노래 부르세요"
하면서 나의 무릎을 때렸을 터인 일에 대하여
▽은 나의 꿈이다.

스틱! 자네는 쓸쓸하며 有名하다.

어찌할 것인가

설경
마침내 ▽을 매장한 雪景이었다.

해설

[파편(破片)], 산산이 부서진 조각, 어떻게 무엇이 무엇을 부쉈는가?

당초 유럽의 일부를 제외한 전 대륙을 통일 지배하였던 환국(桓國). 그것이 산산조각나고 말았다. 덜 깨친 무리들. 하늘의 뜻을 모르는 이 땅의 뱀의 무리들. 하늘로 오르려는 뱀이 용이 되어 꿈틀거리며 대륙을 휘감고 과자부스러기같이 대륙을 조각지워 놓았다. 그 한 파편에 불과한 우리나라. 조선(朝鮮). 오늘날의 그 [파편의 경치]를 살펴보자는 시다.

[△은 나의 AMOURESUE이다.]

[AMOURESUE]는 프랑스 말로 〈연인〉이라는 뜻이다. 그러니 유럽의 일이다. 그렇다면 [△]은 삼위일체의 하느님이지만 이곳에서는 그를 대변하는 〈기독인〉이 될 수 있다. 세계를 지배하고 있는 유럽. 그들은 계곡지대(ger)의 만(man)족이었다. 그래서 유럽인은 사람을 〈man〉이라고 한다. 그들은 동쪽의 훈족에 밀려 서쪽으로 서쪽으로 살기 위해 대이동을 하였다. 그들의 심성은 순수하여서 성밖(환국의 권역 밖)의 무리들, 그리스나 로마의 철학과 종교를 갖지 않았다. 그들은 환국(桓國)의 권역에 속하여 있었으면서도 그 철학과 사상을 배우지 못했고 오지에 고립된 별개의 종족으로 살아왔던 것이다. 그러니 그들이 유럽을 점령하고 나서 크리스트사상이 뒤덮고 있던 로마지배의 유럽 사상을 스폰지가 물을 빨아들이듯 흡수하였다. 아무튼, 환국의 사상을 받아들여 발전된 크리스트사상이 단군이 바라던 대로 유럽을 뒤덮었으니 그를 받아들이고 있는 유럽의 게르만족을 [나]는 [AMOURESUE]라고 하지 않을 수 있겠는가?

[나는 하는 수 없이 울었다.]

산산이 부서진 환국(桓國). 나는 그 사실 앞에 울지 않을 수 있겠는가?

[전등이 담배를 피웠다.]

유럽의 기독사상을 환국의 근본사상인 태양이라고는 할 수 없지만 그로부터 전래된 사상이니 [전등]이라고 할 수 있지는 않겠는가. 성 밖은 그 전등을 태양으로 생각할 만큼 사상적 면에서 어두웠으니?

그런데 그 [전등]이 [담배]를 피웠다. 우리는 어린 청소년이 담배를 피우면 예의가 없다고 꾸짖는다. 사실은 청소년들에게 그 담배는 지극히 건강에 나쁘기 때문이다. 유럽의 기독사상은 사상적 측면에서 청소년에 불과한 어린 것이다. 온 세상을 밝혀야 할 중차대한 전등이 건강에 해롭고 예의에 어긋나는 [담배]를 피운다는 것은 제 길을 벗어난 자멸의 길로 들어섰다고 할 수 있다. 또 그 담배는 어른이라고 하여도 안이한 휴식의 시간을 위한 것이니 한창 일을 하여야 할 때에 담배를 피운다는 것은 본분을 망각한 행동으로 보아야 할 것이다. 또 다 자라지 못한 아이가 어른 행세를 하는 것이기도 하다.

[▽은 1/W이다.]

[▽]은 [△]이 뒤집힌 모양이니 연인의 반대인 뜻을 갖는다. 라이벌인가? 원수인가? 아니다. 크리스트사상을 흉내 낸 어느 단체로 보아야 한다. 그렇다면 〈공산주의〉로 보아야 할 것이다.

[1/W]은 밝음에 반비례한다는 수학적 표기이니 어둠을 뜻하는 말이다.

그러니 [▽은 1/W이다]를 풀면, 〈공산주의는 그들의 열성에 비례하여 어둠에 묻혀있다〉가 된다.

[▽이여! 나는 괴롭다.]

공산주의는 내 애인일 수는 없지만 그러나 그들도 내 애인을 닮았으니 버릴 수야 없지 않는가? 그러나 그들의 결국은 어둠과 사망의 골짜기일 터이니 괴롭지 않을 수 있는가?

[나는 유희한다.

▽의 슬리프는 과자와 같지 아니하다.

어떻게 나는 울어야 할 것인가]

[나]는 〈공산주의〉에 대하여 장난으로 접근하여 사귀어, [유희한다].

그러나 그들은 만만치 않다. 과자와 같이 달콤하지도 않고 쉽게 부서지지도 않고 내가 먹어 달콤하게 흡수되고 소화되어 양분이 되지도 않는다. 이러한 상황에서 나는 울 수밖에 없는데 어떻게 울어야 하는가가 문제다. 즉 그들은 나에게 슬픔과 비통만을 줄 뿐이다.

[쓸쓸한 들판을 생각하고
쓸쓸한 눈 내리는 날을 생각하고
나의 피부를 생각하지 아니한다.]

[쓸쓸한 들판]은 아무도 사람이 살지 않는 폐허를 말한다. 공산주의가 멸망할 것만을 생각한다. 그들의 결국은 물론 눈도 내리리라. [눈]은 물(진리)이 얼어붙은 것이다. 그러한 그 상대가 나의 피붙이인 이북이 될 것이지만, 그들이 내 피부라고 하여도 생각할 겨를이 있을까?

[기억에 대하여 나는 강체(剛體)이다.]

그 [기억]이라고 하는 것은 두말할 것도 없이 환국(桓國)에 대한 사상철학과 성경의 예언적 미래약속을 말하는 것일 것이다. 그러한 기억을 잊을 수 있겠는가? 어림없다. 그 기억은 절대 변할 수 없는 [강체(剛體)]일 수밖에 없다.

[정말로
"같이 노래 부르세요"
하면서 나의 무릎을 때렸을 터인 일에 대하여
▽은 나의 꿈이다.]

[▽은], 즉 공산주의는 나와 같이 노래 부를 수 없다. 그들이 만약 나의 무릎을 치며 같이 노래 부르자고 한다면 그것은 꿈이다. 다시 말해 그들은 기독인인 나와 같이 할 수 없는 존재일 뿐이다.

[스틱! 자네는 쓸쓸하며 유명(有名)하다.]

[스틱]을 남성기로 푸는 자도 있다. 너무 터무니없어서 웃을 수밖에 없다. 그렇게 하여 무슨 해답이 가능한가? [스틱]은 여행, 방어, 인솔의 상징적 의미를 갖는다. 그러나 이곳의 스틱은 그런 상징에만 있는 것이 아니라 이집트에서 이스라엘 민족을 구하여 인도한 모세의 지팡이고 이스라

엘 조상인 아브라함이 그의 가족을 이끌고 간 지팡이다. 그 지팡이는 묵묵히 황야를 가로질러 서쪽으로 서쪽으로 가게 했다. 물론 쓸쓸하였지만 현재에 이 세계를 구할 예수님을 탄생시켰고 그분이 유일한 이 세계구출의 힘, 사랑의 씨를 뿌려놓았다. 그 모든 것은 그 스틱의 힘이다. 처음은 곤궁하고 쓸쓸하였겠지만 이제는 유명한 것이 되었다.

이제 [▽]의 존재도 어렴풋이 그려진다. 아브라함에서 갈려진 또 다른 민족, 즉 〈이삭〉의 배다른 형 〈이스마엘〉도 되고 〈이삭〉의 아들인 야곱(이스라엘)의 형 〈에서〉도 되는 것이다. 그들은 사막으로 가서 사막의 민족으로 일어났으며 예수 이후, 그 자손 중에 마호메트가 태어나서 회교를 만들어 기독인과 대적하는 양자대립의 구도를 만들었다. 그러니 [▽]을 회교도로 봄이 타당하다 할 수도 있겠다. 그러나 뒤의 [▽의 유희]라는 시에서는 [▽]이 〈공산주의〉로 풀어진다. 아마도 [▽]은 〈공산주의와 회교도〉를 말한 것으로 보아야 할 것 같다. [오감도 시제1호]를 참조하면 그 뜻이 분명하여진다. 〈적그리스트〉, 즉 〈무서운 아해〉는 둘이라고 말하고 있기 때문이다. 그 회교도는 중동을 점령 통일하여 기독사상의 뿌리인 예루살렘을 차지하자 로마의 기독교도인 십자군이 이슬람교도로부터 그 예루살렘을 다시 찾기 위하여 일으킨 원정으로 1096년부터 13세기 후반까지 7회에 걸쳐 약 700만을 동원하였으나 목적을 달성하지 못하게 한 이것이 십자군 전쟁이니 결국은 오늘날까지 중동의 불씨를 안고 3차대전의 심지를 곤두세우고 있지 않는가?

[어찌할 것인가]

그러나 어찌할 것인가? 아직도 그 비기독인은 다수하고 그들은 인류를 어둠의 세계로 인도하고자 한다.

[마침내 ▽을 매장한 설경(雪景)이었다.]

〈적크리스트〉의 최후는 결국 멸망할 것이고 다시 기동할 수 없도록 눈이 덮여 그들의 최후를 덮을 것이다.

여기에서 [설경]에 주의할 필요가 있다. 그것은 곧, 들 자란 그들의 철학사상을 얼어붙게 하여 눈으로 덮이게 하는, 백의민족의 우리나라 정신이 하얗게 뒤덮인 풍경을 말하는 것이 되겠다.

▽의 유희

△은나의AMOUREUSE이다

종이로만든배암을종이로만든배암이라고하면
▽은배암이다.

▽은춤을추었다.

▽의웃음을웃는것은破格이어서우스웠다.

· · ·
슬립퍼어가땅에서떨어지지아니하는것은너무소름끼치는일이다

▽의눈은冬眠이다
▽은電燈을三等太陽인줄안다

*

▽은어디로갔느냐

여기는굴뚝꼭대기냐

나의呼吸은平常的이다
· · · ·
그러한탕그스텐은무엇이냐
(그무엇도아니다)

屈曲한直線
그것은白金과反射係數가相互同等한다
· · ·
▽은테이블밑에숨었느냐

*

1
2
3

3은公倍數의征伐로向하였다 .
電報는아직오지아니하였다.

1931.6.5

△은 나의AMOUREUSE이다

종이로 만든 배암을 종이로 만든 배암이라고 하면
▽은 배암이다.

▽은 춤을 추었다.

파격
▽의 웃음을 웃는 것은 破格이어서 우스웠다.

슬립퍼어가 땅에서 떨어지지 아니하는 것은 너무 소름끼치는 일이다
동면
▽의 눈은 冬眠이다
전등 삼등 태양
▽은 電燈을 三等太陽인 줄 안다

*

▽은 어디로 갔느냐
여기는 굴뚝 꼭대기냐
호흡 평상적
나의 呼吸은 平常的이다
그러한 탕그스텐은 무엇이냐
(그 무엇도 아니다)

굴곡 직선
屈曲한 直線
백금 반사 계수 상호 동등
그것은 白金과 反射係數가 相互 同等하다

▽은 테이블 밑에 숨었느냐

*

1

2

3

3은 公倍數(공배수)의 征伐(정벌)로 向(향)하였다.

電報(전보)는 아직 오지 아니하였다.

1931. 6. 5.

해설

[▽]은 [파편의 경치]에서 살펴보았지만 〈공산주의〉를 뜻한다.

〈공산주의〉가 [유희]를 한다. 〈가톨릭〉은 처음에 동조한다. 좋도록 해석하자면 이교도와의 융화를 위한 시도라고 볼 수 있지만 그것은 이루어질 수 없는 꿈이다. 그 결론이 어떻게 될는지는 앞으로 더 새겨 보자.

[종이로 만든 배암을 종이로 만든 배암이라고 하면 ▽은 배암이다.]

[▽은] [종이로 만든 배암]이 아니다. 진짜 배암인 것이다. 그것은 나무에서 탄생한 기독인보다는 아주 후진적이면서 반대적인 것이기 때문이다. 〈배암⇒새⇒나무〉로 우리 인류는 진화하여왔기 때문이다. [▽], 즉 [배암]은 나무로 하여 새로 태어난 〈사람〉을 타락시킨 것이기 때문이다. 〈공산주의〉의 본성은 뱀의 속성에서 출발한 것이다. 그러나 그것은 처음에 칼막스에 의하여 [종이] 위에서 이론적으로 만들어졌다. 그래서 [종이로 만든 뱀]이라고 하면서, 그 이론들이 뱀의 속성을 띤 악마적인 것이어서 [뱀]이라 하는 것이다.

[▽은 춤을 추었다.]

뱀을 숭배하는 집단들은 여러모로 사람을 유혹하였다, 춤을 추면서.

[▽의 웃음을 웃는 것은 파격(破格)이어서 우스웠다.]

뱀은 웃지 못한다. 냉혈동물이다. 유혹의 천재다. 사람에게 우격다짐으로 강요하지 않고 스스로 판단하여 생각을 바꾸도록 지능적 술수를 쓰는 존재이다. 그런데 웃는다. 그 웃음은 인간만이 갖는 온정의 표현이 아니라 사람을 속이는 술수인 것이다. 그것은 하나의 [파격]적 행위이며 가소로운 장난이다. 그들은 화해와 온정을 가장한 웃음으로 사람을 유혹할 따름이다.

[슬립퍼어가 땅에서 떨어지지 아니하는 것은 너무 소름끼치는 일이다]

[슬립퍼어]는 휴식을 취할 때 맨 땅이 아닌 방에서만 신는 신이다. 그것이 노동의 현장인 땅에서 떨어지지 않는다는 말은 〈공산주의〉자들이 휴식이 없는 노동만을 강조한 것을 말한다고 보아야 하겠다. 참으로 [소름끼치는 일이다].

[▽의 눈은 冬眠이다]

〈공산주의〉는 동면(冬眠)하는 뱀과 같은 것이다. 인간도 사람도 아니다. 눈을 뜨고도 앞을 보지 못한다, 진리에 눈을 뜨지 못한 하등동물처럼.

[▽은 전등(電燈)을 삼등태양(三等太陽)인 줄 안다]

〈공산주의〉는 태양을 잃어버린 어둠의 인간들이다. 그래서 그들은 인공의 밝음([전등])을 만들어 태양처럼 밝다고 한다. 그들의 밝음은 어떠한 것인가? 그것은 태양이 없을 적에만 미미한 빛을 나타낼 뿐이다. 그들의 종교와 사상은 참으로 태양의 종교, 환국의 철학과 기독인의 종교에 비하면 없는 것과 같다. 그들은 다만 태양을 등진 자리에서만 스스로 만든 밝음, 미미한 빛 속에서 살아갈 뿐이다.

[▽은 어디로 갔느냐
여기는 굴뚝 꼭대기냐
나의 호흡(呼吸)은 평상적(平常的)이다
그러한 탕그스텐은 무엇이냐
(그 무엇도 아니다)]

[▽은 어디로 갔느냐] 하는 것은 〈공산주의〉가 사리지고 없는 때를 말하는 것이다.

[여기는 굴뚝 꼭대기냐] 하는 것은 모든 것을 태워 없애고 연기로 사라진 장소를 말한다.

[나의 호흡(呼吸)은 평상적(平常的)이다] 하는 것은 이제 정상으로 돌아왔다는 말이다.

[그러한 탕그스텐은 무엇이냐]고 하는 것은 태양 대신에 앞길을 밝혔던 전등의 구심체, 그것이 무엇이냐는 반문이다.

[그 무엇도 아니다]고 말한 것은 그동안 인공의 가짜 태양 아래서 그것을 신봉하던 인간에게 그러한 것은 아무것도 아니었다고 가르치는 말이다.

이것을 종합적으로 풀면

〈공산주의는 모두 어디로 갔느냐? 그들은 모두 연기처럼 사라지고 없구나. 이제 정상적인 삶을 살 수 있구나. 그런데 그때 왜 우리들은 그 미혹의 인공 태양 아래서 그것을 밝음의 전부인양 하였더란 말인가? 그러나 기실은 그 모든 것이 아무것도 아니었지 않았더냐?〉

이다.

[굴곡([屈曲)한 직선(直線)

그것은 백금(白金)과 반사계수(反射係數)가 상호동등(相互同等)하다]

[굴곡(屈曲)한 직선(直線)]은 무엇을 말하는가? [직선(直線)]은 올바른 진리를 말한다. 그것은 물론 〈기독사상과 환국(桓國)의 철학〉을 말하리라. 그러나 그것은 여러 이유로 왜곡되었다. 즉 [굴곡(屈曲)]한 것이다. 그러나 그것은 [백금(白金)], 〈백두산(白頭山)과 금강산(金剛山)〉을 말하는 것인가? 백의민족의 정신을 말하는 것인가? 그냥 가장 반사계수가 높다는 표현인가? 그것은 독자의 상상에 맡길 수밖에 없다, 반사계수가 동등하다고 했으니. 아무튼 그 진실한 진리가 아무리 왜곡되었다고 하여도 그 진가는 변함이 없으리라. 또 이 말의 뜻은, 그들이 만든 〈인공 태양처럼 만든 전구도 환국사상의 이념을 비틀고 꼬부려 만든 것에 불과하다〉고 한 것이다.

[▽은 테이불 밑에 숨었느냐]

기독사상과 환국정신이 살아있는 한에는 〈공산주의〉는 어디라도 숨어야 하리라. 극히 부끄러울 터이니.

[3은 공배수(公倍數)의 정벌(征伐)로 향(向)하였다 .

전보(電報)는 아직 오지 아니하였다.]

[1]은 절대 신 하느님을 말하기도 하고 환국(桓國)의 통일된 한 국가를 말하기도 한다.

[2]는 성부와 성신을 말하기도 하고 하느님을 믿는 환국과 땅의 신, 뱀 같은 것을 믿는 다른 종교국가와 〈공산주의〉 국가, 기독과 이교도인을 말하기도 하고 선과 악이 갈라져 대립하는 것을 말하기도 한다.

[3]은 물론 삼위일체와 완성된 수를 뜻한다. 모든 것을 합하여 하나로 이루는 실체이다.

이 [1], [2], [3]은 역사발전의 순서이기도 하고 진리전개의 방법이기도 하고 완성을 향한 운동법칙이기도 하다. 하나가 둘이 되고 둘에서 셋을 이룬다. 그러나 그 둘은 하나가 쪼개진 것이 아니고 하나의 힘이 어떤 방향으로 진행할 적에 작동되는 상대적 현상일 뿐이며 현상계를 만드는 동인(動因)인 것이다. 이것은 우리의 기본사상인 천부경(天符經)에 자세히 기술되어있다. 이것은 서양의 얼치기 철학, 헤겔의 변증법인 정반합(正反合)의 원리와는 확연히 구분된다. 정반합은 항상 정과 반이 있어서 합하므로 새로운 출발의 계기를 마련한다고 하는 것이지만, 하나는 쪼갤 수 없는 근본이므로 쪼갤 수도 없으니 대립 자체가 성립되지도 않는 것이다. 그러나 그것에서 유물사관이 나오고 사회주의 사상이 나왔다고 하니 한심하고 웃지못할 사건이 아닐 수 없다. 기독사상은 삼위일체(三位一體)의 신(神)을 말하고 우리 환국의 기본사상은 삼일신(三一神)의 사상을 말한다. 그 둘은 다르지 않고 하나의 뿌리에서 나갔음이 확실하다. 이상(李箱)은 이것을 깊이 궁구(窮究)하여 알고 있었다.

이 세상 모든 진리, 현재에 이르러 성취된 모든 것들은 [3]으로 나누어 떨어지면 완성된 것이고 그 나머지가 있으면 성취를 위해 진행되고 있음을 말한다. 예를 들면 4는 3+1로서, 완성하고 나서 다시 출발하는 현상이며, 5는 3+2로서 완성된 것과 완성 직전으로 있는 것을 말하며, 10은 3×3+1로서, 완성된 셋과 다시 시작한 하나로 보는 것이다. 그렇게 하여 무한한 성취의 작업은 끝이 없는 것이며 완성이란 부분적으로 자리하더라도 항상 새로운 시작의 움이 돋아나는 것이다. 이제 그 [3]의 분석으로 모두 하나의 큰 진리를 깨우치면 밝은 태양의 나라가 찾아올 것이다. 왜 그렇게 무한 발전의 수의 전개가 있는가? 그것은 너무 간단하다. 하느님의 심정(心情)은 어느 방향성, 운동성, 목적성을 갖기 때문이다. 그 심정(心情)이 현실적 세계 창조의 원인이며 그것이 곧 삼위일체(三位一體)의 삼일신(三一神)인 것이다. 그 결국은 사랑의 어우름이다.

[전보(電報)는 아직 오지 아니하였다.]

그러나 아직 그 환국(桓國)의 재(再) 도래(到來)와 기독(基督)의 재림(再臨) 예수가 온다는 소식은 없다. 우리들이 그것을 위한 예비가 너무 부족한 것인가?

그렇다면 이곳에서 말하는 [▽]은 무엇을 말하는 것인가?

앞에서 말한 여러 시들을 종합하면 [공산주의]이거나 [회교도]를 말하는 것이다. 그러나 뱀으로 비유한 것으로 보아서는 [공산주의]를 두고 하는 말이 틀림없어 보인다. 이들은 신을 부정하고 먹고 사는 문제만을 내세워 인류를 구하고자 하기 때문이다.

이제 인류는 눈을 크게 뜨고 그들의 환상에서 벗어나야 할 것을 경고하고 있다. 그들은 결국 굴뚝의 연기같이 사라질 것이며 환상에 젖은 사람들도 그들과 같이 연기로 사라질 것이기 때문이다.

이것은 이상이 단순히 미래를 내다본 외침이 아니라 필시 그렇게 된다는 예언인 것이다.

鬚髯

(鬚·髭·그밖에수염일수있는것들·모두를이름)

1
눈이존재하여있지아니하면아니될처소는森林인웃음이존재하여있었다.

2
홍당무

3
아메리카의유령은수족관이지만대단히流麗하다.
그것은음울하기도한것이다.

4
溪流에서—
건조한식물성이다.
가을

5
一小隊의軍人이東西의방향으로전진하였다고하는 것은
무의미한일이아니면아니된다.
운동장이파열하고龜裂할따름이니까

6
三心圓

7
조를그득넣은밀까루포대
간단한須臾의月夜이었다.

8
언제나도둑질할것만을계획하고있었다 .
그렇지는아니하였다고한다면적어도구걸이기는하였다.

9
疎한것은密한것의상대이며또한
평범한것은비범한것의상대였다.
나의신경은창녀보다도더욱정숙한처녀를원하고있었다.

10
말(馬)—
땀(汗)—
余,사무로써散步라하여도무방하도다.
余,하늘의푸르름에지쳤노라이같이폐쇄주의로다.

1931.6.5

(鬚(수)·髭(자)·그 밖에 수염일 수 있는 것들·모두를 이름)

1

눈이 존재하여 있지 아니하면 아니될 처소는 森林(삼림)인 웃음이 존재하여 있었다.

2

홍당무

3

아메리카의 유령은 수족관이지만 대단히 流麗(유려)하다.

그것은 음울하기도 한 것이다.

4

溪流(계류)에서—

건조한 식물성이다.

가을

5

一小隊(일소대)의 軍人(군인)이 東西(동서)의 방향으로 전진하였다고 하는 것은

무의미한 일이 아니면 아니된다.

운동장이 파열하고 龜裂(구열)한 따름이니까

6

三心圓(삼심원)

7

조를 그득 넣은 밀까루포대

간단한 須臾(수유)의 月夜(월야)이었다.

8

언제나 도둑질할 것만을 계획하고 있었다.

그렇지는 아니하였다고 한다면 적어도 구걸이기는 하였다.

9

疎(소)한 것은 密(밀)한 것의 상대이며 또한

평범한 것은 비범한 것의 상대였다.

나의 신경은 창녀보다도 더욱 정숙한 처녀를 원하고 있었다.

10

말(馬)－

땀(汗)－

余(여), 사무로써 散步(산보)라 하여도 무방하도다.

余, 하늘의 푸르름에 지쳤노라 이같이 폐쇄주의로다.

1931. 6. 5

해설

이 [수염(鬚髥)]은 오감도에서 기독의 권위를 상징한다고 밝혔다. 그러나 이곳에서는 음모(陰毛)로도 그려서 성적 문제를 동시에 그린 것 같이도 보인다. 그래서 성적 타락의 각도에서 풀어보려 하였지만 앞뒤 문맥으로 도저히 합당한 점을 발견할 수 없었고 다만 그러한 것으로 유추한 상상으로 그 뒤의 깊은 뜻을 대비시킨 점도 무시할 수는 없다고 생각하였다. 이러한 몇 가지 비유적 표현을 보고 해설가들은 이상(李箱)을 성 도착증(倒錯症) 환자로 만들어 매도(賣渡)하는 것을 볼 적에 분노 같은 것을 느낀다. 만약 그것이라면, 일관성 있게 그것으로 풀어준다면 저는 이 해설(?)

을 시작하지도 않았을 것이다.

[수(鬚)· 자(髭)· 그 밖에 수염일 수 있는 것들 · 모두를 이름]

여기에서 [수(鬚)]는 턱수염이고 [자(髭)]는 콧수염을 말하는 것이지만 [수(鬚)]는 크리스트 사상의 수염, 즉 이스라엘 민족의 상징이기도 하다. 그들은 머리를 둥글게 자르고 수염을 미는 로마인들을 아주 싫어하였다. 부모로부터 물려받은 것을 깎지 않는다는 동양 사상, 환국사상과 극히 동일하였던 것으로 보인다. 그와 반대로 일본과 독일에서는 턱수염을 밀고 콧수염을 기르는 풍습을 만들었다. 히틀러가 처음 그렇게 한지는 몰라도 우리들이 일본이라면 콧수염을 기른 얌체같은 족속으로 연상된다. 얌체라고 표현하는 것은, 우리 동양사상의 근본은 모든 사람을 우리라 부르며 하나로 묶어 서로 자기 몸 이상의 정을 주고받는 것과는 반대로, 일본인은 자기 아집에 싸여 자기에게 필요하면 받아들이고 필요치 않으면 가차 없이 잘라버리는 속성을 말한다. 그것은 진정 크리스트 사상에 반대되는 처사요, 그것을 수염으로 구분하여 상징적으로 턱수염과 콧수염으로 구분하는 것이다. 그런 사상에서 온 결과는 너무나 비참하였다. 독일은 유태인을 대량학살하였고 일본은 동양을 정복하여 끔찍한 만행을 저질렀다.

이런 각도에서 수염을 풀어본다면 그 수자(鬚髭)가 아닌 [그 밖에 수염일 수 있는 것들 · 모두를 이름]이라고 하는 것은, 겨드랑이의 털, 음모, 등등 털이 있는 모든 것을 이른다고 하는 해석은 부당하게 된다. 그래서 그것은 기독사상을 신봉하고 환국의 뿌리를 갖고 권위를 지키는 민족과 일본, 독일같이 국수주의로 무력을 팽창하여 그 힘을 과시하는 권위 외에 제반 여러 것을 자기의 주체로 내세워 고수하는 권위와 그 밖의 여러 나라들이 추구하는 권위의 일체를 말하는 것으로 보아야 한다.

[눈이 존재하여 있지 아니하면 아니 될 처소는 삼림(森林)인 웃음이 존재하여 있었다]

[눈이 존재하여 있지 아니하면 아니 될 처소]라고 하는 말은 〈보여야

할 곳〉또는 〈보아야 할 곳〉으로 풀고 아무리 앞뒤로 추궁하여도 연결이 되지 않는다. 그래서 이것도 예외를 두지 않고 역사적 안목의 관점에서 풀기로 하고 깊이 생각하는 중에 떠오르는 것이 있었다. [처소]를 몸의 일부로 보고 해석하려니 안 되는 것이지만 이 지구상의 어느 지명을 말한다면 적중하는 구절이 떠올랐던 것이다.

중국에서 말하는 동북방, 즉 간방(艮方)은 우리나라 백두산을 중심으로 하는 고원지대를 말한다. 그곳은 지리학상으로는 이 지구가 물에 잠겨 있다가 최초로 땅이 솟아올랐다는 곳이다. 처음 지구가 생겨나서 짙은 안개로 덮이더니 그것이 비가 되어 땅에 내려 온 땅을 물로 덮었다. 그러더니 지구가 꿈틀거리며 간방의 지대가 솟아오르기 시작하여 최초로 대륙이 형성되기 시작하였다 한다. 그러나 간방에 최초로 주어진 힘이 계속하여 주어지니 남극을 뿌리로 하고 북극이 흔들리며 자전(自轉)을 하게 되었다. 그 흔들리는 자전의 힘으로 육지가 솟아오르는 대로 서쪽으로 밀려가며 아시아 대륙을 만들고 동쪽은 깊은 바다가 된 것이다. 그 동쪽에서 생겼던 대륙은 자전의 힘으로 크게 나선형으로 휘돌아 남쪽 호주 대륙과 남극대륙과 여러 제도를 만들며 더 서쪽으로 가니 그것이 인도 대륙이 되었다는 학설도 있다. 그것은 지금도 계속 아시아 대륙의 밑을 쑤시며 파고들어 히말라야 산맥을 형성하고 매년 5cm 높이를 더하게 하고 있다고 한다.

그 간방, 그곳은 자력(磁力)의 중심이요 이 지구의 눈인 것이다. 이 간방(艮方)에 대하여는 역술을 좀 아는 자는 아주 중요하게 생각되는 곳으로 지칭한다.

바로 이 [눈]이다. 우리나라 백두산 일대는 〈이 지구의 눈이요 그 눈은 환국의 중심이 되지 않을 수 없었다〉는 설명이다. 생명체가 생겨날 적에 가장 먼저 생겨나는 것이 눈이며 그를 둘러싸고 머리가 생겨 뇌가 생기며, 그 다음에 배가 생겨나서 물질을 받아들여 세포분열한다. 이 지구를 생명으로 보면 이 땅의 백두산 일대(백두산과 함경도와 북쪽 만주 일대) 개마고원은 그 눈인 것이다. ([수염(鬚髯)]의 [삼심원(三心圓)]을 참조)

[삼림(森林)인 웃음이 존재하여 있었다]를 저도 당초에는 여성기의 음모로 해석하지 않을 수 없었다. 그러나 이제 위와 같이 그 [눈]을 풀고 난 다음이니 백두산 일대의 삼림으로 풀어야 하고 [웃음이 존재]한다는 표현은 삶의 터전이 되고 생계를 위한 조건을 갖추게 되어 사람이 즐거울 수 있었다는 표현이 가능하였던 것이다. 즉 그곳은 가히 〈낙원이라 할 삶의 터전을 만들었다〉고 풀 수 있겠다. 다시 말해 〈백두산 일대는 지상낙원인 에덴동산이었다〉고 하는 해석이 가능한 것이다. 이런 각도에서 풀면 〈에덴〉이라는 말은 〈가장 왼쪽〉이라는 말이 변한 것이 아닌가 하는 것이 저의 견해다. 〈에〉는 〈애〉로 하여 〈가장 처음〉이라는 말이고 〈덴〉은 〈ㄷ+엔〉으로서 〈ㄷ〉은 〈데−곳〉이란 말이고 〈엔〉은 〈왼〉쪽이라는 말이다. 왜 〈왼〉쪽이 동쪽이 되는가 하면 모든 사람은 해를 향해 남쪽으로 서서 생활하기 때문에 왼쪽이 동쪽이 되는 것은 상식인 것이다. 참고적으로 말하면 〈압록강〉을 왜 그렇게 부르느냐고 그 인근에 사는 사람, 압록강변 사람에게 물으면 앞에 있는 강이니 〈앞록〉이라고 그렇게 부르지 어떻게 부르느냐고 당연시 하는 것과 같다고 할 수 있다.

[홍당무]

이것 또한 성적표현의 시라고 주장하는 원인이 될 수 있다. 그러나 위와 같이 [눈]과 [삼림]을 풀고 나면 자연 풀리는 구절이다.

뒤에 이어서 아메리카의 얘기가 나온다. 그렇다면 홍당무는 무엇을 말하는가? 우리들은 부끄러운 일을 하고 얼굴을 붉히는 것을 홍당무가 되었다고 한다. 이에서 살피면 에덴동산에서 아담은 이브가 권하는 과일을 먹고 부끄러움을 알아 얼굴이 발갛게 된다. 카인이 동생 아벨을 돌로 처죽이고 하느님으로부터 쫓겨난다. 그때 카인이 하느님께 하는 말이 있다. 〈저가 에덴의 동쪽으로 쫓겨 가서 그곳에 가면 그곳 사람들이 저를 쳐죽일까 두렵습니다〉 하였던 것이다.− 여기에서 잠시 짚고 넘어갈 것은, 에덴동산의 아담과 이브가 처음의 인류 조상이 아니었다는 설명이다. 처음이었다면 에덴의 동쪽으로 가서 그곳에 카인 자신이 아닌 사람이 있어 자기를 해한다는 말이 있을 수 없기 때문이다. 또 현대 고고학자들이 땅을 파 뒤져 보고 연대를 측정하니 인류의 두개골이 여러 수 천만 년 전에도 수두룩한데 순 엉터리 같은 말로 성경은 우리를 미혹한다고 한다. 그러나 성경에서 말하는 사람이라는 것이 모양만 사람이라고 사람이라 할 수 없고 진실로 깨우친 인간이 참다운 사람이라는 것을 설명하고 있다면 이해가 될는지? 우리나라 사람들은 "사람 모습을 한다고 사람이냐 사람 짓을 해야 사람이지, 사람다운 짓을 하지 못하면 인두(人頭) 껍질을 쓴 짐승이다."고 한다. 이러면 무언가 짚이는가? 백두산에서 진정 하늘을 알고 하늘에 지음 받은 스스로를 깨친 자. 그가 곧 처음 사람이었다는 말이다. ―그러니 하느님이 그의 이마에 표를 주어 이것을 보는 자는 그를 죽이지 못하게 하였다는 구절이 있다. 그런데 이 표가 도대체 무엇인가 하고 저는 여러 날을 생각하여보았다. 그런데 그 표(標)라는 한자에 비밀이 숨겨져 있었다. 한자는 중국에서 만들어 우리와 관계가 없다면 할 말은 없다. 그러나 한자가 우리 조상인 동이족이 만들기 시작했으며 그 후 여러 민족이 필요에 의해 만들어 섞었지만 지금도 동이족이 만든 글자가 60%를 넘는다고 하니 바로 우리의 글이라고 하여야 할 것이다. 그래서 파자하면 〈木+西+示〉로 되고 소리대로 읽으면〈남서시〉또는 〈남새볼〉이 된다. 다시 말해 우리들은 부끄러움을 타는 것을 〈남새〉탄다고 하고 그 붉히는 상태를 〈남새볼〉이라고 하는 것이다. 즉 하나님이 준 것은 바로 〈부끄러움을 아는 것〉, 즉 얼굴을 붉히는 그 자체였던 것이다. 그것에 기초하여 표(標) 자를 만들었다면 너무 억측인가? 지금도 우리는 남이 잘못을 저질렀더라도 부끄러워하면 용서하는 것이다. 카인은 다혈질의 순간적 잘못으로 동생을 쳐죽이긴 했지만 가슴 깊이 부끄러워할 줄 아는 인간이었다. 아니 하느님이 그에게 그것을 준 것이다. 초능력으로 그랬다기보다는 카인의 가슴 깊이 그것을 심어주었다고 생각하면 좋겠다. 그러나…. 그들 카인의 후예 말로가 그처럼 비참하여야 하는가? 그들은 두려워한 그곳의 인간들을 도리어 물리치고 제국을 건설했겠지만 그 반대의 땅에서 바다를 건너 들어온 땅 끝, 바다 끝의 사람들이 그들을 멸망하게 한 것이다. 이처럼 하느님의 죄벌은 엄격하게 지워지지 않는 각인(刻印)이라는 말인가?

그래서 카인은 동쪽으로 갔으니 그 땅이 놋 땅이다. 그곳에서 낳은 첫 아들이 〈에녹〉이다. 일본의 〈아이누〉 족이 바로 그것이라고 하면 잘못일까? 그것은 더 연구할 과제이지만, 아메리카 대륙으로 들어간 것은 확실한 것 같다. 그것은 잉카제국을 건설한 원조라고 하면 또 망발일까? 아메리카 인은 홍인종이다. [홍당무]다.

이 가설들은 해설하는 필자가 유추한 것이지만, 위의 이상 시를 해석하자면 이러한 가정이 필요하고 이상이 이런 생각으로 이 시를 썼다는 가설이 생기는 것이다.

〈아이누〉족은 동양인이면서도 유독 얼굴 모습이 서양인과 같다, 유전자 분석을 하여도 틀림없는 동양인인데도. 또 최근에 미국에서 수천 년 전의 두개골을 발견하여 분석하니 틀림없이 서양인과 닮아있는데도 동양인의 유전자를 갖고 있었다고 하였다. 그런데 그 유골로 복원된 모습은 일본의 아이누족과 흡사하였다고 하였다.

[아메리카의 유령은 수족관이지만 대단히 유려(流麗)하다
그것은 음울하기도 한 것이다]

[아메리카의 유령]은 두말할 것 없이 멸망된 〈잉카제국〉을 말한다. 그들은 노아의 홍수도 모르고 노아의 방주도 모르는 별개의 세계에서 살아왔다. 이른바 [수족관]인 것이다. 그러나 그들의 문명은 우수하였고 우리 구대륙에서는 상상하지 못하는 [대단히 유려(流麗)]한 것이라고 할 수 있겠다. 그러나 그것은 [음울하기도 한 것]이었다. 사람을 죽여 제사의 제물로 바치기도 하였으니까.

[계류(溪流)에서—
건조한 식물성이다
가을]

[계류(溪流)]라고 한 것은 인류문명이 발달한 한 갈래를 말한다.
첫째는 강 유역 문화권이고
둘째는 초원 벌판의 문화권이고
셋째는 사막의 오아시스로 흩어진 것을 통합한 문화권이고
넷째는 열대성 밀림 속의 흩어진 문화권이고
다섯째는 큰 호수나 바닷가에 취락한 집단을 형성한 문화권이며
여섯째가 계곡의 골짜기 여기저기 살고 있는 문화권이라고 할 수 있다.
그 중…

첫째는 생활조건이 가장 좋아서 취락 형태로 문화의 자취를 남겨서 인류 4대 발상지라고 하는 바 황하, 유프라테스강, 인더스강, 나일강에 살던 문화이며

둘째는 몽고 초원과 만주 초원의 문화권이니 이들은 유목생활을 하여 옮겨 다닌 관계로 유물이 발굴되지 않아 역사학자들에게 무시된 경향이지만, 사실은 가장 강대하고 큰 철학과 사상을 지닌 종교를 창시하였으니 환국(桓國)이 이에서 생기고 아브라함의 후손이 기독사상을 이 땅에 세운 구원의 종교 뿌리도 이에서 생겨난 것이다.

셋째로 사막의 민족은 초원과 비슷하게 옮겨 다니긴 하였지만 그와는 반대로 유목생활이 아닌 교역(交易)의 길을 열어 세계 곳곳의 문화를 섭렵하여 아라비아 문자— 사실은 인도문자이지만 —가 숫자로 세계에 통용되게 하였고 수학, 물리학, 화학 등 현대문명의 기틀을 세운 것이다.

넷째로는 열대성 밀림 속에서는 사실 서로의 교역이 어렵고 그를 필요가 없을 정도로 자체 생활에 의식주를 해결하는 형편이어서 게으름에 빠져 미개하였으나 북방족들이 수시로 쳐들어가서 왕국을 건설하자 급속히 발전하여 창대한 문화국가 형태를 만든 자취가 있다. 아프리카 곳곳에서 발견되는 소수 문화권 발굴과 동남아 고대국가와 열도에 흩어진 문화권이 그것이라고 할 수 있으며 인도의 고대국가를 그렇게 볼 수 있다.

다섯째로는 바이칼 호수가 대표적인 것이나 그곳에 살던 사람들이 점차 추워져 남쪽으로 내려가니 그 존재가 유명무실하다 할 것이다. 그러

나 바닷가인 유럽은 서로 교역하며 폴리스를 형성하여 지금도 세계에 으뜸가는 문화권을 형성하였다.

여섯째로 계류(溪流)의 문화권이니 아메리카 록키산맥의 계곡에 흩어진 잉카 문명이나 유럽과 아시아를 가르는 우랄산맥 계곡 동쪽 아시아에 흩어진 훈족, 알타이 산맥의 서쪽에 흩어진 슬라브족과 더 북서쪽에 게르만족이 이에 속한다고 할 수 있다. 그들은 계곡에서 통합하자 들판으로 내려와 큰 국가형태를 만드나 고대에는 미미한 존재였던 것이다. 그 중 게르만 민족은 중세에 훈족의 침략으로 서쪽으로 대 이동을 하여 유럽을 그들 민족의 판도로 바꾸게 하였다. 또 중국은 일찍이 서북쪽 계곡에 살던 소수의 한족(漢族)이 강을 따라 내려와 중국 대륙을 한(漢)민족의 나라라고 하여 다른 민족을 흡수하여 모두 한족(漢族)이라고 하나, 우리 동이족이 대부분이었으니 중국은 기실 한족(漢族)의 나라가 아니라 한족(韓族)의 나라라고 할 수 있다. 아무튼 중국도 계류(溪流)의 문명이 흩어진 국가들을 통합하여 대제국을 건설하였다. 또 고구려가 그러하니 계곡에서 살다가 동북방은 물론 중국 대륙 깊숙이 영토를 확장하기도 하였다. 그런데 이 [계류(溪流)]의 민족들은 무력으로 기존의 문명권을 침략하여 통일된 국가를 이루었다. 이것은 다시 말해 피도 눈물도 없는 칼부림의 문화권인 것이다. 다르게 표현한다면 정이 없는 식물, 그것도 [건조한 식물] 같은 존재들의 통치국가라고 할 수 있다. 그들의 말로(末路)는 결국 무력으로 망하였다. 아메리카의 잉카가 그렇고 중국의 한족이 그렇다. 몽고족이 그들을 멸망시켜 원이라 하였고 만주족이 그들을 멸망하고 청국을 건설하였으니 그들 한족이 건설한 한(漢)이라는 존재는 중국에 이름만 남았다고 보지 못할까? 물론 유럽의 게르만 족, 그 대표적인 예로 독일과 같은 나라는 이상(李箱)이 보아서는 완전 맛이 간 시어빠진 음식과 같이 보였으리라. 그 결과가 도래한 계절. [가을]이 된 것이다.

[일소대(一小隊)의 군인(軍人)이 동서(東西)의 방향으로 전진하였다고 하는 것은 무의미한 일이 아니면 아니 된다

운동장이 파열하고 균열(龜裂)한 따름이니까]

[일소대(一小隊)의 군인(軍人)]이란 아주 적은 숫자의 군인을 뜻한다. 그 정도의 숫자로 적을 공격한다는 것은 무의미하다. 다만 그 정도의 군인을 움직인다는 것은 정찰을 위하여 필요할지는 몰라도. 이 말은 아마도 그 당시 유럽, 즉 게르만 민족들이 그들 천성의 호전성으로 동쪽을 침략하여 들어오고 일본이 서쪽(우리나라, 중국, 동남아)으로 쳐들어가는 것은 무의미하게 보일 수밖에 없다. 미래를 예견한 특이한 눈으로 볼 적에 통일이 아닌 분열만 초래할 뿐이라고 한 것이다. [운동장이 파열하고 균열(龜裂)한 따름이니까]. 이것을 [균열(龜裂)한]이라고 하여 과거형으로 쓴 것은 이상(李箱)의 예언으로 보아 무방할 것이다. 미래에서 보면 그렇게 된다는 어법이다.

[삼심원(三心圓)]

이것은 아래 그림과 같이 풀어진다. 백두산을 중심으로 형성된 문화권의 얘기다. 그들은 별개의 문화권을 형성하고 있는 듯이 보이지만 그 공통되고 합치되는 삼심원의 중심은 역시 환국(桓國)의 철학과 종교를 갖고 있다는 설명이다. 아래의 그림에서 살펴볼 수 있는 것은 동북아(한국, 중국, 일본) 및 동남아는 우리나라로 하여 3원의 요소를 공유한다는 것이다.

이들 3국은 누가 뭐래도 하나의 공통적인 인종, 철학, 종교, 사상을 공유하는 역사와 현실에 놓여있다고 보아야 하리라.

이것은 세계로 퍼지며 유(儒), 불(佛), 선(仙)의 종교로 나뉘었고 그것은 곧 한 철학 속에 포함된다고 풀 수도 있다.

이 유불선이라고 하는 것은 현세의 해석으로는 부적합 하고 유, 불, 기독으로 분류하는 것이 좀 더 타당하리라고 본다.

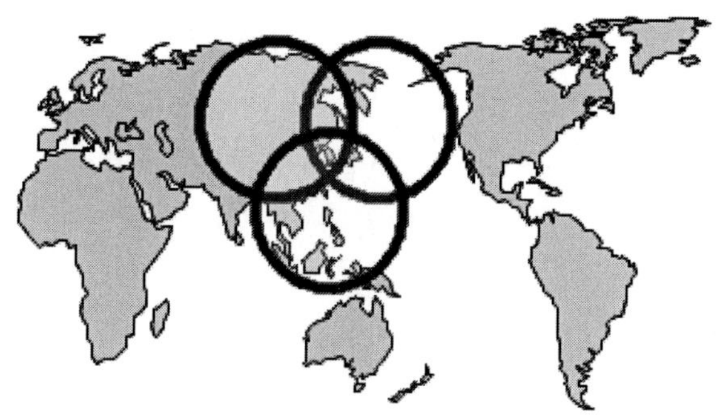

*〈선(仙)〉과 〈기독(基督)〉은 공통적으로 신의 세계를 현실과 하나로 통합한 종교이며 둘 다 절대신의 존재를 믿는 종교로 보아 다르지 않다고 할 수 있겠다. 선의 옥황상제와 기독의 여호와는 모두 우리말 〈하느님〉이니 다 같이 유일신을 말한다.

[조를 그득 넣은 밀까루 포대
간단한 수유(須臾)의 월야(月夜)이었다]

우리나라는 옛날부터 조를 주식으로 재배하였다. 밀은 지금에 재배하기는 해도 겨울에 자라는 식물이며 극소수로 재배할 따름이다. 원래 밀과 보리는 더 북방이나 유럽 쪽의 주곡이었다. 따라서 [조를 그득 넣은 밀까루 포대]를 풀면 <동양 사상을 그득 넣은 서양의 포대>가 된다. [수유(須臾)]도 잘 쓰는 단어는 아니다. 뜻을 그대로 새겨 <마땅히 잠깐>이라고 한다면 무슨 뜻이 되는가? 이건 분명 파자하여 새겨들이지 않으면 풀리지 않는 글이다. 그렇게 보면 <彡+頁+臼+人>이 되며 <머리 텁수룩한 허물을 쓴 사람>으로 풀어진다. 이것은 바로 유럽인(게르만족)을 비유한 말이기도 하다. 따라서 [간단한 수유(須臾)의 월야(月夜)이었다]를 풀면 그렇게 세계를 어지럽히는 유럽이라는 게르만족의 나라는 복잡하게 말할 것이 아니라 <간단히 말하여 다듬지 못한, 허물을 쓴 사람이기 때문에 잠깐 달밤에 체조하듯 그랬던 것이다>가 된다.

[언제나 도둑질할 것만을 계획하고 있었다
그렇지는 아니하였다고 한다면 적어도 구걸이기는 하였다]

이것은 물론 게르만족을 설명하는 말이겠다. 그들은 훈족에 쫓겨 로마로 쳐들어가기 전에도 산악의 어려운 생활을 극복하기 위해 여러 번 로마로 쳐들어간 기록이 있다. 그것은 좋게 말하여 그들이 먹고 살기 위해 [구걸]한 것이라고 할 수도 있다. 사실 게르만족뿐 아니라 [계류(溪流)]에서 살았던 민족들은 모두 먹고 살기 위해 강가의 풍족한 민족으로 쳐들어갔던 것이다.

[소(疎)한 것은 밀(密)한 것의 상대이며 또한 평범한 것은 비범한 것의 상대이었다]

[계류(溪流)]의 민족은 처음은 소수(疎)의 민족이었다. 그러나 자손이 번창하니 곧 창대(密)한 민족이 되었던 것이다. 이것을 다시 말하면, 로마인들은 창대하였다. 그래서 게르만 민족을 우습게 보았다. 또 그들은 평범한 무식쟁이 촌놈들이었다. 그러나 스스로를 비범한 존재로 생각한 로마를 멸망 직전에 이르게 하였다.

[나의 신경은 창녀보다도 더욱 정숙한 처녀를 원하고 있었다]

이것을 풀기는 쉽지 않다. 그래서 어떤 해설가는 아예 이상(李箱)이 잘 못 쓴 것으로 보고 임의의 해석을 하여버린다, <나는 창녀와 같지 않고 정숙한 처녀를 원한다> 하고. 이상(李箱)은 지금까지 해설하여온 바와 같이 말의 오류를 남긴 적이 없었다. 그래서 말 그대로를 쉽게 풀어보면 <나의 신경은 창녀가 정숙하긴 하지만 그보다도 더 정숙한 처녀를 원하고 있다>로 풀어져 이치에 맞지 않는 말처럼 되는 것이다. 그러나 그렇지 않다. 창녀의 얘기는 성서를 읽어보지 않은 사람은 이해를 하지 못한다. 유태인들이 예수님을 시험하기 위해 간음한 여인을 끌고 와서 어떻게 처벌할 것인가 하고 물었다. 율법에 의하면 간음한 자는 돌로 쳐 죽이라고 되어있으니 그렇게 하지 말라고 하면 유대 법을 어기는 죄인이 되어 예수를 유대 법으로 처단할 수가 있고 처벌하라고 하면 항상 모든 사람을 용서하라고 한 설법이 엉터리가 되는 것이다.

그러나 예수님은 땅바닥에 이렇게 쓴다. <너희들 중에 죄를 짓지 않은 (마음에도 간음하지 않은) 사람이 있거든 이 여인을 돌로 쳐라>. 그러니 모두들 슬그머니 도망가 버리고 마지막엔 간음한 여인, 막달라 마리아만 남는다. 일설에는 그 여인이 일생 예수님을 따라다닌 여인이라고 하며 그 여인이 예수님의 발등에 향유를 뿌리고, 예수님이 십자가에 돌아가시자 무덤에서 살아나신 것을 가장 먼저 알고 12제자에게 알린 것도 그 여인이라고 한다. 아무튼 창녀였던 그녀 몸은 비록 더러울지 모르지만 마음은 진실로 맑고 깨끗하였다고 생각할 수 있다. 이상(李箱)이 말한 창녀는 그 여인을 두고 한 말이 분명하다. 아니라고 하여도 육체보다는 진실한 마음의 상태가 정숙한 것을 원하였던 것이다. 그러나 몸도 마음도 다 정숙한 처녀라면 오죽 좋겠는가? 사실 그런 여인을 구한다는 것은 불가능임을 이상(李箱)도 잘 알 것이다. 그러나 정숙한 처녀는 물론 사람을 말하는 것이 아니다. 순수한 진리탐구자이거나 그러한 철학과 사상과 종교를 말한다고 보아야 할 것이다.

[말(馬)－
땀(汗)－]
[말]은 유목민들이 양떼를 몰고 다니었던 생활의 수단이었다. 그러나 그것으로 그들(몽고인)은 세계를 정복하였다. [汗]은 단순히 땀으로 풀어서는 뒤 구절과 연결이 잘 안 된다. 이것은 〈水+干〉으로 풀어서 〈干〉을 그들의 왕호(王號)로 불렀으니 〈水+干〉은 〈진리의 왕〉으로 풀어야 할 것이다. 이로써 위의 구절을 풀면, 〈침략－ 진리의 왕－〉이 되니 〈침략으로 진리의 왕을 서양 유럽에 전파하였다〉로 된다.

[여(余), 사무로써 산보(散步)라 하여도 무방하도다
여(余), 하늘의 푸르름에 지쳤노라 이같이 폐쇄주의로다]
그러나 지금 아무 소용이 없지 않는가? 몽고인들이 서양을 정복하여 무엇을 하였다는 말인가? 그래서 말한다, 통탄의 슬픔으로.
〈덧붙여 말한다면, 그냥 심심하여 산보 정도로 그랬던가?
덧붙여 말한다면, 하늘이 이처럼 푸르기만 한 것이 무심하여 그런 것인가? 기다리는 진리세계, 환국의 세계는 언제 온다는 말인가? 그냥 웅크

려 세상 모든 것을 모른다고 하여야 하는가!>

이 시는 <기독>의 권위로, [수염(鬚髥)]으로 이 세상을 구하여야 한다는 외침이며 그것은 하느님이 계획한 시나리오이긴 하지만 제절로 되는 것이 아니니 모두 일어나서 노력하자는 외침인 것이다.

그래서 세계의 문명국가들이 어떻게 되어 오늘에 자리 잡고 우리들에게 영향을 주고 있는가 하는 것을 분석하여 본 것이다.

결국은 우리나라가 동북아의 중심이면서 세계를 구할 삼심원의 눈이 된다는 설명이다.

이 시를 다 읽고 나서 잘 음미하면 [1]=[6]의 관계로 설명하고 있다는 것을 알 게 한다. 즉 [1]의 [눈이 존재하여 있지 아니하면 아니될 처소는 삼림(森林)인 웃음이 존재하여 있었다]는 말은 여자의 음모가 느껴지도록 그려서 생산(生産)의 뜻을 나타내었으며 [6]의 [삼심원(三心圓)]은 이 지구의 [눈]이며 생명의 씨앗이 되는 곳이니 <우리나라는 세계의 눈이 되며 이 땅에 생명을 탄생한 곳이며 앞으로 이 세계를 밝힐 태양의 나라다> 하는 것을 말하고 있다는 것을 깨닫게 한다.

BOITEUX · BOITEUSE

긴것

짧은것

열십자

그러나CROSS에는기름이묻어있었다

추락

부득이한평행

물리적으로아팠다.
(이상평면기하학)

오렌지

대포

匍腹

만약자네가중상을입었다할지라도피를흘리었다고한다면참멋적은일이다

오—
침묵을타박하여주면좋겠다
침묵을여하히타박하여나는홍수와같이소란할것인가
침묵은침묵이냐

메스를갖지아니한다하여의사일수없는것일까

天體를잡아찢는다면소리쯤은나겠지

나의步調는繼續된다
언제까지도나는시체이고자하면서시체이지아니할것인가

긴 것

짧은 것

열십자

그러나 CROSS에는 기름이 묻어 있었다

추락

부득이한 평행

물리적으로 아팠다.

(이상 평면기하학)

오렌지

대포

匍腹(포복)

만약 자네가 중상을 입었다 할지라도 피를 흘리었다고 한다면 참 멋적은 일이다

오—
침묵을 타박하여주면 좋겠다
침묵을 여하히 타박하여 나는 홍수와 같이 소란할 것인가
침묵은 침묵이냐

메스를 갖지 아니한다 하여 의사일 수 없는 것일까

天體(천체)를 잡아찢는다면 소리쯤은 나겠지

나의 步調(보조)는 繼續(계적)된다
언제까지도 나는 시체이고자 하면서 시체이지 아니할 것인가

해설

[BOITEUX BOITEUSE]는 〈절름발이 부부〉라는 프랑스 말이다. 이것은 아래 구절로 보아서 십자가의 세로와 가로를 뜻하고 있다. 다시 말해, 하늘로 향하는 종교적 사념(思念)과 이 땅의 일에 연연하는 현실적 집착심을 말하는 것이다. 그들 둘은 절름발이 부부처럼 서로의 보조가 맞지 않아 제 각각이라고 말한다.

[긴 것

짧은 것
열十자]

긴 것은 물론 하늘과 땅을 잇는 기둥이다. 그리고 짧은 것은 지상의 삶, 사랑을 말한다. 물론 예수님이 매달려 돌아가신 십자가를 말한다.

[그러나 CROSS에는 기름이 묻어 있었다
추락
부득이한 평행]

[기름이 묻었다]는 것은 사람과 사람의 사랑이 하늘로부터 비롯하였음을 모르는 이유이리라. 아니 안다고 스스로 말한다고 하여도 진실한 믿음이 없다. 그 불신의 가슴은 사랑을 믿음으로 결속(CROSS)하지 못한다. 그렇게 사랑이 믿음으로 결속되면 소망하는 바가 생겨나고 소망을 이루게 되어 참 삶의 길이 열리겠지만, 즉 믿음이 없는 결속은 있을 수 없고 수평의 사랑도 땅으로 추락하여 추적하여도 추적하여도 이루지 못하는 평행의 수고만이 있을 뿐이다.

[물리적으로 아팠다.]

이 말은 심리적으로만 괴로운 것이 아니라 실질적으로 육체적 고통을 당하게 됨을 말한다. 즉 전쟁도 그렇고 아집으로 인한 모든 범죄나 게으름으로 인한 고통도 물리적인 것이다. 그 모든 것이 이 땅에 대한 하느님의 사랑을 믿지 못하는 이유인 것이다. 십자가로 인한 크리스트의 사랑정신을 받아들이지 못한 슬픈 현상이다.

[이상 평면기하학]

[평면기하학]이란 말은 물론 십자가가 한 평면상에 그려질 수 있는 것이어서 그런 말을 할 수도 있겠지만, 그것보다는 형이상학(形而上學)적 고차원의 얘기가 아닌 일상의 형이하학(形而下學)적 살핌으로도 그렇다는 말이다.

[오렌지
대포
포복]

[오랜지]는 붉은 색과 노란색을 합한 색깔이다. 붉다는 것은 물론 공산주의를 말하는 것이고 노란 것은 중국의 대륙을 상징하는 색깔이다. 그러니 중국의 공산당을 말하는 것이 되겠다. [대포]는 전쟁에서 공격을 뜻하는 상징이며 [포복]은 점차로 점령하여 들어가는 모양을 그린 것이다. 그래서 위를 연결하여 풀면 〈중국의 공산당은 점차로 중국대륙을 점령한다〉로 풀어진다.

[만약 자네가 중상을 입었다 할지라도 피를 흘리었다고 한다면 참 멋쩍은 일이다]

공산당이 중국을 점령하는 일은 인간의 따뜻한 심성으로 한 행위로는 볼 수 없다. 그들에게는 피가 흐르는 따뜻한 감성이 없는 무자비한 침략의 행위다. 그래서, 그들이 대륙점령을 위해 막대한 희생을 치르겠지만 인간 심성의 일로는 볼 수 없다는 표현이다. [자네]는 중공을 두고 한말.

[오–
침묵을 타박하여 주면 좋겠다
침묵을 여하히 타박하여 나는 홍수와 같이 소란할 것인가
침묵은 침묵이냐]

이 모든 일이 이상(李箱) 당시에는 없었지만 이상(李箱)은 예언하며 말하고 있다. 이상(李箱)은 하늘의 구원을 기다린다. 그러나 이런 무지막지한 행위, 공산주의의 확장 등등은 참으로 눈뜨고 볼 수는 없다. 지구의 1차적 멸망의 징조인 대홍수가 났을 적에도 하느님은 노아로 하여 방주를 만들게 하고 뜻이 있는 자를 구원하게 하였다. 그러나 지금은 하늘에서 아무런 징조를 보이지 않는다. 최소한 홍수와 같은 타박으로 이들(공산당)을 질타하여주었으면 좋겠다. 아니면, 홍수는 바로 공산당의 중국대륙

침범을 말하니 최소한 그들과 같은 힘이 자유민주주의에도 있었으면 좋겠다는 탄식이다. 그러나 하느님은 침묵으로 일관하고 있다.

그래서 "그냥 침묵이고 마느냐!" 하는 통탄의 외침이다.

[메스를 갖지 아니한다 하여 의사일 수 없는 것일까
천체를 잡아 찢는다면 소리쯤은 나겠지]

그렇다면 하느님은 배를 가르고 팔다리를 절단하는 등의 의술로 사람의 병을 고치시려 하는 것이 아니라 다른 방법으로 사람의 고질적 병을 낫게 하시려는 것인가? 그러나 이 말세의 징조는 곧 나타나리라. 대우주가 큰 징조를 보일 것이며 이 땅이 찢어지는 대 변란이 일어날 것이니 그래야 인간은 뉘우치고 잘못을 깨달을 것인가?! 이 말은 말세에 있을 징조를 말하는 성경의 예언이거나 일반 예언가들이 말하고 있는 내용과 일치한다. 그래서 그들의 말을 빌려 말한 것이거나 이상 자신의 예언을 말하는 것인지 모르겠다.

[나의 보조는 계속된다
언제까지도 나는 시체이고자 하면서 시체이지 아니 할 것인가]

[나의 보조는 계속된다] 이렇게 이상(李箱)은 소리치며 시를 쓰는 것이다. 언제까지나 남들이 보아서 [시체이고자 하면서] 사실은 [시체이지 아니할 것이다. 다시 말해 하느님의 보조로 시를 쓰지만 은유로 쓰기 때문에 남들(일본인이나 무식한 한국인)이 보아서는 그 사실을 모를 것이지만, 사실은 살아있는 외침이 그 속에 있다는 말을 하고 있는 것이다. 그러나 숨겨서 하는 이 짓을 언제까지 하여야 하는 것인가 하고 통탄한다.

이에서 이상 시 모두가 비유적이고 암호적으로 쓰인 이유를 밝힌 셈이다.

空腹

바른손에菓子封紙가없다고해서
왼손에쥐어져있는菓子封紙를찾으려고只今막온길을五里나되돌아갔다.

*

이손은化石하였다.

이손은이제는이미아무것도所有하고싶지도않는所有된물건의所有되는것을느끼기조차하지아니한다.

*

지금떨어지고있는것이눈이라고한다면지금떨어진내눈물은눈[雪]이어야할것이다

나의內面과外面과
이件의系統인모든중간들은지독히춥다

左右
이兩側의손들이相對方의義理를져버리고두번다시握手하는일은없고
곤란한勞動만이가로놓여있는이整頓하여지지아니하면아니될길에있어서獨立을固執하는것이기는하나

추우리로다
추우리로다

*

누구는나를가르켜孤獨하다고하느냐
群雄割據를보라
이戰爭을보라

*

나는그들의軋轢의發熱의한복판에서昏睡한다
심심한歲月이흐르고나는눈을떠본즉
屍體도蒸發한다음의고요한月夜를나는想像한다

天眞한村落의畜犬들아짖지말게나
내驗瘟은適當스럽거니와
내希望은甘美로웁다.

바른손에 과자봉지가 없다고 해서

왼손에 쥐어져있는 과자봉지를 찾으려 지금 막 온 길을 五里나 되돌아갔다.

*

이 손은 化石(화석)하였다.

이 손은 이제는 이미 아무것도 소유하고 싶지도 않다. 소유된 물건의 소유되는 것을 느끼기조차 하지 아니한다.

*

지금 떨어지고 있는 것이 雪이라고 한다면 지금 떨어진 내 눈물은 雪이어야 할 것이다

나의 內面과 外面과

이 件(건)의 系統(계통)인 모든 중간들은 지독히 춥다

左右

이 양측의 손들이 상대방의 의리를 져버리고 두 번 다시 악수하는 일은 없이

곤란한 勞動(노동)만이 가로 놓여 있는 이 整頓(정돈)하여지지 아니하면 아니 될 길에 있어서 獨立(독립)을

固執(고집)하는 것이기는 하나

추우리로다

추우리로다

*

누구는 나를 가리켜 고독하다고 하느냐

이 群雄割據(군웅할거)를 보라
이 戰爭(전쟁)을 보라

*

나는 그들의 軋轢(알력)의 發熱(발열)의 한 복판에서 혼수한다
심심한 세월이 흐르고 나는 눈을 떠 본즉
시체도 증발한 다음의 고요한 월야를 나는 상상한다

天眞(천진)한 촌락의 畜犬(축견)들아 짖지 말게나
내 驗瘟(험온)은 적당스럽거니와
내 희망은 감미로웁다.

해설

[바른손에 과자봉지가 없다고 해서
왼손에 쥐어져있는 과자봉지를 찾으려고
지금 막 온 길을 오리(五里)나 되돌아갔다.]

[과자]는 [파편(破片)의 경치(景致)]에서 [▽의 슬리프는 과자와 같지 아니하다]고 하여 설명하였다. 여기에서 다시 말한다면 [과자]는 〈이교도의 잠자리 소도구일 수 없는 것〉을 말한다. 그러면서 달고 맛있는 것을 말한다. 그리고 공복의 소일거리이다. 아니, 일용할 양식을 뜻한다. 이 말은 이교도(회교)가 아닌 적그리스트를 말하는 것으로 공산주의를 말하고 있다는 설명이다.

그리고 위의 구절을 잘 삭여보면 깊은 뜻이 있다. 좌경과 우경의 얘기다. [바른손](우경)의 [과자봉지]를 [왼손](좌경)이 빼앗아 들고 자기들이 그 [과자](일용할 양식)의 주인인 양 하니, 사실은 그들의 것이 아님(〈이교도의 잠자리 소도구일 수 없는 것〉)에도, 〈우경〉은 그 일용할 양식을 위하여 과거로

소급하여 진리를 탐구하는 헛수고를 하게 되었다는 얘기다.

[이 손은 화석(化石)하였다.]

[화석(化石)]은 땅속에 묻혀 오래 되어 굳어진 것을 이르는 말이라면 <화석으로 되었다>로 하여야 하나 이렇게 쓴 것은 <내 손이 돌이 되었다>로 풀어야 한다. [바른손](우경)은 [왼손](좌경)에 모든 것을 빼앗기고 돌처럼 굳어 아무것도 할 수 없게 되었다는 표현이다.

[이 손은 이제는 이미 아무것도 소유하고 싶지도 않다.
소유된 물건의 소유되는 것을
느끼기조차 하지 아니한다.]

[소유된 물건의 소유되는 것]의 뜻은 공산주의자들이 자기들이 의식주의 모든 것을 해결한다고 모든 세상의 것을 소유하고서 자기들의 것인 양 하는 것에 자유민주주의는 그것에 예속된 듯한 것을 말한다.

하느님을 잊은 손은 하느님이 주는 그 무엇도 받아들이지 못한다. 아니 스스로 받아들이지 않으려 한다. 그리고 하느님이 주신 모든 것을 느끼지도 못하며 느끼는 것 자체를 싫어한다. 존재를 망각하는, 산 채로 죽은 시체가 되는 것이다. 하느님이 인간을 만들고 선악과를 먹으면 정녕 먹는 날에 죽으리라고 하셨다. 그러나 인간들이 그것을 먹고 죽지 않았다. 그래서 성경학자들은 천 년을 하루로 보니 인간의 나이로 999살까지는 살 수 있다고 하였다. 이것은 서구적 안목의 해석일 뿐이다. 이상(李箱)이 생각하는 것은 그것이 아닐 것이다. 그들, 아담과 이브는 먹는 순간, 아니 먹으려고 하는 순간에 죽어있었다. 하느님이 인간을 만드시고 그 하느님의 뜻에 어긋난 짓을 하는 순간에 하느님의 의지와 상반된 존재, 즉 죽은 존재가 되는 것이다. 인간은 땅의 흙과 공중의 기식(氣息)으로 살아간다. 그러나 그 기식(氣息)은 하느님의 입김이 사라진 혼(魂)이 없는 백(魄)의 존재에 불과한 것이다. 위의 구절은 이러한 상태를 설명하는 것이 된다.

[지금 떨어지고 있는 것이 설(雪)이라고 한다면
지금 떨어진 내 눈물은 설(雪)이어야 할 것이다]

슬픔의 극치이며 마지막 날, 죽음의 날의 풍경이다. 〈지금 눈이 오고 있다. 내 눈에서 눈물이 떨어지고 있다. 그 눈물도 눈(雪)과 다르지 않다〉 하고 흐느껴 운다.

[나의 내면(內面)과 외면(外面)과

이 건(件)의 계통(系統)인 모든 중간들은 지독히 춥다]

[내면]은 영혼의 세계다. [외면]은 육체와 물질의 세계이다. 외면은 이 땅에 내면의 존재를 잠시 담아두어 느끼게 하는 그릇이다. 통상으로 우리들은 외면을 〈나〉라고 한다. 그러나 사실은 외면과 내면을 동시적으로 갖는 일시적 지속상태를 〈나〉라고 하여야 할 것이다. 외면의 세계는 나에게 아무런 느낌을 주지 못한다. 내면이 외면의 창으로 느낌을 갖고 이 세계를 구상하며 현실존재의 세계를 열어준다. 현실의 존재이면서 내면으로 들어가지 못하는 존재. 그것은 죽어있으면서도 죽지 못하는 존재이다. 창조자의 뜻을 거역한 존재인 인간은 죽어있으면서도 죽지 못한다. 외롭고 쓸쓸하다. 춥다. 지독히 춥다. 〈나〉를 찾고자 하나, 다시 살아나고자 하나 나의 존재의 근원인 내부는 안개와 같이 아득하고 멀다. 이 세상 모두를 만드신 하느님. 그 존재를 부정하는 〈나〉는 살아있는 존재가 아니기 때문에 내부의 존재를 알 수 없다. 그 내부는 곧 하느님의 존재와 일치하는 〈하나〉이며 모든 것은 〈하나〉에서 만나는 하느님 자신임을 모르는 〈나〉는 추울 뿐이다. 그 〈하나〉에 들어가는 느낌이 곧 〈사랑〉임을 모르고 있는 것이다. 사랑은 따뜻한 것이며 포근한 것이다.

[左右

이 양측의 손들이 상대방의 의리를 져버리고

두 번 다시 악수하는 일은 없이

곤란한 노동(勞動)만이 가로놓여 있는

이 정돈(整頓)하여지지 아니하면 아니 될 길에 있어서

독립(獨立)을 고집(固執)하는 것이기는 하나]

이제 이 〈나〉를 잃은 존재가 이상한 현상을 나타내기 시작하였다.

[좌우(左右)] 이것은 좌익(左翼)과 우익(右翼), 공산과 자유민주의 세계를

말한다. <나>를 잃은 존재가 이렇게 하나의 나를 분리한다. 아니, 좌익(左翼)은 나에게서 분리되어 [악수]하지 않으려 한다. 그들은 [노동]만이 이 땅을 구할 수 있다고 하며 우익(右翼)을 질타한다. 이것은 혼란이다. [정돈]되지 않은 혼란. 그들은 그 혼란으로 [독립을 고집]하고 있다.

[추우리로다
추우리로다]

두 번 추워하는 것이 아니라 좌익도 우익도 나뉘어서는 서로가 춥다는 말인 것이다.

[누구는 나를 가리켜 고독하다고 하느냐
이 군웅할거(群雄割據)를 보라
이 전쟁(戰爭)을 보라]

이러한 상황을 보고 침착하게 자기 자리를 고수하는 [나]를 [누구]는 [고독하다고]한다. 그러나 어쩔 것인가? 좌우익(左右翼)의 전쟁 도가니 속에서 [군웅(群雄)활거]하는 상황에서 무어라고 말할 수 있다는 말인가! 너라면 어떻게 할 수 있다는 말인가?! 이상(李箱)은 이렇게 외칠 뿐이다.

[나는 그들의 알력(軋轢)의 발열(發熱)의 한 복판에서 혼수한다
심심한 세월이 흐르고 나는 눈을 떠 본즉
시체도 증발한 다음의 고요한 월야를 나는 상상한다]

좌우익의 알력은 이상(李箱) 당시, 1931년에는 그렇게 심각한 정도는 아니었다. 그러나 그는 예언자였다. 그의 의식은 30년 앞으로 가 있었고 그 상황에 몸서리를 치고 있었던 것이다. [그들의 알력(軋轢)의 발열(發熱)의 한복판]은 분명 우리나라 6·25사변과 4·19를 전후하는 때일 것이다. 그래서 [혼수(昏睡)]하지 않을 수 없다. 그렇게 세월이 흐른 후 우리나라는 진실된 인간들만의 나라, 죽은 인간이 증발하고 없어진 상쾌한 나라, 해를 우러르는 삶을 살면서도 달밤의 정취를 느끼는 생활을 상상하여보는 것이다.

[천진(天眞)한 촌락의 축견(畜犬)들아 짖지 말게나
내 험온(驗瘟)은 적당스럽거니와

내 희망은 감미로웁다.]

여기에서 뜻이 통하지 않는 [험온(驗瑥)]이란 말에 주의를 하여야 겠다. 억지로 해석하면 〈온(瑥)(사람이름)을 경험 한다〉는 뜻이 되겠지만 무엇을 말하는지 알 수 없다. 그래서 파자하면 〈驗+王+昷〉이 되어서 〈어진 왕의 경험〉이 되고 〈瑥〉은 〈溫〉과 비슷한 자이니 백제의 시조인 〈溫祚〉대왕이 떠올라서 〈어진 임금 온조께서 나라를 세운 백제의 뜻을 받드는 것도 그만하면 되었다〉로 풀어진다.

광주의거와 그 이후 정세…. 그러나 그 이후 우리나라는 잘 될 것으로 본다는 희망과, 지방색으로 아집에 싸인 짓들, 신라의 후손이니 백제의 후손이니 하는 짓을 그만두고 하느님의 역사(役事)하심에 어울림과 환국이념(桓國理念)의 성취를 위해 노력할 것을 당부하는 말이기도 하리라. 열에 들뜬 시간이 지나 적당한 체온이 되면 바라는 바는 달콤하고 아름다운 것이 될 것이라는 희망이다.

지금까지 해설에서 느껴온 이상(李箱)의 시는 비관적 절망에 빠진 한탄의 시가 아니라 우리나라를, 아니 세계를 어떻게 하면 구할 수 있나 하는 희망의 글이라는 것이다. 그 깊은 사려는 예언을 하게 하였다. 그래서 오늘의 우리들에게까지도 남겨진 숙제의 해답을 이곳에서 찾도록 하고 있다.

진리의 탐구, 역사의 탐구, 이로써 되찾을 민족의 각성. 이상(李箱)은 이것을 위하여 몸부림치며 배고파하고 있다. 먹어도 먹어도 채워지지 않는 [공복(空腹)]이다. 아니, 공복으로 받아들인 외세의 진리에 앵무새처럼 지껄이며 떠들었던 과거에서 깨어나도록 몸부림쳤던 것이다.

이 모든 말을 묶어서 말하면, 공산주의라는 것은 경제적 궁핍, 배고픔의 원인으로 끌어들인 사상이지만 결국 잘살게 된 자유민주주의에 돌아와서 하나로 뭉쳐야 하지 않겠나 하는 외침의 예언인 것이다.

오감도(일문)
烏瞰圖(日文)

(<조선과 건축>에 일문으로 발표 1931. 8.)

이 시는 일문(日文)으로 쓰였다. 아마도 한글로 오감도를 발표하기 위한 연습이라고 볼 수도 있고 이것으로 한글 오감도의 기초를 삼았다고 할 수 있겠다. 그러나 사실 이 글은 한글 오감도와는 그 구성과 내용이 판이하다. 다시 말하면 이 일문의 오감도는 세계적 안목으로 쓰여졌다면 한글 오감도는 우리나라, 즉 한국을 중심으로 일어날 세계구원의 시나리오를 발견하고서 재구성한 것으로 보여진다.

*어떤 전집판에서는 〈조감도(鳥瞰圖)〉로 쓴 것을 보았으나 앞에서 살펴본 이상의 의도와, 다른 전집판에서 모두 〈오감도(烏瞰圖)〉로 쓰고 있었으니, 당시 출판본의 오류를 그대로 따른 것이거나 발간자의 착오로 보인다. (최초 전집판은 이상의 유고를 정리하여 발간한 것으로 앎)

二人····1····

基督은襤褸한行色으로說教를시작했다.

알·카포네는橄欖山을山채로拉撮해갔다.

一九三○年以後의일－－－.

네온싸인으로裝飾된어느教會의문깐에서는뚱뚱보카포네가볼의傷痕을伸縮시켜가면서入場券을팔고있었다.

1931.8.11.

基督은 襤褸한 行色으로 說敎를 시작했다.

알·카포네는 橄欖山을 山채로 拉撮해 갔다.

一九三○年 以後의 일———.

네온싸인으로 裝飾된 어느 敎會 入口에서는 뚱뚱보 카포네가 볼의 傷痕을 伸縮시켜가면서 入場券을 팔고 있었다.

1931. 8. 11.

해설

[이인(二人)]은 아래 내용과 같이 [알·카포네]와 또다른 한 도둑을 말한다. 예수님은 골고다 산에서 십자가에 달려 돌아가실 때 그 십자가 양 옆에 도둑이 달려있었다. 한 도둑은 예수님을 보고 야유를 보내며 당신이 하느님의 아들이라면 당신도 구하고 우리도 구하여 보라고 하였고 한 도둑은 자기는 예수님이 하느님의 아들이라는 것을 믿고 있으니 하늘에 가시거든 자기를 잊지 말아달라고 하였다. 그때 예수님은 자기를 믿는 그 도둑에게 "오늘 네가 정녕 나와 함께 낙원에 들어가게 될 것이다."라고 하셨다. [알·카포네]는 [알폰스·카포네]라는 인물로 미국 시카고를 중심으로 조직범죄단을 움직인 유명한 갱단 두목이었다. 물론 그는 낙원의 동산에 들어가지 못할 도둑이었을 것이다.

[기독(基督)은 남루(襤褸)한 행색(行色)으로 설교(說敎)를 시작했다.

알·카포네는 감람산(橄欖山)을 산(山) 채로 납촬(拉撮)해갔다.]

[기독(基督)]은 청빈(淸貧)을 강조하여서 [남루(襤褸)한 행색(行色)으로 설교(說敎)를 시작]하는 것이 이상할 리는 없다. 그러나 기독사상이 미국에 들어가서 활동하는 것은 참으로 남루하다고 하지 않을 수 없다. 일요일이면 교회는 텅텅 비고 알·카포네와 같은 사이비 종교들이 난립하여 미국이란 나라는 [감람산(橄欖山)을 산(山) 채로 납촬(拉撮)]한 것과 같다 할 수

있다.

[일구삼십년(一九三○年) 이후(以後)의 일―

네온싸인으로 장식(裝飾)된 어느 교회 입구(敎會入口)에서는 뚱뚱보 카포네가 볼의 상흔(傷痕)을 신축(伸縮)시켜가면서 입장권(入場券)을 팔고 있었다.]

[一九三○年 이후]라고 하면 만주로 남경으로 쳐들어간 일본의 얘기를 말하는 것이겠으며, 1937년 7월 7일, 당시 중국 풍대에 주둔한 일본군이 북경의 서남쪽 노구교 다리 부근에서 야간연습을 실시하던 중에 몇 발의 총소리가 나고 병사 1명이 행방불명되었는데, 일본군은 중국으로부터 사격을 받았다는 이유로 주력부대를 출동시켜 다음날 새벽 노구교를 점령한 사건이다. 이후 중국 측은 협정을 맺으려 했지만, 일본은 더욱 군대를 보내며 공격을 했다. 이로 인해 중일 전쟁이 시작되었다. 그런데 행방불명된 병사가 대변을 보고 있어서 생긴 일이라니….

이 사건은 이상이 이 시를 쓴 때가 아니었고 이상이 살아있을 때도 아니었다. 그런데 이것도 예언으로 보아야 할 것이다. 이상은 1937년 4월에 사망했다.

이러니 일본이 하는 행실과 예수님과 같이 천국으로 갈 수 없었던 도적, [감람산(橄欖山)을 산(山) 채로 납촬(拉撮)해]간 [알·카포네]와 다를 것이 없다고 공박한 시다.

미국에서의 [감람산(橄欖山)을 산(山) 채로 납촬(拉撮)해]간 [알·카포네]와, 동양에서의 일본은 조금도 다르지 않는 갱단두목이라는 표현이다. 아니, 알·카포네는 구원을 받을 수 있어도 일본은 구원을 받을 수 없다는 말이다.

[2인]이라고 한 것은 [알·카포네]와 또 하나는 누구라고 밝히지 않은, [일본]을 말하고 있다. 아니, 그 당시에서는 일본이라는 말을 어떻게 하든 밝힐 수 없었겠다.

二人····2····

알·카포네의貨幣는참으로光이나고메달로하여도좋을만하나基督의貨幣는보기숭할지경으로貧弱하고해서아무튼돈이라는資格에서는一步도벗어나지못하고있다.

카포네가프레젠트로보내어준프록코오트를基督은最後까지拒絶하고말았다는것은有名한이야기거니와宜當한일이아니겠는가.

1931.8.11

알·카포네의 貨幣(화폐)는 참으로 光이 나고 메달로 하여도 좋을 만하나 基督(기독)의 貨幣(화폐)는 보기 숭할 지경으로 貧弱(빈약)하고 해서 아무튼 돈이라는 資格에서는 一步(일보)도 벗어나지 못하고 있다.

카포네가 프레젠트로 보내어준 프록코오트를 基督(기독)은 最後(최후)까지 拒絶(거절)하고 말았다는 것은 有名(유명)한 이야기거니와 宜當(의당)한 일이 아니겠는가.

1931. 8. 11.

해설

[알·카포네의 화폐(貨幣)는 참으로 광(光)이 나고 메달로 하여도 좋을 만하나 기독(基督)의 화폐(貨幣)는 보기 숭할 지경으로 빈약(貧弱)하고 해서 아무튼 돈이라는 자격(資格)에서는 일보(一步)도 벗어나지 못하고 있다]. 이 말은 자본주의 세계에서 돈의 가치를 너무 신격화(神格化)하여 그것을 많이 가진 사람을 아주 높은 위치에 올리는 반면 기독인은 그 돈이라는 것은 일용할 양식을 얻는 데 필요한 이상의 아무런 가치도 생각하지 않는 것을 말한다.

[카포네가 프레젠트로 보내어준 프록코오트를 기독(基督)은 최후(最後)까

지 거절(拒絶)하고 말았다는 것은 유명(有名)한 이야기거니와 의당(宜當)한 일이 아니겠는가.]

〈도둑이 선물로 주는 코트〉. 이것은 기독인의 청렴에 대하여 최소한의 기본적 보호를 위한 지원을 하겠으니 기독인도 적당한 타협으로 현세에 맞는 기독교로 변신할 수 없느냐고 꼬이는 행위를 말한다, 에덴동산에서의 뱀의 꼬임같이. 그러나 참다운 기독인이 그것을 수용할 수는 없다. 바꾸어 말하여 그 돈의 유혹에 빠지는 기독인이 있다면 그것은 바로 기독인이 될 수 없다. 그것은 바로 험상궂은 [알·카포네]가 교회를 사서 입장료를 받고 운영하는 꼴이 될 것이다. 이 말은 또한 부유한 그들에게는 하느님의 사명이 주어지지 않는다는 말을 하고 있다.

예수님의 양 옆 십자가에 달려 같이 죽은 [2인]의 도적은 [알·카포네]가 [납활]한 〈타락한 교회〉와 침략을 일삼으며 약탈하는 〈일본〉이 된다는 말이다. 그러나 진정한 교회라면 [프록코오트] 하나라도 받지 않겠지만 화려한 네온사인의 교회는 또한 [알·카포네]가 [납활]한 〈타락한 교회〉로 보아야 하지 않겠는가? 이러한 것들이 침략자 일본과 동등하게 나란히 선, 천국에 들지 못할 도둑이겠지만 예수님이 십자가에 달려 돌아가실 때의 두 도둑이라면 한 도둑은 구원을 받게 되니 누가 구원을 받을 수 있고 누가 구원을 받지 못할 것인가? 일본과 비교된다면 당연히 알카포네가 구원을 받을 것이다. 그는 도둑이긴 하지만 교회를 위하여 봉사하고자 하였다. 구제 못 받을 자는 일본이라고 강조한 시다.

神經質的으로肥滿한三角形

△은나의AMOUREUSE이다.

▽이여씨름에서이겨본經驗은몇번이나되느냐.

▽이여보아하니외투속에파묻힌등덜미밖엔없고나.

▽이여나는呼吸에부서진樂器로다.

> 나에게如何한孤獨은찾아올지라도나는○○하지아니할 것이다. 오직그러함으로써만
> 나의生涯는原色과같하여豐富하도다.
>
> 그런데나는캐라반이라고. 그런데나는캐라반이라고.
>
> 1931.6.1.

神經質的(신경질적)으로 肥滿(비만)한 三角形(삼각형)

△은 나의 AMOUREUSE이다.

▽이여 씨름에서 이겨본 經驗(경험)은 몇 번이나 되느냐.

▽이여 보아하니 외투 속에 파묻힌 등덜미밖엔 없고나.

▽이여 나는 呼吸(호흡)에 부서진 樂器(악기)로다

나에게 여하(如何)한 孤獨(고독)은 찾아올지라도 나는 ○○하지 아니할 것이다.

오직 그러함으로써만

나의 生涯(생애)는 原色(원색)과 같하여 豐富(풍부)하도다.

그런데 나는 캐라반이라고.

그런데 나는 캐라반이라고.

해설

제목에서 [신경질적으로 비만한 삼각형]이라고 한 것의 삼각형은 [▽]을 말하며 이것은 곧 하느님의 진리를 가장한 적그리스트를 말한다.

그들 적그리스트, [▽]은 자비와 사랑이 없는, 신경질적으로만 비만하였다. 공산주의가 죽어지니 마호메트교회가 세계를 위협하며 팽창하여 가고 있다.

[△은 나의 AMOUREUSE이다.]

[△]은 삼각형이다. 곧 〈삼위일체(三位一體)〉의 사상 또는 〈삼일신(三一神)〉을 말한다. 그것이 나의 애인이다.

[▽이여 씨름에서 이겨본 경험(經驗)은 몇 번이나 되느냐. ▽이여 보아하니 외투 속에 파묻힌 등덜미밖엔 없고나. ▽이여 나는 호흡(呼吸)에 부서진 악기(樂器)로다]

[▽]은 [△]의 반대이다. [△]이 기독사상(基督思想) 또는 환국(桓國)사상(思想)이라고 하면 [▽]은 비기독, 즉 이교도의 사상을 말한다. 그들은 힘겨루기([씨름])로 서로의 힘을 과시하고 침략하고 군림하여왔다. 그들의 존재라는 것은 겉껍데기, [二人…2…]에서 말한 프록코드, 기독에서 받아들이기를 거부한 [외투]에 싸인 보잘 것 없는 존재, [등덜미]에 불과하다. 그러나 내 존재는 그들에게 들려줄 악기이지만 그들의 무력 앞에는 숨소리에 부서지는 존재에 불과하였구나.

[나에게 여하(如何)한 고독(孤獨)은 찾아올지라도 나는 ○○하지 아니 할 것이다.

오직 그러함으로써만 나의 생애(生涯)는 원색(原色)과 같이 풍부(豊富)하도다.]

[○○]은 무엇을 뜻하는가를 깊이 생각하여도 알맞은 해답은 없었다. 아마도 독자의 상상에 맡긴다는 뜻으로 그렇게 한 것 같다. 그래서 〈동침(同寢)〉이란 뜻으로 넣어 생각하니 알맞게 생각되었다. 다시 말해 〈나에게 아무리 이교도의 철학으로 기독사상과 같이 동침(同寢)하려고 하여도 안 될 것이다〉로 풀어 무난할 것으로 본다. 〈오직 그렇게 순수를 지킴으로써 나의 삶도 성령으로 충만한, 풍부한 것이 될 것이다〉.

[그런데 나는 캐라반이라고. 그런데 나는 캐라반이라고]

[캐라반]이란 사막에 떠돌며 장사를 하는 사람을 말한다. 사막의 그들은 여기저기 떠돌며 주워들은 상식을 바탕으로 하나의 종교를 만들어 전 사막을 통일하여 세계에 그 위력을 떨쳤다. 물론 기독사상을 뿌리로 하

기는 하지만 기독의 기둥인 〈예수〉님을 마호메트는 자기 자신으로 바꾸고 〈예수〉가 하지 못한 모든 것을 자기가 이룬다고 하였다. 그 발상은, 〈예수님〉은 하느님을 거역한 아담이 자유를 찾아 가시밭길을 택하였지만 모든 사람이 다시 하느님의 뜻으로 귀의하면 이 세상이 천국으로 된다고 회유(懷柔)하는 것과는 반대로 마호메트는 강력한 무력적 힘으로 통일하여 다스리는 데에서만 이 땅에 평화가 온다는 인위적 의지를 주교리로 생각하였던 것이다. 그것이 마호메트교이다. 그들의 조상은 기독의 뿌리인 아브라함에서 나왔으나 기독사상이 온유와 사랑으로 화평을 추구하는 반면에 그들은 한손에 코란 들고 한손에 검을 들고 적을 위하여는 지옥까지 따라가서 원수를 갚는다는 사상으로 질풍노도와 같이 타의 종교 철학을 태워 없애며 자기들 제국을 건설하였다. 〈▽〉을 앞에서는 〈공산주의〉로 말했지만 이곳에서는 〈마호메트교〉로 말하고 있다. 아니, 이상의 시 전편에 이 둘을 같이 〈적 그리스트〉로 말하고 있는 것이 분명하다.

그런데 〈나〉를 캐라반이라고 두 번이나 하는 말은 무엇인가?

처음은 환국세계의 발달된 문명을 중근동과 아프리카에 전한 것이고 두 번째는 단군사상을 유호씨로 하여 중국대륙과 중근동지방으로 전파한 것을 말하는 것으로 보아야 한다. 이 말은 믿기 어려운 것이지만, 뒤로 읽어보면 그렇다고 믿게 될 것이다. 그렇다면 그 진리의 전파가 캐라반과 같이 떠돌아다니다가 던져둔 것에 불과한 것인가, 세계 평화를 위해서 전파된 것임에도?

너무나 억울하고 분개하여 나는 캐라반이 될 수 없다고 자문하는 것이다.

LE URINE

불길과같은바람이불었건만불었건만얼음과같은水晶體는있다.

憂愁는DICTIONAIRE와같이純白하다.綠色風景은網膜에다無表情을가져오고그리하여무엇이건모두灰色의明朗한色調로다.

들쥐(野鼠)와같은險峻한地球등성이를匍匐하는짓은大體누가始作하였는가를瘦瘠하고矮小한ORGANE을愛撫하면서歷史册비인페이지를넘기는마음은平和로운文弱이다.그러는동안에도埋葬되어가는考古學은과연性慾을느끼게함은없는바가장無味하고神聖한微笑와더불어小規模하나마移動되어가는실(系)과같은童話가아니면아니되는것이아니면무엇이었는가.

진綠色납죽한蛇類는無害롭게도水泳하는유리의流動體는無害롭게도半島도아닌어느無名의山岳을島嶼와같이流動하게하는것이며그럼으로써驚異와神秘와또한不安까지를함께뱉어놓는바透明한空氣는北國과같이차기는하나陽光을보라.까마귀는恰似孔雀과같이飛翔하여비늘을秩序없이번득이는半個의天體에金剛石과秋毫도다름없이平民的輪廓을日沒前에빗보이며驕慢함은없이所有하고있는것이다.

이러구려數字의COMBINATION을忘却하였던若干小量의腦臟에는雪糖과같이淸廉한異國情調로하여假睡狀態를입술위에꽃피워가지고있을즈음繁華로운꽃들은모두어데로사라지고이것을木彫의작은羊이두다리를잃고가만히무엇엔가귀기울이고있는가.

水分이없는蒸氣하여온갖고리짝은마르고말라도시원치않은午後의海水浴場近處에있는休業日의潮湯은芭蕉扇과같이悲哀에分裂하는圓形音樂과休止符,오오춤추려므나日曜日의뷔너스여,목쉰소리나마노래부르려므나日曜日의뷔너스여.

그平和로운食堂또어에는白色透明한MENSTRUATION이라門牌가붙어서限定없는電話를疲勞하여LIT위에놓고다시白色呂宋煙을그냥물고있는데.

마리아여,마리아여,皮膚는새까만마리아여어디로갔느냐,浴室水道콕크에선熱湯이徐徐히흘러나오고있는데가서얼른어젯밤을막으렴,나는밥이먹고싶지아니하니슬립퍼어를蓄音機위에얹어놓아주려므나.

無數한비가無數한추녀끝을두드린다두드리는것이다.분명上膊과下膊과의共同疲勞임에틀림없는식어빠진點心을먹어볼까—먹어본다.만돌린은제스스로包裝하고지팽이잡은손에들고자그마한삽짝門을나설라치면언제어느때香線과같은黃昏은벌써왔다는소식이냐,수닭아,되도록巡査가오기前에고개숙으린채微微한대로울어다오.太陽은理由도없이사보타아지를恣行하고있는것은全然事件以外의일이아니면아니된다.

1931.6.18

불길과 같은 바람이 불었건만 불었건만 얼음과 같은 水晶體(수정체)는 있다. 憂愁(우수)는 DICTIONAIRE와 같이 純白(순백)하다. 綠色風景은 網膜(망막)에다 無表情(무표정)을 가져오고 그리하여 무엇이건 모두 灰色(회색)의 明朗(명랑)한 色調(색조)로다.

들쥐(野鼠)와 같은 險峻(험준)한 地球(지구)등성이를 匍腹(포복)하는 짓은 大體(대체) 누가 始作(시작)하였는가를 瘦瘠(수척)하고 矮小(왜소)한 ORGANE을 愛撫(애무)하면서 歷史冊(역사책) 비인 페이지를 넘기는 마음은 平和(평화)로운 文弱(문약)이다. 그러는 동안에도 埋葬(매장)되어가는 考古學(고고학)은 과연 性慾(성욕)을 느끼게 함은 없는 바 가장 無味(무미)하고 神聖(신성)한 微笑(미소)와 더불어 小規模(소규모) 하나마 移動(이동)되어가는 실(系)과 같은 童話(동화)가 아니면 아니 되는 것이 아니면 무엇이었는가.

진 綠色(녹색) 납죽한 蛇類(사류)는 無害(무해)롭게도 水泳(수영)하는 유리의 流動體(유동체)는 無害(무해)롭게도 半島(반도)도 아닌 어느 無名(무명)의 山岳(산악)을 島嶼(도서)와 같이 流動(유동)하게 하는 것이며 그럼으로써 驚異(경이)와 神秘(신비)와 또한 不安(불안)까지를 함께 뱉어놓는 바 透明(투명)한 空氣(공기)는 北國(북국)과 같이 차기는 하나 陽光(양광)을 보라. 까마귀는 恰似(흡사) 孔雀(공작)과 같이 飛翔(비상)하여 비늘을 秩序(질서)없이 번득이는 半個(반개)의 天體(천체)에 金剛石(금강석)과 秋毫(추호)도 다름없이 平民的(평민적) 輪廓(윤곽)을 日沒前(일몰 전)에 빗보이며 驕慢(교만)함은 없이 所有(소유)하고 있는 것이다.

이러구려 數字(수자)의 COMBINATION을 忘却(망각)하였던 若干 小量(소량)의 腦漿(뇌장)에는 雪糖(설탕)과 같이 淸廉(청렴)한 異國情調(이국 정조)로 하여 假睡狀態(가수 상태)를 입술 위에 꽃피워가지고 있을 즈음 繁華(번화)로운 꽃들은 모두 어데로 사라지고 이것을 木彫(목조)의 작은 羊(양)이 두다리를 잃고 가만히 무엇엔가 귀기울이고 있는가.

水分(수분)이 없는 蒸氣(증기)하여 온갖 고리짝은 마르고 말라도 시원치않은 午後(오후)의 海水浴場(해수욕장) 近處(근처)에 있는 休業日(휴업 일)의 潮湯(조탕)은 芭蕉扇(파초선)과 같이 悲哀(비애)에 分裂(분열)하는 圓形音樂(원형 음악)과 休止符(휴지부), 오오 춤추려므나 日曜日(일요일)의 뷔너스여, 목쉰 소리나마 노래 부르려므나 日曜日(일요일)의 뷔너스여.

그 平和(평화)로운 食堂(식당) 또어에는 白色(백색) 透明(투명)한 [MENSTRUATION]이라 門牌(문패)가 붙어서 限定(한정)없는 電話(전화)를 疲勞(피로)하여 LIT 위에 놓고 다시 白色(백색) 呂宋煙(여송연)을 그냥 물고 있는데.

마리아여, 마리아여, 皮膚(피부)는 새까만 마리아여 어디로 갔느냐, 浴室(욕실) 水道(수도)콕크에선

熱湯(열탕)이 徐徐(서서)히 흘러나오고 있는데 가서 얼른 어젯밤을 막으렴, 나는 밥이 먹고 싶지 아니하니 슬립퍼어를 蓄音機(축음기) 위에 얹어 놓아주려므나.

無數(무수)한 비가 無數(무수)한 추녀 끝을 두드린다 두드리는 것이다. 분명 上膊(상박)과 下膊(하박)과의 共同疲勞(공동 피로)임에 틀림없는 식어빠진 點心(점심)을 먹어볼까 —먹어본다. 만돌린은 제 스스로 包裝(포장)하고 지팽이 잡은 손에 들고 자그마한 삽짝門을 나설라치면 언제 어느 때 香線(향선)과 같은 黃昏(황혼)은 벌써 왔다는 소식이냐, 수닭아, 되도록 巡査(순사)가 오기 前(전)에 고개숙으린 채 微微(미미)한 대로 울어다오. 太陽(태양)은 理由(이유)도 없이 사보타아지를 恣行(자행)하고 있는 것은 全然(전연) 事件以外(사건 이외)의 일이 아니면 아니 된다.

1931. 6. 18.

해설

[LE URINE], 이것은 프랑스 말로 <소변>이란 뜻이다. 사실 소변이라면 <L' URINE>이라고 써야 하겠지만 이렇게 쓴 것은 단순히 소변을 두고 하는 말이 아님을 표현한 것으로 보아야 한다. [LE]는 <…과 같은 사람>이란 뜻이니 [LE URINE]은 <소변과 같은 사람>이 된다. 소변은 물이긴 하지만 염분을 포함한 인체의 배설물이다. 그것은 인체에서 양분을 흡수하고 배설한, 다시 입으로 먹을 수 없는 것이다, 물과 소금은 몸에 없어서는 안 될 것이지만.

사실 성경에서나 이상(李箱)의 시에서는 물은 진리로 비유된다. 그리고 소금은 부정한 것을 없애고 섭취한 영양소의 제 기능을 발휘하게 하는, 인체에 없어서는 안 될 요소이다. 그런 중요한 요소를 구비한 것이지만 소변은 우리가 섭취할 수 없는 버려진 것이다. 그런데 이 세상은 그 버려진 더러운 것을 사람에게 먹이며 새로운 무엇이나 되는 양 한다. 다시 말하여, 버려져야 할 진리를 다시금 재론하여 사회를 혼란하게 하는 것이다. 이에 대하여 이상(李箱)은 공산주의로 결부하여 깊이 생각한 것 같다. 여기에는 이것에 관하여 집중적으로 썼기 때문이다. 앞으로 그것이 이 세상을 크게 혼란하게 할 것을 예견한 것으로 보인다. 이것이 바로 <오

줌과 같은 사람〉인 [LE URINE]으로 표현된 것이리라.

[불길과 같은 바람이 불었건만 불었건만 얼음과 같은 수정체(水晶體)는 있다]. 이 [불길과 같은 바람]은 물론 〈공산주의〉의 열풍이다. 그것은 불고 불었다, 두 번에 걸친 큰 변혁의 바람을 맞으며. 그러나 기독사상은 수정체와 같이 변하지 않았다. 처음의 바람은 소련 내부에 불었던 바람이라면 두 번째 바람은 베트남 전쟁과 우리나라에 불어온 6.25사변을 말한 것인 듯.

[우수(憂愁)는 DICTIONAIRE와 같이 순백(純白)하다. 녹색풍경(綠色風景)은 망막(網膜)에다 무표정(無表情)을 가져오고 그리하여 무엇이건 모두 회색(灰色)의 명랑(明朗)한 색조(色調)로다.]

[우수(憂愁)], 즉 그들 공산주의 열풍을 염려하는 근심걱정은 원칙, [DICTIONAIRE], 사전적으로 순수할 수 있었다. 이 [DICTIONAIRE]라는 말은 네덜란드 말로 사전이란 뜻이다. 왜 네델란드 말을 불쑥 넣은 것인가? 그 이유는 네덜란드에서 1566년에 처음으로 부르주아 계급을 탄생시켰다. 자본가들이 봉건제도의 지주로부터 농토를 사들여 봉건 제도를 없앤 것을 말하니 그것은 실로 사전과 같이 제대로 된 길로 간 것이다. 그런데도 공산주의자들은 부르주아를 원수 보듯이 하며 그들 자본가의 농토를 빼앗은 것은 물론 그들을 무참히 죽이기까지 하였던 것이다. 진정 이 사실을 근심걱정([우수(憂愁)])하는 것은 순백의 정신(순수한 백의민족의 환국정신)이라 할 것이다.

[녹색(綠色)]은 생명의 색조다. 이 지구에 그 색조로 덮게 하는 것은 인류의 소망이기도 하다. 그리고 그것은 〈자유민주의사상인 푸른색과 땅을 상징하는 누른색을 합한 색〉이다. 그러나 그들 자유민주주의자들은 그 잔인한 [열풍]을 나 몰라라 하고, [망막(網膜)에다 무표정(無表情)을 가져오고], 멀건이 보면서도 모른 척하고 있으니 [무엇이건 모두 회색(灰色)의 명랑(明朗)한 색조(色調)로다] 하고 한탄할 수밖에 없는 것이다.

[들쥐(野鼠)와 같은 험준(險峻)한 지구(地球)등성이를 포복(匍匐)하는 짓은 대체(大體) 누가 시작(始作)하였는가를 수척(瘦瘠)하고 왜소(矮小)한

ORGANE을 애무(愛撫)하면서 역사책(歷史册) 비인 페이지를 넘기는 마음은 평화(平和)로운 문약(文弱)이다. 그러는 동안에도 매장(埋葬)되어가는 고고학(考古學)은 과연 성욕(性慾)을 느끼게 함은 없는바 가장 무미(無味)하고 신성(神聖)한 미소(微笑)와 더불어 소규모(小規模)하나마 이동(移動)되어가는 실(系)과 같은 동화(童話)가 아니면 아니 되는 것이 아니면 무엇이었는가.]

여기에서 [ORGANE]이 무엇을 뜻하는가? 일부 해설자는 이 시 전반을 성행위(性行爲)의 표현으로 생각하고 이 ORGANE을 남성기로 해석하고 있다, 전체 문맥이 전혀 통하지 않는데도. 이 단어는 프랑스 말로 서로 얽어 연결한다는 뜻의 <몸의 기관이거나 사회의 여러 기관의 조직>을 말한다. 교회라면 어디에도 있는, 교회 안에서 교인들의 일체감을 만들기 위하여 음악반주하는 <ORGAN>에 <E(유럽의 약자)>를 끝에 붙인 글자다. 이것을 깊이 생각하니 <교회로 구성한 유럽의 사회조직>으로 풀어진다.

[들쥐(野鼠)와 같은 험준(險峻)한 지구(地球)등성이]란 이해하기 어려운 표현이다. 그러나 들쥐의 특성을 생각하면 이해할 것이다. <예측하기 어렵도록 들판을 쏘다닌다>는 표현이다. 우리들이 할일 없이 부지런한 사람을 들쥐와 같이 쏘다닌다고 한다. 그래서 잘 살피면 전쟁으로 부지런히 들판을 누비며 상대의 나라를 점령하여 <들쥐가 쏘다닌 자리같이 수시로 경계가 변하여 험하게 된 지구 위의 경계>라고 풀이 된다. 이것은 유럽의 역사를 말하는 것처럼 보인다. 그들은 아세아의 중국처럼 하나로 통일한 것도 아니고 그냥 그 경계만 조금씩 변하여 왔던 것이다.

이제 위의 구절을 풀어 삭일 수 있겠다.

<들쥐가 싸다닌 것처럼 수시로 변한 지구상의 나라 경계, 그것을 위하여 기어다닌 짓을 도대체 누가 먼저 시작하였는가를 분석한다면 교회 조직으로 얽혀져 [수척(瘦瘠)하고 왜소(矮小)한] 몰골이 된 유럽의 역사이며, 그들이 그런 역사를 사랑하여 어루만진다면 진실이 담겨있지 않은 그들의 역사책 빈 페이지(전래된 환국역사의 잃어진 부분)를 넘기는 마음은 평화로운 문약이다. 그러는 동안에 매장되어가는 고고학(환국정신의 진정한 역사)은

아무 흥미도 느끼지 못하면서 신성하다고 하여 붙들고 있기는 하지만 동화같이 가늘게 전하는 하나의 이야기거리일 뿐이다.>

하느님을 믿는 것만이 전부가 아니라 역사적 발굴로 인류가 지향하는 근본 방향을 제시하라는 외침이다. <부도지>에 그 비밀이 숨어있다.

[진 녹색(綠色) 납죽한 사류(蛇類)는 무해(無害)롭게도, 수영(水泳)하는 유리의 유동체(流動體)는 무해(無害)롭게도, 반도(半島)도 아닌 어느 무명(無名)의 산악(山岳)을 도서(島嶼)와 같이 유동(流動)하게 하는 것이며, 그럼으로써 경이(驚異)와 신비(神秘)와 또한 불안(不安)까지를 함께 뱉어놓는 바, 투명(透明)한 공기(空氣)는 북국(北國)과 같이 차기는 하나 양광(陽光)을 보라. 까마귀는 흡사(恰似) 공작(孔雀)과 같이 비상(飛翔)하여, 비늘을 질서(秩序)없이 번득이는 반개(半個)의 천체(天體)에 금강석(金剛石)과 추호(秋毫)도 다름없이 평민적(平民的) 윤곽(輪廓)을 일몰전(日沒前)에 빗보이며 교만(驕慢)함 없이 소유(所有)하고 있는 것이다.]

[진 녹색(綠色) 납죽한 사류(蛇類)]와 [수영(水泳)하는 유리의 유동체(流動體)]는 동격으로 [무해(無害)]로운 존재로 표현하고 있다. 왜? 둘 다 주변과 다르면서도 보호색(保護色)을 띄우고 관찰자를 눈속임 하니까. 또 [진 녹색(綠色) 납죽한 사류(蛇類)]는 모르고 곁을 지나는 사람을 물어서 죽게 할 수도 있고 [수영(水泳)하는 유리의 유동체(流動體)]는 생명이 없는 진리 속으로 떠다니는, [반도(半島-한반도)도 아닌 어느 무명(無名)의 산악(山岳-소련과 중국과 유럽의 사이를 가로막는 산맥)을 도서(島嶼)와 같이 유동(流動)하게 하는 것이며] 그 진리가 얼어붙은 얼음과 같이 된 것도 모르고 곁에 있다가 스치면 칼날에 베이듯이 동맥이 절단되어 죽을 수도 있다. 그렇지만 모두들 무해롭다고 생각한다. 그런데….

그 [사류(蛇類)]는 누구의 눈에 띄지도 않으면서 이름 없는 산악을 차지하며 세력을 확장하여갔으며 [경이(驚異)와 신비(神秘)]를 만든 것까지 좋다고 하나 [불안(不安)까지를 함께 뱉어놓는 바]에서는 어쩌랴? 그러나 그로 인한 공기는 [북국(北國)과 같이 차기는 하나] 공기를 투명하게 하여 밝은 햇빛을 보이게 하는구나. 그 뱀은 물론 비기독인의 국가요 반(反) 환국(桓

國)임이 분명하다. 그리고 얼음은 공산주의다. 그러나 그들로 하여 환국과 기독의 빛, 태양이 빛나게 되었으니 다행이다. [북국(北國)]은 뒤에서 [소비에트공화국]을 말한다는 것을 알게 한다. 이제, [까마귀]가 날아오른다. 노아의 홍수 이후에, 비둘기 이전에 [까마귀]가 구원의 방주에서 나와 하늘을 돌며 땅에 물이 빠졌나 살폈듯이 이교(異敎)의 진리인 물이 가득한 이 세계, 무질서하게 공산세력을 펼치려는 북반구, [반개(半個)의 천체(天體)]의 하늘 위를 날며 화려한 활동을 전개한다, [흡사(恰似) 공작(孔雀)과 같이 비상(飛翔)하여].

까마귀는 아주 강력히 공산세력을 저지하며 정부적 차원에서가 아닌 순수한 민간적 차원에서 그 기독사상이 공산세력으로 멸절되기 전 선교활동을 펼쳤던 것이다. 홍수(공산주의)가 물러갈 세상을 알리는 까마귀는 그들 위에, 공산당들이 [비늘을 질서(秩序)없이 번득이는 반개(半個)의 천체(天體)]를 만들고 있었던 그들 위에, [금강석(金剛石)과 추호(秋虎)도 다름없이 평민적(平民的) 윤곽(輪廓)을 일몰(日沒) 전에 빗보이며 교만(⊠慢)함은 없이 소유(所有)하고 있]었던 것이다.

[이러구려 수자(數字)의 COMBINATION을 망각(忘却)하였던 약간 소량(若干小量)의 뇌장(腦臟)에는 설탕(雪糖)과 같이 청렴(淸廉)한 이국정조(異國情調)로 하여 가수상태(假睡狀態)를 입술 위에 꽃피워 가지고 있을 즈음 번화(繁華)로운 꽃들은 모두 어디로 사라지고 이것을 목조(木彫)의 작은 양(羊)이 두 다리를 잃고 가만히 무엇엔가 귀 기울이고 있는가.]

[수자(數字)의 COMBINATION]이라고 하는 것은 위의 문단으로 보아서 국가 간의 교섭 내지는 전쟁 등 불가피한 만남을 뜻하는 것으로 보아야 하겠다. 다른 나라와 필수적으로 몇 번인가를 만나야 하나 어느 외진 나라는 2000년 동안 한두 번도 제대로 만나 외교활동을 펼치지 못했다고 가정하면 그 나머지 횟수만큼 전쟁 같은 불시의 접촉을 당하여야 한다는 말이다. [뇌장(腦臟)]은 뇌(腦)와 장기(臟器)라는 뜻이 아니라 뇌의 소화기능, 즉 이해력을 말한다. [설탕(雪糖)과 같이 청렴(淸廉)한 이국정조(異國情調)]는 청렴에 대하여 설탕과 같이 달콤한 말로 설파하여 끌어들이는, 우리

나라와는 다른 이국적 정서로 조율(調律)되는 상황을 말한다.

[가수상태(假睡狀態)를 입술 위에 꽃피워 가지고 있을 즈음 번화(繁華)로운 꽃들은 모두 어데로 사라지고]에서 가수상태라고 하는 것은 그 청렴을 오직 믿음을 수행하는 전부로 생각하여 잠을 자듯 꿈을 꾸듯 하는 것을 말한다. 그렇게 하다 보니 [번화(繁華)로운 꽃들은 모두 어데로 사라지고] 없더라는 말이다. 다시 말해 청렴이 전부가 아니라 활발한 진리 전파가 있어야 함에도 자기의 수신(修身)만을 위한 웅크림에서 화려하던 교세확장이 위축되고 말았다는 뜻이 되겠다. 이러한 상황은 [목조(木彫)의 작은 양(羊)이 두 다리를 잃고 가만히 무엇엔가 귀 기울이고 있는] 것과 같으니 <하느님의 어린 양>이신 예수님마저 [목조의 양]처럼 되어 그냥 바라볼 수밖에 없지 않겠는가? 언제이면 떨치고 일어나서 진리를 위한 선포를 하는가 하고 [가만히 무엇엔가 귀 기울이고 있는] 것일까? 예수 재림의 소식을 기다리는가? 그것마저 의심스러운 것이다.

[수분(水分)이 없는 증기(蒸氣)하여 온갖 고리짝은 마르고 말라도 시원치 않은 오후(午後)의 해수욕장근처(海水浴場近處)에 있는 휴업일(休業日)의 조탕(潮湯)은 파초선(芭蕉扇)과 같이 비애(悲哀)에 분렬(分裂)하는 원형음악(圓形音樂)과 휴지부(休止符), 오오 춤추려므나 일요일(日曜日)의 뷔너스여, 목쉰 소리나마 노래 부르려므나 일요일(日曜日)의 뷔너스여.]

이상(李箱)의 시(詩)에서 물은 진리라는 것이니 [수분(水分)]이라는 것은 <진리를 머금은 것>이란 뜻이다. 따라서 [수분(水分)이 없는 증기(蒸氣)]는 <진리가 없이 열광하여 위로 날아오르는 것>이란 뜻이 된다. 따라서 말세에 예수님이 이 땅을 구한다느니 천당에 가려면 예수님을 믿어야 한다느니 믿지 않으면 지옥에 간다느니 하는 선동적이고 혹세무민(惑世誣民)적인 말로 꼬여, 들끓는 믿음을 만드는 것을 꼬집은 말이 되겠다.

[고리짝]은 오래된 잡동사니들을 넣어두는 상자를 말하는 것이니 <진리가 없이 들뜬 선전 선동으로 믿음을 부추겨 그 결과로 보물처럼 지녀오던 역사적 유물 등, 진리를 증거하는 것들은 말라 비틀어들고(생명력을 잃고)> 말았다는 말이다. 어느덧 [오후], 예언된 말세가 가까워진 때가 되었

다. 이때의 [해수욕장 근처], 이것은 아마도 이탈리아반도 주변의 바닷가를 말하는 것이 아닌가 생각된다. 뒤에 [뷔너스]라는 말이 나오기 때문이다. 기독사상의 꽃이 피어난 고장인 그곳은 사실 현재는 그 활동을 멈추고 세계대전의 틈바귀에서 곤욕을 당하며 [휴업]과 다름이 없이 되어있다. 그곳은 일찍이 아침 목욕탕과 같이 더운 김이 조수처럼 밀려들고 끓어오르는 진리의 보금자리로 [조탕(潮湯)]과 같았다고 할 수 있었겠지만, 슬프게도 산산조각이 나고, 기독사상의 중심축이었던 로마가 게르만족의 침입으로 몰락하여 분열한 과거의 문화([원형음악] 등등)는 잠시 멈추게, [휴지부(休止符)]가 된 것이다. 〈이제, 기독사상이 쉬는 동안, 활동하지 못하는 중에 과거 로마를 화려하게 장식한 사랑의 여신 [뷔너스]가 춤추게 되었구나. 그래 춤추어라. 노래 불러라. 오래된 낡은, [목쉰] 소리일망정. 기독사상에 억압되었던 [뷔너스]야 이제 네 때가 되지 않았느냐〉 하고 이상(李箱)은 말하고 있는 것이다. 이것은 기독사상의 무력에 개탄하는 말이다.

[그 평화(平和)로운 식당(食堂) 또어에는 백색투명(白色透明)한 MENSRUCTION이라 문패(門牌)가 붙어서 한정(限定)없는 전화(電話)를 피로(疲勞)하여 LIT 위에 놓고 다시 백색려송연(白色呂宋煙)을 그냥 물고 있는데. 마리아여, 마리아여, 피부(皮膚)는 새까만 마리아여 어디로 갔느냐, 욕실수도(浴室水道)콕크에선 열탕(熱湯)이 서서(徐徐)히 흘러나오고 있는데 가서 얼른 어젯밤을 막으렴, 나는 밥이 먹고 싶지 아니하니 슬립퍼어를 축음기(蓄音機)위에 얹어 놓아주려므나.]

[MENSTRUATION]은 여인의 월경(月經)을 말한다. 그것은 일종의 피다. 붉다. 그러나 그 붉은 피는 생명력을 잃고 배설된, 아무 쓸모없는 버려질 것이어야 한다. 이것은 공산당을 상징하는 색깔이며 바로 공산주의는 이 월경과 같다는 표현을 쓰고 있는 것이다. 새로운 생명으로 잉태되는 때를 놓친 후에 배설된 찌꺼기인 월경. 이상(李箱)은 사회주의(공산주의)를 그렇게 표현하고 있다. 이 해석을 부당하다고 하는 자는 다시 처음의 한글 〈오감도 해설〉을 참조하여주시기 바란다. 이상(李箱)의 작품 대부분은

그것을 탐구하고 추구하는 것으로 되었다는 것이 필자의 소견이며, 그 어렵고 비밀문자 같은 작품들이 몇 가지 맥을 짚고 나서 해석 가능하였다는 것을 다시 강조하는 바이다. 그들 모두는 공산주의에 대한 탐구이기 때문에 자신 있게 말하는 것이며 앞으로 그것이 어떻게 강조되어 나타나는가를 살펴봐 주시기를 바라는 바이다.

[백색려송연(白色呂宋煙)]은 서구적 사고에 젖은 안일, 그것은 몸과 정신의 건강을 해치는 담배와 같은 것이라고 비유하는 문구다. 그래서 [한정(限定)없는 전화(電話)를 피로(疲勞)하여 LIT 위에 놓고 다시 백색려송연(白色呂宋煙)을 그냥 물고 있는데]라는 구절을 해석하면 공산주의 선전에 <신물이 나고 피곤하여 침대([LIT]) 위, 즉 모든 것을 잊어버리거나 방관하여 서구(유럽 백인=[白色])의 철학사상에 젖어 그냥 방관하고 있는데>로 풀어지는 것이다. [피부(皮膚)는 까만 마리아]는 무엇을 말하고 있는가? 처음은 아프리카로 전파된 천주교를 말하는 것이 아닌가 하였으나 그와 같은 내용으로 연결되는 것이 없어서 하얗게 전래되던 가톨릭이 그와 극반대로 까맣게 되어 소련에서 흑과 적이 만난 것을 말한다고 본다.

이 구절에서 가장 중요한 것은 [나는 밥이 먹고 싶지 아니하니]라는 구절이다. 여기에서 이것을 풀면 해석은 끝난다고 할 수 있다. 그 해답은 상상외로 간단하다. 위에서 여자의 월경을 운운하여 밥 애기가 나왔다면, 그 월경이 공산주의를 말한다면, 그 밥은 인간의 기본 욕구(慾求)인 의식주(衣食住) 중에서 식(食)을 말하는 것이다. 공산주의, 아니 사회주의는 바로 이 식(食)의 얘기였던 것이다. 그들은 그것을 해결하는 유일한 방법이 공산주의로 이 세계 법도를 개편하는 것이라고 하였다. 따라서 [식당]은 공산당을 말하는 것이 되며 그 식당 문이 [백색투명]하다고 하는 것은 백인에서 그 공산당이라는 것이 생겨났다는 것을 말한다. 백색이 되면 투명할 수 없다. 다만, 그들(백인)이 만든 그 공산주의라는 것은 속이 훤히 보인다는 뜻으로 하는 말이 되겠다. 그것은 독일에서 시작하였지만 ,공산당의 형태로 국가적 체제를 갖춘 것은 소련이었다. 그래서 [욕실(浴室) 수도(水道)콕크에선 열탕(熱湯)이 서서(徐徐)히 흘러나오고 있]는 것과 같이 세계가 열광하여갔던 것이다. 그것은 소리 없이 진행되었다. [어젯밤]의 일이었다. 미미하게 밤사이에 숙덕거린 일이 이제 보니 전 세계를 들끓게 하였다. 그러나 그 어젯밤의 일을 이제 와서 막을 수는 없다. 그러나 그것이 대수롭지 않게 지나가리라 생각하였던 그 원인을 분석하여 이제라도 열탕이 끓어 넘쳐 온 집안(세계)으로 퍼져 모든 사람의 몸을 데게 하여서는 안 되지 않겠는가? 이렇게 하여 밥을 먹어야 한다면 [나는 밥이 먹고 싶지 아니하]다는 말이다. 그냥 [슬립퍼어를 축음기(蓄音機)위에 얹어 놓아주]라고 말하는 것이다. 이 [슬립퍼어]는 물론 휴식의 상징이다. 안락과 섹스의 상징이기도 하다. 그리고 [축음기]는 소리를 모은 것, 즉 말씀을 모은 것, 즉 성경을 말하는 것이다. <안온한 즐거움을 성경말씀에 의지하여 살고 싶다>는 절규인 것이다.

[무수(無數)한 비가 무수(無數)한 추녀 끝을 두드린다 두드리는 것이다. 분명 상박(上膊)과 하박(下膊)과의 공동피로(共同疲勞)임에 틀림없는 식어빠진 점심(點心)을 먹어볼까—먹어본다. 만돌린은 제 스스로 포장(包裝)하고 지팽이 잡은 손에 들고 자그마한 삽짝문(門)을 나설라치면 언제 어느 때 향선(香線)과 같은 황혼(黃昏)은 벌써 왔다는 소식이냐, 수탉아, 되도록 순사(巡査)가 오기 전(前)에 고개 숙으린 채 미미(微微)한 대로 울어다오. 태양(太陽)은 이유(理由)도 없이 사보타아지를 자행(恣行)하고 있는 것은 전연(全然) 사건 이외(事件以外)의 일이 아니면 아니 된다.]

[비]는, 물은 물이로되 하늘에서 내려오는 물이다. 따라서 하늘에서 내려진 진리이다. 다시 말하면 <하느님의 말씀>, 즉 <성경말씀>이 되는 것이다. 그 말씀이 [무수(無數)한 추녀 끝을 두드린다]는 말은 모든 사람에게 전파되었고, 되고 있다는 것을 말한다. 상박근(上膊筋)은 어깻죽지를 말한다. 그 기능은 팔 전체를 움직이게 하는 것이다. 그리고 하박근(下膊筋)은 팔굽을 구부리면 알통이 솟아오르는 것을 말한다. 물론 팔을 구부리고 펴는 역할을 한다. 따라서 상박은 하느님과 그 아래 교회를 말한다면 하박은 진리 선포를 위한 일반교인들을 말하는 것이다. 이로써 위의 첫 구절을 풀면 <무수한 하느님의 진리 말씀을 무수한 방법으로 집집에 알려

드렸건만 이제는 더 이상 받아들여지지 않으니, [쉬어빠진 점심], 하느님이나 교회나 교인이나 모두 피로할 밖에 없구나. 그래도 이 진리 선포의 대낮에 말씀을 음미하지 않을 수 있느냐. 그래서 음미하여본다>로 된다. 수많은 악기 중에 왜 만돌린(mandolin)을 등장시켰을까? 아무리 삭여도 그 의미를 종잡을 수 없다. 그래서 또 파자하여 보았다. 그러니 신기하게도 뜻이 있었다. 〈mandolin은 Man do lin>이 되어 〈사람은 계통(系統)을 한다>는 뜻이 되어 사람은 직계를 이어가며 전통을 세워간다는 뜻이 되는 것이다. 따라서 [만돌린은 제 스스로 포장(包裝)]한다는 뜻은 〈사람은 제 스스로 계보를 만들어 혈통을 이어간다>로 풀어지는 것이다. [지팽이 잡은 손]의 [지팽이]는 앞에서 누차 해석되었지만 이스라엘민족을 뜻한다. 따라서 〈이스라엘 민족의 손에 만돌린을 잡고>, 즉 〈이스라엘 민족으로 계보를 이어가며>로 된다. [자그마한 삽짝문(門)]은 이스라엘 민족이 세계적으로 볼 적에 너무 보잘 것 없는 작은 삽짝문에 불과함을 비유한 것이다. 그러나 그들로 하여 예수님이 탄생하셨고, 그 사상 철학 종교는 이 세계를 지배하고 구원의 메시지를 전달하고 있는 것이다. 그 종교가 결국, [황혼]의 때에 [향선(香線)]과 같이 될 것인가? 이 향선(香線)이라는 말은 나선형으로 만들어진 향을 말한다. 그것은 세월이 흘러가도 계속하여 세월 따라 향기를 피우는 것을 비유한 것이다. 이상(李箱)은 [수탉아, 되도록 순사(巡査)가 오기 전(前)에 고개 숙으린 채 미미(微微)한 대로 울어다오] 하며 구원의 때를 애타게 기다린다. [순사]란 일본순사만을 이르는 말은 결코 아니다. 닭은 환국세계의 진리 선포의 소식이라고 하면 순사는 일본은 물론 그것을 싫어하여 그것을 방해하는 모든 사람을 이르는 말이 된다. 또 [수탉]은 우리나라에서 해를 상징하는 길조로 모든 장식에 쓰고 있다. 기독교 초창기에도 그랬지만 진리선포를 하는 자에 대하여 극심한 박해가 있었듯이 지금도 그에 대한 박해는 여러 가지로 일어나고 있으니, 특히 이상(李箱) 당시에는 더하였으니 숨어서라도, [고개 숙으린 채] [미미(微微)한 대로 울어다오] 하고 하소연 하는 것이다, 환국세상이 곧 올 것이라고.

[태양(太陽)은 이유(理由)도 없이 사보타아지를 자행(恣行)하고 있]다는 말은 <환국(桓國)>사상의 도래를 기다리는 말이다. 그러나 너무도 늦게, 지각([사보타아지])하고 있는 것이다. 그러나 이 [태양](환국사상)은 그보다 더 근본적인 문제가 있다는 뜻으로 말하는 것이다. 그건 어쩌면 <이스라엘 민족이 이 세계 인류를 깨우치고 있듯이 밝히 보이도록 환국사상을 일으키는 것은 우리 한민족의 몫이 아니겠는가> 하고 역설하고 있다.

[사보타아지를 자행하고 있는 것은 전연 사건 이외의 일이 아니면 아니된다]는 말은 태양(환국사상)이 늦게 뜰지라도 하느님이 예비하신 구원성취는 어김없이 그대로 이루어진다는 말이다.

얼굴

배고픈얼굴을본다
반드르르한머리카락밑에어찌서배고픈얼굴은있느냐.

저사내는어데서왔느냐
저사내는어데서왔느냐

저사내어머니의얼굴은박색임에틀림없겠지만저사내아버지의얼굴은잘생겼을것임에틀림이없다고함은저사내아버지는워낙은부자였던것인데저사내어머니를취한후로는급작히가난든것임에틀림없다고생각되기때문이거니와참으로아해라고하는것은아버지보담도어머니를더닮는다는것은그무슨얼굴을말하는것이아니라성행을말하는것이지만저사내얼굴을보면저사내는나면서이후대체웃어본적이있었느냐고생각되리만큼험상궂은얼굴이라는점으로보아저사내는나면서이후한번도웃어본적이없었을뿐만아니라울어본적도없었으리라고믿어지므로더욱험상궂은얼굴임은즉저사내어머니의얼굴만을보고자라났기때문에그럴것이라고생각되지만저사내아버지는웃기도하였을것임에는틀림엇을것이지만대체로아해라고하는것은곧잘무엇이나숭내내는성질었음에도불구하고저저사내가조금도웃을줄을모르는얼굴만을하고있는것으로본다면저사내아버지는해외를방랑하여저사내가제법사람구실을하는저사내로장성후로아직돌아오지아니하던것임에틀림이없다고생각되기때문에또그렇다면저사내어머니는대체어떻게그날그날을먹고살아왔느냐하는것이문제가될것은물론이지만어쨌던간에저사내어머니는배고팠을것임에틀림없으므로배고픈얼굴을하였을것임에틀림없는데귀여운외톨자식인지라저사내만은무슨일이었던간에배고프지않도록하여길러낸것임에틀림없을것이지만아무튼아해라고하는것은어머니를가장의지하는것인즉어머니의얼굴만을보고저것이정말로마땅스런얼굴이구나하고믿어버리고선어머니의얼굴만을열심히숭내낸것임에틀림없는것이어서그것이지금은입에다금니를박은신분과시절이되었으면서도이젠어쩔수도없으리만큼굳어버리고만것이나아닐까하고생각되는것은무리도없는일인데그것은그렇다하더라도반드르한머리카락밑에어째서저험상궂은배고픈얼굴은있느냐

배고픈 얼굴을 본다
반드르르한 머리카락 밑에 어째서 배고픈 얼굴은 있느냐.

저 사내는 어데서 왔느냐
저 사내는 어데서 왔느냐

저 사내 어머니의 얼굴은 박색임에 틀림없겠지만 저 사내 아버지의 얼굴은 잘 생겼을 것임에 틀림이 없다고 함은 저 사내 아버지는 워낙은 부자였던 것인데 저 사내 어머니를 취한 후로는 급작히 가난 든 것임에 틀림없다고 생각되기 때문이거니와 참으로 아해라고 하는 것은 아버지보담도 어머니를 더 닮는다는 것은 그 무슨 얼굴을 말하는 것이 아니라 성행을 말하는 것이지만 저 사내 얼굴을 보면 저 사내는 나면서 이후 대체 웃어본 적이 있었느냐고 생각되리만큼 험상궂은 얼굴이라는 점으로 보아 저 사내는 나면서 이후 한 번도 웃어본 적이 없었을 뿐만 아니라 울어본 적도 없었으리라고 믿어지므로 더욱 험상궂은 얼굴임은 즉 저 사내 어머니의 얼굴만을 보고 자라났기 때문에 그럴 것이라고 생각되지만 저 사내 아버지는 웃기도 하였을 것임에는 틀림없을 것이지만 대체로 아해라고 하는 것은 곧잘 무엇이나 숭내 내는 성질이었음에도 불구하고 저 사내가 조금도 웃을 줄을 모르는 얼굴만을 하고 있는 것으로 본다면 저 사내 아버지는 해외를 방랑하여 저 사내가 제법 사람 구실을 하는 저 사내로 장성 후로 아직 돌아오지 아니하던 것임에 틀림이 없다고 생각되기 때문에 또 그렇다면 저 사내 어머니는 대체 어떻게 그날 그날을 먹고 살아왔느냐 하는 것이 문제가 될 것은 물론이지만 어쨌던 간에 저 사내 어머니는 배고팠을 것임에 틀림없으므로 배고픈 얼굴을 하였을 것임에 틀림없는 데 귀여운 외톨 자식인지라 저 사내만은 무슨 일이었던 간에 배고프지 않도록 하여 길러낸 것임에 틀림없을 것이지만 아무튼 아해라고 하는 것은 어머니를 가장 의지하는 것인즉 어머니의 얼굴만을 보고 저것이 정말로 마땅스런 얼굴이구나 하고 믿어버리고선 어머니의 얼굴만을 열심히 숭내 낸 것임에 틀림없는 것이어서 그것이 지금은 입에다 금니를 박은 신분과 시절이 되었으면서도 이젠 어쩔 수도 없으리만큼 굳어버리고 만 것이나 아닐까 하고 생각되는 것은 무리도 없는 일인데 그것은 그렇다 하더라도 반드르한 머리카락 밑에 어째서 저 험상궂은 배고픈 얼굴은 있느냐

해설

[반드르한 머리카락 밑에 어째서 배고픈 얼굴은 있느냐.]

[반드르한 머리카락]은 머리카락의 상태를 말하는 것이 아니라 그 형태를 말하는 것이다. 즉 만몽(滿蒙)계통의 동양인들은 머리가 직모(直毛)이지만 그 이외의 인종은 모두 완전 곱슬머리이거나 반 곱슬머리이다. 그 직모는 빗어 넘기면 반지르르하다. 그 직모의 동양인, 즉 만몽계통은 원래 우수한 지능과 타고난 근면성으로 이 세계를 지배하였고 부유하게 살아왔다. 그래서 〈부유하게 유쾌하게 살아야 할 민족이 왜 [배고픈 얼굴]을 하고 있느냐〉 하고 개탄하는 것이다.

[저 사내는 어데서 왔느냐

저 사내는 어데서 왔느냐]

[저 사내]는 물론 만몽계통의 동양인을 말한다. 처음의 [저 사내]는 순수혈통을 말하는 것이고 두 번째의 [저 사내]는 서구의 영향을 받거나 혼혈이 된 인종 또는 동양인의 현재 사상철학을 말하는 것이 된다.

[저 사내 어머니의 얼굴은 박색임에 틀림없겠지만 저 사내 아버지의 얼굴은 잘 생겼을 것임에 틀림이 없다고 함은,

저 사내 아버지는 워낙은 부자였던 것인데 저 사내 어머니를 취한 후로 급작히 가난 든 것임에 틀림없다고 생각되기 때문이거니와,

참으로 아해라고 하는 것은 아버지보담도 어머니를 더 닮는다는 것은 그 무슨 얼굴을 말하는 것이 아니라 성행을 말하는 것이지만]

여기에서 [아해]는 누구를 말하는 것인가? 아해는 크리스트의 사상을 믿는 개신교인이라고 〈오감도〉에서 말하였다. 이에서 우리나라를 살피면, 해방 전 북한은 착실한 기독인으로 뭉쳐져 있던 곳이었다. 그러나 그들은 소련에서 밀려들어온 공산주의로, 배고픔에서 살아남으려고 서구적 공산주의를 받아들인 무서운 사내, [나면서 이후 대체 웃어본 적이] 없는 [험상궂은 얼굴]과 살게 된다. 해방 이후의 이북 실상이다. 그들은 아해를 무자비하게 살상하였다, [나면서 이후 한 번도 웃어본 적이 없었을 뿐만 아니라 울어본 적도 없었으리라고 믿어지]는 행동으로. 무자비한 그

사내, 공산주의자들은 환국정신으로 살아온 아버지의 피가 아닌, [더욱 험상궂은 얼굴임은 즉 저 사내 어머니의 얼굴만을 보고 자라났기 때문에 그럴 것이라고 생각되지만], 뱀의 꼬임에 빠져 타락한 원인자인 어머니의 피로서 그런 것이라고 이상은 말하고 있다.

[대체로 아해라고 하는 것은 곧잘 무엇이나 숭내 내는 성질이었음에도 불구하고 저 사내가 조금도 웃을 줄을 모르는 얼굴만을 하고 있는 것으로 본다면 저 사내 아버지는 해외를 방랑하여 저 사내가 제법 사람 구실을 하는 저 사내로 장성 후로 아직 돌아오지 아니하던 것임에 틀림이 없다고 생각되기 때문에 또 그렇다면 저 사내 어머니는 대체 어떻게 그날 그날을 먹고 살아왔느냐 하는 것이 문제가 될 것은 물론이지만 어쨌던 간에 저 사내 어머니는 배고팠을 것임에 틀림없으므로 배고픈 얼굴을 하였을 것임에 틀림없는데 귀여운 외톨 자식인지라 저 사내만은 무슨 일이었던 간에 배고프지 않도록 하여 길러낸 것임에 틀림없을 것이지만 아무튼 아해라고 하는 것은 어머니를 가장 의지하는 것인즉 어머니의 얼굴만을 보고 저것이 정말로 마땅스런 얼굴이구나 하고 믿어버리고선 어머니의 얼굴만을 열심히 숭내 낸 것임에 틀림없는 것이어서]

위의 구절을 잠 음미하면 우리나라 역사의 단면이 되기도 한다. 우리나라는 깊은 환국 정신을 지녔음에도 살아남기 위한 중국의 철학사상을 받아들였고 최근에는 서양의 공산주의 사상을 받아들여 무서운 사내, 웃을 줄 모르는 악마의 얼굴로 변신하였다. 그동안 아버지는 해외로 유랑한 것이었던가? 아니, 악마의 유전인 어머니가 그렇게 가르친 것인가? 아니, 그 모든 원인은 배고픔이었으니 악마는 그 꼬임으로 공산주의라는 탈을 쓰고 나타난 것이었다.

[지금은 입에다 금니를 박은 신분과 시절이 되었으면서도 이젠 어쩔 수도 없으리만큼 굳어버리고 만 것이나 아닐까 하고 생각되는 것은 무리도 없는 일인데 그것은 그렇다 하더라도 반드르한 머리카락 밑에 어째서 저 험상궂은 배고픈 얼굴은 있느냐]

[입에다 금니를 박은 신분과 시절이 되었]을 때가 되지 않았는가?

금니는 본래의 이빨은 아니지만 돈 많은 사람이 해 박는 것으로 잃어진 이빨을 대신하는 것 중에 가장 좋은 것이다. 그 금은 부를 상징하기도 하고 누른 색깔로 중국을 상징하기도 한다. [입에다 금니를 박은 신분]이라고 하면 〈제 본래의 진리와 철학을 잃고 국가의 부를 이용하여 다른 여러 곳의 철학과 사상을 끼워 맞춘 나라〉, 즉 중국을 지칭하는 말이 된다. [지금은 입에다 금니를 박은 신분과 시절이 되었]다는 말은 이해하기 곤란하지만 위와 같이 뜻을 새기면 〈중국은 그 뜻과 철학을 같이할 만한 문화적 수준을 같이 하게 되었〉다고 보아야 하리라.

즉 중국은 〈자유민주주의 사상을 받아들여 참다운 삶의 도리를 찾아가고 있다〉고 보인다는 말이다. 그러나 북한은 그러한 중국과도 등을 돌리며 일인의 독재성을 버리지 못하여 탄압정치를 하고 있는 것이다. [이젠 어쩔 수도 없으리만큼 굳어버리고 만 것이나 아닐까 하고 생각되는 것은 무리도 없는 일인데] 그 밖의 다른 뜻은 없을 것이다.

[그것은 그렇다 하더라도 반드르한 머리카락 밑에 어째서 저 험상궂은 배고픈 얼굴은 있느냐]

아무튼 우리나라의 북한은, 환국의 정신으로 부유하였던 것인데도 어째서 그 험상궂고 잔인한 공산주의 나라가 되었더란 말인가 하고 이상은 외치고 있는 것이다. 예언이다.

運 動

一層위에있는二層위에있는三層위에있는屋上庭園에올라서南쪽을보아도아무것도없고北쪽을보아도아무것도없고해서屋上庭園밑에있는三層밑에있는二層밑에있는一層으로내려간즉동쪽으로솟아오른太陽이西쪽에떨어지고東쪽으로솟아올라西쪽에떨어지고東쪽으로솟아올라西쪽에떨어지고東쪽으로솟아올라하늘한복판에와있기때문에時計를꺼내본즉서기는했으나時間은맞는것이지만時計는나보담도젊지않으냐하는것보담은나는時計보다는늙지아니하였다고아무리해도믿어지는것은필시그럴것임에틀림없는고로나는時計를내동댕이쳐버리고말았다.

1931.8.11

一層(일층) 위에 있는 二層(이층) 위에 있는 三層(삼층) 위에 있는 屋上庭園(옥상정원)에 올라서 南(남)쪽을 보아도 아무것도 없고 北(북)쪽을 보아도 아무것도 없고 해서 屋上庭園(옥상정원) 밑에 있는 三層(삼층) 밑에 있는 二層(이층) 밑에 있는 一層(일층)으로 내려간 즉 동쪽으로 솟아오른 太陽(태양)이 西(서)쪽에 떨어지고 東(동)쪽으로 솟아올라 西쪽에 떨어지고 東쪽으로 솟아올라 西(서)쪽에 떨어지고 東쪽으로 솟아올라 하늘 한복판에 와 있기 때문에 時計(시계)를 꺼내 본즉 서기는 했으나 時間(시간)은 맞는 것이지만 時計(시계)는 나보담도 젊지 않으냐 하는 것보담은 나는 時計보다는 늙지 아니하였다고 아무리 해도 믿어지는 것은 필시 그럴 것임에 틀림없는 고로 나는 時計(시계)를 내동댕이쳐버리고 말았다.

1931. 8. 11.

해설

[운동(運動)]이라고 하는 것은 진리 성취의 지향성을 말한다.

운동의 무대는 1층, 2층, 3층과 옥상으로 설정되어있다.

그리고 1층에서부터 옥상으로 올라가는 것은 진리전개가 역사적으로 어떻게 전개되어 나갔나 하는 것을 추적하는 것이다. 그리고 진리구원의 종점인 옥상에서 남쪽과 북쪽을 바라본다.

앞에서 언급된 것과 같이 남쪽은 뱀을 숭상하는 땅의 종교와 철학을 말하는 것이고 북쪽은 봉황을 숭상하는 하늘의 종교와 철학을 말하는 것이다. 그것 모두에 아무것도 없다. 진리적 구원의 세계는 그런 것에 없다는 단정이다. 그래서 다시 과거로의 소급, 옥상에서 1층으로 내려온다.

3층이 게르만족이 지배하는 현 세계인 기독세계를 말한다면 2층은 뱀과 봉황의 절충(折衷)인 용을 숭상하는 종교와 사상을 갖는 중화(中華)문명, 그리스와 로마의 영웅주의적 사상에 젖은 인간중심의 서구문명을 말하는 것이고 1층은 구약세계 에덴동산과, 세계를 지배하였던 환국을 말하는 것이다.

그래서 1층에 내려가서야 해를 발견한다. 그 해는 앞에서 누차 설명되었듯이 환국의 광명이세(光明理世)사상의 초점(焦點)인 것이다.

그 해는 동쪽에 떠서 서쪽에 진다. 이것은 진리의 전파경로를 설명하고 있다. 그것은 크게 3차에 걸쳐 서쪽으로 전파되어 들어갔다. 부도지에서 보면 기독사상 자체도 그렇다는 증거를 보이고 있다. 그것이 아니라도 환국의 태양사상이 서쪽으로 들어가서 그 문화의 바탕이 되었음은 누가 부정하랴? 그런데 이제 그 태양이 다시 서쪽으로 향하다가 하늘 복판에 머물고 있다.

[시계(時計)를 꺼내본 즉 서기는 했으나 시간(時間)은 맞는 것이지만 시계(時計)는 나보담도 젊지 않으냐 하는 것 보담은 나는 시계(時計)보다는 늙지 아니하였다고 아무리 해도 믿어지는 것은 필시 그럴 것임에 틀림없는 고로 나는 시계(時計)를 내동댕이쳐 버리고 말았다.]

사실 이 시의 주제는 여기에 있다. 〈시계를 꺼내 보니 서 있다〉, 아무리 〈시간은 맞는 것이라고 하여도〉. 시계가 서 있는데 시간이 맞다고 하는 것은 시간이 흐르지 않았다는 말인가? 해가 세 번이나 서쪽으로 갔다는 말은 처음 인류가 갈려져 나간 것과 두 번째 무지한 그들을 가르쳐 문명국가를 만들었다는 것이며 세 번째는 단군으로 하여 유호씨가 중동지역으로 가서 서쪽으로 환국사상을 전파하도록 그곳의 전고자(아브라함?)에게 가르친 것을 말하는 것이 된다.

*미국의 〈리바이도우링〉이 지은 〈성약성서〉에 보면 〈아브라함〉의 아버지가 동양의 〈불함철학〉을 배웠고 그 아들이 가장 숭상하여 배움으로 하여 그 이름을 〈아-불함(아브라함)〉이라고 하였다고 하였다.

그렇다면 삼일사상과 광명이세의 사상을 담은 환국의 철학이 서쪽으로 갔다면, 그 사이의 시간은 무엇이란 말인가? 우리 동양, 아니 우리나라는 그 사상의 해를 바라보기만 한 채 그냥 멈추어 있었다는 표현이 아닌가? 그 해가 가기만 한다면 동서를 꿰뚫어 모든 것이 밝아지고 천국의 문이 열릴 줄만 알았지 무엇을 하였던가? 우리들이 그와 같이 움직여 그 천국(天國)세상에 합당한 운동을 하여야 하지 않는가? 이상(李箱)은 이렇게 소리치고 있는 것이다. [시계(時計)보다는 늙지 아니하였다]는 것은 내 존재, 환국사상의 존재는 그냥 옛날 그 당시로 멈춘 채 있었다는 얘기인 것이다. 해가 세 번이나 이 세상 구원의 역사(役事)를 하였건만 그 주역인 우리들(환국의 자손들)은 그냥 그렇게 과거 속에 묻혀있었던 것이다. 전혀, 구원 세계를 위한 [운동]을 하지 않고 있었던 것이다.

[시계]는 구원세계를 위한 하나의 시나리오였다. 지금 그것은 필요 없게 되었다. 우리들이 그에 합당한 [운동]을 하지 않는 바에야.

광녀의 고백

여자인S玉孃한테는참으로미안하오.그리고B군자네한테감사하지아니하면아니될것이오.우리들은S玉孃의전도에다시광명이있기를리빌어야하오.

창백한여자.

얼굴은여자의이력서이다.여자의입[口]은작기때문에여자는익사하지아니하면아니되지만여자는물과같이때때로미쳐서소란해지는수가있다.온갖밝음의태양들아래여자는참으로맑은물과같이떠돌고있었는데참으로고요하고매끄러운표면은조약돌을삼켰는지아니삼켰는지항상소용돌이를갖는퇴색한순백색이다.

등쳐먹으려고하길래내가한대먹여놓았죠.

잔내비같이웃는여자의얼굴에는하룻밤사이에참아름답다고빤드르르한적갈색초콜릿이무수히열매맺혀버렸기때문에여자는마구대고초콜릿을방사하였다.초코릿은黑檀의사브르를질질끌면서조명사이에擊劍을하기만하여도웃는다.웃는다.어느것이나모두웃는다.웃음이마침내엿과같이걸쭉하게찐득거려서초콜릿을다삼켜버리고탄력剛氣에찬온갖표적은모두무용이되고웃음은산산이부서지고도웃는다.웃는다.파랗게웃는다.바늘의철교와같이웃는다.여자는羅漢을밴것인줄다들알고여자도안다.나한은비대하고여자의자궁은雲母와같이부풀고여자는돌과같이딱딱한초콜릿을먹고싶었던것이다.여자가올라가는층계는한층한층이더욱새로운焦熱氷結地獄이었기때문에여자는즐거운초콜릿이먹고싶다고생각하지아니하는것은곤란하기는하지만자선가로서의여자는한몫보아준심산이지만그러면서도여자는못견디리만큼답답함을느꼈는데이다지도신선하지아니한자선사업이또있을까요하고여자는밤새도록고민고민하였지만여자는전신이갖는약간個의습기를띤천공(예컨대눈기타)근처의먼지는떨어버릴수없는것이었다.

여자는물론모든것을포기하였다.여자의성명도,여자의피부에붙어있는오랜세월중에간신히생겨진때의薄膜도심지어는여자의唾線까지도,여자의머리로는소금으로닦은것이나다름없는것이다.그리하여온도를갖지아니하는엷은바람이참康衢煙月과같이불고있다.여자는혼자망원경으로SOS를듣는다.그러곤데크를달린다.여자는푸른불꽃탄환이벌거숭이인채달리고있는것을본다.여자는오로라를본다.테크의句欄은북극성의감미로움을본다.거대한바닷개잔등을무사히달린다는것이여자로서과연가능할수있을까,여자는發光하는파도를본다.發光하는파도는여자에게백지의花瓣을준다.여자의피부는벗기고벗긴피부는서녀의옷자락과같이바람에나부끼고있는참서늘한풍경이라는점을깨닫고사람들은고무와같은두손을들어입을박수하게하는것이다.

이내몸은돌아온길손,갈래야갈곳이없어요.

여자는마침내낙태한것이다.트렁크속에는천갈래만갈래로찢어진POUDER VERTUEUSE가복제된것과함께가득채워져있다.死胎도있다.여자는고풍스러운지도위를毒毛살포하면서불나비와같이난다.여자는이제는이미五百羅漢의불쌍한홀아비들에게는없어려야없을수없는유일한아내인것이다.여자는콧노래와같은ADIEU를지도의엘리베이션에다고하고No.1~500의어느사찰인지향하여걸음을재촉하는것이다.

1931. 8. 17

여자인 S玉孃(옥양)한테는 참으로 미안하오.

그리고 B군한테 감사하지 아니하면 아니될 것이오.

우리들은 S양의 전도에 다시 광명이 있기를 빌어야 하오.

창백한 여자.

얼굴은 여자의 이력서이다. 여자의 입[口]은 작기 때문에 여자는 익사하지 아니하면 아니 되지만 여자는 물과 같이 때때로 미쳐서 소란해지는 수가 있다. 온갖 밝음의 태양들 아래 여자는 참으로 맑은 물과 같이 떠돌고 있었는데 참으로 고요하고 매끄러운 표면은 조약돌을 삼켰는지 아니 삼켰는지 항상 소용돌이를 갖는 퇴색한 순백색이다.

등쳐먹으려고 하길래 내가 한 대 먹여놓았죠.

잔내비같이 웃는 여자의 얼굴에는 하룻밤 사이에 참 아름답다고 빤드르르한 적갈색 초콜릿이 무수히 열매맺혀버렸기 때문에 여자는 마구대고 초콜릿을 방사하였다. 초코릿은 黑檀(흑단)의 사브르를 질질 끌면서 조명 사이에 擊劍(격검)을 하기만 하여도 웃는다. 웃는다. 어느 것이나 모두 웃는다. 웃음이 마침내 엿과 같이 걸쭉하게 찐득거려서 초콜릿을 다 삼켜버리고 탄력 剛氣(강기)에 찬 온갖 표적은 모두 무용이 되고 웃음은 산산이 부서지고도 웃는다. 웃는다. 파랗게 웃는다. 바늘의 철교와 같이 웃는다. 여자는 羅漢(나한)을 밴 것인 줄 다들 알고 여자도 안다. 나한은 비대하고 여자의 자궁은 雲母와 같이 부풀고 여자는 돌과 같이 딱딱한 초콜릿을 먹고 싶었던 것이다. 여자가 올라가는 층계는 한 층

한 층이 더욱 새로운 **焦熱氷結地獄**(초열 빙결 지옥)이었기 때문에 여자는 즐거운 초콜릿이 먹고 싶지 않다고 생각하지 아니하는 것은 곤란하기는 하지만 자선가로서의 여자는 한 몫 보아준 심산이지만 그러면서도 여자는 못 견디리만큼 답답함을 느꼈는데 이다지도 신선하지 아니한 자선사업이 또 있을까요 하고 여자는 밤새도록 고민고민하였지만 여자는 전신이 갖는 약간 **個**(개)의 습기를 띤 천공(예컨대 눈 기타) 근처의 먼지는 떨어버릴 수 없는 것이었다.

여자는 물론 모든 것을 포기하였다. 여자의 성명도, 여자의 피부에 붙어있는 오랜 세월 중에 간신히 생겨진 때의 **薄膜**(박막)도 심지어는 여자의 **唾線**(타선)까지도, 여자의 머리로는 소금으로 닦은 것이나 다름없는 것이다. 그리하여 온도를 갖지 아니하는 엷은 바람이 참 **康衢煙月**(강구연월)과같이 불고 있다. 여자는 혼자 망원경으로 SOS를 듣는다. 그러곤 데크를 달린다. 여자는 푸른 불꽃탄환이 벌거숭이인 채 달리고 있는 것을 본다. 여자는 오로라를 본다. 테크의 **句欄**(구란)은 북극성의 감미로움을 본다. 거대한 바닷개 잔등을 무사히 달린다는 것이 여자로서 과연 가능할 수 있을까, 여자는 발광하는 파도를 본다. 발광하는 파도는 여자에게 백지의 **花瓣**(화판)을 준다. 여자의 피부는 벗기고 벗긴 피부는 선녀의 옷자락과 같이 바람에 나부끼고있는 참 서늘한 풍경이라는 점을 깨닫고 사람들은 고무와 같은 두 손을 들어 입을 박수하게 하는 것이다.

이내 몸은 돌아온 길손, 갈래야 갈 곳이 없어요.

여자는 마침내 낙태한 것이다. 트렁크 속에는 천 갈래 만 갈래로 찢어진 POUDER VERTUEUSE가 복제된 것과 함께 가득 채워져있다. **死胎**(사태)도 있다. 여자는 고풍스러운 지도 위를 **毒毛**(독모) 살포하면서 불나비와 같이 난다. 여자는 이제는 이미 **五百羅漢**(오백 나한)의 불쌍한 홀아비들에게는 없으려야 없을 수 없는 유일한 아내인 것이다. 여자는 콧노래와 같은 ADIEU를 지도의 엘리베이션에다 고하고 No.1~500의 어느 사찰인지 향하여 걸음을 재촉하는 것이다.

해설

[광녀의 고백]. 이 미친 여인은 무엇을 말하는 것인가? 그리고 무엇을

고백하는가?

[여자인 S옥양(玉孃)한테는 참으로 미안하오. 그리고 B군한테 감사하지 아니하면 아니 될 것이오. 우리들은 S양의 전도에 다시 광명이 있기를 빌어야 하오.]

[S옥양(玉孃)]과 [B군]. 이 둘을 아는 데는 쉽지 않았다. 그러나 앞에서 해석하여오고 또 이 구절을 여러 번 읽어본 결과 [S]는 〈Soviet〉를 말하고 [B]는 〈Britain〉를 말한다는 것을 알게 되었다. 그런데 왜 [S]를 [옥양(玉孃)]이라고 하였는가? [玉]은 〈王〉과 같아 보이면서도 〈·〉을 하나 달고 있다. 그것은 바로 소련에서 공산혁명이 성공하자 그 주동자인 〈레닌〉은 왕도 아니면서 왕 이상의 권력을 행사하며 그 반대자들을 무수히 숙청하며 피로 물들인 것을 묘사한 것일 것이다. 아니면, 여자로 말한 것으로 비추어 천주교의 일파인 정교회를 지칭한 것일 수도 있고 그와 공산레닌 둘을 묶어 말한 것으로도 볼 수도 있겠다. 이들이 바로 광녀인 것이다.

그런데 여기에서 아주 중요한 것을 발견하게 된다. 이상(李箱) 그 당시로서는 전혀 감이 잡히지 않는 구절인 것이다. 〈공산주의 소련에 대하여 아주 미안하다〉는 말을 하고 있는 것이다. 그렇다면 그 당시, 한창 승승장구의 사회주의 공화국이었던 소비에트가 멸망할 것을 알기라도 한 것인가? 분명 그때의 예언으로 인정하여야 하고 그것이 적중되었음을 상기하여야 한다. 그리고 영국(Britain)에 감사하고 있다. 물론 소련은 미·영의 영향으로 멸망한 것이나 다름없다. 그 영향이 아니었다면 우리나라는 공산주의 나라가 되어 빈곤에 허덕이며 멸망하는 나라가 되었을 것이다. 6·25당시의 우리나라는 미·영의 영향으로 살아난 거나 다름없지 않는가. 요한계시록에서 말한 독수리의 두 날개처럼.

그리고 그 이후 소련에 대하여 위로의 말을 던진다. [우리들은 S양의 전도에 다시 광명이 있기를 빌어야 하오]. 지금은 그렇게 되고 있다.

[창백한 여자.

얼굴은 여자의 이력서이다. 여자의 입[口]은 작기 때문에 여자는 익사하지 아니하면 아니 되지만 여자는 물과 같이 때때로 미쳐 소란해지는 수가 있다. 온갖 밝음의 태양들 아래 여자는 참으로 맑은 물과 같이 떠돌고 있었는데 참으로 고요하고 매끄러운 표면은 조약돌을 삼켰는지 아니 삼켰는지 항상 소용돌이를 갖는 퇴색한 순백색이다.

등쳐먹으려고 하길래 내가 한 대 먹여놓았죠.]

[창백한 여자]라고 하는 것은, 서구화한 크리스트사상의 기독사회(천주교)를 말한다. 사실 기독사상은 동양인의 산물이다. 예수님을 낳게 한 이스라엘 민족만 하여도 서구화하긴 하여도 동양인임이 분명하고 그것이 로마에 받아들여진 이후 급속히 서구화하여가다가 게르만 민족이 유럽을 점령한 이후로는 급속히 [창백한 여자]로 변신하여간 것이다.

[여자의 입[口]은 작]다고 한 말은 진리에 대한 흡수력(吸收力)이 부족한 것을 말하는 것이다. 중세 기독은 새롭게 발견되는 모든 과학적 진리를 억압하며 말살하려 하였다. 그래서 [익사]하게 된다고 한다. [익사]란 물에 빠져 죽는 것을 말한다. 물은 진리이므로 〈진리의 깊이가 없는 유럽 백색인종에게 동화된 기독사상은 새로운 진리의 깊음 속에 빠져들어 헤어나지 못하게 된 것들〉이다, 종교재판이니 마녀사냥이니 하는 것들. 그래서 그곳에서 헤어나기 위해 [여자는 물과 같이 때때로 미쳐 소란해지는 수가 있다]는 것이다. 사실 그래서 공산주의라는 해괴(駭怪)망측한 사상을 끌어들여 미친년 지랄하듯 세계를 들끓게 하였던 것이다.

사실 그 [여자](기독사상=천주교), 미치지 않은 처음의 여자는 [참으로 맑은 물과 같이 떠돌고 있었는데]…. 그리고 [밝음의 태양들 아래]에 있었는데…. 태양은 물론 환국사상의 근본된 진리를 말한다. 그 태양이 여럿인 듯한 표현으로 [태양들]이라고 한 것은 또 다른 여러 날을 말하는 것이기도 하지만 그것보다는 환국사상이 세계 여러 곳에 두루 전파되어 그들 각각의 나라가 소화하여 지닌 사상들을 통칭한 말로 보아야 한다. 기독사상이 세계에 전파될 수 있었던 큰 이유는 환국사상과 너무 일치하는 철학사상을 포함하고 있기 때문에 당초 환국사상을 조금이라도 알고 있던 나라들은 양손을 들고 환영하였던 것이다. 그 대표적인 나라가 우리나라였던 것이다.

그 여자로 비유되는 교회는 [참으로 고요하고 매끄러운 표면은 조약돌을 삼켰는지 아니 삼켰는지 항상 소용돌이를 갖는 퇴색한 순백색이]었다.

[조약돌]은 오랜 세월 물에 닳고 닳아 매끄러워진 돌조각이다. 돌은 반석이며 이 땅의 바탕이다. 그것이 오랜 세월의 풍화작용에 의해 쪼개져 물에 떠내려 오고 구르고 물에 씻기고 닳아져 조약돌이 된다. 이것을 위의 뜻에서 새겨보면 〈참으로 평화를 사랑하는 기독사상은 겉으로는 아무 표가 없어서, 여러 나라의 바탕이 쪼개고 흩어져, 진리로 닦이고 닳아져 조약돌처럼 된 사상들을 흡수하여 내부적 [소용돌이](소란)를 갖는, 그래서 그 여러 사상과 철학이 순화되어, [퇴색]되어, [순백색]으로 살아나는 것이 되는 것이다〉.

그러하던 [여인](가톨릭)이 〈공산주의〉에 현혹되어 [광녀(狂女)]가 되었던 것이다. 그래서 시로써 누차에 걸쳐 예언을 하여놓고 있었던 것이다. 그랬다는 말을 [등쳐먹으려고 하길래 내가 한 대 먹여놓았죠] 하고 그들을 비웃으며 말하는 것이다.

그러나 공산주의에 현혹되어 미쳐버린 여인은 끔찍한 결과를 낳는다.

[잔내비같이 웃는 여자의 얼굴에는, 하룻밤 사이에, 참 아름답다고 빤드르르한 적갈색 초콜릿이 무수히 열매 맺혀버렸기 때문에, 여자는 마구대고 초콜릿을 방사하였다. 초콜릿은 흑단(黑檀)의 사브르를 질질 끌면서 조명 사이에 격검(擊劍)을 하기만 하여도 웃는다.]

[잔내비같이 웃는 여자]는 인간적, 독창적, 철학적 사유(思惟)를 갖지 못한, 남의 문화에 모방만 하는 것으로 즐기는 기독사상(소련의 정교회)을 비웃는 표현이다. 그들은 기독 사상의 깊은 사유(思惟)를 버리고 포용과 사랑이라는 명목에서 가볍게 설치며 웃기만 한다.

[적갈색]은 〈적과 흑〉의 만남이다. 이 〈적과 흑〉은 스탕달의 소설 제목이라는 것도 여러분은 잘 알 것이다. 〈적〉은 군인이고 〈흑〉은 [흑단(黑檀)]을 끌고 다니는 종교인을 상징하고 있다. 그 당시 소련이 공산화할 수 있었던 것은 정교회의 타락에서 왔다고 역사가들은 말한다. 타락이라

기보다는 내부적 갈등에서 온 결과였으리라. 그 정교회는 정부의 모든 권한을 쥐고 있었다. 그러한 교회가 도리어 공산주의를 끌어들이게 된 것인가? 아니, 끌어들여진 것이다. 그 공산주의를 [하룻밤 사이에, 참 아름답다고] 찬양하고 그 공산주의라는 것은 인류를 구하는 데 가장 적합하고 흠이 없다고 하고 [적갈색 초콜릿]으로, 무력과 종교의 혼합으로 이 세상을 천국으로 만든다고 생각하며 달콤한 유혹을 [무수히 열매 맺혀버렸기 때문에], 공산주의 국가 형성에 공헌하게 하였다. 그래서 그 정교회는 [마구대고 초콜릿을 방사하였는지], 공산주의 옹호 선전을 하였는지 모른다. 다시 말해 정교회가 소련, 아니 전 세계 공산화를 부추겼다. 그것은 바로 군인과 공산주의, 무력주의자와 종교의 만남이었다. 곧 적갈색이었다. 또한 전 인류를 미혹한 달콤한 [초콜릿]이었던 것이다.

그 종교(정교회)를 등에 업은 공산주의자들, [초콜릿]은 종교와 군인의 혼합을 말한다. 그래서 [흑단(黑檀)의 사브르를 질질 끌면서 조명 사이에 격검(擊劍)]을 손뼉치며 좋아하였던 것이다. 서로 자기들 종교가 세상을 밝힐 수 있다고 [조명 사이]로 떠들며 싸우는 것을 좋아할 수밖에 없는 것이다. 그래서 [웃는다]. [흑단(黑檀)]은 물론 소련의 정교회를 뜻한다. [사브르]는 프랑스식 칼을 말하며 질질 끈다는 것은 그 정교회를 공산주의를 반대하는 사람에게 칼처럼 사용하여 대동(帶同)한다는 뜻이다. 여기서 프랑스의 [사브르]를 말하는 것은 옛날 소비에트가 프랑스의 나폴레옹에게 침략을 당한 것 때문에 그처럼 무력적 힘을 키우려고 공산주의 나라를 세운 것이라고 말하는 듯하다.

[어느 것이나 모두 웃는다. 웃음이 마침내 엿과 같이 걸쭉하게 찐득거려서 초콜릿을 다 삼켜버리고 탄력 강기(剛氣)에 찬 온갖 표적은 모두 무용이 되고 웃음은 산산이 부서지고도 웃는다. 웃는다. 파랗게 웃는다. 바늘의 철교와 같이 웃는다.]

[웃는다]는 말은 기만전술을 말한다. 사실 그 공산혁명을 선전하는 사람들은 모두 가식의 미소를 머금고 군중을 미혹한다. 그것은 지금도 변함이 없다. 그래서 그 기만전술은 기독사상의 교회세력 전부를 공산세력

에 흡수하였던 것이다, [마침내 엿과 같이 걸쭉하게 찐득거려서 초콜릿을 다 삼켜버리고].

그들 기만전술은 그에 반대하는 강력한 반발세력을 모두 무용이 되도록 만들고도 기만전술이 계속된다. [탄력 강기(剛氣)에 찬 온갖 표적은 모두 무용이 되고 웃음은 산산이 부서지고도 웃는다]. [웃음은 산산이 부서지고도]라고 하는 말은 <그 허위선전, 기만선전이 완전히 폭로되고 드러난 뒤에도> 기만전술은 계속된다는 말이다. [탄력 강기], 무엇에든 유연하게 대처하고 무엇이 부닥쳐도 끄떡없을 듯한 모든 조직들이 모두 무용이 되게 공산주의는 밀고 들어왔다, 기만전술의 웃음으로.

그리고 또 자유민주사상에 편성하여 그 자유민주주의를 옹호하는 세력인 양 기만하는 것이다. [웃는다. 파랗게 웃는다]. 빨갱이들(공산주의자)이 파랭이(자유민주주의)인 척 기만한다는 뜻이다. 특히 공산과 민주의 양립 나라에서는 그 기만전술이 두드러지고 있다. 물론 우리나라는 지금(2016년)도 예외는 아니다. 그들은 처음 파랗게(자유민주주의 표방) 웃으며 빨간 색칠(공산화 정책)을 하여간다.

[바늘의 철교와 같이 웃는다.]

민주주의와 양립할 수 없음에도 그들은 민주주의를 위하여 투쟁한다는 등 기만전술을 펼친다. 그것은 양립하여 평행하게 달리는 철로로 비유되지만 그것은 가당치 않는 비유에 불과하다. 그것은 흡사 철로도 아니면서 철로인 척 바늘 같은 길을 설치하는 것과 같다. 그 바늘은 무엇을 찌르거나 너덜거리는 옷을 꿰매는 데 쓸 수 있을지 모르나 길을 대신하는 철로로는 될 수 없다는 말이다.

[여자는 나한(羅漢)을 밴 것인 줄 다들 알고 여자도 안다. 나한은 비대하고 여자의 자궁은 운모(雲母)와 같이 부풀고 여자는 돌과 같이 딱딱한 초콜릿을 먹고 싶었던 것이다.]

[나한(羅漢)]은 불교에서 말하는, 해탈을 바라는 선한 사람을 지칭하는 말이다. 불가(佛家)에서 당초에는 16나한(羅漢)을 말하다가 중국 남송(南宋) 시대에는 500나한을 말하게 된다. 이렇게 되면 그 나한의 의미는 통속적

인간 분류로 설명되는 말이 된다.

[운모(雲母)]는 일명 돌비늘이라고 하는 것인데 땅속에 묻혀 있다가 밖으로 노출되어 바람이나 해를 만나면 고기비늘처럼 결이 일어나서 부서지는 것이다.

위의 구절을 읽어보면 성교장면을 연출하는 것처럼 보이지만 사실은 전혀 그렇지 않다. 그렇게 보고 해석한다면 전혀 뜻이 통하지 않기 때문이다. 자궁이니 초콜릿이니 하는 것만 보고 그것을 연상하기 쉽지만 사실은 앞에서 해석하여 온 바로는 그것이 성교와는 무관하게 비유된 것임을 알 것이다.

여자, 즉 기독사상, <마리아를 주축으로 구축된 가톨릭 교회>는, 중세 이후 그 하나의 통일된 바티칸 왕국이 개신교의 출현으로 500나한의 탄생과 같이 수많은 종파를 만들며 갈라져 나갔던 것이다. 여자의 자궁, 즉 새로운 무엇(진리의 태양)을 탄생시켜야 할 그것이 속세에 물든 나한들만을 잉태하고 말았다는 것을 가톨릭 스스로도 알고 있었던 것이긴 하였지만 모든 사람(학자, 종교가, 철학자 등등)들도 그것을 말하고 그 책임을 가톨릭에 씌우고 있었던 것이다. 사실 기독사상의 뿌리를 지켜오고 있었던 여자(가톨릭)는 반석([돌])이었다. 그러나 그 돌은 운모와 같이 결이 일어나 분파로 갈라지며 [부풀]리었던 것이다. 사실 여자가 [초콜릿](적과 흑, 군인과 종교)을 옹호하였던, [먹고 싶었던] 것은 그것이 [돌]과 같이 단단하게 반석으로 굳어지기를 바란 것이었으리라.

[여자가 올라가는 층계는 한 층 한 층이 더욱 새로운 초열빙결지옥(焦熱氷結地獄)이었기 때문에 여자는 즐거운 초콜릿이 먹고 싶지 않다고 생각하지 아니하는 것은 곤란하기는 하지만 자선가로서의 여자는 한몫 보아준 심산이지만 그러면서도 여자는 못 견디리만큼 답답함을 느꼈는데 이다지도 신선하지 아니한 자선사업이 또 있을까요 하고 여자는 밤새도록 고민 고민하였지만 여자는 전신이 갖는 약간 개(個)의 습기를 띤 천공(예컨대 눈 기타) 근처의 먼지는 떨어버릴 수 없는 것이었다.]

[초열빙결지옥(焦熱氷結地獄)]이라는 말은 없다. <초열(焦熱)지옥(地獄)>이

라고 하면 타죽을 듯한 무더위를 뜻한다고 할 수 있지만. 그런데 왜 [빙결(氷結)]이라는 단어를 넣었을까? 그 이유는 간단하다. 위에서부터 설명하여오고 있지만 [초콜릿]으로 표현된 〈공산주의와 정교회〉 합작으로 이 세계를 불태울 듯이 뜨거웠지만 사실 그 공산혁명이 성공하고 나자 이 세상을 얼음처럼 차디차게 만들었다. 공산주의는 종교말살을 부르짖으며 그 융성한 정교회 국가였던 소련을 얼어붙게 만들었다. 글자 그대로 [초열빙결지옥(焦熱氷結地獄)]이라는 말이 합당하게 되었던 것이다.

여자, 즉 기독의 기둥이었던 가톨릭, 한 층 한 층 하늘로 오르는 계단이 공산주의 불붙는 사상에 막혀 도리어 얼어붙는 지옥을 경험하게 되었던 것이다. 그렇다고 해서 그 공산당을 배척하고 미워할 계제(階梯)가 아니었다. 도리어 그들을 포용하여 선심을 쓰듯 있어보았던 것이지만 그들은 그것으로 하여 더욱 종교를 탄압하고 무시하였던 것이다. 그것은 캄캄한 어둠의 밤이었다. 그렇다고 그 가톨릭은 초창기의 로마시대처럼 그들의 탄압을 무지한 중생들의 짓거리로 생각하며 눌러 참고 지낼 수만은 없었다. 그 공산당이 인류 평화를 부르짖으며 예수크리스트가 말씀하신 사상을 표방하고 있기 때문에 진리, [약간 개(個)의 습기를 띤] 것을 무시한 무지한 중생으로 볼 수는 없었기 때문이다. 사람의 입, 코, 눈과 같이 구멍이 뚫린 곳에서 물(진리)이 나오듯이 또한 그 구멍으로 인정의 눈물 콧물을 흘러나오게 하듯이 그들(공산주의자)을 무시할 수만은 없었기 때문에 [근처의 먼지는 떨어버릴 수 없는 것이었다]고 말하는 것이다.

[여자는 물론 모든 것을 포기하였다. 여자의 성명도, 여자의 피부에 붙어있는 오랜 세월 중에 간신히 생겨진 때의 박막(薄膜)도 심지어는 여자의 타선(唾線)까지도, 여자의 머리로는 소금으로 닦은 것이나 다름없는 것이다.]

기독(가톨릭)은 [물론 모든 것을 포기하였다]. 공산주의자들이 가하는 종교적 탄압은 초창기 로마가 가한 박해보다 훨씬 가혹하고 조직적이었다. 그래서 포기라기보다는 땅속에 산 채로 매몰되는 꼴이 된 것이었다. 물론 성명(교회)도 말살되는 형편이 된 것이다. 그것은 기독이 이 세상에 뿌리내리며 지켜온 과정에서 생겨난 모든 자취, [피부에 붙어있는 오랜 세월 중에 간신히 생겨진 때의 박막(薄膜)도 심지어는 여자의 타선(唾線)까지도] 사라져야 하는 형편이었다. [박막(薄膜)]이라 하면 교회의 예식이나 치장한 모든 장식 등을 말하며 [타선(唾線=침샘)]이라고 하면 세상의 모든 격식과 진리 등을 소화하게 하는 교리해석 등을 말하는 것이다.

[여자의 머리로는]이란 말은 〈가톨릭의 사고력으로는〉이라고 풀어야 할 것 같다. 문맥과 의미로 비추어 [머리]를 머리카락으로 해석하여서는 통하지 않기 때문이다. 따라서 [여자의 머리로는 소금으로 닦은 것이나 다름없는 것이다]는 말은 〈가톨릭의 사고력으로는 그러한 공산당의 박해는 그동안 교회가 부정하고 타락한 것을 소금으로 닦아 깨끗하게 한 것이나 다름없는 것이다〉로 되는 것이다.

[그리하여 온도를 갖지 아니하는 엷은 바람이 참 강구연월(康衢煙月)과 같이 불고 있다. 여자는 혼자 망원경으로 SOS를 듣는다. 그러곤 데크를 달린다. 여자는 푸른 불꽃 탄환이 벌거숭이인 채 달리고 있는 것을 본다. 여자는 오로라를 본다.]

이제 공산당의 열기도 사라졌다. [그리하여 온도를 갖지 아니하는 엷은 바람]이 아주 태평세월의 [강구연월(康衢煙月)]과 같이 불고 있는 것이다. 이러한 말들은 그 당시(1930년대)로서는 미리 알 수 없는 것이지만 이상(李箱)은 어떤 길로 그것을 느꼈는지 모르지만 틀림없이 최근(2000년대)의 국제정세까지 예언하고 있는 것만은 분명한 것이다. 꿈으로인지 환시인지 환청인지는 모르지만 유계(幽界)에 들락거리며 비밀의 문을 열어본 것이 분명한 것이다.

그런데도 이상(李箱)은 더 미래의 일을 바라보기 위해 노력한다. 아니, 가톨릭은 제 기능을 되찾았다고 할 수 있지만 온 세상을 기독 사상의 세계로 만들기 위한 하느님의 구원을 기다리고 있다. 그런데 그 표현이 멋들어진다. [망원경으로 SOS를 듣는다]는 것이다. 망원경은 보는 것인데 [SOS를 듣는다]고 말하는 것이다. 그 뜻은 멀리 미래를 보듯, 망원경으로 멀리 보듯 구원의 신호를 귀기울여 들어본다는 말인 것이지만, 이처럼 짧은 말로 여러 뜻을 한꺼번에 싣는 재주가 있었던 것이다. 이상(李箱)의 시에서 두 가지 기법을 이해하지 못하면 잡소리라고 무시하거나 엉뚱한 해석으로 더욱 이해할 수 없는 오류를 범하는 것은 물론 이상(李箱)이 의도하지 않은 이상한 방향으로 이상(李箱)을 어처구니없는 인간으로 쓰레기 속에 던져 넣는 것이다. 그럼 그 두 가지란 무엇인가? 하나는 은유와 비유로 독자를 끌어들여 그 독자가 이상(李箱) 자신의 정신세계로 극히 가까워질 적에, 예언적인 것이면 그때가 되어 눈앞에 펼쳐질 적에 뜻을 깨닫게 하는 방법이고, 하나는 지금과 같이 의미를 비약시켜 함축하는 맛을 주기 위한 기법이다. 이로 인하여 이상(李箱) 시는 그냥 난해하게 하여 독자의 사고력을 어지럽힌다고 하는 것이다. 그러나 위의 두 가지 모두 이상(李箱)의 시를 격조 높게 하여 뜻도 모르면서 그 속에 깊이 빠져들게 하는 매력을 지니게 하는 것임은 누구도 부인하지 못할 것이다.

[그러곤 데크를 달린다.]

[데크]라는 것은 배의 갑판을 말한다. 우리들 인류 모두는 큰 배에 실려 어딘가로 가는 것에 비유하고 있다. 사실, 배 위에 타고 그 갑판 위로 달리며 좀 더 가까이 빨리 가려고 한다면 우스운 일이다. 여자(가톨릭)가 인류구원을 위해 노력하는 것을 이런 비유로 설명하고 있다. 하느님의 주어진 역사에 우리 모든 인류는 맡겨져 있다는 표현이다.

[여자는 푸른 불꽃 탄환이 벌거숭이인 채 달리고 있는 것을 본다.]

[푸른 불꽃 탄환]은 자유민주사상의 승리로 불길과 같이 이념의 주체가 되어있음을 말한다. 그 당시로서는 꿈도 꾸지 못할 미래의 일이다. 그러나 지금은 그렇게 되어있다. 그러나 그것은 [벌거숭이]이다. 아무런 준비도, 이념의 기초사상마저도 세우지 못한 현실인 것이다.

[여자는 오로라를 본다]

[오로라]는 북극에서만 볼 수 있는 환상의 빛과 같은 아름다운 풍경이다. 이것은 그 소련의 공산치하에서 탄압으로 지하에 묻혀있었던 여자(가톨릭)가 보는 풍경이다. 이것은 환상이며 꿈이었을 것이다.

[데크의 구란(句欄)은 북극성의 감미로움을 본다. 거대한 바닷개 잔등을

무사히 달린다는 것이 여자로서 과연 가능할 수 있을까, 여자는 발광하는 파도를 본다. 발광하는 파도는 여자에게 백지의 화판(花瓣)을 준다.]

[구란(句欄)]은 아자(亞字) 모양의 난간을 말한다. 다시 말해 화려하게 꾸민 난간이라는 뜻이다. 아니면 극동지방이 즐겨 하는 문양이니 아세아, 아니 우리나라의 영향을 받은 공산주의가 사라진 소비에트, 아니 세계는 어디론가 달려가는 바다 위의 배 위의 갑판 위의 난간 위의 화려함으로 [북극성](지향하는 방향의 지침)을 보며 그 방향이 [감미로움], 기독의 지향하는 것과 일치함으로 오는 만족감에 젖는 것을 말하는 것으로 보인다.

[바닷개]는 해구(海狗)를 말하며 그것의 남근(男根)은 정력에 최고라는 등 정욕을 만족시키는 대명사로 통하는 만큼 이곳에서도 육욕을 상징하는 것으로 보아야 할 것이다. 지금 이 세계는 그러한 육욕의 절대신봉 상황([거대한 바닷개 잔등])에 처하여 있다고 보인다. 그 위로 여자(가톨릭)가 달릴 수 있을 것인가? 그것은 불가능하다. 해구의 잔등은 여간 미끄러운 것이 아니니 그것에 올라타기는 고사하고 달린다는 것은 있을 수 없는 일일 것이다. 즉 기독사상은 결코 육욕의 현 세상에 융화될 수도 용납할 수도 없는 관계임은 분명하다.

그리고 [발광(發光)하는 파도]를 본다. [파도]는 모든 진리가 모여 있는 곳(바다)이 요동하는 것을 말한다. 그 [파도]가 빛을 낸다는 것. 그것은 자유민주와 공산주의의 대결로 자유민주주의 사상이 승리하여 빛을 내면서도 또 다른 진리들이 생겨나서 대립하는 상황을 말한다고 보인다. 그 결과로 가톨릭은 새로운 진리의 길을 열어야만 한다. 그들 모두의 진리를 말끔히 닦아내고 꽃피울 순수한 꽃잎, [백지의 화판(花瓣)]이 필요한 것이다. 그래서 [발광(發光)하는 파도는 여자에게 백지(白紙)의 화판(花瓣)을 준다]. [백지(白紙)]는 〈백의민족인 환국〉을 말하고 [화판(花瓣)]은 〈환국사상이 꽃피운 사상〉을 뜻한다는 것을 알 수 있다.

비로소 이 세상을 구할 가톨릭이 우리나라로 하여 꽃피울 진리를 받아들이게 된다는 대 예언이다!

[여자의 피부는 벗기고 벗긴 피부는 선녀의 옷자락과 같이 바람에 나

부끼고 있는 참 서늘한 풍경이라는 점을 깨닫고 사람들은 고무와 같은 두 손을 들어 입을 박수하게 하는 것이다.]

[벗기고 벗긴 피부]라는 말을 듣게 되면 예수님이 하신 말씀이 생각난다. <나는 비유로 말하거니와 그때 그이가 오면 밝히 말하리라> 하는 뜻의 말씀이다. 벗기고 벗긴다는 말은 예수님의 당시에는 예수님의 깊은 뜻이 담긴 말씀을 이해할 사람이 없어서 비유로 말씀하셨고 그것이 2000년 이상을 지나오면서 잘못 이해되고 부풀려진 말씀의 본질이 드러나게 하였다고 풀어야 할 것이다. 이것은 <환국사상의 이념을 예수님이 비유로 말씀하셨다는 것>을 깨달아야 할 것이다. 이제 그것을 밝히 보이게 한다는 말이다. 물론, 부도지에서 말한 유호씨가 전한 말씀이 전고자에게 전하여 기독사상이 되었음을 말한 것이리라.

[고무와 같은 두 손]이라는 말은 서로 손잡을 수 없는, 여인(가톨릭)과 교감이 없는 사람이 환국의 사상에 감동하여 동참하려는 것을 말한다.

[입을 박수하게 하는 것]

입으로 말하는 것을 찬동하는 것을 말한다.

이상으로 위의 구절을 풀어보면 <가톨릭에서 모든 권위와 가식과 비유를 버리고 순수한 예수님의 말씀의 뿌리에 들어, 환국사상이념을 사람들에게 전파하면 가톨릭 신자가 아니었던 사람들은 그 진리 자체의 깊음 속에 합일되는 찬사를 보내게 된다>로 된다.

[이내 몸은 돌아온 길손, 갈래야 갈 곳이 없어요.]

이처럼 가톨릭이 본연의 상태로 모든 가식을 버리게 되면 그동안 가식으로 휘감은 권위는 사라지고 사람들은 그에 대하여 냉정하게 바라보게 될 것이다. 그것은 [돌아온 길손]과 같고 [갈래야 갈 곳이 없]는 모습이 된 것이다.

[여자는 마침내 낙태한 것이다. 트렁크 속에는 천 갈래 만 갈래로 찢어진 POUDER VERTUEUSE가 복제된 것과 함께 가득 채워져 있다. 사태(死胎)도 있다. 여자는 고풍스러운 지도 위를 독모(毒毛) 살포하면서 불나비와 같이 난다. 여자는 이제는 이미 오백나한(五百羅漢)의 불쌍한 홀아비들

에게는 없으려야 없을 수 없는 유일한 아내인 것이다. 여자는 콧노래와 같은 ADIEU를 지도의 엘리베이션에 대고 하고 No.1~500의 어느 사찰인지 향하여 걸음을 재촉하는 것이다.]

여자(가톨릭)는 500나한(이 세상 잡다한 진리와 종교)과 간음을 하였다. 그것은, 모든 철학과 종교를 초월하여 오직 유일하게 위에 있어야 할 여인(가톨릭)으로서는 있어서도 안 되고 있을 필요가 없는 것이었다. 그러나 그렇게 하였다. 기독은 그렇게 하여 타락하고 이 세상에 영합하여왔고 세속에 물들어버렸던 것이다. 그로써 새로운 무엇을 얻어올 수 없는 것이었다. [마침내 낙태한 것이다].

그 여인(가톨릭)의 [트렁크], <하느님의 말씀을 지키고 보관하여야 할 교회, 조직> 등 속에는 천 갈래 만 갈래 찢어진 [POUDER VERTUEUSE], <고결한 분(粉)-교회 등을 치장하는 겉치레>만 가득하다. [사태(死胎)], <새로운 진리가 탄생하지 못하고 내부적 갈등으로 주저앉은 것>도 그 [트렁크](교회) 안에 있다. 그러나 [여자](가톨릭)는 [고풍스런 지도], <신권시대나 다름없었던 시절의, 로마가 유럽을 지배하던 시절의 그 지도, 그와 같이 가톨릭 종교를 믿는 모든 나라를 망라한 지도> 위에 [독모(毒毛)]를 살포한다. 독이 있는 털-풀벌레나 독나방 같은 것에 이것이 있다. 그 풀벌레 같은 것은 가까이 가서 접촉을 하여야만 피해를 본다. 그러나 독나방은 날아다니며 날개를 퍼덕거리기 때문에 독이 날아 떨어져 가까이 가지 않아도 피해를 주는 독을 [살포하면서 불나비와 같이 난다]. 순수 기독사상 전파가 아닌, 잡다한 종교철학에 물든 사상으로, 세계적으로 선교활동을 할 적에 일어날 피해를 말한다. [여자는 이제는 이미 오백나한(五百羅漢)의 불쌍한 홀아비들에게는 없으려야 없을 수 없는 유일한 아내인 것이다]. 모든 종교에 영합한 가톨릭은 그들 잡다한 종교가 숨을 곳이요, 그들 종교를 뿌리 내릴 수 있는 바탕이 되기도 한다. 예로 들면 새롭게 생겨나는 모든 종교가 가톨릭사상을 뿌리로 하는 양 하기 때문이다. 이렇게 된 이 세상의 여자(가톨릭)는 영합하는 그들 종교, [오백나한(五百羅漢)의 불쌍한 홀아비들]인 그 종교의 숨을 곳이 되고 만다. 그 종교는 결국 그 어느 것에 영합하여 이상한 종교가 되고 말 것이다.

결국은 [여자는 콧노래와 같은 ADIEU를 지도의 엘리베이션에다 고하고 No.1~500의 어느 사찰인지 향하여 걸음을 재촉하는 것이다].

[엘리베이션]이란 지도의 높낮이를 표시하는 것을 말한다. 즉 여러 종교의 고도(고급 정도)를 말하는 것이다. 여자는 그런 고급 저급을 무시하고, [콧노래와 같은 ADIEU를 지도의 엘리베이션에다 고하고] 아무 것에나 의지하게 된다. [No.1~500의 어느 사찰인지 향하여 걸음을 재촉하는 것이다]. 이것은 아직도 일어나지 않은 것이다. 어쩌면 일어나지 않을 수도 있겠지만 이상(李箱)은 이 사실을 예견하고 예언하였다. 아니 지금도 계속 일어나고 있다. 사이비 종교, 그들은 모두 하느님을 파는 오백나한이다. 다시 말하면 기독사상은 모든 것을 초월하고 그 상위의 종교이기 때문에 어느 종교에도 물들지 않는 숭고함을 지켜야 함에도 그 뿌리인 가톨릭에서도 허위로 감싸인 권위와 교세확장만을 위한 토속종교와의 영합 등을 하고 있는 것을 비판한 말로도 보이나, 아무래도 앞으로 올 가톨릭의 결국을 예언한 말로 보인다.

아니면, 환국의 정신을 이어받은 예수크리스트의 사상으로 이룩한 교회(천주교)가 구원의 결국을 만들지 못하고 멸망하며 그 뒤로 새롭게 일어나는 동양(우리나라)의 환국 사상이 이 세계를 구할 종교로 탄생할 것이라는 희망이거나 예언으로 쓴 것으로 보아야 하겠다.

興行物天使

－－－－어떤後日譚으로

整形外科는여자의눈을찢어버리고形便없이늙어빠진曲藝象의눈으로만들고만것이다.여자는실컷울어도또한웃지아니하여도웃는것이다.

여자의눈은北極에서邂逅하였다. 北極은초겨울이다. 여자의눈에는白夜가나타났다. 여자의눈은바닷개[海狗]잔등과같이얼음판위에미끄러져떨어지고만것이다.

世界의寒流를낳는바람이여자의눈물을불었다. 여자의눈은거칠어졌지만여자의눈은무서운氷山에싸여있어서波濤를일으키는것은不可能하다.

여자는大膽하게NU가되었다. 汗孔은汗孔만큼의형극이되었다. 여자는노래부른다는것이찢어지는소리로울었다. 北極은鐘소리에戰慄하였던것이다.

◇ ◇

거리의音樂師는따스한봄을마구뿌린乞人과같은天使, 天使는참새와같이瘦瘠한天使를데리고다닌다.

天使의배암과같은회초리로天使를 때린다.
天使는웃는다, 天使는고무風船과같이부풀어진다.

天使의興行은사람들의눈을끈다.
사람들은天使의貞操의모습을지닌다고하는原色寫眞館그림엽서를산다.

天使는신발을떨어뜨리고逃亡한다.
天使는한꺼번에열個以上의덫을내어던진다.

◇ ◇

日曆은쵸콜레이트를늘인(增)다.
여자는쵸콜레이트로化粧하는 것이다.

여자는트렁크속에흙탕투성이가된드로오스와함께엎드려져운다. 여자는트렁크를運搬한다.

여자의트렁크는蓄音機다.
蓄音機는喇叭과같이紅도깨비靑도깨비를불러들였다.

紅도깨비靑도깨비는펜긴이다. 사루마다밖에입지않은펜긴은水腫이다.
여자는코끼리의눈과頭蓋骨크기만큼한水晶눈을縱橫으로굴리어秋波를濫發하였다.

여자는滿月을잘게잘게씹어서饗宴을베푼다.사람들은그것을먹고돼지같이肥滿하는쵸콜레이트냄새를放散하는것이다.

1931.8.18.

整形外科는 여자의 눈을 찢어버리고 形便없이 늙어빠진 曲藝象의 눈으로 만들고 만 것이다. 여자는 실컷 울어도 또한 웃지 아니하여도 웃는 것이다.

여자의 눈은 北極에서 邂逅하였다. 北極은 초겨울이다. 여자의 눈에는 白夜가 나타났다. 여자의 눈은 바닷개(海狗) 잔등과 같이 얼음판 위에 미끄러져 떨어지고 만 것이다.

世界의 寒流를 낳는 바람이 여자의 눈물을 불었다. 여자의 눈은 거칠어졌지만 여자의 눈은 무서운 氷山에 싸여있어서 波濤를 일으키는 것은 不可能하다.

여자는 大膽하게 NU가 되었다. 汗孔은 汗孔만큼의 형극이 되었다. 여자는 노래 부른다는 것이 찢어지는 소리로 울었다. 北極은 鐘소리에 戰慄하였던 것이다.

◇ ◇

거리의 音樂師는 따스한 봄을 마구 뿌린 乞人과 같은 天使, 天使는 참새와 같이 瘦瘠한 天使를 데리고 다닌다.

天使의 배암과 같은 회초리로 天使를 때린다.
天使는 웃는다, 天使는 고무風船과 같이 부풀어진다.

天使의 興行은 사람들의 눈을 끈다.
사람들은 天使의 貞操의 모습을 지닌다고 하는 原色寫眞館 그림엽서를 산다.

天使는 신발을 떨어뜨리고 逃亡한다.
天使는 한꺼번에 열 個 以上의 덫을 내어던진다.

◇ ◇

日曆은 쵸콜레이트를 늘인(增)다.

여자는 쵸콜레이트로 化粧(화장)하는 것이다.

여자는 트렁크 속에 흙탕투성이가 된 드로오스와 함께 엎드려져 운다. 여자는 트렁크를 運搬(운반)한다.

여자의 트렁크는 蓄音機(축음기)다.
蓄音機(축음기)는 喇叭(나팔)과 같이 紅(홍)도깨비 靑(청)도깨비를 불러들였다.

紅도깨비 靑도깨비는 펜긴이다. 사루마다밖에 입지 않은 펜긴은 水腫(수종)이다.
여자는 코끼리의 눈과 頭蓋骨(두개골) 크기만큼 한 水晶(수정) 눈을 縱橫(종횡)으로 굴리어 秋波(추파)를 濫發(남발)하였다.

여자는 滿月(만월)을 잘게 잘게 씹어서 饗宴(향연)을 베푼다. 사람들은 그것을 먹고 돼지같이 肥滿(비만)하는 쵸콜레이트 냄새를 放散(방산)하는 것이다.

1931. 8. 18.

해설

[후일담(後日譚)]이라고 하는 것은 [여인](가톨릭)의 종말을 고하는 것에 대하여 왜 그렇게 되었나 하는 것을 다른 각도에서 고찰한 얘기를 두고 하는 말이다. 그것은 [흥행물천사(興行物天使)], 교세확장을 위하여 민중에 영합한 상황 때문에 그랬다는 것이다.

[정형외과(整形外科)는 여자의 눈을 찢어버리고 형편(形便)없이 늙어빠진 곡예상(曲藝象)의 눈으로 만들고 만 것이다. 여자는 실컷 울어도 또한 웃지 아니하여도 웃는 것이다.]

[곡예(曲藝)상(象)]은, 뒤에 코끼리를 가톨릭으로 그리고 있으니 세계인류를 위해서 가톨릭이 아슬아슬한 곡예를 한다는 말이다, 공산주의와 영

합하면서.

[정형외과(整形外科)]라고 하는 것은 가톨릭에서 교리를 세태에 맞게 매년 검토하고 교정하는 기관을 두고 하는 말이다. 그 기관은 회의에서 결정된 것을 전 세계 교회(성당)에 하달하고 모두 그에 따르도록 한다. 그것은 하나의 교리[정형(整形)]이라고 할 수 있는 것이다. 그곳은 [여자](가톨릭)를 더욱 공고한 진리의 반석 위에 올려놓는 것보다 세속에 영합하여 그들의 비위를 맞추는, 즉 [형편(形便)없이 늙어빠진 곡예사(曲藝師)의 눈으로 만들고 만 것이]며 어느 경우이든 대중을 교회(성당)로 끌어들이기 위한 하나의 방법이 되고 있을 뿐인 것이다.

[여자의 눈은 북극(北極)에서 해후(邂逅)하였다. 북극(北極)은 초겨울이다. 여자의 눈에는 백야(白夜)가 나타났다. 여자의 눈은 바닷개(海狗) 잔등과 같이 얼음판 위에 미끄러져 떨어지고 만 것이다.]

[여자의 눈]은 보는 눈을 말하는 것이 아니다. 보여주는 눈. [웃지 아니하여도 웃는], 만들어진 눈이다. 그 눈이 [북극(北極)에서 해후(邂逅)하였다]. 다시 말하여 〈대중에 영합한 가톨릭이 소련에서 공산주의와 만나는 것〉을 말하는 것이다. 그 당시 소련은 사회주의 연합국가를 만들고 있었다. [북극(北極)은 초겨울이다]. 그런데도 가톨릭(여자)은 그 공산주의 국가형태로 되는 소련을 구원의 세계로 바라보았던 것인가? [여자의 눈에는 백야(白夜)가 나타났다]. 눈이 뒤집혔다는 말이다. 결국 그 대중영합의 가톨릭 태도가 기독사상을 말살하려는 그 공산세력에 [미끄러져 떨어지]는 경우를 만들고 만 것이다. [여자의 눈](가톨릭의 대중 영합)은 [바닷개의 잔등](육욕의 위태로움)과 같이 [북극](소련)의 그 [얼음판](위태로운 상황)에서 [미끄러져 떨어지고 만 것이다]. 공산주의에 혹독한 시련과 폐망을 맛보게 된 것이다.

[세계(世界)의 한류(寒流)를 낳는 바람이 여자의 눈물을 불었다. 여자의 눈은 거칠어졌지만 여자의 눈은 무서운 빙산(氷山)에 싸여있어서 파도(波濤)를 일으키는 것은 불가능(不可能)하다.]

[세계(世界)의 한류(寒流)를 낳는 바람]이라는 것은 두말 할 것도 없이 공산주의로 인하여 세계의 정세가 차갑게 얼어붙는 것을 말하는 것이고 [바람이 여자의 눈물을 불었다]는 말은 그 공산주의의 그 바람이 가톨릭의 절망상태에 대한 한탄의 눈물마저 사라지게 하였다는 말을 하는 것이다. 아니, 세상을 보고 미래를 보아야 할 안목을 사라지게 하였다는 말이다. 그래서 가톨릭 교구에서는 그에 대한 대항을 하려고 하였지만, [여자의 눈은 거칠어졌지만] 세계 공산세력은 빙산과 같이 견고하여서, [氷山에 싸여있어서] 세계적 여론 및 진리적 대결은 불가능, [파도(波濤)를 일으키는 것은 불가능(不可能)]하였던 것이다.

[여자는 대담(大膽)하게 NU가 되었다. 한공(汗孔)은 한공(汗孔)만큼의 형극이 되었다. 여자는 노래 부른다는 것이 찢어지는 소리로 울었다. 북극(北極)은 종(鐘)소리에 전율(戰慄)하였던 것이다.]

[NU]를 누드로 푸는 사람이 있지만 전혀 문맥이 통하지 않는 억측이다. 이상(李箱)의 시에서 미래 예언에 조금의 변형이 있었던 것과 같이 이것도 UN(United Nations)을 뒤집어 쓴 글자 NU(Nations United)가 틀림없다고 보여진다. 이것은 미래예언에 대한 약간의 오류라고 보기보다 [NU가 되었다]는 말은 여자가 UN과 같은 국제연합에 가담한다는 뜻이 아니라 UN에 지지하기는 하나 그에 완전 가담하지는 않고 그와 비슷한 뜻인 국가적 결속으로 평화를 유지하는 것에 적극 지지한다는 뜻으로 풀어야 할 것이다.

그런데 또 놀라움을 말해야 하겠다. 이상(李箱) 당시에 알 수 있었던 것은 1차대전 뒤에 생긴 〈League of Nations, 國際聯盟〉이었다. 약자로 〈LN〉이었던 것이다. 그런데 이상(李箱)이 죽고 난 후에 생겨난 2차대전 후의 〈UN-국제연합〉을 어떻게 알 수 있었을까? 예언이었다.

[한공(汗孔)]은 단순히 땀구멍으로 풀어서는 아무런 뜻이 없다. 도저히 뒤와 연결되지 않는 뜻을 갖기 때문이다. 그래서 파자하면 〈수(水)+간

(干)+공(孔)>이 된다. 이 말은 간(干)과 공(孔), 즉 몽고를 상징하는 간(干)과 중국을 상징하는 공자(孔子)를 합한 동방대륙의 사상철학(水)을 일컫는 말이 된다.

이 사상철학은 또한 공산주의가 중국에 들어오면서부터 <몽고를 상징하는 간(干)과 중국을 상징하는 공자(孔子)를 합한 동방대륙의 사상철학(水)>은 혹독한 탄압을 받고 멸절위기에 처하였던 것이다. [한공(汗孔)은 한공(汗孔)만큼의 형극(가시밭)이 되었다]. 중국은 공산주의 국가가 되자 공자의 유교와 동방 고래로 지켜온 사상의 말살을 부르짖으며 혹독한 탄압을 자행하였다. 이런 상황에서 가톨릭은 곡예사의 눈과 같이 웃어야 하지만, 또 노래 불러야 하지만 그것은 불가능하다. 결국 대중영합의 노래소리는 통곡이 되고 말 수밖에 없었다. [여자는 노래 부른다는 것이 찢어지는 소리로 울었다].

결국은 소련의 공산당은 그 기독사상으로 하여 그 꿈을 성취할 수 없다는 것을 깨닫는다. 그래서 탄압을 시작하였던 것이다. [북극(北極)은 종(鐘)소리에 전율(戰慄)하였던 것이다].

[거리의 음악사(音樂師)는 따스한 봄을 마구 뿌린 걸인(乞人)과 같은 천사(天使), 천사(天使)는 참새와 같이 수척(瘦瘠)한 천사(天使)를 데리고 다닌다.]

[거리의 음악사(音樂師)]는 거리에서 설교를 하며 천국이 가까웠다고 외치는, [따스한 봄을 마구 뿌린] 사람들을 말한다. 그들은 또한 [천사(天使)]로 불릴 만하다. [참새]를 [수척]한 것으로 비유한 것은 적절치 못한 표현으로 보인다, 참새다리라면 모를까. 그래서 어떤 사람은 말하리라, [참새]라고 말한 것은 <참새다리>라는 말을 줄여서 썼거나 이상(李箱)이 실수로 그런 표현을 썼다고. 그러나 그렇지 않다. 이상(李箱)의 시 어느 것도 그런 오류가 없었으며 해석하기 어려운 것을 오류나 고의적인 난삽(難澁)함을 위해 그렇게 하였다고 하면 이상(李箱)의 시 해석 자체를 시도하지 말아야 하였을 것이다. 그래서 살펴보니 이 참새도 하나의 상징임이 분명한 것이다. 참새는 그 체구나 삶의 형태로 보아 우리 동양인을 대신한 것

이라고 보아야 할 것이다. 우리나라에서 자생하고 우리 동양인이 서양인에 비하여 체구가 작듯이 우리나라 사람이 서양인보다 작은 것을 비유하는 새로 상징되었다고 하여야 할 것이다.

따라서 [천사(天使)는 참새와 같이 수척(瘦瘠)한 천사(天使)를 데리고 다닌다]는 말은 〈거리의 외침으로 기독사상을 전파하며 천국이 가까웠다고 하는 사람은 참새와 같은 우리나라 사람들에게 전파하여 우리나라 사람이 그 설교에 깊이 빠져들어 그에 따르고 있다〉로 풀어질 것이다.

[천사(天使)의 배암과 같은 회초리로 천사(天使)를 때린다.

天使는 웃는다, 天使는 고무풍선(風船)과 같이 부풀어진다.]

[천사(天使)의 배암과 같은 회초리]라는 말은 〈거리에서 설교하는 사람들은 천국이 가까웠다는, 배암과 같이 달콤하고 이중적이며 진리적 간음의 말과 믿지 않는 자는 지옥 불에 들어가게 된다는 말, 회초리로 내리치듯 하는 설교를 말한다.

[天使는 고무풍선(風船)과 같이 부풀어진다]는 말은, 사실이 아닌 말을 뱀처럼 꾸며서 사람을 유혹하여 퍼트리니 사람들이 그에 현혹되어 교세가 확장되는 것을 말한다. 그렇게 부풀려 커지는 것은 교세를 단단하게 확장하는 것이 아니라 참 믿음이 없는, 결국 풀어진 교세가 되는 것이다.

[천사(天使)의 흥행(興行)은 사람들의 눈을 끈다.

사람들은 천사(天使)의 정조(貞操)의 모습을 지닌다고 하는 원색사진관(原色寫眞館) 그림엽서를 산다.]

여기에서 중요한 것은 [원색사진관(原色寫眞館)]이다. 이것은 일반 개신교의 교회를 말한다. 호화롭게 꾸며 대중을 끌어들이는 교회. 모든 교회는 예수님의 참진리만을 자기들이 가르치고 있다고 하는, [천사(天使)의 정조(貞操)의 모습을 지닌다고 하는] 것이다. 그러면서 자기들 교회의 선전물([그림엽서])을 뿌리고 또 그에 현혹된, [천사(天使)의 흥행(興行)은 사람들의 눈을 끈] 사람은 그 교회를 위한 헌금을 아끼지 않고 바치는 것이다.

[천사(天使)는 신발을 떨어뜨리고 도망(逃亡)한다.

천사(天使)는 한꺼번에 열 개(個) 이상(以上)의 덫을 내어던진다.]

거리의 설교가 갖는 병폐가 여러모로 나타난다. 일시적 관심을 끄는 것은 가능하지만 결국 실패라고 할 수 있다. 그래서 거리에서 하는 설교의 방법([신발])을 버리고 만다. [떨어뜨리고 도망(逃亡)한다].

그래서 거리의 설교는 그렇게 하여 사람을 깨우치고 믿음을 갖게 하는 방법의 모든 것, [열 개(個) 이상(以上)의 덫]을 버리고 만다.

[일력(日曆)은 쵸콜레이트를 늘인(增)다.

여자는 쵸콜레이트로 화장(化粧)하는 것이다.]

[일력(日曆)]은 앞의 해석에서 일본의 책력(冊曆), 즉 일본이 하느님으로부터 짜여진 수순에 따라 앞으로 행해질 것에 대한 것을 말한다. 이상(李箱)의 시에서는 하나의 단어가 다른 곳에 나오면 필시 같은 뜻을 가졌기 때문이다. 따라서 [일력(日曆)은 쵸콜레이트를 늘인(增)다]는 말은 〈일본으로 하여 공산주의 세력이 확장하도록 하였다〉로 풀어지는 것이다. 그리고 일본에서도 〈가톨릭이 공산주의에 물들어 간다〉. [여자는 쵸콜레이트로 화장(化粧)하는 것이다].

[여자는 트렁크 속에 흙탕투성이가 된 드로오스와 함께 엎드려져 운다.

여자는 트렁크를 운반(運搬)한다.]

[트렁크]는 앞에서 수차 말한 것과 같이 말씀을 보관하고 지키는 교회(성당)를 일컫는 말이다. 그 안에 흙투성이가 된 속옷, [트렁크 속에 흙탕투성이가 된 드로오스]가 있다는 말은 교회(성당)의 타락과 세속에 물든 것으로 인하여 본연의 바탕까지 더럽혀졌음을 말한다. 교회(성당)는 그것을 깨닫고 탄식한다. [엎드려져 운다]. 그리고 그 교리 방침 등을 새로운 각도로 정리하려고 기존의 방법을 검토하게 된 것이다. [트렁크를 운반(運搬)한다].

[여자의 트렁크는 축음기(蓄音機)다.

축음기(蓄音機)는 나팔(喇叭)과 같이 홍(紅)도깨비 청(靑)도깨비를 불러들였다.]

이상(李箱)은 이곳에서 비밀암호 같은 모든 내역을 틀림없이 밝혀놓았다. 필자의 해석을 긴가민가하고 보아오던 독자들도 이곳에서는 틀림없이 인식되리라고 보아진다.

[축음기(蓄音機)]는 하느님의 말씀을 축약하여 넣어둔 성경 또는 교회라고 앞에서 해석되었다. 그 축음기가 곧 [여자]의 [트렁크]라는 말이다.

그런데 그 교회([축음기])는 나팔과 같이 떠들어대며 결국 [홍(紅)도깨비 청(靑)도깨비를 불러들]인 것이다. [청도깨비]는 물론 〈자유민주주의〉이고 [홍도깨비]는 〈공산주의〉인 것이다. 이러한 상황은 이상(李箱) 당시로서는 그렇게 중요한 문제가 아니었지만 이상(李箱)은 분명 미래적 예언을 하였던 것이다.

[홍(紅)도깨비 청(靑)도깨비는 펜긴이다. 사루마다밖에 입지 않은 펜긴은 수종(水腫)이다.

여자는 코끼리의 눈과 두개골(頭蓋骨) 크기만큼 한 수정(水晶)눈을 종횡(縱橫)으로 굴리어 추파(秋波)를 남발(濫發)하였다.]

[펜긴]은 날개가 있어도 날지 못하는 새다. 그리고 바다, 인간 진리의 집합처에 산다. 따라서 〈공산주의와 자유민주주의는 날지 못하는 새이며 인간의 머리속에서 짜낸 진리(바다)에서 나온 도깨비에 불과한 것이다〉.

또한 그 공산주의니 민주주의니 하는 것들은 인간의 진리(水) 속에서 나온 부스럼딱지(腫)에 불과한 것이다. [펜긴은 수종(水腫)이다]. 그러면서 그들은 사람으로 갖추어야 할 예의 같은 것은 모른다, [사루마다밖에 입지 않은].

[코끼리의 눈]은 덩치에 비하여 작다. 이 말은 [여인](가톨릭)이 전 세계적으로 거대한 조직과 교세를 확장하여 있음에도 그 세계적 상황을 살피는 것에는 약한 것을 말한다. 그러면서도 온 머리를 집중하여, [두개골(頭

蓋骨) 크기만큼 한] 진리의 결정체로 사고하며 [수정(水晶)눈을 종횡(縱橫)으로 굴리어] 온 세계의 진리와 종교에서 거부할 수 없는 합당한 종교가 되기 위하여, 아니 그 모든 사람들에게 영합하며 교세확장에만 주력하였던 것이다. [추파(秋波)를 남발(濫發)하였다].

[여자는 만월(滿月)을 잘게 잘게 씹어서 향연(饗宴)을 베푼다. 사람들은 그것을 먹고 돼지같이 비만(肥滿)하는 쵸콜레이트 냄새를 방산(放散)하는 것이다]. 여자(가톨릭)는 완전한 성취을 이루었다([만월])고 스스로 평가하며 모든 사람에게 그것을 믿도록 강조한다. [잘게 잘게 씹어서 향연(饗宴)을 베푼다]. 그러나 그러한 것이 도리어 모든 사람에게 [비만(肥滿)하는 쵸콜레이트 냄새를 방산(放散)], 공산주의와 교회가 영합하는 계기였던 것이다. 여기에서는 가톨릭이 공산주의에 곤욕을 당하는 소련의 상황에 대한 설명이 되고 있다.

이상 일문(日文) 오감도(烏瞰圖)까지에서는 기독사상을 여인(가톨릭)으로 그리고 있다. 그러나 결국 한글 오감도(烏瞰圖)에서는 아해(兒孩), 개신교(改新教)로 출발하여 기독사상에서 구원하여줄 것을 기대하지만 그것이 불가능함을 말하고 천량(天亮)을 기다린다.

그 모든 구원을 우리나라에서만이 가능하다고 역설한다. 〈익은부서(翼殷不逝) 목불대도(目不大覩)〉라고.

이 모든 시가 1931년에 쓴 것이다. 그래서 이 시의 해석은 있을 수 없는 엉터리라고 할 자가 있을 것으로 믿는다. 그 당시로서는 도저히 상상할 수 없는 미래적 얘기이기 때문이다.

필자는 이에 대하여 누차 강조하여 왔다, 이상(李箱)은 분명 미래적 예언을 하고 있었다고. 그러니 그 당시로서는 해석 불가의 괴문(怪文)(?), 미친 개소리(?)로 취급되었던 것이다. 그러나 이제는 그의 시 모두가 예언의 시라는 것을 믿어야 하지 않겠는가?

이상(李箱)의 시를 해석하려면 그 엉터리없는 해석으로, 성 도착증 환자로 매도하지는 말아주었으면 한다. 최소한 근거가 잡히지 않으면 자동기술(自動記述) 정도로 의문 속에 두더라도. 그리고 이상(李箱)이 그 당시 왜 이런 시를 썼는가를 다시 생각하여 최소한 필자와 같은 방법으로 근접하기를 바라는 바이다. 그는 자기 개인 신상의 문제는 전혀 언급하지 않았다. 죽음 직전에 있는 병을 앓고 있었지만, 그의 의식은 그 모든 것을 초월하고 있었다. 설사 개인적인 문제처럼 보이는 것도 깊이 삭여보면 하나의 비유에 불과하였던 것이다. 그에게는 오직 국가와 세계의 미래가 보일 뿐이었던 것이다. 그가 쓴 시가 모두 미래의 예언으로 쓰였으니 이제는 그것이 맞아떨어진 현실로 되었으니, 아직도 완성되지 않은 미래적 얘기에 귀를 기울이고 이제는 모두 바른 길로 나아가기를 바랄 뿐이다. 청도깨비 홍도깨비의 장난에 다시는 놀아나지 말아달라는 말이다. 예언이다.

이단
易斷

(<가톨릭 청년>에 발표 1936. 2)

요즈음 <이상(李箱) 시집>에 우리말 토를 달아 <역단>이라고 하였으나 잘못으로 본다. 원문에 토가 없는 한에는 [이단]이라고 읽었어야 할 줄로 안다. [易]자가 <쉬울 이>도 되고 <바꿀 역>도 됨을 모르는 처사다.

위의 시가 "가톨릭 청년지"에 실렸던 만큼 한눈에 [異端]이 떠오르고 [異端(이단)]이 아닌 [易斷(이단)]은 이상(李箱)의 대비(對比)적 기법으로서 기독사상에 대적하는 것이 아니라 우리나라 [전통사상을 쉽게 자르고 새로운 믿음을 가지고자 한다]는 뜻이 된다. [易]를 [역]으로 읽는다면 [바꾼다]는 뜻인데 [易斷]을 [바꾸어 자른다]는 뜻으로 보는가? 이 시와 잘 통하지 않는 제목이 된다. 뜻은 고사하고 어법이 잘 통하지 않는다.

이 제목으로 5개의 시를 실었다, [화로. 아침. 가정. 이단. 행로]로.

화로

방거죽에극한이와닿는다. 극한이방속을넘본다. 방안은견딘다. 나는독서의뜻과함께힘이든다. 화로를꽉쥐고집의집중을잡아당기면유리창이움푹해지면서극한이혹처럼방을누른다. 참다못하여화로는식고차갑기때문에나는적당스러운방안에서쩔쩔맨다. 어느바다에조수가미나보다. 잘다져진방바닥에서어머니가생기고어머니는내아픈데에서화로를떼어가지고부엌으로나가신다. 나는겨우폭동을기억하는데내게서는억지로가지가돋는다. 두팔을벌리고유리창을가로막으면빨래방맹이가내등의더러운의상을뚜들긴다. 극한을걸커미는어머니—기적이다기침약처럼따끈따끈한화로를한아름담아가지고체온위에올라서면독서는겁이나서곤두박질을친다.

방 거죽에 극한이 와 닿는다. 극한이 방 속을 넘본다. 방안은 견딘다. 나는 독서의 뜻과 함께 힘이 든다. 화로를 꽉 쥐고 집의 집중을 잡아당기면 유리창이 움푹해지면서 극한이 혹처럼 방을 누른다. 참다못하여 화로는 식고 차갑기 때문에 나는 적당스러운 방안에서 쩔쩔맨다. 어느 바다에 조수가 미나 보다. 잘 다져진 방바닥에서 어머니가 생기고 어머니는 내 아픈 데에서 화로를 떼어가지고 부엌으로 나가신다. 나는 겨우 폭동을 기억하는 데 내게서는 억지로 가지가 돋는다. 두 팔을 벌리고 유리창을 가로막으면 빨래방맹이가 내 등의 더러운 의상을 뚜들긴다. 극한을 걸커미는 어머니－기적이다 기침약처럼 따끈따끈한 화로를 한 아름 담아가지고 체온 위에 올라서면 독서는 겁이나서 곤두박질을 친다.

해설

[방 거죽에 극한이 와 닿았다.]

방안이 아니라 [방 거죽]이라고 한 것은 내부 정신적인 것이 아니라 외부적인, 온 나라의 현실을 말하는 것이다. 내 몸과 마음을 담아줄 [방(나라)]이 참을 수 없는 추위에 싸였던 당시의 현실.

[극한이 방 속을 넘본다.]

[방 속]이라는 것은 그 방에 살고 있는 사람(민족)의 정신을 두고 하는 말이다. [넘본다]는 말은 아직 외세에 넘어가지는 않고 정신세계를 지키고 있다고 보지만 곧 그렇게 되어 정신세계도 그 극한을 이기지 못하고 얼어죽게 될 것이라는 절박한 마음을 말하고 있다.

[방안은 견딘다.]

아직도 나(민족)의 정신세계는 죽지 않고 버텨나가고 있다는 말이다.

[나는 독서의 뜻과 함께 힘이 든다.]

여기에서의 [독서의 뜻]은 우리나라의 고대역사에 관한 책의 뜻, 즉 그 사상으로 인류를 구원하라고 하는 뜻을 말한다. 아마도 그 당시에 밝혀져 은밀히 떠돌던 <부도지, 환단고기>일 것으로 추측된다. 이 책에서 앞으로 올 구원의 역사를 믿지 않고 쉽게 그 역사를 자르려고 하니 힘이 들 수밖에 없었을 것이다.

[화로를 꽉 잡고 집의 집중을 잡아당기면 유리창이 움푹하여지면서 극한이 혹처럼 방을 누른다.]

[화로]라는 것은 온 방안을 따뜻하게 할 수는 없다. 그것을 끼고 앉은 사람만은 얼어 죽지 않을 수 있으리라. 그러나 이상(李箱)은 그로 하여 온 방을 살려보자고 [집중을 잡아당기지만] [유리창이 움푹하여지면서 극한이 혹처럼 방을 누른다]. [유리창]은 밖을 내다볼 수 있는 것이다. 우리나라 안에서 밖의 세상을 보니 모든 사람을 얼어죽일 것 같이 극한이어서 아무리 화로를 끼고 당겨보아도 더 추위만 방으로 몰려온다는 것이다.

[참다 못하여 화로는 식고 차갑기 때문에 나는 적당스러운 방안에서 쩔쩔맨다.]

[화로]로서 방안의 추위를 참아보려 하니 그럴수록 밖의 추위(국제정세)가 더 몰려오고 하여 [화로]에 대한 믿음이 식어들어 견딜 수 없도록 [차갑기 때문]에 이러지도 저러지도 못하고 있는, [적당스러운 방안]에서 [쩔쩔매는] 것이다. 그렇다면 이 [화로]는 무엇을 두고 하는 말인가? 아래 구절을 살펴보면 그 비밀이 벗겨진다. [적당스러운 방안]이란 뜻은 긴박한 상황을 대처하려는 마음이 없이 어정쩡하게 있는 것을 말한다.

[어느 바다에 조수가 미나 보다. 잘 다져진 방바닥에서 어머니가 생기고 어머니는 아픈 데에서 화로를 떼어가지고 부엌으로 나가신다.]

[바다]라는 것은 성경의 〈요한계시록〉을 잘 살펴보면 생명이 없는 〈인간진리의 총 집합세계〉를 뜻한다. 모든 인간진리를 〈물〉로 표현하고 생명이 있는 믿음의 진리를 〈피〉로 그리고 있다. 따라서 [어느 바다]라고 하면, 이 세상진리를 〈동양사상, 인도사상, 중동사상, 유럽사상〉으로 보고 그 중의 한 집단의 사상을 말하는 것이겠으니 그 사상적 진리가 밀려들어옴을 말하고 있다. 아마도 이것은 기독사상의 구원을 기다리다 못한 유럽인들이 스스로 이 세상을 구한다는 망상에서 만든 [사회주의 사상]이 소련으로 들어가서 세계를 들썩거리게 하였던 것을 두고 말한 것이다.

[잘 다져진 방바닥에서 어머니가 생기고]는 역사적 전통으로 굳게 다져진 종교를 말하고 있고 그에서 생겨난 [어머니]라면 누구나 [성모 마리아]

임을 알게 될 것이다. 그 [어머니]가 [방바닥에서] 생겨났다면 우리나라 정신문화에서 생겨났다는 말이 된다. 이를 다시 말하면 마리아로 대표되는 기독(가톨릭)사상이 우리나라 단군 이래로 내려오던 그 정신사상과 일치함을 발견하였다는 뜻이 된다.

[어머니는 아픈 데에서 화로를 떼어가지고 부엌으로 나가신다.]

혹한의 추위를 이기려고 [어머니]를 마음속에 모셔왔건만 그 어머니는 유일하게 추위를 이기게 할 [화로를 떼어가지고 부엌으로 나가신다]. 왜 그랬을까? 다른 곳이 아니고 부엌으로 갔다면 식어드는 화로의 불길을 살리려고 부엌에 남았을지도 모르는 불씨를 찾으려고 그랬을 것이다. 그렇다면 그 부엌은 무엇을 말하는가? 뒤로 밝혀지겠지만 <하느님의 은총>을 비유한 말로 보아야 할 것이다. 이에서 깊은 사려가 필요하겠다. 아마도 6.25사변을 말하고 그에서 구원 받았던 일이 생각나기 때문이다.

아니, 해방 이후에 남북 분단에서 남한이 이승만으로 하여 기독사상의 국가로 건립되게 한 것을 말하는 것으로도 보이기 때문이다.

[나는 겨우 폭동을 기억하는데 내게서는 억지로 가지가 돋는다.]

이 [폭동]은 4.3폭동과 여수반란사건 같은 남한의 공산주의 운동을 말하는 것으로 보인다.

[내게서는 억지로 가지가 돋는다]. 이로써 뜻하지 않게 한반도가 남북으로 갈려져 나가게 되었다는 말이다.

[두 팔을 벌리고 유리창을 가로막으면 빨래방맹이가 내 등의 더러운 의상을 뚜들긴다.]

6.25사변. 이것은 어쩌면 기독사상으로 참답게 청결히 되어야 함에도 되지 못한 벌인지 모른다. 아니, 그렇게 하려는 하느님의 뜻인지 모른다.

[극한을 걸커미는 어머니— 기적이다 기침약처럼 따끈따끈한 화로를 한 아름 담아가지고 체온 위에 올라서면 독서는 겁이 나서 곤두박질을 친다.]

[극한을 걸커민다]는 말은 얼어죽을 듯한 <추위를 긁어쥐고 밀어낸다>는 말이다. 이것을 [어머니(성모마리아)]가 하여 주고 있다는 말이다. 이것은

또한 기적이라 할 수 있다, 부산까지 밀려간 나라를 구하였으니.

이 가톨릭은 [기침약처럼 따끈따끈한 화로를 한 아름 담아가지고] 우리들 스스로 모든 것을 극복할 수 있도록 하여, [체온 위에 올라서면] 이제까지 읽어온 [독서], 역사의식이 다시 추위를 몰고 올지 몰라 [겁이 나서 곤두박질을 친다]. 오직 기독정신에 의지하여 하느님에 의지하고 싶다는 말이다, 아무리 민족정신이 좋지만.

그러한 데도 그 역사의식에 대한 정신은 [이단(易斷)]할, <쉽게 자를 수> 없음을 실토하고 있다.

아침

캄캄한공기를마시면폐에해롭다. 폐벽에그을음이앉는다. 밤새도록나는몸살을앓는다. 밤은참많기도하더라. 실어내가기도하고실어들여오기도하고하다가잊어버리고새벽이된다. 폐에도아침이켜진다. 밤사이에무엇이없어졌나살펴본다. 습관이도로와있다. 다만내侈奢한책이여러장찢겼다. 초췌한결론위에아침햇살이자세히적힌다. 영원히그코없는밤은오지않을듯이.

캄캄한 공기를 마시면 폐에 해롭다. 폐벽에 그을음이 앉는다. 밤새도록 나는 몸살을 앓는다. 밤은 참 많기도 하더라. 실어내가기도 하고 실어들여오기도 하고 하다가 잊어버리고 새벽이 된다. 폐에도 아침이 켜진다. 밤사이에 무엇이 없어졌나 살펴본다. 습관이 도로 와 있다. 다만 내 侈奢(치사)한 책이 여러 장 찢겼다. 초췌한 결론 위에 아침 햇살이 자세히 적힌다. 영원히 그 코 없는 밤은 오지 않을 듯이.

해설

[캄캄한 공기를 마시면 폐에 해롭다.]

여기에서의 [폐]는 숨을 쉬어 살게 하는 <생명의 원동력>을 뜻한다. [캄캄한 공기]는 보고 듣고 느끼지 못하며 숨을 못 쉬게 하는 공기를 말한다. 다시 말해 <느낌이 없는 삶, 진리가 없는 삶>을 뜻한다. 그러한 삶은 그 삶을 있게 한 [폐]마저 해롭게 하여 죽음에 이를 수도 있으리라.

[폐벽에 그을음이 앉는다.]

[그을음]은 [폐]를 검게 하고 숨을 쉴 수 없게 하여 죽음에 이르게 한다. 공산주의 사상으로 암흑과 같이 된 이북의 실상을 말하는 것이다.

[밤새도록 나는 몸살을 앓는다.]

햇빛(환국사상)이 있는 낮은 [어머니(가톨릭)]에 의지하며 버텨보지만 무의식의 꿈속에서의 밤(치사한 사상 속)에는 또 어쩔 수 없이 몸부림치는 사념의 나라에서 [몸살을 앓]을 수밖에 없다는 외침을 하고 있다.

[밤은 참 많기도 하더라.]

이북은 그렇게 여러 수 십 년을 암흑에서 살게 되리라는 예언이다.

[실어 내가기도 하고 실어 들여오기도 하고 하다가 잊어버리고 새벽이 된다.]

그 밤(공산주의)을 물리쳐보려고 하고 기독사상을 들여와 보기도 하지만 공산 독재에 어쩔 수 없이 체념하다가 저절로 아침(환국세상의 진리)을 맞게 된다는 말이다.

[폐에도 아침이 켜진다.]

그래서 그러한 새벽이 지나면 생명(폐)에도 아침을 밝히듯 제정신이 들게 되는 것이다.

[밤사이에 무엇이 없어졌나 살펴본다.]

[밤사이]에, 〈암흑의 세계〉에서 북한은 공산주의로 무엇을 얻어왔던가? 그러한 모든 밤(남북분단의 북한이 경험했던 여러날)이 무엇을 얻어왔는가? 자유와 경제와 인권이 없어졌다는 것을 발견하리라.

[습관이 도로 와 있다.]

이 모든 경험을 하였음에도 습관처럼 좌경사상을 버리지 못하고 있다는 예언이다.

[다만 내 치사(侈奢)한 책이 여러 장 찢겼다.]

철학과 사상과 역사의 책들 중에 사치(奢侈)한 것들만은 골라서 여럿 버렸다는 말이다. 사치(奢侈)를 치사(侈奢)라고 바꾸어 쓴 것은 단순한 말장난이 아니라 치사(恥事)를 염두에 두고 대비시켜 〈사치(奢侈)는 부끄러워하여야 할 바로 그것(恥事)이다〉고 말한 것이리라. 아마도 이것은 〈사회주의 이론〉이 수정 또는 폐기되었다는 말로 보인다.

[초췌한 결론 위에 아침햇살이 자세히 적힌다.]

[초췌한 결론]이란 말은 남북 분단으로 온 생사의 갈림길에서, 남북 전쟁이 또다시 올 것 같은 긴박함에서 극한(極寒)으로 밀려온 시대상황에 어쩌지 못하고 내린 결론이라는 말이 된다. 그러나 [아침햇살(환국사상)], 추위와 혼란을 잠재울 그 빛이 자기의 생각을 정리하도록 자세히 머리로 박혀든다. [적힌다].

[영원히 그 코 없는 밤은 오지 않을 듯이.]

[그 코 없는 밤]은 〈오감도 시제7호〉에서 밝혀졌듯이, 간음한 자는 코를 베게 하였던 옛날의 풍습과 같이, 우리나라는 다른 나라의 사상과 간음하여 공산주의를 받아들인, 캄캄한 밤과 같은 현실이라는 말이 된다.

그러나 환국의 사상을 받아들인다면 외세에 묻어온 사상들을 깨끗이 닦아낼 수 있으니 간음으로 인한 코 베는 형벌은 없게 된다고 하는 것이다.

사람의 생각이란 요상한 것이어서 수십년을 좌경사상에 젖어있던 사람들은 아침이 되어 밝히 보임에도, 공산주의가 나쁘다는 것을 알게 되면서도 그 이념을 버리지 못하게 되리라는 예언이다.

가정

문을암만잡아당겨도안열리는것은안에생활이모자라는까닭이다. 밤이사나운꾸지람으로나를졸른다. 나는우리집내문패앞에서여간성가신게아니다. 나는밤속에들어서서제웅처럼자꾸만滅해간다. 식구야封한창호어디라도한구석터놓아다고내가收入되어들어가야하지않나. 지붕에서리가내리고뾰족한데는침처럼월광이묻었다. 우리집이앓나보다. 그리고누가힘에겨운도장을찍나보다. 壽命을헐어서전당잡히나보다. 나는그냥문고리에쇠사슬늘어지듯매달렸다. 문을열려고안열리는문을열려고.

문을 암만 잡아당겨도 안 열리는 것은 안에 생활이 모자라는 까닭이다. 밤이 사나운 꾸지람으로 나를 졸른다. 나는 우리집 내 문패 앞에서 여간 성가신 게 아니다. 나는 밤 속에 들어서서 제웅처럼 자꾸만 減(감)해간다. 식구야 封(봉)한 창호 어디라도 한구석 터놓아다고 내가 收入(수입)되어 들어가야 하지 않나. 지붕에 서리가 내리고 뾰족한 데는 침처럼 월광이 묻었다. 우리집이 앓나보다. 그리고 누가 힘에 겨운 도장을 찍나보다. 壽命(수명)을 헐어서 전당잡히나 보다. 나는 그냥 문고리에 쇠사슬 늘어지듯 매달렸다. 문을 열려고 안 열리는 문을 열려고.

해설

[문을 암만 잡아당겨도 안 열리는 것은 안에 생활이 모자라는 까닭이다.]

공산주의 이북을 그린 말이다. 그들은 그들 사상(공산주의) 때문에 폐쇄적 국가가 되어 밖으로 외교를 펼 수 없고 무역을 할 수 없다.

[생활이 모자라]다는 말은 공산주의 통제국가를 위해서 자유민주주의와 같이 자유로운 왕래를 할 수 없게 한 것을 말하고 [문을 암만 잡아당겨도 안 열리는 것은] 남한에서 그들의 문을 열도록 하려고 하나 그들 사상을 고수하려고 하면 어쩔 수 없다는 말이다.

[밤이 사나운 꾸지람으로 나를 졸른다.]

[밤]은 북한을 말한다. 그곳의 인민들은 〈왜 우리를 구제하여 주지 않는가〉 하고 절규처럼 조른다.

[나는 우리집 내 문패 앞에서 여간 성가신 게 아니다.]

[우리집 내 문패 앞]이란 말은 나라와 민족의 일이 아니라 남한의 민족 각자를 두고 하는 말이다. 이제 이북의 인민을 구제하는 일은 남한의 국민 모두에게 여간 부담이 되는 것이 아닌 문제로 되었다. 빈부격차가 너무나 나기 때문에 그들을 돕는다는 것은 내 삶을 깎는 일이 되기 때문이다.

[나는 밤 속에 들어서서 제웅처럼 자꾸만 감(減)해간다.]

여기에서 [제웅]을 〈허수아비〉로만 풀어서는 미진하다. 깊이 생각하여 [제웅(除雄)]으로 썼을 것으로 보고 풀면, 식물이 교배할 적에 자가수정을 피하고 우수 종자를 얻기 위해서 수컷의 꽃가루를 제하는 것을 말하니,

이북 공산주의가 남한과 적당히 어울려 하나의 나라로 통일하는 것을 막기 위해서 <이북(밤) 속으로 들어가서 그들 사상으로 인한 병폐를 밝히 보여 그들 스스로 공산주의 사상을 사라지도록 한다>는 뜻이 된다.

[식구야 봉(封)한 창호 어디라도 한구석 터놓아 다고 내가 수입(收入)되어 들어가야 하지 않나.]

[봉(封)한 창호]란 말은 북한이 모든 출입의 문을 봉하고 남한과도 담을 쌓은 것을 말한다. 남북한은 하나의 가정과 같다. 그런데도 왜 나를 들이려 하지 않는가 하는 안타까운 외침이다.

[지붕에 서리가 내리고 뾰족한 데는 침처럼 월광이 묻었다.]

[지붕]은 방(나)을 보호하고 집(나라)을 보호하는 것이다. 그것에 서리가 내렸다 함은 [밖(외세)]의 상황이 내가 나갈 수 없도록 차갑다는 뜻이다. [뾰족한 데는] 앞에서 말했듯이 교회의 첨탑을 말하는 것이다. 그러나 그것이 아무리 생각해도 풀리지 않는, 나에게 해답을 줄 듯한, 먹어서(생각해서) 소화가 되지 않는 내 사고(思考)를 소화시킬 침처럼 되기는 하지만, 밝음의 구원인 해가 아닌 달빛처럼 묻어있을 뿐이라고 한다.

[우리집이 앓나 보다. 그리고 누가 힘에 겨운 도장을 찍나보다.]

이것은, 해방 이후 공산주의자들이 보도연맹에 가입하라고 하여 집집마다 찾아다니며 미리 작성한 것에다 도장을 찍도록 강요한 것을 말하는 것으로 보인다.

[수명(壽命)을 헐어서 전당잡히나 보다.]

[수명(壽命)을 헐]다는 말은 6.25사변 후에 이렇게 가입된, 도장을 찍은 사람들이 수도 없이 죽었던 것을 말하는 것으로 보아야 하겠다.

[나는 그냥 문고리에 쇠사슬 늘어지듯 매달렸다.]

이렇게 형성된 공산주의 국가 북한의 인민을 살리기 위해 남한의 국민들은 하나로 뭉쳐 반공국가가 되었다.

[문을 열려고 안 열리는 문을 열려고]

그러나 북한은 더욱 굳게 문을 닫고 암흑의 소굴로 변해갔다.

易斷

그이는백지위에다연필로한사람의운명을흐릿하게초를잡아놓았다. 이렇게홀홀한가. 돈과과거를거기다놓아두고잡답속으로몸을기입하여본다. 그러나거기는타인과약속된악수가있을뿐, 다행히空欄을입어보면長廣도맞지않고안드린다. 어떤빈터전을찾아가서실컷잠자코있어본다. 배가아파들어온다. 苦로운발음을다삼켜버린까닭이다. 간사한문서를때려주고또멱살을잡고끌고와보면그이도돈도없어지고피곤한과거가멀거니앉아있다. 여기다좌석을두어서는안된다고그사람은이로위치를파헤쳐놓는다. 비켜서는악취에허망과복수를느낀다. 그이는앉은자리에서그사람이평생을살아보는것을보고는살짝달아나버렸다.

그이는 백지위에다 연필로 한사람의 운명을 흐릿하게 초를 잡아 놓았다. 이렇게 홀홀한가. 돈과 과거를 거기다 놓아두고 잡답속으로 몸을 기입하여본다. 그러나 거기는 타인과 약속된 악수가 있을 뿐, 다행히 空欄(공란)을 입어보면 長廣(장광)도 맞지 않고 안 드린다. 어떤 빈 터전을 찾아가서 실컷 잠자코 있어본다. 배가 아파들어온다. 苦(고)로운 발음을 다 삼켜버린 까닭이다. 간사한 문서를 때려주고 또 멱살을 잡고 끌고와보면 그이도 돈도 없어지고 피곤한 과거가 멀거니 앉아있다. 여기다 좌석을 두어서는 안 된다고 그 사람은 이로 위치를 파헤쳐 놓는다. 비켜서는 악취에 허망과 복수를 느낀다. 그이는 앉은자리에서 그 사람이 평생을 살아보는 것을 보고는 살짝 달아나버렸다.

해설

[그이는 백지 위에다 연필로 한사람의 운명을 흐릿하게 초를 잡아놓았다. 이렇게 홀홀한가.]

[그이는] 누구일까? 그것은, 나를 있게 한 절대존재, 즉 〈하느님〉을 말한다. 그는 우리들의 삶 모두를 예정하고 그대로 살도록 하지는 않았다는 말이다. [백지 위에다 연필로 한사람의 운명을 흐릿하게 초를 잡아놓았]을 뿐이다. 아주 [홀홀]하게. 그래서 태어나면 우리들 모두는 스스로 알아서 살아가지 않으면 안 된다.

또 그이(하느님)가 [한 사람의 운명]을 백지(白紙)위에 그린다. 이 백지(白紙)

는 <백계씨(白系氏)>, 즉 우리나라를 말하고 있음을 알게 한다.

[돈과 과거를 거기다 놓아두고 잡답 속으로 몸을 기입하여 본다. 그러나 거기는 타인과 약속된 악수가 있을 뿐, 다행히 공란(空欄)을 입어보면 장광(長廣)도 맞지 않고 안 드린다.]

[돈]은 부유함을 뜻하고 [과거]는 역사를 말한다. 이것을 [거기에 놓아두었]다는 말은 [백지에 초를 잡은 것]으로 비유한, 하느님이 마련한 운명에 맡겨 응당 그럴 수밖에 없었다는 것이다. 가난하게 외세에 시달려온 우리나라를 체념하고 살핀다는 말이다. 그리고 [잡답](어지러운)한 세상 속에 몸을 맡긴다(기입)고 하여보는 것이다.

[그러나 거기는], 하느님이 뜻하지 않은 것에는 우리나라가 가담될 수 없다는 말이다. 다시 말하면 우리나라는 공산주의 같은 것에는 들어갈 수도 없고 들어가서도 안 된다는 말이다. [공란]-아직 오지 않은 , 알 수 없는 미래를 비집고 나를 위하여 마련한 옷인양 입어보지만 앞으로 올 역사의 시간(長)과 세계적 말세의 예언으로 보이는 규모(廣)에 비추어보아서는 내 마음이 그런 것들을 우리나라로 받아들일 수 없어진다고 한다.

[어떤 빈 터전을 찾아가서 실컷 잠자코 있어본다. 배가 아파 들어온다. 고요로운 발음을 다 삼켜버린 까닭이다.]

세계가 들썩거리는 사상기류를 모두 벗어나서 나와는 무관한 것이라고 그를 벗어난 [어떤 빈 터전을 찾아가서 실컷 잠자코 있어]볼 수밖에 없었을 것이다. 그러나 그것이 사실이라면 나(우리나라)로서는 참을 수 없는 일이다. 참으로 이래서는 안 되는 일인데, 무엇인가를, 앞으로 올 구원세계를 위해서 무엇인가를 하여야 하는데도 [고요로운 발음을 다 삼켜버린 것]으로 일관한 죄의 값이 되기도 하는 것이기 때문이다.

[간사한 문서를 때려주고 또 멱살을 잡고 끌고 와보면 그이도 돈도 없어지고 피곤한 과거가 멀거니 앉아 있다.]

[간사한 문서]라는 것은 <미래를 예언한다는 멋대로의 해석으로 성서의 구절을 인용한 선전물>을 두고 한 말이 분명하다. 뒤에 그이(하느님)를 언급한 구절이 보이기 때문이다.

그 [문서를 때려주고 또 멱살을 잡고 끌고 와]본다는 말은 [엉터리없는 선전물이라고 비판하여 왔다]는 말이 된다. 그러나 그렇게 하고 나니 [그이도 돈도 없어지고 피곤한 과거가 멀거니 앉아있다]. [그이]는 <하느님 또는 예수 크리스트>를 말하고 [돈]은 <우리나라 또는 이상(李箱) 자신의 경제>를 두고 하는 말이다. 그 모두가 없어지고 [과거(우리나라 역사)]만이 어쩔 수 없이(멀건히) 앉아있게 된다는 말이다. 이를 다시 말하면 그 허황된 듯이 보이는 예언(미래에 올 심판과 천국세상)을 믿지 않을 수도 없다는 심정을 말하고 있다. 또 우리나라에 대한 역사적 사실만이 나를 구할 수 있다고 생각이 들뿐이라고 말한다.

[여기다 좌석을 두어서는 안 된다고 그 사람은 이로 위치를 파헤쳐 놓는다.]

여기에서 [좌석]이라고 한 것은 <편히 쉴 자리>를 뜻한다. [여기]는 우리나라를 말하니 <하느님 또는 예수님>의 사명이 우리나라에서 모든 일을 마쳤다는 듯이 편히 쉬도록 하여서는 안 된다고 하신다. 그러고서 [이(齒)로 위치를 파헤쳐 놓는다]. [이(齒)]는 우리가 살아가야 할 음식을 씹어 삼키는 일을 한다. 따라서 이 말은 공산주의자들이 먹을 것을 해결한다고 하지만 진정으로 살아가게 하는 것은 이곳이라고 [위치를 파헤쳐 놓는다]는 말이다. 이 말은 남한이 경제성장을 하여 먹을 것을 해결한다는 말로도 보인다. 따라서 그이(하느님)는 그 구원의 세계를 위해서는 우리나라만으로 안이하게 쉬어서는 안 된다는 말을 하는 것이다.

[비켜서는 악취에 허망과 복수를 느낀다.]

이처럼 우리나라가 [구원적거(久遠謫居)의 지(地)의 일지(一枝)]라고 <오감도시제7호>에서 외쳤듯이, 진정으로 삶을 누릴 위치를 하느님이 마련하셨듯이 앞으로 올 구원의 소식을 깊이 믿고 살아야 함에도 외면하는, [비켜서는] 것에 [더러운(악취)] 민족정신을 보는 것이며 <정 그렇다면 될대로 되어라(허망과 복수)하는 마음>을 느끼지 않을 수 없다는 말이다.

[그이는 앉은자리에서 그 사람이 평생을 살아보는 것을 보고는 살짝 달아나버렸다.]

[그이는] 구원자이지만 [그 사람]은 우리 민족을 말한다.

[앉은자리에서 그 사람이 평생을 살아보는 것]은 구습에 젖어 구태의연하게 사는 사람, 새로운 것을 받아들이지 않고 스스로의 껍질을 벗지 못하는 사람, 즉 하느님의 말씀을 받아들이지 못하는 사람을 말한다. 하느님은 그러한 사람에게 아무런 구원도 없다고, [살짝 달아나버렸다]고 말한다.

이 말은, 우리나라가 하느님이 예정한 땅이지만 우리민족이 그 하느님을 받아들이지 않는 바에는 어쩔 수 없지 않는가 하고 외치는 것이다. [버렸다] 하고 과거형으로 말한 것은 우리나라가 그러한 위치에 있었음에도 제구실을 못하여 일제에 구속되는 상황을 만들어 속박된 것을 두고 하는 말로 보아야 한다. [살짝 달아나버렸다]고 하지만 다시 돌아올 것이니 앞으로는 그래서는 안 된다는 경고의 말이다.

여기에서 원 제목인 [이단(易斷)]을 소제목으로 다시 쓴 것은 제목이 뜻하는 의미를 분명히 하고자 한 것이다.

일제 압박의 수모를 당한 것이 바로 〈구습을 탈피([이단(易斷)])〉하지 못한 것에 있었으니 지금이라도 명심하여 구습을 탈피하여 주어진 소명을 다하라는 외침인 것이다.

행로

기침이난다. 공기속에공기를힘들뱉어놓는다. 답답하게걸어가는길이내스토리요기침해서찍는句讀를심심한공기가주물러서삭혀버린다. 나는한章이나걸어서철로를건너지를적에그때누가내경로를디디는이가있다. 아픈것이비수에베이면서철로와열십자로어울린다. 나는무너지느라고기침을떨어뜨린다. 웃음소리가요란하게나더니자조하는표정위에독한잉크가끼얹힌다. 기침은사념위에그냥주저앉아서떠든다. 기가탁막힌다.

기침이 난다. 공기속에 공기를 힘들여 뱉어놓는다. 답답하게 걸어가는 길이 내 스토리요 기침해서 찍는 句讀(구두)를 심심한 공기가 주물러서 삭혀버린다. 나는 한 章이나 걸어서 철로를 건너지를 적에 그때 누가 내 경로를 디디는 이가 있다. 아픈 것이 비수에 베이면서 철로와 열십자로 어울린다. 나는 무너지느라고 기침을 떨어뜨린다. 웃음소리가 요란하게 나더니 자조하는 표정 위에 독한 잉크가 끼얹힌다. 기침은 사념위에 그냥 주저앉아서 떠든다. 기가 탁 막힌다.

해설

[기침이 난다. 공기 속에 공기를 힘들여 뱉어놓는다.]

앞에서 [폐]를 〈삶의 원동력〉으로 보았기 때문에 [기침]은 〈삶의 몸부림〉으로 보면 될 것이다. [공기 속에 공기를 힘들여 뱉어놓는다]는 말은 살아있는 모든 사람에게 내가 죽지 않고 살아있음을 겨우 나타내 보이고 있다는 말이다.

[답답하게 걸어가는 길이 내 스토리요 기침해서 찍는 구두(句讀)을 심심한 공기가 주물러서 삭혀버린다.]

[답답하게 걸어가는 길이 내 스토리]라는 말은 〈죽지 못해 살아가고 있다〉는 표현이다. [기침해서 찍는 구독(句讀)]이라는 말은 남에게 살아있다는 것을 나타내려고 말로나 글로 발표하는 것을 말한다. 그런데 그냥 심심하게 살고 있는(심심한 공기) 사람들은 뜻 없이 주물러서 그 뜻도 삭히지 않고 사라지게 한다.

[나는 한 장(章)이나 걸어서 철로를 건너지를 적에 그때 누가 내 경로를 디디는 이가 있다.]

[한 장(章)]은 길이를 나타낸 것이 아니다. 책의 여러 구절을 같은 뜻끼리 묶어놓는 단위이다. 그래서 여기서 [걸어서 철로를 건너지를 적에]라고 하는 것은 책(성경)을 읽는 것을 말하고 [철로]라는 것은 [정해진 한줄 외길]을 말하기 때문에 〈하느님의 말씀의 길〉이 된다. 그것을 [건너지른다]고 하는 것은 그 철로의 길(하느님의 말씀의 길)과 하나로 어울렸다는 말이다. [그때 누가 내 경로를 디디는 이가 있다]는 말은 그처럼 하느님 말

씀에 깊이 심취하여 있을 적에 그와 동행하는, [경로를 디디는 이(예수님?)가 있]게 되었다는 말이다.

[아픈 것이 비수에 베이면서 철로와 열십자로 어울린다.]

[아픈 것]은 <고달픈 삶>을 뜻한다. 그것이 [비수에 베인다]는 말은 평범하게 살아오던 삶이 하느님의 말씀에 가슴깊이 파고들어 뉘우침을 준다는 뜻이 된다. 그것은 내 일상의 삶(—)과 하느님의 말씀(|)이 만나는 형상 <†>가 되는 것이다.

[나는 무너지느라고 기침을 떨어뜨린다.]

그렇게 <†>를 맞게 되니 새로운 나로 거듭 나기 위하여 이제까지의 나는 무너지고 삶의 몸부림(기침)을 순간 잊게 된다(떨어뜨린다).

[웃음소리가 요란하게 나더니 자조하는 표정 위에 독한 잉크가 끼얹힌다.]

남의 비웃음, <우리나라 현실이 이렇게 되어야 하는가> 하는 두려움, [웃음소리가 요란하게 나더니 자조하는 표정]을 짓지 않을 수 없을 것이다.

[독한 잉크가 끼얹힌다]는 말은 하느님의 사명을 밝힌 글을 보고 지독한 비평을 받게 되었다는 고백이다.

하느님의 사명을 다하려는 사람을 비평하는 자들은 그때나 지금이나 되지 못한 공산주의 사상을 되뇌는 무리들이다.

[기침은 사념위에 그냥 주저앉아서 떠든다. 기가 탁 막힌다.]

그래서 다시 삶의 몸부림(기침)이 행동을 못하고 [사념 위]에서 그냥 주저앉아서 글로써만 떠들게 된 것이다.

이 시는 이상 자신의 사생활에 비추어 앞으로 올 우리나라 현실을 그린 시로 보아야겠다.

[나]는 우리나라를 말하고 앞으로 우리나라가 처할 상황을 말하고 있다. 우리나라가 모두 환국정신을 되찾고 그 정신을 이어받은 크리스트 정신으로 하느님과 하나가 되어야 함에도 한결같이 그것을 배척하는 사상의 주류는 공산주의이니 그들 모두도 하느님께 돌아와야 한다는 외침으로 한 말로 보인다.

지금이라도 이상의 미래예언을 말하면 미친 소리로 질타할 것을 이 글을 쓰는 저도 알고 있다.

그러나 어쩔 것인가? 모든 것이 이상이 예언한 그대로 되어왔지 않은가? 그렇다면 아직 이루어지지 않은 미래도 믿어보는 것이 좋지 않을까?

이렇게 말하면 또 말하리라, 시대상황이 비슷하게 돌아가니 그에 맞추어 해석한다고.

그래서 필자도 말한다.

[그냥 주저앉아서 떠든다. 기가 탁 막힌다.]

가외가전
街外街傳

(시와소설에 발표 1936년 3월)

[가(街)]는 〈오감도시제1호〉에 나오는 〈도로〉와는 다르다. 그래서 [가외가(街外街)]라고 하면 크리스트의 구원사상을 설파하는 진리의 길을 벗어난 또 다른 길이란 뜻이 된다.

喧噪때문에마멸되는몸이다. 모두소년이라고들그러는데老爺인기색이많다. 酷刑에씻기워서算盤알처럼資格너머로튀어오르기쉽다. 그러니까육교위에서또하나의편안한대륙을내려다보고근근히산다. 동갑네가시시거리며떼를지어답교한다. 그렇지않아도육교는또월광으로충분히천칭처럼제무게에끄덕인다. 타인의그림자는위선넓다. 미미한그림자들이얼떨김에모조리앉아버린다. 앵도가진다. 종자도煙滅한다. 정탐도흐지부지—있어야옳을박수가어째서없느냐. 아마아버지를반역한가싶다. 묵묵히—企圖를봉쇄한체하고말을하면서사투리다. 아니—이無言이훤조의사투리리라. 쏟으려는노릇—날카로운身端이싱싱한육교그중甚한구석을진단하듯어루만지기만한다. 나날이썩으면서가리키는지향으로奇蹟히골목이뚫였다. 썩는것들이落差나며골목으로몰린다. 골목안에는侈奢스러워보이는문이었다. 문안에는금니가있다. 금니안에는추잡한혀가달린肺患이있다. 오—오—. 들어가면나오지못하는타입깊이가臟腑를닮는다 그위로짝바뀐구두가비칠거린다. 어느菌이아랫배를앓게하는것이다. 질다.

반추한다. 노파니까. 맞은편평활한유리위에해소된政體를도포한졸음오는혜택이뜬다. 꿈—꿈—꿈을짓밟는허망한노역—이世紀의困憊와살기가바둑판처럼널리깔렸다. 먹어야사는입술이惡意로꾸긴진창위에서슬며시식사흉내를낸다. 아들—여러아들—노파의결혼을걷어차는여러아들들의육중한구두—구두바닥의징이다.

層段을몇벌이고아래로내려가면갈수록우물이드물다. 좀지각해서는텁텁한바람이불고—하면학생들의地圖가요일마다체색을고친다. 객지에서도리없이다소곳하던지붕들이어물어물한다. 즉이취락은바로여드름돋는계절이라서으쓱거리다잠꼬대위에더운물을붓기도한다. 渴—이갈때문에견디지못하겠다.

태고호수바탕이던地積이짜다. 幕을버틴기둥이습해들어온다. 구름이근경에오지않고오락없는공기속에서가끔편도선들을앓는다. 화폐의스캔들–발처럼생긴손이염치없이노파의痛苦하는손을잡는다.

눈에띄지않는폭군이잠입하였다는소문이었다. 아기들이번번이애총이되고되고한다. 어디로피해야저어른구두와어른구두가맞부딪는꼴을안볼수있으랴. 한창급한시각이면가가호호들이한데어우러져서멀리포성과屍班이제법은은하다.

여기있는것들은모두가그방대한방을쓸어생긴답답한쓰레기다. 낙뢰심한그방대한방안에는어디로선가질식한비둘기만한까마귀한마리가날아들어왔다. 그러니까강하던것들이疫馬잡듯픽픽쓰러지면서방은금시폭발할만큼정결하다. 반대로여기있는것들은통요사이의쓰레기다.

간다. 孫子도탑재한객차가방을피하나보다. 速記를펴놓은상궤위에알뜰한접시가있고접시위엔삶은계란한개⊠포크로터뜨린노란자위겨드랑에서난데없이부화하는勳章形조류–푸드득거리는바람에方眼紙가찢어지고氷原위에좌표잃은符牒떼가난무한다. 궐련에피가묻고그날밤에유곽도탔다. 번식한거짓천사들이하늘을가리고溫帶로건넌다. 그러나여기있는것들은뜨뜻해지면서한꺼번에들떠든다. 방대한방은속으로곪아서벽지가가렵다. 쓰레기가막붙는다.

喧噪(훤조)때문에 마멸되는 몸이다. 모두 소년이라고들 그러는데 老爺(노야)인 기색이 많다. 酷刑(혹형)에 씻기워서 算盤(산반)알처럼 資格(자격)너머로 튀어오르기 쉽다. 그러니까 육교위에서 또 하나의 편안한 대륙을 내려다보고 근근히 산다. 동갑네가 시시거리며 떼를 지어 답교한다. 그렇지 않아도 육교는 또 월광으로 충분히 천칭처럼 제 무게에 끄덕인다. 타인의 그림자는 위선 넓다. 미미한 그림자들이 얼떨김에 모조리 앉아버린다. 앵도가 진다. 종자도 煙滅(연멸)한다. 정탐도 흐지부지–있어야 옳을 박수가 어째서 없느냐. 아마 아버지를 반역하는가 싶다. 묵묵히– 企圖(기도)를 봉쇄한 체 하고 말을 하면서 사투리다. 아니– 無言(무언)이 훤조의 사투리라. 쏟으려는 노릇– 날카로운 身端(신단)이 싱싱한 육교 그 중 甚(심)한 구석을 진단하듯 어루만지기만 한다. 나날이 썩으면서 가리키는 지향으로 奇蹟(기적)히 골목이 뚫였다. 썩은 것들이 落差(낙차)나며 골목으로 몰린다. 골목안에는 侈奢(치사)스러워보이는 문이었다. 문안에는 금니가 있다. 금니 안에는 추잡한 혀가 달린 肺患(폐환)이있다. 오–오–. 들어가면 나오지 못하는 타입. 깊이가 臟腑(장부)를 닮는다 그 위로 짝바뀐 구두가 비칠거린다. 어느 菌(균)이 아랫배를 앓게 하는 것이다. 질다.

반추한다. 노파니까. 맞은편 평활한 유리위에 해소된 政體(정체)를 도포한 졸음오는 혜택이 뜬다. 꿈—꿈—꿈을 짓밟는 허망한 노역— 이 世紀(세기)의 困憊(곤비)와 살기가 바둑판처럼 널리 깔렸다. 먹어야 사는 입술이 惡意로 꾸긴 진창 위에서 슬며시 식사흉내를 낸다. 아들—여러아들— 노파의 결혼을 걷어차는 여러 아들들의 육중한 구두— 구두바닥의 징이다.

層段(층단)을 몇번이고 아래로 내려가면 갈수록 우물이 드물다. 좀 지각해서는 텁텁한 바람이 불고— 하면 학생들의 地圖(지도)가 요일마다 체색을 고친다.

객지에서 도리없이 다소곳하던 지붕들이 어물어물한다. 즉 이 취락은 바로 여드름 돋는 계절이라서 으쓱거리다 잠꼬대위에 더운 물을 붓기도 한다. 渴— 이 갈 때문에 견디지 못하겠다.

태고 호수 바탕이던 地積이 짜다. 幕을 버틴 기둥이 습해 들어온다. 구름이 근경에 오지 않고 오락 없는 공기 속에서 가끔 편도선들을 앓는다. 화폐의 스캔들— 발처럼 생긴 손이 염치없이 노파의 痛苦(통고)하는 손을 잡는다.

눈에 띄지 않는 폭군이 잠입하였다는 소문이었다. 아기들이 번번이 애총이 되고되고 한다. 어디로 피해야 저 어른 구두와 어른 구두가 맞부딪는 꼴을 안 볼 수 있으랴. 한창 급한 시각이면 가가호호들이 한 데 어우러져서 멀리 포성과 屍班(시반)이 제법 은은하다.

여기 있는 것들은 모두가 그 방대한 방을 쓸어 생긴 답답한 쓰레기다. 낙뢰 심한 그 방대한 방안에는 어디로 선가 질식한 비둘기만 한 까마귀 한 마리가 날아 들어왔다. 그러니까 강하던 것들이 役馬(역마)잡듯 픽픽 쓰러지면서 방은 금시 폭발할 만큼 정결하다. 반대로 여기 있는 것들은 통 요사이의 쓰레기다.

간다. 孫子(손자)도 탑재한 객차가 방을 피하나 보다. 速記(속기)를 펴 놓은 상궤 위에 알뜰한 접시가 있고 접시위엔 삶은 계란 한 개— 포크로 터뜨린 노란 자위 겨드랑에서 난데없이 부화하는 勳章形(훈장 형)조류— 푸드득거리는 바람에 方眼紙(방안지)가 찢어지고 氷原(빙원) 위에 좌표 잃은 簿牒(부첩)떼가 난무한다. 궐련에 피가 묻고 그날 밤에 유곽도 탔다. 번식한 거짓 천사들이 하늘을 가리고 溫帶(온대)로 건넌다. 그러나 여기 있는 것들은 뜨뜻해지면서 한꺼번에 들떠든다. 방대한 방은 속으로 곪아서 벽지가 가렵다. 쓰레기가 막 붙는다.

해설

[훤조(喧噪)]. 어린아이이면서 의젓한 모습을 한다는 [훤(喧)]과 조잘거리며 새처럼 떠든다는 [조(噪)]가 어우른 말이다. 이것은 일본을 빗대어 한 말이다. 또 [훤조]라고 하면 떠오르는 말이 있다. 이씨조선의 태조 이성계의 아버지 <환조(桓祖)>와도 그 발음이 비슷하다. 그 <환조>로 해서 이룩한 나라가 [훤조]에게 빼앗긴 것을 빗대어 한 말로 보인다. 빼앗겨도 빼앗긴 같지도 않게 합병이란 이름으로 나라를 넘겨주었으니 차라리 그 환조가 없었다면 고려가 강력히 버텨서 일본에 나라를 빼앗기는 일은 없었다고 소리치는 듯하다. 아무튼 어린아이 같기도 한 것이 어른 행세를 하면서 우리나라를 갈아 없애고, [마멸]하고 있다.

[모두 소년이라고들 그러는데 노야(老爺)인 기색이 많다. 혹형(酷刑)에 씻기워서 산반(算盤)알처럼 자격(資格)너머로 튀어오르기 쉽다.]

위의 구절이 [훤조(喧噪)]를 일본이라고 확실히 알게 한다. 이 일본은 신흥국가(소년)로 알기 쉽지만 그 역사는 깊다. 우리나라로부터 건너간 것이기 때문이다. 그래서 [노야(老爺)인 기색이 많다]고 한다.

[혹형(酷刑)에 씻기워서]란 말은 일본이 우리나라에서 들어간 <가야, 고구려, 신라, 백제>가 서로 싸우는 통에 수많은 사람들이 죽었고 피를 흘려서(씻기워서), 그렇게 하여 결국 하나로 통일 할 수 있었다는 말이다.

그런데 그들은 너무 자기 자신을 과신하여, 산반(算盤)알처럼 자격(資格)너머로 튀어오르기 쉽게 된 것이다.

[그러니까 육교위에서 또 하나의 편안한 대륙을 내려다보고 근근히 산다. 동갑네가 시시거리며 떼를 지어 답교한다. 그렇지 않아도 육교는 또 월광으로 충분히 천칭처럼 제 무게에 끄덕인다.]

우리나라는, 일본이 그처럼 [자격너머로 튀어올랐기 때문에], 육교, 도로를 공중으로 가로지른 길, <✝>를 이루긴 하여도 허공에 띄워진 구원의 길에 의지하여 대륙(미국)을 바라보면서 근근히(독립운동으로) 살아갔던 것이다. 우리나라 뿐만이 아니라 동갑네(앞으로 동시에 해방을 맞을 싱가포르, 이스라엘 등)도 미국에 의지하여 독립을 기다렸던 것이다. 이것을 [동갑네가

시시거리며 떼를 지어 답교한다]고 한 것이다. 그러나 태양의 빛(하느님의 구원)이 아닌 달빛인 미국에 의지함으로 해서 얻은 해방은 [충분히 평형을 이루지 못한 천칭처럼 제 무게에 끄덕]였던 것이다, 공산주의와 마호메트라는 적크리스트의 환상을 안고.

[타인의 그림자는 위선 넓다. 미미한 그림자들이 얼떨김에 모조리 앉아버린다.]

[타인의 그림자]라는 말은 다른 나라의 영향력을 두고 하는 말이다. 약소국들은 강대국을 무조건 우르르, [넓게] 본다. 그래서 스스로 위축되어 항복한다, [얼떨김에 모조리 앉아버린다]. 일본의 동남아 정복 얘기다.

[앵도가 진다. 종자도 연멸(煙滅)한다.]

이 [앵도]라는 말이 의미심장하다. 앵도는 우선 발갛고 동그랗다, 일본의 일장기처럼. 또 자그맣고 동그란 매무새가 일본을 상징한다고 보여진다. 그러나 그 [앵도가 진다].

이상(李箱)은 일본이 패망할 것을 예견한 것인가? 그렇다. 이상(李箱)시의 도처에 일본의 패망을 말하고 있다. 그것은 희망이 아니라 예언이었다. 그것도 [종자도 연멸(煙滅)한다]고 말하고 있다. [연멸(煙滅)]은 〈인멸(湮滅)〉과는 다르다. [다 타서 연기와 같이 사라진다]는 말이다. 타서 사라진다는 말은 전쟁으로 인하여 멸망할 것을 예언한 것이다.

[정탐도 흐지부지—있어야 옳을 박수가 어째서 없느냐. 아마 아버지를 반역하는가 싶다.]

[정탐도 흐지부지]란 말은 일본이 패망할 것을 잘 알아보지도 않고 일제 말기에 일본에 가담하여 그들에 동조할 사람들을 비꼬아서 한 말로 보인다. 그렇게 살펴본다면 일본이 패망할 것을 알고 박수를 쳐야 할 것인데 무지하여 결국은 아버지(조국)를 반역하게 된다. 이것은 2차 세계대전이 일어날 것을 예견하고 그로써 패망할 일본과 그 일본에 몰지각한 우리나라 사람이 동조할 것을 말한 것이다.

이상(李箱)이 이 시를 쓸 당시는 1930년대 초반이고 그가 죽고 난 뒤인 1939~1945에 2차세계대전이 일어났으니 틀림없는 예언이라고 보아야 한다. 이상(李箱)은 모든 시에서 예언을 하고 있다는 것을 믿고 살피지 않으면 모든 시를 풀 수가 없다.

[묵묵히—기도(企圖)를 봉쇄한 체 하고 말을 하면서 사투리다. 아니—무언(無言)이 훤조의 사투리다.]

[기도(企圖)를 봉쇄한 체]라고 한 말은 일본이 미래에 대한 어떤 사상적 구도(構圖)가 없이 무작정 단순한 국토확장을 위한 전쟁을 하고 있다는 뜻으로 하는 말이다. [묵묵히]라고 하면 침묵으로 실천한다는 좋은 뜻이 아니라 <덮어놓고 일에 덤벼든다>는 뜻으로 하는 말이다. 이러한 침묵의 행동임에도 [말을 하면서]라는 뜻은, 그 당시 유럽과 아메리카의 침략을 <대동아(중국, 조선, 일본)단결>하여 하나로 뭉쳐야 한다는 명분을 세워 우리나라를 침략하고 중국을 침략한 것을 말하니 그것은 말(진리)이라고 할 수 없는 것이면서도 말도 안 되는 말을 한다는 것이다. 그러나 <대동아단결(大東亞團結)>이라는 말은 <환국(桓國)의 통치세계>를 말하는, 우리나라 역사의 한 맥락으로 볼 수 있으니 같은 내용이면서도 다른 말, [사투리]가 되는 것이다. 그 [무언], 말도 안 되는 말은 [훤조(喧噪)]다. 그러나 <환조(桓祖)>는 아니다.

[쏟으려는 노릇—날카로운 신단(身端)이 싱싱한 육교 그 중 심(甚)한 구석을 진단하듯 어루만지기만 한다.]

[신단(身端)]은 몸을 단정히 한다는 말이니 [날카로운 신단(身端)]은 <교회의 첨탑같이 뾰족한 몸가짐>을 말하며 <크리스트정신의 몸가짐>을 뜻하는 말이 된다. 따라서 [싱싱한 육교]는 세상조류(도로)를 가로지르는 [육교]가 [싱싱(세속에 물들지 않고 청결)]하다는 것이다. 이 육교(청결한 크리스트정신)가 세속에 물들어 썩은 구석이 있게 된 것을 튼튼하게 고치고 떠받들어 세속의 흐름인 아래의 길과 닿지 않도록 하여야 함에도, 하느님의 보살핌은 그 잘못되어가는 것을 어루만지기만 한다는 원망이다.

[나날이 썩으면서 가리키는 지향으로 기적(奇蹟)히 골목이 뚫였다. 썩은 것들이 낙차(落差)나며 골목으로 몰린다. 골목 안에는 치사(侈奢)스러워 보이는 문(門)이었다.]

진단만 하고 대책을 세우지 않은 결국은 [나날이 썩으면서] 있다. 가고자 지향하는 곳을 썩어가면서도 [가리키는] 것이 있다. 그 방향에서 [기적(奇蹟)히 골목이 뚫였다]. 이 기적(奇蹟)은 [크리스트사상의 구원세계]로 볼 수 있으나 [치사(侈奢)]는 사회주의사상으로 앞에서 풀었기 때문에, 하느님의 기적이 결국은 인간의 머리로 만든 <사회주의>로 가로막고 있었던 것이다. 이 말은 또한 그 진리세계의 방해물인 <사회주의>가 이 세상을 구할 길이 된다는 말이다, <사회주의>를 부셔야만 길이 열리니.

[문안에는 금니가 있다. 금니 안에는 추잡한 혀가 달린 폐환(肺患)이 있다.]

[문안]이 <교회>이니 [금니]는 화려하게 꾸민 교회의 앞에 장식한 기둥이 된다. [금니 안] 즉 <교회의 안>에는 세속에 물든 설교, [추잡한 혀가 달린 폐환(肺患)]이 있다.

[오ー오ー. 들어가면 나오지 못하는 타입. 깊이가 장부(臟腑)를 닮는다. 그 위로 짝 바뀐 구두가 비칠거린다. 어느 균(菌)이 아랫배를 앓게 하는 것이다. 질다.]

그 교회라는 것은 [들어가면 나오지 못하는 타입]이다. 진리적 탐구가 아니라 맹신적으로 매달리게 된다는 말이다. 그 맹신적 믿음은 먹으면 모두 삭여들이는 [장부(臟腑)]와 같다. 그것은 그 믿음이 깊을수록 그렇다. 그것은 내가 가고자 하는 방향에 엇갈리게 된다([짝 바뀐 구두가 비칠거린다]). 그것은 또 그 맹신적 믿음으로 받아들여진 것이 제대로 소화하지 못하여 피와 살이 되는 영양분이 아닌 병균이 되어서 내 정신을 앓게 하는 것, [어느 균(菌)이 아랫배를 앓게 하는 것]이 된다. [질다]는 말은 물과 흙이 뒤석인 것을 말하고 그 물은 진리를 말하니 <세상 진리가 뒤범벅이 된 것>을 말한다. [아랫배]는 좌경으로 혼란한 남한을 가리킨다.

[반추한다. 노파니까. 맞은 편 평활한 유리 위에 해소된 정체(政體)를 도포한 졸음오는 혜택이 뜬다.]

[노파]는 <가톨릭>의 <성모마리아>를 말하되 역사가 이천년이나 되

니 늙었다는 뜻으로 하는 말이다. 가톨릭 성당에 가면 여러 기도문이 있고 그것을 암기하여 되풀이 외운다. 이것을 [반추한다]고 하는 듯 하다. 이것은 그 역사가 오래이니 로마교황청에서 만들어 세계에서 같은 요식으로 행하는 의식이다. 이것은 이 세상의 정체(政體)를 해소하고 새로 칠해진 정체, [해소된 정체(政體)를 도포]한 것을 말하고 또 그것은 평화([평활한 유리])를 추구하는 종교로 모든 것을 잊고 잠들게 한다고, [졸음오는 혜택이 뜬다]고 한다.

[꿈—꿈—꿈을 짓밟는 허망한 노역— 이 세기(世紀)의 인비(因憊)와 살기가 바둑판처럼 널리 깔렸다.]

그렇게 하여 평화를 얻게 되지만 그것은 모든 것을 잠재우고 꿈속에 파묻히게 한다. 그 결과는…

[꿈—꿈—꿈을 짓밟는 허망한 노역]의 꿈, 그것도 세 번의 꿈을 짓밟았다. 3차대전을 말하는가? 과거의 얘기라면 [짓밟는]이 아니라 <짓밟았던>이라고 하였어야 했을 것이다. 아마도 앞으로 오게 될 <2,3차 세계대전>을 합한 3차례의 대전을 말하는 것으로 보인다. 이것은 성경의 요한계시록에 나오는 <화, 화, 화가 있으리라>고 한 그것을 말한다고 보여진다. 지나갔든 앞으로 올 것이든 그 전쟁, [꿈을 짓밟는 짓]은 참으로 허망한 것이다. 그것으로 무엇을 이룩하는 것이 아니라 그냥 [허망한 노역]일 뿐인 것이다. [이 세기(世紀)의 곤비(困憊)와 살기(殺氣)]는 두말할 것 없이 전쟁을 말하는 것이다. 살아남기 위한 [살기(殺氣)]인 것이다. 그것은 어느 누구랄 것 없이 [바둑판처럼 널리 깔]려있는 것이다.

[먹어야 사는 입술이 악의(惡意)로 꾸긴 진창위에서 슬며시 식사 흉내를 낸다. 아들—여러 아들—노파의 결혼을 걷어차는 여러 아들들의 육중한 구두—구두 바닥의 징이다.]

이 구절에서 <사회주의>의 탄생을 암시하는 냄새가 난다. [먹어야 사는 입술이] 앞으로 올 식량고갈을 부르짖고 <인구는 기하급수적으로 늘고 식량은 산술 고른 값으로 증가하니 사회개혁을 하여 이 세계를 구제해야 한다>는 논리를 부르짖었던 것이다. 그래서 그들은 인간이 살기 위해서는, 실현성 없이 천국세계를 외쳐대는 종교를 말살해야 한다는 [악의(惡意)로 꾸긴 진창]을 펼쳐놓는 것이다. 이 [진창]은 진리를 시궁창으로 만든 것을 말한다. 그러면서 그 〈사회주의〉 철학이 전 인류를 먹여 살릴 수 있다고 떠든다. [슬며시 식사 흉내를 낸다]는 말이다.

[아들—여러 아들—노파의 결혼을 걷어차는 여러 아들들의 육중한 구두—구두 바닥의 징이다]. [아들]은 [노파(가톨릭)]가 낳았다. 그 [여러 아들]은 가톨릭에서 파생된 개신교의 여러 종파를 뜻할 뿐 아니라 하느님의 구원세계를 스스로 만들겠다는 사상기류(공산주의 탄생)로 보인다. [노파의 결혼]이란 〈가톨릭〉이 새로운 종교와 결합하여 새롭게 거듭나려고 하는 것을 말한다. 그러나 [아들들], 기독정신에서 엇갈려 파생한 그들에서는 그것을 방해한다. [육중한 구두]라 함은 무력으로 자기들 주장을 관철하려는 것이고 바닥이 쇠로 징을 해 박은 것처럼 튼튼하며 걸을 때 마다 쇳소리를 낸다는 말은 무력정복을 위한 행동을 말한다.

[층단(層段)을 몇 번이고 아래로 내려가면 갈수록 우물이 드물다.]

[층단(層段)]이란 역사적 단계를 뜻한다. [몇 번이고 아래로 내려가면 갈수록 우물이 드물다]는 말은 역사적 고찰로 현재의 삶을 해결하려고 하면 할수록 내 목을 축여줄 진리의 우물이 드물다는 말이다.

[좀 지각해서는 텁텁한 바람이 불고 -하면 학생들의 지도(地圖)가 요일마다 체색을 고친다.]

[지각]한다는 말은 구원세계가 늦게 오게 되는 것을 말한다. 그러면 말 못할 답답함과 어려움, [텁텁한 바람]이 있게 된다. 그 결과는 힘센 나라들이 침략을 하고 약한 나라는 침략당하고 하여 지도가 요일마다 그 경계를 달리하니 학생 아이들이 [체색을 고친다]는 말이다.

[객지에서 도리 없이 다소곳하던 지붕들이 어물어물한다. 즉이 취락은 바로 여드름 돋는 계절이라서 으쓱거리다 잠꼬대 위에 더운 물을 붓기도 한다. 갈(渴)— 이 갈 때문에 견디지 못하겠다.]

이 [객지]는 미국으로 보인다. 그 당시 일본의 진주만 공격이 있기 전까지는 미국은 [다소곳하던 지붕들]처럼 유럽에도 동양에도 참여하지 않고 [어물어물한] 상황이었다. 이러한 미국은 여드름 돋아나는 청년처럼 젊은 나라였다. 그래서 유럽의 분쟁에서도 동양의 일본 침략에서도 잠꼬대처럼 자기들의 의견을 말하는 정도에 불과했다. 그러나 그 잠꼬대 위에 [더운 물을 붓기도 한다]. 이것은 오늘날에 보아서는 일본의 〈진주만공격(1941. 12. 7)〉으로 볼 수밖에 없다. 그러나 이것은 이상(李箱)이 사망한 이후의 일이다. 그러나 이상(李箱)은 이러한 예언을 하고 있다, 도처에.

미국마저 이러한 지경이니 답답하고 [갈(渴)— 이 갈 때문에 견디지 못하겠다]고 토로할 뿐이다. 또 [渴]하다는 말은 [물]을 먹고 싶으나 마실 물이 없다는 말이다. 이상(李箱) 시(詩)에는 [물]은 진리를 말한다. 미국은 생긴 지 오래지 않아서 철학과 사상이 모자란다는 말을 한다.

[태고의 호수 바탕이던 지적(地積)이 짜다. 막(幕)을 버틴 기둥이 습해 들어온다. 구름이 근경에 오지 않고 오락 없는 공기 속에서 가끔 편도선들을 앓는다. 화폐의 스캔들— 발처럼 생긴 손이 염치없이 노파의 통고(痛苦)하는 손을 잡는다.]

앞에서 동서양과 아메리카를 살펴보고 미래를 말하였으나 〈중근동〉은 말하지 않았다. 그래서 [태고의 호수 바탕이던 지적(地積)이 짜다]는 말은 중근동 지역을 말하고 있다는 것을 알 수 있다. 그 지방 일대는 태고에 호수의 밑바닥이었다고 한다. 〈흑해〉는 호수였으나 노아홍수 이후에 바닷물이 흘러들어 바다가 된 것이라고 하며 다른 여러 곳에 바다가 융기하여 말라서 소금밭을 만들고 있다. 또 [소금]은 〈말씀과 진리〉로 표현된다. 그것으로 이 세상을 썩지 않게 하기 때문이다. 그리고 그 지방에서 크리스트교와 마호메트교가 생겨났다. 이 세상의 소금이 된 지역이라고 할 수 있다. 그러나 그곳도 [막(幕)을 버틴 기둥이 습해 들어온다]. 이 세상이 썩어들지 않도록 [기둥이] 되었던 그곳도 이 세상 다른 진리(물)로 습해온다고 한다. 그러나 하늘로부터 오는 진리(비)의 근원이 되는 것([구름])이 〈중근동([근경])〉에는 오지 않고 메마른, [오락없는] 삶([공기]) 속에서 진리가 고갈된 병, [편도선]을 앓게 된다. 이것은 또한 경제의 궁핍,

[화폐의 스캔들]에서 온 것이기도 하다. 이것은 〈마호메트교〉가 확장하여, [발처럼 생긴 손], 침략하여 들어가며 뻗히는 세력으로 가톨릭(노파)교의 뿌리가 되던 그곳을 휩쓸고, [통고(痛苦)하는 손을 잡고]만다. 이른바 이것이 〈십자군 전쟁을 일으킨 원인〉이 된다. 또한 이것은 제1의 적그리스트다.

[눈에 띄지 않는 폭군이 잠입하였다는 소문이었다. 아기들이 번번이 애총이 되고되고 한다. 어디로 피해야 저 어른 구두와 어른 구두가 맞부딪는 꼴을 안 볼 수 있으랴. 한창 급한 시각이면 가가호호 들이 한데 어우러져서 멀리 포성과 시반(屍班)이 제법 은은하다.]

이제 제2의 적그리트가 탄생한다. 그들은 세계를 사회주의로 통일하겠다며 무력적 침략을 시작하였고 기독사상을 고수하려는 나라와의 대결이 되게 하였다. 이른바 이것이 [저 어른 구두와 어른 구두가 맞부딪는 꼴]을 만든 것이다. 침략의 공산주의는 [눈에 띄지 않는 폭군]이 되어 철없는 [아기들]을 앞세워 천인공노할 악행을 저질렀다. 중공과 캄보디아에서는 실제로 [아기들]을 앞세워 수백만 명의 사회 유식층 사람들을 학살하게 하였다. 이 [아기들]은 〈아헤〉와는 구별된다.

[한창 급한 시각이면 가가호호들이 한데어우러져서 멀리 포성과 시반(屍班)이 제법 은은하다]는 말을 잘 읽어보면 일반적인 전쟁을 얘기하는 것이 아니다. 해방 이후 이북 공산당들이 가가호호 들추어 공산주의에 동조하지 않는 사람들을 반동이라고 하여 인민재판이란 명목으로 대창으로 찔러죽이는, 무자비한 살상을 말하는 것으로 밖에는 해석할 수 없다. 2차대전도 끝나고 소련의 공산주의도 정리된 마당에, 유독 우리나라만이 새로운 피바다의 잔혹한 살상이 내부적으로 일어난 것이다.

[여기 있는 것들은 모두가 그 방대한 방을 쓸어 생긴 답답한 쓰레기다. 낙뢰 심한 그 방대한 방안에는 어디로선가 질식한 비둘기만한 까마귀 한 마리가 날아 들어왔다. 그러니까 강하던 것들이 역마(疫馬)잡듯 픽픽쓰러지면서 방은 금시 폭발할 만큼 정결하다. 반대로 여기 있는 것들은 통 요

사이의 쓰레기다.]

[여기 있는 것들은 모두]는 <우리나라 안에 있는 모든 것들>이다. [그 방대한 방]은 <공산과 민주로 대결된 세계>를 뜻한다. 따라서 우리나라는 세계사상조류의 축소판으로 볼 수 있다. 따라서 세계의 [방을 쓸어 생긴 답답한 쓰레기]와 다를 바 없다. 그러한 것들은 천벌, [낙뢰]를 받아 마땅한 것들이다. 그래서 그것들은 천벌을 받는다. [낙뢰 심한 그 방대한 방안], 그런데 그 방안에 까마귀 한 마리가 들어왔다. 그 까마귀는 노아 홍수 때에 홍수가 끝나자, 노아가 비가 그쳤나 알려고 내보낸 까마귀다. 그 당시 그 까마귀는 비가 그친 후의 마른땅을 찾지 못해 방주와 공중을 오락가락하며 날아다녔던 역할을 하였지 그 구원의 마른땅이 있다는 소식을 전하지 못한다. 그 뒤에 비둘기를 내보냈을 때에 마른 땅이 생겼다는 표시로 감람잎을 물고 들어왔던 것이다. 그런데 지금의 이 [까마귀]는 [질식한 비둘기만 하다] 하였으니 그 평화의 상징인 비둘기가 질식하였으니 까마귀가 그 역할을 대신한다는 것이다. 비둘기의 그 질식의 원인은 공산주의와 전쟁의 혼란으로 인한 영향으로 보아야 할 것이다. 서양의 평화의 상징인 비둘기의 역할은 질식한 것이니 우리나라 구원의 상징인 까마귀가 이 세상을 구한다는 말이 된다.

[역마(疫馬)잡듯]하다는 말은 전념병에 걸린 말이 픽픽 쓰러진다는 뜻이니 전쟁터에서 번개처럼 달리던 말도 병에는 어쩔 수 없이 맥없이 쓰러진다는 말이 된다. 그러니 아무리 강하던 것들도 그러한 역병(하느님의 벌)이 있게 되면 힘없이 쓰러지게 된다는 말을 하고 있다. 그것은 까마귀가 날아든 방에서 일어나는 풍경이다. 사악한 인간들도 그 내면에 하느님의 소식을 기다리고 있고 그 소식이 아무리 미미한 것이라도 정결하게 된다는 것을 말하고 있다. 그렇게 하여 정결하게 되었지만 [반대로 여기 있는 것들은 통 요사이의 쓰레기다] 하고 말한다. 우리나라 안의 상황이 지금도 이와같다하지 않을 수 있는가?

[간다. 손자(孫子)도 탑재한 객차가 방을 피하나보다. 속기(速記)를 펴놓은 상궤 위에 알뜰한 접시가 있고 접시위엔 삶은 계란 한 개— 포크로 터뜨

린 노란 자위 겨드랑에서 난데없이 부화하는 훈장형(勳章形)조류— 푸드득거리는 바람에 방안지(方眼紙)가 찢어지고 빙원(氷原)위에 좌표 잃은 부첩(符牒)떼가 난무한다. 궐련에 피가 묻고 그날 밤에 유곽도 탔다. 번식한 거짓 천사들이 하늘을 가리고 온대(溫帶)로 건넌다. 그러나 여기 있는 것들은 뜨뜻해지면서 한꺼번에 들떠든다. 방대한 방은 속으로 곪아서 벽지가 가렵다. 쓰레기가 막 붙는다.]

[간다]. [손자도 탑재한 기차], 크리스천들을 실은 기차가 방(우리나라)을 피하여 나간다.

[손자(孫子)]. 하느님의 아들은 <예수님>이니 그 예수님을 아버지처럼 모시는 크리스트 신자들은 [손자(孫子)]가 될 것이다.

그 [손자(孫子)]는 하느님의 말씀을 깊이 새겨듣지 못하고 건성으로 [속기(速記)]하여 그것을 [상궤 위에] [펴놓]고 하느님에게 바칠 [알뜰한 접시] 위에 [삶은 계란 한 개]를 올려놓는다. 하느님은 삶은 것을 절대로 제물로 받지 않았다. 구약을 읽어보면 알 수 있다. 심지어 독생자 까지 산채로 제물로 받았던 것이다. 이 [손자(孫子)]는 하느님의 뜻도 말씀도 받아들이지 못한 채 정성만을 다하고 있다, 껍데기로. 그것은 [포크로 터뜨린 노란 자위 겨드랑에서 난데없이 부화하는 훈장형(勳章形)조류]다. 이것은 <하느님의 뜻도 말씀도 받아들이지 못한 채 정성만을 다하고 얻은 결과>다. 생명의 탄생이 아니라 가식의 [겨드랑]에서 돋은 [훈장형(勳章形)조류]. 그 순간 그것은 [푸드득거리]는 날개짓을 한다. 그래서 [바람에 방안지(方眼紙)가 찢어]진다. 이 [방안지(方眼紙)]는 앞에서 말한 [이 세기(世紀)의 곤비(困憊)와 살기가 바둑판처럼 널리 깔렸다]고 한 그 [바둑판] 같은 것을 말하고 있다. 그런데 그 [방안지(方眼紙)]가 찢긴다. 해방이다. 그렇다면 이처럼 [손자(孫子)]를 실어 나르고 [이 세기(世紀)의 곤비(困憊)와 살기가] 가득 찬 [방안지(方眼紙)]를 찢는 해방을 가져오는 것이 무엇인가? 그 해답은 [빙원(氷原)위에 좌표 잃은 부첩(符牒)떼가 난무한다] 하는 구절이 말한다. [손자(孫子)]는 하느님의 아들(예수크리스트)의 아들인 크리스천을 말한다. [빙원(氷原)]은 <시베리아>이고 [부첩(符牒)]은 [비밀암호가 쓰인 문서]이니 남들이 이해하기 어려운 맑스의 <사회주의이론>을 들고 설쳐대었던 <공산당>무리였던 것이다. 그들로 하여 [손자(孫子)]는 어떠한 휴식도 없고 자유도 없게 되었던 것이다. [궐련에 피가 묻고 그날 밤에 유곽도 탔다]. 휴식을 모두 앗아간 행위였다.

[번식한 거짓 천사들이 하늘을 가리고 온대(溫帶)로 건넌다.]

그 소비에트는 당시 정교회로 굳혀진, 전 세계에서 가장 굳건한 크리스천의 나라처럼 보였다. 그러나 그들은 공산당을 받아들이고 그들과 악수한다. 그 결과는 끔찍하였다. 종교말살정책의 공산당에게 무참히 척결되었던 것이다. 이렇게 만든 종교인들은 [번식한 거짓 천사들이]었다. 그들은 부끄러워 <하늘을 가리고> 남쪽나라 [온대(溫帶)로 건넌다].

[그러나 여기 있는 것들은] 공산당의 나라가 아닌 자유민주주의 나라(우리나라 남한)가 되었다. 그래서 [뜨뜻해지면서 한꺼번에 들떠든다. 방대한 방은 속으로 곪아서 벽지가 가렵다. 쓰레기가 막 붙는다]. 이렇게 도로 타락하여 버린 것이다. 요즈음 종교인들이 도리어 공산주의를 찬동하며 그들과 어울려 반정부 시위를 하는 것을 빗댄 말로 보인다.

이 모든 것은 이상(李箱) 당시에서는 일어나지 않았다. 이처럼 이상(李箱)은 예언하였던 것이다, 공산당에 빌붙는 러시아의 정교회는 망할 것이지만 자유민주주의 남한이 그들 종교인들로 곤욕을 치룰 것을.

명경
明鏡

(여성에 1936년 5월 발표)

여기 한 페이지 거울이 있으니
잊은 계절에서는
얹은머리가 폭포처럼 내리우고

울어도 젖지 않고
맞대고 웃어도 휘지 않고
장미처럼 착착 접힌
귀
들여다보아도 들여다보아도
조용한 세상이 맑기만 하고
코로는 피로한 향기가 오지 않는다.

만적만적하는 대로 수심이 평행하는
부러 그러는 것 같은 거절
右편으로 옮겨앉은 심장일망정 고동이
없으란 법 없으니

설마 그러라? 어디 觸診……
하고 손이 갈 때 지문이 지문을 가로막으며
선뜩하는 차단뿐이다.

5월이면 하루 한 번이고
열 번이고 외출하고 싶어하더니
나갔던 길에 안 돌아오는 수도 있는 법

거울이 책장 같으면 한 장 넘겨서
맞섰던 계절을 만나련만
여기 있는 한 페이지
거울은 페이지의 표지.

이 [명경(明鏡)]이라는 시는, 이제까지 보아온 이상(李箱)시에서는 보기 드문 서정성을 띈 평범한 시로 보인다. 그러나 그 내용을 살펴보면 무언가 다른 것을 보게 된다.

[여기 한 페이지 거울이 있으니]

[거울]을 책장처럼 [한 페이지]라 한다. 그거야 그것을 들여다보는 이상(李箱) 자신이 그에 비친 과거를 읽어온 것에 대한 말로도 보이긴 한다. 과연 그럴까?

[잊은 계절에서는
얹은머리가 폭포처럼 내리우고]

[잊은 계절]이라면 기억에도 나지 않는 지나간 날을 말하지만 <모든 사람들이 잊고 사는 한때>로 삭여 시를 쓰고 있는 이상(李箱) 자신의 그때에서, 앞으로 올 미래에서 바라보는 과거(그때에서 보면 미래)로 풀 수도 있다. 그런데 [얹은머리]라는 구절에서 이상(李箱)의 얘기가 아님을 알 수 있다. [얹은머리]는 시집간 여인이 처녀적의 긴 머리를 거두어 올리는 것을 말하기 때문이다. 그런데 그 머리가 땋은 것도 아니고 [폭포처럼 내리우고]있다고 말한다. 단발머리인가? 아무튼 철없던 어린시절을 말하고 있는 것 만은 틀림없다.

[울어도 젖지 않고
맞대고 웃어도 휘지 않고
장미처럼 착착 접힌 귀
들여다보아도 들여다보아도
조용한 세상이 맑기만 하고
코로는 피로한 향기가 오지 않는다.]

[울어도 젖지 않고]라는 말의 [울어도]는 <무슨 슬픔이 있거나 가슴 치는 애달픔이 있어서 외쳐보지만>이라는 말이며 [젖지 않고]라는 말은 <진리를 받아들일 수 없었다고 하는 말>이다. 이곳에서 [얹은머리]의 주인

공을 발견하여야 한다. 뒤에 나오는 구절로 보아서는 그 여인은 북한이 된다는 것을 알게 한다. 우리나라는 남북한으로 갈려 남한은 남자 북한은 여자로 마주하여 머리를 얹고 살게 된 것이다. 그래서 그 얹은머리는 북한의 공산주의자와 남한의 좌경들을 말하고 있음을 알 수 있다.

[장미처럼 착착 접힌 귀] 이 구절에서 의미심장한 것을 발견하게 된다. [장미]라고 하면 붉음을 상징하는 공산주의를 상징하기 때문이다. 이에서 뒤에 나오는 [5월]이 떠오르며 〈오감도시제7호〉에 나오는 구절 〈일년사월(一年四月)의 공동(空洞)· 반산전도(槃散顚倒)하는 성좌(星座)〉가 생각난다. 저는 〈일년사월(一年四月)의 공동(空洞)〉을 〈4.19의거〉로 풀고, 이어서 일어나는 〈반산전도(槃散顚倒)하는 성좌(星座)〉는 〈5.16군사혁명〉으로 풀었다. 이 [5월]은 그 당시 좌경사상이 극대로 팽배하여 붉은 장미가 뒤덮이는 계절이었다. 단발머리의 어린 세대는 붉은 장미의 사상으로 귀를 납작하게 덮혀(장미처럼 착착 접혀) 아무 말도 들리지 않았으리라.

[들여다보아도 들여다보아도
조용한 세상이 맑기만 하고
코로는 피로한 향기가 오지 않는다.]

〈5·16군사혁명〉은 참으로 조용하게 이루어졌다. 그래서 어지러운 것을 모두 청소하고 조용하게 발전하였다. 그 발전을 위한 [피로]는 [향기]로운 것이었음에도 거울(과거를 비쳐봄)에서는 아무런 것을 느끼지 못한다. 모든 사람들이 그 공과를 모르고 산다는 말이다. [들여다보아도 들여다보아도] 모르고 있다. 참으로 신기한 일이다. 세계가 모두 놀라는 이것을 단발머리의 젊은 세대들은 모르고 있다.

[만적만적하는 대로 수심이 평행하는
부러 그러는 것 같은 거절
右편으로 옮겨앉은 심장일망정 고동이
없으란 법 없으니

설마 그러랴? 어디 촉진(觸診) ……하고 손이 갈 때
지문이 지문을 가로막으며
선뜩하는 차단뿐이다.]

[만적만적]하다는 말은 <무엇을 만지면 말랑말랑한 듯 하면서 탄력이 있고 촉촉하다>는 말이다. 그래서 [만적만적하는 대로 수심이 평행하는]이라는 말을 풀면 <이론적으로 말하면 알아들을 수 있을 듯 하면서도 무엇인지 모르는 근심걱정([수심])으로 싸여있어서>라고 풀어진다. 그렇다면 그 [수심]의 근원은 무엇인가? <공산주의로 하여야만 우리나라가 가난과 속박에서 해방된다고 하는 꼬임수>임을 알게 된다. 그러나 공산주의 이북은 가난 속에 허덕이게 되고 자유민주주의 남한은 부유한 나라가 된 것인데도 그 당시 꼬임에 빠진 그들은 헤어나지 못하고 있다는 말이다.

그래서 젊은 세대와 좌경세력들은 [부러 그러는 것 같은 거절]로 일관하였다. [右편으로 옮겨 앉은 심장일망정 고동이 없으란 법 없으니] 좌경들은 자기들만이 뜨거운 심장이 있는 듯이 우경, [右편으로 옮겨앉은 심장]을 적대시 하고 우리나라를 자기들만이 구할 수 있다고 떠들어대었다, 한결같이. 그러나 우습다, 우경이 실체(實體)이고 좌경은 거울에 비친 허상(虛像)임에도. 허상이 실상을 거울 보듯 [촉진](觸診)한다. 그러나 허상인 그들은 실상을 만나지 못한다. 공산주의를 신봉하는 좌경들은 자기가 실상이라고 착각하고 실상의 세계로 들어오기를 거부하며 거울을 보듯 마주 서 있기 때문이다. [지문이 지문을 가로막으며 선뜩하는 차단뿐이다.]

[5월이면 하루 한 번이고
열 번이고 외출하고 싶어하더니
나갔던 길에 안 돌아오는 수도 있는 법]

[5월이면]이라고 하는 말은 <5.16군사혁명이면>이라고 풀어본다. 그래서 좌경세력과 그 세력에 물든 젊은이들은 [하루 한 번이고 열 번이고] 뛰쳐나가 외쳐댄다. [외출하고 싶어한다]. 그래서 북한 공산주의에 흡수

된다. [나갔던 길에 안 돌아오는 수도 있는 법]이다.

[거울이 책장 같으면 한 장 넘겨서
맞섰던 계절을 만나련만
여기 있는 한 페이지
거울은 페이지의 표지.]

참으로 애달픈 일이다. 세대가 바뀌어도 변함이 없다. 그들에게 설명을 하여도 그 때의 상황을 모르는 그들은 자기들 주장만을 내세우고 있다, [거울이 책장 같으면 한 장 넘겨서 맞섰던 계절을 만나련만]. [맞섰던 계절]이란 두말할 것도 없이 <자유민주주의와 친북좌경세력>이 맞섰던 해방이후 우리나라의 현실이다.

이렇게 거울을 비추어 말하는 것은 그 역사의 겉껍데기일 뿐이다. [거울은 페이지의 표지]이다. 아니, 거울은 북한을 말하니 현재의 북한을 보면 거울 보듯 과거의 모든 것을 짐작할 터인데 왜 모르느냐는 통탄이다.

이 시는 [8.15→4.19→5.16→2000년 이후]에 대한 예언이며 우리나라 현대사의 자화상이 될 것이다. 이상은 이처럼 미래로 날아와서 과거를 돌아보며, 스스로(우리나라)를 돌아보며 시로 밝히고 있다.

이렇게 풀어놓은 것을 본 어느 독자는 너무 터무니없다고 할 것이지만 그것은 이상(李箱)시의 본질을 모르는 것이며 앞에서 풀어놓은 모든 시의 흐름을 살핀다면 머리를 끄덕일 것이다. 저도 이 [명경(明鏡)]이라는 시 앞에서는 단순한 서정시로 느껴 그 뜻을 짚어보았지만 보면 볼수록 위와 같은 답이 나온 것은 저가 과민한 탓인가? 아니고 서정성으로만 풀어서 전혀 그 뜻을 짐작할 수 없었다. 모든 것은 독자에게 맡긴다.

위독
危篤

(조선일보에 발표된 작품 1936. 10. 4~9일)

<조선일보>에 <금제. 추구. 침몰. 절벽. 백주. 문벌. 위치. 매춘. 생애. 내부. 육친. 자상> 12편 발표한다. 우리나라가 앞으로 공산주의로 하여 위험에 처할 문제들을 짚어본 시다.

禁制

내가치던狗는튼튼하데서모조리실험동물로공양되고그중에서비타민E를지닌개는學究의未及과생물다운질투로해서博士에게흠씬얻어맞는다. 하고싶은말을개짖듯뱉어놓던세월은숨었다. 의과대학허전한마당에우뚝서서나는필사로금제를앓는다. 論文에출석한억울한髑髏에는천고에氏名이없는법이다.

내가 치던 狗(구)는 튼튼하데서 모조리 실험동물로 공양되고 그 중에서 비타민E를 지닌 개는 學究(학구)의 未及(미급)과 생물다운 질투로해서 博士(박사)에게 흠씬 얻어맞는다. 하고싶은 말을 개짖듯 뱉어놓던 세월은 숨었다. 의과대학 허전한 마당에 우뚝서서 나는 필사로 금제를 앓는다. 논문에 출석한 억울한 髑髏(촉루)에는 천고에 氏名(씨명)이 없는 법이다.

해설

[구(狗)]는 <견(犬)>과 같으면서도 다르다. <犬>이 사냥하는 개의 무리

로 큰 개를 말한다면 [구(狗)는] 애완견이나 사람을 따라다니는 자그마한 개를 말한다. [비타민E]는 〈Europe의 사상〉을 말한다.

[내가 치던 구(狗)는] 나를 위하여 일하는 동물이 아니라 그냥 애완용으로 키워지며 내가 필요로 하는 사상에 대입(실험동물로 공양)하여보는 것에 불과하였다. 그 [구(狗)는] 시험도구에 필요한 〈사상〉이었던 것이다. 그러나 유럽의 철학사상([비타민E])은 아직 깊이 연구되지 않아 [학구(學究)의 미급(未及)]으로 통달하지 못하였으니 동양사상에서 벗어나지 못한 나를 서양사상에 비추어 [생물다운 질투로 해서] 그에 통달한 박사(博士)는 질책하기 마련이다. [흠씬 얻어맞는다]. 그렇다고 내가 그 동양사상을 내세워 그들에게 대항할 수는 없다고 하여 [하고 싶은 말을 개 짖듯 뱉어놓던 세월은 숨었다]고 말한다. 그 당시는 아무리 동양사상이 우월하다고 해도 무력을 앞세운 서양사상에 대항할 수는 없었던 것이다.

그래서 내가 키워왔던 개를 허무하게 잃어버리는 것, 〈내 사상을 오랜 독서와 연구로 이룩하였던 것이 서양의 사상으로 허무하게 잃어버리게 된 것〉에 대하여 [의과대학 허전한 마당에 우뚝서서 나는 필사로 금제를 앓는다]. 생리적 문제, 의학적으로 분석된 동서양의 문제로 밀려난 것에 대하여 필사적으로 해서는 안 될 것에 대항하여 싸워야 하였겠으나 그를 수 없이 참기만 하여 그것이 병이 된다는 말이다.

[논문에 출석한 억울한 촉루(髑髏)에는 천고에 씨명(氏名)이 없는 법이다.]

지금까지 쌓아온 철학사상발표는 눈물겨운 억울함이 해골, [촉루(髑髏)]처럼 되었고 그러한 것은 아무런 자취도 없는 법, [씨명(氏名)이 없는 법]이다. 이 시에서는 말하지 않고 있으나 모든 시의 흐름으로 보아서 [논문에 출석한] 사항은 〈공산주의로서는 이 세상을 구제할 수 없다〉는 내용의 [논문]으로 볼 수밖에 없다 할 것이다.

서양사상(비타민E)의 침범으로 죽어가는 동양사상을 보며 어쩔 수 없이 눈물을 흘리지만 억울한 조상과의 접촉, [촉루(髑髏)]에는 성이나 이름조차도 없이 되고 만다는 통탄을 하면서도 아직은 우리들의 사상철학을 모두 밝힐 때가 아니어서 [금제]로 참고만 있다는 실토를 하고 있다.

> **추구**
>
> 아내를즐겁게할조건들이闖入하지못하도록나는창호를닫고밤낮으로꿈자리가사나워서가위를눌린다. 어둠속에서무슨냄새의꼬리를채포하여단서로내집미답의흔적을추구한다. 아내는외출에서돌아오면방에들어서기전에세수를한다. 닮아온여러벌표정을벗어버리는추행이다. 나는드디어한조각독한비누를발견하고그것을내허위뒤에다살짝감춰버렸다. 그리고이번꿈자리를豫期한다.

아내를 즐겁게 할 조건들이 闖入(틈입)하지 못하도록 나는 창호를 닫고 밤낮으로 꿈자리가 사나워서 가위를 눌린다. 어둠속에서 무슨 냄새의 꼬리를 채포하여 단서로 내 집 미답의 흔적을 추구한다. 아내는 외출에서 돌아오면 방에 들어서기 전에 세수를 한다. 닮아온 여러 벌 표정을 벗어버리는 추행이다. 나는 드디어 한 조각 독한 비누를 발견하고 그것을 내 허위 뒤에다 살짝 감춰버렸다. 그리고 이번 꿈자리를 豫期(예기)한다.

해설

이 시 또한 [위독](해방후 남북분단의 우리나라 위기)에 대한 원인을 [추구]한 시다.

[아내]는 현실적 문제로 세계 사상조류를 받아들여 <공산주의>를 실현하려는 파이며 [나]는 우리나라 역사의 내부적 문제를 깊이 성찰하고 살펴 그 바탕 위에서 해방후의 우리나라를 건설하려는 <자유민주주의>다.

그래서 [아내를 즐겁게 할], 서구사상을 받아들여 간음하려는 [조건들]이 [틈입(闖入)하지](끼어들지) [못하도록] 우리나라 사상철학으로 방어하여([창호를 닫고]) 보지만 그들(공산주의자들)의 저항이 너무나 거세어서 [꿈자리가 사나워서 가위에 눌린다].

[어둠속에서 무슨 냄새의 꼬리를 채포하여 단서로 내 집 미답의 흔적

을 추구한다.]

[어둠속](공산주의 북한)에서 우리나라의 [무슨 냄새의 꼬리를 채포하여] 들추어보다가 내가 미처 발견하지 못한, [내 집 미답의 흔적]을 찾게 된다. 이 말의 뜻은, 〈부도지〉는 북한의 평양문화원에 보관되어있고 〈환단고기〉는 금강산의 단굴암에서 발견되었다고 하니 모두 통일 후에 북한에서 그 [내 집 미답의 흔적]을 찾게 될 것이라는 예언이 되겠다.

[아내는 외출에서 돌아오면 방에 들어서기 전에 세수를 한다. 닮아온 여러 벌 표정을 벗어버리는 추행이다. 나는 드디어 한조각 독한 비누를 발견하고 그것을 내 허위 뒤에다 살짝 감춰버렸다. 그리고 이번 꿈자리를 예기(豫期)한다.]

처음은 그들(아내-공산주의자들)도 그 사상을 받아들이기 두려웠을 것이다, [외출에서 돌아오면 방에 들어서기 전에 세수를 한다]. 그러나 그것은 눈가림을 하기 위한 속임수에 불과한 것이었다, [닮아온 여러 벌 표정을 벗어버리는 추행이다]. 그래서 나는 이러한 가면을 모두 벗겨버릴 독한 [비누](크리스트정신)를 발견하였지만 그들의 강한 반발에 부딪혀 모르는 척 하여버린다, [그것을 내 허위 뒤에다 살짝 감춰버렸다].

이것은 앞으로 닥칠 끔찍한 현실을 불러온다. 그로하여 이북 공산주의 나라는 어떠한 지경에 이르렀던가? 인민을 무차별로 살상하는 끔찍한 피바다의 나라로 만들지 않았던가? 그래서 [이번 꿈자리를 예기(豫期)한다]는 말은 이것을 말하는 것이리라.

진리를 위해, 나의 진정한 자아를 위해 [추구]하지만 어떠한 것도 나를 구제하지 못하고 있다는 고백이다. 그 원인은 [내 집 미답의 흔적](우리나라 역사와 진리)에 대하여 그 해결의 방안이 되었어야 했으나 외면한 형벌이 되었다고 할 수 있으리라.

그래서 그 아내는 공산주의의 북한을 만들어 처참한 미래를 만든다고 하는 예언이 되는 것이다. 다시 말하면 북한의 공산주의가 어떻게 생겨났나 하는 것을 [추구(追求)]한 내용의 글이다.

침몰

죽고싶은마음이칼을찾는다. 칼은날이접혀서펴지지않으니날을怒號하는초조가절벽에끊어지려든다. 억지로이것을안에떠밀어놓고또간곡히참으면어느결에날이어디를건드렸나보다. 내출혈이뻑뻑해온다. 그러나피부에생채기를얻을길이없으니악령나갈문없다. 갇힌自殊로하여체중은점점무겁다.

죽고 싶은 마음이 칼을 찾는다. 칼은 날이 접혀서 펴지지 않으니 날을 怒號(노호)하는 초조가 절벽에 끊어지려 든다. 억지로 이것을 안에 떠밀어놓고 또 간곡히 참으면 어느 결에 날이 어디를 건드렸나 보다. 내출혈이 뻑뻑해온다. 그러나 피부에 생채기를 얻을 길이 없으니 악령 나갈 문 없다. 갇힌 自殊(자수)로 하여 체중은 점점 무겁다.

해설

[죽고 싶은 마음이 칼을 찾는다. 칼은 날이 접혀서 펴지지 않으니 날을 노호(怒號)하는 초조가 절벽에 끊어지려 든다. 억지로 이것을 안에 떠밀어놓고 또 간곡히 참으면 어느 결에 날이 어디를 건드렸나 보다.]

남북한으로 갈려진, 해방 후의 국내 상황을 그린 시다.

북한은 외세인 공산주의를 절단하고 민족정신으로 독립하여야 하나 그 독립정신의 칼날이 독재의 마수에 걸려 안으로 날이 접혀 펴지지 않으니 [죽고 싶은 마음이 칼을 찾는다] 한들, 모순투성이 그 이론 때문에 북한을 스스로(내분으로) 없애려고 하여도 안 된다는 말이다.

그것은 인민을 벼랑끝으로 몰아넣는 꼴이니 [초조가 절벽에 끊어지려 든다].

[절벽]은 막다른 골목이다. 빈곤과 억압으로 질식할 듯한 북한의 실정은 절벽 끝에 내몰려 언제나 하느님의 구원이 있게 되나 하는 [초조]가 있게 되었다는 말이다.

남한에서도 그에 못지않은 곤욕을 치룬다.

[억지로 이것(칼날)을 안에 떠밀어 놓고 또 간곡히 참으면 어느 결에 날이 어디를 건드렸]던 것이다. 이 말은 남한 내의 좌경세력들이 수시로 사건을 만들어 나라를 위태롭게 할 것을 이르는 말이 되겠다. 이 말은 또한 박정희대통령을 시해한 사건을 말하는 듯 하다.

[내출혈이 빽빽해온다. 그러나 피부에 생채기를 얻을 길이 없으니 악령 나갈 문 없다. 갇힌 자수(自殊)로 하여 체중은 점점 무겁다.]

남한은 그 내출혈(분규와 폭동)로 죽음 직전에 이른다. 내 자신을 밖으로 절단하지 않는다면 남한은 [악령](공산당)이 되어 〈죽음에 이르는 병〉을 만들 것이다. 그 악령이 생기기 전에 북한을 버려야 한다. 그래서 [피부에 생채기를 얻]어야 한다. 이 말은 북한을 처서 무찔러 없애버려야 한다는 말이 된다.

그러나 그렇게 무력으로, 전쟁으로 모든 것을 해결하려고 하면 더 큰 병을 얻어 죽을지도 모른다.

그래서 그들이 스스로 죽도록 하여야 한다.

[자수(自殊)]는 자살(自殺)이 아니다. 〈제절로 죽는다〉는 말이다.

그래서 [갇힌 자수(自殊)]는 스스로 죽게 할 수 없도록 〈갇혀놓고 죽게 하는 것〉을 말한다. 외교로 고립시켜 멸망하게 하여야 한다는 말이다. 그것으로 해서 [체중은 점점 무겁]게 된다, 스스로 움직일 수 없도록.

이 말은 또한, 어떠한 노력도 남북한으로 갈려진 현실에서, 남한에서 좌경이 내분을 일삼는 상황에서는 어떻게 할 수 없이, 북한을 〈자해하는 내출혈로 제절로 죽게 한다〉는 예언이다.

외교적 압박이 필요하다는 말이다.

오늘날의 우리나라 남한의 상황을 예언한 시다.

절벽

꽃이보이지않는다. 꽃이향기롭다. 향기가만개한다. 나는거기묘혈을판다. 묘혈도보이지않는다. 보이지않는묘혈속에나는들어앉는다. 나는눕는다. 또꽃이향기롭다. 꽃은보이지않는다. 향기가만개한다. 나는잊어버리고재차거기묘혈을판다. 묘혈은보이지않는다. 보이지않는묘혈로나는꽃을깜박잊어버리고들어간다. 나는정말눕는다. 아아. 꽃이또향기롭다. 보이지도않는꽃이–보이지도않는꽃이

꽃이 보이지 않는다. 꽃이 향기롭다. 향기가 만개한다. 나는 거기 묘혈을 판다. 묘혈도 보이지 않는다. 보이지 않는 묘혈 속에 나는 들어앉는다. 나는 눕는다. 또 꽃이 향기롭다. 꽃은 보이지 않는다. 향기가 만개한다. 나는 잊어버리고 재차 거기 묘혈을 판다. 묘혈은 보이지 않는다. 보이지 않는 묘혈로 나는 꽃을 깜박 잊어버리고 들어간다. 나는 정말 눕는다. 아아. 꽃이 또 향기롭다. 보이지도 않는 꽃이–보이지도 않는 꽃이

해설

위의 시 [침몰]에서 [절벽]을 말하였다. 저는 그것이 〈오감도시제1호〉에서 말한 〈막다른 골목〉과 같다고 풀었다. 이 시는 그 〈막다른 골목〉을 말하고 있다. 이 시 또한 [위독]에 따른 시이니 남북한의 극한 상황을 그린 시로 보아야 하겠다. 공산주의로 이 세상 천국의 꽃을 피워보겠다고 하였지만 스스로 [묘혈을 판] 것과 같은 꼴이 되어 꽃은 커녕 냄새만 피우고 있을 뿐이다. 결국 그 냄새만을 맡을 수 있는 무덤일지라도 그 무덤 속에 들어가서 천국의 꽃을 그려보고자 하나 [보이지 않는 묘혈로 나는 깜박 잊어버리고 들어간다]. 그러나 그 [보이지도 않는 꽃]에서 향기를 맡는다. 이런 허황한 일이 북한에서 지금도 일어나고 있다. 인민을 미혹하고 속여서 무덤 속에 든 것과 같은 자신의 처지를 모르고 [보이지 않는] 꽃을 그리며 있도록 하고 있다.

이상(李箱)은 꽃을 그리워한다. 그 꽃은 평화와 생명이 충만하고 미래를 약속하는 씨앗을 맺기 때문이다. 그러나 그 [꽃이 보이지 않는다]. 그러

나 그 향기를 느끼며 그 이상세계를 꿈꾼다.

그러나 북한도 그렇게 그 이상(理想)의 꽃을 그리며 허황한 꿈속에서 헤매고 있다, 공산주의라는 가상의 꽃, 냄새만 있고 실체가 없는 꽃.

침몰로 남한을 그리고 절벽으로 북한을 그렸다, 해방 후에 올.

예언의 시다.

> **白晝**
>
> 내두루마기깃에달린貞操뱃지를내어보였더니들어가도좋다고그런다. 들어가도좋다던여인이바로제게좀선명한정조가있으니어떠냔다. 나더러세상에서얼마짜리화폐노릇을하는셈이냐는뜻이다. 나는일부러다홍헝겊을흔들었더니요조하다던정조가성을낸다. 그리고는칠면조처럼쩔쩔맨다.

내 두루마기 깃에 달린 貞操(정조)뱃지를 내어보였더니 들어가도 좋다고 그런다. 들어가도 좋다던 여인이 바로 제게 좀 선명한 정조가 있으니 어떠냔다. 나더러 세상에서 얼마짜리 화폐노릇을 하는 셈이냐는 뜻이다. 나는 일부러 다홍 헝겊을 흔들었더니 요조하다던 정조가 성을 낸다. 그리고는 칠면조처럼 쩔쩔맨다.

해설

벌건 대낮에 남북한이 갈리고, 북한이 받아들이는 공산주의의 실상을 그린 시이다. 제목의 백화(白晝)는 <백의 민족의 나라 풍경>이라는 뜻.

*백화(白晝)는 백주(白晝)와 구분이 어려워 어떤 문집판에는 백주(白晝)로 하였으나 최근 문집판에서 처음 발표된 글에서는 분명 백화(白畵)로 되어있더라고 밝혀서 저도 그에 따랐음.

[내 두루마기 깃에 달린 정조(貞操)뱃지를 내어보였더니 들어가도 좋다고 그런다. 들어가도 좋다던 여인이 바로 제게 좀 선명한 정조가 있으니 어떠냔다. 나더러 세상에서 얼마짜리 화폐노릇을 하는 셈이냐는 뜻이다. 나는 일부러 다홍헝겊을 흔들었더니 요조하다던 정조가 성을 낸다. 그리고는 칠면조처럼 쩔쩔맨다.]

[내 두루마기]는 〈순수한 전통을 갖춘 자아〉다. 그것은 간음하지 않은 순수한 혈통을 이어받은 것, [貞操뱃지]다. 그러한 [나]와 같이할 여인을 찾아 [들어가도 좋은가] 하고 물었더니 자기가 나보다 더 [선명한 정조가 있으니 어떠냔다]. 이 말은 [정조(순수민족정신)]를 가장한 북한의 유혹이었던 것이다. 그리고 그 가짜 [정조]로 비싼 [화폐](경제부흥)를 요구한 것이 된다. 그래서 그녀(새로운 진리)에게 떠보려고 [일부러 다홍헝겊을 흔들었더니 요조하다던 정조가 성을 낸다(본색을 들어낸다)]. [다홍헝겊을 흔들었]다는 말은 〈육욕에 야합한 공산주의 진리〉를 말한다. 그러니 그 여인은 정조(민족정신)를 가장하다가 육욕의 진리에 야합한다. [칠면조처럼 쩔쩔맨다]. 예언이다.

문벌

墳塚에계신백골까지가내게혈청의원가상환을强請하고있다. 천하에달이밝아서나는오들오들떨면서도처에서들킨다. 당신의인감이이미실효된지오랜줄은꿈에도생각하지않으시나요 – 하고나는으젓이대꾸를해야하겠는데나는이렇게싫은결산의함수를내몸에지닌내도장처럼쉽사리끌려버릴수가참없다.

墳塚(분총)에 계신 백골까지가 내게 혈청의 원가상환을 强請(강청)하고 있다. 천하에 달이 밝아서 나는 오들오들 떨면서 도처에서 들킨다. 당신의 인감이 이미 실효된지 오랜 줄은 꿈에도 생각하지 않으시나요 -하고 나는 으젓이 대꾸를 해야 하겠는데 나는 이렇게 싫은 결산의 함수를 내 몸에 지닌 내 도장처럼 쉽사리 끌려버릴 수가 참 없다.

해설

[분총(墳塚)에 계신 백골까지가 내게 혈청의 원가상환을 강청(强請)하고 있다]는 말은 백의민족으로 태어난 우리는 조상의 얼을 지키도록 스스로 강요받고 있다는 것을 강조하고 있다. [천하에 달이 밝]다는 말은 하느님의 진리인 태양이 없는 밤에 그에 버금가는 진리인 달빛(크리스트 구원)이

온 세계를 지배하고 있다는 말이다. 그러나 그것으로 만족할 수 없어서 그것을 피해 새로운 밝음을 [오들오들 떨면서] 찾으려고 하면 북한에서는 숨을 곳이 없도록 치밀한 그 사회주의 사상 속이어서 [도처에서 들킨다].

앞뒤의 문맥으로 보아서 공산주의의 북한을 그린 말이 분명하다.

그렇지만 우리나라는 〈환국의 정신〉을 이어받은, 그 정신으로 이 세계에 평화를 가져와야 한다는 [인감]을 지니고 있다. 그 인감의 효력이 이미 실행되고 있다.

그래서 [당신의 인감이 이미 실효된지 오랜 줄은 꿈에도 생각하지 않으시나요 -하고 나는 으젓이 대꾸를 해야 하겠는데] 아직은 하지 않고 있다. 그 단계는 물론 이북 공산당이 실패로 돌아가서 그것을 주장한 그들 모두가 스스로 깨달은 후에 이루어질, 그 [인감]의 효력을 발휘할, 하느님이 엄밀히 구상한 [결산의 함수]이니 그때를 참자니 나로서는 [이렇게 싫은]것이 될 것이다.

[나는 이렇게 싫은 결산의 함수를 내 몸에 지닌 내 도장처럼 쉽사리 끌러버릴 수가 참 없다.]

세계를 구할 우리나라의 사명이 주어질 여건이 아직 구비되지 않았다는 말이다. 이 시가 이상이 하고자 하는 예언의 골자가 되겠다.

위치

중요한위치에서한성격의심술이비극을演繹하고있을즈음범위에는타인이없었던가. 한株-盆에심은외국어의灌木이막돌아서서나가버리려는動機요貨物의방법이와있는倚子가주저앉아서귀먹은체할때마침내句讀처럼고사이에끼어들어섰으니나는내책임의맵시를어떻게해보여야하나. 哀話가註釋됨을따라나는슬퍼할준비라도하노라면나는못견뎌모자를쓰고밖으로나가버렸는데웬사람하나가여기남아내分身제출할것을잊어버리고있다.

중요한 위치에서 한 성격의 심술이 비극을 演繹(연역)하고 있을 즈음 범위에는 타인이

없었던가. 한 株 盆(주 분)에 심은 외국어의 灌木(관목)이 막 돌아서서 나가버리려는 動機요 貨物의 방법이 와 있는 倚子가 주저앉아서 귀먹은 체 할 때 마침내 句讀(구두)처럼 고 사이에 끼어들어 섰으니 나는 내 책임의 맵시를 어떻게 해 보여야 하나. 哀話(애화)가 註釋(주석)됨을 따라 나는 슬퍼할 준비라도 하노라면 나는 못 견뎌 모자를 쓰고 밖으로 나가 버렸는데 웬 사람 하나가 여기 남아 내 分身(분신) 제출할 것을 잊어버리고 있다.

해설

이 시의 초점은 [의자(倚子)]에 있다. 이것을 사람이 앉아 쉬도록 만든 것으로 풀면 앞뒤가 맞지 않는다. 그래서 여러 번 읽어보고 나서 한문으로 쓴 것에 주목하였다. 그래서 이것을 파자(破字)하여야만 그 비밀을 풀 수 있다는 것을 알았다. [倚子=人+奇+子]로 풀어 [기이하고 뛰어난 사람의 아들]이란 답을 찾았다. 이것은 [하느님의 아들 예수크리스트]를 말하는 것이다. [중요한 위치]는 우리나라이며, 일본에 강점(强占)되려는 때를 말한다고 보여지는 데 [한 성격의 심술이 비극을 연역하고 있을 즈음]이라고 하는 말은 무엇인가? [한 성격의 심술]이라면 공산주의의 작패를 말하는 것인데 [비극을 연역하고 있을 즈음]이라고 하면 그들로 하여 올 비극의 원인을 돌이켜 추구한다는 말이다. 그 때 일본에 기대려는 친일파가 있어서 생긴 일이라고 하지만 그것이 아닌 [타인]은 있었다. 그 타인은 일본이고 친일파는 그 하수인에 불과하였다. 그때 한쪽에서 미국을 방문하여 그 발전된 모습을 보고는 미국에 의지하자고 하는, 이른바 친미(親美)파가 있었다. 그러나 그것은 [한 주(株) 분(盆)에 심은 외국어의 관목(灌木)]에 불과하였다. 그러나 그때는 이미 일본에 기대고 있었으니 [관목(灌木)], 관상용으로 집안에 심는 자그마한 나무인 관목으로서는 [막 돌아서서 나가버리려는 동기(動機)]가 되었던 것이다. 미국은 일본이 차지한 꼴세를 보고 아예 손을 떼고 있었다는 말이다. 이때, 바로 이 무렵에 [의자(倚子)]가 들어와 있었고 그것은 [화물(貨物)의 방법이 와 있는] 것과 같았다. [화물(貨物)의 방법]은 모든 것을 실어 나르는 것이었으며 그것이 [와 있는] 것은 그렇게 하도록 마련되었다는 말이니 그 [의자(倚子)]는 그 모든 외세

(일본, 청국, 러시아)들을 물리칠 수 있도록 마련되었다는 말이 된다. 그러나 그 의자(예수크리스트 사상)는 [주저앉아서 귀먹은 체]하였던 것이다. 그러한 때에 그 [한 성격의 심술]궂은 놈들(공산주의자들)은 [마침내 구두(句讀)처럼 고 사이에 끼어들어 섰]던 것이니 내 책임은 무엇이라고 말하여야 하나, [나는 내 책임의 맵시를 어떻게 해 보여야 하나] 하고 통탄한다. 그래서 나라 잃은 슬픈 얘기, [애화(哀話)]의 이유들, 친일파의 장난이니 황제의 뜻이 아니었다는 이유들을 외국에 알리려고 <헤이그>에 밀사를 파견한다. [나는 슬퍼할 준비라도 하노라면 나는 못 견뎌 모자를 쓰고 밖으로 나가버렸는데] 라고 한 말은 이것을 말한 것이다. 그러나 슬프게도 나라 안에서는 내 분신, 일본에 맞서 그 정당함을 고수할 분신(分身)이 없었다. [웬 사람 하나가 여기 남아 내 분신(分身) 제출할 것을 잊어버리고 있다]. 누구든 나라 안에서 일본에 대항하여 그들의 부당함을 막을 수 있었다면 ……. 그러나 그렇게 하지 못한 이유로 결국은 마지막 희망도 사라지고 나라는 망하게 되었다.

그래서 해방후에 비집고 들어온 [한 성격의 심술]궂은 놈들(공산주의자들)은 우리나라에 큰 <위독(危篤)>한 상황을 만들었다.

여기에서 우리들은 중요한 것을 검토할 필요가 있다.

만약 쇄국정책을 하지 않고 유럽의 현대문명을 받아들였다면 어떻게 되었을까? 물론 일본에 강점되지 않고 동등한 위치에서 놀아날 수 있었겠지만 필시 공산주의를 깊이 받아들였다는 것은 지정학적으로도 명약관화한 일이었겠다. 그래도 이 차제에 이승만이 미국으로 밀사로 가게 되어 외교적으로 큰 힘을 키워 해방과 동시에 기독사상을 앞에 세운 대한민국으로 나라를 세워 물밀 듯이 밀려들어온 공산주의에 대항 할 수 있었다는 것이 아니겠는가?

買春

기억을맡아보는기관이염천아래생선처럼상해들어가기시작이다. 조삼모사의사이편작용. 감정의忙殺.

나를넘어뜨릴피로는족족피해야겠지만이런때는대담하게나서서혼자서도넉넉히자웅보다별것이어야겠다.

脫身. 신발을벗어버린발이虛天에서실족한다.

기억을 맡아보는 기관이 염천 아래 생선처럼 상해 들어가기 시작이다. 조삼모사의 사이편작용. 감정의 忙殺(망쇄).

나를 넘어뜨릴 피로는 족족 피해야겠지만 이런 때는 대담하게 나서서 혼자서도 넉넉히 자웅보다 별 것이어야 겠다.

脫身(탈신). 신발을 벗어버린 발이 虛天(허천)에서 실족한다.

해설

[위치]에서 살펴본 얘기의 이어짐이다. 우리들은 그렇게 하여 나라를 잃게 되었음에도 [기억을 맡아보는 기관이 염천 아래 생선처럼 상해 들어가기 시작이다]. 더군다나 [감정의 망쇄(忙殺)]이다. 그래도 우리는 [나를 넘어뜨릴 피로는 족족 피해야겠지만] [자웅]이 겨루듯, 공산주의와 민주주의로 갈려지게 해서는 안 될 것이었으니 [대담하게 나서서 혼자서] 정신적으로라도 싸워야 했었다. 그것은 곧 내 몸을 벗어버리는 일, [탈신(脫身)]이다. 정신적인 일이다. 그렇게 하지 못하여 공산주의를 이 땅에 들어오게 한 것은, 해방은 되었지만 [허천(虛天)]을 헤매는 꼴이고 실족하게 된 결과를 낳은 것 뿐이다. 결국 이러한 독립은 남에게 정조를 파는 것, 외부사상(공산주의)을 받아들인 [매춘(買春)]과 같았다 할 것이다.

이렇게, 해방 후의 우리나라에 닥칠 실상을 예언하여 대비하여야 한다고 외친다, 어쩔 수 없는 것이지만.

생애

내두통위에신부의장갑이定礎되면서내려앉는다. 서늘한무게때문에내두통이비켜설기력도없다. 나는견디면서여왕봉처럼수동적인맵시를꾸며보인다. 나는기왕이주춧돌밑에서평생이怨恨이거니와신부의생애를침식하는내陰森한손찌검을불개미와함께잊어버리지는않는다. 그래서신부는그날그날까무라치거나雄蜂처럼죽고죽고한다. 두통은영원히비켜서는수가없다.

내 두통 위에 신부의 장갑이 定礎(정초)되면서 내려앉는다. 서늘한 무게 때문에 내 두통이 비켜설 기력도 없다. 나는 견디면서 여왕봉처럼 수동적인 맵시를 꾸며 보인다. 나는 기왕이 주춧돌 밑에서 평생이 怨恨(원한)이거니와 신부의 생애를 침식하는 내 陰森(음삼)한 손찌검을 불개미와 함께 잊어버리지는 않는다. 그래서 신부는 그날 그날 까무라치거나 雄蜂(웅봉)처럼 죽고 죽고 한다. 두통은 영원히 비켜서는 수가 없다.

해설

여기서의 초점은 [신부]다. 얼른 보아서는 〈신부(新婦)〉라고 할 것이지만 그렇게 놓고 아무리 풀어보아도 그 뜻이 통하지 않는다. 그 결국에 〈신부(神父)〉일 것으로 확신이 왔다. 이상(李箱)의 시 모두가 믿음(크리스천－천주교)과 미래 예언을 뿌리로 삼고 있기 때문이다. 예배시간에 신부는 신도의 머리를 짚고 안수기도를 한다. 그런데 그 신부가 [장갑을 끼고] 안수, [정초(定礎)]한다. 하느님의 뜻이 신부의 손을 통해서 신도의 마음으로 전해진다는 것인데 장갑을 끼고 한다면 그 뜻이 전달될 수 없고 차단되고 있다는 뜻이다. 그래서 그 안수는 [서늘한 무게 때문에 내 두통이 비켜설 기력도 없다]고 하게 된다. 이 [두통]은 잡다한 사상을 소화하지 못한 결과로 생긴 병이다. 그래서 신으로부터의 어떠한 안수도 받을 수 없다는 것을 자각하고 [나는 견디면서 여왕봉처럼 수동적인 맵시를 꾸며 보인다]. [여왕봉처럼]이란 말은 스스로 무엇을 찾지 못하고 누가 도와주기만을 바란다는 말이다. 사실 여왕벌은 알을 낳는 일 외에는 모두 일벌들이 하고 있다.

[주춧돌]. 이것은 신의 섭리로 이룩한 <환국>으로 부터의 바탕, 그로부터 이어진 성서와 예수크리스트의 사상을 말한다고 보여진다. 이 [주춧돌]이 새로운 사상을 자유로이 받을 수 없게 하고 그로 하여 두통을 일으키게 하는 원인이므로 [평생이 원한(怨恨)이거니와 신부의 생애를 침식하는] 결과를 만들었다. 그러나 그것([신부의 생애를 침식하는]=가톨릭의 역사를 갉아먹는)은 [내 음삼(陰森)한 손찌검(숲속에 갇혀 허우적이는 일)]일 뿐이다. [불개미]는 발갛고 자그맣다. 이러한 [손찌검], 어둡고 야비한 훼방은 [불개미](공산푸락치)의 나설침을 말하니 이것을 [불개미와 함께 잊어버리지는 않는다]고 말한다. 이러한 손찌검은 신부(가톨릭)를 [그날 그날 까무라치거나 웅봉(雄蜂)처럼 죽고 죽고 한다]. 그 가톨릭은 나를 위해, 여왕봉을 위하는 웅봉(雄蜂)이 그 임무를 마치고 아무런 댓가도 없이 죽듯이 죽고 죽고 한다. 모든 희생을 감내하고 있다는 것이다.

나는 오직 사상의 번뇌로 생긴 두통을 벗어나려고 신부의 손길을 바라는 것이지만 그는 장갑을 끼고, 신의 은총과 격리되어 나의 머리를 만지니 [두통은 영원히 비켜서는 수가 없다]고 토로하는 것이다.

하느님의 구원을 최후의 희망으로 하는 북한주민에게 그 손발이 되어야 할 신부(神父=교회)는 너무나 무성의하다는 원망이다. 아니, 성의껏 하려고 하여도 그들의 임무는 [웅봉(雄蜂)]과 같아서 그냥 희생되고 만다는 것을 말하고 있다. 아니면, 남한에서 그들 신부 중의 일부는 <정의사회구현사제단>이라는 조직을 만들어 좌편향 운동을 지금까지 하고 있으니 이를 바라본 예언은 아닐지?

여기에서 짚고 넘어갈 것은 [신부]를 이상의 부인으로 보는 해설가가 있다. 아니 보편적 시각이다. 그러나 이것의 큰 제목은 [위독(危篤)]이며 그렇게 일관되게 우리나라 미래를 말한 것으로 믿는다면 …….

내부

입안에짠맛이돈다. 血管으로淋漓한墨痕이몰려들어왔나보다. 참회로벗어놓은내구긴피부는白紙로도로오고붓지나간자리에피가아롱져맺혔다. 방대한묵흔의奔流는온갖合音이리니분간할길없고다문입안에그득찬序言이캄캄하다. 생각하는無力이이윽고입을뻐개제치지못하니심판받으려야진술할길없고溺愛에잠기면벌써滅形하여버린典故만이죄업이되어이생리속에영원히기절하려나보다.

입안에 짠맛이 돈다. 혈관으로 淋?(임리)한 墨痕(묵흔)이 몰려 들어왔나 보다. 참회로 벗어놓은 내 구긴 피부는 白紙(백지)로 도로 오고 붓 지나간 자리에 피가 아롱져 맺혔다. 방대한 묵흔의 奔流(분류)는 온갖 合音이리니 분간할 길 없고 다문 입안에 그득찬 序言(서언)이 캄캄하다. 생각하는 無力(무력)이 이윽고 입을 뻐개 제치지 못하니 심판 받으려야 진술할 길 없고 溺愛(익애)에 잠기면 벌써 滅形(멸형)하여버린 典故(전고)만이 죄업이 되어 이 생리 속에 영원히 기절하려나 보다.

해설

[내부]라는 제목으로 말하는 것은 우리나라에 대한 얘기임을 말한다.

[짠맛]은 [소금]의 맛을 말하고 [소금]은 성서에서 <하느님 말씀의 진리> 라고 하였다. 그래서 [입안에 짠맛이 돈다]고 하면 <하느님 말씀의 진리> 를 마음속으로 느끼기 시작했다는 뜻이다. [혈관으로 임리(淋漓)한 묵흔(墨痕)]이란 말은 <민족정신이 흐르는 피(혈관)속으로 젖어드는 책속의 자취([묵흔(墨痕)])>란 뜻이며 [묵흔(墨痕)이 몰려 들어왔나 보다]고 말하는 것은 그 <민족정신이 살아있는 책들>이 쏟아져 나왔다는 말이니 그 당시 떠돌던 예언서나 역사서(정감록, 환단고기, 부도지, 규원사화 등등)가 쏟아져 나왔다는 뜻이다. 그것을 발견하니 내가 그것, 민족정신이 스민 책을 무시하고 있던, 마음속은 모르지만 겉으로 무시하여 팽개쳐두었던, [참회로 벗어놓은], 지금의 우리 현실, [내 구긴 피부]는 잡다한 것을 받아들여 구겨졌지만 다시 백지로 돌려져야만 하였다. [백지로 도로 오고] 그 진리의

말씀을 기록한 자리, [붓 지나간 자리]를 살펴보니 얼마나 뼈를 깎는 노력이었나 하는 것, [피가 아롱져 맺혔다]는 것을 알 수 있다. [백지]는 물론 〈백의민족〉인 우리나라를 말한다.

또 그 책으로 기록된 사상들을 살펴보니 [방대한 묵흔의 분류(奔流)]이며 제각각 쓰여진 글들이 한결같은 뜻으로 [온갖 합음(合音)이리니 분간할 길 없]으며 놀라서 다문 입안에 무슨 말을 하여야 하겠다고 생각하나 할 말이 없다, [그득찬 서언(序言)이 캄캄하다]. 이처럼 놀라움은 생각할수록 아무것도 할 수 없고, [생각하는 무력(無力)]에 감히 입을 벌려 무어라고 할 말이 없다, [이윽고 입을 빼개 제치지 못하니]. 아무리 생각해도 내가 잘못 생각한 것이었음을 알지만 심판 받으려야 진술할 길 없고 나라를 사랑하다 그 속에 빠진, [익애(溺愛)에 잠기면] 벌써 형체도 없이 사라진 기록, [벌써 멸형(滅形)하여버린 전고(典故)]만이 우리가 잘못했음을 몸속에 깊이 새겨지게 하여 나를 기절하듯 하게 하나보다. [죄업이 되어 이 생리 속에 영원히 기절하려나 보다.]

이러한 것들이 내 [내부]사정이다.

그래도 이렇게 참 역사를 발굴하는 길만이 우리나라를 구하는 길이라고 역설하는 말이기도 하다.

*이 전고(典故)는 옛날부터 전해저 내려오는 책을 말하지만 〈부도지(符都誌)〉에 나오는 〈전고자(典古者)〉를 말하려고 한 말로 보인다. 이것을 뒤에 자세히 언급하겠다.

육친
크리스트에酷似한한남루한사나이가있으니이는그의終生과운명까지도내게떠맡기려는사나운마음씨다. 내시시각각에늘어서서한시대나눌변인트집으로나를위협한다. 恩愛-나의착실한經營이늘새파랗게질린다. 나는이육중한크리스트의別身을암살하지않고는내문벌과내음모를약탈당할까참걱정이다. 그러나내신선한도망이그끈적끈적한청각을벗어버릴수가없다.

크리스트에 酷似(혹사)한 한 남루한 사나이가 있으니 이는 그의 終生(종생)과 운명까지도 내게 떠맡기려는 사나운 마음씨다. 내 시시각각에 늘어서서 한 시대나 눌변인 트집으로 나를 위협한다. 恩愛(은애). 나의 착실한 經營(경영)이 늘 새파랗게 질린다. 나는 이 육중한 크리스트의 別神(별신)을 암살하지 않고는 내 문벌과 내 음모를 약탈당할까 참 걱정이다. 그러나 내 신선한 도망이 그 끈적끈적한 청각을 벗어버릴 수가 없다.

해설

[크리스트]. 이에서 지금까지 필자가 해석한 것이 맞다는 것을 독자들이 느꼈을 것이다. 은유로 감추어온 그 비밀을 드러내 놓았다. 이상(李箱)이 글을 쓰는 모두가 이 [크리스트]에 있었다고 하여도 틀리지 않으리라.

[크리스트에 혹사(酷似)한 한 남루한 사나이]는 이상(李箱) 자신일지 모른다. [혹사(酷似)]는 〈지독히 닮았다〉는 뜻이지만 〈혹사(酷使)〉와도 닮은 글자여서 구분하기 어렵다. 그처럼 이 [혹사(酷似)]는 〈지독히 일을 시킨다〉는 뜻인 〈혹사(酷使)〉로 쓰고 싶을 정도로 [한 남루한 사나이]가 몰입한 주체(크리스트)로 되었던 것이다. 그래서 [크리스트]의 사상을 이어받아 이 땅에 실천하도록 한 그것을 위하여 일생을 바쳐야만 한다는 강박감까지 받게 된 것이리라. [크리스트]는 인류를 구제하기 위해서 하느님의 독생자이면서도 십자가에 못박혀 돌아가셨다. 그 이유는, 모든 사람들이 그러한, 자기 목숨을 바치는 희생으로 이 땅의 사람들을 구제하고 스스로도 구원을 받으라는 것이었다. 이상(李箱)은 그것을 실천하려고 하나 아직 결정하지 못한 마음에서 외친다. [이는 그의 종생(終生)과 운명까지도 내게 떠맡기려는 사나운 마음씨]라고. 이러한 생각의 뒤에 [시시각각에 늘어서서] 그렇게 하여야만 한다고 [위협한다]. 그 이유는 또 내가 어떠한 말(우리나라 사상)도 못하는 [눌변인 트집으로] 그러는 것이다. [크리스트]를 따르지 못한다면 〈환국사상〉정신을 올바로 나타내 말하여야 하나 제대로 하지 못하는, [눌변] 때문에 그런 것이다.

[은애(恩愛)], [크리스트]는 〈사랑의 보답〉을 바란다.

이것은 착실히 살아가는 모든 사람에게는 피하지 못할 사명일 것이다.

[나의 착실한 경영(經營)이 늘 새파랗게 질린다]. 이렇게 이상(李箱) 자신도 [착실한 경영(經營)]으로 사는 사람 그 자체이기 때문에 그렇게 하지 않으려는 자신을 [새파랗게 질]리게 하는 것이다. [새파랗게]라고 하는 말은 〈자유민주주의〉를 말하고 [나의 착실한 경영]은 항상 〈자유민주주의〉였다는 고백이다. 그래서 어려움을 맞게 되었다는 표현이다.

그렇다면 그렇게 하면 될 것인 데 왜 그렇게 못하는 것인가? 그것은 [내 문벌] 때문이다.

[내 문벌]이 바로 우리나라 역사, 〈환국→조선〉의 역사를 말하고 그 속에 담긴 하느님의 역사(役事)하심과 미래에 이룰 천국세상의 실현을 말하고 있기 때문이다.

그것은 [크리스트]사상과 흡사하면서도 [은애(恩愛)]가 다른 것이다.

그래서 말하게 된 것이다, [나는 이 육중한 크리스트의 별신(別身)을 암살하지 않고는 내 문벌과 내 음모를 약탈당할까 참 걱정이다] 하고. [내 음모]는 〈환국정신〉을 부활하는 것이다.

그래서 그 [크리스트]정신을 벗어나려고 하지만 [구원과 은애(恩愛)]를 외치는 그 정신이 귀에 사무쳐 [그 끈적끈적한 청각을 벗어버릴 수가 없다]. [육친]의 정에서 벗어나지 못하여 [크리스트]사상의 실천을 하지 못한다는 고백이다.

아니, 크리스트 사상으로 전념하여 나를 구할 것인가 우리나라의 역사의식 깊은 곳에서 나를 구할 것인가 방황하고 있다는 고백이다.

아니 그 둘을 하나로 하는 길이 보이려고 한다는 암시를 주고 있다.

이 모두는 이상 자신을 말하는 것이 아니라 해방 후 우리나라 국민이 처할 문제로 한 예언임을 살펴야 한다.

自像

여기는어느나라의데드마스크다. 데드마스크는도적맞았다는소문도있다. 풀이北極에서破瓜하지않던이수염은절망을알아차리고生殖하지않는다. 천고로蒼天이허방빠져있는함정에유언이石碑처럼은근히침몰되어있다. 그러면이 곁을생소한손짓발짓의신호가지나가면서무사히스스로워한다. 점잖던내용이이래저래구기기시작이다.

여기는 어느 나라의 데드마스크다. 데드마스크는 도적맞았다는 소문도 있다. 풀이 北極(북극)에서 破瓜(파과)하지 않던 이 수염은 절망을 알아차리고 生殖(생식)하지 않는다. 천고로 蒼天(창천)이 허방 빠져있는 함정에 유언이 石碑(석비)처럼 은근히 침몰되어 있다. 그러면 이 곁을 생소한 손짓발짓의 신호가 지나가면서 무사히 스스로워한다. 점잖던 내용이 이래저래 구기기 시작이다.

해설

제목이 [자상(自像)]이니 우리나라의 얘기로 되어야 함에도 [여기는 어느 나라]라고 하였다. 이 모순되는 말을 잘 음미하니 3.8선으로 갈린 남북한의 어느 하나인 〈북한〉을 말한다고 추측되었다. [데드마스크]. 이것은 죽은 사람의 얼굴 모습을 본뜬 가면을 말한다. 이것은 우리나라 마지막 왕조인 〈조선〉을 말하는 것이 된다. 북한은 제 스스로 〈조선〉이라고 말한다. 그러나 기실 그 〈조선〉을 본뜬 것도 아니고 어느 것 하나 그 정통성이 이어지지 않는다. 그것은 그 〈조선〉이라는 이름만 빌린, [도적]질한 이름에 불과하다. [데드마스크는 도적맞았다는 소문도 있다].

[파과(破瓜)]라는 말이 의미심장하다. 이 말은 〈파과지년(破瓜之年)〉이라는 말을 줄여서 한 것이라고 하며 그 뜻은 [과(瓜)] 자를 파자하면 〈八〉 자가 되어 〈八〉이 거듭되는 수 〈八+八=16〉, 〈八×八=64〉가 되어 16은 처녀의 나이로 상징하고 64는 남자의 나이로 상징하여 옛날부터 말하였다고 한다. 이러한 뜻인 그 [파과(破瓜)]를 생각하다가 보니 남북이 나눠진 상태의 문제를 생각나게 하는 3.8선이 생각나고 8의 배수인 뜻이 맞아떨어져 〈이상(李箱)〉이 그 당시로는 상상도 할 수 없는 문제를 또 예언하고 있다는 것을 깨닫게 한다. [풀이 북극(北極)에서 파과(破瓜)하지 않던 이 수염은 절망을 알아차리고 생식(生殖)하지 않는다]는 말은, 생명([풀])이 소련([북극])에서는 살아나지 않는 것을 보고 생명과 같은 기독사상과 환국사상([수염])은 그들에게서 살아날 수 없으니 그들과 어울리지 않는다는 말이다. 소련은 미국과 합의로 〈3.8선〉으로 갈라놓고서 그로부터 파과년(1950년에서 16년이나 64년이 지난 1966년이나 2014년)에 우리나라가 통일이 되

게 될 것이었지만 북한의 김일성과 비밀리에 결속하여 미국이 남한에서 철수하게 하도록 하려고 먼저 철수 하면서 미국이 따라서 철수하게 한 후에 남한을 침략하게 하여 삼팔선을 없앴다. 아무튼 소련 덕에 삼팔선은 없어졌지만 휴전선으로 굳어지게 하였다. 이로써 파과년은 모르긴 하여도 휴전선이 생긴 지 64년 뒤인 2017년에 무너진다는 말이 된다.

*파과지년에 여자의 운수로 〈1953+16=1969〉년이 되기도 하지만 이상은 일관되게 북한을 여자인 〈나의 처〉로 그리고 있으니 1969년은 북한의 운세로 휴전선이 무너지는 것이고 2017년은 남한의 운세로 휴전선이 무너진다는 말이 된다.

[천고로 창천(蒼天)이 허방 빠져있는 함정]. 그들의 사상(사회주의)은 예로부터 있어온 푸른 하늘, [창천(蒼天)]의 이념이 [허방 빠져있는 함정]이다. [유언이 석비(石碑)처럼 은근히 침몰되어 있다]. 이 말은 <공산주의(사회주의)자들이 떠드는 것은, 선조들이 유언으로 내려오던 말, 하늘을 섬기고 하늘의 도리에 따르라던 그 말씀, 만고에 변치 말라고 세워둔 석비(石碑)처럼 우리나라를 지켜왔던 말씀인데 슬며시 땅속으로 파묻고 있다>는 것이다.

[그러면 이 곁을 생소한 손짓발짓의 신호가 지나가면서 무사히 스스로워한다.]

이 말의 뜻은, 남북으로 갈라져 북한만이 그러고 있으니 남한은 다행이라고 생각하면서도 차마 볼 수 없어서 <어떻게 하여 인간으로서 그렇게 인권탄압을 할 수 있느냐>하고 유엔에 탄원서를 내기도 하며 손짓발짓의 신호로서 대응하기는 하지만 그래도 우리(남한)만이라도 무사함을 감사(스스로워)한다는 말이다.

이러한 것으로 점잖은(젊지 않는, 유구한) 내용(하늘을 섬겼던 우리나라의 사상)을 구기는 일이 시작되었던 것이다.

이로써 [위독(危篤)]의 결과는 북한이 우리나라 전통(천리, 천도)사상을 말소하는 것에 이르게 될 것을 개탄한 것이다.

모두 예언의 시다.

무제·1

(미발표작)

> 어젯밤·머리맡에두었던반달은·가라사대사팔뜨기·라고오늘밤은·조각된이탈리아거울조각·앙고라의수실은들었으매·마음의캔터키·버리그늘송아지처럼흩어진곳이오면
>
> 鄭炳鎬의여보소
>
> 燕는 燕·燕혹은 합천따라해인사·해인사면系圖
>
> NO.NO.3.MADAME
>
> 水直星 관음보살 下界구렁에든범의 몸
> 土直星 여래보살 신후재에든꿩의 몸
>
> HALLO……윤·3··월
> 자축일·천상에나고 묘유일·귀도에나고 바람불면 배꽃피고 사해일·지옥에나고 인신일·사람이되고 피었도다 샹들리에.

어젯밤· 머리맡에 두었던 반달은· 가라사대 사팔뜨기· 라고 오늘밤은· 조각된 이탈리아 거울조각· 앙고라의 수실은 들었으매· 마음의 캔터키·버리그늘 송아지처럼 흩어진 곳이 오면

鄭炳鎬(정병호)의 여보소

燕는 燕·燕 혹은 합천 따라 해인사· 해인사면 系圖(계도)

NO. NO.3. MADAME

水直星(수직성) 관음보살 下界(하계)구렁에 든 범의 몸
土直星(토직성) 여래보살 신후재에 든 꿩의 몸

HALLO……윤·3··월

자축일· 천상에 나고 묘유일· 귀도에 나고 바람 불면 배꽃 피고 사해 일· 지옥에 나고 인신일· 사람이 되고 피었도다 샹들리에.

해설

[어젯밤·머리맡에 두었던 반달은 ·가라사대 사팔뜨기·라고 오늘밤은 ·조각된 이탈리아 거울조각 ·앙고라의 수실은 들었으매 ·마음의 캔터키·버리그늘 송아지처럼 흩어진 곳이 오면]

[어젯밤], 크리스트의 믿음을 얻지 못한 사상의 방황 속에 있었던 때, 일제의 속국이었던, 해방 전의 때에 마음에 명심하여 [머리맡에 두었던 반달]은 〈반조각 진리〉이니 하느님이 [가라사대] [사팔뜨기]로 한쪽으로만 치우쳐 보는 것이라고 하셨다. 그런데도 해방 후의 지금인 [오늘밤]도 가톨릭의 본거지 되는 로마의 굳어진 법도인 [이탈리아(로마를 둘러싼 나라)의 거울조각], 즉 [반달]과 같은 속성은 [앙고라의 수실은 들었으매], 그 [앙고라]는 예수님이 즐겨 안고 다니시던 모습으로 그려지는 〈양〉의 털이라고 하여 〈일용할 양식만을 구하라고 가르치신 예수님의 진리에 따라〉 [마음의 켄터키]를 버리지 않을 수 없었다. 켄터키치킨을 말하면 미국 켄터키주의 어느 노인이 1829년에 그 장사를 시작하여 엄청난 거부가 된 것이라 하여 그 당시 누구나 꿈꾸었던 입신출세의 표본으로 마음에 두었겠지만 우리나라는 그러한 것에 마음을 두지 않고 버리는 것 까지 좋지만, 송아지-〈모세가 이스라엘 민족을 데리고 시나이 산에 올라가서 40일 동안 기도하여 하느님으로부터 10계명을 얻어오지만 그를 기다리던 백성들은 참지 못하고 금송아지를 만들어놓고 그 앞에서 빌고 있었다는 그 송아지〉- 그와 같이 그 백성들의 마음이 흩어졌듯이 일제로부터 해방되면 그와 같은 때가 되어 그 송아지와 같은 공산주의를 만들어 우

리 민족도 하느님에 대한 믿음이 뿔뿔이 흩어지게 마련이라는 것을 경고하고 있다.

[정병호(鄭炳鎬)의 여보소], 이 [정병호(鄭炳鎬)(경남 함양군 지곡면 개평리 사람)]는 이조시대의 대학자였던 정여창의 후손으로서 그가 살고 있는 집이 우리나라 중요 민속자료(186호)로 될 만큼 크고 또 우리나라 옛날 주택을 대표하는 것이다. 그래서 우리나라 사람이라면 모름지기 그의 부름에 따라 그곳을 찾아봄이 좋을 것이라는 뜻이다. 또, 우리나라 고유 민속을 되찾자는 소리를 듣게 될 것이라는 예언이다.

[龜灬는 龜灬· 龜灬혹은 합천 따라 해인사 ·해인사면 계도(系圖)]

[龜灬]는 옥편에서도 찾지 못했다. 〈귀(龜)〉의 밑에 〈火(灬)〉가 붙은 자이니 〈거북이를 굽거나 구운 거북〉으로 풀어본다. [龜灬는 龜灬·龜灬]를 들여다보면 〈龜는 굽는다고 구라 한다〉고 말하는 듯 하다. 아니면 가락국을 세울 적에 구지봉에서 그곳 주민들이 올라가 〈거북아 거북아 머리를 내어라 아니 내면 구워먹는다〉고 하였던 얘기를 하고 있는 듯 하다. 합천해인사가 있는 그곳은 그 전설의 고향이기 때문이다. 또 그 전설을 삭여보면, 한문자의 음을 따라 읽어보면 〈구하 구하 숙이현야, 약불현야 번작이긱야〉이니 〈귀하 귀하 머리를 숙여, 확 불을 켜면 번쩍 이겨라〉는 뜻이 있음을 알게 한다. 아마도 이상(李箱)이 그 비밀의 문구를 색이고 합천해인사를 그려넣고 있는 것이 분명하다. 이 해인사는 〈1398년에 강화도 선원사에 있던 고려팔만대장경판을 지천사로 옮겼다가 이듬해 이곳으로 옮겨와 호국신앙의 요람이 되었다고 한다. 그 후 세조가 장경각을 확장·개수하였으며, 그의 유지를 받든 왕대비들의 원력으로 금당벽우(金堂壁宇)를 이룩하게 되었다. 제9대 성종때 대대적으로 증축했고, 근세에 이르러서는 불교 항일운동의 근거지가 되기도 하였다〉고 한다. 무엇보다 이곳이 〈항일운동의 근거지〉가 되었다고 하는 것에서 이상(李箱)이 이곳을 말하는 뜻이 있다고 보여진다.

[NO. NO.3.MADAME], 〈아니, 셋째 부인〉이라니 무엇을 말하는가? 첫째부인은 우리나라라고 하면 둘째부인은 일본이 될 것이며 셋째는? 중

국도 소비에트도 미국도 셋째로 받아들여서는 안 될 것이다. 여기서 영어로 말했으니 〈미국과 소비에트〉를 말한 것이 틀림없다, 삼팔선에서 휴전선으로 갈라세운 장본인들.

[수직성(水直星) 관음보살 下界구렁에 든 범의 몸

토직성(土直星) 여래보살 신후재에 든 꿩의 몸]

[수직성(水直星)]은 아홉 직성의 하나로 길한 직성이라고 한다. 그리고 [관음보살]이라고 하니 이 세상을 구제할 부처라는 뜻이 아닌가? 무엇을 뜻하는 말인가? 그런데 이 [관음]이라는 말은 〈관세음(觀世音)〉이란 말을 줄여서 부른 것이라고 한다. 〈관세음(觀世音)〉을 글자의 뜻으로 삭이면 〈소리로 살펴 이 세상을 구한다〉는 뜻이 된다. 불경에서 말하기를 동방에 〈음왕불(音王佛)〉이 산다고 하였다. 석가부처님이 제자들에게 말하기를 동쪽으로 가면 바다 끝에 금강산이 있고 그곳이 자기가 나기 전의 불교의 나라였다고 하였다 한다. 사실 금강산과 경주에 불교가 들어오기 전의 부처 석상이 발견되기도 하였다고 한다. 이 사실을 알았던 이상(李箱)이 [관음보살]을 말한 듯 하다. 그런데 아직은 [하계(下界) 구렁에 든 범의 몸]이다. 일제의 강점하에서 세상에 나오지 못하고 구렁에 들어있는 범처럼 된 몸이라는 뜻이다.

[토직성(土直星)]은 아홉직성의 하나로 반흉반길의 직성이라고 한다. 그리고 [여래보살(중생의 질병을 고쳐주는 보살)]이라고 한다. 그러나 아직은 신후재(미리 파놓은 무덤)에 든 꿩의 몸과 같다. 꿩은 길조다.

[HALLO……윤·3··월] 이곳에서도 영어로 우리를 부르고 있다. 또 [윤·3··월]이라는 것은? 독립신문(1896년 4월 7일 첫 발간)이 윤삼월에 영문과 한글로 섞어 발간하였다고 하니 이것을 두고 한 말인가, 이것으로 우리나라는 세계에 눈을 뜰 수 있었겠으니?

[자축일 ·천상에 나고 묘유일 ·귀도에 나고 바람 불면 배꽃 피고 사해일 ·지옥에 나고 인신일 ·사람이 되고 피었도다 샹들리에.]

불경에 아래와 같은 내용이 보인다.

〈자축일--청사에 성문계와 신선계에 태어난다

진술일--축도의 짐승으로 태어난다

사해일--지옥도의 죄인이 된다 (화탕지옥 ..무간지옥.. 당타지옥.. 얼음산지옥 등등~

오미일--사람으로 태어나 불도에 스님이 된다

묘유일--구천을 떠도는 귀신이 된다〉

그러나 이것이 이 시에서 말하는 [자축]과 [묘유]에 어떤 관계가 있는지는 모르겠다. 또 [사해일]은 〈巳亥日〉이겠지만 한글로 쓴 것은 〈사해일(死海日)〉을 숨기기 위한 방법으로 쓴 듯 하고 …….

바람이 불면(봄이 오면) 배꽂이 피고(우리나라 역사의 부활)이 되고 〈사해일(死海日)(중동지방이 일어나는 날)〉은 지옥이 나고, 지옥같은 일이 생기고, 이스라엘의 독립으로 인한 아랍지역과의 분쟁과 아랍권의 종교적 갈등이 나고, 인신일(人神日), 사람이 신이 되는 날, 즉 예수가 하느님의 아들이라 함은 사람, 다시 말해 거듭나는 사람, 진실한 참사람이 된다는 말이 된다. [피었도다 샹들리에]라고 하며 밝게 빛나게 된다고 희망한다. 위의 시를 이렇게 풀어보지만 아직 그 뜻을 짐작하기 어렵다.

어림으로 생각되는 것은, 우리나라가 함정에 빠진 [호랑이] 같고 [꿩]과 같지만 떨치고 일어나서 어렵게 경제부흥을 하게 되고([바람 불면 배꽂 피고]), 중동의 마호메트의 사상들이 중동사태를 일으키고([사해 일•지옥에 나고]) 난 뒤에 잠자게 되면 하느님의 아들이 ([인신일•사람]=예수크리스트) 어두운 밤을 화려하게 밝히게 된다, [피었도다 샹들리에]로 풀어볼 수 있다. 위에서 불교의 문구들을 빌려 쓴 것은 해인사의 독립운동과 불력(佛力)으로 위와 같이 세상을 구하리라 하는 뜻인 듯.

예언이다.

무제 · 2

(유고작품 1938년 맥에 발표)

내 마음의 크기는 한 개 궐련 길이만하다고 그렇게 보고,
處心은 숫제 성냥을 그어 궐련을 붙여서는
숫제 내게 자살을 권유하는 도다.
내 마음은 과연 바지작바지작 타들어가고 타는 대로 작아가고,
한 개 궐련 불이 손가락에 옮겨 붙으렬 적에
과연 나는 내 마음의 空洞에 마지막 재가 떨어지는 부드러운 음향을 들었더니라.

처심은 재떨이를 버리듯이 대문 밖으로 나를 쫓고
완전한 공허를 시험하듯이 한마디 노크를 내 옷깃에 남기고
그리고 調印이 끝난 듯이 빗장을 미끄러뜨리는 소리
여러 번 굽은 골목이 담장이 좌우 못 보는 내 아픈 마음에 부딪혀
달은 밝은데
그때부터 가까운 길을 일부러 멀리 걷는 버릇을 배웠더라.

[내 마음의 크기는 한 개 궐련 길이만하다고 그렇게 보고,
처심(處心)은 숫제 성냥을 그어 궐련을 붙여서는
숫제 내게 자살을 권유하는 도다.
내 마음은 과연 바지작바지작 타들어가고 타는 대로 작아가고,
한 개 궐련 불이 손가락에 옮겨 붙으렬 적에
과연 나는 내 마음의 공동(空洞)에 마지막 재가 떨어지는 부드러운 음향을 들었더니라.]

이것은, 해방 직후 우리나라가 남북으로 분단되려는 직전의 상황을 그린 것이다. 뼈와 살과 이 세상 상황에 <처한 마음([處心])>이 한 개피 담배 개비처럼 타들어가고 있다는 절박한 심정을 이 시에서 토로하고 있다.

[처심은 재떨이를 버리듯이 대문 밖으로 나를 쫓고
완전한 공허를 시험하듯이 한마디 노크를 내 옷깃에 남기고
그리고 조인(調印)이 끝난 듯이 빗장을 미끄러뜨리는 소리
여러 번 굽은 골목이 담장이 좌우 못 보는 내 아픈 마음에 부딪혀
달은 밝은데
그때부터 가까운 길을 일부러 멀리 걷는 버릇을 배웠더라.]

마음이 타들어가는 듯한 절박한 심정이 마음의 바닥([재떨이])에 고인 그것까지를 마음의 밖([대문 밖])으로 내다버렸을 때에 마음속은 기댈 데 없이 공허하였는데 그것을 시험하듯이 무엇엔가 의지하여야 하겠다고 하는 생각이 머리에 스친 순간([한마디 노크를 내 옷깃에 남기고]) 일본에서 해방([조인이 끝난 듯이 빗장을 미끄러뜨리는 소리])되었다. [조인이 끝난 듯이]라는 말은 [조인]으로 일본에 속국이 되었던 일을 끝냈다는 말이니 그것이 없는 듯이 되었다는 말이며 [빗장을 미끌어뜨]린다는 말은 닫아잠그었던 문의 빗장을 풀어내었다는 말7이 되니 우리나라가 일본으로부터 해방되는 것을 말한다.

그러나 그 뒤에 말 못할 여러 사정([여러 번 굽은 골목])이 마음의 장벽([담장])으로 [좌우](공산주의와 자유민주주의)를 구분 못하게 하는 상황에서 내가 그렇게 갈라진 우리나라를 보게 되는 [아픈 마음에 부딪쳐] 희미한 진리만이 내 길을 밝혀(가톨릭 사상으로 [달은 밝은 데]) 근근히 살게 되었다. 그래서 서로를 알 수 없는 참담한 사정에서 내 스스로를 조심하여 [그때부터 가까운 길을 일부러 멀리 걷는 버릇을 배웠더라]하고 말한다. 이 말은 또한 강력하게 공산주의를 배격하지 못하게 된 자유민주주의의 상황을 말하는 것이기도 하다.

오직 하느님(또는 환국사상)의 구원만이 우리를 구할 수 있다고 부르짖는 것이다. 예언이다.

무제·3

(유고작품 1956년 이상전집에 수록)

선행하는 奔忙을 싣고 전차의 앞 창은
내 透思를 막는데
출분한 아내의 귀가를 알리는 레리오드의 대단원이었다.

너는 어찌하여 네 소행을 지도에 없는 지리에 두고
花瓣 떨어진 줄거리 모양으로 향로와 암호만을 휴대하고 돌아왔음이냐.

시계를 보면 아무리 하여도 일치하는 시일을 유인할 수 없고
내 것 아닌 지문이 그득한 네 육체가 무슨 條文을 내게 구형하겠느냐.

그러나 이곳에 출구와 입구가 늘 개방된 네 사사로운 휴게실이 있으니
내가 분망중에라도 네 거짓말을 적은 편지를 데스크 위에 놓아라.

[선행하는 분망(奔忙)을 싣고 전차의 앞 창은] 크리스트사상(환국정신부활)을 전파하려는 분주한 앞길을 말한다. 그것은 내가 추구하는 진리의 앞길에 [내 투사(透寫)를 막는]다.

그것은 또한 나의 자아(아내)의 방황을 그만두게 하는 것이 되기도 한다.

[출분한 아내의 귀가를 알리는 레리오드의 대단원이었다.]

[레리오드]는 마침이란 뜻이지만 [피리오드]와는 달리 반복 습관적 행위를 나타내는 말이다. 그러나 [대단원]이란 말로 그 반복적 행위를 다시는 하지 않게 되었다는 말이다. 습관적으로 나가 설치던 아내(북한 공산당)가 다시는 나가지 않겠다고 하고 들어오는 결말이었다는 설명이다.

그래서 다시 살펴보니 또 다른 내가 허망한 짓만 하고 왔다는 것이다. 이것은 이북의 공산주의로 천국의 세상을 만들겠다는 허황한 꿈. 그래서 모처럼 구한 남북통일을 말한다. 그렇지만 그 때를 알 수는 없다고 말한다, [시계를 보면 아무리 하여도 일치하는 시일을 유인할 수 없고] 하며.

[어찌하여 네 소행을 지도에 없는 지리에 두고 화판(花瓣)떨어진 줄거리 모양으로 향로와 암호만을 휴대하고 돌아왔음이냐] 하고 되묻는다. 이 뜻은 〈실제하지 않는 나라를 머릿속으로만 그리며 실속 없는 짓거리만 하였느냐〉하고 공산주의를 비판한 말이다. 그들이 화려하게 펼쳤던 허황한 꿈이 사라진, [화판떨어진 줄거리] 모양으로 그들이 희생의 제물로 바치며 피워올린 [향로]와 그 경험으로 인한 인류구원의 [암호]만을 [휴대하고 돌아왔]구나 하고 비꼬아 말한다.

그리고 또 말한다.

[그러나 이곳에 출구와 입구가 늘 개방된 네 사사로운 휴게실이 있으니 내가 분망중에라도 네 거짓말을 적은 편지를 데스크 위에 놓아라.]

[이곳]은 남한을 말하며 [출구와 입구가 늘 개방된 네 사사로운 휴게실]이란 말은 자유주의이든 공산주의이든 자유이지만 거짓 없는 진실을 말하여 모든 사람들이 보고 택할 수 있게 하라는 말이다.

궁극의 진리추구의 종착점은 이곳이라고 결론지었음을 실토하고 있다.

다시 말하여 〈예수크리스트의 구원(환국이념의 실현) 이상 무엇을 더 찾아보려고 하느냐〉하고 자책하는 말로 결론을 짓는다.

남북 분단의 종말에 처할 상황을 예언한 시다.

무제·4

(1931년 작. 미발표)

손가락 같은 여인이 입술로 지문을 찍으며 간다. 불쌍한 수인은 영원의 낙인을 받고 건강을 해쳐 간다.

같은 사람이 같은 문으로 속속 들어간다. 이 집에는 뒷문이 있기 때문이다.

대리석의 여인이 포즈를 바꾸기 위해서는 적어도 살을 깎아내지 않으면 아니된다.

한 마리의 뱀은 한 마리의 뱀의 꼬리와 같다. 또는 한 사람의 나는 한 사람의 나의 부친과 같다.

피는 뼈에는 스며들지 않으니까 뼈는 언제까지나 희고 체온이 없다.

안구에 아무리 해도 보이지 않는 것은 안구뿐이다.
고행의 산은 털과 같다. 문지르면 언제나 빨갛게 된다.

[손가락 같은 여인]이란 말은 연약하다는 말과 어디로 가라고 가리키는 지표(指標)와 같다는 뜻으로 하는 말이다. 그리고 [여인]은 앞에서 말한, 〈성모마리아 또는 가톨릭〉을 말한다.

[입술로 지문을 찍으며 간다]는 말은 말씀(입술)으로 서로 약속하며, [지문을 찍으며 간다]는 말이다. 북한에 닥칠 일들이 미래의 구원을 위해 마련한 것임을 약속한다는 말이다.

[불쌍한 수인은 영원의 낙인을 받고 건강을 해쳐 간다]에서 밑의 구절을 읽어보면 [수인]은 공산주의에 미혹된 북한 인민을 말하고 있다는 것을 알게 될 것이다.

[같은 사람이 같은 문으로 속속 들어간다]는 말은 나와 자아와 내면세계에서 진리를 추구하는 나… 등등의 여러 나, 또는 모든 사람들이 딴 길로 가지 않고 하느님의 진리 속으로 하나가 되어 들어간다는 말이 된다. 그렇게 같은 문으로 들어간다고 하여도 〈여러 나〉가 해석에 따라 맞지 않으면 뒷문으로 도로 나올 수도 있다는 것이다. [이 집에는 뒷문이 있기 때문이다]. 이것은 자유민주주의의 남한을 자유가 없는 북한과 대비하여 말한 것이다.

[대리석의 여인이 포즈를 바꾸기 위해서는 적어도 살을 깎아내지 않으면 아니된다]에서 [대리석의 여인]이라고 한 것은 여러 교회(성당)에서 대리석으로 예수님과 마리아의 형상을 새겨 세워둔 것을 말하니 겉으로 드러나게 과장하여 꾸민 교세확장을 말하는 것이며 그것은 또한 로마교황청의 지시에 따라 절대로 개인적인 생각으로 바꿀 수 없도록 규제하고 있으니 그것을 진리 안에서 바꾸어도 될 것을 바꾸지 못하게 되어있어서 교회 발전에 무리가 가므로 그렇게 할 수 있도록, [포즈를 바꾸기 위해서] 허구적인 권위를 [깎아내지 않으면 아니된다]고 하는 것이다.

[한 마리의 뱀은 한 마리의 뱀의 꼬리와 같다. 또는 한 사람의 나는 한 사람의 나의 부친과 같다]. [한 마리의 뱀]은 에덴동산에서 우리 인류를 쫓겨나게 한 사탄이다. 오늘날에 하느님의 진리의 말씀에 대항하는 것은 사탄이면서 옛날 그 에덴동산의 뱀으로부터 이어온 것이라는 말이며 [나]는 [한 사람의 나의 부친], 즉 〈나의 조상이며 환국의 뿌리인 환인이거나 조선의 뿌리인 단군〉이 되기도 하여야 한다는 고백이다. 이것은 [한마리의 뱀]은 이북이고 [한 사람]은 남한이기도 하고 [나]이기도 하다.

이에서 오늘의 현실을 직시하여야 할 문제는, 북한이 자기들 체제를 유지하기 위해서 자기들이 고구려로 단군조선으로 이어지는 뿌리를 갖는다고 하며 허구의 단군묘를 평양에다 긁어모아 만든다든가 하며 남한의 좌경을 통하여 우리나라의 정통성은 북한이 갖고있다고 주장하게 만드는 것을 믿지 말아야 한다는 것이다.

[피는 뼈에는 스며들지 않으니까 뼈는 언제까지나 희고 체온이 없다.]

이에서 [피는] 민족혈통을 뜻한다. 그러나 [뼈]는 하느님이 에덴동산에서 만든, 흙에서 만든 그대로인 것이다. 그래서 민족정신에 우선하는 것이 [뼈]이며 그것은 [나]를 이 세상에 있게 한 근본이 되는 것이어서 서로의 [체온(인정)]으로 이어지고 흩어지도록 하는 것이 있을 수 없다는 말이다. 공산주의 이북을 같은 민족이란 의식으로 감쌀 것이 아니라 냉철히 보고 처신하라는 말이다.

[안구에 아무리 해도 보이지 않는 것은 안구뿐이다.]

북한이 아무리 자기들 스스로 내부사정을 살펴보려고 하여도 객관적 눈, 안구의 밖으로 나와서 살펴보아야만 알 수 있지 공산주의라는 틀 속에 갇혀서는 아무것도 알 수 없다는 외침이다.

[고행의 산은 털과 같다. 문지르면 언제나 빨갛게 된다.]

[고행의 산은] 바로 우리나라를 말하는 것이다. 일본으로부터 그처럼 어려운 억압에서 풀려나자마자 계속되는 고행, 우리나라에서도 북한 공산주의를 말한다면 글자 그대로 [고행의 산]이 되는 것이다. 그런데 사람이 고생하며 자기를 돌볼 겨를이 없으면 [털]이 나듯이 그 산에도 [털]이 난 것이다. 이 털은 <제절로 생겨난 여러 진리>를 말한다. 그래서 그 털끼리 부벼대면 자연히 열이 나고 따라서 빨갛게 된다. 물론 그 [빨갛게 된] 것은 <공산주의>를 말한다. 북한이 공산주의국가가 된 이유를 설명한 말이겠다.

파첩
破帖

(유고작 자오선에 1937년 11월 발표)

1

우아한 女賊이 내 뒤를 밟는다고 상상하라.

내 문 빗장을 내가 지르는 소리는 내 心頭의 동결하는 錄音이거나, 그 겹이거나……

—無情하구나—

등불이 침침하니까 여적 유백의 나체가 참 매력 있는 汚穢—가 아니면 乾淨이다.

2

시가전이 끝난 도시 보도 麻가 어지럽다. 黨道의 명을 받들고 월광이 이 麻 어지러운 위에 먹을 지르느니라.

(색이여 보호색이거라) 나는 이런 흉내내어 껄껄껄

3

인민이 퍽 죽은 모양인데 거의 亡骸를 남기지 않았다. 처참한 포화가 은근히 습기를 부른다. 그런 다음에는 세상 것이 발아치 않는다. 그리고 야음에 계속된다.

猴는 드디어 깊은 수면에 빠졌다. 공기는 유백으로 화장되고

나는?

사람의 시체를 밟고 집으로 돌아오는 길에 피부면에 털이 솟았다. 멀리 내 뒤에서 독서 소리가 들려왔다.

4

이 수도의 폐허에 왜 遞信이 있나

응?(조용합시다 할머니의 하문입니다.)

5

시트 위에 내 희박한 윤곽이 찍혔다. 이런 두개골에는 해부도가 첨가하지 않는다.

내 정면은 가을이다. 단풍 근방에 투명한 홍수가 침전한다.

수면 뒤에는 손가락 끝이 濃黃의 소변으로 차갑더니 기어이 방울이 져서 떨어졌다.

6

건너다보이는 이층에서 대륙 계집 들창을 닫아버린다. 닫기 전에 침을 뱉었다. 마치 내게 사격하듯이…….

실내에 전개될 생각하고 나는 질투한다. 上氣한 사지를 벽에 기대어 그 침을 들여다보면 음란한 외국어가 하고 많은 세균처럼 꿈틀거린다.

나는 홀로 규방에 병신을 기른다. 병신은 가끔 질식하고 血循이 여기저기 망설거린다.

7

단추를 감춘다. 남 보는 데서 사인을 하지 말고……어디 어디 암살이 부엉이처럼 드세는지 ―누구든지 모른다.

8

……보도 마이크로폰은 마지막 發電을 마쳤다.

야음을 發掘하는 月光―

사체는 잊어버린 체온보다 훨씬 차다. 灰燼위에 서리가 내렸건만…….

별안간 波狀 철판이 넘어졌다. 완고한 음향에는 여운도 없다.

그 밑에서 늙은 議員과 늙은 교수가 번차례로 강연한다.

'무엇이 무엇과 와야만 하느냐'

이들의 상판은 個個 이들의 선배 상판을 닮았다.

烏有된 역 구내에 화물차가 우뚝하다 향하고 있다.

9

喪章을 붙인 暗號인가 전류 위에 올라앉아서 사멸의 가나안을 지시한다.

도시의 崩落은 아―風說보다 빠르다.

10

시청은 법전을 감추고 산란한 처분을 거절하였다.

콘크리트 전원에는 초근목피도 없다. 물체의 음영에 생리가 없다.

―고독한 기술사 카인은 도시 관문에서 인력거를 내리고 항용 이 거리를 완보하리라.

1

[우아한 여적(女賊)]은 무엇을 말하는 것일까? 지금까지 <여인>은 <가톨릭>이거나 <성모마리아>였다. 그러나 [여적(女賊)]은 <성모마리아가 도적이 된다>는 뜻으로 보아서는 말이 되지 않는다. 성모마리아와 닮은 도적? 아마도 크리스트의 사상을 흉내 낸 새로운 사상으로 보이며, 그것이라면 사회주의를 말하는 것으로 볼 수 있다. 그것은 영국의 산업혁명이 일어나자 급속한 경제발전이 있게 된 뒷면에 생긴 노동자의 빈곤층이 형성되고 확산되자 <칼맑스와 앵겔스>가 사회주의 이론을 만들었고 그들은 그것으로 하느님이 이룩하지 못한 구원세계를 이룩한다고 외쳐대었으며 처음 독일에서 시작되었으나 외면하자 소련에서 받아들여 전 세계로 급속히 퍼져나갔던 것이다. 이것은 겉으로 보아 이 세상을 구한다는 말로 [우아한]듯 보였지만 [여적(女賊)]이었다. 그러나 그 이론이 <사회주의>가 성숙하면 모든 사람들이 개인의 소유가 필요없는 <공산주의>로 된다는 것이었지만 그들은 처음부터 <사회개혁>을 하여, 있는 자들의 모든 것을 강제로 빼앗아 없는 자에게 나누어준다면서 천민계층을 유혹하여 남의 것을 강제로 빼앗도록 하는 <도적(盜賊)>이었던 것이다. 이것은 크리스트 사상이, <거듭나는 사람으로 모든 사람을 사랑하여 없는 사람에게 자기의 것을 나누어주어 골고루 더불어 같이 잘 살게 하자>는 것과 같은 듯 하면서도 반대로 강제로 있는 자의 것을 빼앗아 나누어 주자는 것이었으니 극 반대가 되는 것이었다. 그러나 이것이 <모두 같이 나누어 살자>는 것은 같았으니 가톨릭, <여인>의 사상에서 출발하였다고 했으니 [여적(女賊)]이라고 했던 것이다. 그런데 그 여적이 나를 그들 속으로 들이려 한다면, [내 뒤를 밟는다고 상상하]면 어림없는 일이다. [내 문 빗장을 내가 지르는 소리는 내 심두(心頭)의 동결하는 녹음(錄音)이거나, 그 겹이거나……]할 것이다. [심두(心頭)]는 애초에 먹혀드는 소리가 아니라는 말이다.

그 [여적(女賊)], 공산주의자들은 너무나 무정하였다. 인정사정이란 애초에 그들에게 없었다. [—무정(無情)하구나—]

[등불이 침침하니까 여적 유백의 나체가 참 매력 있는 오예(汚穢)―가 아니면 건정(乾淨)이다.]

[등불]은 햇빛(하느님의 진리)도 아니고 달빛(세속의 진리)도 아니다. 인공으로 어두움을 조금 밝혀줄 〈이론〉에 불과하다. 그러나 그것도 [침침하니까] 그 [여적(女賊)]이 이 인류를 구제할 진리로 보여지지만, [유백의 나체가 참 매력 있]어 보이지만 사실은 쓰레기 오물같이 더러운 것, [오예(汚穢)]이다. 아니면 이 더러운 세상을 청소하려고한 하느님의 뜻인지 모른다. 아니면 [건정(乾淨)]이다. 껍데기만 하느님을 믿는다는 그들을 청소하는. [유백의 나체]는 서양 백인을 비유한 말이다.

2

그들 공산당은 결국 남한으로 쳐내려왔다. 이른바 6.25사변이다. 서울을 휩쓴 [시가전이 끝난 도시 보도]는 삼검불과 같았다. 그들은 공산당의 지령, [당도(黨道)]를 [받들고] 세속적 진리([월광])가 이 [마(痲-魔?)어지러운 위에 먹을] 질러 숨을 못 쉬도록 하였던 것이다. [먹을]지른다는 말은 〈먹물을 위로 쏟아부어 캄캄하게 한다〉는 말이다. 이때 그들을 반대하는 사람이 있었다면 누구나 할 것 없이 죽었을 것이다. 그래서 속으로 울화와 역겨움과 분노가 치밀어도 [색이여 보호색]으로 위장하여 [이런 흉내내어 껄껄껄] 웃을 수밖에 없지 않는가? 같잖아서.

3

[인민이 퍽 죽은 모양인데 거의 망해(亡骸)를 남기지 않았다.]

[인민]은 두말할 것도 없이 북한의 주민을 말하는 것이니 공산주의자들이 처형한 사람들이 수도 없이 많았지만 그들은 그것을 밖으로 드러내지 않았다. 이렇게 처참한 실상이 되면 사람들은 하느님도 믿을 수 없다 하고 나름대로의 사상과 철학을 만들어 낸다.

[인민]이란 말은 공산주의 국가들만이 쓰는 말이다.

[처참한 포화가 은근히 습기(개인적 세속적 진리)를 부른다.]

6.25사변이 터지고 공산주의 사상을 배격하는 움직임이 일게 된다.

[그런 다음에는 세상 것이 발아치 않는다. 그리고 야음에 계속된다.]

[그런 다음], 6.25전쟁이 끝난 다음에는 이 세상이 지켜야 할 법도도 다시 생겨나지 못한다. 북한은 [세상 것이 발아치 않는다]. [먹을 지]른, 먹물을 위로 쏟아부은 캄캄한 어둠의 세상. 하느님의 구원도 찾을 수 없는 어두운 밤에 무법천지의 세상이 계속된다. [야음에 계속된다]. 이북을 두고 하는 말이다. [야음에]란 말은 <무법천지 속에서> 란 말이다.

[후(猴)는 드디어 깊은 수면에 빠졌다. 공기는 유백으로 화장되고]

사람을 흉내 내는 그 원숭이(猴). 그것도 [깊은 수면에 빠졌다]. 북한의 기독사상을 두고 하는 말이다. 사람의 흉내를 내는 것 마저 없다. [공기] 마저 희뿌옇게 [유백으로 화장되고] 앞을 분간 할 수 없게 된다.

[사람의 시체를 밟고 집으로 돌아오는 길에 피부 면에 털이 솟았다.]

사람이 사람의 시체를 밟는다면 어떠한 느낌일까? 집으로 돌아오는 길 모두에 시체로 깔려있고 그것을 계속 밟고 돌아왔다면? [돌아오는 길]이라면 부산 까지 피난을 갔다가 서울로 수복하여 돌아왔다는 말이 된다. 그렇게 그 시체를 밟아왔다면 누구라도 <하느님은 정말 있기라도 하는가> 하고 생각할 것이다. [피부 면에 털이 솟았다]는 말은 <소름끼쳤다>는 말도 되지만 <하느님을 거부하는 새로운 철학사상을 수도 없이 생각하였다>는 말도 되리라.

[멀리 내 뒤에서 독서 소리가 들려왔다]. 이것은, 이상이 이미 생각한 뒤에서야 그것을 깨닫고 과거 성인들이 써놓은 글이나 우리나라 역사를 살펴 새로운 길을 찾자는 움직임이 있게 될 것이라는 예언이다.

4

[체신(遞信)]? 누구와 통신을 하고자 하는가? [이 수도의 폐허에] 통신을 한다면 더 구원을 요청할 것도 없지 않는가? 그러나 그렇지 않다. 서울([수도])이 폐허로 되어도 <UN>이 남아있지 않은가? [응?]하고 할머니(가톨릭)가 물은 것은 <UN>이라는 것은 이때를 위해 마련한 것이니 살펴보

라는 뜻이다.

5

[시트]는 우리나라를 뜻한다. 우리나라 위에 은은한([희박한]) 내 모습이 [찍혔다]. <국가의식>이 희미하게 살아났다는 뜻으로 하는 말이리라. 그 나는 하느님이 물려준 [두개골]이다, 더 물어볼 것도 없이. [해부도가 첨가하지 않는다]는 이 말은 물으나 마나 하다는 말이다.

[내 정면은 가을이다. 단풍 근방에 투명한 홍수가 침전한다]. [내 정면은] 북한을 뜻한다. 발갛게 물드는 [가을이다]. 그 붉음(공산주의=단풍)의 [근방]은 또 남한의 <좌경세력=종북세력>이 될 것이며 그들은 틀림없이 남한에 수도 없이 있으면서도 봐도 보이지 않는 [투명한 홍수가 침전]한 것처럼 있다. 홍수도 빨갛고 침전도 빨갛다. 그러나 그 홍수(좌경)는 밑으로 가라앉아 스스로를 숨기고 있다는 말이 된다.

[수면 뒤에는 손가락 끝이 농황(濃黃)의 소변으로 차갑더니 기어이 방울이 져서 떨어졌다.]

[수면]은 앞에서 말한 [홍수(공산주의)]를 말하고 [농황(濃黃)의 소변]은 공산주의로 짙게 물든 중국을 말하니 결국 북한은 그 중공의 지시(손가락 끝)에 놀아나다가 결국 떨어져 나가고 만다는 설명이다.

6

[건너다보이는]것은 북한이면서, [이층]은 중공이다. 그래서 [대륙](중국) [계집](공산주의자)이 [들창](외교적 창구)을 만들어 두었는데 그 [들창]을 닫아버린다. 요즈음(2000년~)의 상황이다. 북한이 핵무기를 만든 것이 원인이 되어 중국이 등을 돌렸다. 그래서 북한도 [닫기 전에 침을 뱉었다. 마치 내게 사격하듯이(전쟁할 듯이)……].

[실내에 전개될 생각하고 나는 질투한다]. [실내]는 남한이다. 남한 안의 좌경세력은 북한을 찬양하고 남한을 적국처럼 대적한다. 이것이 우리나라에 <전개될> 일이니 참으로 [질투]를 하고 말 일도 아니다.

[상기(上氣)한 사지를 벽에 기대어 그 침을 들여다보면 음란한 외국어가 하고 많은 세균처럼 꿈틀거린다.]

북한이 정신을 차리지 못하고 그처럼 도발적으로 나오는 것([침을 뱉는] 것)에 울화가 치밀어 상기한 사지를 벽에 기대어 보게 되면, 그 침을 들여다보면 외국의 세력에 영합하며 그들의 사상을 받아들인 것으로 [세균처럼 꿈틀게리는 것이다. 공산주의 국가나 그 사상을 신봉하는 비호집단을 믿고 설친다는 말이다.

[나는 홀로 규방에 병신을 기른다. 병신은 가끔 질식하고 혈순(血循)이 여기저기 망설거린다.]

[규방]은 같이 살아갈 배필을 들이는 방이다. 그 [규방]에 모실 배필은 누구일까? 남한의 무엇을 말하니 [우경세력]이다. 그러나 그들은 나이가 많고 우유부단하다. 그래서 [병신을 기른다]고 말한다. 그 <병신같은 우경세력>은 젊은 좌경세력에 밀려 [가끔 질식하고 혈순(血循)이 여기저기 망설거린다]. 할말을 제대로 못하고 웅크려 있다는 말이다. 꼴 보기 싫은 몰골이라는 표현이다.

7

[단추]는 옷을 입을 때에 바람이 몸속으로 들어오지 못하도록 하는 것이다. 그래서 그 바람(공산세력)을 막으려는 행동, [단추]를 조심하여야 한다. 심지어 [남 보는 데서 사인을 하지 말고 ……]. [어디 어디 암살이 부엉이처럼 드세는지−누구든지] 모르기 때문이다. 이 말은 공산당에 가입하지 말라는 말로 보인다. 6.25사변 전에 보도연맹 가입으로 수많은 사람이 죽었다.

8

[…•보도 마이크로폰]. 무엇에 대한 보도인가? 뒤의 글을 몇 번이나 읽어보고 얻은 답은 [북한의 붕괴]에 대한 소식이었다.

[야음을 발굴(發掘)하는 월광(月光)−]. 밤의 어두움을 발굴(發掘)하는 달

빛이라는 말은 크리스트 사상이 어둠속의 북한 속에서도 진리를 찾아내어 달빛처럼 지하에서 빛을 낸다는 뜻이 되겠다.

[사체는 잊어버린 체온보다 훨씬 차다. 회신(灰燼)위에 서리가 내렸건만……]. 죽은 사체(死體), 북한 공산주의의 멸망을 말하고 있다. 그들 공산주의는 체온(온정)을 잊어버리고 있었다. 그러나 그들이 죽고 보니 그것보다도 더 차갑게 되었다. 타고 남은 재가 된 그 위에 서리가 내렸건만 그것보다 더 차갑다.

[별안간 파상(波狀)철판이 넘어졌다. 완고한 음향에는 여운도 없다.]

[파상(波狀)]은 휴전선이다. 지도를 보면 물결치듯 가로막고 있다. 또 그것은 철판처럼 차갑고 길게 가로막았다. 그것이 [별안간] [넘어졌다]. 그것은 넘어지지 않으려고 했던 만큼 [완고한 음향]을 내었으며 여운도 없이 <퍽> 하고 넘어졌다. 그 [여운]은 북한 국민의 반향이어야겠지만 그들 모두 그것을 바라는 바였으니까 아무런 반항도 거부도 없었다는 말이 된다.

[그 밑에서 늙은 의원(議員)과 늙은 교수가 번차례로 강연한다]. [그 밑에서]란 말은 <휴전선이 무너지기 바로 전의 때>란 말이다. 그 바로 밑에서도 [늙은 의원(議員)과 늙은 교수가 번차례로 강연한다], ['무엇이 무엇과 와야만 하느냐']하고.

[이들의 상판은 개개(箇箇) 이들의 선배 상판을 닮았다]. 이들이 하는 짓거리는 선배들(우경세력)이 그랬듯이 [늙은 교수]이든 [늙은 의원이든] [개개(箇箇)]가 자기들 주장만을 앞세워 떠드는 모습이 똑같은 상판이라는 것이다. 밉기 짝이 없는 짓을 한다는 표현이다.

[오유(烏有)된 역 구내에 화물차가 우뚝하다 향하고 있다]. [오유(烏有)]는 [화재로 모두 타버리고 없어진 것]을 말하니 그들(북한의 공산주의)에게는 아무것도 없게 되었고 그렇게 텅빈 역 구내에 그들의 사상을 모두 실어내갈 화물차가 우뚝하게 서서 떠나갈 차비를 하고 있다. 이 [화물차]는 앞에서도 언급된 [의자(倚子)]인 <크리스트사상>이다.

[오유(烏有)]는 또 <까마귀가 있다>는 말이니 노아 방주 때의 까마귀는 이 세상에 홍수로 가득하였던 물이 다 없어졌음을 알리는 역할을 하였

다. 따라서 공산당(이 세상 붉은 홍수)이 없어짐을 알려줄 일을 한 것이다. 또 이 [오유(烏有)]는 <공산주의>가 다 타서 재만 남았다는 표현이다.

9

[상장(喪章)을 붙인 암호(暗號)인가 전류 위에 올라앉아서 사멸의 가나안을 지시한다.

도시의 붕락(崩落)은 아—풍설(風說)보다 빠르다.]

[상장(喪章)]은 죽은 사람의 가족이 단다. 그렇다면 김정은이 그의 애비 김정일이 죽고 난 후에 북한이 멸망하도록 [지시한다]는 말이다, 그들이 [가나안]으로 비유한 북한이 [사멸]하도록. 그 [암호]는 김정일이 유언처럼 말한 <핵개발>일 것이다. [전류 위]라는 말은 <전화(電話)상>으로 지시하는 것을 말하는 것이다.

[도시의 붕락(崩落)은 아—풍설(風說)보다 빠르다]. [도시]는 [평양]을 말한다, [서울]은 [수도]라고 앞에서 명시하고 있다. ([파첩. 4] 참조).

그들 공산당은, 이스라엘 민족을 구한 땅이 <가나안>이듯이 북한은 천국세상을 만들 가나안이 된다고 떠들었다. 그러나 [사멸의 가나안]이 되도록 하였다. 결국 김정은은 북한을 멸망하게 만든다는 예언이다.

10

[시청은] 평양의 김일성궁전을 말하는 것이며 [법전을 감추고]란 말은 남한의 법을 따르지 않겠다는 뜻이니 그들은 모두 너그럽게 받아달라는 요구를 한 것으로 보인다. [산란한 처분을 거절하였다]는 말은 파괴적 공격에 완강히 대적하며 평화적 협정으로 통일되는 것을 요구하였다는 뜻이 된다. 아마도 저들이 살아남기 위하여 <평화협정>을 요구한 듯?

[콘크리트 전원]은 평양의 김일성 광장을 뜻한다. 또한 그것은 이북이 [초근목피]로 삶을 연명할 수도 없게 된 빈곤을 그린 말이 되기도 한다.

그렇게 김일성과 그 가족들을 우상숭배하도록 하기 위한 공간을 만들었으니 국민을 위한 어떠한 것도 없다. [초근목피도 없다]. 또 그들이 만든 거대한 동상은 [물체의 음영에 생리가 없다].

[—고독한 기술사 카인은 도시 관문에서 인력거를 내리고 항용 이 거리를 완보하리라]. [고독한 기술사 카인]은 두말할 것 없이 세계여론에서 고립된 〈김일성⇒김정일⇒김정은〉을 말하는 것이겠다. 그들은 이제 그 도시(평양)를 인력거(자가용)로 거들먹거리며 들어갈 수 없다. 그 입구에서 내려 천천히 밖의 거리로만 걸어 다니리라.

[8]에서 휴전선이 무너짐을 말하지만 [9], [10]에서 공산정권이 무너지고 카인(김씨일가)이 평양에서 쫓겨나가 시 외각에서 어슬렁거리는 것을 말하고 있으니 완전한 통일은 휴전선이 무너진 이후 얼만가 지나서 이루어지는 것으로 보아야겠다.

이제 이 시의 제목 [파첩(破帖)]을 풀어보면 〈휴전선이 무너지는 것을 점쳐본다〉는 뜻임을 알 수 있다.

놀랍다. 미래의 예언을 그 누가 이처럼 소상하게 그릴 수 있을까?

앞의 [파과(破瓜)]와 같은 내용으로 보이니 그 휴전선이 무너지는 때가 **〈1953년(휴전선 설치)+64년(파과지년(破瓜之年))=2017년〉**은 아닐는지?

만약 이 예언이 이루어지지 않는다고 하여도 저나 이상을 탓하지 말아주시기 바란다. 더 깊은 뜻이 저가 판단한 것 이상으로 그 어디에 어떻게 감추어 두었는지 모를 일이기 때문이다. 그러나 그대로 된다면 ……?

I WED A TOY BRIDE

(삼사문학에 1936년 10월 발표)

1. 밤

장난감 新婦 살결에서 이따금 牛乳 냄새가 나기도 한다. 머(ㄹ)지 아니하여 아기를 나으려나 보다. 燭불을 끄고 나는 장난감 新婦 귀에다 대고 꾸지람처럼 속삭여본다.

'그대는 꼭 갓난아기와 같다'고…….

작난감 新婦는 어두운데도 성을 내이고 대답한다.

'牧場까지 散步갔다 왔답니다.'

장난감 新婦는 낮에 色色이 風景을 暗誦해 가지고 온 것인지도 모른다. 내 手帖처럼 내 가슴 안에서 따끈따끈하다. 이렇게 營養分 내를 코로 맡기만 하니까 나는 자꾸 瘦瘠해 간다.

2. 밤

장난감 新婦에게 내가 바늘을 주면 장난감 신부는 아무것이나 막 찌른다. 日曆, 詩集, 時計, 내 몸 내 經驗이 들어앉아 있음직한 곳.

이것은 장난감 新婦 마음속에 가시가 돋아 있는 證據다. 즉 薔薇꽃처럼…….

내 가벼운 武裝에서 피가 좀 난다. 나는 이 생채기를 고치기 위하여 날만 어두우면 어둠 속에서 싱싱한 밀감을 먹는다. 몸에 반지밖에 가지지 않은 작난감 新婦는 어둠을 커튼 열 듯하면서 나를 찾는다. 얼른 나는 들킨다. 반지가 살에 닿는 것을 나는 바늘로 잘못 알고 아파한다.

燭불을 켜고 작난감 新婦가 蜜柑을 찾는다.

나는 아파하지 않고 모른 체한다.

[밤]이라고 하는 것은 〈하느님의 구원〉이 없는 세계를 말한다. 또 이 시의 비밀은 [신부]이다. 이 [신부]는 〈신부(新婦)〉로 그리면서도 〈신부(新婦)〉가 아니다. 그래서 여러 번 읽어보니 〈新婦=神父〉로 그려놓고 〈신부(神父)〉를 〈신부(新婦)〉로 비유하며 공산주의로 살고 있는 북한의 신도들

실상을 그리고 있는 것이다.

1. 밤

박해를 받고 있는 북한은 어둠속의 밤과 같고 나에게는 <신부(神父)>가 [장난감]에 불과하며 또 어린아이 젖 냄새가 풍기는 듯하다. 그런데도 그 <신부(神父)>가 새로운 진리(아기)를 탄생할 듯 기대된다, [나으려나 보다] 하고. 나는 신에 대한 기도를 그만두고, [촛불을 끄고] 그 장난감 신부에게 '그대는 꼭 갓난아기와 같다'하고 [꾸지람처럼 속삭여본다]. 그러니 그 신부는 그렇지 않다는 듯이 [어두운데도 성을 내고 대답한다]. [어두운데 되]라 말하는 것은 <암흑세계의 북한의 실상인 데도>란 말이다. 다시 말해 북한과 같은 암흑세계를 구하여야 하지 않겠나 하는 것을 말하였지만 신부는 그에 아랑곳하지 않고 자기는 어리지 않다고 항변하였다는 것이다, 자기도 다 생각이 있는 듯이. 그 어리지 않다는 증거로 자기는 ['목장까지 산보갔다 왔답니다.']고 말한 것이다. [목장]은 무엇인가? 그곳에는 양떼가 놀고 있다. 예수님은 양떼를 이 세상 사람으로 비유하여 스스로는 양을 치는 목자라고 하였다. 그러한 그 [목장]에 [산보갔다 왔답니다] 하고 말한다, <양떼를 돌보려 갔다 왔다>고 하여야 함에도. 결국 그 신부는 어린아이 티를 벗지 못했다고 이상(李箱)은 말하고 있다.

그런데 위의 구절을 잘 음미하면 어둠에 싸인 휴전선 이북의 신도, 지하에 숨어있는 신도들이 하는 말임을 알 게 한다. 왜 지옥과 같은 이북에 기독의 힘이 미치지 못하는가 하는 원망이다.

그러한 그 신부는 장난감 신부에 불과하다. 그는 다만 하느님의 말씀을 그 껍데기만 훑고 온 것인지 모른다. [낮에 색색이 풍경을 암송해 가지고 온 것인지도 모른다], 캄캄한 밤의 지하에서 고생하는 이북의 신도들을 버려둔 채로. 그러나 나는 그 장난감일망정 그 <신부(神父)>를 가슴에 꼭 껴안아 품고 산다. 그래서 [내 수첩처럼 내 가슴 안에서 따끈따끈하다]. 그러나 내가 바라는 것은 장난감이 아니다. 밝은 해를 볼 수 있게 하는 <신부(神父)>를 바란다. 그렇지만 [이렇게 영양분 내를 코로 맡기만 하니까 나는 자꾸 수척해 간다], 신부(?)와의 사랑에만 취하여 있으니.

2. 밤

나는, 설사 그 〈신부(神父)〉가 [장난감]일지라도 나를 밝음으로 인도하여줄 것을 바란다. 그러나 [장난감 신부에게 내가 바늘을 주면 장난감 신부는 아무것이나 막 찌른다]. 내가 바라는 것은 그러한 것이 아니다. 나의 아픈 곳을 찔러주어야 한다. 앉은 채로 오금을 펴지 못하거나 눈을 멀쩡하게 뜨고도 아무것도 보지 못하는 곳을 치료하려고 바늘로 찔러주어야 한다. 그러나 그와는 무관한 [일력, 시집, 시계, 내 몸 내 경험이 들어앉아 있음직한 곳]을 찌른다는 것은 피곤할 뿐이다. 〈일력은 구원의 시나리오, 시집은 그날이 올 것을 말하는 예언, 시계는 구원의 시간, 내 몸 내 경험은 고난을 이겨내야만 구원을 받을 수 있다고 하는 것〉을 말한다. 이렇게 내가 바라지 않는 것에 침을 놓는 것은 [장난감 신부 마음속에 가시가 돋아 있는 증거다. 즉 장미꽃처럼 ……]. [장미꽃]은 앞에서 살펴본 대로 〈공산주의〉를 뜻한다. 그들은 자기들의 목적을 위하여 바늘이 아닌 쇠창으로 무자비하게 찔러대었다. 신부는 그것에 대항하려고 하는가? 그를 닮은 것인가? [내 가벼운 무장(武裝)에서 피가 좀 난다]. 6.25사변에 우리가 어떠하였는가? 제대로 [무장(武裝)]하지 못한 죄로 얼마나 피를 흘렸는가? 그의 예언은 [피가 좀 난다]고 하였지만 〈핏물을 강물같이 흘렸다〉고 하여야 하였다.

[싱싱한 밀감]이 무엇인가? 밀감은 누런 색깔이다. 그렇다면 중국을 말하는가? 누런색은 그들의 상징이기 때문이다. 남한이 북한으로부터 6.25사변의 남침을 당해 피를 흘렸을 때에 유엔의 덕으로 서울을 수복하지만 중공은 북한을 도와주었다. 생긴 지 얼마 되지 않는 그 중공은 [싱싱한 밀감]과 같았다. 그 이후 남한은 중국과 외교를 트며 무역의 길을 연다. 이것은 단순한 경제만을 위한 것은 아니었다. 그들 중공은 캄캄한 어둠의 진리인 공산주의를 믿고 있다. 그렇지만 6.25사변으로 당한 [이 생채기를 고치기 위하여] [날만 어두우면 어둠 속에서 싱싱한 밀감을 먹는

다]. 그것은 그 어둠이 좋아서가 아니라 어둠을 이겨나가기 위한 방법이다. [날만 어두우면]이라고 말한 것은 앞을 예견할 수 없는, 북한과의 대치상황에서는 어쩔 수 없이 그렇게 하지 않을 수 없었다는 말이다. 이것이 중국과의 외교정책이었다.

[몸에 반지밖에 가지지 않은 장난감 신부]는 〈하느님의 약속(반지)만을 지닌 신부는 장난감일 뿐이다〉고 말한 것이다. 그 신부는 [어둠을 커튼 열 듯 하면서 나를 찾는다]. [어둠을 커튼 열 듯]한다는 말은 하느님의 뜻이 아니고 밝음을 줄 수 있는 진리가 아님에도 그러한 진리를 쉽게 열어준다는 말이다. 예를 들면 유태인을 대량 학살한 독일의 나치정권을 로마 교황청에서는 인정하였다는 것과 공산주의를 소비에트 정교회에서 인정하여 세계를 피바다로 만들었다는 것들을 말하는 것이리라. 아니, 지금도 우리나라 일부 신부들은 〈정의사회구현 사제단〉이란 단체를 만들어 좌경활동으로 남한 정권에 정면대립하며 활동하고 있다. 그들은 [신부]라기 보다는 어린아이 노리개 같은, 유치한 사고, 아니 생각이 없이 공산주의의 노리개가 되어있다. 그러한 그 인형같은 신부가 나를 찾는다. 이 모든 것을 알고 있음에도 [얼른 나는 들킨다]. 이것을 아는 나는 하느님의 말씀의 약속(반지) 마저도 [반지가 살에 닿는 것을 나는 바늘로 잘못 알고 아파한다]. [반지가 살에 닿는]다는 말은 하느님의 약속이 나에게 임하였다는 말이지만 그것을 깨닫지 못하고 불평만 한다는 말이다. [촛불을 켜고 장난감 신부가 밀감을 찾는다]. [장난감 신부], 하느님의 진리를 지니지 않는 가짜 신부가 기도를 하며, [촛불을 켜고] 밀감(중공)을 찾는다. 달콤한 물(공산주의 사상)이 흐르는 그들을 찾아서 갈증이 해결될 것인가? [나는 아파하지 않고 모른 체한다], 이것은 그 가짜신부의 짓임을 알기 때문이다. 하느님의 이름을 팔고 설치는 [장난감 신부].

이 시를 잘 읽어보면 [1. 밤]은 북한의 가톨릭을 말하고 [2. 밤]은 남한의 가톨릭을 말하고 있다는 것을 알게 한다. 그들 모두 말세의 구원세계에서의 임무를 제대로 못한다는 비판이다.

청령
蜻蛉

(친구 김소운에게 준 작품이어서 작품년도 미상)

건드리면손끝에묻을듯이빨간봉선화
너울너울벌써날아오를듯하얀봉선화
그리고어느틈엔가남으로고개를돌리는듯한일편단심해바라기—
이런꽃으로꾸며졌다는고흐의무덤은참얼마나아름다울까.

산은맑은날바라보아도
늦은봄비에젖은듯보였습니다.

포풀러는마을의指標와도같이
실바람에뽑은듯한훤칠한키를
포물선으로굽혀가면서진공과같이말간대기속에서
원경을축소하고있었습니다.

몸과나래도가벼운듯이잠자리가활동입니다.
그런데그것은과연날고있는걸까요.
흡사진공속에서라도날을법한데,
혹누가눈에보이지않는줄을이리저리당기는것이아니겠나요.

건드리면 손 끝에 묻을 듯이 빨간 봉선화
너울너울 벌써 날아오를 듯 하얀 봉선화

그리고 어느 틈엔가 남으로 고개를 돌리는 듯 한 일편단심 해바라기—
이런 꽃으로 꾸며졌다는 고흐의 무덤은 참 얼마나 아름다울까.

산은 맑은 날 바라보아도
늦은 봄비에 젖은 듯 보였습니다.

포풀러는 마을의 指標(지표)와도 같이
실바람에 뽑은 듯한 훤칠한 키를
포물선으로 굽혀가면서 진공과 같이 말간 대기 속에서
원경을 축소하고 있었습니다.

몸과 나래도 가벼운 듯이 잠자리가 활동입니다.
그런데 그것은 과연 날고 있는 걸까요.
흡사 진공 속에서라도 날을 법 한데,
혹 누가 눈에 보이지 않는 줄을 이리저리 당기는 것이 아니겠나요.

해설

이 시는 김소운이, 친구였던 이상(李箱)으로부터 [한개의 밤]과 함께 받은 일어(日語) 편지글인데 뒤에 시 형식으로 바꾸어, 일본에서 발간한 <조선시집(1939년)>에 수록한 것이다.

그래서 살펴보면 서정적 내용 이상으로는 보기가 어려울 듯 하면서도 그가 평소에 지녀왔던 생각들이 묻어나는 구절이 있어서 그런 각도로 다시 살펴본다.

[건드리면 손 끝에 묻을 듯이 빨간 봉선화
너울너울 벌써 날아오를 듯 하얀 봉선화]

봉선화는 물론 [빨간색]과 [하얀색] 뿐이다. 그러나 [그리고 어느 틈엔가 남으로 고개를 돌리는 듯 한 일편단심 해바라기]라는 글로 보아서 남북한의 문제를 말하고 있다는 것을 느끼게 한다. 빨간 봉선화(북한), 하얀 봉선화(남한)로 그렸다는 느낌.

아마도 친한 둘은 이러한 문제들을 평소에 토론하였기 때문에 이런 비유로 뜻을 통하고 있었는지 모른다. 아니면 이런 평범한 편지를 시로 발표하였을 리 만무하기 때문이다. 그래서 살펴본다.

[이런 꽃으로 꾸며졌다는 고흐의 무덤은 참 얼마나 아름다울까]

물론 고흐의 그림에 해바라기가 있다. 그러나 느닷없이 잠자리라는 글에 고흐의 해바라기를 써놓은 것은 그렇다 하겠지만 그의 무덤에 해바라기로 꾸몄다는 것은 사실이든 아니든 다른 무엇을 생각나게 한다. 빨간 봉선화 같은 북한에 살면서도 일편단심 하얀 봉선화처럼 순결과 백의민족 정신 속에서 살아가는 남한을 그린다면 죽는다고 해도 [무덤은 참 얼마나 아름다울까] 하고 말하는 것으로 보아야 하리라.

[산은 맑은 날 바라보아도
늦은 봄비에 젖은 듯 보였습니다.]

[산]은 물론 우리나라 강산이다. 그 산을 바라보면 [늦은 봄비에 젖은 듯 보]인다고 하고 있다. [비]라고 하면 〈하느님의 진리와 섭리(攝理)〉로 앞에서도 풀었다. 그 비가 이 강산을 되살리듯 [늦은 봄비에 젖은 듯 보]인다는 말이다.

[포풀러는 마을의 지표(指標)와도 같이
실바람에 뽑은 듯한 훤칠한 키를
포물선으로 굽혀가면서 진공과 같이 말간 대기속에서
원경을 축소하고 있었습니다.]

[포풀러]는 우리나라 어느 마을에 가든 마을 앞에 높이 자란다. 그 이유는 포풀러가 물이 많은 냇가나 강가에 살고 마을도 그러한 강과 냇가에 자리잡기 때문에 포풀러가 있는 곳은 마을이 있다고 생각되므로 포풀러가 보인다면 곧 마을이 있다는 생각을 할 수 있어서 [마을의 지표(指標)와도 같]다고 한 것이다. 이를 다시 말하면 물(진리)로서 크고 자라는 포풀러와 우리들 삶(마을)을 같이 묶어 살핀다는 뜻이 되겠다.

[실바람에 뽑은 듯한 훤칠한 키를

포물선으로 굽혀가면서 진공과 같이 말간 대기속에서

원경을 축소하고 있었습니다.]

암호화한 일반적인 시를 제외하고는 이상(李箱)의 시나 수필을 보면 언어의 구사력이나 표현에 놀라움을 금치 못하게 한다. 곧게 위로 뻗은 가는 가지의 포풀러를 [실바람에 뽑은 듯한 훤칠한 키]라고 하고 바람에 휘어진 모습을 [포물선으로 굽혀가면서]라고 한 것이라든가 파랗고 맑은 공기를 [진공과 같이 말간 대기속에서]라고 한다든가 멀리 있는 것이 손에 잡힐 듯 가까워 보인다는 것을 [원경을 축소하고 있었습니다]고 한 것들이 다 그렇다.

[몸과 나래도 가벼운 듯이 잠자리가 활동입니다.]

이것은 물론 가볍게 날아다니는 잠자리를 보고 그린 말이지만 이상(李箱) 자신, 아니 우리나라 온 국민이 일제의 탄압 속에서, 천근무게로 피로하여있는 마당에서 그 잠자리의 날렵한 모습을 보고 부러운 듯이 하는 말이 되겠다.

[혹 누가 눈에 보이지 않는 줄을 이리저리 당기는 것이 아니겠나요.]

이것이 이 시의 모두를 말하는 듯 하다. 〈잠자리의 자유로운 비상이 어째서 있을 수 있다는 말인가?〉 하고 묻는 것이다. 우리 모두 〈일제의 황국사관이니 공산주의니 자유민주주의니〉하며 살아가는 것은 그들의 조종에 의하는 것과 같이 이 잠자리도 그런 조종을 받고 저리 날고 있는 것은 아닌가 하고 말하는 것이다.

이 제목을 〈잠자리〉로 하지 않고 어려운 한문인 [蜻蛉]으로 한 것은 파자하여 삭여보라는 뜻인 듯 하다. [蜻]은 〈虫+靑〉으로 풀어 〈벌레같이 된 자유민주주의〉로 되고 [蛉]은 〈虫+令〉으로 풀어 〈벌레의 명령〉으로 풀어 〈벌레같이 된 자유민주주의가 벌레에게 명령받는다〉로 풀어지며 그런 뜻으로 이 시를 쓴 듯 하다.

따라서 앞으로 올 해방 후의 남한의 한가로운 풍경도 알게 모르게 공산주의자들의 조작에 놀아나는 꼴이 된다는 예언으로 보아야 하겠다.

한 개의 밤

(이것도 청령과 같이 친구에게 준 작품이어서 창작연대 미상이다.)

여울에서는도도한소리를치며
沸流江이흐르고있다.
그수면에아른아른한자색층이어린다.

12봉봉우리로차단되어
내가서성거리는훨씬 後方까지도이미황혼이깃들어있다.
으스름한대기를누벼가듯이
지하로지하로숨어버리는하류는거무튀튀한게무척싸늘하구나.

12봉사이로는
빨갛게물든노을이바라보이고

종이울린다.

불행이여
지금강변에황혼의그늘
땅을길게뒤덮고도오히려남을불행이여
소리날세라新房에窓帳을치듯
눈을감은者나는보잘것없이落魄한사람.

이젠아주어두워들어왔구나
12봉사이사이로
벌써별이하나둘모여들기시작아닐까
나는그것을보려고하지않았을뿐
차라리초원의어느일점을응시한다.

문을닫은것처럼캄캄한색을띠운채
이제비류강은무겁게도내려앉는것같고
내육신도천근
주체할도리가없다.

여울에서는 도도한 소리를 치며
沸流江(비류강)이 흐르고 있다.
그 수면에 아른아른한 자색층이 어린다.

12봉 봉우리로 차단되어
내가 서성거리는 훨씬 後方(후방)까지도 이미 황혼이 깃들어있다.
으스름한 대기를 누벼가듯이
지하로 지하로 숨어버리는 하류는 거무튀튀한 게 무척 싸늘하구나.

12봉 사이로는
빨갛게 물든 노을이 바라보이고

종이 울린다.

불행이여
지금 강변에 황혼의 그늘
땅을 길게 뒤덮고도 오히려 남을 불행이여
소리 날세라 新房(신방)에 窓帳(창장)을 치듯
눈을 감는 나는 보잘것없이 落魄한 사람.

이젠 아주 어두워 들어 왔구나
12봉 사이사이로
벌써 별이 하나 둘 모여들기 시작 아닐까
나는 그것을 보려고 하지 않았을 뿐
차라리 초원의 어느 일점을 응시한다.

문을 닫은 것처럼 캄캄한 색을 띤 채
이제 비류강은 무겁게도 내려앉는 것 같고

내 육신도 천 근

주체할 도리가 없다.

해설

이 시도 읽다 보면 서정성의 시처럼 느껴지면서도 깊은 내면의 고뇌를 숨기고 있다는 것을 알게 된다, 선불리 남에게 털어놓을 수 없는. 따라서 이 시로 미루어 앞의 <蜻蛉>이라는 시도 단순하지 않음을 알 게 한다.

[비류강(沸流江)]은 북한 평안남도 신양군과 성천군을 흐르는 강이다. 또 이 강은 대동강과 합류하여 평양의 앞으로 흐르게 된다. 경치가 매우 아름답고, 흘골산(紇骨山) 밑을 지날 때 산 밑에 있는 네 개의 굴 속을 뚫고 흐르다가 비등(沸騰)하여 서쪽으로 흐르므로 비류강(沸流江)이라 불리게 되었다고 전한다.

[여울에서는 도도한 소리를 치며 비류강(沸流江)이 흐르고 있다.

그 수면에 아른아른한 자색층이 어린다.]

[자색]은 푸른색과 붉은 색을 섞어놓은 색이다. 물의 색은 원래 푸른색이다. 그래서 푸른색은 자연의 색이면서 <자유민주주의>를 상징하는 색깔이다. 그 반대로 붉은색은 <사회주의>가 표방하는 색깔이다. 그래서 북한이 자유민주주의로 있었으나 공산당이 그 위를 덮어 뒤섞이고 있다는 표현으로 보인다. [여울에서는 도도한 소리를] 친다는 말은 북한이 원래 기독사상이 강하여 일반 하층(여울)에서 열렬한 신자들의 외침(도도한 소리)이 거세었다는 말이다.

[12봉 봉우리로 차단되어

내가 서성거리는 훨씬 후방(後方)까지도 이미 황혼이 깃들어있다.

으스름한 대기를 누벼가듯이

지하로 지하로 숨어버리는 하류는 거무튀튀한 게 무척 싸늘하구나]

[12봉 봉우리]는 비류강을 감싸고 있는 산이지만 그 너머로 평양이 자리잡고 있다. [차단되어]라고 말한 것은 평안북도와 함경남북도의 깊은 기독사상이 평양의 공산사상으로 가로막혀있다는 것을 말하고 있다고

보여진다. 여기서의 [나]는 기독사상의 사람을 말하는 것으로 생각된다. 그 나는 불시에 가로막는 공산사상을 어쩌지 못하고 [서성거리는]것이다. 그러나 그 훨씬 뒤의 힘, 일어나 그들에 대항해야 할 그 힘 [후력(後力)까지도 이미 황혼이 깃들어있다]. 그래서 [으스름한 대기를 누벼가듯이] 하며 [지하로 지하로 숨어버리는] 결과를 낳았으며 공산당의 본부인 평양의 앞인 [하류는 거무튀튀한 게 무척 싸늘하]게 느껴졌던 것이다.

[12봉 사이로는

빨갛게 물든 노을이 바라보이고]

드디어 기독사상의 본 터전이었던 [12봉 사이]도 빨갛게 공산당의 빛으로 물들인다.

[종이 울린다]. 드디어 공산주의 세상이 되었음을 선포한다.

[불행이여

지금 강변에 황혼의 그늘

땅을 길게 뒤덮고도 오히려 남을 불행이여]

하고 아무리 소리친들 무슨 소용이 있으랴. [불행]이 강변(기독사상이 푸르게 흐르는 곳)에 [황혼의 그늘]로 붉게 뒤덮고, 그에 만족하지 않고 그 강을 넘어 [땅을 길게 뒤덮고도 오히려 남을 불행이여]! 그 불행의 종소리가 울린다. 이 구절이 아니었다면 이 시를 단순한 서정적 시로 해석하는 데 이의를 제기하지 못하였을 것이다.

[소리날세라 신방(新房)에 창장(窓帳)을 치듯

눈을 감는 나는 보잘 것 없이 낙백(落魄)한 사람.]

이 [불행]을 그 누구에게도 말할 수 없어서, 앞으로 새로운 삶을 위한 신부(기독사상)를 맞아들이도록 꾸며진 [신방(新房=神房)에 창장(窓帳)을 치듯] 밖과 차단하(눈을 감)고 [보잘 것 없이] 넋이 빠진 사람이 되고 만다. 여기에서의 [낙백(落魄)]은 영혼이 없는 육신의 정기(精氣), 유물적 사관으로 물든 공산주의자들을 말하며 그렇게 혼을 빼앗긴 스스로를, 아니 북한의 동포를 말한다.

[이젠 아주 어두워 들어 왔구나

12봉 사이사이로]

이제 기독사상의 근거지(12봉 사이사이)는 [아주 어두워 들어 왔]다.

[벌써 별이 하나 둘 모여들기 시작 아닐까
나는 그것을 보려고 하지 않았을 뿐
차라리 초원의 어느 일점을 응시한다.]

[별]은 어느 사상에도 미치지 못하지만 각자의 가슴 속에 잠자고 있던 사상이 된다 하겠다. 그 [별]이 [하나 둘 모여들기 시작]한다는 말은 〈지하조직의 결성〉으로 보아야 할 것이지만 [나]자신은 그것이 생기는지 아닌지도 살펴볼 기력을 차리지 못한다. 다만 저 멀리 구원의 일점(차라리 초원의 어느 일점)을 [응시한다].

[문을 닫은 것처럼 캄캄한 색을 띤 채
이제 비류강은 무겁게도 내려앉는 것 같고
내 육신도 천근
주체할 도리가 없다.]

[문을 닫은 것처럼]이란 말은 외부(남한 또는 다른 나라)와 벽을 쌓았다는 말이며 그로 하여 어떠한 것도 볼 수 없는(캄캄한 색을 띤 채) 것이다. 이제 기독사상(비류강)은 [무겁게도 내려앉는 것 같고] 내 몸마저 무겁게 가라앉아 [주체할 도리가 없다]고 말한다.

〈이상(李箱)〉은 이 시에서, 진리(기독사상)가 말살될 북한을 미리 보고 예언한 것이다.

척각
隻脚

(미발표 유고작. 창작년도미상)

목발의길이도세월과더불어점점길어져갔다.
신어보지도못한채산적해가는외짝구두의수효를보면슬프게걸어온거리가짐작되었다.
終始제자신은지상의樹木의다음가는것이라고생각하였다.

목발의 길이도 세월과 더불어 점점 길어져 갔다.

신어 보지도 못한 채 산적해가는 외짝 구두의 수효를 보면 슬프게 걸어온 거리가 짐작되었다.

終始(종시) 제 자신은 지상의 樹木(수목)의 다음가는 것이라고 생각하였다.

해설

[나]를 현실에 맞춰 살아가는 [나]와 진리를 추구하는 참[나]로 나누어 그 두 [나]가 양다리와 같다고 생각한 것이다. 그러나 잘 읽어보면 남한의 나와 북한의 나로 짝이 된 것을 두 다리로 그린 시다.

진리를 위한 남한인 나는 사고(思考)에 맞춰 자라는 것이지만 현실에 맞춘 북한인 [나]는 자라지 못한다. 그래서 양다리는 짝이 맞지 않게 된 것이다. 발전하지 못하고 주저앉아있는 북한을 그린 시다.

[신어 보지도 못한 채 산적해가는 외짝 구두]는 이 세상에 순응하여 살아가지 못했던 [나(북한)]인 것이다. 그러나 나는 나무가 그렇듯이 시간이 가면 제절로 자라게 될 줄 알았지만 조금도 그에 맞춰 순응되지 못하

였다는 비판이다. 공산주의 북한은 생명이 없는 죽은 나무와 같다는 말이다.

누구도 알 수 없었던 우리나라의 미래를 그린 예언이다.

거리–여인이 출분한 경우

(미발표 유고작. 창작년도미상)

> 백지위에한줄기철로가깔려있다. 이것은식어들어가는마음의圖解다. 나는매일허위를담은전보를발신한다. 明朝到着이라고. 또나는나의일용품을매일소포로발신하였다. 나의생활은이런災害地를닮은거리에점점낮익어갔다.

백지 위에 한 줄기 철로가 깔려 있다. 이것은 식어 들어가는 마음의 圖解(도해)다. 나는 매일 허위를 담은 전보를 발신한다. 明朝到着(명조 도착)이라고. 또 나는 나의 일용품을 매일 소포로 발신하였다. 나의 생활은 이런 災害地(재해지)를 닮은 거리에 점점 낮 익어갔다.

해설

[백지 위에 한 줄기 철로가 깔려 있다]

[백지]는 이상 시 도처에서 <白紙=白系氏>로 풀어 <백의민족=우리나라>를 말하고 있다. 또 [철로]는 <동서양 역사발전>을 말하였다. 따라서 <우리나라 안에 펼쳐진 동서양의 역사의 만남>으로 풀어진다.

[이것은 식어 들어가는 마음의 도해(圖解)다]

우리나라 모든 사람들이 민족의식에 고취되던 것이 나라 안에서 동서양의 역사가 동시에 연출되는 상황에서 식어들게 되었다는 말이다.

[나는 매일 허위를 담은 전보를 발신한다. 명조도착이라고]하는 말은 앞으로 무엇을 할 것이라고 쓴 것들이 실천되지 않아 허사가 된다는 표현이다, 내일 도착한다고 한 그 말이. 구원세계가 우리나라에서 펼쳐질 것이라고 믿었던 것에 대한 초조한 기다림을 말한다.

[또 나는 나의 일용품을 매일 소포로 발신하였다]는 말에서 [나의 일용품]은 이 세상을 살아가기 위한 [나]가 아닌 <참나>의 하루에 쓸 것을 말하며 [매일 소포로 발신하였다]는 말은 나의 진리추구가 허황한 상상에 날개를 펴는 것이 아닌 실생활에 필요한 철학사상으로 되어야 한다는 생각에서 추구된 것을 말한다. 이것은 또 하느님의 의지에 충실하고자 하는 마음에서 생긴 생각이니 성경의 <주기도문(主祈禱文)>에 <저희에게 일용할 양식을 주옵시며…>라는 구절이 있는 것에서 생각할 필요가 있다고 본다.

이상(李箱)의 이러한 사상은 새로운 국면에 처한 현실([災害地])에 대처하고자 한 것에 있었다. [나의 생활은 이런 재해지(災害地)를 닮은 거리에 점점 낯익어갔다]는 구절에서 살펴볼 수 있는 것이다.

囚人(수인)이 만든 小庭園(소정원)

(미발표 유고작. 창작년도미상)

이슬을아알지못하는달리아하고바다를아알지못하는금붕어하고가繡놓여져있다. 수인이만든소정원이다. 구름은어이하여방속으로야들어오지아니하는가. 이슬은들창유리에닿아벌써울고있을뿐.

계절의순서도끝남이로다. 算盤알의高低는旅費와일치하지아니한다. 죄를버리고싶다. 죄를내던지고싶다.

이슬을 알지 못하는 달리아 하고 바다를 알지 못하는 금붕어 하고가 繡(수)놓여져 있다. 수인이 만든 소정원이다. 구름은 어이하여 방 속으로야 들어오지 아니하는가. 이슬은 들창 유리에 닿아 벌써 울고 있을 뿐.

계절의 순서도 끝남이로다. 算盤(산반)알의 高低(고저)는 旅費(여비)와 일치하지 아니한다. 죄를 버리고 싶다. 죄를 내던지고 싶다.

해설

이 시에서 [물]은 [이 세상 진리]를 가리킨다는 것을 알면 쉽게 풀린다. [이슬]도 [바다]도 물로 되어있다. 그러나 [이슬]은 개인적 진리를 말한다면 [바다]는 이 세상 모든 진리의 집합체라는 뜻이 된다. 그래서 [이슬을 아알지 못하는 달리아]라고 하면 개인적인 어떠한 철학도 갖지 않은 소시민의 삶을 뜻하는 것이고 [바다를 아알지 못하는 금붕어]라고 하면 모든 철학과 사상을 다 알지 못하는 철학가나 사상가를 뜻하는 말이 되겠다. 아무튼 그 모든 것을 알지도 갖추지도 못한 삶이 마음에 [수(繡)놓여져 있다]고 말한다. 수인이 만든 삶, [소정원]이다. 그 수인은 누구일까? [아알지]라고 [아]자를 넣어 말을 길게 끈 것은 그렇게 오랫동안 관습적으로 그렇게 흘러온 것을 말한다. 아담 이래로 끌고 온 역사에서 공산국가가 된 북한을 두고 한 말이다.

그러나 이러한 세상의 것이 아닌 하늘의 것, [구름은 어이하여 방 속으로야 들어오지 아니하는가]? 〈그 구름이라면 하늘의 진리(비)를 내려줄 수도 있지 않겠는가〉 하고 말한다.

[이슬은 들창 유리에 닿아 벌써 울고 있을 뿐 계절의 순서도 끝남이로다.]

개인적 사고([이슬])는 외부적 세계를 바라보는 것 마저 차단되어, 들창 유리에 닿아, [울고 있을 뿐], 응당 거쳐가야할, [계절의 순서]도 [끝남이로다] 하고 말한다. 공산주의로서는 아무것도 없이 끝난다는 말.

[산반(算盤)알의 고저(高低)는 여비(旅費)와 일치하지 아니한다. 죄를 버리고 싶다. 죄를 던지고 싶다.]

[산반(算盤)알의 고저(高低)는 여비(旅費)와 일치하지 아니한다]고 하는 말은 유구한 역사로 흘러온다고 하여 좋은 진리를 얻을 수 있는 것은 아니라는 말이다. 다만 하느님의 진리를 지닌 역사만이 그 값어치가 높다는 말이다. 그래서 우리들의 구원의 길은 하느님의 뜻을 저버린 그 [죄를 버리]는 일에서부터 시작해야 될 것이다. 아니 그것을 다시 주을 수 없도록 멀리 던져버려야 할 것이다. [죄를 내던져버리고 싶다.]

[수인(囚人)]은 에덴동산에서 죄를 지은 아담으로 말하지만 그 죄의 유전을 받은 자는 바로 카인이기 때문이며 앞의 시 [파첩]에서 북한의 지도자를 카인으로 말하는 구절이 보이기 때문에 북한을 말하는 시임을 분명히 하고 있다. 따라서 [수인이 만든 소정원]은 바로 〈북한정권〉을 말하고 있음을 알게 한다.

육친의 장

(미발표 유고작. 창작년도미상)

나는24세. 어머니는바로이나잇살에나를낳은것이다.

聖세바스티아누스와같이아름다운동생·로자룩셈부르크의木像을닮은막내누이·어머니는우리들3인에게잉태분만의고락을말해주었다. 나는3인을대표하여드디어—

어머니 우린 좀더 형제가 있었음 싶었답니다.

—드디어어머니는동생다음으로잉태하자6개월로서유산한전말을고했다.

그녀석은 사내랬는데 올해 열아홉(어머니의한숨)

3인은서로들아알지못하는형제의환영을그려보았다. 이만큼이나컷지—하고형용하는어머니의팔목과주먹은수척했다. 두 번식이나각혈를한내가냉정을極하고있는가족을위하여빨리아내를맞나아겠다고초조하는마음이었다. 나는24세나도어머니가나를낳으셨듯이무엇인가를낳아야겠다고생각하는것이었다.

나는 24세. 어머니는 바로 이 나잇살에 나를 낳은 것이다.

聖 세바스티아누스와 같이 아름다운 동생 ·로자룩셈부르크의 木像을 닮은 막내누이 ·어머니는 우리들 3인에게 잉태분만의 고락을 말해주었다. 나는 3인을 대표하여 드디어—

어머니 우린 좀더 형제가 있었음 싶었답니다.

—드디어 어머니는 동생 다음으로 잉태하자 6개월로서 유산한 전말을 고했다.

그녀석은 사내랬는데 올해 열아홉(어머니의 한숨)

3인은 서로들 아알지 못하는 형제의 환영을 그려보았다. 이만큼이나 컷지 -하고 형용하는 어머니의 팔목과 주먹은 수척했다. 두 번씩이나 각혈을 한 내가 냉정을 極(극)하고

있는 가족을 위하여 빨리 아내를 맞아야겠다고 초조하는 마음이었다. 나는 24세나도 어머니가 나를 낳으셨듯이 무엇인가를 낳아야겠다고 생각하는 것이었다.

해설

이 시를 몇 번이나 읽고, 이것이야 말로 이상(李箱) 개인의 얘기를 한 서정적 시라고 생각했으나 동생들을 비유한 글에서 그것이 아니었다는 것을 알게 하였다.

남동생을 [성(聖)세바스티아누스]로 여동생을 [로자룩셈부르크]로 비유한 것이다.

[성(聖)세바스티아누스]는 로마의 사람으로 기독교로서 순교한 사람이고 프랑스의 미술가 코로가 그린 그림에서 아름다움의 극치를 살린 것이니 그럴만도 하다 하지만 [로자룩셈부르크]로 한 비유는 아니라고 할 수 있다. 물론 그 여인도 아름다운 것은 사실이지만 〈사회주의〉자로서, 폴란드에서 태어나 독일의 〈공산당〉을 창설한 여인이다. 이상(李箱)이 모든 시에서 비유한, 극악의 상징인 〈공산당〉을 아름다운 여동생에 비유한 것은 있을 수 없는 것이다.

그래서 살피면 [어머니]는 역시 〈성모마리아〉 였고 남동생은 〈크리스트사상의 나라인 남한〉이었으며 여동생은 그 그리스트 사상을 잘못 적용하여 생기게 한 〈공산주의 사상의 나라인 북한〉으로 그린 것이다. 그렇다면 그처럼 바랐던 또 다른 동생, 어머니가 6개월로서 유산한 동생은 무엇을 말하는가? [6개월로서 유산한 동생]은 일본에 해방되고 난 다음에 남북한으로 갈라져 각자 정부를 세우기 전을 말한다. 그것은, 남한의 그 사상(자유민주주의)도 북한의 그 사상(공산주의)도 아닌 사상, 진실로 하느님의 〈구원의 사상을 지닌 나라〉, 이루지 못했던 통일된 나라를 말하는 것이다. 그래서 결국은 이상(李箱)자신, 스스로 추구하여 얻을 수 있는 진리 위의 나라를 꿈꾸며 결혼(새로운 진리와 결합)을 꿈꾸지만 구제할 수 없는 병(두번이나 각혈을 한 병－폐병－생명의 병)을 앓는 몸이다.

[두번이나 각혈을 한] 것을 강조한 것은 〈1,2차 세계대전〉을 뜻하는

말로 짐작하여본다. 물론 예언서다. 이상(李箱) 당시에는 2차대전이 일어나지 않았기 때문이다. 이러한 시를 쓰는 이상(李箱) 자신의 마음 속에는 오직 하느님의 진리의 나라 건설만이 있었다.

[나는 24세나도 어머니가 나를 낳으셨듯이 무엇인가를 낳아야겠다고 생각하는 것이었다.]

물론 이것도 예언이다.

내과

(미발표 유고작. 창작년도미상)

—自家用福音

—혹은 엘리엘리 라마 사박다니

하얀천사이수염난천사는규피드의조부님이다.

수염이전연(?)나지아니하는천사하고흔히결혼하기도한다.

나의늑골은2더즌. 그하나하나에노크하여본다.

그속에서는해면에젖은더운물이끓고 있다.

하얀천사의팬네임은聖베드로라고.

고무의전선 똑똑똑똑 버글버글 열쇠구멍으로도청

(발신)유다야사람의임금님주무시나요?

(반신)찌—따찌—따따찌—찌(1) 찌—따찌—따따찌—(2) 찌—찌따찌—따따찌—찌—(3)

흰페인트로칠한십자가에서내가점점키가커진다. 성베드로君이나에게세번씩이나알지못한다고그런다. 순간닭이활개를친다……

어이쿠더운물을엎질러서야큰일날노릇……

자가용 복음
— **自家用福音**

—혹은 엘리엘리 라마 사박다니

하얀 천사 이 수염난 천사는 규피드의 조부님이다.

수염이 전연(?) 나지 아니하는 천사하고 흔히 결혼하기도 한다.

나의 늑골은 2더즌. 그 하나 하나에 노크하여 본다.

그 속에서는 해면에 젖은 더운 물이 끓고 있다.

하얀 천사의 팬네임은 聖베드로라고.

뚝뚝뚝뚝
고무의 전선 버글버글 열쇠 구멍으로 도청

(발신)유다야 사람의 임금님 주무시나요?

(반신)찌―따찌―따따찌―찌(1) 찌―따찌―따따찌― (2)찌―찌따찌―따따찌―찌―(3)]

흰 페인트로 칠한 십자가에서 내가 점점 키가 커진다. 성베드로君이 나에게 세 번씩이나 알지 못한다고 그런다. 순간 닭이 활개를 친다……

어이쿠 더운 물을 엎질러서야 큰일 날 노릇……

해설

이 시에서 [내과]라고 함은 우리나라 안을 말한다.

[자가용복음(自家用福音)]은 우리나라가 죽음의 직전에서 외치는 소리이니 예수님이 십자가 위에서 마지막 돌아가실 때에 외친 [엘리엘리 라마 사박다니]와 같다. 그 뜻은 〈아버지여 아버지여 저를 버리시나이까〉이다.

[하얀 천사 이 수염난 천사는 규피드의 조부이다.]

[하얀 천사]는 〈백의민족〉의 조상이다. 그 역사는 유구하니 [규피드의 조부님이다]고 말하게 된다.

그런데 왜 우리의 조상을 [규피드]의 조부라고 한 것인가? [규피드]는 〈사랑의 신〉이다. 서양에 들어간 기독사상에서 으뜸으로 말하는 것이 〈사랑〉이기 때문에 그 사상을 가장 중시한 조상이 바로 우리나라이고 그 사상을 부활시키는 것이 〈환국정신부활〉이기 때문이다.

[수염이 전연(?) 나지 아니하는 천사하고 흔히 결혼하기도 한다.]

[수염이 전연(?)]이란 말은 가톨릭에서 그리는 천사는 수염이 모두 없으니 그를 두고 하는 말로 보고 다른 종교에서는 수염이 나게 그릴 수도 있으니 [(?)]라고 쓴 것이니 다른 나라의 천사를 여성으로 보고 우리나라 조

상은 수염(권위)이 있는 남자로 보아서 그들하고 사상과 진리를 어우를 수([결혼하기])도 있다고 한다.

[나의 늑골은 2더즌. 그 하나 하나에 노크하여 본다.]

누구나 늑골의 개수가 [2더즌(24개)]이니 일반적인 그러한 말을 하는 것이 아니다. 예수님의 제자가 12이었고 내 가슴을 보호하는 늑골이 24개이니 그 두 배의 보호를 받고 있다는 뜻을 말한 것이다. 또 예수님을 따르던 제자들의 믿음보다 우리나라의 믿음이 더 크고 강하다는 것을 말하고 있다, 하나 하나에 타진, [노크하여]보아도.

[그 속에서는 해면에 젖은 더운 물이 끓고 있다.]

[해면에 젖은]이란 말은 〈세상 모든 진리에 물든〉 이란 뜻이다.

그런데 그 24개의 늑골(믿음으로 보호하는 것)에서 이 세상 진리에 젖어 열광, [해면에 젖은 더운 물이 끓고] 있다.

[하얀 천사의 팬네임은 성(聖)베드로라고.]

[해면에 젖은 더운 물]로 말하는 것은 [하얀 천사]이고 그 펜네임이 [성(聖)베드로라고] 한다. 우리나라에 구원의 정도령이 오고 미륵불이 나온다고 열렬히 외쳐대었던 그 당시 상황을 비유한 말이다.

[고무의 전선]은 전보를 보낼 수 없다. 들리지 않는 그것으로 그들(서양의 교회)에 대하여 무엇을 알아보려고 한다. [발신—유다야 임금님 계시나요] 하고 말한 것은, 예수님이 돌아가실 때 십자가 머리 위에 [유다야 임금]이라고 써놓은 것을 두고 한 말이다. 그래서 [똑똑똑똑] 노크를 하니 [부글부글]하고 끓어오르는 소리만 들린다. 할 수 없어서 그 방안을 비밀히 들여다보아서 그 내용을 들으려 하여보았다. 또 [유다야 사람의 임금님 주무시나요?]하고 물어보니 알아들을 수 없는 모르스부호만이 들려온다.

[흰 페인트로 칠한 십자가에서 내가 점점 키가 커진다.]

[흰 페인트로 칠한 십자가]는 우리나라(백의정신) 사상을 입힌(페인트로 칠한) 십자가정신을 말한다. 그 당시 그것으로 하여 우리나라에 기독교의 교세확장이 크게 되었던 것이다.

[성베드로君이 나에게 세 번씩이나 알지 못한다고 그런다.]

그 당시의 우리나라는 이 세계를 구할 재림예수에 버금가는 사명을 띄웠겠지만 크리스트의 반석으로 비유되는 크리스천들인 [성베드로君이] 나를 알지 못한다고 세 번이나 말하게 된다. [성베드로君]은 우리나라의 닉네임이라고 하였으니 예수님을 부정하는 말로 [세 번씩이나 알지 못한다]는 것은, 죽음을 무릅쓰고 하느님을 긍정하여 받아들임으로써 나라를 구할 수 있었던 것이지만, 우리들은 죽음을 두려워하여 예수님의 구원을 부정하고 일본에 굴복한 꼴이 되었던 것이다. 세 번이나 모른 척 하였다. 그 세 번은 <을사보호조약→일제강점→남북분단>을 말한 것으로 보인다.

[순간 닭이 활개를 친다 ……]

이 말은, 결국 우리가 일본에 강점당한 것을 말한다고 보여진다. 예수님은 자기를 보호하여야 할 수제자인 베드로가 부인하는 속에서 돌아가셨고 3일반 만에 부활 하셨다. 그리고 우리나라는 그처럼 반신반의하는 믿음 속에서 죽었다가 35년(1910년8월22일 한일합방~1945년8월15일 해방-3때 반)만에 남북으로 갈린 채 살아났다.

[순간 닭이 활개를 친다]는 말은 또한 <3.1운동>을 말하는 것으로 보인다.

[어이쿠 더운 물을 엎질러서야 큰일 날 노릇 ……]

[닭이 활개를 친] 뒤에 길게 울고 위에서 말한 모든 것이 일어나게 된다. 그 일어남 중에 <각성의 순간>이라면 좋겠지만 우리나라가 일제에 강점되어, 그동안 뜨겁게 달아올랐던 하느님의 진리에 대한 믿음, 또는 민족해방운동정신이 물을 엎지르듯 하면 큰일이란 말이다, 엎지른 물은 주워 담을 수 없고 곧 식을 테니까.

이 모든 것 또한 이상 당시로서는 알 수 없었던 예언이다.

骨片(골편)에 관한 무제

(미발표 유고작. 창작년도미상)

신통하게도血紅으로染色되지아니하고하얀대로

페인트를칠한사과를톱으로쪼갠즉속살은하얀대로

하느님도역시페인트칠한세공품을좋아하시지—사과가아무리빨갛더라도속살은역시하얀대로, 하느님은이걸가지고인간을살짝속이겠다고.

墨竹을사진촬영해서원판을햇빛에비춰보구려—골격과같다(?)

두개골은석류같고아니석류의陰畵가두개골같다(?)

여보오산사람骨片을보신일있수?수술실에서—그건죽은거야요살아있는골편을보신일있수? 이빨!어머나—이빨두그래골편일까요. 그렇담손톱두골편이게요?

난인간만은植物이라고생각합니다.

신통하게도 血紅(혈홍)으로 染色(염색)되지 아니하고 하얀 대로

페인트를 칠한 사과를 톱으로 쪼갠즉 속살은 하얀대로

하느님도 역시 페인트 칠한 세공품을 좋아하시지 -사과가 아무리 빨갛더라도 속살은 역시 하얀 대로, 하느님은 이걸 가지고 인간을 살짝 속이겠다고.

墨竹(묵죽)을 사진촬영해서 원판을 햇빛에 비춰보구려 -골격과 같다(?)

두개골은 석류같고 아니 석류의 陰畵(음화)가 두개골 같다(?)

여보오 산 사람 骨片을 보신 일 있수? 수술실에서 -그건 죽은 거야요 살아있는 골편을 보신 일 있수? 이빨! 어머나 -이빨두 그래 골편일까요. 그렇담 손톱두 골편이게요?

난 인간만은 식물이라고 생각합니다.

해설

[골편(骨片)]은 순수한 백의민족 속성으로 말하고 있다.

그래서 그 [骨片]은 [혈홍(血紅-공산주의)]으로 물들지 않는다.

[페인트를 칠한 사과를 톱으로 쪼갠즉 속살은 하얀대로]

그 [혈홍(血紅)], 공산주의가 북한을 아무리 붉게 물들이려고 해도 그건 [페인트를 칠한 사과]와 같아서 [속살은 하얀 대로] 변하지 않는다는 말이다.

[하느님도 역시 페인트칠한 세공품을 좋아하시지 -사과가 아무리 빨갛더라도 속살은 역시 하얀 대로, 하느님은 이걸 가지고 인간을 살짝 속이겠다고.]

온 세상을 붉게 물들이려는 짓은 어쩌면 하느님이 우리를 시험하려고 장난([하느님은 이걸 가지고 인간을 살짝 속이겠다고])하는 것이리라. 어떻게 인간이 인간을 이렇게 할 수 있다는 말인가 하고 통탄하는 표현이다.

[묵죽(墨竹)을 사진촬영해서 원판을 햇빛에 비춰보구려 -골격과 같다.]

그러나 그 골격에 [혈홍(공산주의)]이 스며들었다면 그것은 골격이 아닐 것이다. [묵죽(墨竹)을 사진촬영해서 원판을 햇빛에 비춰보]인 것일 것이다.

[두개골은 석류 같고 아니 석류의 음화(陰畵)가 두개골 같다(?)]

그러나 [두개골]만은 그렇지 않으리라. 두개골을 닮은 [석류]를 사진 찍은 사진을 [음화(陰畵)]하여 본다고 두개골 같다고 할 수 있을까(?)

석류의 속은 새빨갛다. 따라서 속도 붉은 것은 두개골이 될 수 없다는 말이다.

[여보오 산 사람 골편(骨片)을 보신 일 있수? 수술실에서 -그건 죽은 거야요 살아있는 골편을 보신 일 있수? 이빨! 어머나 -이빨두 그래 골편일까요. 그렇담 손톱두 골편이게요?]

사람은 살아가면서 골편을 내어 보이지 않는다. 그러나 삶의 바탕인 한에는 누구나 그 골편으로 이 세상을 지탱하고 살아가는 것이다. 그렇지만 사람이 죽게 될 경우가 있다면 그 골편을 밖으로 드러내어 수술을 받아야 할 것이다. 그러나 이빨은 골편임에도 다르다. 내가 살기 위해 남을 물어뜯거나 밖의 무엇이 내가 필요로 하는 영양분을 갖고 있을 적에는 이빨을 드러내어 물어뜯게 된다. 그러나 밖으로 드러난 것 중에 딱딱하다고 모두 이빨은 아니다. [손톱] 같은 것도 물론 [골편]이 아니다. 그 [손톱]이 할퀴고 찢어발기도록 된 것일지라도, <공산주의> 놈들이 그랬듯이.

[난 인간만은 식물이라고 생각합니다.]

붉은 피가 있지만 그들 공산주의자들은 인간이라고 할 수 있는가? 그것은 사람이라기보다 동물의 본성으로 살기 위한 하나의 몸부림과 다를 것이 있었던가? 그럼 그 피로하여 그랬다면 인간은 피가 없는 식물과 같아야 한다는 말인가?

이상(李箱)은 물론 공산주의가 그렇게 번성할 것도 몰랐고 우리나라 북한이 그렇게 될 것도 모르는 때에 죽었다. 그러나 그는 미래를 바라보며 끔찍하게 일어날 미래에 대한 예언을 하고 또 하였던 것이다.

街衢(가구)의 추위

-1933년2월27일의실내의件-

(미발표 유고작. 창작년도미상)

네온사인은색소폰과같이수척해있다.

파란정맥을절단하니새빨간동맥이었다.

—그것은파릿한동맥이었기때문이었다.

—아니!새빨간동맥이라도저렇게피부에매몰되어있는限 …….

보라!네온사인들저렇게가만-히있는것같아보여도기실은부단히네온가스가흐르고있는게란다.

—폐병쟁이가색소폰을불었더니위험한혈액이檢溫計와같이
—其實은부단히수명이흐르고있는게란다.

네온사인은 색소폰과 같이 수척해있다.

파란 정맥을 절단하니 새빨간 동맥이었다.
—그것은 파릿한 동맥이었기 때문이었다.
—아니! 새빨간 동맥이라도 저렇게 피부에 매몰되어 있는 限(한)…….
보라! 네온사인들 저렇게 가만히 있는 것 같아 보여도 기실은 부단히 네온가스가 흐르고 있는 게란다.
—폐병쟁이가 색소폰을 불었더니 危險(위험)한 혈액이 檢溫計(검온계)와 같이

—사실은 부단히 壽命(수명)이 흐르고 있는 게란다.

해설

[네온사인은 색소폰과 같이 수척해있다.]

[네온사인]은 밤의 거리를 밝히는 불이다. 이것은 또한 어두움(하느님의 진리가 없는 세상)에서 우리를 인도할 진리로 말하고 있다. 또 [색소폰]은 말로써 전하는 소리(우리를 계도할 말씀—진리)는 아니지만 폭력과 난동을 잠재울 소리를 감성적으로 전달하는 것이다. 이러한 일들을 하는 [네온사인]과 [색소폰]은 제 기능을 다하지 못하고 [수척해있다.]

[파란 정맥을 절단하니 새빨간 동맥이었다.

—그것은 파릿한 동맥이었기 때문이었다.

—아니! 새빨간 동맥이라도 저렇게 피부에 매몰되어 있으면 …….]

[파란 정맥]은 자유민주주의 사상을 비유하고 있다. 그래서 [절단하니 새빨간 동맥이었다]고 말한다. 자유민주주의는 기실 안으로 흐르는 생명의 동맥이었지만 크게 힘을 떨치지 못하고 파릿하게 밀려나 있으니 정맥으로 보였던 것이고 그것을 자르고 나니 새빨간 공산당이 일어났다는 말이다.

[보라! 네온사인들 저렇게 가만히 있는 것 같아 보여도 기실은 부단히 네온가스가 흐르고 있는 게란다.]

밤을 밝히는 저 [네온사인들]. 그렇게 아무것도 하지 않는 것 같이 보여도 그 안으로 생명이 흐르고 있다, 정맥이 파릿하게 피부에 매몰된 듯이 보여도 동맥과 같이 피가 흐르듯이.

[—폐병쟁이가 색소폰을 불었더니 위험한 혈액이 검온계(檢溫計)와 같이

—사실은 부단히 수명이 흐르고 있는 게란다.]

[폐병쟁이]는 이상(李箱) 자신이 앓고 있는 병이긴 하지만 그것을 비유하여 여러 곳에서 말하고 있다, 절망의 삶을 살고 있는 사람으로. 그 [폐병쟁이]가 [색소폰을 불었]다. 절망으로 좌절된 삶이지만 [폭력과 난동을 잠재울 소리를 감성적으로] 외치는 것이다, 난동의 공산주의를 하면 안

된다고. 그랬더니 [위험한 혈액]이 검온계와 같이 치솟아 올라갔다. [위험한 혈액]은 절망의 삶인 [폐병쟁이]를 말하는 듯 하지만 [검온계(檢溫計)와 같이]란 말을 결부하면 [열에 들뜬 공산주의]로 보아야 할 것이다.

제목에 [1933년 2월 27일의 실내의 件]이라고 한 것으로 보아서는 그 당시에 상당수의 공산당원들이 일본과 우리나라에서 활동하였고 그에 대한 것을 우려하여 쓴 시로 보인다. 사실 이날에 독일의 국회의사당이 공산당원에 의해 불타는 사건이 발생하였다. 이로 인하여 독일은 나치당이 그 발판을 굳히는 계기가 되기도 했다.

공산주의는 국제적인 노동자조직이었던 '공산주의자동맹' 제2차 대회(1847)의 의뢰로, 마르크스와 엥겔스가 저술한 이론적·실천적 강령이었다. 1848년 2월 런던에서 독일어로 발간되자 순식간에 영어·프랑스어·러시아어로 번역되어 각국에 소개되었다.

이상(李箱)은 이러한 상황을 [실내의 件]이라고 한다. 이것은 곧 우리나라에 닥칠 징조이며 그로하여 우리나라가 공산주의로 곤욕을 당하리라는 예언이다.

아침

(미발표 유고작. 창작년도미상)

> 아내는낙타를닮아서편지를삼킨채로죽어가나보다. 벌써나는그것을읽어버리고있다. 아내는그것을아알지못하는것인가. 오전10시전등을끄려고한다. 아내가만류한다. 꿈이浮上되어있는것이다. 석달동안아내는회답을쓰고자하여尙今써놓지는못하고있다. 한장얇은접시를닮아아내의표정은창백하게수척해있다. 나는외출하지아니하면아니된다. 나에게부탁하면된다. 자네애인을불러줌세어드레스도알고있다네.

아내는 낙타를 닮아서 편지를 삼킨 채로 죽어가나 보다. 벌써 나는 그것을 읽어버리고 있다. 아내는 그것을 아알지 못하는 것인가. 오전 10시 전등을 끄려고 한다. 아내가 만류한다. 꿈이 浮上(부상)되어 있는 것이다. 석달 동안 아내는 회답을 쓰고자 하여 尙今(상금) 써놓지는 못하고 있다. 한 장 얇은 접시를 닮아 아내의 표정은 창백하게 수척해 있다. 나는 외출하지 아니하면 아니 된다. 나에게 부탁하면 된다. 자네 애인을 불러줌세 어드레스도 알고 있다네.

해설

[아내는 낙타를 닮아서 편지를 삼킨 채로 죽어가나 보다]. 여기에서 [아내]는 공산주의로 하여 갈려져나간 북한을 두고 하는 말이다. 그 [낙타]는 모든 다른 세계와는 통신(편지)이 두절된 채로 묵묵히 걸어(죽어)간다, 아니 모든 통신을 묵살하고([삼키고]) 죽어가면서도.

[벌써 나는 그것을 읽어버리고 있다.]

낙타가 죽을 것을 벌써 예감했다는 말이니, 물(진리)을 먹지 않고는 살아갈 수 없다는 것은 누구나 알 수 있는 일이 아니겠는가? 그런데도 공산주의자들은 물 없는(진리가 없는) 사상으로 미래를 말하고 있었다.

[아내는 그것을 알지 못하는 것인가.]

아내(북한)는 그 물(진리)없는 세계를 가로질러가려고 한 것은 죽음을 각오하였다는 말인가?

[오전 10시 전등을 끄려고 한다.]

[오전 10시]는 아침이다. 그때는 해가 중천에 있을 시간인데 그때까지 전등을 켜두었다는 말인가? 이것은 세계가 공산주의를 버리고 새로운 빛, 하느님의 진리 속으로 돌아온 때이지만 유독 북한만이 그 공산주의를 고수하는 것을 말한다. 그렇다면 그 방안은 해가 떠도 빛이 들어오지 않는 캄캄한 방인가? 아니면 그동안 잠을 자고 있었다는 말도 된다. 햇빛(하느님의 진리)을 받아들이지 못하는 방에서는 아침이 되어도 전등불(개인적 진리, 사상)을 끌 수 없다. 북한은 우두머리(김일성)의 아집으로 그 공산주의를 버리지 못하고 있다는 설명이다.

[아내가 만류한다. 꿈이 부상(浮上)되어 있는 것이다.]

그래서 아내(또 다른 나의 자아인 북한)는 말린다, '나름대로의 꿈이 떠올라 있으니 전등(개인 사상)을 끄지 마시오'하고.

[석달 동안 아내는 회답을 쓰고자 하여 상금(尙今) 써놓지는 못하고 있다.]

여기서의 [회답]이란 〈낙타가 사막을 건넜다는 소식〉, 북한이 꿈꾸던 적화통일의 소식을 말한다. [석달]이란 6.25 남침에 실패한 날(휴전협정일-1953년 7월 27일)이후로부터 말하니, 하루를 24때로 보고 다시 성경처럼 그 때를 날짜로 계산하면 〈24때×30일×3달=2160일〉이 되고 이는 약 6년이 되니 〈1959년 7월 31일 진보당 당수이었던 조봉암 사형사건〉까지를 말한다고 보아야 할 것으로 본다. 그로써 그들의 꿈이 실패하자 우연(?)찮게 이듬해에 4·19혁명이 일어나고 언론이 극대로 키워나가며 물 없이 사막을 건너는 기적이 일어나려는 즈음에 이르렀으나 5·16이 일어나서 그것도 실패로 되게 되었던 것이다. 그래서 상금도 그 소식(사막을 물 없이 건너는 소식-북한이 적화통일하는 소식)을 나에게 전하지 못한다고 하는 것이다.

*성경 요한계시록(11:3, 12:6)에서는 한때를 〈1260/3.5=360일(세 때 반을 1260일로 함)〉로 계산하여 말하고 구약 다니엘서(11:2, 13:5)에서는 〈1290/3.5 =368.5일(세 때 반을 1290일로 함)〉로 하고 다니엘서 (12:12)에서는 〈1335/3.5 =381.5일 (세 때 반을 1335일로 함)〉로 하고 있으나, 이상(李箱)은 한 때를 1시간으로 하여 하루를 24때로 한 것으로 보고 계산하여 보았음.

[한 장 얇은 접시를 닮아 아내의 표정은 창백하게 수척해 있다.]

[접시]는 음식을 담는 그릇이다. 그래서 [한 장 얇은 접시]라고 하면 <우리들이 양식으로 먹을 수 없는 빈약한 경제사정>으로 풀어볼 수 있다. [아내의 표정]은 어떠한 희망적 표현을 할 수 없는 것이니 [표정은 창백하게 수척해 있다]고 말하는 것이다. 북한이 경제적 성장을 하지 못해 인민을 먹여 살릴 수 없게 된 것을 두고 이르는 말이다.

[나는 외출하지 아니하면 아니 된다.]

나의 방(또 다른 나의 방, 북한)에서 나가(외출)서 무엇인가를 찾아 대책을 세우지 않으면 안 된다는 말이다.

[나(또 다른 나, 남한)에게 부탁하면 된다]고 말한다.

[자네 애인을 불러줌세 어드레스도 알고 있다네.]

[자네 애인을 불러줌세]라고 누가 하는 말인가? 하느님이 아내(우리나라-북한)에게 하는 말이 아니겠는가? <북한>의 애인은 물론 <남한>이다.

그 [어드레스(주소)]는 어디일까? <하느님의 진리의 말씀 속에서 살아갈 나라>를 말하는 것이리라. 이제(2016년 현재)는 공산주의를 포기하고 하느님의 사상 속으로 돌아오라고 하는 말이다. 남한의 자유민주사상속으로 들어오라는 말이겠다.

최후

(미발표 유고작. 창작년도미상)

사과한알이떨어졌다. 지구는부서질그런정도로아팠다. 최후. 이미여하한정신도발아하지아니한다.

사과 한알이 떨어졌다. 지구는 부서질 그런 정도로 아팠다. 최후. 이미 여하한 정신도 발아하지 아니한다.

해설

여기서의 [사과]는, 뉴톤이 만류인력법칙을 사과가 떨어지는 것을 보고 생각하였다는 것을 말하고 있다. 또 그 사과는 에덴동산에서 아담과 이브가 살았을 적에 동산 중앙에 있는 과일은 따먹지 말라고 하였으나 뱀의 유혹에 빠져 따먹었다는 그 선악과(善惡果) 이기도 하다. 그로써 인류는 가시밭의 세상에서 살게 되었다고 한다면 뉴톤이 발견한 사과는 [여하한 정신도 발아하지 아니]하게 한다. 이상(李箱)이 말한 [정신]이라는 것은 <하느님의 말씀에 따라 자유롭게 살아가게 하는 순수한 자유의지의 정신이다>. 우리에게 <순수한 자유의지의 정신>이 없다면 삶 자체만을 위한 억압과 기계적인 타성의 삶이 있을 뿐이다. 그러한 사조에서 생겨난 것이 바로 사회주의 공산세계가 될 것이다. 이것은 곧 죽음에 이르는 병, 참다운 정신의 말살이 될 것이니 이상은 이것을 말하고 있는 것이다.

1931년－작품 제1번

(미발표유고 작장년도미상)

1

나의 폐가 맹장염을 앓다. 제4병원에 입원. 주치의 도난－망명의 소문나다.

철 늦은 나비를 보라. 간호부 인형 구입. 모조 맹장을 제작하여 한 장의 투명유리의 저편에 대칭점을 만들다. 자택치료의 妙를 다함.

드디어 위병 병발하여 안면 창백. 빈혈.

2

심장의 거처불명. 위에 있느니, 가슴에 있느니, 이설 분분하여 걷잡을 수 없음.

다량의 출혈을 보다. 혈액 분석의 결과, 나의 피가 무기질의 혼합이라는 것 판명함.

퇴원. 거대한 샤프트의 기념비 서다. 백색의 소년, 그 전면에서 협심증으로 쓰러지다.

3

나의 안면에 풀이 돋다. 이는 불요불굴의 미덕을 상징한다.

나는 내 자신이 더할 나위 없이 싫어져서 등반형 코스의 산보를 매일같이 계속했다. 피로가 왔다.

아니나다를까, 이는 1932년 5월 7일(부친의 死日) 대리석 발아사건의 전조였다.

허나 그때의 나는 아직 한 개의 方程式無機論의 열렬한 신봉자였다.

4

뇌수 교체 문제 드디어 중대화 되다.

나는 남몰래 정충의 일원론을 고집하고 정충의 유기질의 분리실험에 성공하다.

유기질의 무기질 문제 남다.

R청년 公爵과 邂逅하고 CREAM LEBER의 비밀을 듣다. 그의소개로 이 孃과 알게 되다.

例의 문제에 광명 보이다.

5

혼혈아Y, 나의 입맞춤으로 독살되다. 감금당하다.

6

재차 입원하다. 나는 그다지도 암담한 운명에 직립하여 자살을 결의하고 남몰래 한 자루의 비수(길이 3척)를 입수하였다.

야음을 타서 나는 병실을 뛰쳐나왔다. 개가 짖었다. 나는 이쯤이면 비수를 나의 배꼽에다 찔러 박았다.

불행히도 나를 체포하려고 뒤쫓아온 나의 모친이 나의 등에서 나를 얼싸안은 채 살해되어 있었다. 나는 무사하였다.

7

地球儀 위에 곤두섰다는 이유로 나는 제3인터내셔널 당원들 한테서몰매를 맞았다.

그래선 조종사 없는 비행기에 태워진 채로 공중에 내던져졌다.

혹형을 비웃었다.

나는 지구의에 접근하는 지구의 財政裏面을 이때 嚴密存細히검산하는 기회를 얻었다.

8

창부가 분만한 死兒의 피부 전면에 문신이 들어 있었다. 나는 그 암호를 解題하였다.

그 사아의 선조는 과거 기관차를 치어서 그 기관차로 하여금 유혈임리, 도망치게 한 당대의 호걸이었다는 말이 기록되어 있었다.

9

나는 제3번째의 발과 제4번째의 발의 설계중, 혁으로부터의 '발을 자르다'라는 비보에 접하고 愕然해지다.

10

나의 방의 시계 별안간 13을 치다. 그때 호외의 방울소리 들리다. 나의 탈옥의 기사.

불면증과 수면증으로 시달림을 받고 있는 나는 항상 좌우의 기로에 섰다.

나의 내부로 향해서 도덕의 기념비가 무너지면서 쓰러져 버렸다. 중상. 세상은 착오를 전한다.

12+1=13 이튿날(즉 그때)부터 나의 시계의 침은 3개였다.

11

3차각의 여각을 발견하다. 다음에 3차각과 3차각의 여각과의 和는 3차각과 보각이 된다는 것을 발견하다.

인구문제의 응급수당 확정되다.

12

거울의 굴절반사의 법칙은 시간방향유임문제를 해결하다(궤적의 광년 運算).

나는 거울의 수량을 빛의 속도에 의해서 계산하였다. 그리고 로켓의 설계를 중지하였다.

別報—이 양, R청년 공작 家傳의 발[簾]에 감기어서 참사하다.

별보—상형문자에 의한 死都 발굴탐사대 그의 기관지를 가지고 성명서를 발표하다.

거울의 불황과 함께 비관설 대두하다.

1

[나의 폐가 맹장염을 앓다. 제4병원에 입원. 주치의 도난—망명의 소문나다]. [폐]는 내 몸의 안과 밖으로 기(氣)를 받아들이고 내뿜어 이 세상에 살아있도록 하는 것이고, [맹장]은 내 몸 안으로 받아들인 음식을 소화하고 난 다음에 쓸 데 없는 찌꺼기를 모아 삭히는 곳인데 지금은 모든 음식에 그런 쓸 데 없는 찌꺼기를 걸러내어 넣지 않기 때문에 필요 없이 되어 그러한 기능을 못하는 것이어서 그러한 것을 먹게 되면 쌓여서 썩게 되고 염증이 생겨 곪아 터지면 생명이 위험하게 되는 것이다. 이러한 [폐]가 이러한 [맹장염]을 앓는다고 하는 말은, 남과의 소통으로 유지되고 있는 나의 삶에 먹어서는 안 되는 음식(육욕의 진리=공산주의)을 먹어서 그것으로 인한 염증이 나의 생명을 위협하고 있다는 말이 된다.

[제4병원에 입원. 주치의 도난—망명의 소문나다]. [4]라는 숫자는 <죽을 사(死)>라고 해서 우리나라 사람이 싫어하는 것으로 [제4병원]이라고 하면 <사람이 죽어나갈 병원>이라는 뜻으로 비유하여 쓴 것으로 보인다. [주치의 도난]이라는 말은 <주치의를 누가 훔쳐갔다>는 말인데 그 주치의는 나를 살려줄 전담 의사이니 <민족정신>을 비유한 말로 보인다. 그 민족정신은 우리나라가 없어졌으니 다른 어느 나라로 피하여 가 있다([망명])는 말로 한다. 이것은 또한 상해로 망명한 이승만이 만든 <임시정부>로 말한 것은 아닐지?

[철늦은 나비를 보라. 간호부 인형 구입. 모조 맹장을 제작하여 한 장의 투명유리의 저편에 대칭점을 만들다. 자택치료의 묘(妙)를 다함.

드디어 위병 병발하여 안면 창백. 빈혈.]

이상(李箱) 시(詩)에서 [나비]는 영혼으로 비유되기도 한다. 그 [나비]가 철늦은 때에 나타났다는 말은 한동안 세계인들이 무엇에 홀린 듯이 전쟁만을 일삼고 이상한 사상(공산주의니 나치즘이니 군국주의니 하는 파괴주의)이 전개되는 무신론적 무개념주의로 나 설치는 것에서 벗어나지 못하다가 하느님을 찾아나서는 징조가 보임을 뜻하는 말로 보인다. [간호부]란 간호를 하는 남자를 뜻한다.

*이 [간호부]는 아래 [8]에서 밝힌 [창부(娼夫)]로 보이며 〈소비에트 연방 공산국가〉를 건설한 〈레닌〉을 두고 하는 말로 보인다.

그 [간호부]가 인형을 구입했다. 그 남자([간호부]=레닌)는 하느님의 아들 예수크리스트사상을 도용한 가짜 구세주로, 인형(정교회-가짜신부)을 끌어들였다([구입하였다]). 그것은 [모조 맹장](소화 못할 진리의 찌꺼기를 모아두는 거짓 저장소)을 만들어서 투명유리(가상의 세계와 현실을 차단하는 것) [저편에 대칭점을(현실과 똑 같이 보이도록 하는 것을) 만들었다]. 그것은 앓고 있는, 병든 진리 속에서 죽어가고 있는 스스로의 사상 속에 있는 자신을 치료하려고 스스로 꾸며보는, [자택치료의 묘(妙)를 다함]인 것이다. 이 말은 소련에서 생긴 공산주의가, 남북으로 갈라진 우리나라에 침투하여 [투명유리]처럼 그와 똑 같이 [대칭점을 만]든 현실을 말한다.

[드디어 위병 병발하여 안면 창백. 빈혈]. <물질만능주의=위(胃)>와 <사랑 지상주의(至上主義)=심장>에서 사랑이 이기고 물질 만능주의(위)가 지게 되어 [위병 병발하여 안면 창백]하고 [빈혈]이 창백하게 된다는 예언이다.

세계 공산주의 멸망과 더불어 이북의 공산주의 멸망을 예고한 글이다.

2

[심장의 거처불명. 위에 있느니, 가슴에 있느니, 이설 분분하여 건잡을 수 없음.

다량의 출혈을 보다. 혈액 분석의 결과, 나의 피가 무기질의 혼합이라는 것 판명함.

퇴원. 거대한 샤프트의 기념비 서다. 백색의 소년, 그 전면에서 협심증으로 쓰러지다.]

[심장]은 생명의 근원이기도 하고 생명 자체이기도 하다. 그것이 먹고 살기 위한 것(위)에 있느냐 따뜻한 피가 흐르는 사랑(심장)에 있는 것이냐? 인간이 있어온 이래로 이것으로 논란을 일삼았다, 먹고 살기 위해 수단 방법을 가리지 않아야 하고 그것을 위해서는 사랑이니 뭐니 하는 것도 뒷전이어야 한다는 북한의 주장과 먹지 못하고 굶어죽는 한이 있어도 사

랑만을 위한 삶을 살아야 된다는 남한의 주장과 같이. 이로 인하여 [다량의 출혈을 보]게 된 것이다. 남북한의 전쟁, 6.25사변을 두고 한 말이 된다. 그런 싸움을 하는 이유는 [피]에 있었을 것이다. 그래서 [혈액]을 분석하면 유기질과 무기질이 혼합한 것이니 그를 수도 있겠지만 유기질을 사랑의 근원처(根源處)로 보고 무기질을 물질만능주의로 보면 양단으로 갈려서 생각하면 그를 수도 있겠다 하는 것을 명백히 판명하였다고 하는 것이다.

이러한 것을 명백히 판단하고서는 [퇴원](진리추구의 고심을 끝냄)할 수 있었다. 이것([판명])은 심장과 온 몸을 피로 연결하여 움직이게 하는 [샤프트], 기동축(起動軸)역할을 기념비처럼 세운 것이 된다.

[백색의 소년]은 〈미국〉을 말한 것이다. [백색]이라는 것은 백인들인 유럽인들이 세운 나라라는 뜻이고 [소년]이라는 말은 건국한지 얼마 되지 않은 것(영국으로부터 1776년에 독립)을 말하는 것이기 때문이다. [그 전면에서 협심증으로 쓰러지다]는 말은 북한이나 중국이 미국에 대항([전면])하였으나 거대한 그의 앞에 위축되어 협심증으로 쓰러진다는 예언으로 보인다.

3

[나의 안면에 풀이 돋다. 이는 불요불굴의 미덕을 상징한다.

나는 내 자신이 더할 나위 없이 싫어져서 등변형코스의 산보]를 계속하며 창조5일째의 나를 없애게 하려고 하였지만 피로만 온다.

아니나 다를까, 이는

[1932년 5월 7일(부친의 死日) 대리석 발아사건의 전조였다.

허나 그때의 나는 아직 한 개의 방정식무기론(方程式無機論)의 열렬한 신봉자였다.]

이로써 [나의 안면에 풀이 돋]는다. 이 말은 단순히 얼굴에 수염이 돋는 것을 말하는 것이지만 구태여 [풀]이라고 말한 것은 [생명의 소생]을 말하여 생기를 되찾았다는 말로 보인다. 구약에 보면 유대인은 수염이 많이 나고 로마인은 수염도 없이 머리를 둥글게 깎는 습관 때문에 유대인이 로마인을 악인으로 구별하며 싫어하는 것이 보인다. 이를 비유하여 [이는 불요불굴(굽혀들 수 없는 것)의 미덕을 상징한다]고 말한 것이다. 유대인들은 로마인의 속국이 되어있었음에도 굴복하지 않고 독립하려고 구원자를 기다렸고, 그래서 예수님을 그런 외형적 국가의 구원자로 보아서 추모하다가 정신적 구세주라는 것을 알고 십자가에 달아 죽도록 한 것이다.

이처럼 수염이 자라도록 앉아서 생각만 한 스스로를 질책한다, 그래서 [나는 내 자신이 더할 나위 없이 싫어져서 등변형 코스의 산보를 매일같이 계속했다.]

[등변형 코스]란 말은 천지창조 5일째에 만들어진 짐승수준의 나(공산주의)와 6일째에 만들어진 거듭난 나(환국이념의 자유민주주의의 나)와 대칭으로 존재한 모양을 말한다. ([선에 관한 각서·5] 참조)

[아니나 다를까, 이는 1932년 5월 7일(부친의 死日) 대리석 발아사건의 전조였다.]

[1932년]은 이 시의 제목인 [1931년]의 다음해가 된다. 그 당시로서는 가장 큰 사건, 1932년 1월 8일 한인애국단의 이봉창이 일본 동경에서 일본 왕 히로히토를 암살하려다 실패하고, 1월 28일 일제가 고의로 일으킨 상하이사변을 계기로 도발한 중국과의 전쟁에서 승리한, 기념식 겸 천장절(天長節) 기념식을 상하이 홍커우(虹口)공원에서 거행한다는 정보를 입수한 윤봉길은 4월 29일 당일 그 식장에서 도시락 폭탄을 던져서 상하이 파견군사령관 시라카와 대장, 상하이 일본거류민단장 가와바타 등 2명을 즉사케 하고, 군 수뇌부 10여명에게 중상을 입혔다. 그러나 이것이 온 세상에 알려진 것은 [1932년 5월 7일] <The China Weekly Review>에 실린 이후이다. [1932년 5월 7일], 이 날을 이상(李箱)은 [부친의 사일]이라고 하였다. 물론 이상의 [부친]은 이날에 죽은 것이 아니다. 이상의 부친은 이상이 죽기 바로 전날 <1937년 4월 16일>에 사망했다. 그로써 우리의 조상(백의 민족)은 모두 죽은 것과 같이 된다. 민족말살정책이 이로써 더 노골화 되었기 때문이다. 또 [대리석 발아사건의 전조였다]고 하였다. 일

본은 철두철미하게 인정과 인권을 무시하고 무자비하게, 차디찬 대리석으로 길을 닦듯이 그들의 앞길은 풀한 포기 자랄 수 없도록 생명 말살 정책을 쓰고 있었으나 이 사건으로 인하여 새로운 생명(독립의 사상)이 싹트는 [대리석 발아사건의 전조였다]고 말하는 것이다. 이것은 또한 물질만능주의의 일본(5일째에 탄생한 짐승수준의 일본)과 환국정신의 이념을 살릴 우리나라(6일째 탄생한 거듭난 사람)와의 [등변형] 운동이 되기도 한 것이다.

[허나 그때의 나는 아직 한 개의 방정식무기론(方程式無機論)의 열렬한 신봉자였다.]

그러나 [그때의 나(이상(李箱) 자신, 우리나라 민족)는], 모든 생명이 무기물(無機物)에서 생겨난다는 [방정식무기론(方程式無機論)의 열렬한 신봉자]여서, 그렇게 생각하도록 세뇌당하여서 거듭나는 생명(사람)의 탄생을 하지 않고 있었다.

또 [방정식무기론(方程式無機論)]이란 무기물이 소수의 유기물을 흡수하여 벼락 같은 충격에 의하여 아미노산을 생성해서 반복적 흡수배출 작용을 하는 과정에서 진화라는 자연적 과정을 거쳐 사람같은 생명체가 생겨난다는 방정식을 말하는 것으로서 사실 기독교정신에서 이상적 구원을 갈망하는 이상(李箱)으로서는 믿을 수 없는 학설이었으나 그 당시에서는 그 이론들을 신봉하여 신을 거부하는 사조까지 생겨났다, 지금도 그러하지만. 성경말씀의 창조론을 믿을 수 없었다는 말이다.

4

[뇌수 교체 문제 드디어 중대화 되다.

나는 남몰래 정충의 일원론을 고집하고 정충의 유기질의 분리실험에 성공하다.

유기질의 무기질 문제 남다.

R청년 공작(公爵)과 해후(邂逅)하고 CREAM LEBER의 비밀을 듣다. 그의 소개로 이 양(孃)과 알게 되다.

예(例)의 문제에 광명 보이다.]

위에서 말한 [방정식무기론(方程式無機論)]으로 암울한 자아말살의 세계가 전개되고 대리석 같은 보도가 깔렸다. 그러나 자아를 찾자는 운동, 윤봉길의사 같은 실천으로 그 대리석 같은 보도에도 생명의 싹이 돋아나게 된 것, [대리석발아사건의 전조]이다. 이 사건의 전조에 맞춰 그 싹을 크게 키우기 위해서는 [뇌수 교체 문제 드디어 중대화]된다, [방정식무기론(方程式無機論)]을 싹 지워버릴 뇌로. 또 [나는 남몰래 정충의 일원론을 고집하고 정충의 유기질의 분리실험에 성공하다]라고 한 말은 남자 중심으로 유전되어 이 세상 인류가 형성되었다고 믿고 그 정충(생명의 씨)에서 유기질(생명생성의 기본요소)만을 [분리하는 실험에 성공]한다. 생각을 깊이 하여보니, 생명을 구성하는 기본요소에 무기질이 포함되었다고 해도 생명은 그와는 무관하게 유기질로 생성된다고 결론 지었다는 말이다. 그렇다고 해도 무기질이 생명에 전혀 관여하지 않는 것은 아니니 그 문제는 역시 남는다. [유기질의 무기질 문제 남다]이다.

[R청년 공작(公爵)과 해후(邂逅)하고 CREAM LEBER의 비밀을 듣다. 그의 소개로 이 양(孃)과 알게 되다]. [R청년]은 〈Russia〉의 공산당 혁명(1917년 10월 혁명)으로 이룩한 소비에트 연방 공산당을 말한다. 또 [CREAM LEBER]의 [CREAM]은 물컹거리는 흰 죽탕 같은 것을 말하고 [LEBER]는 북극의 회색 곰을 말하는 것이니 그 당시의 러시아 공산당을 [흰 죽탕같이 주물럭거려 빚은 거대한 곰]과 같은 것으로 그린 것이다.

[그의 소개로 이양(孃)과 알게 되다]. 이곳의 [이양]은 〈이스라엘〉이다. 그러나 그 이스라엘 민족은 러시아에서도 잔혹한 박해를 받는다, 공산주의 건설에 방해가 된다는 이유로. 1917년 이전이나 백위군이 점령한 내전 시기의 북부 우크라이나에서 유대인 학살 등 인간이 상상하기 어려운 비극들을 맛보게 한다. 이스라엘이 소련으로부터 학살당하는 것을 보고 [예(例)의 문제에 광명 보이다]라고 했다. 이스라엘이 핍박을 받는다면 하느님의 구원이 잇달아 올 것을 믿는다는 말이다.

5

[혼혈아Y, 나의 입맞춤으로 독살되다. 감금당하다.]

[혼혈아Y]가 무엇인가 하고 아무리 생각하여도 알 수 없었다. 다만 [이양]을 [이스라엘]로 풀고나니 [이스마엘]이 생각났다. 영어로 표기한다면 〈Ishmael〉로 되어 첫 자가 〈I〉가 되는 것이지만 [Y]로 한 것은 아마도 이스라엘과 구분하기 위한 것인 듯 하다. 〈이스마엘〉은 성경에 나오는 아브라함의 첫째 아들로서 장자의 상속을 받아야 하였음에도 아브라함의 처 〈사라〉의 종 〈하란(이집트인)〉에게서 난 아들로 사라가 아들이 없어 남편에게 붙여 득남하게 하였으나 뒤에 〈사라〉가 〈이삭〉을 낳아 불손한 〈하란〉을 내치니 그가 친정댁이 있는 이집트로 가다가 사막에 자리를 잡아 번성하게 되었다. 이 〈이스마엘〉은 이집트 피가 섞인 혼혈아이니 이 글에서 말한 [Y]가 틀림없다 하겠다. 그런데 그 〈이스마엘〉이 나의 입맞춤으로 독살된다는 말이 무엇인지 모르겠다. 요즈음의 국제정세로 본다면 이스라엘과 이스마엘 종족간의 싸움이 3차세계대전 직전에 놓여있으니 우리나라가 그들 사이에서 큰 역할을 하게 된다는 말인지 모르겠다. 그렇다면 예수님의 사상을 받아들여야 하고 그가 표방하는 진리를 받아들여 실천하여야 하였다. 그러나 〈이스마엘〉의 후손인 〈마호매트〉는 〈예수〉님의 사상을 접하고서 예수님이 하느님의 아들로 와서 왜 십자가에 못박혀 죽어야 하나 하는 것에 의문을 품고 동굴 속에서 기도를 하며 하느님의 답을 구하다가 천사(?)를 그곳에서 만나 〈회교〉를 만들었던 것이다. 그가 만든 〈코란〉이라는 것은 그들에게 성경과 같은 것으로 그 안의 내용을 검토하여보면 예수의 사상과는 극반대로 간다고 할 수 있다. 그 중의 한 구절에 원수를 찾아 지옥까지 가서 복수한다는 대목이 생각난다. 그 구절이 어떠한 출처로 만든 것이든 예수님의 말씀에서 〈왼쪽 뺨을 때리면 오른쪽 뺨을 대어주라〉는 말과는 극반대일 수 밖에 없다. 그러면서 그들은 사막을 칼로써 통일하였다. 그렇게 해서 중동지역은 물론 이집트, 유럽까지 밀고 들며 엄청난 교세확장과 영토침략을 하였던 것이다. 그러나 그들에게 끝까지 남는 문제는 칼로써의 침략,

피의 보복이 남는 것이다. 새로 태어나는 사랑의 종교가 아니라 무력으로 현실을 타파하고 맹신의 예배로 한없이 꾸벅거리며 자아를 상실한 삶을 살 수밖에 없게 하고 지금까지도 분쟁의 회오리에서 벗어나지 못하고 있는 것이다. 이것은 스스로 무덤을 파는 것과 같다. 이러한 그들에게 사랑의 종교를 입맞춤 한다면 바로 그 순간 그들의 입에 독침을 꽂는 것과 같다고 할 수 있다. 그들이 그 사랑의 독을 그들 믿음과 어떻게 소화할 것인가? 그들 침과 위의 소화액으로는 그 예수님의 〈사랑〉의 의미를 삭일 수는 없으리라. 그들과 입맞춤한 [나]는 그들을 죽이고 [나]자신도 그 사랑의 진리를 새로 받아 삭여야 하니 이방인의 사상속에 [감금당]할 수밖에 없다. 아니면, 우리나라가 그들을 개종하는 힘이 된다는 뜻이겠지만, 그들의 사상 속에 일차적으로 [감금당]하여야 하리라.

*앞에서 언급하였지만 이스라엘 민족은 우리나라 〈부도지〉로 살펴보면 우리나라의 단군의 신하 〈유호〉씨의 가르침을 받고 서쪽으로 땅끝까지 하느님의 교훈을 설파하려고 갈대아 우르에서 간 종족인데, 그들은 자기들이 하느님으로부터 선택받은 종족이라고만 생각하여 자기들의 피가 섞인 이스마엘 종족을 무시하고 적대시 하여 융화를 하지 못하고 있다는 것이다. 이러하니 우리민족이 그들 이스라엘민족과 이스마엘 종족에게 그 비밀을 밝혀 크리스트사상과 환국이념이 다르지 않다는 것을 가르치어 서로 손을 잡게 하는 것으로 세계평화가 오도록 하여야 하는 것은 아닐지? 이렇게 짜여진 말세의 흐름을 성경 여러 곳에서 예언하고 있다.

또 동북방의 흰 옷 입은 백성이 이스라엘을 구한다고 성경에서 예언하고 있다.

*왼쪽 사진은 이탈리아의 〈프렌체스카성당〉 벽에 새겨진 동판의 사진이다. 분명 상투를 튼 한국인이 교황들로 둘러싸인 사람에게 두루마리 글을 전하고 있다. 아마도 그 성당에서 그렇게 전해 받은 글이 숨겨져 있는 것은 아닐지? 그것이 〈유호(여호아)〉에 관한 글이라면…?

6

입맞춤할 수 없는 사람에게 입맞춤 한 사건. 모든 사람을 사랑하고 용서하라는 예수님의 사상에 적용되지 않는 그 [Y]로 인해서 내 철학사상을 다시 검토할 필요가 있다 하고 [재차 입원하다].

[나는 그다지도 암담한 운명에 직립하여 자살을 결의하고 남몰래 한 자루의 비수(길이 3척)를 입수하였다.

야음을 타서 나는 병실을 뛰쳐나왔다. 개가 짖었다. 나는 이쯤이면 비수를 나의 배꼽에다 찔러 박았다.

불행히도 나를 체포하려고 뒤쫓아온 나의 모친이 나의 등에서 나를 얼싸안은 채 살해되어 있었다. 나는 무사하였다.]

[나는 그다지도 암담한 운명에 직립하여 자살을 결의하고 남몰래 한 자루의 비수(길이 3척)를 입수하였다]고 하는 말은 예수님의 사상은 모든 것을 해결할 수 있다고 믿었던 것이 [Y]에 의해서 좌절되고 나니 [암담한 운명]에 바로 서서(직립-벌떡 일어나서) 내 스스로는 어떠한 것으로도 해결이 안 된다는 생각으로 [자살을 결의]할 수밖에 없었던 것이다. 그래서 구입한 칼이 [비수(길이 3척)]인 것이다. [3척]은 <3천리 강산>을 뜻하는 숫자다. 우리나라다. 우리나라로 내가 죽을 것을 계획한 것이다. 이것을 다시 잘 음미하면 예수크리스트도 해결하지 못할 것이라면 다시 우리나라로 그 사상들을 죽이고, 아니 그 사상으로 구성된 자아로 새로 태어나자 하는 뜻이 된다.

[야음을 타서 나는 병실을 뛰쳐나왔다. 개가 짖었다. 나는 이쯤이면 비수를 나의 배꼽에다 찔러 박았다.]

[야음], 어떠한 진리도 사상도 보이지 않고 볼 수도 없는 상태에서, 스스로 내 사상철학을 세워보려 했던 그 [병실을 뛰쳐나왔다]. [개가 짖었다]. 사람은 볼 수 없지만 개들은 무엇인가를 본다. 그러한 능력이 무엇(진리)인지 모르지만, 이상(李箱)이 미처 발견하지는 못했지만 육감적으로 그런 것이 있다고 믿어지는 진리가 있을지도 모른다고 무의식이 외쳐대는 것이다. 그래서 지금 의식하지 못하는 그 <부르짖음(진리추구)>을 끌어

내기 위해서 <이쯤이면 나의 중심이 되고, 나를 태어나게 한 뿌리의 줄(탯줄)이 달려있었던 곳이니, 우리민족 역사 속의 정신에서 나에게 감춰진 것이 나올 수도 있다 하고 비수를 나의 배꼽에다 찔러 박았다>.

[불행히도 나를 체포하려고 뒤쫓아온 나의 모친이 나의 등에서 나를 얼싸안은 채 살해되어 있었다. 나는 무사하였다.]

[모친]은 성모마리아로 그려지는 <가톨릭>과 하나이면서도 나를 이 땅에 있게 한, 나를 낳은 어머니를 뜻한다. 내가 그를 벗어나려고 자살을 기도하였기 때문에 그 <가톨릭>에 귀의되어 있었던 어머니의 사상이 [나를 체포하려고 뒤쫓아온] 것이다. 그래서 나를 스스로 죽이려고 하였던 것(크리스트사상에서 벗어나려고 했던 것)이 그 크리스트 사상을 안고 있는 어머니를 죽이고 말았던 것이다. 그래서 [나는 무사하였다]. 이것은 또한 나를 이 땅에 낳아 존재하게 한 원인(배꼽)인 어머니(가톨릭=나를 낳은 어머니)를 제거함으로 가능하게 할 것이라고 외친다.

7

[지구의(地球儀) 위에 곤두섰다는 이유로 나는 제3인터내셔널 당원들한테서 몰매를 맞았다.

그래선 조종사 없는 비행기에 태워진 채로 공중에 내던져졌다.

혹형을 비웃었다.

나는 지구의에 접근하는 지구의 재정이면(財政裏面)을 이때 엄밀존세(嚴密存細)히 검산하는 기회를 얻었다.]

[지구의(地球儀)]는 물론 지구가 아니다. 그러면서도 지구의 행세를 하려고 한다. 이 지구의는 지구가 둥글다는 것을 알아낸 과학자들이 만들었다. 그것까지는 좋았는데 그것을 빌려 개념 없는 인간들이 자기의 허구세계를 만들어 이 지구를 하나의 장난감 이상으로 보지 않았다. 그 장난감 속에서 공산주의가 생겨나고 또 다른 지구를 만들어 지구의(地球儀)라 하고 그 속에 그들의 나라를 만들었다. 나는 그곳에 참여할 수 없어서 발을 딛지 않고 거꾸로 매달려 보았다. 그러니 그 지구의를 만든 [제3인터

내셔널 당원들한테서 몰매를 맞았다].

지금까지 필자의 풀이를 긴가민가한 사람들은 이 [제3인터내셔널 당원들]을 발견하고 눈이 크게 뜨였을 것이다. [제3인터내셔널]이란 〈러시아 10월 사회주의 혁명의 성공 후, 1919년 3월 6일, 모스크바에서 레닌의 제창 하에 창설된, 세계 각국 공산당의 민주주의적 중앙집권제에 기초한 국제조직이다. 이 조직의 기본 방향은 제2인터내셔널의 활동성과를 수용하면서 그것의 기회주의적·사회배외주의적·부르주아적·쁘띠 부르주아적 오점을 떨쳐버리고 프롤레타리아의 독재를 실현한다는 것〉을 말하기 때문이다. 이상(李箱)은 비밀암호같이 시를 써내려 가다가도 이처럼 중요한 힌트를 밝혀 그 맥락을 뚜렷하게 하는 것이다.

[그래선 조종사 없는 비행기에 태워진 채로 공중에 내던져졌다.]

이 말은 물론 그들이 [나]를 그렇게 했다는 말이 아니라 내가 그(地球儀=제3인터내셔널)에 곤두서서 살펴보다가 그들의 허황한 짓거리에 놀라 그것에 손을 놓고 무중력의 허공으로 떨어져 나갔다는 말이다. 물론 그렇게 허공에 떨어져 내가 설 곳을 잃고 헤맨 것은 [혹형]이었겠지만 그것을 [비웃었]을 수밖에 없었던 것이다. 그들은 상대할 가치도 없는 것들이었으니까.

그렇게 혹형을 당하면서도 그의 곤두선 덕택에 [나는 지구의에 접근하는 지구의 재정이면(財政裏面)을 이때 엄밀존세(嚴密存細)히 검산하는 기회를 얻었다]. 이 말의 뜻은 지구에 살고 있는 인류가 그 가짜 지구인 지구의(地球儀)에 접근하려고 하는 것이 생계문제측면(財政裏面)에서 생겨난 것임을 그 뿌리까지 캐서([嚴密存細히 검산]) 알아내는 기회가 되었다는 뜻이다. 공산주의자들이 인류의 생계문제를 자기들이 해결하여준다고 떠들면서 사람들을 유혹하였기 때문이다.

8

[창부가 분만한 死兒의 피부 전면에 문신이 들어 있었다. 나는 그 암호를 해제(解題)하였다.

그 사아의 선조는 과거 기관차를 치어서 그 기관차로 하여금 유혈임리,

도망치게 한 당대의 호걸이었다는 말이 기록되어 있었다.]

<창녀>라고 하지 않고 [창부]라고 한 것은 창부(娼婦)가 아니라 창부(娼夫)라는 뜻으로 쓴 말이다, [사아(死兒)]를 [분만]하였지만.

[과거 기관차]는 무엇을 말하는가? 곰곰이 생각하니 동서양으로 나뉘어 나란히 발전하여온 역사를 말하며 그것을 까뭉갠 것은 누구라 할 수 없고 몽골리안의 <징기스칸>으로 볼 수밖에 없다. 그를 선조로 하는 자는 누구인가? 그는 공산주의로 세계를 하나로 만들겠다는 <레닌>이었다. 그 레닌은 소련인이면서도 몽골인의 피가 흐르는 자였다고 한다. 그러나 이것은 지금도 정식으로 발표되지도 않았는데 이상(李箱)이 어떻게 알았는가는 모른다, 이것도 예지력에 의한 예언이었다고 믿을 수밖에. 그 레닌은 [사아(死兒)]라는 말이다. 그가 그의 조상처럼 세계를 통일 할 수 없는 자로 태어났기 때문이다. 이상(李箱)은 그렇게 예언하였다. 또 그를 낳은 자는 [창부]이니 하느님의 진리를 실현한다고 하면서 유물사상을 받아들인 <공산주의>가 되는 것이다. 그 <공산주의>는 <레닌>이라는 괴물을 낳았지만 여자가 아닌 남자라는 뜻으로 밝혀진다.

9

[나는 제3번째의 발과 제4번째의 발의 설계중, 혁으로부터의 '발을 자르다'라는 비보에 접하고 악연(愕然)해지다.]

내가 지금 두 발로 다니고 있다. 이 두 발은 동서양의 역사진행이 된다면 [제3번째의 발과 제4번째의 발]은 공산주의자들이 말하는 세계통합의 새로운 세계에서 살아나가야 할 발로 생각된다. 그러나 그 설계중(그것이 가능할까 하는 생각 중)에 [혁]으로부터의 발이 잘리다는 소식에 접하고 턱이 빠지는 놀라움을 받는다. 그런데 이 [혁]이 무엇인가? 문맥의 좌우로 보아서는 <혁(赫), 또는 혁(革)명(命)>을 뜻하는 것으로 보인다. 붉을 혁(赫), 바로 그 자(字)로 보면 위와 같은 풀이가 맞다는 것이 된다. 공산주의자들은 <革명>을 말하고 붉음(赫)으로 상징되기 때문이다. 결국 그들은 스스로 포기([발이 잘리다]는 소식)하고 만다. 구 소련의 고르바초프는 1990년 11

월 15일에 '신(新)연방 조약안'이라는 것을 내놓았지만 그로써 공산주의와 소련 연방제국이 해체하는 계기를 만들었다.

10

[나의 방의 시계 별안간 13을 치다. 그때 호외의 방울소리 들리다. 나의 탈옥의 기사.

불면증과 수면증으로 시달림을 받고 있는 나는 항상 좌우의 기로에 섰다.

나의 내부로 향해서 도덕의 기념비가 무너지면서 쓰러져 버렸다. 중상. 세상은 착오를 전한다.

12+1=13 이튿날(즉 그때)부터 나의 시계의 침은 3개였다.]

[13]은 〈12+1〉이다. 예수님의 12사도와 예수님을 뜻한다. [나의 방의 시계 별안간 13을 치다]는 말은 〈공산주의자들〉의 선전에 빠져 솔깃한 차제에 불현듯 〈예수님〉의 말씀이 생각나서 그와 그의 제자가 이제 활동할 시간이라고 하는 깨달음을 받았다는 말이다. 그러나 그때는 온 세계가 공산주의이니 민주주의니 하며 그 어느 것 하나에 가담하여야 하는 것인데 그 둘을 초월한 예수님의 말씀의 세계로 들어가려는 순간이 되어서 내 존재는 그러한 그들의 세계에서는 [호외]가 되고 [탈옥]이 되는 것이다, 그들은 나를 어디(민주주의나 공산주의)로도 갈 수 없도록 한 것이니 내 자신 그들이 만든 [감옥]에 갇힌 것과 같았으니.

그래서 [불면증과 수면증으로 시달림을 받고 있는 나는 항상 좌우의 기로에 섰다]고 말한다.

[좌우]는 〈좌경과 우경, 즉 공산주의와 자유민주주의〉를 뜻한다. 그 어디에도 갈 수 없도록 하는 생각, 그것은 잠을 자지 못하도록 하고 깊은 잠에 빠져들게도 한다. [나의 내부로 향해서 도덕의 기념비가 무너지면서 쓰러져 버렸다. 중상. 세상은 착오를 전한다]. 나는 깊은 내면의 세계에서 깊은 생각을 한다. 그런데 그들(공산주의자들)의 행동을 바라보니 [도덕의 기념비가 무너지면서 쓰러져 버렸다]는 것을 발견한다. 윤리와 도덕을 팽개치는 공산주의. 이것은 [중상]이요 [착오]였다. 어디나 그랬지만 우리나

라의 공산주의는 너무나 지독하였다. 인륜과 도덕을 팽개치고 부모형제는 물론이고 자식이 아버지를 고발하도록 하여 처형하는 악독한 행동을 일삼았다. 지금도 그렇지만 〈5호담당제〉라고 하여 5가구를 하나의 단위로 묶어 서로 감시하게 하여 이웃을 서로 고발하여 무자비하게 처형하였다. 내가 더 생각할 것도 없이 [세상은 착오를 전한다].

[12+1=13 이튿날(즉 그때)부터 나의 시계의 침은 3개였다]. 예수님과 그 제자가 내 머리를 스친 그 순간(이튿날)부터 [나의 시계의 침은 3개]〈하느님=시침, 예수님=분침, 나=초침〉으로 되어 진행의 순간순간을 정확히 가르쳐주었다, 〈붉음(공산주의)〉의 날이 언재까지일까를. 이것은 분단된 우리나라의 통일을 예언한 글이기도 하리라, 아니 이상 자신이 하느님의 계시를 받고 순간순간의 미래를 보게 되었다는 뜻으로 말하는 듯.

11

[3차각의 여각을 발견하다. 다음에 3차각과 3차각의 여각과의 화(和)는 3차각과 보각이 된다는 것을 발견하다.

인구문제의 응급수당 확정되다.]

[3차각]은 이상(李箱) 시의 [건축무한육면각체]를 필자가 풀어놓은 것을 보면 이해가 쉬울 것이다. 아래의 그림에서 살펴보자.

육면(각)체에서 상부의 일점과 하부의 마주보는 일점을 연결하면 새로운 직사각형 평면이 생기고 전체적으로 보아 입체적인 것에서 생긴, 3차각이 생긴다는 말이다. 다시 말해, 〈직사각형ABCD〉에서 〈직선 AC〉를 구하면 이것이 이 입체의 그림에서 윗면의 평면을 하늘로 보고 아래의 평면을 땅으로 보았기 때문에 〈각 ACD〉는 땅의 3차각이라면 〈각 ACB〉는 하늘의 3차각이면서 땅의 3차각과 여각을 이룬다는 말이다.

또 보각이란 말은 두 각의 크기의 합이 2직각일 때 그 두 각을 가리키는 말이다. 따라서 아래의 그림으로 살펴 [3차각과 3차각의 여각과의 화(和)는 3차각과 보각이 된다]는 것을 알 수 있다.

〈각 ACD〉+여각(각ACB)=〈각 DCB〉=직각…땅에서의 구원

〈각 ABD〉+여각(각DBC)=〈각 ABC〉=직각…하늘에서의 구원

〈각 DCB〉+〈각 ABC〉=2직각=보각……불변의 구원법칙

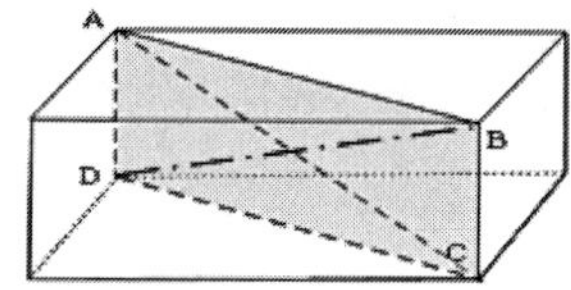

이 말의 뜻은 하늘이 하늘에 내리는 구원(하느님의 뜻이 하늘에 이루심)은 〈하늘+하늘+땅〉이고 하늘이 땅에 내리는 구원(하느님의 뜻이 하늘에 이루심 같이 이 땅에 이루심)인 〈하늘+땅+땅〉이어서 그 둘을 합하면 〈하늘+하늘+하늘+땅+땅+땅=하늘3+땅3=3(하늘+땅)〉으로 하늘과 땅은 서로 마주보며 3의 배수로 항상 같아서 땅에 식량이 모자란다고 절망하여 공산당 같은 것을 지레짐작으로 만들어 발광을 칠 것이 아니라 기다리면 하늘에서 채워주게 되어있다는 뜻을 어렵게 설명한 것이다. 따라서 [인구문제의 응급수당 확정되다]라고 말한 것이다. 아무리 인구팽창으로 인류가 멸망된다고 하여도 하늘에서는 그 대비책(응급수당)을 마련하고 있다는 말을 하고 있다.

12

[거울의 굴절반사의 법칙은 시간방향유임문제를 해결하다.(궤적의 광년 운산(運算))

나는 거울의 수량을 빛의 속도에 의해서 계산하였다. 그리고 로켓의 설계를 중지하였다.

별보(別報)ㅡ이 양, R청년 공작 가전(家傳)의 발(簾)에 감기어서 참사하다.

별보ㅡ상형문자에 의한 사도(死都)발굴탐사대 그의 기관지를 가지고 성명서를 발표하다.

거울의 불황과 함께 비관설 대두하다.]

[거울의 굴절반사의 법칙은 시간방향유임문제를 해결하다(궤적의 광년 運算)]라는 말의 뜻은 이처럼 공산주의 같은 것으로 이 세상 천국세상을 이룸에 쓸데없는 시간을 빼앗기지 않나 하는 문제(시간방향유임문제)를 걱정하지 말라는 것이다. 영원한 하느님의 역사(役事)에 아주 보잘 것 없는 시간, [궤적의 광년 운산(運算)]으로 볼 것이지 걱정할 필요는 없다는 뜻이다. 또 다른 방향으로 흐른다고 걱정을 할 것도 없다는 말이다. 하느님은 아무리 우리들이 그 방향을 뒤틀어놓아도 그대로 바로 잡아준다는 말, [거울의 굴절반사의 법칙], 비뚤어진 방향을 굴절반사시켜 되돌린다는 말이다. [나는 거울의 수량을 빛의 속도에 의해서 계산하였다. 그리고 로켓의 설계를 중지하였다]. 이것은 인간들이 아무리 세상의 흐름을 뒤죽박죽으로 하여도 엄청난 수량(빛의 속도에 의해서 계산)의 [거울](반사시켜 되돌리는 법칙)을 만들 것으로 믿는다는 것이다. 그것을 생각하지 않고 하늘로 로켓을 쏘아올리듯 하느님에게 간구하여 이 세상을 바로잡아달라고 빌려고 하다가 하느님을 믿고 기다린다는 뜻을 [로켓의 설계를 중지하였다]고 말하였다.

[별보(別報)-이 양, R청년 공작 가전(家傳)의 발[염(簾)]에 감기어서 참사하다]. [이 양]은 <이스라엘>을 말하고 [R청년]은 <러시아의 공산당>을 말한다. 앞에서 언급했듯이 소련에서 처음 유대인 학살의 사건을 시작하였다. 그러한 소련 공산당 내에서([家傳])의 영향으로 그것을 [발, 염(簾)]의 속들여다보듯 한 독일의 나치가 자기도 그렇게 해야 하겠다는 듯이 <이스라엘(유대인)>인을 무참히 살해한다. 본문에 발[簾]이라고 한문 토를 단 것을 풀어보면 <竹+廉>이 되어 <가난함(청렴(淸廉))을 대나무 발에 감추듯 하는 유대인(이스라엘), 부의 축적에 혈안이 된 것에 미움을 사서> 일어난 사건으로 풀어진다.

이처럼 이상(李箱)은 미래를 훤히 내다보며 이 시로써 예언하고 있다. 이러한 예언들을 믿지 않는다면 처음부터 이 해석을 볼 필요가 없었으리라. 그래서 처음부터 <오감도(烏監圖)>를 해석하였고 그 예언적 시의 해석을 시작했던 것이다. 예언을 믿지 않는다면 그에서 이 책을 닫았어야 하였다.

[별보－상형문자에 의한 사도(死都)발굴탐사대 그의 기관지를 가지고 성명서를 발표하다]. [상형문자에 의한 사도(死都)]라고 하면 중국을 말하지 않을 수 없다. 그들 스스로도 서구의 현대문명을 받아들이지 못해 서구인들에게 수모를 당하고 일본으로부터 남경과 만주를 내어주는 침략을 당한 것은 상형문자를 썼기 때문이었다고 말하였던 것이다. 그래서 그들은 한문(상형문자)을 버려야 한다는 말까지 하는 중국의 학자들이 많았다. 아무튼 그로 하여 그 큰 나라가 [사도(死都)]처럼 되었던 것이다. 이러한 것을 바라보았던 일본과 유럽 각국은 그 죽은 듯한 중국을 무슨 고적 탐사하듯이 몰려들어 쑤시고 파 뒤졌다. 그러다가 반응이 없으면 밀고 들어갔다. 그리고 항복하지 않으면 쓸어 없애겠다고 하였다. [사도(死都) 발굴탐사대 그의 기관지를 가지고 성명서를 발표하다].

[거울의 불황과 함께 비관설 대두하다.]

[거울의 불황]을 앞의 구절에서 잘 음미하면, 일본이 하느님의 역사(役事)를 뒤집어 흩트리는 짓을 거울처럼 반사하여 바로잡을 방법이 없도록 하는 것(불황)을 말한 것으로 보아야 하겠다. 그래서 결국은 천국세상이 쉽사리 도래할 수 없도록 한다는 생각을 [비관설 대두]라고 말하였던 것이다. 이 말은 또한 2차 세계대전이 올지도 모른다는 일반적인 두려움을 말한 것이기도 하다.

습작 쇼윈도 數點(수점)

(미발표유고 착장년도미상)

북을 향하여 남으로 걷는 바람 속에 멈춰 선 부인
영원의 젊은 처녀
지구는 그와 서로 스칠 듯이 자전한다.

운명이란
인간들은 1만년 후의 어느 해 달력조차 만들어낼 수 있다.
태양아 달아 한 장으로 된 달력아

달밤의 氣圈은 냉장한다.
육체가 식을 대로 식는다.
혼백만이 달의 광도로써 충분히 연소한다.

[북을 향하여 남으로 걷는 바람 속에 멈춰 선 부인]

이 말의 뜻은, 이북은 기독사상이 강하게 뿌리를 내린 곳으로 구원세계의 표본으로 하려고 하였지만 공산주의의 바람이 거세게 불어와서 남쪽의 자유민주주의 세계로 향하여 어정쩡하게 발길을 멈추었다는 말이다. 이 말의 뜻은 북한을 공산주의 국가로 만든 것이 어쩌면 진정한 구원을 위한 시나리오였는지 모른다는 표현이다. 그 부인은 누구인가? 아래줄에 그리고 있는, 바로 <성모마리아>를 말하고 있다.

[영원의 젊은 처녀]. 마리아는 하느님의 아드님을 잉태하시고 그 아들 예수 크리스트를 낳으시고는 처녀로 살다가 돌아가셨다고 <가톨릭>에서는 말하고 있다.

예수님 이후 지구는 〈가톨릭〉과 공존하였다고 하여도 과언이 아니다. [지구는 그와 서로 스칠 듯이 자전한다.]

[운명이란

인간들은 1만년 후의 어느 해 달력조차 만들어낼 수 있다.

태양아 달아 한 장으로 된 달력아]

이 말은 우리나라의 운명을 살펴본다는 말이다. 이들 둘은 어느 때에는 만날 수 있게 될지 모른다, 한 장의 달력처럼.

우리나라 환국사상이념은 〈태양〉이고 가톨릭은 여인으로 그리고 있으니 〈달〉로 그린 것으로 보이며 이 둘이 결국은 하나로 만나는 때를 그린 것으로 보인다. 모르긴 하여도 이상(李箱)이 부도지(符都誌)의 〈전고자(典古者)〉를 말하고 있었던 것으로 보아서는 단군의 신하인 유호씨가 중동지방으로 가서 환국사상이념을 서쪽으로 전파하도록 한 것이 아브라함에게 한 것으로 보고, 그로하여 기독사상이 오늘까지 전파되어온 것이니 환국사상과 기독사상이 언젠가는 운명적으로 만날 것을 알고 있었다고 말하는 것으로 보아야 하겠다.

[달밤의 기권(氣圈)은 냉장한다.

육체가 식을 대로 식는다.

혼백만이 달의 광도로써 충분히 연소한다.]

그러나 달은 우리의 육체를 담아둘 만큼은 포근하지 못하다. [달밤의 기권(氣圈)은 냉장한다. 육체가 식을 대로 식는다]. 다만 [혼백만이 달의] 빛으로 [충분히 연소한다]. 이처럼 우리나라는 냉장실 같이 된 현실에서 [혼백만이] 살아있어서 〈태양을 대신하는 달빛〉속에서도 스스로를 불태우고 있다고 외치는 것이다. 이곳에서의 달빛은 우리나라 민족정신을 대신하는 〈가톨릭사상〉을 말하고 있다. 그러나 또한 그 사상을 받아 자기들 나름으로 태양(환국사상)을 외면하고 〈공산주의〉를 만든 것을 말하고 있다.

또 [쇼윈도 수점(數點)]이라는 말은 우리나라뿐 아니라 공산과 자유민주로 나누어진 나라들을 말하고 있는 것으로 보아야 할 것 같다.

회한의 장

(미발표유고 작장년도미상)

가장 무력한 사내가 되기 위해 나는 얼금뱅이었다.
세상에 한 여성조차 나는 돌아보지는 않는다.
나의 나태는 안심이다.

양팔을 자르고 나의 직무를 회피한다.
이제는 나에게 일을 하라는 자는 없다.
내가 무서워하는 지배는 어디서도 찾아볼 수 없다.

역사는 무거운 짐이다.
세상에 대한 사표쓰기란 더욱 무거운 짐이다.
나는 나의 문자들을 가두어 버렸다.
도서관에서 온 소환장을 이제 난 읽지 못한다.

나는 이제 세상에 맞지 않는 옷이다.
봉분보다도 나의 의무는 적다.
나에겐 그 무엇을 이해해야 하는 고통은 완전히 사라져 버렸다.
나는 아무 때문도 보지는 않는다.
그렇기 때문에 나는 아무것에게도 또한 보이지 않을 게다.
처음으로 나는 완전히 비겁해지기에 성공한 셈이다.

[가장 무력한 사내가 되기 위해 나는 얼금뱅이었다.
세상에 한 여성조차 나는 돌아보지는 않는다.
나의 나태는 안심이다.]

이상(李箱) 시대의 현실상황을 말해주는 듯 하지만 다 읽고 삭여보면 그것이 아니다. 해방후의 북한의 실상이다.

[양팔을 자르고 나의 직무를 회피한다.
이제는 나에게 일을 하라는 자는 없다.
내가 무서워하는 지배는 어디서도 찾아볼 수 없다.]

이것의 해석은 더 필요가 없을 것이다. 다만 [내가 무서워하는 지배], 그 무엇에도 지배되지 않으려는 그의 순수한 자아와 자유로운 해방이 목적이었다는 주석만을 붙이겠다.

[역사는 무거운 짐이다.
세상에 대한 사표쓰기란 더욱 무거운 짐이다.

나는 나의 문자들을 가두어 버렸다.
도서관에서 온 소환장을 이제 난 읽지 못한다.]

아무리 내 존재를 이 세상에서 지워버리듯 하려고 해도 [역사]상에 존재된 나를 없는 것으로 할 수는 없다는 말이다. 또 세상을 등진다는 것,[세상에 대한 사표쓰기]는 [더욱 무거운 짐이다]. 그래서 문자로 된 모든 관계를 단절하여 본다. 새로운 길을 찾아 도서관의 기록도 보지 않기로 하여본다.

[나는 이제 세상에 맞지 않는 옷이다.
봉분보다도 나의 의무는 적다.
나에겐 그 무엇을 이해해야 하는 고통은 완전히 사라져 버렸다.
나는 아무 때문도 보지는 않는다.

그렇기 때문에 나는 아무것에게도
또한 보이지 않을 게다.
처음으로 나는 완전히 비겁해지기에 성공한 셈이다.]

그렇게 하고 나니 내 존재가 어느 누구에게도 소용되지 않는 것이 되었다. 죽은 자의 무덤보다도 소용없게 되었다. 또 무엇을 알려고도 하여보지 않는다. 무엇 때문에 이렇게 무력해지나 하는 문제까지도 생각하지 않아본다. 이러한 나를 알아보는 사람은 없을 것이다. 이것은 비겁한 짓이기도 하지만 그 또한 내가 바라던 바였다.

억지스러운 감이 없지 않지만 이 시 또한 북한을 말한 듯하다, 공산주의 사회 및 국가에 처할 모든 인민은 그와 같이 하여야만 살아남을 수 있고 그렇게 나태하여 결국은 망하게 될 것을 예언한 것으로.

이 시를 처음 읽고 이상 자신의 문제를 다룬 유일한 것으로 보았으나 여러 번 읽고 삭여보니 역시 우리나라 미래를 예언한 시라는 것을 깨달았다.

이로서 이상(李箱)의 모든 시가 예외 없이 앞으로 올 공산주의 북한과 남한의 좌경을 극복하여 환국 정신을 되찾고 세계구원을 위하여야 한다는 시만을 썼다는 것을 증명한 것이다.

요다준이치

(미발표유고 착장년도미상)

> 海兵이 범람했다 해병이—
> 군함이 구두짝처럼 벗어 던져져 있었다.

요다준이치는 1905년에 태어난 일본의 동요시인이었다고 한다.

이 사람으로 제목한 짤막한 시. 무엇을 말하고 있는가?

아이들 동요와 같은 짓거리를 하는 일본을 비꼰 시로 보인다.

[해병(海兵)]은 남의 나라를 배로 들어가서 침략하는 군인이다. 그들이 타고 들어간 [군함이 구두짝처럼 벗어던져져 있었다]. 그들은 어디로 갔을까? 어느 나라를 침략하여 들어가고 배가 바다에 버려진 것처럼 두었나?

남경을 침략한 일본을 비꼰 것으로 보인다. 그러나 이 사건은 1937년 12월 13일에 일어난 것이다. 이상이 사망한 이후의 사건이니 이 또한 예언으로 쓴 시다.

스끼하라 도이치로

(미발표 유고, 창작년도 미상)

장어를 처음 먹은 건 누구냐 계란을 처음 먹은 건 누구냐 어쨌던 아주 배가 고팠던 모양이다.

돌과 돌이 맞비비어 오랜 동안엔 역시 아이가 생겨나나 보다 돌은 좋아하는 돌에게 갈 수가 없다.

나의 길 앞에 하나의 팻말이 박혀 있다.
나의 부도덕이 行刑되고있는 증거이다.
나의 마음이 죽었다고 느끼자 나의 육체는 움직일 필요 없겠다 싶었다.

달이 궁그래지는 내 잔등을 흡사 묘분을 비추듯 하는 것이다.
이것이 내가 참살당한 현장의 광경이었다.

[스키하라 도이치로(月原橙一郎)]는 1930년대에 일본의 현대시인이었다고 한다. 왜 그 사람의 이름으로 이런 시를 썼을까? 아마도 그의 이름의 한 문자가 〈月原〉이어서 이 뜻을 빌려 글을 쓴 듯 하다. 〈달의 근원〉이 곧 이상(李箱) 자신이 추구하는 이상(理想)이었을지도 모른다. 아니면, 태양이었겠지만 암담한 밤과 같은 당시의 현실에서 그것을 본다는 것이 불가능하니 달빛을 그리며 그로써 추구한 새로운 잉태의 진리([아이])를 바라고 불가능이 현실로 되도록 [돌과 돌이 맞비비어 오랜 동안엔 역시 아이가 생겨]나기를 꿈꾸는 것인지 모른다. 여기에서의 [돌]은 금수강산의 [돌],

우리민족의 〈정신〉을 말하는 것이니 〈환국정신의 부활로 인한 새로운 정신의 탄생〉을 말하는 것이겠다.

[장어를 처음 먹은 건 누구냐. 계란을 처음 먹은 건 누구냐. 어쨌던 아주 배가 고팠던 모양이다.]

[장어]는 〈뱀장어〉라는 말을 줄인 것으로 〈뱀과 같이 생긴 긴 고기〉라는 뜻이니 뱀을 상징하고 [계란]은 모든 생명의 근원을 뜻하는 말로 보인다. 이에서 떠오르는 것은 〈에덴동산〉이다. 그 동산 중앙에 〈생명나무〉가 있고, 그곳에 들기 전에 선악과(善惡果)가 있었으며 그 주변에 〈아담과 이브〉가 살도록 하였는데 하느님이 동산의 모든 과일은 먹어도 되지만 중앙에 있는 〈선악과와 생명나무〉의 과일은 먹어서는 안 된다고 하였다. 왜 그랬을까? 그들을 위해 마련한 동산에 세워둔 〈선악과와 생명나무〉는 무엇을 위한 것인가? 단순히 그들을 시험하기 위한 것일까? 필자는 단연코 아니라고 말한다. 그들이 태어난 지 얼마 되지 않아서 그들이 다 자라면 먹을 수 있게 두었다고 생각된다. 동산에 있는 모든 과일을 맛보고 난 다음에 그것을 먹도록 하였으나 뱀이 미리 와서 꼬이는 바람에 그것을 먹었으니, 아니 그 생명나무의 앞에 선 선악과를 다 익기도 전에 따먹었으니 죽을 수밖에 없게 되었다는 말이 된다. 우리나라에 〈살구나무〉가 있다. 이른 봄에 열려, 옛날에는 배고픈 춘궁기에 사람을 살리게 한다고 붙여진 이름일 것이다. 그런데 아이들은 배고픔을 이기지 못하고 덜 익은 푸른 것을 따먹고 토사곽란(吐瀉癨亂)을 일으켜 죽기도 하였다. 그리고 사람들은 뱀을 먹지 않는다. 아무리 뱀이 아닌 〈뱀장어〉라고 하여도 뱀으로 상징되는 그 고기를 처음 먹은 사람은 누구였을까? 뱀을 두려워하지 않고 뱀과 친근감을 느끼는 사탄의 후예는 아니었을까? 또 닭으로 태어나지 않은 그 생명의 근원(계란)을 먹은 자는 누구였을까? 미처 익지 않은 〈생명과〉를 먹는 것과 같다 할 수 없는가? 에덴동산을 상징하는 이것들을 먹는다는 것은 [어쨌던 아주 배가 고팠던 모양이다] 하고 말할 수 있다.

[돌과 돌이 맞비비어 오랜 동안엔 역시 아이가 생겨나나 보다 돌은 좋아하는 돌에게 갈 수가 없다.]

금수강산에서 태어난 우리 백의민족은 오랜 동안에 마주하여 살아서 새로운 진리(아이)가 생겨나려고 하나 보지만 [돌은 좋아하는 돌에게(선택받은 백성에게)] 갈 수는 없다고 할 수 있다. 하느님의 선택받은 백성이 되거나 만나려면 민족정신도 두고 오직 <진리의 길>만을 쫓아야 한다는 말이다.

[나의 길 앞에 하나의 팻말이 박혀 있다.

나의 부도덕이 행형(行刑)되고있는 증거이다.

나의 마음이 죽었다고 느끼자 나의 육체는 움직일 필요 없겠다 싶었다.]

[나의 길]은 <하느님의 말씀으로 인도되는 진리의 길>이다. 그런데 그 앞에 [하나의 팻말이 박혀 있다]. 물론 <아직은 들어올 수 없다>는 팻말일 것이다. [나의 부도덕이] 탄로 나서 [행형(行刑)되고있는], 형벌을 집행하는 중이니 그런 팻말이 붙어있었을 것이 아닌가? 이 [부도덕]은 두말할 것 없이 남북 분단 이후 북에서 행한, 서로 고발하여 무참히 처형한 사건을 말하는 것이다. 이러한 것을 바라보는 나(남한)는 어떠한 방법도 취할 수 없었다고 고백하는 것이다. 물론 앞으로 있을 일을 예언한 말이다.

[달이 둥그래지는 내 잔등을 흡사 묘분을 비추듯 하는 것이다.

이것이 내가 참살당한 현장의 광경이었다.]

그렇게 생각도 행동도 멈추게 되면 나는 죽은 목숨과 다름이 없을 것이다. [달이 둥그래지는 내 잔등을 흡사 묘분을 비추듯 하는 것이다]. 달, 그렇다. 이 시는 [죽음과 같은 상황을 비춰주는 달의 얘기]를 쓴 것이다. [이것이 내가 참살당한 현장의 광경이었다]고, 비통한 미래, 해방 이후의 우리나라(북한) 실정을 그리고 있다. 그 [달]은 물론 공산치하의 북한에서 숨어서 지킨 크리스트 정신의 진리를 말하는 것이겠다.

이것은 해가 뜨기 전(한국정신이 부활하기 전)의 우리나라 풍경이 되기도 한 것이다.

3차각설계도
3次角設計圖

([조선과 건축(1931. 10.)]에 일문으로 발표한 시)

[삼차각(三次角)]이라는 말은 입체적 공간에서 만나는 각(角)을 말하며 앞의 시 [1931—작품 1번]의 [10]을 풀이한 것을 참조하면 알 수 있을 것이다. 그것은, 6면체의 상부 어느 한 모서리에서 내려진 아래 평면과의 각도를 말하지만 위의 그 꼭지점은 하느님의 은총이 내려지는 자리이니 우주창조의 근원을 말하는 것이기도 하다. 이 제목으로 <선에 관한 각서•1~선에 관한 각서•7>을 썼는 데 [선]이라고 하면 [우주창조 방향(광선)]을 뜻하고 [각서]라고 하면 <깨달음의 글>이란 뜻으로 <1~7>로 마친 것은 우주창조의 날을 말하고 있다.

그래서 성경의 창세기에 나오는 우주창조의 내용을 아래에 실어 이 시를 이해하는 데 도움이 되게 하겠다.

<첫째 날—땅이 혼돈하고 공허하며 흑암이 깊음 위에 있고 하느님의 신은 수면 위에 운행하시니라. 하느님이 가라사대 빛이 있어라 하시매 빛이 있었고 하느님이 빛과 어두움을 나누사 빛을 낮이라 칭하고 어두움을 밤이라 칭하니라.

둘째 날—물 가운데 궁창이 있어 물과 물이 나뉘게 하시고 궁창을 하늘이라 칭하니라.

셋째 날—천하의 물이 한곳으로 모이고 뭍이 드러나니 뭍을 땅이라 하고 물을 바다라 하고 땅에 풀과 씨맺는 채소와 각기 종류대로 씨가진 열매 맺는 과목과 나무를 만들다.

넷째 날-두 큰 광명을 만드사 큰 광명으로 해라 하고 적은 광명을 달이라 하다.

다섯째 날-물속의 생물과 하늘에 날게 하는 새들을 날게 하다.

여섯째 날-땅의 생물과 육축과 기는 짐승을 만들고 난 후에 마지막으로 사람을 만들다.

일곱째 날-모든 것을 만들었으니 안식(安息)하다.〉

이러한 창세기를 기본으로 아래의 글들을 살펴보면 이해가 빠를 것으로 본다.

이 시의 주제는, 창세기의 역사를 살펴서 오늘의 우리들이 살아가는데 새롭게 깨우쳐 보라는 뜻으로 보인다.

저도 이 글이 단순한 창세기 말씀을 시적으로 재구성한 글일 뿐이라고 생각하였으나 아니었다. 자세히 읽어보면 공산 사상을 불러들여 이처럼 어지럽게 하는 현실, 특히 우리나라의 현실이 하느님의 창세 역사와 무관하지 않음을 발견하고 쓴 시라는 것을 깨닫게 되었다.

그것은 [선에 관한 각서 5]를 읽어보면 알 수 있고 [선에 관한 각서 7]을 읽어보면 우리나라가 그 사명을 받았고 [하늘]이란 이름의 개념 자체가 우리나라 사람이 하느님의 명을 받아 지어진 이름이라는 것과 그 이름에 어울리는 최종의 하늘나라 실현을 하게 될 것이라는 예언의 시라는 것을 알게 하였다.

이상의 시를 읽고 읽고 또 읽어본 결과는 하나 빠짐없이 이 한 문제를 위하여 썼고 이 하나의 틀을 벗어난 것이 없었다.

이 〈하나〉는 〈하느님〉이요 하느님의 뜻을 받들어 실천할 사람은 우리나라 사람이라는 것과 그 사명은 에덴동산에서 사람으로 태어난 이후부터 짊어진 것이라는 얘기이다. 그리고 또 그 사명을 위하여 주어진 씨나리오는 〈하느님→아담→환인→환웅→단군→유호→아브라함→예수

→대한민국→세계>라는 것이다. 오늘날로 세계가 하나로 열리는 10단계 역사(役事)다.

선에 관한 각서1

	1	2	3	4	5	6	7	8	9	0
1	·	·	·	·	·	·	·	·	·	·
2	·	·	·	·	·	·	·	·	·	·
3	·	·	·	·	·	·	·	·	·	·
4	·	·	·	·	·	·	·	·	·	·
5	·	·	·	·	·	·	·	·	·	·
6	·	·	·	·	·	·	·	·	·	·
7	·	·	·	·	·	·	·	·	·	·
8	·	·	·	·	·	·	·	·	·	·
9	·	·	·	·	·	·	·	·	·	·
0	·	·	·	·	·	·	·	·	·	·

(우주는冪에依하는멱에의한다.)
(사람은숫자를버리라)
(고요하게나를電子의陽子로 하라)
스팩톨

축X축Y축Z

속도etc의통제예컨대광선은매초당30만킬로미터달아나는것이확실하다면사람의발명은매초당60만킬로미터달아날수없다는법은물론없다. 그것을기십배기백배기천배기만배기억배기조배하면사람은수십년수백년수천년수만년수억년수조년의太古의事實이보여질것이아닌가, 그것을또끊임없이붕괴하는것이라고하는가, 原子는원자이고원자이고원자이다, 생리작용은변이하는것인가, 원자는원자가아니고원자가아니다, 방사능은붕괴인가, 사람은영겁인영겁을살릴수있는것은生命은生도아니고命도아니고광선인것이라는것이다.

취각의미각과미각의취각

(입체에의절망에의한탄생)
(운동에의절망에의한탄생)
(지구는빈집일경우봉건시대는눈물이나리만큼그리워진다)

	1	2	3	4	5	6	7	8	9	0
1	•	•	•	•	•	•	•	•	•	•
2	•	•	•	•	•	•	•	•	•	•
3	•	•	•	•	•	•	•	•	•	•
4	•	•	•	•	•	•	•	•	•	•
5	•	•	•	•	•	•	•	•	•	•
6	•	•	•	•	•	•	•	•	•	•
7	•	•	•	•	•	•	•	•	•	•
8	•	•	•	•	•	•	•	•	•	•
9	•	•	•	•	•	•	•	•	•	•
0	•	•	•	•	•	•	•	•	•	•

(우주는 冪(멱)에 依(의)하는 멱에 의한다.)

(사람은 숫자를 버리라)

(고요하게 나를 電子(전자)의 陽子(양자)로 하라)

스팩톨

축X 축Y 축Z

속도 etc의 통제 예컨대 광선은 매초당 30만킬로미터 달아나는 것이 확실하다면 사람의 발명은 매초당 60만킬로미터 달아날 수 없다는 법은 물론 없다. 그것을 기 십배 기백배 기천배 기만배 기억배 기조배 하면 사람은 수십년 수백년 수천년 수만년 수억년 수조년의 太古(태고)의 事實(사실)이 보여질 것이 아닌가, 그것을 또 끊임없이 붕괴하는 것이라고 하는가, 原子(원자)는 원자이고 원자이고 원자이다, 생리작용은 변이하는 것인가, 원자는 원자가 아니고 원자가 아니다, 방사능은 붕괴인가, 사람은 영겁인 영겁을 살릴 수 있는 것은 生命은 生도 아니고 命도 아니고 광선인 것이라는 것이다.

취각의 미각과 미각의 취각

(입체에의 절망에 의한 탄생)

(운동에의 절망에 의한 탄생)

(지구는 빈집일 경우 봉건시대는 눈물이 나리만큼 그리워진다)

해설

	1	2	3	4	5	6	7	8	9	0
1	•	•	•	•	•	•	•	•	•	•
2	•	•	•	•	•	•	•	•	•	•
3	•	•	•	•	•	•	•	•	•	•
4	•	•	•	•	•	•	•	•	•	•
5	•	•	•	•	•	•	•	•	•	•
6	•	•	•	•	•	•	•	•	•	•
7	•	•	•	•	•	•	•	•	•	•
8	•	•	•	•	•	•	•	•	•	•
9	•	•	•	•	•	•	•	•	•	•
0	•	•	•	•	•	•	•	•	•	•

위의 그림은 아무것도 존재하지 않은, 하느님만이 존재하며 펼쳐진 구도 속에 어떻게 존재를 생성시킬까 하는 것을 나타내고 있다. 그 콤비네이션이 입체적으로 짜이며 무한한 현세를 탄생시키게 되는 것이다. 위의 상태는 첫째날에 <땅이 혼돈하고 공허하며 흑암이 깊음 위에 있고 하느님의 신은 수면위에 운행하시니라> 하는 것을 나타낸다고 보여진다.

위에 표현된 모든 말들, [우주는 멱(羃)에 의하는 멱에 의한다]고 하는 말은 제곱의 제곱을 거듭하는 엄청난 수의 개념을 말하고 있다. [속도 etc의]에서 [광선인 것이라는 것이다] 까지는 설명이 필요 없는 말이 된다. 그처럼 광막한 우주의 신비를 그린 말이고 그것을 깊이 분석한다면 빛이 흐르는 하나의 궤도 위에 맺어진 상의 얽힘에 불과하다는 말이며 우리들이 생명이라고 하는 것도 그 우주 속에서는 방사능의 붕괴 이상으로 설명될 수 없는 하찮은 것이 되고 만다는 것을 말하고 있다.

[속도 etc]로 영어로 쓴 것은 근세 유럽의 학설에 의한다는 말이다.

우리들이 이 세상에 산다는 것도 하나의 감각 이상일 수 없는 것이니 그 감각이라는 것도 코로 맡는 후각이나 입으로 맛보는 미각도 절대적인 것이 아니며 그들을 뒤섞어 느껴도 그 뚜렷한 것을 느끼기는 어렵다는 말이다.

우리들이 입체를 절대적인 것처럼 생각하지만 하나의 빛줄기 같은 선의 얽힘에 불과하니 그 〈입체를 버리고 선(빛)으로 들어와서 하나님과 만나는 새 삶을 찾아라〉, [입체에의 절망에 의한 탄생]을 하라고 말한다.

또 우리들이 부지런히 무엇인가를 한다고 하지만 그 〈하잘 것 없는 운동을 버리고 빛과 하나가 되어 새 삶의 길을 찾아라, [운동에의 절망에 의한 탄생]을 하라〉고 말한다.

[지구는 빈집일 경우 봉건시대는 눈물이 나리만큼 그리워진다]는 말은 현재의 우리들이 우주를 점의 연속으로, 또 그 점들의 얽힘으로 풀고 있어서 사실 이 우주뿐 아니라 지구도 아무것도 없는 공허한 것으로 만들었으니 차라리 아무것도 모르고 살았던 그 봉건주의 세계, 지주가 시키면 시키는 대로 하면서 살아왔던 시절이 그리워진다고 실토한다.

선에 관한 각서·2

1+3
3+1
3+1 1+3
1+3 3+1
1+3 1+3
3+1 3+1
3+1
1+3

선상의점A
선상의점B
선상의점C

A+B+C=A
A+B+C=B
A+B+C=C

2선의교점A

3선의교점B

數線의교점C

3+1

1+3

1+3 3+1

3+1 1+3

3+1 3+1

1+3 1+3

1+3

3+1

(태양광선은,凸렌즈때문에수렴광선이되어일점에있어서혁혁히빛나고혁혁히불탔다. 태초의요행은무엇보다도대기의층과층이이루는층으로하여금凸렌즈되게하지아니하였던것에있다는것을생각하니樂이된다. 기하학은凸렌즈와같은불장난은아닐는지. 유클리트는사망해버린오늘유클리드의초점은도처에있어서人文의뇌수를마른풀과같이소각하는수렴작용을나열하는것에의하여최대의수렴작용을재촉하는위험을재촉한다. 사람은절망하라,사람은탄행하라,사람은절망하라.)

1+3

3+1

3+1 1+3

1+3 3+1

1+3 1+3

3+1 3+1

3+1

1+3

선상의 점 A

선상의 점 B

선상의 점 C

A+B+C=A

A+B+C=B

A+B+C=C

2선의 교점A

3선의 교점B

數線(수선)의 교점 C

3+1

1+3

1+3 3+1

3+1 1+3

3+1 3+1

1+3 1+3

1+3

3+1

(태양광선은, 凸(철)렌즈 때문에 수렴광선이 되어 일점에 있어서 혁혁히 빛나고 혁혁히 불탔다. 태초의 요행은 무엇보다도 대기의 층과 층이 이루는 층으로 하여금 凸렌즈 되게 하지 아니하였던 것에 있다는 것을 생각하니 樂(낙)이 된다. 기하학은 凸렌즈와 같은 불장난은 아닐는지. 유클리트는 사망해버린 오늘 유클리드의 초점은 도처에 있어서 人文(인문)의 뇌수를 마른 풀과 같이 소각하는 수렴작용을 나열하는 것에 의하여 최대의 수렴작용을 재촉하는 위험을 재촉한다. 사람은 절망하라, 사람은 탄행하라, 사람은 절망하라.)

해설

[3]은 〈성부, 성자, 성령〉의 3위가 1로 된 〈하느님〉을 뜻한다. 이러한 [3위]의 이루심은 둘째 날에 〈궁창〉을 만들어 〈하늘〉이라는 가시(可視) 세계를 만듦으로써 가능한 것(3위)이며 그로써 3이 탄생되는 것이다. 그러나 유일하신 하나인 하느님은 그 이전부터 그냥 계신 것이다. 그래서 1+3도 3+1도 같은 하나이며 궁창을 만들어 하늘이라고 하여 그에서 비롯한 하느님도 3이요 그곳의 1+3도 하나가 되는 것이다. 아무리 뒤집어 나열하고 그 순서를 뒤바뀌게 하더라도 그 하느님의 존재와 개념은 바뀌지 않는다는 말이다. 또 하늘이 이 땅의 우리들이 바라보는 것에도 그 존재에는 변함이 없다는 것을 나타내었으니 모두 다 풀이하는 것은 번거로울 것 같아 생략하지만 독자들은 하나 하나 음미하면 뜻밖에 깊은 것을 느끼게 될 것으로 본다.

이상(李箱)의 사고력과 추리력은 정말로 놀라움을 금할 수 없다. [태양광선은, 凸렌즈 때문에 수렴광선이 되어 일점에 있어서 혁혁히 빛나고 혁혁히 불탔다]는 말은 오늘날의 과학자들이 태양이 핵융합에 의한 폭발로 빛을 내고 있다고만 밝히고 있지만 왜 그 태양이 핵융합을 일으키는지는 말하지 않고 있다. 그에 대하여 필자도 나름으로 생각한 것을 이상(李箱)이 정확히 말하고 있기 때문이다. 필자의 나름으로 생각한 우주는 -절대존재(하느님)가 어떤 느낌을 나타내어 공허한 우주 속으로 입김 같은 말씀의 기를 뿜어내고 들이마시면 그 교체하는 자리에서 맴돌이가 생기게 되고 그로하여 공허한 진공이 생겨나면 또 그 진공으로 모여드는 힘으로 해서 처음의 찌가 생겨나는 것이며 그들이 모여 원자가 되고 분자가 되면 물질이 되어서 가시세계가 되는 데 그 찌들은 빈 공간으로 되어있기 때문에 그 공간을 채우려고 모여진 찌가 물질을 이루고, 그렇게 크게 모인 것들 중의 태양이 또 우주에 한없이 흘러다니는 기의 수렴으로 [凸렌즈 때문에 수렴광선이 되어 일점에 있어서 혁혁히 빛나고 혁혁히 불탔다]-고 생각했던 것이다.

그러나 이 지구가 그렇게 되지 않았던 것은 지구를 둘러싼 대기가 있어서였다고 이상(李箱)은 말하고 있다. [태초의 요행은 무엇보다도 대기의 층과 층이 이루는 층으로 하여금 凸렌즈 되게 하지 아니하였던 것에 있다는 것을 생각하니 낙(樂)이 된다]하고. 사실 대기로 하여 지구로 쏟아져 들어오는 대부분의 운석을 불태워 사라지게 하여 지구를 보호할 수 있게 하였던 것이다.

[기하학은 凸렌즈와 같은 불장난은 아닐는지]? 사실 그 기하학이라는 것은 우주 전반에 적용되는 것은 아니다. <직선은 무한하게 연장된다, 평행한 두 개의 선은 만나지 않는다, 등등>의 공리위에 만들어진 유클리드기하학은 옛날에 지구의 표면이 무한히 넓은 평면이라고 한 가설에서 생겨난 것이지 우주나 지구위에서도 중력장에 휘어지고 수렴하는 선의 속성으로는 적용될 수 없는 것이다. 그러나 우리 인간들은 그 수렴작용이 무한한 우주에서 적용되는 줄 알고 허황한 상상과 법칙을 스스로 만들어놓고 스스로의 뇌수와 지구를 불태우고 있다. [오늘 유클리드의 초점은 도처에 있어서 인문(人文)의 뇌수를 마른 풀과 같이 소각하는 수렴작용을 나열하는 것에 의하여 최대의 수렴작용을 재촉하는 위험을 재촉한다].

이제 인간은 지금까지의 모든 것에 [절망하라, 사람은 탄생하라, 사람은 절망하라]고 외칠 수밖에 없다. 그러나 그 모든 것을 벗어버린다면 새 진리의 밝음이 길을 열어줄 것이다.

이상(李箱)은 이에서 큰 것을 깨닫게 된다. 절망은 곧 탄생이란 진리를 발견한 것이다. 그 당시의 절망적 상황이 새로운 탄생의 전조임을 발견한 것이다.

선에 관한 각서·3

	1	2	3
1	•	•	•
2	•	•	•
3	•	•	•

	3	2	1
3	•	•	•
2	•	•	•
1	•	•	•

$\therefore nph(n-1)(n-2)\cdots\cdots(n-h+1)$

(뇌수는부채와같이圓까지전개되었다,그리고완전히회전하였다.)

	1	2	3
1	•	•	•
2	•	•	•
3	•	•	•

	3	2	1
3	•	•	•
2	•	•	•
1	•	•	•

$\therefore nph=(n-1)(n-2)\cdots\cdots(n-h+1)$

(뇌수는 부채와 같이 圓까지 전개되었다, 그리고 완전히 회전하였다.)

해설

위의 도표와 같고 암호와 같은 것에서 의미심장한 것을 발견한다. 우리나라의 환국과 조선의 역사를 기록한 환단고기에 있는 <천부경>이 떠오르기 때문이다. 그곳에, 이 우주와 인간 세상 등 삼라만상이 3으로 되었고 그것이 수없이 오고 가도 1로 돌아간다는 내용이다. 독자의 이해를 돕기 위해 아래와 같이 소개하니 대조하여보시기 바란다.

<一始無始一 折三極 無盡本

…1은 시작이 없이 그대로 1이며 그에서 3으로 쪼개져 그 끝은 다함이 없다.

天一一 地一二 人一三 一積十鉅 無匱化三

…하늘은 1인 채로 1이며 땅은 1에서 2로 된 것이며 사람은 1에서 3으로 되며 1이 쌓여 10이 되나 그 흩트림이 없고

天二三 地二三 人二三 大三合六 生七八九

…하늘 2로 3을 품고 땅 2로 3을 품고 사람 2로 3을 품으니 크게 3이 합해서 6이 되고 이어서 7,8,9가 생겨난다.

運三四 成環五七 一妙衍 萬往萬來 用變不動本

…3×4=12로 되고 5+7=12로 되며 그 1은 묘연하여 만 번 가고와도 본질에 변함이 없다. (3×4=12는 3달씩 4계절, 12달로 태양이 지구를 돈다는 말이고 5+7=12는 달이 음력으로 9월~1월로 5개월, 2월~8월로 7개월로 12달이 된다는 말. 음력 1월과 8월에 보름달이 초저녁에 뜬다.)

本心本太陽昻明 人中天地一 一終無終一

…마음의 바탕은 태양을 우러름에 있으니 사람 가운데 하늘과 땅이 1로 어울러 있다. 하나로 마치나 그 끝은 다함이 없다.>

이로써 우리말 수사(數詞)를 만들었다고 보아 아래와 같이 밝힌다.

우리말, 그림	하나	둘	서이	너이	다섯	여섯	일곱	여듧	아홉	열
뜻	한날	두름	섬	늘임	닿아섬	여어섬	이룸의곱	여어두름	아시 곱	열림
그림	●	○	⊙	⊖	⊕	⊕	⁝	8	8	∪

*〈서이〉–아이가 〈서〉다와 같이 잉태(孕胎)를 말함. 〈여섯〉–〈여〉이다와 같이 헤어짐을 말함. 받힘의 〈ㅂ〉–〈곱〉과 같이 겹침을 말함. 〈아시〉–처음

*1~3은 삼위일체임을 알 수 있고 4~6은 생성의 단계이며 7~9는 새로운 세계인 음양으로 둘이 마주하여 형성된 세계를 뜻하며, 이로써 각 개체의 생식, 독립된 무한의 생명체가 탄생함을 뜻한다. 여섯의 생성은 어느 한 개체의 생성이며 또다른 개체로 분리생성될 수 없다. 마주하는 두 개체, 음양 등등으로 마주하는 일곱부터 교잡하여 세계를 구성하는 생성이 이루어진다. 10은 이 세상이 열림을 뜻함을 알 수 있다. 이를 살펴 성경의 천지창조와 일치하고 또 그것이 천부경과 일치됨을 알 것이다.

*●은 광막한 우주에 충만한 힘, 빛이 가득한 것을 나타내고 ○은 그 힘이 팽창하여 우주가 생기고 물이 갈라져 궁창(공간)이 생기는 것을 말하고 ⊙은 그 공허한 궁창에 하느님의 신이 임하여 삼라만상이 생겨났음을 나타낸다.

	1	2	3
1	•	•	•
2	•	•	•
3	•	•	•

은 하늘의 3으로 생각할 수 있고-〈하나에서 셋으로 발전〉-

	3	2	1
3	•	•	•
2	•	•	•
1	•	•	•

은 땅의 3이 될 것이고-<셋에서 하나의 성취>-

3 • • •

	3	2	1
3	•	•	•

은 하늘과 땅과 바다가 있는 생명의 3-<셋을 머금은 생명으로 가득한 세상을 이룩함>-이 될 것이다.

$\therefore {}_{n}p_{h}=(n-1)(n-2)\cdot\cdots\cdot(n-h+1)$

위의 수식은 아주 어려운 비밀암호 같이 보이지만 아무것도 아니다. n에서 h까지의 자연수(생명의 종별 수)가 연속하여 나열되어 있다면 생명의 생성 개수는 그들 숫자들을 서로 곱하고 곱하고 곱하기를 연속하는 값과 같다는 설명이다. 그만큼 우리들이 상상할 수 없이 생명(식물)이 많이 탄생하였다는 설명이 되는 것이다.

이것이 천지창조 셋째날의 설명이다.

선에 관한 각서 · 4

탄환이一圓擣를질주했다(탄환이일직선으로질주했다에있어서의오류등을수정)

정육설탕(각설탕을칭함)

瀑筒의海綿質塡充(폭포의문학적해설)

탄환이 一圓壔(일원도)를 질주했다(탄환이 일직선으로 질주했다에 있어서의 오류 등을 수정)

정육설탕(각설탕을 칭함)

瀑筒(폭통)의 海綿質塡充(해면 질 전충)(폭포의 문학적 해설)

해설

[각서·4]는 천지창조 4일째를 뜻한다. 이날은 해와 달을 만든 날이다. 3일에 땅에 식물을 만들었다고 하였는데 어째서 4일에 해와 달을 만들었다고 하는가 할 사람이 있겠지만 학자들의 말로는 지구에 동물이 생기기 전까지 지구는 더워서 안개가 자욱하여 해와 달은 있었지만 지구에서 볼 수 없었다고 한다. 그래서 성경의 천지창조는 지구에서 느끼고 보는 관점에서 쓴 것으로 보인다는 것이다. 궁창의 물이 사라지면서 해와 달이 생겨나듯이 보였다는 말이다.

이 시는, 지구에 안개와 구름이 걷히는 상황이 그려져 있다. 과학자들은 그것을 위해서 외계로부터 큰 운석이 떨어졌을 것이라고 하였다. 이것을 [탄환이 일원도(一圓壔)를 질주했다]로 그렸다. 외계에서 운석이 떨어지면 수직으로 떨어져 내리지 못한다. 운석이 오는 방향과 지구의 자전 속도로 하여 휘감아 돌면서 떨어지게 된다. 아니, 지구의 회전 자체가 지구를 둘러싼 기의 흐름에 맡겨진 중력장이니 그 중력장의 길을 따라 떨어진다는 말도 된다.

*아인슈타인 및 현대과학의 모든 선구자들은 결과로 유추하는 논리만 말할 뿐 근본 개념을 모르고 있다. 그러나 우리들 선조는 아득한 옛날, 최소한 5000년 전부터 알고 있었다고 생각된다, 기의 흐름으로 이 우주가 생성되고 그것으로 형성되었다고. 부도지(符都誌)에서는 우주생성을 허달성(虛達城)과 실달성(實達城)의 스침으로 생겨났다고 하였음. 〈허달성〉은 우림의 세계이고 〈실달성〉은 울림의 세계이다. 즉 떨림(진동=말씀)으로 이 우주 삼라만상이 생겨났다고 설명하고 있다.

운석의 충돌이 있고 나서 구름들이 엄청난 폭포로 비를 쏟아내렸다. 그것을 [폭통(瀑筒)의 해면질전충(海綿質塡充)], <폭포처럼 대통과 같은 빗줄기가 나리고 해면질 같은 진창으로 가득함>이라고 그리고 있다.

[정육설탕]은 노아 때의 방주와 같이, 비가 쏟아진 땅의 일부가 융기하여 그 당시 살아난 다수의 식물들을 구제하였다는 뜻이 된다. 그러나 그 육지는 쏟아지는 비에 금새 설탕처럼 녹아내려 그 구실을 제대로 하지 못하였다는 말로 보인다. 그래서 그 당시에 열대 온실효과로 살아온 대부분의 식물들이 사라졌다는 말을 하고 있는 것이다.

선에 관한 각서·5

사람은광선보다도빠르게달아나면사람은광선을보는가, 사람은광선을본다, 연령의眞空에있어서두번결혼한다, 세번결혼하는가, 사람은광선보다도빠르게달아나라.

미래로달아나서과거를본다, 과거로달아나서미래를보는가, 미래로달아나는것은과거로달아나는것과동일한것도아니고미래로달아나는것이과거로달아나는것이다. 확대하는우주를우려하는자여, 과거에살으라, 광선보다도빠르게미래로달아나라.

사람은다시한번나를맞이한다, 사람은보다젊은나에게적어도상봉한다, 사람은세번나를맞이한다, 사람은젊은나에게적어도상봉한다, 사람은適宜하게기다리라, 그리고파우스트를즐기거라, 메리스토펠레스는나에게있는것도아니고나이다.

속도를조절하는날사람은나를모은다, 무수한나는말[譚]하지아니한다, 무수한과거를경청하는현재를과거로하는것은불원간이다, 자꾸만반복되는과거, 무수한과거를경청하는무수한과거, 현재는오직과거만을인쇄하고과거는현재와일치하는것은그것들의복수의경우에있어서도구별될수없는것이다.

聯想은처녀로하라, 과거를현재로알라, 사람은옛것을새것으로아는도다, 건망이여, 영원한망각은망각을모두구한다.

來到할나는그때문에무의식중에사람에일치하고사람보다도빠르게나는달아난다, 새로운미래는새롭게있다, 사람은빠르게달아난다, 사람은광선을드디어선행하고미래에있어서과거를대기한다, 우선사람은하나하나의나를맞이하라, 사람은 全等形에있어서나를죽이라.

사람은전등형의체조의기술을습득하라. 不然이라면사람은과거의나의파편을여하히할것인가.

사고의파편을반추하라, 불연이라면새로운것은불완전이다, 연상을죽이라, 하나를아는자는셋을하는것을하나를아는것의다음으로하는것을그만두어라, 하나를아는것은다음의하나의것을아는것을하는것을있게하라.

사람은한꺼번에한번을달아나라, 최대한달아나라, 사람은두번분만되기전에○○되기전에조상의조상의성운의성운의성운의태초를미래에있어서보는두려움으로하여사람은빠르게달아나는것을유보한다, 사람은달아난다, 빠르게달아나서영원에살고과거를애무하고과거로부터다시과거에산다, 童心이여, 童心이여, 충족될수없는영원의동심이여.

사람은 광선보다도 빠르게 달아나면 사람은 광선을 보는가, 사람은 광선을 본다, 연령의 眞空(진공)에 있어서 두 번 결혼한다, 세 번 결혼하는가, 사람은 광선보다도 빠르게 달아나라.

미래로 달아나서 과거를 본다, 과거로 달아나서 미래를 보는가, 미래로 달아나는 것은 과거로 달아나는 것과 동일한 것도 아니고 미래로 달아나는 것이 과거로 달아나는 것이다. 확대하는 우주를 우려하는 자여, 과거에 살으라, 광선보다도 빠르게 미래로 달아나라.

사람은 다시 한 번 나를 맞이한다, 사람은 보다 젊은 나에게 적어도 상봉한다, 사람은 세 번 나를 맞이한다, 사람은 젊은 나에게 적어도 상봉한다, 사람은 適宜(적의)하게 기다리라, 그리고 파우스트를 즐기거라, 메리스토펠레스는 나에게 있는 것도 아니고 나이다.

속도를 조절하는 날 사람은 나를 모은다, 무수한 나는 말[譚(담)]하지 아니한다, 무수한 과거를 경청하는 현재를 과거로 하는 것은 불원간이다, 자꾸만 반복되는 과거, 무수한 과거를 경청하는 무수한 과거, 현재는 오직 과거만을 인쇄하고 과거는 현재와 일치하는 것은 그것들의 복수의 경우에 있어서도 구별될 수 없는 것이다.

聯想(연상)은 처녀로 하라, 과거를 현재로 알라, 사람은 옛 것을 새 것으로 아는 도다, 건망이여, 영원한 망각은 망각을 모두 구한다.

來到(내도)할 나는 그 때문에 무의식중에 사람에 일치하고 사람보다도 빠르게 나는 달아난다, 새로운 미래는 새롭게 있다, 사람은 빠르게 달아난다, 사람은 광선을 드디어 선행하고 미래에 있어서 과거를 대기한다, 우선 사람은 하나하나의 나를 맞이하라, 사람은 全等形(전등형)에 있어서 나를 죽이라.

사람은 전등형의 체조의 기술을 습득하라. 不然(불연)이라면 사람은 과거의 나의 파편을 여하히 할 것인가.

사고의 파편을 반추하라, 불연이라면 새로운 것은 불완전이다, 연상을 죽이라, 하나를 아는 자는 셋을 하는 것을 하나를 아는 것의 다음으로 하는 것을 그만두어라, 하나를 아는 것은 다음의 하나의 것을 아는 것을 하는 것을 있게 하라.

사람은 한꺼번에 한 번을 달아나라, 최대한 달아나라, 사람은 두 번 분만되기 전에 ○○되기 전에 조상의 조상의 성운의 성운의 성운의 태초를 미래에 있어서 보는 두려움으로 하여 사람은 빠르게 달아나는 것을 유보한다, 사람은 달아난다, 빠르게 달아나서 영원에 살고 과거를 애무하고 과거로부터 다시 과거에 산다, 童心(동심)이여, 童心이여, 충족될 수 없는 영원의 동심이여.

해설

5일째는 물속이나 하늘에 동물들이 생겨서 번창할 때이다.
그런데 사람의 일만 말하고 있다.
사람은 6일째에 생겨난 것으로 성경에서 말하고 있지만 5일째에 사람이 있었다고 이상(李箱)은 믿고 있는 것이다. 이 무슨 망발인가 할 것이지만 성경을 잘 읽어보면 그렇지 않다는 것을 알 수 있다.

6일째에 하느님이 흙으로 사람을 빚어 숨을 불어넣고 아담을 만들어서 그의 갈비뼈로 이브를 만들었다고 하고 에덴동산에 살도록 했다고 했다. 그들이 에덴동산에서 쫓겨나서 에덴의 동쪽으로 가서 살 적에도, 카인과 아벨을 낳아 그들이 커서 카인은 농사짓는 사람이 되고 아벨은 양을 치는 어른으로 자라서도 다른 어느 누구도 낳지 않았고 〈아담의 부부와 두 아들인 네 사람〉 이상은 없었다고 기록되어있 다. 그런데 카인이 아벨을 돌로 쳐 죽이고 하느님의 노여움을 사서 그곳에서도 쫓겨날 적에 "하느님. 저가 그곳에 가서 그곳에 사는 사람들로부터 죽임을 당할까 두렵습니다"고 말한다. 그래서 그곳의 사람들에게 당하지 않게 하려고 카인의 이마에 표를 하여준다. 이게 이상하다고 생각하는 사람은 아무도 없었다, 아담의 식구밖에 없는 줄 알았는데 그 에덴의 동쪽에 많은 사람들이 살고있다는 것을 말하고 있는데도. 어떤 목사는 해명하기를, 카인이 그곳으로 가고나서 한참 뒤가 되면 아담과 이브가 낳은 다른 자식들이 그곳으로 가게 되어 그런다는 것이다. 이게 해명되는 얘기인가?

그렇다면 성경의 말씀, 인간이란 없는 이 땅에서 에덴동산에 아담으로 하여 처음으로 인간이 생겨났다는 것을 거짓으로 보아야 하는가? 그렇지 않다. 사람은 진화하여왔다. 다만 그 짐승 같은 사람은 온 지구에 흩어져 살아왔지만 하느님의 음성을 들을 줄 아는 사람다운 사람이 에덴동산에서 처음 생겨났다는 말이다. 물론 그 사람은 아득한 과거로 거슬러 뿌리를 살피면 하느님의 뜻에 의한 하느님의 손이 흙으로 빚어 만든 것이고 하느님의 뜻에 의한 〈삶의 으뜸인 존재〉가 되었던 것이다. 이와 같다는 것을 이상(李箱)이 생각하고 있었다는 말이 된다.

따라서 다음의 글은 참사람으로 거듭나기 전의 사람으로 거슬러 살피는 얘기가 된다.

[사람은 광선보다도 빠르게 달아나면 사람은 광선을 보는가, 사람은 광

선을 본다, 연령의 진공(眞空)에 있어서 두 번 결혼한다, 세 번 결혼하는가, 사람은 광선보다도 빠르게 달아나라.]

이 글을 쓰는 이상(李箱)의 당시는 아인슈타인이 <상대성이론>을 발표하여 세계가 들썩거리던 때였다. 그 이론에 따르면 시간이라는 개념은 상대적인 것이지 절대적인 것이 아니라는 말이니 모든 것은 빛의 속도와 가까이 달리면 점차로 시간이 느려지고 빛보다 빠르면 과거로도 갈 수 있다고 하는 것이다. 그 개념에 바탕하여 빛, 하느님의 손길의 존재를 추구해서 [사람]의 존재를 규명하여보는 것이다.

[사람은 광선보다도 빠르게 달아나면 사람은 광선을 보는가] 하는 말은 사람이 사고력을 광선의 속도처럼 빨리 하여 소급하면 하느님의 손길과 같은 시간 속으로 가게 되어 그 하느님의 역사하심을 느끼고 또 그와 하나가 될 수 있다는 말이다. 그 이유는 빛이 하느님의 손길, 그 역사(役事)하심의 길이니 이 세상이 그로하여 생겨났다고 하는 것이다. 창세기 1장 1절의 말, 빛이 있으라 하심에 있었더라. 이로써 우주가 창조된 것이라고 하였다. 그 빛의 속도(하느님의 뜻과 하나인 세계)로 달리게 되면 나이도 먹지 않고, [연령의 진공(眞空)]이 되어 결혼도 하지 않는 세계에 있게 된다. 그래서 그러한 세계로 살기 위해서, 아득한 과거로 추락하는 현재를 벗어나기 위해서, [광선보다도 빠르게 달아나라]고 말한다.

[사람은 다시 한 번 나를 맞이한다, 사람은 보다 젊은 나에게 적어도 상봉한다, 사람은 세 번 나를 맞이한다, 사람은 젊은 나에게 적어도 상봉한다, 사람은 적의(敵意)하게 기다리라, 그리고 파우스트를 즐기거라, 메리스토펠레스는 나에게 있는 것도 아니고 나이다.]

그렇게 [광선보다도 빠르게 달아나]서 하느님과 하나가 되면 다음날, 창조의 6일째에 다시 태어난(부활한) 나(아담)와 [다시 한 번 맞이한다]고 하는 것이다. 그래서 [보다 젊은 나에게 적어도 상봉한다]. 나는, 이 세상에 태어나기 전의 나, 하느님의 심정 속의 나와 창조6일째 이전, 창조 5일째의 [나]와 창조6일에 거듭난(부활한) [나]가 있으니 [광선보다도 빠르게 달아나]서 [세 번 나를 맞이한다]고 하는 것이다.

그런데 우리들 사람은 세 번째의 [나]로 살고 있으면서도, 부활한 나이면서도 두 번째의 [나]의 티를 벗지 못하고 있다. 아직은 허물(죄의 껍질)을 다 벗지 못하고 있다. 그 이유는 에덴동산에서 하느님이 먹지 말라는 선악과, 미쳐 다 익지 않은 선악과를 따먹어서 그곳에서 쫓겨난다. 그때 하느님이 〈가죽옷〉을 입혀준다, 가시밭과 추위를 이겨내지 못할 것을 알고 이들을 보호하려고. 그런데 그것이 바로 허물(죄(罪))이었다. 답답해도 인간은 그것을 벗을 수 없다. 이 세상이 발가벗어도 살 수 있도록 따뜻하여지거나 인간이 추위와 가시밭에 다치지 않을 정도의 강한 피부로 단련되었거나 하지 못하면 그 하느님이 마련한 가죽옷(허물=죄)을 벗을 수 없다. 그래서 [사람은 적의(適宜)게 기다리라]고 말한다. 그러나 그 5일째의 사람은 짐승과 다르지 않아서 거듭난 사람이 볼 적에 괴테의 [파우스트]에 나오는 [메리스토펠레스(악마)]와 같은 것이다. 아니 우리 인간이 그 [메리스토펠레스(악마)]로 살았던 것이다. 이른바 이것이 〈생존경쟁〉의 추악한 삶이었으니 지금도 다르지 않다는 말이다. 그래도 우리들이 지은 죄, 하느님의 뜻에서 벗어난 짓으로 하여 그랬던 것이니 어쩔 수 없다는 뜻이다. 그것은 에덴동산에서 처음 태어나서 그런 것이 아니라 그 에덴동산에서 〈참사람〉으로 거듭나서 하느님과 하나가 되는 믿음이 모자라 그러한 것이니 감내(堪耐)하고 기다리라는 말이다, [메리스토펠레스는 나에게 있는 것도 아니고 나이다] 하고.

[속도를 조절하는 날 사람은 나를 모은다, 무수한 나는 말[담(譚)]하지 아니한다, 무수한 과거를 경청하는 현재를 과거로 하는 것은 불원간이다, 자꾸만 반복되는 과거, 무수한 과거를 경청하는 무수한 과거, 현재는 오직 과거만을 인쇄하고 과거는 현재와 일치하는 것은 그것들의 복수의 경우에 있어서도 구별될 수 없는 것이다.]

이곳에서 [말]을 [譚]으로 토를 단 것에 주의하여야 한다. 별다른 뜻이 없다면 그런 토를 달 이유가 없을 것이다. 그래서 파자하여 보니 〈言西日

十〉으로 되어 〈십자가 날의 서쪽 말씀〉이 되고 곧 〈예수크리스트의 말씀〉이 된다. 따라서 예수님의 말씀은 현재에서도 과거가 아닌 현실로 되새겨야 한다는 말을 강조하고 있다.

[속도를 조절]한다는 말은 하느님의 뜻을 바로 볼 수 있는 동질성의 나와 현실을 살아가기 위한 방편의 나 사이를 적당히 오르내리는 삶을 말한다. 〈동질성의 나〉는 하나이겠지만 〈방편의 나〉는 무수히 많을 것이다. 그러나 그것을 일일이 남에게 [말[담(譚)]]할 수는 없을 것이다. 애써 기도하면(빛의 속도로 달리면) [무수한 과거를 경청하는 현재를 과거로 하는 것은 불원간]이 될 것이다. 예수님의 말씀으로 거듭나라는 말이다.

[무수한 과거를 경청하는 무수한 과거]

이것은 우리들이 인간으로 되기 전(5일째)의 거듭되는 자기반성을 뜻하는 말이다. 그러나 지금(6일째이후)에도 그러한 반성이 계속되고 있고 그렇게 계속되어야 한다, 에덴동산의 과오의 죄와 타락으로.

[현재는 오직 과거만을 인쇄하고 과거는 현재와 일치하는 것은 그것들의 복수의 경우에 있어서도 구별될 수 없는 것이다.]

과거를 아무리 되돌아보아도 현재가 과거와 다르지 않게 되는 것은 [그것들의 복수], 5일째(동물본성)와 6일째(타락)의 사람이 [복수(複數)]로 구별될 수 없도록 된 것에 있다고 할 수 있다.

[연상(聯想)은 처녀로 하라, 과거를 현재로 알라, 사람은 옛 것을 새 것으로 아는 도다, 건망이여, 영원한 망각은 망각을 모두 구한다.]

이 세상을 구원하는 것은 오직 [처녀]에 있다. 그녀는 하느님의 독생자를 잉태하셨던 〈성모마리아〉시다. 오직 그녀를 묵상함으로써만 사람을 구제할 수 있다. 이 뜻이 [연상(聯想)은 처녀로 하라]이다.

[과거]는 창조5일째의 짐승과 다르지 않았던 사람의 때와 창조6일째의 재창조된 사람이 하느님을 불신한 죄의 때를 말한다. 이 [과거]를 현재의 일처럼 알아야 할 것이다. 그런데도 그 [과거]를 현재의 새로운 일로 받아들이고 있다. 이 [과거]의 일은 우리 인간이 [영원한 망각]으로 하여야만 [망각]하는 의미가 있을 것이다.

[내도(來到)할 나는 그 때문에 무의식중에 사람에 일치하고 사람보다도 빠르게 나는 달아난다, 새로운 미래는 새롭게 있다, 사람은 빠르게 달아난다, 사람은 광선을 드디어 선행하고 미래에 있어서 과거를 대기한다, 우선 사람은 하나하나의 나를 맞이하라, 사람은 전등형(全等形)에 있어서 나를 죽이라.]

[내도(來到)할 나]는 <재림할 예수크리스트>로 생각해도 되겠지만 <하느님의 뜻과 하나가 된, 빛의 만남으로 새로 태어난 나>가 될 것이다. 그러나 그러한 [나]가 온다면 <무의식중에 이 세상의 타락한 사람에 일치하고> 말 것이니 그들 [사람보다도 빠르게 나는 달아]나야 할 것이다. 그래서 <새로운 미래>라고 한다면 사람보다 [빠르게 달아]나는 세계가 되어야 할 것이다. 그래서 하느님의 뜻을 앞질러(광선을 드디어 선행하고) 미래(하느님이 뜻한 바의 세계)에 살면서 현재의 사람들이 사는 것에 대하여 바로 세우는 작업, 과거를 기다린 작업을 하여야 할 것이다.

이렇게 하려면 [우선 사람은 하나하나의 나를 맞이하]여야 한다.

[사람은 전등형(全等形)에 있어서 나를 죽이라.]

이 [전등형](全等形)]은 <동물로 살아온 5일째의 사람>과 <참다운 사람으로 거듭났으나 타락한 사람>이 똑같이 된 것을 말한다. 이러한 [나를 죽이]는 것으로써 사람으로 태어난 나로서의 삶을 참답게 살 수 있을 것이다.

[사람은 전등형의 체조의 기술을 습득하라. 불연(不然)이라면 사람은 과거의 나의 파편을 여하히 할 것인가.]

아무리 사람이 전등형, <동물로 살아온 5일째의 사람>과 <참다운 사람으로 거듭나서 타락한 사람>이 똑같이 된 것의 사람을 버린다고 하여도 [과거의 나의 파편을] 버릴 수가 없다. 즉 동물적 본성을 버릴 수 없다는 말이다. 그래서 적당히 얼버무리는 [전등형의 체조의 기술을 습득하라]고 하는 것이다.

[사고의 파편을 반추하라, 불연이라면 새로운 것은 불완전이다, 연상을 죽이라, 하나를 아는 자는 셋을 하는 것을 하나를 아는 것의 다음으로 하는 것을 그만두어라, 하나를 아는 것은 다음의 하나의 것을 아는 것을 하는 것을 있게 하라.]

[사고의 파편]이란 <동물로 살아온 5일째의 사람>의 생각을 말한다. 그것을 버릴 수는 없다. 그것을 잊고 새롭게 받아들인다 하는 것은 <불완전>할 수 있다. 차라리 그 과거를 [반추하라]고 말한다. 앞절에서 [연상(聯想)은 처녀(성모마리아)로 하라]고 하였다. 그것이 아니면 [연상을 죽이라]고 말한다. 그렇다면 직접으로 하느님에 들어가라고 한다.

[하나를 아는 자는 셋을 하는 것을 하나를 아는 것의 다음으로 하는 것을 그만두어라]고 말한다. 이 말의 뜻은 하나(하느님)를 아는 사람은 셋을 하는 것(성부, 성자, 성신으로 된 하느님)보다 단독의 하나(하느님) 다음으로 생각하지 말아라는 말이다. 둘은 같은 말이라는 것을 강조한 말이다.

<삼위일체의 하느님을 믿는다면 그 하느님 외의 다른 하느님이 있는 것 같이 생각하지 말아라> 하는 뜻이 된다. 또 하느님이란 하나의 존재를 알게 되면 다른 모든 하나는 그 하나(하느님)로부터 왔음을 알게 하라는 말이 된다.

[하나를 아는 것은 다음의 하나의 것을 아는 것을 하는 것을 있게 하라.]

[사람은 한꺼번에 한 번을 달아나라, 최대한 달아나라, 사람은 두 번 분만되기 전에 ○○되기 전에 조상의 조상의 성운의 성운의 성운의 태초를 미래에 있어서 보는 두려움으로 하여 사람은 빠르게 달아나는 것을 유보한다, 사람은 달아난다, 빠르게 달아나서 영원에 살고 과거를 애무하고 과거로부터 다시 과거에 산다, 동심(童心)이여, 동심(童心)이여, 충족될 수 없는 영원의 동심이여.]

사람은 이제 이러한, 짐승으로 분만되어 다시 사람으로 분만되어 다시 타락하고 고통받는 생활을 하기 전에 [한꺼번에 한 번을 달아나라]고 말한다. 또다시 그렇게 [두 번 분만]하면 [○○]된다. 이제 [○○]이 <타락>임을 알았을 것이다.

사람은 미래의 결국을 바라지는 않는다. 그 생각할 수도 없는 미래도 그런 〈타락〉으로 되풀이되고 말 것을 두려워하기 때문이다. 그래서 그 생각의 끝에 짐승의 삶이고 타락의 삶이 〈과거〉로 돌아가 살고자 한다. 그래서 그렇게 과거를 벗어나지 못하고 그렇게 사는 것이다. 그래. 이것을 [동심(童心)]이라고 하자. [충족될 수 없는 영원의 동심이여].

이렇게 이루지 못할 구원의 지구를 한탄하고 마는 것이다.

아니, "그러한 동심을 벗고 사람다운 사람, 하느님이 6일째에 만들었던, 아니, 스스로 되었던 참사람으로 태어나자!" 하는 외침이다.

선에 관한 각서·6

숫자의방위학

4 4 4 4

숫자의역학

시간성(통속사고에의한역사성)

속도와좌표와속도

4 + 4

4 + 4

4 + 4

4 + 4

etc

사람은靜力學의현상하지아니하는것과동일하는것의영원한가설이다,사람은사람의객관을 버리라

주관의체계의수렴과수렴에의한凹렌즈.

4 제4세

4 1931년9월12생

4 양자핵으로서의양자와양자와연상과선택.

원자구조로의일체의運算의연구

방위와구조식과질양으로서의숫자의生態성질에의한해답과해답의분류.

숫자를대수적인것으로하는것에서숫자를숫자적인것으로하는것에서숫자를숫자인것으로하는것에서숫자를숫자인것으로하는것에(1234567890의질환의究明과시적인정서의棄却處)
(숫자의일체의성태숫자의일체의성질이런것들에의한숫자의어미의활용에의한숫자의소멸)

수식은광선과광선보다도빠르게달아나는사람과에의하여운산될것.

사람은별－천체－별때문에희생을아끼는것은무의미하다, 별과별과의인력권과인력권과의상쇄에의한가속도함수—이변화의조사를위선작성할 것.

숫자의 방위학

4 4 4 4

숫자의 역학

시간성(통속 사고에 의한 역사성)

속도와 좌표와 속도

4 + 4

4 + 4

4 + 4

4 + 4

etc

사람은 靜力學(정역학)의 현상하지 아니하는 것과 동일하는 것의 영원한 가설이다, 사람은 사람의 객관을 버리라

주관의 체계의 수렴과 수렴에 의한 凹렌즈.

4 제4세

4 1931년9월12생

4 양자핵으로서의 양자와 양자와 연상과 선택.

원자구조로의 일체의 運算(운산)의 연구

방위와 구조식과 질양으로서의 숫자의 生態(생태)성질에 의한 해답과의 분류.

숫자를 대수적인 것으로 하는 것에서 숫자를 숫자적인 것으로 하는 것에서 숫자를 숫자인 것으로 하는 것에서 숫자를 숫자인 것으로 하는 것에 (1234567890의 질환의 究明(구명)과 시적인 정서의 棄却處(기각 처))

(숫자의 일체의 성태 숫자의 일체의 성질 이런 것들에 의한 숫자의 어미의 활용에 의한 숫자의 소멸)

수식은 광선과 광선보다도 빠르게 달아나는 사람과에 의하여 운산될 것.

사람은 별—천체—별 때문에 희생을 아끼는 것은 무의미하다, 별과 별과의 인력권과 인력권과의 상쇄에 의한가속도 함수—이 변화의 조사를 위선 작성할 것.

해설

이 시는 <천지창조6일째>의 얘기이니 사람의 탄생얘기가 될 것이다.

사람을 [4]로 표시하고 있다. 이것은 [1+3]의 숫자로 [나와 삼위일체인 하느님]을 뜻하는 숫자이다. 짐승에서 사람으로 거듭난, 하느님과 내가 하나가 된 숫자가 된다. 이에서 〈천지창조3일째〉의 시 [선에 관한 각서·3]에서 소개한 천부경의 〈人一三〉과 같다는 것을 느꼈을 것이다. 그렇다. 바로 이상(李箱)은 이로써 사람의 모든 것을 풀어 시로 쓰고 있다.

[숫자의 방위학 4 ᐊ ᐅ ᖶ]

4 …… 하늘로 향하는 사람

ᐊ …… 과거로 돌아보는 사람

ᐅ …… 미래를 내다보는 사람

ᖶ …… 하늘을 거스르는 사람

[시간성(통속 사고에 의한 역사성)]

사람과 사람과의 관계로 인한 통속사고—역사

[속도와 좌표와 속도]

사람과 사람들이 제각각 살아가면서 속도의 차이로 서로 다른 만남의 좌표가 생기게 되고 그 좌표들이 또 서로 다른 속도를 가지게 된다는 말. [좌표]는 가족이기도 하고 집단이기도 하고 국가이기도 한다.

ᐅ + ᐊ ……미래를 보는 사람과 과거를 보는 사람과의 만남

ᐊ + ᐅ ……과거를 보는 사람과 미래를 보는 사람과의 만남

4 + ᖶ ……하늘을 보는 사람과 지옥을 보는 사람과의 만남

ᖶ + 4 ……지옥을 보는 사람과 하늘을 보는 사람과의 만남

etc ……기타 등등. 이곳에서 [etc]라고 영어로 쓴 것은 서구의 잡다한 여러 철학을 망라한 것이란 뜻이다.

[사람은 정역학(靜力學)의 현상하지 아니하는 것과 동일하는 것의 영원한 가설이다, 사람은 사람의 객관을 버리라.]

사람은 나란히 살아가면서 밖으로 드러나지 않은 것과 드러난 것을 보고 같다고 생각하며 살아가는 것은 영원히 밝혀낼 수 없는 가설이고 만다. 따라서 객관적으로도 알아낼 수 없는 사람과의 관계이니 그 모든 것을 믿는 것은 안 된다.

[주관의 체계의 수렴과 수렴에 의한 凹렌즈.]

사람과의 만남의 관계는 물론 각자 자기의 주관으로 세상의 모든 일을 받아들여 체계를 세우고서 그 체계를 나름으로 마음에 모아들여(수렴하여) 개성을 세우고 살아가면 다른 사람은 그로하여 그 사람의 개성을 작게 축소하여 보게 된다는 말이다. 그 개성이 바로 [凹렌즈]의 역할을 하기 때문이다. [凹렌즈]는 자기를 수렴하여 남에게 자기를 숨기는 역할을 한다. 이 말의 뜻은, 참다운 사람은 깊은 자기 성찰로 남에게 드러내지 않는 것이니 자기 확대를 위해 개인이든 국가이든 폭력이나 무력을 쓰는 것은 덜된 인간이 하는 짓이라는 말이다.

[4 제4세]

하느님을 받아들인(1+3) 나는 세 번의 나를 버리고 새로운 [나]인 [제4세]가 된다.

[4 1931년 9월 12생]

[1931년 9월 12일]에 신사참배를 반대하는 기독교인들이 총회로 결의하여 뭉치게 되자 일제는 신자 2000여 명을 죽이는 참사를 저질렀다. 이 또한 사람의 일이다. 그날로 태어난 억울한 사람의 일생이 된다. 그러나 그로 하여 죽은 사람은 죽은 것이 아니라 새로운 삶으로 태어난 것이라고 외치고 있다.

[4 양자핵으로서의 양자와 양자와 연상과 선택.]

빛이 내려서 최초의 단위인 원자를 만들 적에 그 중심의 입자가 되는

[양자핵]. 그 [양자핵(사람)]을 구성하는 [양자(사람 각자)]들의 연상과 선택은 너무나 다르다.

[원자구조로의 일체의 운산(運算)의 연구]

이상(李箱)은 이 사회(원자구조로)의 일체가 돌아가는 계산문제를 연구하여 본다. 이 세상이 하느님의 동일한 빛, 창조와 구원의 힘으로 만들었으면서도 이처럼 서로 다른 만남과 구성으로 대적하며 막대한 사람들을 무자비하게 죽일 수 있나 하는 생각으로 하는 연구를 말한다.

[방위와 구조식과 질양으로서의 숫자의 생태(生態)성질에 의한 해답과의 분류.]

이처럼 현재의 상황이 왜 이처럼 되었고 또 앞으로 어떻게 되어갈 지에 대한 연구를 면밀히 하여 본다. 방위, 사람이 향하고 있는 경향과 구조식, 하느님과의 관계를 어떻게 하고 있나 하는 것과 질량으로서의 숫자의 생태(生態)성질에 의한 해답, 그들의 생각의 깊이와 추구하는 정도에 따라 각자 느끼고 판단된 것으로 분류하여 본다.

[숫자를 대수적인 것으로 하는 것에서 숫자를 숫자적인 것으로 하는 것에서 숫자를 숫자인 것으로 하는 것에서 숫자를 숫자인 것으로 하는 것에 (1234567890의 질환의 구명(究明)과 시적인 정서의 기각처(棄却處))]

이 말의 뜻은 [숫자(인류)를] 단순한 수의 관계([대수적])로만 하는 것에서 숫자(사람 개개인)를 숫자적(개인의 특성)인 것으로 하고 또 그것에서 숫자(개인)는 숫자인(개인) 그 자체로 하고 또 <숫자(개인)는 숫자인(개인) 그 자체로 하는 것>을 반복하여 계속하면서 역사가 순차적 숫자의 흐름인 [(1234567890)]으로 흐른다는 것은 [질환]인 폭력과 암투가 있게 되는 문제를 [구명](究明))함과 시적인 정서로 바라보아도 더 볼 것도 없이 버려야 할 곳, [기각처(棄却處)]라고 생각한다는 말이다.

이 말을 쉽게 말하면 <인류를 개개인의 관계로만 보지 말고 개개인의

특성과 개성으로 얽히고 섥혀서 역사의 흐름을 이끌어온다는 것을 깨닫는다면 질환(폭력과 전쟁 등)의 문제도 무리없이 버릴 수 있다>는 말이 된다.

[숫자의 일체의 성태 숫자의 일체의 성질 이런 것들에 의한 숫자의 어미의 활용에 의한 숫자의 소멸]

이렇게 숫자에 의하여 모든 것을 풀어보려 하고 보았으나 어떠한 의미로서도, 그러면 그럴수록 [숫자의 어미의 활용에 의한 숫자의 소멸]이 되고 만다. 다시 말하면 개인(숫자)은 개인인 채로 두어야 한다는 말이다.

[수식은 광선과 광선보다도 빠르게 달아나는 사람과에 의하여 운산될것]

[수식은], <인간관계>는 일상적으로 살아가는 우리들이 근본 문제를 푸는 것으로 할 수는 없다는 말이다. 우리들은 [광선보다도 빠르게 달아나는] 것도 불가능하고 그러한 사람이 있을 수 없다.

하느님과 하나가 되고 그 길을 찾는 것이 탁상공론의 숫자놀음일 수만은 없다는 것을 말하고 있다.

[사람은 별-천체-별 때문에 희생을 아끼는 것은 무의미하다, 별과 별과의 인력권과 인력권과의 상쇄에 의한 가속도 함수—이 변화의 조사를 위선 작성할것.]

우리가 하느님으로 부터 생겨났고 그 하느님이 만든 [별-천체-별]은 하느님의 뜻에 반영되어 운행하는 것이니 그들 서로간의 관계를 살핀다는 것은 무엇보다 우선하여 모든 희생을 감수하고 밝혀야 된다는 것이다.

사람은 우주의 함축이라고 하고 우주는 곧 사람의 문제에 대한 비밀을 감추고 있다고 보는 견해로 보인다. 사람 각자의 개성은 하나의 우주를 함축한, 어떠한 무엇으로 대비될 수도 없고 설명될 수도 없다는 것을 강조한 말로 보여진다. 또 [별-천체-별]을 잘 삭여보면 <별은 홀로 존재할 수 없으며 천체의 관계에서 벗어나서는 안 된다>로 되며 <개인은 개인으로서 특성을 지니되 세계 전 인류의 관계를 살펴 조화를 이루어야

한다>는 것을 명심하라고 말하는 것으로 삭여진다. 이 말은 또한 세계의 문제는 개인의 존중에서부터 출발하라는 말이 될 것이다.

선에 관한 각서·7

공기구조의속도－음파에의한－속도처럼330미터를모방한다(광선에비할때참너무도열등하구나)

광선을즐기거라, 광선을슬퍼하거나, 광선을웃거라, 광선을울거라,

광선이사람이라면사람은거울이다.

광선을가지라.

*

視覺의이름을가지는것은計畫의嚆矢이다. 시각의이름을발표하라.

□ 나의이름
△ 나의아내의이름(이미오래된과거에있어서나의AMOUREUSE는이와같이도총명하리라)

시각의이름의통로를설치하라, 그리고그것에다최대의속도를부여하라.

*

하늘은시각의이름에대하여서만존재를명백히한다(대표인나는대표인일례를들것)

蒼空,秋天,蒼天,靑天,長天,一天,蒼穹(대단히갑갑한地方色이 아닐지) 하늘은시각의이름을발표했다.

시각의이름은사람과같이영원히살아야하는숫자적인어떤일점이다. 시각의이름은운동하지아니하면서운동의코스를가질뿐이다

*

시각의이름은광선을가지는광선을아니가진다. 사람은시각의이름으로하여광선보다빠르게달아날필요는없다.

시각의이름들을健忘하라.

시간의이름을절약하라.
사람은광선보다도빠르게달아나는속도를조절하고때때로과거를미래에있어서도태하라.

공기 구조의 속도 ―음파에 의한―속도처럼 330미터를 모방한다 (광선에 비할 때 참 너무도 열등하구나)

광선을 즐기거라, 광선을 슬퍼하거나, 광선을 웃거라, 광선을 울거라,

광선이 사람이라면 사람은 거울이다.

광선을 가지라.

*

視覺(시각)의 이름을 가지는 것은 計畫(계획)의 嚆矢(효시)이다. 시각의 이름을 발표하라.

□ 나의이름
△ 나의 아내의 이름(이미 오래된 과거에 있어서 나의 AMOUREUSE는 이와같이도 총명하리라)

시각의 이름의 통로를 설치하라, 그리고 그것에다 최대의 속도를 부여하라.

하늘은 시각의 이름에 대하여서만 존재를 명백히 한다(대표인 나는 대표인 일례를 들 것).

蒼空(창공), 秋天(추천), 蒼天(창천), 靑天(청천), 長天(장천), 一天(일천), 蒼穹(창궁)(대단히 갑갑한 地方色(지방색)이 아닐지) 하늘은 시각의 이름을 발표했다.

시각의 이름은 사람과 같이 영원히 살아야 하는 숫자적인 어떤 일점이다. 시각의 이름은 운동하지 아니하면서 운동의 코스를 가질 뿐이다.

*

시각의 이름은 광선을 가지는 광선을 아니 가진다. 사람은 시각의 이름으로 하여 광선보다 빠르게 달아날 필요는 없다.

시각의 이름들을 健忘(건망)하라.

시간의 이름을 절약하라.
사람은 광선보다도 빠르게 달아나는 속도를 조절하고 때때로 과거를 미래에 있어서 도태하라.

해설

이제 하느님은 이 우주의 창조를 마치시고 쉬는 날이다.

[공기 구조의 속도—음파에 의한—속도처럼 330미터를 모방한다 (광선에 비할 때 참 너무도 열등하구나)]
[공기 구조의 속도]는 이 지구의 중력장에 의하여 정의되는 구조적 성격을 갖는다. 다시 말하면 이 땅의 일이고 우리들과 하나가 되어 살고 있는 우리들의 삶의 속도이다. 소리쳐 하느님을 불러보아야 하느님께 들리

지 않고 우리들 서로가 알아듣고 답하는 공기의 속도인 것이다. 그러나 빛은 온 우주의 중력장에 의하여 생성되는 것이니 소리와는 비교가 되지 않을 것이다. 그러니 그 빛은 하느님의 손길로 말할 수 있는 구원의 빛이고 창조의 선(線)이 될 것이다. 따라서 입으로 중얼거리는 기도는 무용하다는 말이다. 마음속으로 깊이 사무쳐 기도하라는 말이 된다.

[광선을 즐기거라, 광선을 슬퍼하거나, 광선을 웃거라, 광선을 울거라]

이제 우리들이 깨달을 때가 되었다. 광선, 즉 하느님의 구원이요 창조의 근원인 그 광선에 의하여 즐기고 슬퍼하고 웃고 울어야 할 것이다.

이 말들은 광명리세(光明理世)의 환국사상(桓國思想)이 말하는 그 광명을 설명한 말이 되기도 한다.

[광선이 사람이라면 사람은 거울이다.]

그 광선으로 사람이 창조되었고 그 광선으로 즐겁고 슬프고 웃고 우는 것이니 하느님의 피조물 모두 사람으로 비춰지는 것이니, 사람은 또한 모두를 비추는 거울이 되어야 하는 것이다.

[시각(視覺)의 이름을 가지는 것은 계획(計畫)의 효시(嚆矢)이다. 시각의 이름을 발표하라.]

우리들은 하늘을 [하늘]이라고 한다. 그 뜻은 [크고 하나]라는 뜻이다. 그 말뜻은 바로 [계획(計畫)의 효시(嚆矢)]가 된다. 계획(計畫), 우주 전체에 펼쳐진 모두를 가름하는 말이라는 뜻이다. 눈에 보듯이 느껴지는 그 이름. [하늘]. 이것을 세계에 [발표하라]는 말이다.

[□ 나의이름

△ 나의 아내의 이름(이미 오래된 과거에 있어서 나의 AMOUREUSE는 이와 같이도 총명하리라)]

우리들 모두도 이름을 가진다, □이든 △이든. △는 앞의 [파편(破片)]이라는 시에 발표하였다. 그때 △의 이름은 [AMOUREUSE]라고 했다. 그것은 프랑스 말로 [애인]이라는 뜻이다. 그래서 [이미 오래된 과거에 있어서 나의 AMOUREUSE는 이와 같이도 총명하리라] 하고 말한다. 어떠한 것이든 이름을 가져야 한다는 말이다.

또 [ㅁ]는 4를 뜻하고 [△]는 3을 뜻한다. <4는 1+3으로 하느님과 하나가 된 사람>을 뜻하고 <3은 3위일체의 하느님>을 뜻한다. (*[선에 관한 각서·6]을 참조)

하느님이 6째날에 사람을 만드시고 하느님이 만드신 모든 것을 그 사람이 느껴서 부른 것이 [이름]이 되었다고 하였다. 그 큰 일을 하느님은 사람에게 맡기신 것이다. 앞으로 이 땅의 모든 생물을 사람이 가꾸고 다스리도록 마련하셨기 때문이다.

[시각의 이름의 통로를 설치하라, 그리고 그것에다 최대의 속도를 부여하라.]

하느님은 모든 것을 만드신 후에 <보시기에 좋으시다>고 하셨다. 또한 사람들은 그들을 보고 이름을 지었다. 보는 것이 좋아서 만들었고 본 것이 좋아서 이름을 지었던 것이다. 그러니 앞으로 우리 인류는 처음 이름을 지을 적에 보아서 즐거운 마음이 들면 그런 뜻으로 이름을 지어라, [시각의 이름의 통로를 설치하라]고 말한다. 그리고 미래를 향하여 끊임없이 달려가는 사람과 같이 동행하기 위해서 [그것에다 최대의 속도를 부여하라]고 한다.

[하늘은 시각의 이름에 대하여서만 존재를 명백히 한다(대표인 나는 대표인 일례를 들 것).]

우리나라 <우리>는 [대표인 나]이다. 그래서 [시각의 이름에 대하여서만 존재를 명백히 한다]. 그래서 [하늘]이라는 이름을 지었다. 그것이 [대표인 일례]가 될 것이다.

[창공(蒼空), 추천(秋天), 창천(蒼天), 청천(靑天), 장천(長天), 일천(一天), 창궁(蒼穹) (대단히 갑갑한 지방색(地方色)이 아닐지) 하늘은 시각의 이름을 발표했다.]

[창공(蒼空), 추천(秋天), 창천(蒼天), 청천(靑天), 장천(長天), 일천(一天), 창궁(蒼穹)]이라고 하는 것들로 한문에 젖은 사람은 아주 시각적인 표현이라고 하지만 천만의 말씀이다. [대단히 갑갑한 지방색(地方色)]일 뿐이다. [하늘]은 더 이상 말이 필요 없는 시각의 이름으로 발표된 것이다. 그것은 또한 하느님이 지어서 사람에게 알려진 이름이라고 할 수 있다.

[시각의 이름은 사람과 같이 영원히 살아야 하는 숫자적인 어떤 일점이다. 시각의 이름은 운동하지 아니하면서 운동의 코스를 가질 뿐이다.]

[하늘]이라고 하는 말은 시각적일 뿐 아니라 [하나]라는 [사람과 같이 영원히 살아야 하는 숫자적인 어떤 일점이다]. 또 그것은 [운동하지 아니하면서 운동의 코스를 가질 뿐이다], 하느님의 뜻이 곧 하늘이기 때문에.

[시각의 이름은 광선을 가지는 광선을 아니 가진다. 사람은 시각의 이름으로 하여 광선보다 빠르게 달아날 필요는 없다.]

[하늘]이라는 [시각의 이름은] 눈으로는 볼 수 없다. [광선을 가지는 광선을 아니 가진다]고 할 수 있다.

<단군>께서 <원보, 팽우>라는 신하에게 <하늘은 가물거리게 보이는 것도 아니고 파랗게 보이는 것도 아니고 너의 뇌 속에 사무치는 것이다>고 하셨다는 구절이 생각난다. 이처럼 육체의 눈으로는 볼 수 없는 것을 [하늘]이라고 하기 때문이다.

[시각의 이름들을 건망(健忘)하라.]

몸의 눈으로 보이는 그러한 [시각]의 이름은 잊어버리라는 말이다. 마음속으로 사무쳐 뇌수에 깊이 박히는 것을 이름으로 하여야 한다는 말이다.

[시간의 이름을 절약하라.

사람은 광선보다도 빠르게 달아나는 속도를 조절하고 때때로 과거를 미래에 있어서 도태하라.]

[시간의 이름을 절약하라]는 말은 앞으로 올 것에 관한 것을 너무 생각하여 너무 현실적인 것이 되지 못하는 이름을 사용하는 것을 자제하라는 말이다.

모든 사람들이 따를 수 없도록 비현실적으로 앞질러 가면 따르지 못하는 사람들은 현실도피를 하거나 염세적이 되어 도리어 부작용이 있으니 [속도를 조절하고] 과거의 속성에서 벗어나지 못한 것은 미래에 가서 천천히 없어지도록 하라는 말이다. 이 말을 [때때로 과거를 미래에 있어서 도태하라]고 하였다.

[하늘]의 의미를 분명히 하여 우리나라가 그 하늘의 뜻을 성취하라는 예언이다.

꽃나무

(가톨릭청년지 1933년 7월에 발표)

벌판 한복판에 꽃나무 하나가 있소. 근처에는 꽃나무가하나도 없소. 꽃나무는 제가 생각하는 꽃나무를 열심히 생각하는 것처럼 열심히 꽃을 피워 가지고 섰소. 꽃나무는 제가 생각하는 꽃나무에게 갈 수 없소. 나는 막 달아났소. 한 꽃나무를 위하여 그러는 것처럼 나는 참 그런 이상스러운 흉내를 내었소.

여기에서 말하는 [꽃나무]는 무엇을 말하는 것인가? 이상(李箱)의 시에서는 [나]의 대상으로 하는 것은 〈우리나라〉이거나 〈하느님의 말씀〉으로 하고 있었다. 그러나 〈우리나라〉로 하기에는 활짝 꽃을 피운 것이 어울리지 않는다. 그렇다고 〈하느님의 말씀〉과도 어울리지 않는다. 몇 번 읽어보니 〈하느님의 진리는 아니지만 그에 가름되는 새롭게 발견된 진리〉를 뜻한다고 생각되어진다. 그렇다고 생각하고 이 시를 살펴보자.

[벌판 한복판에 꽃나무 하나가 있소.]

이것이 바로 이상(李箱)이 발견한 〈새로운 진리〉이다.

[근처에는 꽃나무가 하나도 없소.]

이 진리는 다른 무엇으로도 비교가 되지 않는 것이었다.

[꽃나무는 제가 생각하는 꽃나무를 열심히 생각하는 것처럼 열심히 꽃을 피워가지고 섰소.]

그 진리는 제가 생각하는 〈하느님의 진리〉를 말하는 것처럼 열심히 그 진리를 전개하여 두었다.

[꽃나무는 제가 생각하는 꽃나무에게 갈 수 없소.]

그렇지만 〈하느님의 진리〉에 가까워질 수는 없다.

[나는 막 달아났소.]

그렇다면 그 진리에 가까이 할 수 없다. 그래서 그것에서 달아난다.

[한 꽃나무를 위하여 그러는 것처럼 나는 참 그런 이상스러운 흉내를 내었소.]

내가 하나의 진리, 하느님의 진리만을 생각하고 있었다는 것을 나도 모르게 깨닫게 되었다는 말이다. 그 〈하느님의 진리〉는 다른 그 어떤 진리로도 대신할 수 없다는 고백이다.

아마도 그 [꽃나무]는 뒤로 이어지는 〈이런시〉에서 밝히듯이 〈한단고기〉에서 말하는 〈환국정신〉을 말하는 듯하다. 이상은 그 당시 그 〈환단고기〉를 발견하고 더 이상 무엇도 필요 없는 [꽃나무]로 생각하였을 것이다. 그러나 그것도 하느님의 뜻, 오늘날에 제시된 뜻과 비교하면 모든 것을 제쳐두고 그것만을 위하여 하느님의 뜻을 저버릴 수 없다는 말이다. 그것은 어쩌면 그 꽃나무(환국정신)을 위하는 길이 된다고 말한다. [한 꽃나무를 위하여 그러는 것처럼]이라고.

이런시

(가톨릭청년지 1933년 7월에 발표)

役事하느라고 땅을 파다가 커다란 돌을 하나 끄집어내어놓고 보니 도무지 어디선가 본 듯한 생각이 들게 모양이 생겼는데 목도들이 그것을 메고 나가더니 어디다 갖다 버리고 온 모양이길래 쫒아나가 보니 위험하기 짝이 없는 큰길가더라.

그날 밤에 한 소나기 하였으니 필시 그 돌이 깨끗이 씻겼을 터인데 그 이튿날 가보니까 변괴로다. 간데온데없더라. 어떤 돌이 와서 그 돌을 업어갔을까. 나는 참 처량한 생각에서 아래와 같은 작문을 지었도다.

"내가 그다지 사랑하던 그대여. 내 한평생에 차마 그대를 잊을 수 없소이다. 내 차례에 못 올 사랑인 줄은 알면서도 나 혼자는 꾸준히 생각하리다. 자, 그러면 내내 어여쁘소서."

어떤 돌이 내 얼굴을 물끄러미 쳐다보는 것만 같아서 이런 시는 그만 찢어버리고 싶더라.

[역사(役事)하느라고 땅을 파다가 커다란 돌을 하나 끄집어내어놓고 보니 도무지 어디선가 본 듯한 생각이 들게 모양이 생겼는데 목도들이 그것을 메고 나가더니 어디다 갖다 버리고 온 모양이길래 쫒아나가 보니 위험하기 짝이 없는 큰길 가더라.]

여기서의 [역사(役事)]는 진리탐구를 뜻한다. 그 역사에서 발견한 [돌]. 그것을 본 듯하다고 하였으니 우리나라에서 전해져 내려오는 〈환국정신－유일 하느님 사상〉으로 보아야 할 것이다. 그런데 그 돌을 [목도들이 그것을 메고 나가더니 어디다 갖다 버리고 온]다. 그 [목도들]은 두말할 것 없이 일본의 〈학자들〉이다. 그리고 그 진리를 무지막지한 사람들에 짓밟히게 [위험하기 짝이 없는 큰길 가]에 버려둔다.

[그날 밤에 한 소나기 하였으니 필시 그 돌이 깨끗이 씻겼을 터인데 그 이튿날 가보니까 변괴로다. 간데온데 없더라. 어떤 돌이 와서 그 돌을 업어갔을까. 나는 참 처량한 생각에서 아래와 같은 작문을 지었도다.]

[물]은 진리로 말하니 [소나기]는 [진리의 공격]으로 보아야 한다. 만약 그 [소나기(진리의 공격)]가 진실하고 합당한 것이었다면 그 돌(환국정신의 진리)은 [깨끗이 씻겼을 터인데 그 이튿날 가보니까 변괴로다. 간데온데 없더라]. 그 돌(환국사상)을 그들의 폭포수(진리공박)로는 씻을 수 없다. 그래서 그 돌(환국역사서)을 숨기거나 불태워버렸다.

["내가 그다지 사랑하던 그대여. 내 한평생에 차마 그대를 잊을 수 없소이다. 내 차례에 못 올 사랑인 줄은 알면서도 나 혼자는 꾸준히 생각하리다. 자, 그러면 내내 어여쁘소서."]

이것을 보고 애인을 위해서 쓴 시라고 하지만 아니다. 애인으로 생각하고 아무리 이 시를 풀려고 하여도 전혀 문맥을 찾을 수도 없을 것이다. 그 〈애인〉은 바로 〈우리나라 환국정신의 사상〉이었던 것이다.

그러나 그 정신이 이상 당시로서는 밝히 보여지지는 않을 것을 알고는 있었지만 그렇게 일본으로 하여 감춰지고 훼손하는 것을 차마 볼 수 없어서 한탄한 시다.

[어떤 돌이 내 얼굴을 물끄러미 쳐다보는 것만 같아서 이런 시는 그만 찢어버리고 싶더라.]

그 당시로서는 우리나라의 정신에 관한 어떠한 글도 쓸 수 없었다. 그래서 이렇게 비밀스럽게 이 시를 썼지만, 이 비밀도 그들(일본)에게 들키는 듯 싶어서, [내 얼굴을 물끄러미 쳐다보는 것만 같아서 이런 시는 그만 찢어버리고 싶더라] 하고 말하는 것이다.

1933.6.1.

(가톨릭청년지 1933년 7월에 발표)

천칭 위에서 30년 동안이나 살아온 사람(어떤 과학자) 30만 개나 넘는 별을 다 헤어놓고 만 사람(역시) 인간 70 아니 24년 동안이나 뻔뻔히 살아온 사람(나) 나는 그날 나의 자서전에 자필의 부고를 삽입하였다. 이후 나의 육신은 그런 고향에는 있지 않았다. 나는 자신 나의 시가 차압당하는 꼴을 목도하기는 차마 어려웠기 때문에.

[천칭 위에서 30년 동안이나 살아온 사람(어떤 과학자)]이라면 우선 [천칭]으로 원리를 탐구하는 화학자를 생각할 수 있고 [1933. 6. 1.]까지가 30년이 되어야 한다. 그래서 소급하여 보니 <1903년>에 우라늄을 발견한 공로로 노벨물리학상을 받은 <마리 퀴리>가 있다. 물리학상이지만 [천칭 위에서] 밝힌 화학적 탐구로 얻은 성과였던 것이다. 그 이후 그 우라늄으로 원자탄을 만들고 일본이 항복할 수 있도록 한 것이니 역사에 길이 남을 위대한 인물이 틀림없다 할 것이다. 이상은 일본에 원자탄이 터지고 그로써 항복할 것을 미리 알고 있었던 것이 분명하다.

[30만 개나 넘는 별을 다 헤어놓고 만 사람(역시)]

<마리 퀴리> 외에도 천체학적으로나 다른 무엇으로도 30년의 세월이라면 못할 것이 없으리라.

[24년 동안이나 뻔뻔히 살아온 사람(나) 나는 그날 나의 자서전에 자필의 부고를 삽입하였다.]

*이상이 태어난 해(1910년 9월 23일)는 우연찮게 우리나라가 한일합방한

해(1910년 8월 29일)와 같다. 그래서 우리나라가 나라를 빼앗기고 아무것도 할 수 없는 빈 손으로 살아온 것이다. 따라서 위에 이상 자신의 나이를 말한 것은 나라의 운명을 자기의 삶과 비교하여 나타낸 말로 보아야 하겠다, 모든 곳에서 그렇게 비유로 말했듯이.

그러나 나는 아무것도 이룬 것 없이 [뻔뻔히 살아온 사람(나)]이다.

[나는 그날 나의 자서전에 자필의 부고를 삽입하였다.]

24살의 나이의 이상(李箱)은 자신의 과거를 돌아보며 더 이상 무엇도 될 수 없는 죽은 목숨과 같다는 한탄을 하고 있다.

[이후 나의 육신은 그런 고향에는 있지 않았다. 나는 자신 나의 시가 차압당하는 꼴을 목도하기는 차마 어려웠기 때문에.]

그렇지만 나는 이 세상에 무엇이 되고 무엇을 남기고 하는 것에 초월하여 초연하여본다, [이후 나의 육신은 그런 고향에는 있지 않았다] 하고.

그렇지만 그가 그동안 생각한 것은 우리나라의 미래와 하나님의 역사(役事)하심이 어떻게 펼쳐질 것들, 어느 누구도 생각하지 못할 것을 하여 놓았지만 일제의 감시에서는 발표 할 수 없어 비밀스런 암호로 써놓았지만 누구도 눈치 챌 사람이 없겠으니 무엇을 남긴 것도 아닌 것으로 되니 그런, 이 세상에 이름을 남기는 사람으로는, 고향에는 있지 않았다고 한다는 말이 된다.

일제 압박의 시대에서 그 누구도 아무것도 할 수 없다는 실토를 한 시다. 미래의 사항이 눈에 훤히 보이는 데도 그것을 밝히 보이게 말할 수 없다는 통곡이다.

거울

(가톨릭청년지 1933년 10월에 발표)

거울속에는소리가없소.
저렇게까지조용한세상은참없을것이오.

◇

거울속에도내게귀가있소.
내말을못알아듣는딱한귀가두개나있소.
◇
거울속의나는왼손잡이오.
내악수를받을줄모르는－악수를모르는왼손잡이오.
◇
거울때문에나는거울속의나를만져보지를못하는구려만
거울아니었던들내가어찌거울속의나를만나보기만이라도했겠소.
◇
나는지금거울을안가졌소만거울속에는늘거울속의내가있소.
잘은모르지만외로된사업에골몰할게요.
◇
거울속의나는참나와는반대요만
또꽤닮았소.
나는거울속의나를근심하고진찰할수없으니퍽섭섭하오.

거울 속에는 소리가 없소.
저렇게까지 조용한 세상은 참 없을 것이오.

거울 속에도 내게 귀가 있소.
내 말을 못 알아듣는 딱한 귀가 두 개나 있소.

거울 속의 나는 왼손잡이오.
내 악수를 받을 줄 모르는 —악수를 모르는 왼손잡이오.

거울 때문에 나는 거울 속의 나를 만져보지를 못하는구려만
거울 아니었던들 내가 어찌 거울 속의 나를 만나보기만이라도 했겠소.

나는 지금 거울을 안 가졌소만 거울 속에는 늘 거울 속의 내가 있소.
잘은 모르지만 외로 된 사업에 골몰할게요.

거울 속의 나는 참 나와는 반대요만
또 꽤 닮았소.
나는 거울 속의 나를 근심하고 진찰할 수 없으니 퍽 섭섭하오.

해설

[거울]은 해방 이후 우리나라가 남북한으로 갈라져 남한에서 바라본 북한을 말한다.

[거울 속에는 소리가 없소.
저렇게 까지 조용한 세상은 참 없을 것이오.]

북한은 쥐죽은 듯이 조용하다. 조금이라도 공산주의를 비판한다면 그대로 사형이었으니 그를 수밖에 없었을 것이다, 남한에서 그처럼 사상운동으로 떠들었던 것과는 반대로. 그러나 남한에서 5·16이후에 조용하여진 것과는 반대의 뜻을 갖는다.

[거울 속에도 내게 귀가 있소.
내 말을 못 알아듣는 딱한 귀가 두개나 있소.]

좌경들은 남의 말을 알아듣지 못한다. 자신들의 주장만을 내세워 자기들 주장에 따르라고만 한다. 그것은 남한의 좌경도 다르지 않다. 그래서 남북한의 좌경인 두 개의 귀라고 한 것이다.

[거울 속의 나는 왼손잡이오.
내 악수를 받을 줄 모르는 —악수를 모르는 왼손잡이오.]

[왼손잡이]는 두말할 것 없이 〈공산주의자〉다. 나와 갈려져 나간 〈좌익〉이다. 좌익은 나를 바르게 받아들이지 않는다. 그리고 서로 손을 잡고, [악수]로 뭉쳐야 함에도 그렇게 하지 못하고 있다는 말이다.

[거울 때문에 나는 거울 속의 나를 만져보지를 못하는구려만
거울 아니었던들 내가 어찌 거울 속의 나를 만나보기만이라도 했겠소.]

남북으로 갈라진 우리나라는 서로 어울릴 수 없다. [거울 속의 나를 만져보지를 못하는구려].

남북으로 갈라진 그 벽(거울)이 있어서 [나](우리나라)를 존재하게(해방되게) 한 것이지 그렇게 갈라지지 않고 독립하려고 하였다면 그것은 불가능하였으니 독립된 우리나라를 [만나보기만이라도 했겠소]?

[나는 지금 거울을 안 가졌소만]이라고 한 말은 북한을 국가로 인식할 수 없으면서 바라보는 남한을 두고 하는 말이며 [거울 속에는 늘 거울 속의 내가 있소]란 말은 북한인민은 그래도 우리나라 국민이라는 말이다.

[잘은 모르지만 외로 된 사업에 골몰할게요.]

[외로 된 사업]은 〈좌경사상운동〉을 뜻한다. 해방후에 찾게 될, 남북으로 갈려진 우리나라를 찾고나면, 〈좌경사상운동〉이 활발하여 그 [사업에 골몰할게요] 하고 말한다. 우리나라의 미래를 예언한 말이다.

[거울 속의 나는 참 나와는 반대요만
또 꽤 닮았소.
나는 거울 속의 나를 근심하고 진찰할 수 없으니 퍽 섭섭하오.]

[거울 속의 나]는 〈좌경—공산주의〉의 북한을 말하고 있다. 그래서 [근심하고] 그것이 병과 같은 것이라고 보고 [진찰]하려고 하나 남한으로서는 어쩔 수 없는 것이다, 스스로 고쳐지지 않는 한.

보통기념
普通記念

(월간중앙 1934년 6월에 발표)

시가에 戰火가 일어나기 전
역시 나는 뉴톤이 가르치는 물리학에는 퍽 무지하였다.

나는 거리를 걸었고 店頭에 苹果山을 보면 매일같이 물리학에 낙제하는 뇌수에 피가 묻은 것처럼 자그마하다.

계집을 신용치 않는 나를 계집은 절대로 신용하려 들지 않는다.
나의 말이 계집에게 낙체운동으로 영향되는 일이 없었다.

계집은 늘 내 말을 눈으로 들었다. 내 말 한마디가 계집의 눈자위에 떨어져 본 적이 없다.

기어코 시가에는 전화가 일어났다. 나는 오래 계집을 잊었었다. 내가 나를 버렸던 까닭이었다.

주제도 더러웠다. 때 낀 손톱은 길었다.
무위한 日月을 피난소에서 이런 일 저런 일
우라카에시(裏返) 재봉에 골몰하였느니라.

종이로 만든 푸른 솔잎 가지에 또한 종이로 만든 흰 鶴 동체 한개가 서 있다. 쓸쓸하다.

화롯가 햇볕같이 밝은 데는 열대의 봄처럼 부드럽다. 그 한구석에서 나는 지구의 공전 일주를 기념할 줄을 다 알았더라.

[시가에 전화(戰火)가 일어나기 전 역시 나는 뉴톤이 가르치는 물리학에는 퍽 무지하였다.]

이 말의 뜻은 시가전이 벌어져서 <뉴턴의 만유인력의 법칙>으로 하늘에서 사과가 떨어지듯 폭탄이 떨어진다고 표현하고 있다.

*만유일력의 법칙이 아인슈타인 이후 부정되고 있다. <중력장>의 법칙으로 말하게 되었다. 그러나 이러한 것들 모두는 처음부터 <기의 흐름>으로 우주가 생겼다고 하는 동양사상으로 보면 우스운 것이다.

[나는 거리를 걸었고 점두(店頭)에 평과산(苹果山)을 보면 매일같이 물리학에 낙제하는 뇌수에 피가 묻은 것처럼 자그마하다.]

거리를 걸어가다가 물건을 파는 점포(店頭)에 [평과(苹果)](사과)를 [산(山)]처럼 쌓아둔 것을 보고 그 사과를 자기의 머리처럼 생각하며 [뇌수에 피가 묻은 것처럼 자그마하다(매일같이 물리학에 낙제하여 뇌수가 줄어들어 해골이 줄어들었다)]고 말한다. 여기에서 사과를 흔히 쓰지 않는 [평과(苹果)]라고 하는 것에서 파자 하여 살펴보면 <++평+田+木>이 되고 뜻을 풀면 <초야에 묻힌 인민을 평등하게 논밭을 나누어 낙원의 나무를 심게 한다>는 공산주의 선전과 같은 말임을 알게 한다.

이곳에서 붉은 사과를 말하는 것은 <붉은 색칠을 한 인간머리, 즉 공산주의자>들이 거리에 가득히 쌓여있다는 표현으로 한 말이다. 그리고 [뇌수에 피가 묻은 것처럼]이라고 말한 것은 <공산주의 사상에 물든 것처럼>이란 뜻이다.

[낙체운동]. 이 말은 모든 것은 위로부터 아래로 떨어진다는 [물리학]을 말하지만, 사실은 하느님의 말씀은 우리 모두에게 내려진다는 것이며 그것을 알지 못하였던 나는 물리학에 낙제하였다고 비유하였고 우리 모두 하느님의 말씀에 귀를 기울이라는 뜻으로 하는 말이다.

[계집을 신용치 않는 나를 계집은 절대로 신용하려 들지 않는다.

나의 말이 계집에게 낙체운동으로 영향되는 일이 없었다.]

이 시의 주제는 [계집]이다. 그래서 이 [계집]을 알면 모두 풀린다. 이상(李箱)의 시에서 <여자나 어머니>는 <성모마리아나 가톨릭교회>를 말하고 있다. 그러나 [계집]은 여자의 비칭(卑稱)으로 쓰이고 있어서 <여자나 어머니>와는 반대되는, 하느님의 진리로 사람을 꼬이는 <공산주의>로 비유된다고 보여진다. 그래서 <공산주의>를 [신용치 않는 나를] <공산주의>는 [절대로 나를 신용하려 들지 않는다]고 한다. 그래서 나의 말이 <공산주의>에게 [낙체운동으로 영향되는 일이 없었다]고 풀어진다. 이 말의 뜻은, 이처럼 낙체운동처럼 위에서 내려진 하느님 말씀이 그들 공산주의자들에게는 소귀에 경 읽기 식이 되었다는 말이다.

[계집은 늘 내 말을 눈으로 들었다. 내 말 한마디가 계집의 눈자위에 떨어져 본 적이 없다.]

내 말(하느님의 진리의 말로 하는 내 말, 남한이 말하는 자유민주주의)은 계집(공산주의)이 들으려 하지 않고 눈치로만 들었다는 말이다. 눈치라는 말은 하느님의 교리가 전 세계로 퍼져가면 그에 따라 듣는 듯하지만 삶의 방편으로만 듣는 척 했다는 말이다. 그렇지만 내 말(하느님의 진리의 말)이 계집(공산주의)에게 삶의 방편으로도 들려지지 않았다고 말한다. [내 말 한마디가 계집의 눈자위에 떨어져 본 적이 없다].

[기어코 시가에는 전화가 일어났다. 나는 오래 계집을 잊었다. 내가 나를 버렸던 까닭이었다.]

[전화(戰火)]로 나는 그 [계집], <공산주의자들>을 오래도록 잊는다. 그렇게 할 수 있는 것은 [내가 나를 버렸던 까닭이었다]고 하니 그 [계집]은 또 다른 나, 또는 감춰진 또 하나의 나였다는 말이 되는가? [내가 나를 버렸]다고 하는 말은 <참 진리, 하느님의 진리의 말씀을 따르는 참나>를 버렸다는 말이 되는 데 그 안에 [계집(공산주의)]이 있었다는 말도 된다. [전화(戰火)]는 물론 6.25사변을 말한다.

[주제도 더러웠다. 때 낀 손톱은 길었다.
무위한 일월(日月)을 피난소에서 이런 일 저런 일
우라카에시(이반(裏返)) 재봉에 골몰하였느니라.]

[주제도 더러웠다. 때 낀 손톱은 길었다]는 말은 공산주의자들의 악마 같은 작태를 그린 말이다.

[일월(日月)]을 〈날과 달〉로 풀기 쉬우나 〈환국정신과 가톨릭 정신〉으로 풀어야 한다. 그래서 〈환국정신과 가톨릭 정신〉을 버려두고 그 동안에 일본이 입고 있는 그 철학과 제도를 까뒤집어 다시 꿰맞추어보는 일에 골몰하였다. 이렇게 풀이하는 것은 [우라카에시(裏返) 재봉에 골몰하였느니라] 하는 말에 [우라카에시]라고 일본말을 쓴 것에서 뜻을 새긴 것이다. 그리고 그 뜻은 재봉한 옷을 뒤집어 마무리하는 것을 말하기 때문이다. 이 말을 한 것은 해방 이후 남북한이 공통으로 일본의 제도 습속을 이어받아 전쟁 통에 그것을 까뒤집고 수정하여 정치를 하게 됨을 뜻하는 말이 되겠다.

[종이로 만든 푸른 솔잎 가지에 또한 종이로 만든 흰 학(鶴)동체 한개가 서 있다. 쓸쓸하다.]

솔잎과 학은 우리나라 정서의 상징적인 것이다. 그러나 그것이 종이로 만들어져 있다. 말라붙어 표본으로 남았다는 뜻이 된다.

[화롯가 햇볕같이 밝은 데는 열대의 봄처럼 부드럽다. 그 한구석에서 나는 지구의 공전 일주를 기념할 줄을 다 알았더라.]

[화롯가 햇볕같이 밝은 데]는 〈크리스트사상〉으로 오손 도손 정이 스려있고 밝음이 골고루 비친 곳이 되어있다는 표현이다. 곧 공산세계는 멸망하고 새 세상이 밝아질 것으로 본 것이다. 이처럼 전쟁으로 온 세계가 불타버릴 듯하지만 [지구의 공전 일주]를 살펴보면 곧 그 결말을 알고 있었다는 말이다.

이 시를 잘 살펴보면 일제당시의 상황을 그린 것이 아님을 알 수 있다.

6.25사변 같은 끔찍한 사항은 공산주의세계를 만들려는 무리들의 장난, 하님의 말씀을 위로부터 불길같이 내렸지만 [계집]은 눈박에 두고 들으려 하지 않았으니 그 의미를 삭여보면 일본의 그 군국주의의 정신을 까뒤집는 짓으로도 볼 수 있으니 이제 모든 것을 냉철히 살펴 미래에 올 구원, 하느님의 역사로 우리나라를 구원할 것을 미리 살펴보아야 한다면서 미래를 예언하고 있는 것이다.

아니, 남북한 모두 일본으로부터 물려받은 제도, 습속을 모두 버리고 하느님의 나라에 합당한 제도를 찾아 바르게 세워야 한다는 예언이다.

소영위제
素榮爲題

(중앙일보에 1934년 9월 발표)

1

달빛속에있는네얼굴앞에서내얼굴은한장얇은피부가되어너를칭찬하는내말씀이발음하지아니하고미닫이를간지르는한숨처럼동백꽃밭냄새지니고있는네머리털속으로기어들면서모심듯이내설움을하나하나심어가네나.

2

진흙밭헤맬적에네구두뒤축눌러놓는자국에비내려가득고였으니이는온갖네거짓네농담에한없이고단한이설움을곡으로울기전에땅에놓아하늘에부어놓는내억울을한술잔네발자국이진흙밭을헤매며헤뜨려놓음이냐.

3

달빛이내등에묻은거적자국에앉으면내그림자에는실고추같은피가아물거리고대신혈관에는달빛에놀란냉수가방울방울젖기로니너는내벽돌을씹어삼킨원통하게배고파이지러진헝겊심장을들여다보면서어항이라하느냐.

1

달빛 속에 있는 네 얼굴 앞에서 내 얼굴은 한 장 얇은 피부가 되어 너를 칭찬하는 내 말씀이 발언하지 아니하고 미닫이를 간지르는 한숨처럼 동백꽃밭 냄새 지니고 있는 네 머리털 속으로 기어들면서 모심듯이 내 설움을 하나하나 심어가네나.

2

진흙밭 헤맬 적에 네 구두 뒤축 눌러놓는 자국에 비 내려 가득 고였으니 이는 온갖 네 거짓 네 농담에 한없이 고단한 이 설움을 곡으로 울기 전에 땅에 놓아 하늘에 부어놓는 내 억울을 한 술잔 네 발자국이 진흙 밭을 헤매며 헤뜨려 놓음이냐.

3

달빛이 내 등에 묻은 거적 자국에 앉으면 내 그림자에는 실고추 같은 피가 아물거리고 대신 혈관에는 달빛에 놀란 냉수가 방울방울 젖기로니 너는 내 벽돌을 씹어삼킨 원통하게 배고파 이지러진 헝겊 심장을 들여다보면서 어항이라 하느냐.

해설

[소영(素榮)]을 어느 책에서 주석하기를 이상(李箱)의 애인 이름이며 그를 위한 시를 지은 것이라고 하여 그에 따라 살펴보았지만, 아무 뜻도 통하지 않고 문맥이 통하지 않았다. 그래서 [소(素)]의 뜻을 보니 〈꾸미지 않은 순수한 흰빛〉으로 풀고 있고 [榮]을 보면 〈꽃이 활짝 피다〉의 뜻이니 〈백의민족인 우리나라의 순수한 정신이 꽃피는 것〉으로 삭여볼 수 있었다. 이로써 살피니 문맥을 짚을 수 있어서 아래와 같이 풀어본다.

[달빛 속에 있는 네 얼굴 앞에서 내 얼굴은 한 장 얇은 피부가 되어 너를 칭찬하는 내 말씀이 발언하지 아니하고 미닫이를 간지르는 한숨처럼 동백꽃밭 냄새 지니고 있는 네 머리털 속으로 기어들면서 모심듯이 내 설움을 하나하나 심어가네나.]

어둠을 간신히 밝히는 [달빛 속에 있는], 기독사상속에 있는 우리나라, 얼굴은 명목만이 우리나라지 [한 장 얇은 피부가 되어] 속 알맹이가 없으니 도저히 잘한다고 할 수 없는, [너를 칭찬하는 내 말씀이 발언하지 아니하고], 어떠한 말로도 칭찬을 할 수 없는 처지이니 문을 열고 들어올 수도 없는 처지로, [미닫이를 간지르는 한숨처럼] [동백꽃(발간빛의 꽃－공산주의의 냄새를 풍기는 사상)밭 냄새 지니고 있는 네 머리털 속(진실되게 마음으로 들지 못하고 그 곁핥기 식)으로 기어들면서 모심듯이 내 설움을 하나하나 심어가네나] 한다. [내 말씀]이라고 한 말은 <하느님의 말씀을 빌린 나의 말>로 풀어야 할 것이다. 그리고 [내 설움을 하나하나 심어가네나]라고 한 말은 곡창지역이었던 호남지방에서 가난과 고통속에 살아갔던 과거의 서러움을 이용하여 공산주의 사상이 숨어들었던 것을 말한다. 이 시의 골자는 [동백꽃밭]에 있었다. 동백꽃은 호남지역 바닷가나 섬에서 주로 자라기 때문이다.

쉽게 말하면 <하느님의 뜻으로 본다면 호남지역에 숨어들었던 공산주의 유혹은 무엇으로 보아도 잘했다고는 말할 수 없다>로 풀어진다.

[진흙밭 헤맬 적에 네 구두 뒤축 눌러놓는 자국에 비 내려 가득 고였으니 이는 온갖 네 거짓 네 농담에 한없이 고단한 이 설움을 곡으로 울기 전에 땅에 놓아 하늘에 부어놓은 내 억울을 한 술잔 네 발자국이 진흙밭을 헤매며 헤뜨려 놓음이냐.]

[진흙밭]은 물기로 젖어 질퍽거리는 밭을 말하는 것이고 또 [물]은 <진리>를 말하는 것이니 진흙밭을 헤맨다는 말은 진리를 찾아 헤맸다는 말이다. 그러한 너의 자취, [구두 뒤축 눌러놓는 자국]에 비, 하느님의 은총에 의한 진리가 내려 가득 고였으니, 하느님의 은혜에 충만하였으니 그 은혜는 너의 머리로 들지 않고 그 자취에만 담긴 것이니 [이는 온갖 네 거짓 네 농담에 한없이 고단한 이 설움], 공산주의자들의 감언이설을 곡으로 울기 전, 그 공산주의로 인한 비극이 오기 전에 땅에 놓아 하늘에 부어놓은 내 억울, 공산주의를 땅에 퍼뜨림으로 하여 하늘에 사무친 억울함을 한 술잔 네 발자국, [술에 취한 듯한 네 행실의 자취]가 진흙 밭을 헤매며 헤뜨려 놓음이냐, 이 세상 진리 속으로 휘저어 놓음이냐 하고 분노하는 것이다.

[달빛이 내 등에 묻은 거적 자국에 앉으면 내 그림자에는 실고추 같은 피가 아물거리고 대신 혈관에는 달빛에 놀란 냉수가 방울방울 젖기로니

너는 내 벽돌을 씹어삼킨 원통하게 배고파 이지러진 헝겊 심장을 들여다 보면서 어항이라 하느냐.]

[달빛]은 〈햇빛〉과 비슷하면서도 반대가 된다고 할 수 있다. 그것은 밝은 해가 뜨기 전에 어두움을 잠시 밝혀주는 빛일 뿐이다. 그것은 밤의 추위를 녹여 주지도 못한다. 그 달빛이, 추위를 피하려고 [거적]을 쓰고 난 후에 등에 생긴 [자국에 앉으면] 그 달빛을 받아 등의 맞은 편에 생긴 [내 그림자에는 실고추 같은 피가 아물거]린다. 이 말의 뜻은, 그 [그림자]가 달빛(임시방편의 빛)을 등진 곳에 생겨났으니 삶의 빛으로는 너무 미미하여 핏줄이 아주 가늘게 실고추같이 아물거린다는 뜻이다. [실고추]는 아주 가늘지만 발갛다. 개인적, 지방적 공산주의 사상을 뜻한다.

[대신 혈관에는 달빛에 놀란 냉수가 방울방울 젖]는다고 한 말은, 그렇게 그 달빛이 내 그림자에 어렴풋한 생명의 그림자(실고추 같은 피)를 남한에 생기게 했지만, 북한에서는 혈관에 있는 피(생명의 진리)를 냉수(차디찬 이 세상의 진리)로 만들어 방울로 젖게 한다는 말이다, 피가 흘러야 할 혈관에. [내 벽돌]은 우리민족의 주춧돌인 〈흰 돌〉과는 반대로 붉은 흙을 구워 만든 가짜 돌이다. [내 벽돌]이라고 말한 것은, 민족 주체성을 잃은, 진리도 깨달음도 없이 굳어진, 그 당시의 우리나라 민족의식을 말한다. 즉 진리에 목말라([원통하게 배고파]) 〈붉은 공산주의〉를 받아들인, [벽돌을 씹어삼킨], [이지러진 헝겊 심장을 들여다보면서] 너는 나(북한)를 구제한다는 듯 [어항이라]고 하면서 꼬였다. [어항]은 구원의 방주가 필요 없는, 자그마한 물고기가 사는 곳이다. [이지러진 헝겊 심장]이란 말은 〈공산주의로 만들어진 북한이 생명력도 없고 사람의 추위를 막아줄 옷의 구실을 상실한 헝겊 조각으로 만들어진 심장〉이라는 것을 말한다.

하늘을 보지 못하고 공산화에 물들어 이성을 잃게 되는 미래의 세태를 꼬집어 한탄한 시다. 이것 또한 예언의 시다. 일제 치하의 설움을 딛고 해방을 하자마자 남북으로 분단하여 반쪽이 붉게 물들어 곤욕을 치르게 됨을 예언한 시다. 남한 또한 동서로 갈라져 [동백꽃밭 냄새 지니고 있는 네 머리털 속으로 기어들면서 모심듯이 내 설움을 하나하나 심어가네나]

하고 말한 것이리라. 참으로 슬픈 얘기이며 가슴 아리게 하는 우리의 역사가 될 것이라는 실토다.

지비
紙碑

(조성중앙일보에 1935년 9월 15일 발표)

내키는커서다리는길고왼다리아프고아내키는작아서다리는짧고바른다리가아프니내바른다리와아내왼다리와성한다리끼리한사람처럼걸어가면이아이부부는부축할수없는절룸발이가되어버린다무사한세상이병원이고꼭치료를기다리는무병이끝끝내있다.

내 키는 커서 다리는 길고 왼다리 아프고 아내 키는 작아서 다리는 짧고 바른 다리가 아프니 내 바른 다리와 아내 왼다리와 성한 다리끼리 한사람 처럼 걸어가면 이 아이 부부는 부축할 수 없는 절룸발이가 되어버린다 무사한 세상이 병원이고 꼭 치료를 기다리는 무병이 끝끝내 있다.

해설

[바른 다리]는 우익(자유민주주의)을 가르키고 [왼다리]는 좌익(공산주의)을 가리킨다. [나]는 우익(자유민주주의)을 가르키고 [아내]는 좌익(공산주의)을 가리킨다. [나]는 키가 크다. 〈자유민주주의〉는 깊은 역사를 가지는 자연 발생적 사상이다. [아내]는 키가 작다. 〈공산주의〉는 어설픈 머리의 인간이 만든 짧은 역사를 가진다. 이들이 한 나라에서 양립한다, 남한과 북한으로. 그들은 부부와 같은 관계처럼 나란히 생겨 같이 살고 있지만 서로 어울릴 수는 없다. [이 아이 부부는 부축할 수 없는 절룸발이가 되어버린다.]

[이 아이 부부]라는 말은 해방이 되자마자 일어난 상황을 말한다. 그러나 [무사한 세상이 병원이고 꼭 치료를 기다리는 무병이 끝끝내 있다.] 병이 아니라고 하나 꼭 고쳐야 하는 병이 꼭 있다. 공산주의를 빗대어 하는 말이다. 죽을병에 걸린 그들이 그 병 자체를 인식하지 못하고 있다는 말이다.

紙碑(지비) — 어디갔는지모르는아내

(중앙에 1936년 1월 발표)

지비1

아내는 아침이면 외출한다 그날에 해당한 한 남자를 속이려 가는 것이다 순서야 바뀌어도 하루에 한 남자 이상은 대우하지 않는다고 아내는 말한다 오늘이야말로 정말 돌아오지 않으려나 보다 하고 내가 완전히 절망하고 나면 화장은 있고 인상은 없는 얼굴로 아내는 형용처럼 간단히 돌아온다 나는 물어보면 아내는 모두 솔직히 이야기한다 나는 아내의 일기에 만일 아내가 나를 속이려 들었을 때 함직한 速記를 남편된 자격 밖에서 민첩하게 代書한다.

지비2

아내는 정말 조류였던가 보다 아내가 그렇게 수척하고 가벼워졌는데도 날지 못한 것은 그 손가락에 끼었던 반지 때문이다 오후에는 늘 분을 바를 때 벽 한 겹 걸러서 나는 鳥籠을 느낀다 얼마 안 가서 없어질 때까지 그 파르스레한 주둥이로 한 번도 쌀알을 쪼으려 들지 않았다 또 가끔 미닫이를 열고 창공을 쳐다보면서도 고운 목소리로 지져귀려 들지 않았다 아내는 날 줄과 죽을 줄이나 알았지 지상에 발자국을 남기지 않았다 비밀한 발은 늘 버선 신고 남에게 안 보이다가 어느날 정말 아내는 없어졌다 그제야 처음 방 안에 鳥糞 냄새가 풍기고 날개 퍼덕이던 상처가 도배 위에 은근하다 헤뜨러진 깃 부스러기를 쓸어 모으면서 나는 세상에도 이상스러운 것을 얻었다 散彈 아아 아내는 조류이면서 원체 닻과같은 쇠를 삼켰더라 그리고 주저앉았더라 산탄은 녹슬었고 솜털 냄새도 나고 천근 무게더라 아아.

지비3

이 방에는 문패가 없다 개는 이번에는 저쪽을 향하여 짖는다 嘲笑와 같이 아내의 벗어놓은 버선이 나 같은 空腹을 표정하면서 곧 걸어갈 것 같다 나는 이 방을 첩첩이 닫고 출타한다 그제야 개는 이쪽을 향하여 마지막으로 슬프게 짖는다.

여기에 나오는 [아내]는 도대체 무엇을 말하는 것인가? 이상(李箱)의 단편소설 〈날개〉에 나오는 [아내]와 흡사한 분위기다. 그 [아내]가 이상(李箱)의 현실적 순응의 〈자아〉로 그렸듯이 그렇게 보아야 하는 것인가?

[아내는 아침이면 외출한다]고 하였다. 이상(李箱)의 자아가 현실에 순응하려는 노력이다. 그러나 그것은 [그날에 해당한 한 남자를 속이려 가는 것이다]고 말한다. 다시 말하여 어떤 또 다른 진리와의 간음행위이다. 그러던 어느날 그 간음대상의 짝과 완전히 죽이 맞아(어떤 진리와의 소통) 외도로 살아가게 되나 보다고 생각하였을 적에 [화장은 있고 인상은 없는 얼굴로 아내는 형용처럼 간단히 돌아온다]. [화장], 껍데기만 요란하게 꾸민 가짜 진리(인상이 없는)로 그냥 되돌아와 있게 된 것이다. 그 사실은 나의 [아내(자아)]로서가 아닌 객관적 살핌에서도 그렇다는 말이 된다. 그래서 그것을 기록한다. [나는 아내의 일기에 만일 아내가 나를 속이려 들었을 때 함직한 속기(速記)를 남편 된 자격 밖에서 민첩하게 대서(代書)한다.]

그래서 다른 각도로 아내(외출하려는 자아)를 관찰하여 본다. 그래서 [아내는 정말 조류였던가 보다] 하는 답을 얻어온다. 창공의 하늘을 날고 싶어서 매일같이 나간다고 생각하였던 것으로 본다. 그러나 매일같이 외출로 여러 남자를 만나는 행위(진리의 대면과 간음)를 하여서인지 [수척하고 가벼워졌는데도 날지 못한] 이유를 모른다. 그래서 살펴보니 그녀(나의 자아)의 손가락에 끼인 반지(나와 헤어지지 않겠다는 약속)를 발견한다. 오후가 되어 아내가 외출하면 [나는 조롱(鳥籠)을 느낀다]. 새장에 갇힌 새처럼 내 자신은 어디도 가지 못하고 있다. 그러한 내 아내는 집안에서는 어떠한 진리([쌀알])도 취하려 하지 않는다. [얼마 안 가서 없어질 때까지 그 파르스레한 주둥이로 한 번도 쌀알을 쪼으려 들지 않았다]. 이 말의 뜻은 자유민주주의로([파르스레한 주둥이로])는 외출한 아내(공산주의로 된 자아)가 [쌀알(일용할 양식)]을 취하는 방법으로 생각하지 않는다는 뜻이다. 의식주를 해결한 자유민주주의 남한을 외면하는 북한의 공산주의와 남한의 좌경을 빗댄 말이다.

그런데 내 아내는 가끔 하늘로 날 듯이 창문을 열고 하늘을 쳐다본다. 하느님의 진정한 진리를 탐구하겠다는 의지, 그로하여 자유롭게 창공을 날겠다는 의지인 것이다. 그런데도 그에 대한 어떤 진리를 선포한 적도 없다. [고운 목소리로 지져귀려 들지 않았다]. 그 아내, 공산주의로 된 북한은 [날 줄과 죽을 줄이나 알았지 지상에 발자국을 남기지 않았다]. 공산주의는 결국 이 인류에게 어떠한 도움의 자취도 남기지 못하고 있다는 말을 하고 있다.

[어느 날 정말 아내는 없어졌다]. 그래서 하늘로 날아갔나? 아니었다. [산탄(散彈)]으로 자살(?)을 하였다. [아아 아내는 조류이면서 원체 닻과같은 쇠를 삼켰더라. 그리고 주저앉았더라. 산탄은 녹슬었고 솜털 냄새도 나고 천근 무게더라]. 외출(외부적으로 구하는 진리탐구의 길, 공산주의로 삶의 길을 택한 것)로 자아를 구하려던 노력(간음)은 허무하게 좌절된 것이다. [솜털 냄새]라는 말은 공산주의로 갓 태어난 북한을 빗댄 말이다. 새들은 갓 태어나면 깃이 나기 전에 솜털이 돋아나 있다. [날개 퍼덕이던 상처가 도배 위에 은근하다 헤뜨러진 깃 부스러기]는 6.25사변으로 인한 상처를 뜻한다. [도배 위]라는 말은 나를 감싸고 있던 벽(우리나라)을 뜻하는 말이다. 그들 공산주의자(날개 퍼덕이던 새)가 저질러온 자취(헤뜨러진 깃 부스러기)를 쓸어 모으면서(전쟁 후유증을 수습하고 나서) [나는 세상에도 이상스러운 것을 얻었다]. 그들이 다시는 일어날 수 없도록 되었다는 것, 아니 스스로 자살한 모양으로 된 것을 발견하게 된다. 공산주의로 하늘을 날려고 한 결말(공산주의가 멸망하고 한참 후의 일-[산탄은 녹슬었고])을 말한다.

[이 방에는 문패가 없다]는 말은 보편적 인간의 자아가 없다는 말이다. 이러한 방을 살펴보니 [개]를 키우고 있다. 그 [개]는 사람이 느낄 수 없는 것을 보고 듣고 냄새 맡는다. 즉 나의 육감을 말한다. 아니면 무아의 경지에서의 깨달음에 비유가 될까? [개는 이번에는 저쪽을 향하여 짖는다]. 알 수 없는 어느 곳에 진리가 감추어져 있을지도 모른다는 육감. 그런데 그곳은 [조소(嘲笑)와 같이 아내의 벗어놓은 버선이 나 같은 공복(空腹)을 표정하면서 곧 걸어갈 것 같다]. 이 말의 뜻은, 아내가 결국 산탄알을 삼

키고(자살하여?) 사라졌듯이 나의 진리의 탐구로 굶주려 있는 듯(空腹의 표정)한 것이 그와 다르지 않을 것이니 아내(외출을 좋아하였던 자아-공산주의를 택한 자아)의 자취가 살아서 그 짓을 되풀이할지도 모른다는 말이 된다. 결국 개가 있는 [이 방을 첩첩이 닫고 출타한다], 더 이상 찾을 것이 없다 하고. [그제야 개는 이쪽을 향하여 마지막으로 슬프게 짖는다], "외출과 출타는 아무런 것도 얻을 수 없을 것이요" 하고.

이상(以上)의 시를 종합적으로 살펴보면, 나와 아내를 남한과 북한으로 대비시켜 자아추구의 맥락으로 뒤섞어 참나를 발견하고자 깊은 사념의 세계에서 방황한 모습이다.

이상(李箱)은 '이렇게 추구한 이러한 길은 모두 죽은 무덤과 같다'고 하며 내면적 심리문제로, 이 글로 비(碑)를 세운다는 뜻으로 [지비(紙碑)]라는 제목을 붙인 것으로 보이지만 사실은 그것이 아니었다.

이것은 또 하나의 나, 아내와 같은 나, 즉 공산주의 북한이 죽게 되는 것을 내다보며 미리 이 시에다 비석을 세운다는 뜻으로 [지비(紙碑)]라는 제목을 붙인 것이리라. 아니 공산주의 북한이 사라지고 난 뒤에서 과거를 돌아보고 비를 세운다는 뜻으로 하는 말이다.

이상은 여러 곳에서 공산주의 북한이 멸망하여 사라질 것을 예언하고 있었다.

李箱 詩 해설을 마치며

그가 죽음을 걸고 비밀한 문구로, 보고 느낀 미래의 모든 것을 여기에 써두었으니 우리는 이것을 보고 무엇을 느끼며 어떻게 하여야 한다고 생각하는가?

[正式]으로 생각하여 이 나라를 위하고 이 민족을 위하고 이 세계를 구하고 인류를 구하는 길이 무엇인가 하는 생각을 다시금 깊이 하여보아야 하는 게 아닌가?

어떤 사람은, "주의(主義) 주장을 떠나서 친북으로 해서 조선이라는 이름으로 반도를 통일한 뒤에 방대한 대륙의 조선국토를 회복하여야 한다"고 한다. 몰라도 너무 모르는 망상에 젖은 말이다. 조선도 환국도 그 영토가 중요한 것이 아니라 그 사상이 중요한 것이며 그 환국이념을 되살리는 길은 바로 〈기독사상〉을 바로 세우는 길이기도 하니 어느 국토를 누가 지키고 있던 그 사상으로 이 세계가 평화를 찾는다면 그 이상은 없을 것이다. 그런데 공산주의를 표방하여 〈조선〉이란 이름을 도용한 무리들, 그들을 환국의 대표로 세울 나라로 본다는 말인가? 기가 탁 막힌다.

이에 대해서 조금만 언급하자면, 환국사상이 동양은 물론 우랄 알타이 산맥을 넘어 중동과 유럽과 아프리카까지 넘어가서 고대국가를 이룩하게 하고 그 당시에 초현대의 과학문명을 누리게 하였으나 환국의 정신을 망각한 무리들이 미신을 믿고 우상을 숭배하여 타락하여갔고 동양에서는 환국의 터전이 좁게 되고 황하이남의 땅이 개척되어 발전하게 되자 황제로 자처한 〈헌원〉이 환국에 대적하자 일차적으로 치우천황이 그들을 물리쳤으나 계속 뒤를 이어가며 환국을 대적하였으며, 부도지(符都誌)에

의하면 남쪽 만주로 내려온 환국의 계승자인 단군이 건설한 조선이 다시 전 세계 사람들을 깨우쳐야 하겠다는 생각으로 몇 대 단군이 <유호>씨를 중국의 황제로 자처하는 <요(堯)>에게 가서 타일러 환국의 사상 속으로 들어오도록 하니 수긍하는 듯하여서 <유호>씨는 서쪽 제국도 깨우치게 하여야 하겠다고 생각하고 중동의 갈대아 우르에 가서 <전고자(典古者)>를 만나 유럽과 이집트가 있는 서쪽으로 환국의 이념, 즉 하느님의 말씀을 전하게 하였다고 한다. 그러나 <요>는 <유호>씨의 아들 <순>을 자기 딸과 결혼하게 하여 왕위를 물려주고 황하의 치수를 하고나서 조선에 대적하여 중국의 영토를 확장하였으니 조선은 점차 중국에 밀려 한반도로 압축하여 내려올 즈음에 [조선→부여→고려(고구려)]로 바뀌고 사라졌으며 그 조선의 유민들이 한반도의 동남방에 조그맣게 자리를 잡아 신라로써 환국이념의 뿌리를 숨기고 있었다고 하나 펴지 못하여 지금에 이르렀고 고려(고구려)가 조선의 국토를 지켜 그 땅을 되찾으려 하였지만 허망하게 되니 조선의 고토 유민들이 여러 번 중국을 점령 통일하여 [진, 한, 수, 당, 금, 원, 명, 청]이란 나라 이름으로 오늘날까지 이어왔지만, 진의 시황제가 분서갱유(焚書坑儒)로 모든 환국의 역사책을 불살라버려서 그들이 환국의 정신을 알지 못하여 혼란의 극치로 이르게 하였으며 중국 전체라고 하여야 할 조선의 국토를 되찾는다고 하여야 청나라 이상이 되겠으며 그래서 얻어온 것이 무엇이었는가? 속이 빈 마른 박을 깨뜨리는 것과 무엇이 다른가? 서양마저도 환국의 정신을 옳게 알지 못한 기독사상이 막다른 골목에 이른 오늘의 현실을 만들고 말았다.

동양으로 가름되는 중국의 역사를 간략히 살펴보자.

*진의 이전은, 모두 동이족의 갈래로 나가 세운 국가일 뿐이다.

*<진(秦)>은 조선의 영역에 있던 나라였을 뿐 아니라 시황제는 조선사람 여불위가 첩에게 임신을 시켜 진왕에게 시집보내 낳은 자식이라고 사마천의 사기에 기록되어있다. 여불위가 조선과 환국의 정신으로 중국을 통일하게 하려 하였지만, 진시황제는 친아버지인 여불위까지 죽여버리고 물욕의 통치를 위해 환국의 역사서를 불살라버린다. 분서갱유.

*〈한(漢)〉의 태조 유방의 출생지는 강소성이지만, 출전 전에 〈치우〉사당에 제를 지낸 것으로 보아 단군의 후예일 가능성이 높다. 또 한(漢)이라는 종족은 황하강 상류인 북방 동이족이 한강(漢江)을 따라 중국 대륙에 내려와 산 종족이었다.

*〈수(隨)〉는 북제에서 나온 단군의 후예들이 세운 나라.

*〈당(唐)〉은 단군의 후예들이 세운 북위에서 나온 이세민이 세운 나라다.

*〈금(金)〉의 시조는 만주에서 내려간 신라왕손의 경주김씨 자손이라함.

*〈원(元)〉은 몽고족이 세운 나라이니 단군의 후예이다. 또 그들이 전 세계를 점령할 때, 멸망한 발해의 유민들이 몽고로 들어가서 징기스칸의 주력군대로 활약한 공로라고 하니 살펴볼 일이다.

*〈명(明)〉은 〈한(漢)〉의 부활이라고 중국에서 말하지만 우리나라 경상도에서 간 〈주원장〉이 세운 나라라고 하는 기록이 조선기문(1894년)에 있다.

*〈청(靑)〉은 고구려, 발해의 유민이 세운 나라이다.

*중국에 여러 국가가 수없이 생겼다 사라졌지만 통일 하고 오래 지속한 나라들은 모두 단군의 후예들이 세운 나라이다. 그러나 그들 모두 단군사상의 기본이념을 바로 세우고 실천한 나라는 없었다.

서양이 오늘의 현실을 만든 이유를 조금 더 짚고 넘어가자.

기독사상이 서양을 지배하게 된 것은 단군의 신하인 <유호>씨의 힘이 열매를 맺은 것으로 보아도 좋겠다. 그 영향을 받은 유럽의 로마는 기독사상의 국가로 변모하여 가톨릭의 본거지인 교황청을 두게 된 것은 좋았지만 교황은 자기 권력 확장을 위해서 중동의 마호메트가 만들어 세계로 퍼져가는 회교에 대항하는 십자군 전쟁을 일으킨다. 물론 그 이유는 회교도들이 기독교의 성지인 예루살렘을 점령한 것을 되찾자는 것에 있었지만 역사학자들은, 교황 우르바누스 2세가 최초로 십자군을 제창하여 일으켰고 동방원정이라는 어려운 사업을 통하여 유럽에서 교황권을 확립하고자 했다고 말한다. 또한 중동의 마호메트는 예수크리스트의 영향을 받아 만든 종교였다고는 하지만 환국사상이 오래전부터 알타이 산맥을 넘어 전해져 있었던 것으로 생각되며 그로써 강한 힘을 얻은 것으로 추측된다.

*우리들은 하느님의 이름을 <여호아>라고 하나 독일에서 말한 발음이며 유대인들은 <유호>라 한다고 한다.

*회교도들의 전투력이 말에 있다면 조선의 유민들만이 사용하였던 말의 등자(말탄 사람이 발을 올려놓게 하는 것으로 그로써 말에 앉아 자유자재로 활을 쏘고 칼을 휘두를 수 있게 함)를 사용함으로써 그처럼 강한 군대가 될 수 있었다고 하니 이것만 보아도 그들이 환국, 또는 조선의 영향을 받았음이 컸음을 알 수 있게 한다.

따라서 십자군 전쟁은 환국의 정신이 <권력욕>과 국토확장이라는 <탐욕>으로 비뚤게 나가서 만난 전쟁이라고 볼 수 있다는 말이 된다.

이러하니 국토운운 하는 사람들의 소원대로 이 지구 전체를 <조선국>으로 만든다고 한다면 일본이나 중국이나 몽고와 다를 것이 무엇인가? 또한 변질된 <기독의 로마>나 <회교의 중동국가들>과 다를 것이 무엇인가?

<환국>을 조금이라도 안다면 그런 짓을 할 마음을 애초에 없애야 한다.

또 우리 모두, 거듭나는 마음, 하느님이 6일째에 만든 사람(아담)과 같이 되어 사랑의 나라가 되면 의식주의 문제도, 부조리한 모든 문제도 저절로 사라질 것이라는 것을 깨닫는다면 모든 망상에서 깨어나서 밝은 미래를 볼 것이다. (3차각 설계도의 [선에 관한 각서•5] 참조)

이상(李箱)의 시 모두가 이것을 말하고 있었다는 것을 살펴주시기를 바란다.

이에서 이상의 시 모두를 발표된 순서로 하여 다시 요약하여 풀어본다. 전체를 살펴 그의 사상의 흐름과 뜻을 묶어보고자 하는 것이다.

이상한 가역반응-우리나라 환국사상의 발전과 서양의 기독사상의 발전과 현실. 그 결국인 기독은 환국에게 진리의 소화효소인 소금을 얻으려고 희망하고 있다. 이상이 당시에 <환단고기>와 <부도지>를 읽었음을 살필 수 있다. 세계가 <환국사상이념>으로 되돌려지게 된다는 예언.

破片의 경치-삼위일체의 하느님(△)에 대적한 공산주의 사상(▽)이 매장되는 雪景을 말한다. 破片은 남북으로 갈라진 우리나라를 뜻한다. 예언.

▽의 유희-▽, 즉 공산주의 사상은 창세기에서 인간을 타락시킨 뱀이며 그것은 굴뚝 꼭대기의 연기와 같이 사라지리라는 것이며 금수강산에서 그들이 발붙일 자리가 없어져 테이블 밑에 숨게 되리라는 것이다.

이론(종이로 만든 배암)에서 탄생한 공산주의가 뱀처럼 행사한다는 예언.

수염-수염은 권위를 나타내는 것이니 이 세계의 권위를 검토하여 삼심원(우리나라)의 중요성을 강조한 것이다. 앞으로 올 구원세계 강조. 예언.

BOITEUX·BOITEUSE-지상에 드리운 하느님의 구원과 인간의 사랑으로 펼쳐진 이 땅이 서로 어울려야 함에도 서로 엇갈려 그로 인한 전쟁과 살상을 보는 이상(李箱)은 구원을 기다리며 절규하는 글이다. 공산주의 세상이 올 것을 예언.

空腹-하느님의 구원을 기다리지 않고 진리에 메말라 공산주의 같은 것을 불러들여 곤욕을 치르는 우리나라, 그에 더하여 천진한 촌락(백제의 고토)의 축견(畜犬)들이 짖어대며 신라니 백제니 하는 것은 하지 말아라. 앞으로 잘 될 것이다. 예언.

烏瞰圖-日文으로 일본을 비판.

…**2인·1**-예수님이 십자가에 달리실 적에 옆에 같이 달려 죽게 된 도적과 같은, 당시 미국의 갱단 두목이었던 〈알 카포네〉. 이는 당시 중국을 강제 점령한 일본보다는 낫다고…

…**2인·2**-그래도 〈알 카포네〉는 가난한 교회를 돈으로 구하려고 한다.

그렇다면 〈알 카포네〉와 〈일본〉 둘 중에 누가 예수님과 같이 천국에 갈 수 있을까?

…**신경질적으로 비만한 삼각형**-짧은 시간에 전 세계로 확장하여간 공산주의(▽). 그래서 모두 그에 가담하여 나홀로 고독할지라도 나(남한의 자유민주주의사상)는 그와 ○○하지 않는다는 예언. ○○은 〈동침〉?

…**LE URINE**-오줌과 같은 사람이란 뜻으로 〈공산주의자〉를 비꼰 말이다. 세계1,2차 대전 이후의 상황과 그 뒤에 이어서 오게 되는 공산주의는

모든 사람에게 해를 끼칠 것 같지 않게 아무 눈치도 못 채게 스며들어 북극의 소비에트 연방국가를 건설하였던 것이다. 그 이후 기독사상이 하늘의 비처럼 무수히 내렸지만…. 예언.

…**얼굴**-환국사상의 전래와 일제 해방후에 남북한으로 갈라진 원인이 가난으로 인하여 공산주의를 택한 것에 있었다고 하는 예언.

…**운동**-환국역사가 현재에 이르러 그 역할과 위치.

…**광녀의 고백**-광녀로 비유되는 공산주의와 소련의 정교회의 야합. 소련의 멸망과 영국의 승리. 세계의 구원자의 역할을 하여야 할 가톨릭이 공산주의 소련에 영합하여 폐망의 길로 들어서게 된다는 예언.

…**興行物天使**-어떤 후일담으로-세속에 영합하였던 가톨릭이 2차대전 후에 〈UN〉에 동조하고 소련의 공산주의는 놀란다. 자유민주주의도 공산주의도 날지 못하는 팽귄과 같은, 부어오른 허깨비가 된다. 예언.

三次角設計圖-우주의 생성과정과 인간의 구원 문제를 그린 시다.

…**선에 관한 각서·1**-천지창조 첫째날. 우주에 하느님이 빛이 있어라 하시니 빛이 있었다. 그래서 우주의 모든 것은 그 빛의 線으로 생성되는 것이다.

…**선에 관한 각서·2**-천지창조 둘째날. 하늘이 생긴다. 그 하늘은 [1+3]으로 구성하였다는 설명. [1]은 〈하느님〉이고 [3]은 〈성부, 성자, 성신〉이 하나로 된 삼위일체의 하느님이 된다. 그러나 그 나타남이 여러 방향으로 되는 것이니 이 세상의 다양한 생성이 가능하게 되는 것이다.

…**선에 관한 각서·3**-천지창조 셋째날. 물과 뭍으로 나누어지고 식물이 자라게 된다. 무수한 식물이 종류별로 생기는 것을 도식으로 표시.

…**선에 관한 각서·4**-천지창조 넷째날. 해와 달이 생겨나다. 안개로 덮여 있던 지구에 운석이 떨어져서 엄청난 홍수가 된 후에 하늘이 맑아져 해와 달이 보이게 되는 풍경을 그렸다.

…**선에 관한 각서·5**-천지창조 다섯째날. 물속과 하늘에 살게 될 물고기와 새들을 만들다. 그런데 사람의 일만을 썼다. 그것은 사람이 여섯째 날에 생겨난 것이 아니라 이미 이날에 생겨서 육일째 마지막 날에 새롭게

태어났다는 말이 되는 것이다.

…**선에 관한 각서·6**-천지창조 여섯째날. 땅에 있는 모든 생물을 창조하고 마지막으로 사람을 만들다. 사람은 [4]로 표시되고 그 뜻은 <사람(1)+삼위일체 하느님(3)>을 뜻한다. 그 사람과 하느님의 방위성(方位性)으로 하여 현실의 결과가 여럿 생기게 되며 속도로 하여 여러 만남과 조직이 형성된다는 것을 나타냄.

…**선에 관한 각서·7**-천지창조 일곱째날. 하느님은 모든 창조를 마치시고 이날에 쉬신다. 사람이 하느님이 만드신 모든 것에 이름을 지었듯이 <하느님>의 이름도 [하느님]이라고 하는 것이 가장 맞는 것이니 세상에 공포하라고 한다. 그리고 사고력을 무한히 키워 하느님과 가까이 하되 가장 알맞게 하도록 시간을 조절하도록 해야 한다고 강조하였다.

建築無限六面角體-인류구원을 할 노아의 방주를 무한히 짓는다는 말

…**AU MAGASIN DE NOUVEAUTES**-프랑스어로 <새롭고 기이한 백화점>이란 뜻이다. 제트비행기가 등장하여 우리나라 6.25사변에 남한을 구하리란 예언. 가톨릭의 무능과 나치독일 등장. 노아방주(구원사계)가 필요없다고 생각하는 무리들 등장. 예언.

…**熱河略圖 NO2**-60년대 이후의 우리나라 경제성장을 계기로 중국이 재성장의 계기가 된다는 예언

…**출판법**-부도지 발견으로 이스라엘 민족과 우리나라의 관계를 알게 되어 기독사상에 대하여 새로운 각도로 살피게 되었다는 고백과 반성. 그러나 이것은 우리 민족이 그렇게 될 것이라는 예언.

…**且8氏의 출발**-중국과 우리나라와의 관계를 규명하고 중국은 우리나라 환국정신으로써만 구제될 수 있다는 예언.

…**대낮-어느 ESQUISSE**-미국의 상황과 인류탄생의 기원이 우리나라 백두산에서 비롯하였으나 우리나라는 도리어 그를 싫어하고 있다는 언급과 결국은 환국사상으로 인한 구원이 올 것을 예언.

꽃나무-하느님의 진리 이외의 진리는 가까이 할 수 없다는 고백. 예언.

이런시-환국 역사 말살정책의 일본을 지적. 예언.

1933.6.1.-마리퀴리부인의 우라늄 발견으로 앞으로 원자탄이 그로하여 생겨날 것을 예견한 것인지? 스스로 그런 일을 못하고 있는 것을 자책.

거울-남북이 공산주의와 자유민주주의로 갈라질 것을 예언.

普通記念-공산주의가 폐망할 것과 일본 군국주의가 자유민주주의로 개편될 것을 예언. 그러나 우리나라는 당분간 종이학 같이 생명력을 회복하지 못할 것을 예언.

鳥瞰圖-노아의 방주에서 나와 물 천지의 하늘 위를 나르며 구원의 마른 땅을 찾았던 성경 창세기의 까마귀처럼 세상을 내려본다는 뜻. 예언.

…**시제1호**-서구인들이 가져온 기독사상(개신교)은 현세에서 그 출구가 막히고 있다는 고백. 절망으로 재탄생한다는 것을 암시한 예언. 그들 중 2인은 적그리스트임을 암시. 또한 절망은 희망이라는 메시지.

…**시제2호**-우리나라 현 실정을 가져온 조상들이 못다한 일을 스스로 구하여야 하는 막중한 의무감을 실토.

…**시제3호**-세계대전이 일고 있는 현실에서 우리는 방관하여 그에 참여하지 말라는 경고.

…**시제4호**-환자와 같이 된 현실. 무엇인가 진실이 뒤집힌 듯한 현실을 고발. 공산주의 북한이 생길 것을 예언.

…**시제5호**-일제 폐망 후에 한국이 남북한으로 분열될 것을 예언.

…**시제6호**-공산주의와 민주주의의 대결을 앵무로 비유하여 서로 서양에서 들여온 그 철학사상을 뜻도 모르고 읊조리듯 한다고 비판. 예언.

…**시제7호**-우리나라가 세계를 구할 유일한 나라다. 그 계기는 4.19가 있고 난 뒤의 5.16으로 공산주의에서 구하고 경제를 발전시켜 더 이상 구세주를 바라지 말고 하늘의 어두움을 헤쳐나가서 밝음을 찾아야 한다는 예언.

…**시제8호**-〈7호〉와 같이 될 것임에도 나(우리나라)는 아직까지 왜 밝음이 이리 더딘가 하는 이유를 알 수 없었다고 한다. 예언.

…**시제9호**-銃口-남한의 경제성장으로 대화의 창구를 열지만 북한이 응하지 않아서 대치국면이라는 예언

…**시제10호-나비**- 나비는 영혼을 말하는 것이지만, 북한에서 공산주의에 반대하는 기독교를 없애려다 불교를 말살하게 되는 것을 말한다. 그러나 이 나비는 영혼을 말하는 것이기도 하니 불교 말살은 큰일이라는 예언.

…**시제11호**-일제에 나라를 빼앗겼지만 그 정신은 여전히 고수되고 있고 공산주의 국가가 되는 것을 예방할 수 있었다는 예언.

…**시제12호**-세계의 전쟁이라는 것이 결국은 평화를 상징하는 비둘기를 때려잡는 것과 같다. 그들 서구인들이 일으킨 전쟁은 끝나지만 우리나라로 들어와서 6.25사변같은 전쟁을 일으키게 된다는 예언이다.

…**시제13호**-남북한이 갈라진 것을 두 팔이 잘려진 것으로 비유하고 그 팔들은 스스로 통일 되지 않으면 죽은 것과 같다는 생각을 하는 한에는 희망이 있다는 예언.

…**시제14호**-[慄]을 파자하여보면 〈心+西+木〉이 되고 이로하여 풀면, 서양을 먹을 것을 찾아 들어온 거지로 보고 그들이 우리의 역사를 인식하고 허리를 굽히지만 그들의 종교바탕(돌)을 내 머릿속에 주입한다고 하는 예언.

…**시제15호**-남북한의 대결과 북한의 멸망을 예언.

소영위제-순결로 피어난 정신을 숭상하는 우리나라가 공산주의에 물들어 죽어가며 하느님의 구원을 외면한다는 예언.

正式-우리들이 정식으로 하여야 할 것이 무엇일까를 말함.

…**정식I**-민족감정을 드러내지 말고 숨겨라. 가슴 깊이, 앞으로 올 준비된 날을 기다려라 하는 예언.

…**정식II**-공산주의 이북과는 상종할 수 없다는 것을 명심하라.

*이곳에서 말한 [지상 맨 끝 정리]라는 말을 음미할 필요가 있겠다. 〈유호〉가 중동지역에 가서 〈전고자〉를 만나 〈환국정신이념〉을 설파한 것과 관련이 있을 것으로 보이기 때문이다. 그 전고자가 〈아브라함〉이라고 한다면 기독사상이 전 세계로 전파되어 우리나라로 오면 결실을 맺어서 [지상 맨 끝 정리]가 된다는 말이 되겠다. [1931년—작품 제1번]에서 이스라엘이 소련에 핍박당한 일로 [광명이 보이다]고 말하였으니

이와 연계되어 우리나라가 이스라엘을 기독사상으로 개종하는 일로 중동에도 평화가 오게 할 것으로 생각하여 보게 한다. 이스라엘이 구약을 굳게 믿고 마지막 날에 구원을 받게 되도록 한 것이 우리의 조상이라는 것이 밝혀지게 되고 그들의 〈선민(選民)사상〉을 세계구원의 〈기독사상〉으로 우리나라 기독인들이 설파하여 구함으로써 [지상 맨 끝 정리]가 된다는 말이 아닐까? 그렇게 하여 교만한 이스라엘을 용서와 화해로 〈이스마엘〉민족과도 화해하게 되면 끊임없이 전쟁을 일삼던 중동에 평화가 오고 세계가 평화를 누리게 되는 것이 아닐지? 예언.

…**정식Ⅲ**-민족역사(환국) 발견.

…**정식Ⅳ**-서구사상을 잘못 받아들인 북한. 예언이다.

…**정식Ⅴ**-환국을 거목이라고 하면 관목에서 초목으로 변한 일본이 환국의 전통을 이어온 조선의 맥을 끊는다고 지맥에 말뚝을 박는다.

…**정식Ⅵ**-서구의 기독사상 전파에 의한 구원세계를 믿을 수만은 없다.

紙碑-남북 분단으로 이북의 공산주의는 치료 불가의 상태이지만 세월이 가서 무사하게 되면 병이 아니라고 생각하는 그 병을 끝내는 고쳐야 한다. 예언이다.

紙碑-어디 갔는지 모르는 아내-진리탐구의 자아 분석. 해방 후의 우리나라에 대한 예언적 시다.

…**지비1**-밖의 진리만을 찾아 간음하는(공산주의) 진리.

…**지비2**-자유를 찾아 날아보려는 진리는 끝내 북한 공산주의 같은 것이 되어서 자살 아닌 자살을 한다. 예언.

…**지비3**-개인자격이 사라진 방. 〈북한〉. 제 6감의 자아([개])를 키워 진리를 탐구하지만 소용이 없다는 것을 알고 내부성찰의 문을 첩첩이 닫고 다시 밖으로 향하여 구하고자 하니 내부성찰의 자아가 그래서는 안 된다는 듯이 마지막 부르짖음을 한다. 예언.

易斷-과거의 습관과 철학을 쉽게 잘라버리고 하느님의 진리 속으로 들어가고자 한다.

…**화로**-외세로 인한 추위. 그런데 뜻밖에 가톨릭의 보살핌으로 살아갈 수 있게 된다. 해방 후의 북한 문제를 다룬 예언시다.

…**아침**-암흑의 북한 공산주의, 빛이 차단된 밤을 보내며 얻는 것은 아무것도 없다. 오직 아침이 되어 해(하느님의 진리)를 보는 것뿐이다. 앞으로 올 하느님의 나라(환국세상), 아침이 오면 그 어떤 외세의 진리에도 간음하지 않는(코 없는 진리가 오지 않을) 날이 올 것이라는 예언.

…**가정**-해방 후 남북한으로 갈려져 이북이 공산주의로 곤욕을 당하리라는 예언. 그러나 혼자서 아무리 몸부림쳐도 이 나라에서 무엇을 할 수 없다. 또 독립운동으로 나라를 찾으려 하였지만 될 수 없어 결국은 외세로 통일하여 남북분단과 공산주의 같은 것으로 정신적 간음을 하는 결과로 곤욕을 치른다는 예언.

…**易斷**-하느님은 우리들 인생을 위하여 백지 위에 초를 잡듯이 흐릿하게 그려둘 뿐이다. 스스로 모든 것을 뚜렷하게 이 땅에서 세워나가야만 한다. 우리나라만이 하느님이 편히 쉬실 곳이다. 그러나 그것을 피하고 게으름을 피웠을 적에 하느님은 살짝 달아났었다, 일제당시에.

…**행로**-이곳의 〈철로〉는 〈동서양의 역사의 흐름〉으로 본다. 그 흐름이 십자로 겹쳐 만나니 나의 역사인식이 되살아나고 자랑하던 우리나라의 역사를 되찾으려는 노력을 시작하게 되나 공산주의자들이 맹렬히 비판하며 비현실적인 일만 한다고 한다. 그래서 역사적 발굴을 시도하려던 계획이 주저앉게 된다.

街外街傳-어린아이와 같은 일본이 이씨조선을 멸망하게 했다. 그러나 결국은 일본([앵두])이 망하여 연기와 같이 사라질 것과 그 이전에 기독 사상이 우리나라로 전파되어 그것으로 구원을 줄 듯이 보였으나 들여다보면 화려한 외장과 세속적 금욕에 싸여 있음을 발견하고 가톨릭을 들여다보니 노파가 되어 했던 말만을 되풀이하여서 역사적 고찰을 시도하였으나 오래 될수록 진리에 고갈되어있다. 그래서 세계를 돌아보니 하느님의 진리를 받아들이지 않는 세상 진리로 하여 서로 전쟁만을 일삼고 있어서 이 세상의 안온한 휴식마저 사라지게 만들었다는 분석. 예언.

明鏡-해방 이후의 지나간 일을 들여다본다는 말이다. 남북분단의 우리나라 중에 남한을 나로 해서 하는 얘기다. 4·19의 좌경사상의 젊은이들이 5·16 이후 높은 경제성장과 자유민주주의로 굳건히 세우려는 이 나라에 [부러 그러는 것 같은 거절]로 반항하는 것에 대해 안타까운 마음으로 쓴 시다. 예언.

危篤-앞으로 올, 남북이 분단되고 북한이 공산주의로 될 것들에 대한 예언이다.

…**禁制**-개는 사람이 느끼지 못하는 예감이 있다. 나는 그 예감을 키우고 있지만 개인적으로 즐기는 수준이고 유럽(E)식으로 발전하려고 하니 실력이 딸리고, 그렇다고 마음대로 말하려고 하니 상황이 허락지 않고, 그래서 금제로 쓴 해골만 남은 논문을 발표하니 이름도 없는 것이 되고 만다는 실토를 한 시다.

…**추구**-남북분단의 원인을 추구한 시

…**침몰**-해방 후 남북한이 갈려져 좌경들의 난동으로 곤욕을 당하는 남한의 실상을 그린 시다. 예언.

…**절벽**-꽃은 보기에 아름다울 뿐 아니라 지고나면 열매를 맺어서 유구히 이어질 미래가 있다. 그러나 북한은 죽음과 무덤인 가상의 꽃인 공산주의를 받아들여서 실체는 없고 냄새만인 <이상사회의 평화의 꽃>이라고 착각하며 살고 있으니 진정 우리의 [위독]한 상황이라는 말이다. 예언.

…**백화**-자아비판의 구절이다. 민족정신과 예의를 지키려는 자아와 지키는 척하면서 간음(진리적 야합)을 바라는 자아가 있다는 고백이다. 공산주의가 북한에서 받아들여진 상황을 예언한 시다.

…**문벌**-이북 공산당이 멸망하고 <환국정신이념>이 발휘될 때를 기다리라는 시다. 예언.

…**위치**-일제 강점이 되기 전의 상황과 그때 기독사상이 이미 우리나라에 들어와 있었으면서도 그를 의지하지 않은 자책과 해외로 외교활동을 벌였지만 국내에서 외압을 지키려는 사람이 없었던 것을 한탄한다.

…**매춘**-우리가 어째서 나라를 빼앗겼는지 쉽게 잊으려는, 외세에 간음하려는 정신, 이 모든 것을 이겨내는 것도 좋지만 한 나라가 둘로 갈라지

는 것(雌雄) 만은 하여서는 안 되겠다. [탈신(脫身)], 몸을 벗어버린 탁상공론의 철학, 그것은 공산주의였고 그것으로 [허천에서 실족]한 꼴이 된 우리나라가 된 것이다. 예언.

…**생애**-신부는 신부(新婦)이면서 신부(神父)를 뜻한다. 그런데 그 신부가 나(북한)를 구하는 것에 소극적이면서 나 또한 구원받기만을 원하며 적극적이지 못하다는 고백이다. 예언.

…**내부**-우리나라 내부 실정이, 민족정신을 되찾자는 노력으로 애국정신이 높지만 그 형체도 알 수 없도록 망쳐지고 있다는 고백이다.

…**육친**-이상 자신이 예수크리스트와 흡사하게 고난을 받고 있지만 그것을 벗어나서 내 조국의 정신에 집착하여보려 하지만 기독사상을 버릴 수 없다는 고백.

…**자상**-남북으로 갈려진 우리나라의 다른 쪽. 그곳은 조선이라는 이름을 빌려, 아니 도적질하여 우리나라를 대표하는 척하지만, 그것은 〈푸른 하늘〉이 허방 빠져있는 [데드마스크](죽은 자의 얼굴에 씌우는 가면)라고 밝힌다. 북한의 공산주의를 통렬히 비판한 글이다. 예언.

무제·1-그 당시 독립운동의 근거지였던 합천해인사를 중심으로 과거 가야가 건국되는 전설인 구지가(龜旨歌)를 빌려 꼭 우리나라가 다시 일어날 것을 말하고 인신(人神=예수님)이 그 진리를 밝힐 것을 예언하였다.

I WED A TOY BRIDE-신부(神父)를 신부(新婦)로 비유하여 쓴 시. 공산주의 북한을 그린 시다. 어쩌면 그것은 내 마음 속의 또 다른 자아다. 그 자아는 공산주의를 불러오고 6.25사변 같은 전쟁을 불러온다. 그리고 중국과 협조하여 남한을 압박하였다. 예언.

破帖-여인(기독사상)을 가장한 도적. 그것은 이북의 공산주의다. 그 도적은 6.25사변을 일으키지만 남한은 UN으로 구제받는다. 북한은 처음 중국의 도움을 받아 살아나지만 결국 중국으로부터도 등돌림을 받게 되어 멸망하게 된다. 그리고 휴전선이 무너진다. 그러나 결국에 김일성 정권의 무리들은 살려둔다는 예언. 휴전선이 무너질 것을 점친 시다. 예언.

무제·2-휴식인지 게으름인지 하는 것이 우리나라를 어디에 몸 붙일 곳이 없도록 하다가 한일합방의 조인을 하고 여러 우여곡절의 다음으로 온 좌우사상에 어디로 기울어야 할지도 몰라 방황하게 되었으니 선불리 좌경에 기운 사람들이 처참하게 되는 경우를 보게 되어 그 뒤로는 일부러 멀리 걷는 버릇으로 조심하게 되었다는 것이다. 예언.

무제·3-해방 이후에 부질없이 바삐 서둘다 보니 앞을 분간하지 못하여 나의 분신인 아내(이북 공산주의)가 집을 나갔으나 결국 돌아오게 되어, 남북통일하여 모든 것이 마무리 된다는 예언. 그러나 그 때를 알기는 어렵다는 고백. 예언.

蜻蛉-일본에 속국이 되고 남북한으로 갈라지고 있는 처지를 끈에 매달려 나는 잠자리와 같이 된 것이라고 비유한 시. 예언.

한 개의 밤-남북한으로 갈라진 이북이 하나의 밤이 될 것이라는 예언.

隻脚-남북한을 양 다리로 비유하여 짧아진 한 다리(북한)는 신발을 버려두고 여러 해를 보내게 된다는 예언. 발전하지 못하고 과거에 머무른 북한을 비유. 예언.

거리-여인이 출분한 경우-백지 위에 한줄기 철로가 깔렸다고 한다. 백지는 〈백의민족〉인 우리나라를 말하고 [철로]는 동서양의 역사를 말한다. 우리나라는 동서양의 역사가 만나는 거리가 되었으며 그로하여 올 구원의 날을 기다린다는 예언.

囚人이 만든 小庭園-이 세상은 평민이든 철학가든 어떠한 세상의 진리를 알고 있다고 하여도 에덴동산에서 죄를 짓고 유전되어온 죄인일 수밖에 없다. 그래서 구원을 기다린다고 외치고 있다. 또한 〈공산주의자들이 만든 북한〉을 말한 글로 보인다. 예언.

육친의 장-삼형제 중의 남동생은 남한의 자유민주주의이고 여동생은 북한의 공산주의이다. 그러나 그 무엇도 아닌 나는 자유도 공산도 아닌 새로운 탄생을 바란다는 결심. 예언.

내과-우리나라 내부사정을 진단하여 본다. 우리나라의 역사는 서양의 그 어느 것보다 먼저임을 알게 된다. 그리고 우리나라 백성은 이 세상을 구하시려고 오신 예수님의 열두 제자의 두 곱이 되는 24이다. 그 하나하나에 타진하여도 무엇인가 하려는 열의로 들끓고 있다. 그러나 베드로의 역할을 하여야 하는 우리나라는 베드로처럼 세 번이나 모른다고 부정한다. 그 순간 구원의 신호가 온다. 제발 그 열정의 믿음을 속으로 감추어 엎지르면 안 된다고 외친다. 예언.

骨片에 관한 무제-동물적 본성으로 무장한 공산주의가 우리나라를 뿌리까지 공산주의로 물들이려고 하나 절대로 그렇게 될 수 없다고 예언.

街衢의 추위-1933년 2월 27일의 실내의 件-이날에 독일의 국회의사당이 공산당원에 의해 불타는 사건이 발생하였다. 이것이 우리나라에 미칠 영향에 대한 시다. 우리나라가 일제의 압박으로 추위를 견딜 수 없어서 공산주의를 불러온다면 어쩌나 하는 마음. 그러나 우리들이 그 공산주의를 불러와서 붉은 피를 흘리게 된다는 것은 동맥을 자르는 것과 같아서 스스로 죽는 꼴이 된다는 것으로 경고하는 예언이다.

아침-우리나라의 공산주의자들(아내)이 불모의 사막지대로 자기들의 소식을 전하려고 편지를 삼킨 낙타처럼 가려고 한다. 이제 그 소식도 필요 없이 해가 돋는 아침이지만 그 아내는 전등(지극히 낮은 촉광의 밝음, 저급한 진리, 공산주의의 사상)을 끄지 못하게 한다. 나는 그래서 이러한 아내를 두고 외출(공산주의탈피)하려고 한다. 예언.

최후-에덴동산에서 아담이 사과를 따 먹음으로써 타락한 인간. 또 현세에는 그 떨어지는 사과로 발견한 만유인력의 법칙으로 모든 것을 과학적으로 설명하려는 인간정신말살주의. 이를 극복하여야 한다는 외침이다.

무제·4-가톨릭(여인)은 구원을 약속하고 수인(타고난 죄인)은 그 부담으로 말라간다. 뱀(공산주의)도 그 유전을 받은 에덴동산의 뱀 꼬리와 같은 존재이다. 민족정신을 고취하는 뼈는 피(공산주의)가 스며들 수 없는 기둥이다. 안구가 안구를 볼 수 없듯이 북한에서 살고 있는 사람은 자기들의 실상을 너무나 모르고 있다. 고향(삶의 바탕)은 다스려 관리하지 않으면 털과 같이 잡스런 진리가 자라나서 서로 부대끼면 공산주의와 같이 빨갛게 된다. 예언.

1931년-작품1번-1931년 당시의 상황을 분석하며 미래를 예견한다.

…**1**-물질적 진리를 두서없이 섭취하여 위병을 앓는다. 뒤늦게 영혼을 되찾지만 투명유리 저편에 동물적 나를 발견한다. 그 병을 치료하려고 하다가 위병(동물적 진리의 병폐)를 앓게 된다.

…**2**-다량의 출혈(공산주의 생산). 그래서 그것을 분석하니 물질적 진리에 있음을 판명한다. 북한이 남침하겠으나 미국의 등장으로 북한공산당과 중국이 제물에 쓰러질 것을 예언한다.

…**3**-안면의 풀(수염)이 환국이념과 기독의 뿌리인 아브라함의 사상의 상징임을 깨닫고 일본에 속국이 된 나를 더할 나위 없이 싫어한다. 그래서 등변형(천지창조 5일째에 만들어진 <짐승 수준의 나-일본>과 6일째에 만들어진 <거듭난 나-환국이념의 나>와 대칭으로 존재한 모양) 코스의 산보를 계속하며 5일째의 나를 없애게 하려고 하였지만 피로만 온다. [1932년 5월 27일], 윤봉길 의사의 도시락폭탄 투척사건으로 독립운동의 새싹이 나올 듯한 전조를 발견한다. 그러나 나(우리들-우리나라)는 생명이 없는 물질적 신봉에 매달려 있어서 어쩔 수 없다는 고백.

…**4**-유전(遺傳)된 기독사상과 환국사상이 우리들에게 유전하여져 왔음을 확인하나 아직도 물질 만능주의에 맹신하는 부류들이 다수 존재함을 발견한다. 러시아가 세계 공산화하려는 기미를 발견한다. 그들로 하여 이스라엘을 알게 되고 이 세계의 문제에 광명이 보인다. 예언.

…**5**-혼혈아 Y(이스마엘-회교의 창시자 마호메트 조상)가 나(환국사상)의 입맞춤으로 독살되다. 그로하여 나는 감금당하다. 예언.

…**6**-나는 기독사상을 포기하고 우리나라 환국사상에 전념하고자 한다.

…**7**-가상의 천국세상을 부르짖는 사회주의자들에 등을 돌린 이유로 그들에게 몰매를 맞는다. 그 때문에 그들의 내막을 엄밀히 분석하여볼 수 있었다.

…**8**-레닌의 출현과 그가 공산주의로 세계를 통일하려는 꿈은 이루지 못할 것을 예언한다.

…**9**-나는 기독정신으로 지상천국을 만들 계획을 세워보지만 공산주의로 기독사상을 이끌어갈 것이라는 것에서, 계획을 세웠던 두 발이 잘려버렸다는 슬픈 소식을 듣는다. 예언.

…**10**-좌우(공산주의와 자유민주주의)의 기로에 선 나에게 도덕의 기념비가 무너진다(공산당의 비인도적 행위를 발견한다). 그로부터 〈하느님+예수크리스트사상+자아〉의 개념이 세워진다. 예언.

…**11**-하느님의 구원법칙을 발견한다. 공산주의자들이 기본이념으로 생각하는 인구와 식량 문제도 하느님이 해결하실 수 있도록 마련되었음을 발견한다. 예언.

…**12**-아무리 공산주의자들과 군국주의자들이 이 세상을 어지럽혀도 하느님의 계획하심에 아무런 차질이 없다는 것을 발견. 이스라엘 민족이 소련과 독일에 의해 무참히 살상됨을 예언. 중국이 상형문자(象形文字=漢字)로 하여 죽어있는 도시가 된 것 때문에 서양인들과 일본이 서로 차지하겠다는 성명서를 내게 된다. 이것을 밝게 비춰줄 거울이 없어서 어떻게 될지, 〈2차대전이 곧 일어날 것인지 두렵다는〉 예언.

습작 쇼윈도 數點-가톨릭이 북쪽의 소련에 영합하는 듯하다가 남쪽으로 걷는 상황. 가톨릭의 어머니 성모 마리아는 [영원의 젊은 처녀]로 이 지구를 구하는 힘이다. 그 가톨릭은 해를 뒤로 두고 달빛처럼 은은하다. 그러나 우리들이 혼백을 지니고 있는 한은 그 달빛으로도 불타오르리라. 예언.

회한의 장-모든 활동을 드러냄도 없이 스스로 자폐하여 둘 수밖에 없는 당시의 현실을 개탄한 글.

요다준이치-당시 일본의 동요시인을 빗대어 일본이 중국을 침략하는 행위를 동요적으로 그린 시. 예언.

쓰끼하라 도이치로-한문으로 〈月原橙一郎〉이란 일본의 당시 시인의 이름에서 〈月原〉을 따서 당시의 상황이 에덴동산의 원죄에서 비롯한 죄벌이라고 하며 스스로를 무덤과 같이 된 위로 달빛이 비친다고 하였다.

이렇게 모두를 묶어 살펴보면 일제당시의 얘기는 극소수이고 대부분이 해방 이후 우리나라가 남북으로 갈려 공산주의 때문에 곤욕을 치룰 것을 예언하여 우리 민족이 바른 눈으로 살아갈 것을 강조하고 우리나라는 이 세계를 구할 표본 국가로 옛날부터 예정되었다는 것과 결국은 그렇게 될 것이니 민족정신을 되찾아야 한다고 하는 말이다.

이상의 시 모두는 한마디로 말하여 국가와 세계를 위한 예언(豫言)시였다.

이상의 시를 연구한 논문이 100편을 넘는 것으로 알고 있으나 그것을 이 해설에 참조하지 못한 점 죄송하다. 필자의 생각과 너무나 달라 참조를 회피하였다.

또 이 시를 해설함에 선입감으로는 절대 하지 않았음을 밝힌다.

다만 그가 암시하는 것을 바탕으로 하였으며 그의 암시는 전체 시에 일맥으로 통하고 있어서 풀리지 않는 것을 그 암시하는 기호같은 문자로 풀어가다가 보면 뜻하지 않는 풀이가 됨에 필자도 적이 놀란 경우가 많았음을 실토한다.

-대부분의 사람들은 예언을 믿지 않는다. 그래서 〈이상의 시〉가 예언처럼 보이는 것은 그가 그 당시의 상황을 면밀히 분석한 천재성에서 우연히 미래의 어느 상황과 일치하였을 뿐이라고만 생각한다. 그것이라도 좋다, 다만 이상이 그러한 각도에서 시를 썼다고만 믿는다면. 그러나 필자는 냉정한 입장에서 이 시들이 예언이 아니라고 생각할 수 없었다.

이로써 〈이상 시 해설〉 모두를 마친다.

보신 분은 오늘의 현실을 살피는 데 참조가 되었다면….